btb

Leichtfüßig tänzelt Mick durch das Berlin der Neunziger, ohne Grenzen und ohne Regeln verschwimmen die Jahre zu einer einzigen großen Party, nach deren abruptem Ende er sich fragt, wo alles hin ist: die Zeit, das Geld, die Freunde, die Liebe.

Zielgerichtet schreitet Gabriel voran. Er wird Architekt, geht nach London, gründet ein Büro und eine Familie. Sein Lebenslauf liest sich wie ein Gewinnermärchen – bis er in einer banalen Situation die Nerven verliert und plötzlich als Aggressor dasteht: ein prominenter Mann, der tief fällt.

Der Hedonist, der auf die nächste Glückswelle wartet, und der Überperformer, der sich auf sich selbst verlässt – scheinbar verbindet Mick und Gabriel nichts miteinander. Doch 1970 geboren, sind sie nicht nur Kinder ihrer Zeit, sondern auch des gleichen Vaters. Dieser Mann, ein Afrikaner, der in der DDR studiert hat, hinterließ seinen Söhnen sein Aussehen und Lebensfragen, die sie ganz unterschiedlich beantworten.

»Brüder« ist ein Roman über Familie und Männlichkeit und über die Frage, ob wir unser Schicksal selbst bestimmen – oder ob Herkunft und Charakter uns unweigerlich prägen.

JACKIE THOMAE, geboren 1972 in Halle, aufgewachsen in Leipzig und Berlin, arbeitet als Journalistin und Fernsehautorin. 2015 erschien ihr Debütroman »Momente der Klarheit«. Mit ihrem zweiten Roman, »Brüder«, stand sie auf der Shortlist für den Deutschen Buchpreis 2019 und wurde mit dem Düsseldorfer Literaturpreis 2020 ausgezeichnet. Sie lebt in Berlin.

Jackie Thomae

Brüder

Roman

btb

Sollte diese Publikation Links auf Webseiten Dritter enthalten,
so übernehmen wir für deren Inhalte keine Haftung,
da wir uns diese nicht zu eigen machen, sondern lediglich auf
deren Stand zum Zeitpunkt der Erstveröffentlichung verweisen.

Penguin Random House Verlagsgruppe FSC® N001967

1. Auflage
Sonderausgabe September 2021
Mit einem Nachwort der Jury »Ein Buch für die Stadt«, Köln.
btb Verlag in der Penguin Random House Verlagsgruppe GmbH,
Neumarkter Str. 28, 81673 München.
Copyright der Originalausgabe © 2019 by Hanser Berlin
in der Carl Hanser Verlag GmbH & Co. KG, München.
Covergestaltung: Semper Smile nach einem Entwurf von
Anzinger und Rasp, München
Druck und Einband: GGP Media GmbH, Pößneck
mr · Herstellung: sc
Printed in Germany
ISBN 978-3-442-77207-0

www.btb-verlag.de
www.facebook.com/btbverlag

Für euch, schwarze Schafe

TEIL 1

DER MITREISENDE

Ja, die Jahre flossen ineinander. Doch das hieß nicht, dass dieses Fließen nicht auch seine Schönheit hatte. Eine irrlichternde, nichtkonservierbare Schönheit der Kategorie: Muss man dabei gewesen sein.

1985–1994

WIESO, FRAGTE MICK sich viele Jahre später, verschwammen die Neunziger in seiner Erinnerung zu einem konturlosen Nebel, obwohl es sein erstes Jahrzehnt als Erwachsener war? Wenn er sich hineinzoomte in diesen Nebel, der sich als Disconebel herausstellte, obwohl man schon lange nicht mehr Disco sagte, dann sah er, dass doch eigentlich viel Bemerkenswertes passiert war. Ich war dabei, dachte er, wenn er vor dem Beweismaterial hockte, seinen Kartons voller Fotos, Platten, Zeitschriften, CDs und VHS-Kassetten, die zusammen mit seinem Klavier den einzigen Besitz bildeten, mit dem er durch sein Erwachsenenleben zog. Der einzige offizielle Nachweis seiner Teilnahme an den Neunzigern bestand in seinem Rentenbescheid, dem er entnahm, dass er damals nicht sozialversicherungspflichtig gearbeitet hatte. Eine nichtamtliche Person also, ohne nachweisbare Abschlüsse oder Erfolge, auf der anderen Seite auch ohne Bankrotte, Vorstrafen oder Scheidungen. Mit heiler Haut davongekommen. Ohne äußere Verletzungen und Narben, sogar ohne Tattoos. Glücklicherweise hatte er es bei allen Versäumnissen auch versäumt, sich eine seiner unausgegorenen Ideen unter die Haut applizieren zu lassen.

Die Fotos aus dieser Zeit ähnelten seinen Erinnerungen. Unscharf und an unklaren Orten aufgenommen, nachts und überblitzt, rote Augen, geschlossene Augen, konzentrierte, auf den Selbstauslöser wartende Augen, schlechte Farben und Kontraste, keinerlei Atmosphäre, nur ein Durcheinander an Leuten, die scheinbar durch düstere Räume irrten, sich in Wahrheit aber auf legendären Partys befanden. Nein, anhand dieser Fotos würde niemand zum Nostalgiker werden. Und als Zeitgeistdokumente eigneten sie sich wenn überhaupt nur für Leute, die tatsächlich dabei gewesen waren. Nachtlebendesperados wie Mick. Doch es gab auch Fotobelege für seine Existenz am Tag. Mick mit Menschen, die ihm nah waren, Mick mit Tieren und Kindern, Mick beim Sport und auf Reisen. Fotos, auf denen er einen Jungen sah, der sich selbst für durchtrainiert und abgebrüht gehalten hatte und der ihm später so harmlos und pausbäckig vorkam wie eine Hummelfigur.

1990 war er zwanzig. Die darauffolgenden Jahre verbrachte er gebettet in ein Gefühl von Reife und Überblick, das sich mit Anfang dreißig als komplette Fehleinschätzung herausstellen sollte. Seinen altersgemäßen Größenwahnsinn konnte er sich verzeihen, nicht aber seinen leichtsinnigen Umgang mit der eigenen Lebenszeit, obwohl auch dieser altersbedingt war, erwuchs er doch aus der kindlichen Illusion der eigenen Unsterblichkeit. Im Grunde ein schönes Gefühl, ein Geschenk namens Jugend. Das er verprasst hatte. Wie er alles verprasst hatte, was sich ihm zu dieser Zeit anbot, sogar Freundschaften, sogar Liebe. Irgendwann war nichts mehr da.

Vorher war er der gewesen, der spät sprechen gelernt hatte und der dann, als der sprichwörtliche Damm gebrochen war, redete wie der sprichwörtliche Wasserfall, so dass die Kindergärtnerin ihm ein Pflaster auf den Mund klebte, wofür man sie heute anzeigen würde, aber nicht damals, in den Siebzigern. Er war der, der als Erster Fahrrad fahren lernte, der im Wasser blieb, bis er blaue Lippen hatte, und er war ein Ass mit jeder Art von Wurfgeschoss. Er machte viel kaputt, aber er quälte keine Tiere. Er war der, der keinen Vater hatte. Der Wunsch nach einem Vater nahm eine gleichberechtigte Stellung neben vielen anderen Wünschen in seinem Wunschuniversum ein, so dass er zu etwas weit Entferntem, Abstraktem wurde, das seine Bahnen um ihn zog und nur manchmal aufschien. Er war der, dessen Gesicht auf den Klassenfotos nicht weiß, sondern einen Ton dunkler war, also hellgrau, denn die Fotos waren schwarzweiß. Folgerichtig fiel er auf, wenn er Unsinn machte: Wer war das? Ein paar Rowdys, der kleine Schwarze war auch dabei. Aha. Man war im Bilde. Michi Engelmann, nomen non semper est omen, war immer dabei. Und gern. Manchmal war er der Anführer, manchmal ließ er sich führen, was man damals anstiften nannte. Verbotsschilder zogen ihn magisch an.

Und dabei war er das liebste Kind, das man sich vorstellen konnte. Martha hatte das gesagt, die Lieblingstante seiner Mutter, die in seinem Leben die Rolle der Großmutter übernommen hatte. Martha vertrat damit eine Einzelmeinung. Er war sechzehn, als sie das sagte, sein Hang zum Vandalismus war bereits abgeklungen und von einem Entwicklungsstadium abgelöst worden, von dem man sich besorgt hätte fragen können, ob es sich noch um die Pubertät oder schon um eine Depression handelte. Was ihn jedoch niemand fragte, er sich selbst auch nicht. Martha, die er nur noch selten sah, seit sie nach West-Berlin gezogen waren, benutzte das Wort Depression nicht, wusste aber, dass er keine gute Zeit hatte.

Minderjährige, die die DDR verlassen hatten, durften im Gegensatz zu erwachsenen Ausgereisten das Land wieder betreten. Nach seinem Besuch bei Martha fuhr er also über den Grenzübergang Friedrichstraße zurück in den Westteil der Stadt und kämpfte die gesamte S-Bahn-Fahrt mit etwas, das zu einer Tränenflut geworden wäre, hätte er es zugelassen. Marthas Freude über die Blumen, die er ihr am Bahnhof Zoo gekauft hatte, war so unerwartet groß gewesen, dass er kurz aus ihrem Krankenzimmer rausmusste, weil er schlagartig begriff, dass sie dieses Bett nicht mehr verlassen würde und dass er sie mit großer Wahrscheinlichkeit zum letzten Mal sah. Er ging aufs Klo und hängte sich über das Waschbecken, unschlüssig, was er jetzt tun sollte: Weinen? Kotzen?

Hyazinthen, hatte Martha gerufen, hach, ich freue mich so auf meinen Garten. Bleich und klein sah sie ihm dabei zu, wie er die Blumen ins Wasser stellte, und er fragte sich, ob sie ihn schonen wollte, was sehr gut möglich war, oder ob man vielleicht immer davon ausging, dass man ewig weiterlebte, ob man vielleicht dafür gemacht war, nie aufzugeben. Und weil er erst sechzehn war, fand er bei aller Liebe zu Martha, dass es die Hölle war, solche Gedanken überhaupt denken zu müssen, und boxte ein paar Mal gegen die Wand. Und dann, als er aus dem telefonzellengroßen Bad zurück an ihr Bett kam, sagte sie ihm, was für ein guter Junge er immer gewesen war, und erzählte ihm ein paar kleine Geschichten als Beleg, so als müsse sie ihn an seinen liebenswerten Kern erinnern, der im Moment leider von einem feisten, verunsicherten Teenagerfleischkloß umschlossen wurde. Noch nicht gut darin, mit Komplimenten umzugehen, in diesem Fall mit Komplimenten an eine Person, die er nicht mehr war, womöglich nie gewesen war, lächelte er verschämt, schaute auf Marthas ebenmäßige, schneeweiße Zähne und fragte sich zum ersten Mal, ob es ihre echten waren. Und so solle er auch bleiben, egal was die anderen sagten, denn die anderen mussten einem egal sein, sagte Martha, sie wiederholte es mehrmals, weil sie eine alte, mitteilsame Frau war, worauf Mick nur *okay* sagen konnte, weil er ein junger, maulfauler Mann war. Sie ließ sich ihr Portemonnaie aus dem Nachttisch geben und holte fünfzig DDR-Mark heraus. Dunkles Rosa mit einem rauschebärtigen Friedrich Engels drauf, ewiger Zweiter hinter dem noch rauschebärtigeren Karl Marx auf dem blauen Hunderter.

Hier mein Schatz, für deinen Zwangsumtausch.

Nein, lass mal.

Das nimmst du jetzt, was soll ich denn damit?

Aber der Zwangsumtausch geht doch in die andere Richtung: Ich muss West- in Ostmark tauschen, wenn ich rüberkomme.

Ach, dann nützt dir das ja gar nichts.

Sag ich doch.

Ich vergesse immer, dass unser Geld nichts wert ist. Traurig ist das.

Ja. Doof.

Geld, das keiner will. Wo gibt's denn so was?

Und dann lachte sie. Vermutlich, weil es das Beste war, was man tun konnte, wenn man so vieles hatte kommen und wieder verschwinden sehen. Sie zwinkerte ihm zu und bat ihn um ein Glas Wasser.

Ist man nicht die Reflexion dessen, was die anderen in einem sehen?

Martha starb zwei Wochen später. Zur Beerdigung fuhr er wieder rüber, dieses Mal mit einem Kranz mit seinem Namen und dem seiner Mutter, die auch zu diesem Ereignis nicht einreisen durfte. Doch dieses Mal, beim offiziellen Anlass zum Weinen, fühlte er nichts mehr, nur das Unbehagen, das Beerdigungen mit sich bringen, und den dringenden Wunsch, dem Thema Tod so schnell wie möglich wieder zu entfliehen.

DIE BERLINER INNENSTADT wird von einem Bahnring umschlossen, dem Verkehrspolitiker aufgrund seiner prägnanten Form den Namen Hundekopf gegeben haben. Als Micks Mutter verkündete: Wolfgang und ich, wir heiraten, bedeutete das, dass sie vom Treptower Park, am unteren Hinterkopf, nach Halensee an die Spitze der Hundeschnauze ziehen würden. Fünfundzwanzig Minuten würde die S-Bahn brauchen, wenn sie die Unterkieferlinie des Hunds entlangfuhr, doch die Bahn umrundete die Stadt nicht mehr, denn die Stadt war geteilt. Anderthalb Jahre lagen zwischen Antrag und Ausreise. Micks Mutter verlor ihre Arbeitsstelle in einem Wissenschaftsverlag und arbeitete in einem evangelischen Kindergarten. Ein Akt der Barmherzigkeit, für den Monika dankbar sein musste, auch weil offensichtlich war, dass sie an diesem Ort weniger verloren hatte als in einem Wanderzirkus. Unterdessen lebte Mick sein Teenie-Leben, das nach außen hin fast so aussah wie immer. Doch während er zum Rudertraining ging oder sich mit seiner Clique im Plänterwald herumtrieb, verabschiedete er sich innerlich von seinem Revier und seinen Freunden. Sein Trost bestand in den unendlichen materiellen Möglichkeiten, die ihn auf der anderen Seite der Mauer erwarteten, und der Zuversicht, dass es dort schließlich auch Leute gab.

Als sie dann umzogen oder rübermachten, wie man im Osten sagte, hatte er seinen Abschiedsschmerz fast hinter sich. Vorfreude überlagerte das Gefühl, verschleppt zu werden. Er zog nur ein paar Kilometer weiter, er blieb in seiner Stadt. Alles in allem bescheinigte er sich die absolute Kontrolle über die Situation.

Ein Irrtum. Die ersten drei Jahre im Westen verbrachte Mick mit seiner ersten ernsthaften Sucht und deren Bekämpfung. Eine Sucht, von der er noch nie gehört hatte. Nicht einmal in den Aufzählungen der unzähligen Übel des Kapitalismus seitens der Ostpropaganda war sie vorgekommen, und so brauchte er eine Weile, um zu begreifen, was da mit ihm passiert war und was es ausgelöst hatte.

Was jedem klar war: Im Osten gab es weniger Autos, weniger Reklame und Kommerz, keine Penner, keine Junkies und keine Hinweise auf Sex im Stadtbild. Im Osten gab es keine nennenswerte Einwanderercommunity, die sich niederließ und Geschäfte und Restaurants eröffnete, im Osten gab es nur ausländische Vertragsarbeiter und Studenten, die kamen und wieder verschwanden, wie Micks Vater. Im Westen fuhren keine Straßenbahnen, dafür Doppeldeckerbusse, und es gab ein U-Bahn-Netz statt nur zwei mickriger Linien. Um gegen Ostberlin anzuglitzern, brauchte es keine Glitzermetropole. Es brauchte einfach ein bisschen mehr von allem, und das gab es in West-Berlin. Nichts davon traf Mick unerwartet. Bis auf dieses *Zeug*. Er war fünfzehn, es war die Zeit des großen, wachstumsbedingten Hungers, und weil er den Zusammenhang zwischen Zufuhr und Verbrennung noch nicht begriff, pflegte er die Essgewohnheiten des Leistungssportlers, der er als Kind gewesen war, obwohl er seine Nachmittage nun vor dem Fernseher verbrachte. Alles musste probiert werden, die intensiven Geschmäcker konnten gar nicht artifiziell genug sein. Illusionen von Barbecue, frischem Gebäck oder irgendwelchen Früchten, die die Natur so nicht zustande brachte. Fantasien aus Fett, Zucker und Chemielabor. Er fraß sich durch die Stadt. In jedem U-Bahnhof zog es ihn an den Kiosk, und am Bahnhof Zoo trieb es ihn nicht auf die verruchte Rückseite, sondern auf den Vorplatz, wo das goldene M verheißungsvoll leuchtete. Im Osten hatte alles nach viel weniger geschmeckt, die alchemistischen

Suchtformeln fehlten, mit denen man Lebensmittel in Designerdrogen verwandeln konnte. Man verzichtete zwangsläufig auf Raffinesse und war damit unbeabsichtigt der Zeit voraus: Alles schmeckte wie 1946 beziehungsweise wie aus dem Naturkostladen. Ob das besser, schlechter oder gesünder war, interessierte Mick nicht. Ihn interessierte, wie er nach kurzer Zeit aussah: Würde er sich in eine Mannschaft wählen? Würde er sich in den Dschungel lassen? Was würden die Türsteher beim Anblick dieses minderjährigen Mopsgesichts sagen? Woher sollten sie wissen, dass er dorthin gehörte? Denn der wahre Mick gehörte definitiv in die Clubs – und die Betten – der coolen Leute. Was man ihm vorübergehend jedoch leider nicht ansah.

Interessanterweise waren es nicht die anderen, die ihn darauf brachten. Seine Mutter ließ zwar ab und zu ein paar Bemerkungen fallen, sein Aussehen betreffend, schließlich war er ein so schönes Kind gewesen und, ein entscheidender Punkt in diesem Zusammenhang: ihr Sohn. Seine Mitschüler dagegen verfügten über keinerlei Schwarmgrausamkeit, sie plagten sich mit Akne, Zahnspangen, Schweiß- und Talgdrüsen herum und saßen somit selbst im Glashaus. So wie der Osten niemals so grau aussah wie im DEFA-Film oder, schlimmer noch, im Kalter-Krieg-Agentenfilm, so war auch West-Berlin nicht der Inbegriff der Coolness, zumindest nicht an seinem Gymnasium.

Seine Schule im Osten war vor ihrer Ausreise von einer schwarzen Welle überspült worden, die sich durch alle oberen Klassen ausbreitete und sogar die Streber erfasste. Die Erwachsenen standen dieser Epidemie unvorbereitet gegenüber, wobei die Depeche-Mode-Fans auf sie den ordentlicheren Eindruck machten als die Cure-Anhänger mit ihren weiß gepuderten Gesichtern. Was hatte das zu bedeuten? Die jüngeren Lehrer sahen darin vermutlich die Nachfolgeprovokation ihrer früheren Langhaarigkeit. Die Hardliner fanden sicher nicht, dass schwarzer Lippenstift ins Gesicht des Sozialismus passte, trotzdem schienen selbst sie sich irgendwann an das New-Wave-Festival auf den Fluren gewöhnt zu haben. Denn in ideologischen Fragen schien alles weiterhin seinen Gang zu gehen, Kollektivveranstaltungen, Appelle und Spartakiaden wurden so routiniert abgehalten wie die Gottesdienste in einem Jesuiteninternat, und was diese Pubertierenden währenddessen wirklich umtrieb, das war, wie jeder gute Pädagoge wusste, sowieso nicht kontrollierbar. Und so trug man FDJ-Hemd zur Robert-Smith-Frisur, nur Mick, die ewige Ausnahme in puncto Haar, trug einen Mittelstreifen, eine Afro-Version des Iro, und beneidete die Glatthaarigen, die ihrerseits ihn beneideten: Denn sein Haar stand. Alle anderen umgab eine hochentzündliche Wolke aus Haarspray, bis irgendwer irgendwann den ultimativen Festiger in der Hausapotheke seiner Eltern fand: sprühbares Wundpflaster, hurra, endlich Haar wie Beton.

Mick ging davon aus, dass es stylemäßig drüben viel wilder zugehen würde, schon deshalb, weil es viel einfacher war, sich auszustatten, und weil *drüben* eben keine piefige westdeutsche Mittelstadt war, sondern West-Berlin, die Insel der Irren. Doch nein. Er war nicht am Kottbusser Tor, er war in Wilmersdorf gelandet, wo man sich mit einem Qualitätspulli und seiner Naturhaarfarbe in den Unterricht setzte und wo die Mädchen auf eine nasale, subtextlose Art alles *halt irgendwie voll witzig* fanden. Dass er aus dem Osten kam, war kein Thema, er sah auch nicht aus, wie man sich einen aus dem Osten vorstellte. Man hielt ihn für ein GI-Kind. Nein, war er nicht. Ach, echt nicht? Auch egal. Lästige Fragen zum Thema *drüben* blieben ihm auf diese Weise erspart. Lästig deshalb, weil er im ersten Teil seines Lebens bereits so viele blöde Fragen hatte beantworten müssen, dass sie für mehrere Leben reichten. Die Ausländer- und die Ostfrage gleichzeitig, nein danke.

Stattdessen konnte er sich umgeben von liebenswerten Poppern von seinem persönlichen Systemwechsel erholen. Alle schliefen und nuschelten sich durch den Unterricht, schlurften über die Gänge und suchten nach ihrer Persönlichkeit. Mitglieder dieses apathischen Haufens waren außer Mick auch ein paar andere Eingewanderte. Einige erkannte man auf den ersten Blick, andere am Namen, wieder andere nur auf Nachfrage. Doch angenehmerweise wurde kaum nachgefragt. Beiläufig wurde erwähnt, dass man kein Schweinefleisch aß, Weihnachten erst im Januar feierte oder gar nicht und die Ferien in der Heimat der Eltern verbrachte. Sie bildeten keine Minderheitengang, sie mochten sich oder auch nicht, und Mick fühlte sich nach kurzer Zeit wie vorher schon: angeschwemmt von irgendwoher. Aber anpassungsfähig. Die Markencodes hatte er nach ein paar Tagen begriffen und an seine Mutter weitergegeben, die ihm die geforderten Klamotten kaufte, als wären sie seine Schuluniform: Diesel? Stüssy? Chevignon? Aha. Soso. Na gut. Bei den Preisen, beispielsweise für eine Chevignon-Fliegerjacke aus auf alt getrimmtem Leder, hätte Monika Einspruch erheben können, aus pädagogischen Gründen vielleicht sogar müssen. Im Westen benotete man nicht nur bis Fünf, sondern bis Sechs, was Mick neue Möglichkeiten nach unten eröffnete, die er sofort ergriff. Doch erfreulicherweise vermischte Monika diese Themenfelder nicht miteinander. Für sie als modebewusste Ostfrau war die Beschaffung der gewünschten Kleidung von jeher mit Opferbereitschaft verbunden, zumal es nicht ihr Geld war, sondern das von Wolfgang, ihrem neuen Mann, einem Siebzigerjahre-Bonvivant mit blondem Mittelscheitel, ernstgemeintem Schnurrbart und getönter Goldrandbrille.

Was brauchte es noch für einen ordentlichen Sozialstatus? Eine große Klappe, Musikgeschmack, Knete fürs Kino und ein Zimmer, in dem man ungestört herumhängen konnte. Nichts anderes als bei seinem alten Rudel. Der Druck, sein Fastfoodfett schnellstens wieder loszuwerden, wuchs also in ihm selbst, genau genommen in den Tiefen seiner Boxershorts, denn: Wie sollte das gehen mit den Mädchen? Seine Zukunft als Mann stellte er sich nicht so vor, dass er auf die Barmherzigkeit semi-attraktiver Frauen angewiesen sein würde. Ihm schwebte eher eine schwindelerregende Auswahl vor. Und zunächst mal der grundlegende Durchbruch, denn was er durch wissendes Grinsen und nebulöse Andeutungen geschickt im Unklaren ließ: Er war Jungfrau, auch wenn er es anders geplant hatte. Seine Zielperson, ein Mädchen, das aussah wie Billy Idol, hatte endlich zugesagt, mit ihm zelten zu fahren, als – ebenfalls endlich – ihr Ausreiseantrag bewilligt wurde, woraufhin Mick und seine Mutter innerhalb von einer Woche die Deutsche Demokratische Republik nicht nur verlassen durften, sondern zu verlassen hatten. Arschlöcher, dachte Mick und hinterließ dem Mädchen seine nagelneue 501 und eine fünfteilige Serie Musikkassetten, die er ursprünglich für die geile Zeit im Zelt aufgenommen hatte. Für das Zurücklassen seiner Lederjacke reichten seine romantischen Gefühle für Billy Idol aus Baumschulenweg dann doch nicht aus. Und auch nicht für eine Mädchen-aus-Ostberlin-Romanze, denn es ging eindeutig und, wie er annahm, beidseitig um Körperkontakt und nicht um einen mauerüberwindenden Seeleneinklang. Als er ihr eine Postkarte schrieb, komplett schwarz mit dem Satz *Berlin bei Nacht*, voll witzig, und Mühe hatte, das kleine Viereck mit etwas halbwegs Sinnvollem vollzuschreiben, das weder angeberisch klang noch Hoffnungen weckte, hatte sich das Gesicht des Mädchens in seiner Erinnerung bereits vaporisiert. Zurück blieb nur ihr hartes, silberblondes Haar. *Hair without a face.* Und ihr flexibler Turnerinnenkörper, den er fast unangetastet zurücklassen musste, ein Versäumnis, das ihn nicht sentimental machte, sondern überspannt und geradezu, man muss es so sagen: fickrig. Es folgten der Umzug, die Eingewöhnung, der Lebensmitteloverkill, und Mick saß vorerst fest in seiner Zwangsjungfräulichkeit.

Er ganz allein war es, der sich eines strahlenden Junitages, an dem er normalerweise ins Freibad gegangen wäre, was er aber aus gegebenem Anlass vermied, für den kalten Entzug, sprich den Hunger entschied. Und er zog es durch, obwohl er weiterhin wuchs. Die Vorstellung, langsam abzunehmen, erschien ihm so quälend wie die Wassertropfenfolter. Er trennte sich von seiner sogenannten Lerngruppe, bestehend aus drei Jungs, die nachmittags verschlafenen Schulstoff nachholen sollten und dabei entdeckten, wie intensiv sich Platten hören lassen, wenn man dazu Schwarzen Afghanen raucht. Nur einmal wöchentlich und nur so viel, dass das fehlende Haschisch dem älteren Bruder nicht auffiel, aber genug, um Erfahrungen mit verzögerter Zeitwahrnehmung, Paranoia, unbändigen Lachanfällen und einem Verlangen nach Nutella zu machen, das seine bisherigen Fressattacken in den Schatten stellte. Mick begriff, dass sich diese Nachmittage negativ auf sein Gewicht auswirkten, und strich sie.

Und er erkannte seinen ärgsten Feind: Zucker. Mick, eine Null in Chemie, erfasste den ihn betreffenden Teil des Themenkomplexes *Saccharine* innerhalb eines Nachmittags, was wieder einmal bewies, dass er kein Problem mit dem Stoff hatte, sondern nur mit dessen Vermittlung, die im Westen kein bisschen spannender war als drüben. Nachdem er den Zucker in seinen vielfältigen Verkleidungen enttarnt hatte, ließ er fortan nicht nur die Süßigkeiten, sondern alle Kohlenhydrate weg, was leichter war, als seinen eingeschlafenen Bewegungsdrang zu reaktivieren.

Mannschaftssport, nein danke, nicht mehr gruppenfähig. Vereinssport, auf keinen Fall. Ein Studio? Nicht in diesem Zustand. Also blieb er für sich und rannte. Erstaunlich, wie viel Waldfläche in einer eingemauerten Stadt existieren konnte. Mit seinem Rennrad, einem ultradünnen Gebilde, auf dem er vorerst und hoffentlich nicht mehr lange aussah wie Balu der Bär, fuhr er in die

Wälder, nach oder während der Schule. Und zur Abrundung: Klimmzüge.

Was wünschst du dir zu Weihnachten, mein Großer?

Eine Reckstange.

Bitte?

Eine Querstange im Türrahmen. Oder Ringe im Flur.

Querstange, aha, soso. Kannst du das mit Wolfgang besprechen?

Klar.

Machst du das bitte, Schatz? Versprichst du mir das? Das ist lieb von dir.

Es war typisch für seine Mutter, ihm seinen Wunsch in Form einer Aufforderung zurückzuspielen. Monika, mitten in ihrer Ausbildung zur Heilpraktikerin, delegierte gut. Wolfgang, Immobilienmakler und Verwalter mehrerer Mietshäuser, ebenfalls. Er schickte einen Handwerker, um dem Wunsch seines Stiefsohns nach einem Trainingszimmer in der Abstellkammer nachzukommen, denn Mick hatte seine Anfrage um eine Sprossenwand, eine Ruderbank, einen Sandsack und eine Kollektion Hanteln und Expander erweitert. Zur Motivation hängte er sich ein Rumble-in-the-Jungle-Poster an die Wand. Während er seinen Sandsack bearbeitete und auf die definierten Muskeln von Muhammad Ali und George Foreman starrte, begriff er endlich, worum es in dem Song *In Za ... in Zaire* ging.

Man ging sich aus dem Weg. Das hieß, Mick ging Monika aus dem Weg und Wolfgang ging Mick aus dem Weg. Sein Desinteresse an Kindern, insbesondere an männlichen, pubertären, wurde nicht groß kaschiert, was Mick lieber war als gespieltes Engagement. Der Umstand, dass Wolfgang Platz und Geld hatte, vereinfachte alles. Sie lebten in einer Sechszimmerwohnung in Halensee, in der Mick am Ende des sogenannten Dienstbodentrakts einen eigenen Eingang, ein Bad und zwei der kleineren Zimmer hatte, in denen er friedliche Nachmittage mit MTV und Masturbation verbrachte. Er solle sich doch tagsüber »vorne« aufhalten, sagte Monika und meinte damit den sonnigen, herrschaftlichen Teil der Wohnung. Doch er liebte seinen Appendix, die Stille und den Blick in den Hof, der mit seinem Weinbewuchs etwas Mediterranes hatte und in dem es nie wirklich hell wurde. Ab und zu wurde die Stille unterbrochen, dann hörte er die Musik der Nachbarn, Bon Jovi und Angelo Branduardi, und entwickelte gegen beide eine Aversion, und er hörte Katzen, die es brutal miteinander trieben, was ihn wieder an den Sinn des Lebens erinnerte. Nachts schlief er abwechselnd in seinem Bett und in der Zwischenetage, einer Art Hochbett, einem Überbleibsel aus der Zeit der Dienstboten, und stellte sich die Mädchen vor, die hier früher geschlafen hatten. Rechtlos, rotbäckig und so ahnungslos, dass man ihnen alles, aber auch wirklich alles beibringen musste. Das war im Gegensatz zu seinen Tagsüberfantasien erleichternd unschuldig. Irgendwann kam ihm der störende Gedanke, dass diese Dienstmädchen jetzt mindestens neunzig Jahre alt beziehungsweise tot sein müssten, also tauschte er sie gegen zeitgemäßere Frauen aus, Einbrecherinnen in schwarzem Leder zum Beispiel, in flagranti von ihm ertappt, oder Handwerkerinnen, die in seinem Trakt etwas zu reparieren hatten.

Zweimal im Jahr flogen sie nach Spanien, wo Wolfgang und Monika entweder mit Immobilienmaklern herumfuhren oder einfach nur dasaßen und Wein bestellten, während Mick, auf Porno- und MTV-Entzug, sein Sportpensum nochmals erhöhte. Irgendwann kam dann der Lohn für die Mühen. Und Mick, aufgeputscht von seinem dauerhaften Fastenhoch und seinen regelmäßigen *runners highs*, erhielt einen fetten Bonus von Mutter Natur: Er wuchs weiter, streckte sich auf fast zwei Meter. Der Spiegel wurde wieder zu seinem Freund. Das vormals Runde wurde kantig, Sehnen und Muskelstränge wurden sichtbar, endlich ein

Männergesicht, endlich ein ernstzunehmender Bart. Schön geworden. Operation Mann geglückt, zumindest optisch. Ein Grund zu feiern. Wie sich zeigen sollte, jahrelang.

Völlig in den Hintergrund trat dabei sein endgültiges Verlassen der Schule. Den Beginn seiner Ausbildung als Zimmermann nahm er selbst so beiläufig wahr wie eine flüchtige Discobekanntschaft. Ein stolzer Beruf, sagte Monika, deren Vater, Opa Heinrich, auch Zimmermann gewesen war. Erst mal machen und dann weitersehen, sagte Wolfgang. Eine Zwischenlösung sollte es sein, behauptete Mick, dem irgendetwas mit Design vorschwebte und dem an der ganzen Idee am besten die Zunftkleidung aus schwarzem Cord gefiel. Die Zorrokluft mit dem Schlapphut würde ihm stehen, dachte er. Euphorisiert vom ersten großen Sieg seines Lebens, zufälligerweise einem Sieg über sich selbst, galoppierte Mick durch sein neues Dasein als gutaussehender Mann. Ein Dopaminrausch jagte den nächsten. Dann fiel die Mauer, die Neunziger begannen, die Stadt wurde zum Spielplatz und entwickelte sich nach seinem Geschmack.

Die Sonne war herausgekommen.

Zeit für Frauen. Zeit für Partys. Zeit für neue Freunde.

WAS PASSIERT, WENN man zwei hochvirile Männchen der gleichen Spezies zusammen in einen engen Käfig sperrt? Fallen sie übereinander her oder verbrüdern sie sich? Der Käfig, ein Audi Quattro, die Männchen, Mick und Desmond, eingeklemmt zwischen anderen Männchen in hysterischer Vorfreude auf dem Weg ins Unity, eine Gay-Party, ein Muss-Termin am Sonntagabend, unabhängig davon, ob man schwul war oder nicht oder unentschlossen. Irgendwo zwischen ihnen klemmte auch noch ein Weibchen, ebenfalls aufgebrezelt, ebenfalls hysterisch. Denn auch Frauen fanden, dass Schwulenpartys die wirklich guten Partys waren, und mittlerweile auch perfekte Orte, um nichtschwule Männer kennenzulernen. Einige fanden es auch *total relaxt*, sich unter so vielen attraktiven Männern zu bewegen und nicht angemacht zu werden. Schlecht kokettiert, Ladys, dachte Mick, wenn ihr nicht angemacht werden wollt, zieht euch doch einen Sack über den Kopf oder bleibt zu Hause.

Mick und Desmond entdeckten sich auf dem Rücksitz über zwei andere, nun unwichtige Köpfe hinweg, erhoben sich aus der kreischenden Menge und flogen ihre eigene Formation, einen Paartanz, wenn man so wollte. Wollte man jedoch nicht, denn der eine stand auf Männer und der andere auf Frauen. Freunde also. Oder Brüder. Auf jeden Fall waren sie von diesem Abend an gemeinsam unterwegs.

Mick hatte jemanden gefunden, in dem er sich spiegeln konnte. Desmond eröffnete ihm einen Blick in die Zukunft, wenn es denn gut laufen sollte. Etwas dunkler als er, etwas kleiner als er, neun

Jahre älter, Amerikaner und somit ausgestattet mit einem natürlichen Vorsprung an Coolness. Ein Bruder, ja. Ein Bruder, so sah es Mick aus dem verklärten Winkel des Einzelkindes, bildet diese unauflösbare Einheit mit einem, einen Bund gegen den Rest der Welt, der ihnen auch von den anderen gespiegelt wurde, die ständig sagten, wie ähnlich sie sich sähen. Sie nahmen es hin, auch wenn sie wussten, dass sie sich so ähnlich sahen wie zwei Blondinen in Peking oder Nairobi. Mick und Desmond sahen sich ähnlich in Berlin. Auch, weil es ihnen so gefiel. Auch, weil Mick Desmonds Kleidungsstil adaptierte, der einer der stilsichersten Typen war, die ihm je begegnet waren, was allerdings keine große Kunst war im schlechtangezogenen Berlin. Wenn er später an Desmond dachte, sah er ihn auf dem Rücksitz eines Taxis, über einen Tresen gebeugt, Stirn an Stirn mit dem Barmann, bestellend, oder im Bett, in der Hand eine Fernbedienung, auf der Stirn einen Eisbeutel. Er, Mick, musste demnach die Person direkt daneben gewesen sein.

Mick, der kurz nach seinem Auszug bei Monika und Wolfgang auch seine Zimmermannslehre abgebrochen hatte, war nun frei von jeder Kontrollinstanz, so frei, dass es an Orientierungslosigkeit grenzte. Und hier kam Desmond ins Spiel, der ihm aufzeigte, wie ein Leben mit möglichst wenig Pflichten und möglichst hohem Standard aussehen könnte.

Es war eine gute Zeit für gute Fotografen. Desmond machte gute Fotos, hasste es aber, Dienstleister zu sein, und war, höflich ausgedrückt, eher sperrig im Umgang, weswegen man ihn seltener buchte als andere und häufig nur einmal. Dumm nur, dass er sich trotzdem einen Namen als Modefotograf gemacht hatte, der ihm wiederum bei der Anerkennung als Künstler im Weg stand. Behauptete Desmond. Seine Serien waren also provokante Modestrecken oder modeinspirierte Kunstserien zu den Themen Heroin, Hedonismus, HIV, Homosexualität, Heimatlosigkeit,

Heilige, Horrorclowns, Haute Couture, Hautfarben, Hermaphroditen, House- & Technoszene Berlin, Chicago, Detroit. Die scheinbare Fixierung auf den Buchstaben H war Zufall.

Mick interessierte sich eher für Desmonds Ist-Zustand als Desmonds Zukunftsvision als Ikone der Fotografie. Sein Geschmack und die daraus resultierende Geradlinigkeit, mit der er die Welt in Dinge einteilte, die er begehrte oder verachtete, waren kostspielig. Mick sah, dass Desmond oft tagelang ausging, zurückkam, den Telefonstecker aus der Wand riss und nach zwei Tagen im Bett ein Fax las, auf dem man ihm einen fünfstelligen Betrag bot. Woraufhin Desmond jammerte und fluchte und Mick sich sagte, dass es ja nicht so schwer sein könne, ein paar gutaussehende Leute vor einer teuren Kulisse zu knipsen. Desmond sagte Jobs zu und Desmond sagte Jobs ab. Er musste es sich also leisten können, schloss Mick und bewarb sich um die Krümel dieser scheinbar fetten Torte. Wie wäre es, wenn Desmond ihn zu seinem Assistenten machen würde?

Nein, sagte der.

Desmond stand vor dem Spiegel, Mick saß hinter ihm.

Warum nicht?

Desmond zupfte sich einen Papierfetzen von einem Rasierschnitt und trat ein Stück zurück.

Weil ich meinen Assistenten anschreien können muss.

Ihre Blicke trafen sich im Spiegel, Mick lachte.

Das ist mein voller Ernst.

Desmond kam sich ein Stück näher, steckte die Zunge in die Wange und strich über seine gewölbte Haut. Ein Pickel?

Von mir aus darfst du mich auch anschreien.

Desmond tupfte etwas Concealer auf seine Wange.

Ich weiß. Will ich aber nicht.

Desmond nickte sich selbst zu, fertig zum Ausgehen.

Ich finde angeschrien werden besser als kein Geld haben.

Desmond lachte und rief ein Taxi.

Mick fragte weiter. Es rührte ihn, dass Desmond ihn vor sich selbst als Boss beschützen wollte, doch die Geldfrage wurde immer dringlicher. Und unter seiner akuten Geldnot lauerte auch die von Jahr zu Jahr drängendere Fragestellung, wer oder was er eigentlich sein wollte. Er sah eine Quereinsteigerkarriere auf sich zukommen, nur die Branche fehlte noch. Und Desmonds Branche war kreativ und bot Raum für Wahnsinn, andernfalls wäre es nicht Desmonds Branche. Während er sich in seinen aktuellen Jobs in einer Arthouse-Videothek, in einem Plattenladen und als sporadischer Helfer eines Bühnenbauers als Fehlbesetzung empfand. Er war nicht in der Position, sich als überqualifiziert zu bezeichnen, schon gar nicht laut, doch er sah sich nicht als Ladenboy oder Handlanger. Eine passende Gelegenheit musste her. Doch Desmond blieb bei seinem Nein. Ein paar Mal flogen sie gemeinsam weg, zu Partys und Freunden nach Paris, Bologna und Barcelona, wo Mick alles tat, um Desmond zu beweisen, wie gut es war, ihn um sich zu haben. Wie gut er Auto fuhr, wie gut er organisieren konnte, wie gut er darin war, irgendwelche Leute zu überreden, ihnen irgendetwas in günstiger, größer oder schneller zu überlassen.

Dann kam das Aus für Mick, den sorglosen Reisenden.

MONIKA UND WOLFGANG hatten sich getrennt. Für Mick bedeutete das, nun ausschließlich von seinen Hier-und-da-Jobs zu leben. Es war möglich, aber es war nicht lustig. Es war prekär.

Er hatte einige Trennungen seiner Mutter erlebt und sie akzeptiert, weil Kinder die Welt akzeptieren, die ihre Eltern ihnen vorsetzen. Mit jahrelanger Verspätung erfasste ihn nun eine infantile Wut auf sie. Wie kam sie zu diesem sinnlosen und materiell nachteiligen Entschluss? Was glaubte sie, wer sie war? Sein Schmerz überraschte ihn selbst. Kurz stellte er sich sogar die kindliche Frage, ob er diese Trennung nicht hätte verhindern können. Er war fast dreiundzwanzig und stand in einem eher losen Kontakt zu seiner Mutter und deren Mann, nun Ex-Mann. Etwas zu fest packte Monika ihn am Unterarm.

Wolf und ich, wir hatten da so unsere Differenzen. Er ist ein guter Kerl, aber dann doch sehr konservativ in seinen Einstellungen, weißt du? Also teilweise ja fast reaktionär. Verstehst du?

Nein, Mick verstand nicht. Das Restaurant, in dem sie saßen, ein Türke, der behauptete, ein Italiener zu sein, was an sich kein Problem wäre, wenn er kochen würde wie ein Italiener oder konsequenterweise wie ein Türke, dieser Ort und seine Küche schienen den Weg in eine trübe Zukunft zu weisen.

Ich mache jetzt mein Ding, und weißt du was? Ich freu mich drauf.

Kann nicht einmal was *normal* laufen?

Bitte? Monika tat konsequent so, als würde sie ihren Eisbergsalat genießen. Was war das für ein Dressing, Dönersoße?

Du weißt genau, was ich meine. Ich kann mich nicht dauernd umstellen. Alle paar Jahre musst du dein Leben ändern oder deinen Mann wechseln, und ich muss das dann super finden.

Ich zwinge dich nicht, das super zu finden. Ich fände es nur schön, wenn mein Sohn mich verstehen würde, sagte Monika. Und du musst dich auch nicht *dauernd* umstellen, du bist, zumindest auf dem Papier, erwachsen und könntest bereits einen Beruf haben. Wie sieht es eigentlich an dieser Front aus, hm?

Mick ging darüber hinweg. Mick war wehleidig. Er hatte zwei Nächte in einem Club namens Planet verbracht, hatte geduscht und war zunächst erstaunlich leichtfüßig zum Treffen mit seiner Mutter getänzelt. Auch den abrupten Szenenwechsel zwischen dem fluoreszierenden Techno-Fegefeuer und dem Restaurant, dessen Wände Grotten nachempfunden und mit Zypressen, Eseln, Gondolieres und einem Steinofen bemalt waren, hatte er ganz gut verkraftet. Er trug eine Sonnenbrille mit gelben Gläsern. Ich war feiern, lautete die Zusammenfassung für diese Wochenenden, nach denen man zurück in die Welt trat, als hätte man ein überfülltes Ufo verlassen.

Warst du in der Disco?, hatte ihn Monika gefragt, und sie hatten aneinander vorbeigelächelt, jeder sein eigenes Bild einer gelungenen Samstagnacht vor Augen. Das erste Bierchen hatte ihn gleichzeitig geerdet und aufgeheitert, doch Bierchen Nummer zwei und die schlechten Nachrichten ließen Mick zu einem Sinkflug ansetzen.

Ich will eine Cola. Er hörte sich an wie 1976.

Bestell dir doch eine.

Ich hatte einmal im Leben das Gefühl, ich habe ein Zuhause.

Soso. Wenn ich mich richtig erinnere, war das ein Zuhause, aus dem du gar nicht schnell genug ausziehen konntest.

Ja, aber ich hatte einen Ort, an den ich zurückkommen konnte.

Ach Schatz, sagte Monika, du kannst doch jederzeit zu mir kommen.

Nun wäre es an Mick gewesen, zuzugeben, dass ihm Monikas neue, dem Vernehmen nach winzige Wohnung in Moabit genauso wenig in den Kram passte wie das Ausbleiben von Wolfgangs monatlicher Zuwendung mit dem Verwendungszweck »Ausbildung« auf seinem Konto, was den Schluss zugelassen hätte, dass es Mick weniger um ein Zuhause im ideellen Sinne ging, sondern um den hohen Wolfgang-Standard.

Niemand verbietet dir, weiter in Kontakt mit Wolfgang zu bleiben. Wobei mir ehrlich gesagt gar nicht bewusst war, dass du so an ihm gehangen hast.

Mick nickte traurig vor sich hin.

Schmeckt dir die Pizza nicht?

Der Schinken ist von Penny und die Champignons sind aus der Dose.

Ach komm. Kein Pfennig auf dem Konto, aber *La Paloma* pfeifen.

Du hast mich doch gefragt.

Ja, aber weißt du was, wenn du findest, dass du eher in einen Edelitaliener gehörst, dann such dir doch einen Job, mit dem du dir einen Edelitaliener leisten kannst.

Mir würde es schon reichen, wenn es ein *Italiener* wäre.

Mick hörte halb zu, wie Monika sich ihren Abstieg schönredete, und warf sich vor, seine Beziehung zu Wolfgang nie gepflegt zu haben. Er hätte ihn beispielsweise um eine Wohnung in einem seiner Häuser bitten können. Dort wäre er unkündbarer Mieter mit Sonderrechten gewesen. Leider nicht in einem Bezirk seiner Wahl, aber egal. Und ein generöser Typ wie Wolfgang hätte ihn auch nach der Trennung von seiner Mutter nicht rausgeworfen, niemals. Wieso kam er erst jetzt darauf? Plötzlich vermisste er Wolfgang. Mit Verspätung und mit ungeahnter Wucht.

Wie geht's Wolfgang denn?, fragte er – und fragte sich zum ersten Mal wirklich, wie es Wolfgang *ging*.

Ach, du kennst ihn doch. Der macht so seine Sachen. Tritt etwas kürzer in der Firma und hat sich ein Boot gekauft. Da wäre ich sowieso nicht die Richtige gewesen, ich werde doch sofort seekrank, erinnerst du dich? Na ja. Wir haben uns jedenfalls im Guten getrennt, weißt du? Also ohne Ansprüche oder Forderungen, das ist ja nun überhaupt nicht mein Stil.

Aha. Was ist denn dein Stil?

Sag mal, was soll denn dieser Ton bitte? Mein Stil ist es, nicht nur zu behaupten, ich wäre emanzipiert, sondern das auch zu leben. Und wenn ich was aus diesem Scheißland mitgenommen habe, dann die Einstellung, dass eine Verbindung zwischen zwei Menschen nicht bedeutet, dass der eine dem anderen seine Anwesenheit hinterher in Form von Unterhalt zu vergüten hat.

Das fand Wolfgang sicher total toll. Dass er jetzt so viel Geld spart, damit du von dir behaupten kannst, du wärst emanzipiert. Das könntest du übrigens auch so. Würde gar niemandem auffallen. Ist ja nicht so, dass Wolfgang seine Kontoauszüge veröffentlicht.

Ach Schätzchen, Monika winkte dem Kellner. Es geht doch darum, dass ich mich im Spiegel anschauen kann und eine unabhängige Frau sehe. Von uns Ostfrauen können sich da viele eine Scheibe abschneiden. Was gibt's denn da zu grinsen, bitte?

Hast du mal gesehen, was die Russinnen auf dem Ku'damm veranstalten?

Nein, was denn?

Die kaufen Designerklamotten wie Kartoffeln.

Ja und?

So viel zum Thema Ostfrauen.

Also erstens verstehe ich jede Frau, die sich gut kleidet. Und auch jede Art von Nachholbedarf. Und zweitens ist das ja vielleicht ihr selbstverdientes Geld, das wissen wir doch nicht.

Ganz sicher. Das haben die sich zusammengespart von ihrem Lohn als Kranführerin in der Sowjetunion.

Monika lachte und winkte dem Kellner noch einmal. Seine Freunde hatten seine Mutter immer gemocht, fanden sie cool, modern und attraktiv. Bestätigten somit exakt das, was Monika von sich selbst dachte. Sie legte ihm die Hand auf den Arm. Mick sah, dass sie ihren Ehering noch trug, einen äußerst stattlichen Klunker.

Du, deine komische Rhetorik, dieses Abschweifen vom Thema und am Ende recht haben, da steckt ein Talent drin, das du irgendwie nutzen solltest. Beruflich, meine ich.

Mick nickte. Was man ihr lassen musste: Sie sah ihn als halb volles Glas.

Das konntest du schon als Kind. Ich find das ja klasse.

Monika lachte weiter, Mick lächelte. Gut sah sie aus, seine Mutter, bis auf die Unsitte, Birkenstocks zu ansonsten eleganter Kleidung zu tragen, die sie wohl aus der Heilpraktikerszene übernommen hatte.

Signora?, fragte der Kellner.

Un otro Pinot Grigio y una Coca Cola, por favor, sagte Monika.

Eine Deutsche spricht Spanisch mit einem Türken, der nicht mal zu checken scheint, dass es kein Italienisch ist, so ein Quatsch, dachte Mick und rief dem Kellner ein schwaches *Light* hinterher.

Ich glaube, er denkt, du bist mein Lover, sagte Monika zufrieden. Was machst du eigentlich am Ku'damm?

Ich war mit Desmond unterwegs.

Desmond. Wie geht's ihm denn?

Super.

Sag mal, was du da anhast, ist das eine neue Lederhose?

Was er da anhatte, war eine vormals exorbitant teure Lederhose, die Desmond zu lang war, der sie trotzdem eine Weile getragen und ausgebeult hatte, was die Hose nicht appetitlicher machte und ihr einen derart lächerlichen Ankaufspreis in einem

Secondhandladen bescherte, dass Mick sie jetzt etwas widerwillig doch trug.

Ja. Wieso?

Nur so. Weißt du, eins wollte ich dir schon lange mal sagen und dann kam die Sache mit Wolfgang dazwischen und der Umzug und so weiter. Ah! Mein Wein! Jedenfalls: Es ist völlig in Ordnung für mich, ich freue mich sogar darüber, es geht ja nur um eins, dass du dich wohlfühlst …

Mick fühlte sich nicht wohl und betrachtete die Weinzeremonie. Ein dem Niveau des Ladens und dem Wein nicht angemessenes Brimborium. Monika nahm den Probierschluck und nickte zustimmend.

Muchas gracias.

Prego.

Jedenfalls hätte ich immer gedacht, aber da habe ich mich wohl überschätzt, dass ich eine Mutter bin, der man, ohne mit der Wimper zu zucken, erzählen kann, dass man mit einem Mann zusammen ist. Wolfgang: andere Baustelle. Aber der ist ja nun weg.

Ich bin nicht mit Desmond *zusammen*.

Nein? Du machst aber alles mit Desmond. Klasse Typ übrigens. Schöner Mann noch dazu.

Hör zu: Wenn ich mit einem Mann zusammen wäre, würde ich es dir sagen, okay?

Da bin ich mir nicht so sicher, ich kann nur noch mal betonen, dass ich hundertprozentig d'accord damit bin.

Monika hatte diese Art, ihm nicht zu glauben, gegen die er nicht ankam. Als Beweisführung diente ihr eine lebenslange Dokumentation seiner Lügen, hiebfest, denn diese Lügen hatte es gegeben, sie waren sozusagen wahr. Sie gaben ihr das Recht, je nach Situation und Laune zu entscheiden, ob sie Mick glaubte. Die Cola tat gut. Geräuschvoll schlürfte er um die Eiswürfel herum. Eine Kindheitstechnik, schön. Sein Problem war nicht die Liebe zu einem Mann. Sein Problem war das abrupte Ende seiner verlängerten Kindheit, die, wie er erst jetzt in diesem schlechten Restaurant feststellte, an den guten Willen eines Mannes gekoppelt war, dessen Anwesenheit in seinem Leben wiederum an die Launen seiner Mutter gekoppelt war. Sein Schmerz war vielleicht nicht berechtigt, was nichts daran änderte, dass er ihn fühlte. Er war die Wiederauflage eines alten Schmerzes. Immer, wenn sie diese Gespräche führten, in denen Monika einen Neuanfang beschwor, sie beide als Team darstellte und ihm eröffnete, dass der Arndt, der Friedhelm oder wer auch immer nun weg war, stieg ein Wunsch nach Nichtveränderung in Mick auf, wollte er sich panisch an den Zustand klammern, den er zuvor ohne große Gefühle zur Kenntnis genommen hatte. Und wenn er nach einem Ausgangspunkt für dieses Desaster suchte, das gar kein Desaster war, sondern das Beziehungsleben seiner Mutter, kam es ihm so vor, als hätte von Anfang an alles anders laufen müssen, wobei er keine konkrete Vorstellung davon hatte, wie genau. Und zwangsläufig musste er dann an den Mann denken, an den er sonst nur dachte, wenn andere ihn nach ihm fragten. Wo ist dein Vater, wo kam er her, warst du schon mal in Afrika? Ob er ihn vermisste, war eine Frage, auf die er selbst keine Antwort hatte. Er sehnte sich eher nach einem Zustand als nach einem Menschen, den er nicht kannte. Und jetzt saß er hier, ein erwachsener Mann, der die Scheidung seiner Mutter zur Kenntnis nahm und im Hintergrund Eros Ramazzotti singen hörte, während in seinem Körper ein Bass-Echo des vergangenen Wochenendes vibrierte. Als Monika wieder anfing, von ihrer progressiven Haltung zu Homosexualität zu schwärmen, musste er sie unterbrechen.

Ich werde aber ab demnächst mit Desmond zusammenarbeiten.

Ah! Das hört sich gut an. Als was denn?

Fotoassistent.

Na, das ist ja mal eine gute Nachricht. Ich fand immer, dass du künstlerisch arbeiten solltest. Dann lass uns auf unseren Neustart trinken, sie hob ihr leeres Glas in Richtung Kellner: Por favor?

In der Ära Wolfgang hätte seine Mutter, die keinen Führerschein hatte, sich ein Taxi gerufen, so brachte er sie zum Bus, der in einer so dörflichen Zeittaktung fuhr, dass sie eine Viertelstunde in einem unerträglich schneidenden Wind stehen mussten. Monika schlug ihren Mantelkragen hoch und redete weiter, schicksalsergeben und frierend. Als sie in den Bus stieg und aufs Oberdeck kletterte, fiel ihm auf, dass ein Taxi nicht nur bequemer ist, sondern einem auch Abschiede wie diesen ersparte. Monika winkte zu ihm hinunter, machte ihre Venceremos-Faust und lachte. Ihre Nase kräuselte sich und ihre Augen wurden zu vergnügten Viertelmonden. Man sagte, dieses Lachen hätte er von ihr. Und als er endlich die Hand aus der Jackentasche nahm, unsicher, ob er ihr winken oder ebenfalls den Che Guevara machen sollte, fuhr sie los, in ihr neues Leben, das ihm nicht gefiel, das sie sich aber selbst ausgesucht hatte. Wer war er, ihr zu sagen, was sie sich unter Glück vorzustellen hatte? Warum er schließlich in Tränen ausbrach, war schwer zu sagen. Biochemie oder Traurigkeit? Es tat nichts zur Sache.

AB JETZT KANN alles, was Sie tun, gegen Sie verwendet werden. Das ist es, was man einer Frau sagen sollte, die sich für ein Kind entscheidet, dachte Monika und winkte ihrem Sohn hinterher, dessen Gesicht so tief in seiner Kapuze steckte, als wäre er der Sensenmann. Nein, dachte sie, es kann nicht nur gegen dich verwendet werden, es wird gegen dich verwendet werden. Du hast gestillt? Du hast nicht gestillt? Du hast ihn schreien lassen, du hast ihn mit deiner Beachtung zu einem Tyrannen verzogen. Du hast ihn überfordert, du hast ihn unterfordert. Du warst eine Glucke, du warst zu selten da. Du warst zu jung, zu alt, zu sehr mit dir beschäftigt, zu sehr auf ihn bezogen, zu ängstlich, zu sorglos, zu streng, zu lasch, du hattest keine klare Linie. Du wolltest alles anders machen als deine Eltern, oder genauso, weil es das war, was du kanntest, wie konntest du nur. Zu wenig Zeit, zu wenig Struktur, zu wenig Liebe. Oder zu viel. Nicht einmal mit der Liebe ist man auf der sicheren Seite. Sie wird einem vorgeworfen wie alles andere, früher oder später.

Monika sah sich selbst nicht als schlechte Mutter. Es war so, wie es war, dachte sie, ich habe mein Bestes gegeben. Dass man sie im Nachhinein als mutig und modern bezeichnete, passte ihr gut. Es fühlte sich an wie eine späte Anerkennung für etwas, was ihr einfach passiert war und rückwirkend aussah wie eine Lebenseinstellung. Sie, die freie junge Frau, hatte sich gegen den Mief aufgelehnt und ihr Kind allein großgezogen. So war es gewesen. Auch wenn es kein Konzept war. Sie war schwanger geworden. Sie musste sich nicht fürs Alleinsein entscheiden, es war immer klar gewesen, dass

Idris keine Familie mit ihr gründen würde. Er hatte ihr nie etwas versprochen, was nicht hieß, dass er ihr nicht trotzdem das Herz gebrochen hatte, aber das ging niemanden etwas an. Und dann lag es an ihr, der ganzen Geschichte die richtige Lesart zu verpassen. Das konnte Monika gut. War sie eine hilflose junge Frau, die man schwängerte und dann sitzenließ? Oder war sie eine Frau, die ein Kind wollte und auf den Vater verzichten konnte? Selbstverständlich letzteres. Niemand hatte sie gesehen, als sie von ihrer Frauenärztin kam und sich fühlte, als hätte man ihr nicht die Entstehung eines neuen Lebens, sondern eine tödliche Diagnose mitgeteilt. Niemand hatte sie gefragt, wie sie die Wochen danach verbracht hatte. Sie lag in ihrer Wohnung in der Veteranenstraße und las. Sogenannte Trivialliteratur aus dem Westen, Thriller und Schnulzen, die von Hand zu Hand gingen, als wären sie konspiratives Material, dabei war es einfach nur clever gemachter Schund, der den kalkulierten Sog auf Monika ausübte und damit das perfekte Gegenprogramm zu ihrer Uni-Pflichtlektüre darstellte, Engels, den sie zwar lieber las als Marx und Lenin, der jedoch weit davon entfernt war, als Pageturner durchzugehen. Zwei Wochen lang ernährte sie sich von Makkaroni mit Tomatensoße und Kartoffeln mit Kräuterquark und ignorierte das gelegentliche Klingeln an der Wohnungstür. Sie blieb im Flur stehen, eine heiße Teekanne in der Hand, sie erstarrte in der Dusche, zitternd und eingeseift, bis sie das Wasser wieder aufdrehen konnte, sie trat vom Fenster zurück und verharrte bewegungslos mit der Nagelschere in der Hand, mit der sie sich Schnittlauch für ihren Quark geschnitten hatte – bis die aufdringlichen Besucher endlich ihre Ohren von der Tür genommen hatten und ihre Schritte sich entfernten. Dann schlich sie ins Treppenhaus und las auf dem kleinen Zettelblock an ihrer Tür, wer zu ihr gewollt hatte.

Das waren unsere Anrufbeantworter damals, dachte Monika und sah hinaus ins dunkle Berlin.

Moni, ich war in der Gegend, Ulla. Wollte dir deine Stiefel zurückbringen, probier's nächste Woche wieder, Annegret. Liebste Harmonika, war mit Wein hier, aber du nicht, schade, bis bald, Werner.

Moni war beliebt. Und jetzt war sie schwanger. Die Bücher lasen sich so schnell, als wären es Filme, und immer, wenn sie sich auf einen Showdown zubewegte, wusste sie, dass sie ein paar Seiten weiter wieder allein sein würde mit ihrer Wahrheit. Ich bekomme ein Kind. Wirklich?

Später, als alles so aussah, als wäre es von Anfang an der Lebensplan der tapferen Moni gewesen, verzerrten sich diese Wochen zu einer diffusen Erinnerung, die ihr vorkam wie eine besonders heftige Erkältung, mit der sie ihr Verschwinden den anderen damals auch erklärt hatte.

Sie hatte seit Ewigkeiten nicht mehr an diese Zeit gedacht. Der Busfahrer ermahnte ein paar Kids, die in der Frontreihe des Oberdecks herumalberten, was er über seinen Spiegel sehen konnte. Es reicht jetzt gleich da oben, Herrschaften, sagte er. Monika grinste sich in der Scheibe an.

Nein, sie hatte nicht vorgehabt, als starke Frau zu gelten. Was sollte das überhaupt sein, eine starke Frau? Sie kannte sich aus mit überstrapazierten Begriffen, toten Begriffen, sie hatte Jahre gebraucht, um Wörter wie *Frieden, Freundschaft* oder *Solidarität* wieder in ihrer Bedeutung wahrzunehmen, man hatte ihnen im Osten die Seele geraubt. Das Wort Antifaschismus hatte man so oft benutzt, bis einigen Leuten jedes Gefühl für den wirklichen Schrecken der Nazis abhandengekommen war. Im Kollektiv ließ man die sinnentleerten Phrasen auf sich niederprasseln, ohne über sie nachzudenken, was passenderweise sowieso nicht erwünscht war. Propaganda, die nicht zur Manipulation taugte, sondern nur zur Sedierung, die so kontraproduktiv war, dass Monika, die Tochter eines von den Nazis verfolgten Kommunisten, noch vor dem Abitur beschloss, dass sie nicht in einem Land alt werden würde, in dem man die eigenen Leute derart für dumm verkaufte.

Als sie im Westen ankam, erhielten die Eckdaten ihrer Mutterschaft eine andere Bedeutung. Besonders die Tatsache, dass sie nie Unterhalt bezogen hatte. *Wow* respektive *o weh*, je nachdem, mit wem man sprach. Die Frage hatte damals so kurz im Raum gestanden, dass Monika sich kaum noch an die Einzelheiten erinnerte. Hatte Idris selbst sie aufgebracht? Hatte sie gefragt? Egal. Es floss kein Pfennig. Wenn Väter aus dem nichtsozialistischen Ausland für ihre Kinder zahlten, wurde die harte Währung vom Staat einbehalten und der Mutter in DDR-Mark ausgezahlt. Das könnte euch so passen, dachte Moni, da pfeif ich drauf. Und überhaupt: Das Thema Unterhalt war im Osten kleiner, das Thema des Versorgers ebenfalls. Schön, wenn es einen passenden Vater gab, das stand wohl systemunabhängig außer Frage, doch der Alleinernährer war weitgehend passé gewesen. Dafür arbeitete Mutti Vollzeit und schmiss trotzdem den Haushalt. Gleichberechtigung ja, aber ganz sicher kein Grund zur Euphorie. Man bekam seine Kinder früh. Auch deshalb war Monikas Weg weniger exotisch, als er im Nachhinein wirkte. Ihr Kind sah exotisch aus, okay. Und nicht jeder abwesende Vater war so ultimativ verschwunden wie Idris. Nicht jeder Vater hatte durch sein Aussehen ein Dauerfragezeichen hinterlassen. Was für ein entzückendes Kind, woher kommt denn der Papa? Niedlich, haben Sie ihn adoptiert? Trotzdem, ein Drama wäre das alles nur gewesen, wenn sie ein Drama darin gesehen hätte. So aber gab es sie, die große Blonde mit dem schwarzen Baby, die etwas andere Kleinfamilie. Wer etwas dagegen einzuwenden hatte, konnte sich direkt an Moni wenden oder die Klappe halten.

Das Kind schien von Anfang an zu wissen, worum es ging. Als wäre es in seinem Fruchtwasser herumgeschwebt und hätte die

Nachricht erhalten: Hör zu, es wird nicht einfach, aber wenn wir beide zusammenhalten, kriegen wir das hin, okay? Vielleicht hatte sie wirklich mit ihm gesprochen, sie erinnerte sich nicht, aber es war gut möglich, so zurückgezogen, wie sie ihre Schwangerschaft verbrachte. Und dann war er da. Er sollte heißen wie der Bruder, den sie gehabt hätte, wäre er nicht an Hirnhautentzündung gestorben. Michael. Ein unkompliziertes Baby. Er hatte ihr Leben nicht auf den Kopf gestellt, er hatte sich zu ihr gesellt. Ein fast bedürfnisloser kleiner Kerl, so ruhig und leicht zu lieben, dass es fast verdächtig war. Das hieß, sie war dankbar, dass er durchschlief und kaum weinte, bis ihre Mutter damit anfing, ihn zu Fachärzten zu schleppen. Hört er? Sieht er? Ist alles mit ihm in Ordnung? Monika, solltest du geraucht oder getrunken haben, du wirst dir das deinen Lebtag nicht verzeihen. Er war gesund. Er war vollkommen.

Sie spielte mit ihrem Ring. Ein Amethyst. Nie nahm sie ihn ab, das einzige schöne Stück, das sie von ihrer Mutter hatte. Hildchen. Sie starb, bevor sie sich als Oma entfalten konnte, er war erst drei.

Ich hatte immer ein komisches Timing, dachte sie. Ich habe mich nicht allein gefühlt, als ich mich allein hätte fühlen müssen. Und als keiner mehr danach fragte, als ich mein Kind fast groß hatte, wollte ich unbedingt Ehefrau sein, wollte versorgt werden, im konservativsten Sinn. Was habe ich gegen den Osten gewettert, als ich noch studiert habe. Ich wollte nicht, dass Idris mich heiratet, ich wollte einfach nur weg. Allein. Ich stand mehrmals kurz vor der Exmatrikulation. Ich habe meine Profs an die Wand diskutiert, ich habe Leserbriefe ans *Neue Deutschland* geschrieben, habe ihnen ihre Lügen aufs Brot geschmiert, habe Beschwerden bei meinem Abgeordneten eingereicht, denn schließlich wurde ja behauptet, wir würden in einer demokratischen Republik leben. Entweder ihr haltet euch dran, oder ihr benennt euch um, so einfach ist das,

Genossen. Nichts war einfach. Auch wenn es mir Spaß machte, mich als mündige Bürgerin aufzuspielen und ihnen auf die Nerven zu gehen. So lange, bis zwei Genossen vor meiner Tür standen und mich fragten, ob ich mich nicht in Grund und Boden schäme, das meinem schwerkranken Vater anzutun. Diese perfiden Arschgeigen kannten meinen einzigen wunden Punkt. Ich hielt den Mund. Und dann, als ich ausreisen durfte, ging es plötzlich um gar nichts mehr, nur noch um meine Ehe und meine Ruhe. Ich hatte keine politische Meinung mehr, ich habe *Vogue* statt *Spiegel* gelesen, nicht einmal gewählt habe ich, als es endlich einen Sinn gehabt hätte. Es war, als müsste ich mich jahrelang von meiner eigenen Bambule erholen. Und jetzt, wo ich langsam Angst bekommen sollte, als einsame Alte zu enden, wohne ich wieder allein in einer Studentenbude. Vielleicht ist es das, was Mick so stört? Kinder sind Spießer. Auch wenn sie groß sind und selbst unter dubiosen Umständen leben – die Eltern haben Stabilität zu bieten.

Regentropfen zitterten auf der Busscheibe entlang, als folgten sie vorgegebenen Bahnen. Sie sah auf die Häuserreihen, große Erker, heimelig beleuchtete Wohnzimmer, bürgerliches Glück, zumindest sah es im Vorbeifahren so aus.

Warum haben wir keinen richtigen Papa, sondern nur Arndt?, hatte er sie immer wieder gefragt. Und sie hatte ihm lachend eine Antwort gegeben, denn *nur* Arndt war ein toller Mann und sie eine Mutter, die immer eine Antwort hatte. Warum gehst du in den Cowboystiefeln zum Elternabend?

Was hast du gegen meine Cowboystiefel, die fetzen doch?

Ja, aber nicht zum Elternabend, da zieht man sich normale Schuhe an wie die anderen Muttis.

Die Schuhe der anderen Muttis gefallen mir aber überhaupt nicht, dir etwa? Na siehste!

Und später, als Monika in den Augen der anderen schon zur coolen Singlemom avanciert war und sah, wie ihre jüngeren Kolleginnen händeringend nach Babysittern suchten, die sie dann kaum bezahlen konnten, dachte sie: Ich habe meinen schon als Fünfjährigen allein gelassen. Das werde ich euch nicht sagen und schon gar nicht raten, es wäre ein Fall fürs Jugendamt, wenn nicht ein Straftatbestand, asozial sowieso. Ich habe es auch damals niemandem gesagt, aber oft ging es nicht anders.

Monika fragte sich, ob ihre Situation sie damals schon so traurig gemacht hatte wie jetzt, wo sie nur noch eine Erinnerung war. Nein. Sie hätte sich Traurigkeit gar nicht leisten können. Eine Feststellung, die sie im Nachhinein noch trauriger machte.

Einmal hatte er versucht, ihr einen Kuchen zu backen, hatte alles, was er in den Schränken fand, mit Eiern verrührt. Sie kam heim, kurz bevor er das Haus in die Luft hätte jagen können, er stand schon auf einem Hocker vorm Herd, um an den Gashahn hinter dem Herd zu gelangen. Ach Mann, Mama, rief er, als sie ihn zitternd vom Hocker riss, das sollte eine Überraschung werden. Nach diesem Vorfall glaubte sie kurz an das dümmliche Sprichwort, dem zufolge Kinder und Betrunkene einen Schutzengel haben, und brachte ihn trotzdem zu ihrer Tante raus nach Grünau, wenn sie unterwegs war.

Mama? Warum schlafe ich so oft bei Tante Martha?

Weil ich nicht will, dass dich ein Einbrecher holt.

Eine blöde Begründung, die sie schon bereute, als er sie mit großen Augen ansah. Na prima, dachte sie, mit nur einem Satz sein sicheres Zuhause zerstört, Moni, du dumme Gans. Der dahergeredete Einbrecher wurde zur festen Instanz. Ein Zustand, der anhielt, bis sie nach dem Tod ihres Vaters zurück in dessen größere, hellere Wohnung in Treptow zogen.

Eigentlich waren wir ein klasse Team, mein kleiner Kumpel und ich, dachte sie in ihrem wackeren Moni-Duktus, und es fühlte sich an, als würde sie zu jemandem sprechen, der ihr freundlich zunickte, während er ihr kein Wort glaubte.

Aber so war es doch, dachte sie, unnahbar und schwierig wurde er erst später, als ich schon verheiratet war, als hätte er damit so lange gewartet, bis ich in Sicherheit war. Und dann? Dann zog er sich aus ihrem Leben zurück, ein unerwartet schmerzfreier Prozess, den sie kaum mitbekommen hatte. Sie war knapp vierzig und hatte einen erwachsenen Sohn. Endlich ein Vorteil ihrer jungen Mutterschaft. Und jetzt, wo er älter war als sie bei seiner Geburt, hatte sie wieder das Gefühl, ihn nicht allein lassen zu können.

Noch bevor das Zigarettenlüftchen sie in der hintersten Sitzreihe erreichte, stoppte der Bus abrupt, der Fahrer erschien auf dem Oberdeck und fackelte nicht lange: So, Freunde, Endstation. Die Teenager gehorchten ihm, kichernd, aber sofort. Ein so zartes Alter, dachte Moni, im Rudel sind sie die Pest, allein zerbrechlicher als kleinere Kinder. Sie stellten sich in das Wartehäuschen und zündeten sich neue Zigaretten an. Monika schaute auf sie hinunter, Kinder in Erwachsenenkörpern, die sich eine Dosis Autorität abgeholt hatten.

Ich kann mich doch jetzt im Nachhinein nicht fragen, ob ihm sein Vater gefehlt hat. Sie stand auf, eierte durch den Gang, setzte sich in die Frontreihe und schaute hinunter auf den Fluss aus roten Rücklichtern. Ich war immer da, und jetzt frage ich mich, ob ich genügt habe? So weit kommt's noch.

Eigentlich war der Abend nett gewesen. Mick hatte etwas wirr gewirkt, sie nahm an, dass er viel getrunken und wenig geschlafen hatte. Sie nahm an, dass er ab und zu Drogen nahm, eine Sache, aus der sie sich raushalten würde, er war Sportler, er hatte sich im Griff. Und auch seine Partnerschaften würde sie immer akzeptieren, was er wusste, auch wenn er dumm getan hatte, als sie es ihm sagte. Dennoch hatte sie etwas gestört an diesem Abend. So fundamental gestört, dass sie ihre Tasche nach einem Tempo durchsuchen musste, sie, die sich nicht erinnerte, wann sie das letzte

Mal geweint hatte. Nicht sein hochnäsiges Genörgel über das nette Restaurant. Nicht sein flackernder Blick hinter der albernen Sonnenbrille. Er hatte blass, fast fahl ausgesehen, was nur ihr auffiel, weil er für alle anderen einfach braun war, doch auch das war es nicht gewesen, was sie beunruhigte. Sondern sein Schwebezustand. Als er so alt war wie diese Kids im Bus, hatte sie das Gefühl gehabt, er wäre reif für sein Alter. Gute Manieren, nette Freunde, selbstbewusst und freundlich im Umgang mit Erwachsenen. Der Teenagerstoffel war ihr erspart geblieben, wie sie zufrieden registrierte, sein soziales Wesen würde ihm alle Türen offenhalten, auch die, die er geflissentlich ignorierte. Alles andere würde er nachholen können, sein Charme war sein Kapital. Jetzt aber hatte er gewirkt, als befände er sich im freien Fall, als hätte er vergessen, was er schon als Kleinkind gewusst hatte: Wer er war.

Desmond assistieren? Sie hatte kein Problem mit Assistenten. Sie hatte mit keinem Beruf ein Problem. Im Gegenteil. Sie hatte eher ein Problem damit, sich selbst als Akademikerin zu betrachten. Nicht jeder Weg zu einem Hochschulabschluss wurde von geistiger Brillanz erleuchtet, im Osten nicht und im Westen ebenfalls nicht. Trotzdem hätte Mick es sich leichter gemacht, hätte er sich seine Intelligenz offiziell verbriefen lassen, das stand außer Frage. Er wollte es nicht, und das konnte mit ihrer Erziehung zu tun haben. Aber was sie ihm immer beigebracht hatte: dass er etwas Besonderes war. Du bist klug, du bist gut, trau dich. Und wenn du dich nicht traust, frag mich, dann finden wir einen Weg.

Doch vielleicht war das mit dem Selbstbewusstsein andersherum zu betrachten, dachte Monika, schaute sich in der Scheibe an und tupfte sich Mascaraspuren aus dem Gesicht. Vielleicht war er so selbstbewusst, dass er nicht das Gefühl hatte, irgendwem etwas beweisen zu müssen.

Du bist klug, mein Sohn. Ich weiß, tausendmal gehört. Er schien sich selbst zu genügen. Und sie, diejenige, die alles dafür getan hatte, ihm dieses Gefühl zu vermitteln, machte sich nun Sorgen, dass er doch nicht genügen könnte. Aber wem? Ihr? Der kalten Welt da draußen?

Nächster Halt Kirchstraße/Alt-Moabit.

Ich wohne nicht mehr am Halensee, ich wohne jetzt an der Justizvollzugsanstalt Moabit. *Wo?* Ich wohne vis-à-vis vom Knast. Das hatte ihm nicht gepasst. Sie schüttelte den Kopf und drückte auf den Stopp-Knopf. Wir werfen uns gegenseitig vor, dass wir es uns schwerer machen als nötig. Warum? Weil wir Angst haben, dass wir untergehen. Weil wir schon immer wussten, dass wir uns auf verdammt dünnem Eis bewegen. Weil wir uns lieben.

MICK HATTE DIE Liste seiner Lügen verlängert. Die Lüge war weiß, denn Monikas Freude über seinen kreativen Job mit Desmond war unübersehbar gewesen. Verschweigen fiel nicht unter Lügen. Verschweigen war schlicht und einfach Verschweigen. Andernfalls hätte ja jeder, der eine dumme Frage stellt, das Recht, die Wahrheit zu erfahren. Bist du Alkoholiker, findest du mich schön, schmeckt's? So ging das natürlich nicht.

Und dass er nicht mit Männern zusammen war, stimmte sowieso. Okay. Es hatte diesen einen unausweichlichen Zwischenfall gegeben. Desmond und Mick stellten zeitgleich fest, dass es genau jetzt nichts anderes zu tun gab als Sex. Mick lag auf dem Bett und Desmond auf dem Boden. Alle anderen waren gegangen, alle Flaschen waren leer, alle Drogen genommen, alles war gesagt. Es gab nur noch Desmond, der seinen letzten Freund erfolgreich vergrault hatte, und Mick, der zu diesem Zeitpunkt mehreren Frauen erfolgreich aus dem Weg ging und einer Frau erfolglos hinterherrannte. Die Cocteau Twins liefen. *But is it Heaven or Las Vegas?*, jauchzte eine Elfenstimme über einer Synthesizertraumlandschaft. Ja, was war das hier? Die Sonne fiel schräg in Desmonds Berliner Zimmer, ein Vierzigquadratmetersalon, der so groß war wie Micks damalige Wohnung. Dann verstummte die Elfe, Platte zu Ende. Und jetzt?, fragte Mick, und Desmond lachte. Ab diesem Moment verschwamm Micks Erinnerung mit den anderen Erinnerungen an den Sex jener Tage. Die Tatsache, dass Desmond keine Frau war, spielte nur insofern eine Rolle, dass Mick sich anschließend sagen konnte, er wisse jetzt Bescheid.

Bulletproof war er weder homophob noch homosexuell. Beides wusste er vorher schon. Beides nicht zu sein, war in seinem Umfeld nichts Erwähnenswertes, trotzdem freute er sich über diese eindeutige Klärung. Er war um eine wichtige Lebenserfahrung reicher und somit erwachsener und cooler. Trotzdem würde er mit niemandem darüber reden.

Micks lang erhoffte Chance folgte kurz darauf. Desmond hatte mehrere Assistenten verschlissen. Grässliche Geschichten, grässliche Leute, Tischtuch zerschnitten, Person gestrichen. Die letzte wohlgelittene Assistentin war nun selbst vollwertige Fotografin mit eigenem Assistenten, und die Leute, die die Agentur ihm vorschlug, lehnte Desmond aus Prinzip ab. Also doch Mick. Andalusien. Stierkampf und Semana Santa. Models zwischen Stieren und Matadoren und danach die Osterprozessionen. Mick war alles recht und alles egal. Als er einer Sekretärin seine Daten durchgab, stieg ein neuartiges, wunderbares Businessgefühl in ihm auf. Als sein Flugticket bei ihm ankam, kam es ihm so vor, als wäre es ein zukunftsentscheidender Vertrag. Die Reise wurde zum Desaster.

Alles an der Produktion der Modestrecke in der Stierkampfarena von Málaga löste in Desmond Abwehrreaktionen aus, deren genauen Ursprung er nicht näher erläuterte, unter denen er aber jeden im Team leiden ließ, was nicht besonders angenehm war, aber immerhin demokratisch. Mick, loyal Desmond gegenüber, hielt sich von den Lästereien der anderen fern. Er rätselte allein, woran es liegen könnte, dass Desmond mit diesem Zitronenmündchen durch die Gegend lief und alles unerträglich fand. Die Models, die Stylisten, den Geruch der Arena, das Hotelbett, das Catering, den Kunden und besonders die Producerin, eine böse Schlampe, wie Desmond herausgefunden hatte. Mick dagegen fand es super, er mochte diesen Job und arrangierte sich täglich mehr mit Desmonds sauertöpfischer Jobperson. Der Leibeigenenstatus des Assistenten war auszuhalten, denn jeder an diesem Set rannte kopflos und schwitzend durch die Gegend, was die Sache zu einem Gruppenerlebnis machte, das Mick so noch nicht kannte. Ein fehlender Hut musste per Overnight-Express aus Milano herangeschafft werden, einen Tag saß man nur herum und spekulierte, wo der Stiertrainer war und ob er noch kommen würde, tags darauf musste ein neues Model eingeflogen werden, weil das ursprüngliche von einer Biene exakt zwischen die Augen gestochen worden war und aussah wie der Elefantenmensch, was für Erheiterung sorgte, die sich gut auf den Teamgeist auswirkte. Das Budget für unvorhergesehene Planabweichungen schien unerschöpflich. Die Abendessen machten Spaß und zogen sich bis in die Nacht. Andalusien war kurz vor Ostern schon heiß und gleißend hell. Das alles, verziert noch durch einen Flirt mit der Styling-Assistentin und den Rooftop-Pool des Hotels, überzeugte Mick endgültig von seiner Zukunft in Desmonds Arbeitswelt.

Ich ertrage diese Sklavenjobs nicht mehr, jammerte Desmond, der zweifellos in einer Sinnkrise steckte und der aus Sicht der anderen nicht der Sklave war, sondern der Despot. Abends an der Bar erzählte er Mick von der Belohnung, die sie sich nach diesem Höllentrip verdient hatten, seiner eigenen Serie, die sie im Anschluss fotografieren würden, eine Idee, die er schon lange hatte und für die es nun an der Zeit war. Endlich. Die Kapuzenkutten der Büßer, ein bisschen Spiel mit BDSM, Katholizismus und Ku-Klux-Klan, der sich ja ähnlich kleidete, ein Konglomerat an provokativen Elementen, das nach einer Umsetzung in Desmonds Bildsprache schrie. Die Semana Santa böte die perfekte Kulisse. Die Überraschung für Mick war, dass *er* der nackte schwarze Mann sein sollte, der sich in religiös-sexueller Ekstase zu Füßen der Kapuzenmänner wand.

Hast du die denn schon gefragt, ob sie mitmachen?, fragte Mick, der nie gedacht hätte, dass ein Jobangebot als Model ihm einmal derart gegen den Strich gehen könnte.

Das sollte eigentlich mein Freund Xavier machen. Wir schlafen übrigens bei seiner Mutter, sie wohnt in einem alten Palacio, das wird fantastisch.

Bei der Mutter eines fremden Mannes in einem alten Gemäuer zu wohnen, fand Mick ebenfalls nicht so gut. In einigen Punkten, so fiel ihm immer wieder auf, war er wohl zu jung für Desmonds Vorlieben. Vielleicht war diese Muttereinbindung auch ein Gay-Ding. Am einfachsten erklärte sich dieser Plan jedoch mit Geldmangel.

Bis jetzt habe ich Xavier noch nicht erreicht, das macht aber nichts. Wir fahren trotzdem und fragen die Leute direkt vor Ort.

Wie? Während der Prozession?

Ja, am besten sprechen wir mit dem Abt, oder wer immer da für die Choreografie verantwortlich ist.

Desmond zeigte dem Barmann mit seinen langen Fingern eine Zwei. In Spanien maß man den Alkohol nicht ab, man schenkte ihn ein, was zur Folge hatte, dass Mick sich nach zwei Wodka Limón fühlte wie nach sechs in Berlin.

Ja, aber Desmond, die spielen keine Katholiken, sie sind Katholiken, die Ostern feiern.

Eben. Lass mich mal machen. Relax. Du bist nur das Model. Du wirst sehen, das wird genial.

Und dann war es, als hätte Gott ausgerechnet Mick erhört, oder als hätte ER einfach genug von blasphemischen Symbolspielereien: Am letzten Abend der Modeproduktion gingen sie in ein besonders schönes Restaurant und wurden von einer Meeresfrüchteplatte niedergestreckt. Aus dem Team konnten nur zwei Leute, ein Veganer und eine Frau, die nur Nachspeisen aß, ihre regulären Rückflüge antreten. Desmond und Mick mussten die Weiterreise nach Sevilla verschieben und verschieben und verschieben, lagen winselnd in ihren Hotelzimmern, die von Tag zu Tag teurer wurden, denn auch in Málaga gehörte die heilige

Woche zu den touristischen Höhepunkten des Jahres. Am Karfreitag war der Angriff auf ihre Verdauungsorgane vorüber, doch sie waren zu schwach, sich die Prozession wenigstens als Zaungäste anzuschauen, und blieben vor dem Fernseher liegen, mittlerweile mit dem Gefühl, fließend Spanisch zu sprechen.

Dann eben nächstes Jahr, sagte Desmond, den Mick noch nie so leise hatte reden hören, der sich auch ansonsten halbiert zu haben schien. Mick bemühte sich, seine Trostansprache nicht allzu erleichtert klingen zu lassen. Desmond, sieh's doch mal so: Die Sache schien von Anfang an nicht unter einem besonders guten Stern gestanden zu haben, vieles sprach dagegen, a, b und c, noch mehr war ungeklärt, erstens, zweitens, drittens, plus krank, zuzüglich Geldsorgen und kein Xavier weit und breit, aber: Man könne doch tatsächlich über eine Nachstellung dieser Prozession nachdenken, wobei natürlich Sevilla dafür besser geeignet war als Berlin, aber wäre nicht ein anderes Setting sogar noch provokanter? Und während er so auf Desmond einredete, der ungetoastetes Toastbrot aß und die offenbar von nur einem einzigen Synchronsprecher vertonte spanische Fassung des *Blade Runner* schaute, fiel ihm wieder auf, wie lieb er ihn hatte, seinen Wahlbruder.

SEINE ERSTE BEGEGNUNG mit Delia war viel weniger magisch. Sie war die Mitbewohnerin einer Frau, der Mick einen Verstärker abkaufte. Er bekam ihn günstig, weil die Frau interessiert daran war, mit einem unguten Beziehungskapitel abzuschließen, zu dem dieser Verstärker gehörte. So hatte es sich am Telefon angehört. Abholtermin Mittwochvormittag, Nähe Savignyplatz. Alles ging sehr schnell. Eine Frau öffnete Mick die Tür in einem Morgenmantel, türkisfarbene Seepferdchen auf nachtblauer Seide, sehr schön, und verschwand sofort wieder in den Tiefen der verschachtelten Wohnung. Eine andere Frau tauchte auf. Sie trug ein hellrosa Negligé zu Springerstiefeln und sah aus, als hätte sie vor nicht allzu langer Zeit heftig geweint. Um den Vorbesitzer des Verstärkers, dachte Mick und dann: nicht mein Problem. Die Frau begrüßte ihn so genervt, als wäre es seine Idee gewesen, morgens zu ihr zu kommen, dann beugte sie sich über die Stereoanlage und riss an den Kabeln herum, fluchend und überfordert. Das Vorbeugen im Negligé hatte den Effekt, dass sich innerhalb von Sekundenbruchteilen die Antwort auf die Frage änderte, ob sie ein Höschen darunter trug: ja, nein, doch, vielleicht. Mick schaute sich im Raum um: dunkelgrüne Samtvorhänge, zwei rote Chaiselongues, ein Paravent, eine Discokugel an der Zimmerdecke, an den Wänden Gamsbockgeweihe, eine Schmetterlingssammlung hinter Glas, Bilder von David LaChapelle, Bilder von Pierre & Gilles: Boy George als Krishna mit Flöte und der Erzengel Michael mit seinem Schwert. Sollte er sich wieder Michael nennen?

Ob er den Equalizer auch wolle? Nein. Oder den Plattenspieler? Die Boxen vielleicht? *Jetzt reicht's aber mal.* Nein, danke, sagte Mick, der Verstärker ist super. Ob er kurz mit anfassen könne? Oh ja, klar.

Ob er einen Kaffee wolle? Die erste Frau war wiederaufgetaucht. Jetzt mit nassen Haaren, in Jeans und einem briefkastengelben Flauschpullover. Warum nicht, gerne. Bibo, the big bird, verschwand wieder und hinterließ eine Wolke aus Shampoo und Bodylotion. Mick liebte den Duft, den Frauen morgens in Wohnungen verbreiteten. Das galt für Frau eins, während Frau zwei so intensiv nach Bettfedern roch wie ein Gänsestall, plus eine Kippe im Mundwinkel hatte. So, sagte sie und aschte in einen riesigen Blumentopf mit einem Ficus benjamini, was hatten wir ausgemacht?

Zweihundert Mark?

Ach, weißt du was? Gib mir einfach fünfzig, sie winkte verdrossen ab.

Ihre Mitbewohnerin kam mit dem Kaffee und vermieste Mick das Schnäppchen mit einem erschrockenen: Wieso das denn jetzt?

Und da stand Mick in diesem Kitschpanoptikum von Wohnzimmer zwischen der frischen und der halb schlafenden Frau und trank seinen Espresso mit dem ärgerlichen Gefühl, dass dieses alberne Schlückchen ihn soeben hundertfünfzig Mark gekostet hatte. Immerhin bot die flauschige Frau ihm an, ihn zu fahren, sie müsse nach Dahlem, zur Uni, und er? Er nicht, aber sie könnte ihn unterwegs rauslassen. Er ging hinter ihr die Treppen hinunter, prächtiges Charlottenburger Treppenhaus, rot-goldenes Stuckdonnerwetter, geschliffene Spiegel: Wie sah er aus? Ging so. Vorsicht auf den Marmorstufen.

Sie hielt ihm die Haustür auf, stöckelte hastig neben ihm her, brauchte das Dreifache an Schritten, er schleppte stumm seinen

Verstärker, und dann ließ sie ihn frecherweise wie einen Kofferträger vor Butter Lindner stehen, wo sie Franzbrötchen für sie beide kaufte und ihn schon zum zweiten Mal mit etwas versorgte, das er nicht brauchte. Als er dann neben ihr in ihrem Golf GTI saß, sah er sie zum ersten Mal im Profil. Ein Profil wie gemeißelt, das in der Frontalansicht zu einem hübschen, aber nicht mehr ganz so spektakulären Frauengesicht wurde. Sie sprach und schaute dabei abwechselnd auf die Straße und zu ihm rüber und zwang ihm so dieses Gedankenspiel regelrecht auf: perfekt, okay, Hammer, na ja, sensationell, ganz hübsch eigentlich.

Sie setzte ihn nicht ab, sie fuhr ihn bis vor seine Haustür. Danke. Gern geschehen. Später erinnerte er sich weder daran, was sie ihm erzählt, noch ob er überhaupt geantwortet hatte, und vergaß sie auch recht schnell wieder. Mick hatte eine recht konkrete Vorstellung davon, wie es zu sein hatte, wenn er sich verliebte. In dieser Vorstellung sah er keine Frau, er sah viel mehr sich selbst, der eine Frau sah, die in ihm eine Art Explosion des Bescheidwissens auf allen Ebenen auslösen würde. Ja!, würden Körper und Seele unisono schreien. Er hatte dieses Szenario schon erlebt, es hatte sich mehrfach als Ecstasy-befeuerter Irrtum herausgestellt, doch er blieb dabei, dass es diese Supernova zu sein hatte, mit der die große Liebe begann. Und bei jener Frau, die ihm zwar mit ihrer dummen Zwischenfrage seinen Superpreis versaut hatte, ansonsten aber nett war und auf ihre Art auch hübsch, hatte es in keinster Weise geknallt. Hinzu kam, dass alles, was ihm in dieser Phase seines Lebens lebenswert und wichtig erschien, in der Nacht stattfand, weshalb er sich mit eingefahrenen Antennen durch die Tage bewegte. Er aß, er trieb Sport, notgedrungen erledigte er auch die Dinge, die an Öffnungszeiten gebunden waren, für Größeres reichte es nicht, schon gar nicht für so etwas wie eine unvergessliche Begegnung. Außerdem traf er sich mit einer mimosenhaften, dauererkälteten Fotografin und einer patenten

Model-Bookerin, von der er sich weitere Kontakte erhoffte, was die Bookerin ahnte und unterband, und spielte ein bisschen Fangen mit einer DJane, die vorgab, einen Freund zu haben, ein Hindernis, das Mick sportlich nahm. Das Ausstechen von sogenannten festen Freunden gehörte zu seinen Lieblingsdisziplinen. Natürlich nachts, wann denn sonst?

Eine Woche später stand Delia mit einer Sonnenbrille vor seiner Tür, die er nicht in ihrem Auto vergessen hatte. Schade eigentlich, die Brille hätte ihm gestanden. Die Frage, ob Delia wirklich angenommen hatte, es wäre seine, sollte sich nie aufklären.

Anstelle der Brille hatte er ihren Namen vergessen. Für ihn war sie eine Kurzepisode der letzten Woche gewesen. Er wollte sie unter keinen Umständen hereinbitten und suchte sich einen Termin: Er musste dringend los, sorry, sofort. Wohin denn? Schwimmen, am Olympiastadion. Tatsächlich? Toll. Er nahm eine Sporttasche mit Dreckwäsche für den Waschsalon und zog die Tür hinter sich zu. Wieder ging er die Treppen hinter ihr hinunter. Wieder sah er auf ihr schulterlanges, hellbraunes Haar, das er dieses Mal unter »schön« abspeicherte. Wieder nahm sie ihn im Auto mit. Wieder spielte er mit ihrem Profil. Wieder hatte sie den Wettbewerbsnachteil, dass er tagsüber keine Lust hatte, sich für Frauen zu interessieren. Obwohl er registrierte, dass ihre Uniaufmachung an diesem Tag kürzer, enger, tiefer ausgeschnitten schien. Sie fuhr ihn quer durch die Stadt zum Olympiabad, er ging hinein und zog tatsächlich ein paar Bahnen in seinen Unterhosen. Als Buße für seine Lüge oder weil sie so begeistert war von seiner angeblichen Schwimmroutine, dass er es nicht übers Herz brachte, postwendend mit der U-Bahn zurückzufahren? Schwer zu sagen. Kraulend verfiel er in eine Meditation über die DJane und ihre letzte, etwas dümmliche und gleichzeitig kryptische Nachricht auf seinem Anrufbeantworter: *Mick, hallo. Also ich dachte, wenn ich dich jetzt erwische, dann heißt das was. Und dass ich dich jetzt nicht erreiche, das heißt ja dann irgendwo auch was, ne? Also finde ich schon, irgendwie. Und so Zeichen, ne? Die sollten wir einfach auch mal richtig deuten. Na guti. Das war also ich.* Das warst also du, dachte Mick.

Zum dritten Mal trafen sie sich in Delias Wohnung, in der sie ein Abschiedsessen für ihre Mitbewohnerin gab. Sie hatte ihn bei ihrer zweiten Begegnung eingeladen, mit Freunden, wenn er wollte. Mick war sich nicht sicher, was er auf der Verabschiedung der Frau mit dem Verstärker zu suchen hatte, andererseits befand er sich in einem Lebensabschnitt, in dem man jede Einladung erst mal annahm und später entschied, was das sollte. Hinterher war er froh, dass er keine Frau mitgenommen hatte, denn jetzt, am Abend, sah er die Studentin mit dem Golf endlich mit seinem Nachtblick. Mick und Desmond im Doppelpack, in dem sich Mick so angenehm vollständig fühlte, zwei Abgesandte aus dem Reich der Nacht. Und Delia: hübsch glühender Gastgeberstern. Sie verzehrte Unmengen an Roastbeef und Tiramisu, trank noch mehr Wein und anschließend Schnaps. Mick, konditioniert aufs Kalorienzählen, staunte. Versuchte sie ihr mädchenhaftes Aussehen mit diesen wikingerhaften Essensgewohnheiten zu konterkarieren? Taktik, wie vielleicht auch die vergessene Sonnenbrille? Andererseits: Wieso sollten Frauen keine Maschen haben? Außerdem war sie eine lustige und geistreiche Gesprächspartnerin, und das wiederum konnte keine Show sein. Sie war, das begriff er sogar in dieser substanzen- und hormonvernebelten Phase seines Lebens: smart. Und auf ihre changierende Art und Weise auch schön. Mick saß neben ihr und schaute: auf ihre süße Kindchenschema-Stirn, ihre Nase, ein schmales, leicht gebläthes Segel, und ihre Kinnlinie, die so nofretetenhaft stolz über ihrem langen Hals schwebte, dass er sich fragte, warum es so viele Lieder über Augen und Lippen gab und keines über diesen faszinierenden Gesichtsteil. Jedenfalls fiel ihm keins ein. *Jawdropping jawline,* dachte er und sah dabei zu, wie sie aus der Masse der Netten emporstieg in den kleinen Kreis der Funkelnden, wobei es auch half, dass sie Desmond zum Lachen brachte. Als Bewegung an den Tisch kam, blieb sie dicht bei ihm, ein eindeutiges Signal, und dennoch hätte er nicht damit gerechnet, wie sehr ihn ihre Hand auf seinem Oberschenkel elektrisierte. Als Desmond später den mittlerweile zugedröhnten Tisch auf vier Taxiladungen nach Schöneberg ins Neunzig Grad aufteilte, blieb er bei ihr. Aufräumen, eventuell später nachkommen. Desmond nickte ihm wissend zu. Wie gut, dass ihre Jagdreviere sich nicht überschnitten. Desmond hatte sich eine neue Entourage gecastet. Und Mick sah eine weitere Frau regelmäßig.

Er hatte sie nie gejagt, sie war ihm passiert. Mick und Delia häuften diese Momente an, die das Paardasein definierten. Sie war einfallsreich, hatte einen anderen Stil als Desmond, aber auf jeden Fall einen Stil, und sie hatte die unwiderstehliche Gabe, sein Leben zu verschönern. Ihm war vorher nicht klar gewesen, wie korrumpierbar er auf Komfort reagierte. Wie sehr er in seiner Kreuzberger Freiheit die ungemein bequeme Zeit in Halensee vermisst hatte, mit der netten Putzfrau, der duftigen Wäsche und den Kühlschränken voller guter Dinge. Delia stellte diese Zustände wieder her, in der *advanced version*, mit ihm als Zentrum der Aufmerksamkeit, mit Sex. Er bescheinigte sich weiterhin einen unbändigen Freiheitsdrang, er wand sich, verschwand zu Desmond, verschwand in seine karge Einzimmerwohnung, ging nicht ans Telefon, doch Delia war eine Sirene und er verführbar: Bleib doch noch, ich habe dies, komm doch zu mir, ich mache jenes, du wirst es lieben. Und er liebte es. Und hörte auf sich zu fragen, ob er auch sie liebte.

DESMOND HATTE SICH eine Auszeit vom Berliner Herbst gegönnt (unerträglich), Freunde in Kalifornien besucht und auf dem Rückweg bei seiner Mutter in New Jersey vorbeigeschaut. Nach drei Monaten kam er zurück wie ein strahlender Heilsbringer, jedenfalls sah Mick das so. Niemand hatte ihm einen Job oder Geld in Aussicht gestellt, aber er war der festen Überzeugung, dass Desmonds Rückkehr beides bedeuten würde. Das hatte er auch schon einigen Leuten verkündet, bei denen er sich Geld geliehen hatte.

Der nächste gemeinsame Job war klein und fand in Hamburg statt, der darauffolgende sollte größer sein, war allerdings noch nicht spruchreif, sondern in Vorbereitung, sozusagen in der Pipeline. Vage Aussichten also, die seine Existenzängste trotzdem auflösten wie ein zuverlässiges Medikament. Alles nur eine Frage der Zeit. Desmond hielt sich bedeckt und wirkte beschäftigt. Weihnachten kündigte sich an und die Zeit schien zu rennen, wie immer im Dezember, wenn Mick dazu überging, schon sein kommendes Lebensalter zu nennen, wenn man ihn fragte. Vierundzwanzig würde er im Januar werden. Auch schien alles immer teurer zu werden, ein weiterer Dezembereffekt, und als Desmond ihm endlich sagte, er plane die nächste Reise, sagte Mick schon zu, bevor er auch nur ein Detail gehört hatte. Begeistert nickend saß er über einer Ente à l'Orange, Desmond war ein exzellenter Koch, während der ihm einen Plan erläuterte, der nur langsam in Micks Geist vordrang. Er aß und nickte und aß.

Du weißt, dass das nur ein Vorschlag ist, den du jederzeit ausschlagen kannst, sagte Desmond abschließend und warf ihm zwinkernd ein Päckchen Koks neben den Teller. Gleich, sagte Mick, der an der Entenkarkasse nagte. Kokain, fand er damals, war der neue Espresso. Unverzichtbar nach dem Essen.

Desmonds Vorschlag war keine kleine Nase nach dem Dinner, sondern die Beschaffung sehr vieler Nasen Kokain direkt vom Erzeuger. Und der Plan erschien so gut durchdacht und unkompliziert, dass Mick sich fragte, warum er bei so etwas nicht schon vorher mitgemacht hatte.

Teil 1: Sie würden als Pauschaltouristen mit einer Chartermaschine auf eine Karibikinsel fliegen, die zu Kolumbien gehörte. Dort würden sie tun, was Pauschaltouristen so tun.

Teil 2: Am letzten Abend würde ein Hubschrauber sie zum Festland bringen. Dort würden sie auf Profis treffen und tun, was sie zu tun hatten. Nachdem der Hubschrauber sie zurück in ihr Pauschalresort gebracht hätte, würden sie noch in derselben Nacht in ihre Chartermaschine voller rotgesichtiger Trunkenbolde steigen und zurück nach Deutschland fliegen.

Teil 3: Nach der Landung würden sie die Ladung zu einem bereits jetzt ausgehandelten Preis abgeben. Sollte Mick noch mehr verdienen wollen, könnte er seinen Anteil auch selbst verkaufen, sprich Kleindealer in Berlin werden, wovon Desmond ihm aber abriet.

Mick sagte zu.

Er begriff nun, wie es sein konnte, dass Desmond der liquideste Mensch war, den er kannte, obwohl er nicht mehr arbeitete als alle anderen Leute in seinem Umfeld. Das Telefon klingelte. Desmonds Mutter. Es existierte eine andere Version von Desmond, eine sanfte, liebevolle Version, die ausschließlich im Zusammenhang mit seiner Mutter zum Vorschein kam, mit der er auch in einer komplett anderen Tonlage sprach. Diese Sohn-Version murmelte jetzt erfreut in den Hörer und ließ Mick mit seinen Gedanken vor den Entenknochen sitzen.

Man konnte die Sache so sehen (und so sah man sie auch):

Personen, die ihren Körper für den Transport von illegalen Substanzen zur Verfügung stellen, bilden die allerunterste Stufe der Nahrungskette. Sie sind diejenigen, die das Risiko tragen, diejenigen, die keine andere Chance haben, als das Einzige, was sie haben, ihren Körper, zur Verfügung zu stellen, um allen anderen, die auf dieser elenden Leiter über ihnen stehen, zu mehr Profit zu verhelfen. Sie setzen nicht nur ihr Leben aufs Spiel, sie verdienen daran auch am wenigsten. Diese Leute sind so arme Schweine, dass sogar die Beamten, die sie schnappen, Opfer in ihnen sehen, um sie anschließend trotzdem als Täter zu verurteilen.

Man konnte die Sache auch so sehen (und so musste Mick sie sehen):

Wenn dein Leben ein finanzielles Desaster ist, aus dem du trotz jahrelanger Bemühungen auf legalem Weg nicht herauskommst, versuch's mal mit einem illegalen Weg. Und wenn du auf diesem illegalen Weg schon lange genug unterwegs bist, wenn auch nur als Konsument, erscheint er dir gar nicht mehr so illegal. Illegal könnte dann auch ein Synonym sein für mutig, entschlossen, tatkräftig. Und diese Methode hier hatte einen Vorteil: Sie war schnell. Schnell wie ein Flugzeug. Und wenn es gutginge, und es würde natürlich gutgehen, fiele auch noch eine wirklich gute Story dabei ab, mit ihm, Mick, als Held.

Erst als Desmond zurück ins Zimmer kam und begann, das Geschirr wegzuräumen, fiel Mick auf, dass auch er das hätte tun können. Er war so schlecht in diesen Dingen. Noch einmal sagte er Desmond zu.

Was wir jetzt noch brauchen, ist eine Frau, sagte Desmond ruhig und kratzte sorgfältig die Essensreste zusammen. Mick schaute ihn an.

Diese Pauschaltouristencharters werden weniger gecheckt, klar.
Aber: Wir sehen aus wie zwei zwielichtige schwarze Schwuchteln.
Ein Attribut zu viel.
In der Tat.
Ich bin aber hetero.
Herzlichen Glückwunsch, Darling. Lass es dir in deinen Pass schreiben.
Und uns wegen unserer Hautfarbe zu kontrollieren wäre rassistisch.
Ach? Ist das so?
Desmond lachte sein Lachen, das eine Wohltat sein konnte oder eine Vernichtung.
Wir werden zwei Paare sein. Ich fliege mit Sascha, du suchst dir Little Miss X und los geht's.

Mick hatte nun zwei Leute, die regelmäßig für ihn kochten. Sie rührte in einem Topf, schmeckte ab und nickte anerkennend.
Ich bin dabei, sagte sie.
Delia hatte mit Drogen nichts am Hut, nahm sie aber in Micks Gesellschaft. Alles zu können war ihre Maxime. Delia hatte keine Geldsorgen und keine kriminelle Energie. Sie studierte Jura und brauchte keine halbe Minute Bedenkzeit, um ihm zuzusagen. Er hätte es wissen müssen. Das Mädchen mit den Perlenohrringen arbeitete hart an ihrer dunklen Seite.
Pro, sagte sie, ich will mit dir verreisen.
Pro, sagte sie, ich spreche Spanisch.
Der Winter war kalt, sie brauche eine Pause, Geld braucht jeder, Kolumbien soll wunderschön sein, pro, pro, pro. Mick ging ins Bad und kam zurück. Als er sich zu ihr setzte, nahm sie ihre Gabel und aß, als hätte er einen Startschuss abgefeuert.
Er schaute sie an. Im Grunde war sie genau das, was Desmond verlangte: eine gute Tarnung. Andererseits könnten Desmond

und er, vorausgesetzt sie hielten den Mund, Einheimische sein, denen man besser nicht blöd kommt, während Schneeweißchen hier eindeutig nach Lösegeld aussah.

Und meine Suchterkrankung wäre hier mal von Vorteil, sagte Delia und häufte sich weitere Nudeln auf. Mick sah sie an und war sich sicher, dass sie über diese Offenbarung länger nachgedacht, sie vermutlich sogar einstudiert hatte. Mit einer Frau, die fand, dass sie wegen zwei Kleiderhaufen in ihrem Schlafzimmer ein Messie war und wegen ein paar Drinks eine veritable Alkoholikerin, wollte er nicht über Süchte sprechen. Er tat ihr den Gefallen und fragte sie trotzdem.

Deine Was-Erkrankung bitte?

Delia atmete scharf durch die Nase ein.

Also: Ich habe beziehungsweise hatte Bulimie. Es ist vorbei. Trotzdem kann ich schlucken, würgen, drin behalten, was immer du willst. Ich glaube, das könnte bei dieser Aktion von Vorteil sein.

Scheiße, dachte Mick und sagte nichts.

Tja, so ist das.

Sie verschränkte die Finger ineinander, legte ihr Kinn darauf ab und sah ihn erwartungsvoll an. Es war der Abend der Abgründe. Er wusste weiterhin nicht, was er sagen sollte, also stand er auf und steckte seinen Kopf in ihren großen Kühlschrank, starrte auf ihre akkurat arrangierten Lebensmittel und fragte sich, ob es wirklich vorbei war, wie sie sagte. Dann setzte er sich wieder vor seinen Teller, salzte nach, rollte freudlos die Spaghetti auf die Gabel und zwängte sie durch seine verengte Kehle. Delia verschränkte die Arme und schaute ihn aufmunternd an. Er hatte das Gefühl, dass eine heitere, unschuldige Zeit zu Ende ging. Desmond war kriminell, Delia gestört. Und er war nicht an Bonnie-and-Clyde-Spielen interessiert, er war schlichtweg pleite.

Hast du überhaupt keine Bedenken? Ich meine, so gar keine?

Doch, aber die wären kontraproduktiv. Wenn wir damit anfangen würden, könnten wir es sofort vergessen.

Du studierst Jura, sagte er.

Richtig. Aber da wir davon ausgehen, dass das gut läuft und wir im Zweifel auch vor Ort noch aussteigen können, ist das kein Problem.

In Mick flimmerte es. Manchmal strahlte sie diese Wir-beide-Entschlossenheit aus, die ihn in die Enge trieb, ja regelrecht würgte. Sie räumte ab.

Lass es uns so sehen: Wir fliegen mit Desmond in die Karibik, und dann sehen wir weiter.

Karibik, Fliegen, Desmond – das Flimmern ließ etwas nach. Delia arbeitete gut mit Schlüsselbegriffen. Mick gab es ungern zu, aber zuweilen hatte man es wirklich leicht mit ihm. Er nickte. Sie strahlte, fand Gefallen an ihrer Überzeugungsarbeit.

Wir sind die, die gar nichts müssen. Ich will auf jeden Fall mit dir verreisen.

Er nickte weiter. Delia drehte ihren Hip-Hop lauter und nickte ebenfalls vor sich hin. Kinn nicht hoch und runter, sondern vor und zurück, yo. Wieso sollte sie nicht nicken dürfen wie ein finsterer schwarzer Typ. Die Welt war bunt und tolerant. Die Welt stand kopf. Er hatte sie fragen wollen, ob sie eventuell mitkommen würde zu diesem Desmond-Irrsinn, und nun war sie es, die ihn überzeugen musste. Er hatte zwei Teufelchen auf den Schultern sitzen, beide riefen: Spring!

Als sie aus dem Bad zurückkam und anbot, das Geld für die Reise und den Stoff vorzuschießen, und zu seiner großen Erleichterung weiterhin gut roch und gut schmeckte, löste sich seine Angst. Zeit für einen Sprung.

Ich mag Delia. Sie passt, sagte Desmond knapp am Telefon. Alles Weitere besprachen sie eine Woche vor ihrer Abreise bei ihm.

Und sollte etwas sein, was ich nicht glaube, aber sollte einer von uns, warum auch immer, aufgehalten werden, was tun dann die anderen?

Sie gehen weiter, sagte Delia, die Streberin.

Genau, sagte Desmond und nickte Mick zu.

Kein Zurückschauen, keine Diskussion. Die anderen kennen diese Person dann nicht. Klar, oder?

Delia hatte wieder ihr Weinleuchten, in Desmonds Augen spiegelten sich die Kerzen. Sie erwarteten ein Nicken von Mick und bekamen ein Schulterzucken. Das schien zu genügen. Sie stießen an. Als Delia ins Bad verschwand, stand Desmond auf, schenkte Mick Wein nach, nahm dann seinen Kopf, drückte ihn sanft an sich und streichelte ihn.

Das wird schon, okay?

Mick nickte in Desmonds Gürtelschnalle und atmete den Geruch seines Weichspülers ein. Was war das hier? Es war nicht erotisch, es war auch nicht freundschaftlich. War es väterlich? Als Delia zurückkam, setzte Desmond sich wieder und hob sein Glas. Auf unsere Reise!

Sie würden zu dritt fliegen. Sascha, Desmonds Begleitung, hatte abgesagt, was Desmond ungewohnt tolerant hinnahm: Wer sich nicht sicher ist, sollte das nicht tun, sagte er nur. Delia nickte, Mick schluckte.

AN EINEM WIDERLICHEN Berliner Februartag flogen sie los. Die Insel, die aussah, als hätte ein Urlaubsdesigner sie sich ausgedacht, war ein beliebter Ort für Festlandkolumbianer, die sich hier steuerfrei mit Alkohol und Zigaretten eindeckten, und für Pauschaltouristen wie sie. Er war noch nie auf diese Art verreist. Er war ein Reisender, der dort hinfuhr, wo er Gleichgesinnte traf, Raver und Festivalnomaden. Nun war er hier. Erst das Vergnügen, dann die Arbeit. Doch ausgerechnet am Vergnügen scheiterte Mick. Die ersten Tage laborierte er an seinem Jetlag herum, danach litt er unter Desmond und Delia, die es mit ihrer Tarnung als Profitouristen übertrieben. Beachvolleyball spielen, Jeep mieten, Hochseefischen simulieren, Tauchen, großartig. Dazu: Kreischend Hand in Hand in den Pool springen und den Tag in Aperitivos und Mahlzeiten unterteilen. Zum Ausklang: Salsa tanzen. Wo hatten sie das gelernt? Desmond hatte einfach seinen üblichen House-Stampf um ein paar Balzelemente erweitert, Vierviertaltakt, was gab es da groß umzudenken, dafür genügte ein gesundes Maß an Unverklemmtheit. Delia trumpfte nicht nur mit den perfekten Schrittfolgen auf, sondern trieb es so weit, es auch noch leicht aussehen zu lassen. So viel Siegeswillen, völlig deplatziert in einer Basthüttendisco, lähmte Mick und machte ihn aggressiv. Desmond lief mit einem Bandanna herum und sah aus wie ein Flaschengeist, während Delia zu jedem Tagesordnungspunkt in einem neuen Outfit mit passendem Hut oder Haarband erschien. Die anderen Urlauber waren begeistert. Was bedeutete, dass sie auffielen. Was bedeutete, dass man sie vermissen würde, wenn sie zu ihrem Trip aufbrachen.

Desmond, der attraktive Alleinreisende, verhielt sich weniger flamboyant als in Berlin, weshalb er in den Augen der anderen Deutschen zu einem geschiedenen Ehemann wurde, der mit seinem Bruder und dessen Freundin verreiste. Die Tatsache, dass sein Deutsch einen Akzent hatte und das seines Bruders Mick nicht, fiel ihnen erst nach Tagen auf.

Weil sie Idioten sind, sagte Desmond.

Weil sie Rassisten sind, sagte Mick, natürlich sind wir Brüder. Weil alle Schwarzen Brüder sind. Sehen ja auch alle gleich aus.

Desmond winkte ab und bestellte sich die nächste Frozen Margarita. Was wäre, dachte Mick, wenn ich einfach so zurückfliegen würde? Desmond wäre sauer, könnte mir aber nichts. Gut, ich hätte noch mehr Schulden, aber das müsste ich mit Delia klären.

Der Grund der Reise hing zwischen ihnen wie ein Gestank, der nur Mick zu stören schien. Er, der Dauerplauderer, wurde zum Schweiger. Er, der Verdränger, wurde zum Bedenkenträger. Egal wie er versuchte, sich abzulenken, es funktionierte nie länger als eine Stunde. Dann sah Mick seinen verzerrten Eierkopf in Desmonds verspiegelter Sonnenbrille und hörte ihn sagen: Sie kontrollieren keine US-Amerikaner. Jeder kuscht vor unseren Botschaften. Desmond sagte: Natürlich kenne ich mich in Südamerika aus. Es ist meine Seite der Welt. Seine Seite der Welt? Nach dieser Meridianlogik müsste sich ein Norweger automatisch in Nigeria auskennen. Mick fiel auf, dass Desmond ihm nie erzählt hatte, warum er von New York nach Berlin gekommen war. Doch bei allem Geschwätz – Desmond hatte tatsächlich eine Aura, die jedem, der ihm dummkam, das Gefühl gab, dies könnte ein Fehler sein. Der beste Tisch im Restaurant, der Eintritt, ohne zu zahlen, der Zutritt ohne Einladung, der Kredit ohne Kreditwürdigkeit waren Desmonds Geburtsrechte. Und vermutlich war es auch sein Geburtsrecht, an jeder Security vorbeizulaufen, weil niemand einen Mann wie Desmond aufhielt.

Oye como va? Ehrlich gesagt: Beschissen. Der Ärger hatte von seinem Kopf auf seine Haut übergegriffen. Sandflöhe hatten ihn überfallen und seine Beine zerstochen. Gegen den Juckreiz nahm er ein Antihistamin, das ihn bräsig vor sich hin dämmern ließ, eine kurze Entspannung.

Was immer du genommen hast, setz es ab. Wir müssen nüchtern und klar sein, sagte Desmond, einen Daiquiri in der Hand.

Dann fliegt ihr eben ohne mich.

Desmond zerknackte einen Eiswürfel und schwieg. Ich könnte tatsächlich aussteigen, dachte Mick, wenn, dann jetzt, ich bin krank, basta.

Ich konnte nicht, ich hatte Flöhe, oder was?, fragte Desmond kopfschüttelnd.

Mick lachte matt. Desmond stellte ihm sein eisgekühltes Cocktailglas auf den Bauch und rannte ins Wasser. Nichts wurde besser.

Sag mal, werdet ihr eigentlich braun, ich meine: noch brauner?, fragte ihn eine Miturlauberin, mit der er zwei Nächte zuvor getanzt hatte, ein Fehler, denn seitdem folgte sie ihm wie ein Schatten. *Ihr*, hatte sie gefragt, obwohl er allein dalag, und nun war es an ihm, ihr zu antworten. Stellvertretend für seinen Stamm. Die Frage war nicht böse, sie war einfältig und alt, er hatte sie tausendmal beantwortet.

Nein, du blöde Schnepfe, wir werden nicht braun, wir werden auch nicht nass und auch unsere Fingernägel wachsen nicht, dachte Mick und gähnte.

Klar werde ich braun, du doch auch, oder, sagte er und zeigte ihr seine Winterfarbe unter dem Bund seiner Badehose, über die sie sofort mit den Fingern strich wie über ein Wunder. Es hätte die Frau sicher erstaunt zu hören, dass er sogar verbrennen konnte. Es verwunderte Mick selbst, der sich in diesem Punkt für unverwundbar gehalten hatte. Desmond benutzte einen Lichtschutzfaktor, den Anfang der Neunziger nur Rothaarige und Säuglinge benutzten. Er will nicht dunkler werden, dachte Mick, der sich mit einem Öl zur tieferen Bräunung einrieb, weil er fand, dass ein Farbton tiefer seinen Muskeln noch mehr Kontur gab. Es war nicht so, dass man nur auf der Südhalbkugel über die Aggressivität der Sonne sprach, es waren nicht mehr die Siebziger, in denen die Gartennachbarn von Micks Großtante regelrechte Barbecues mit sich selbst veranstalteten, indem sie die pralle Sonne mithilfe von Aluminiumscheiben in ihre Gesichter lenkten, in denen ausnahmslos immer Zigaretten steckten.

Zwanzig Jahre später verbrannte er sich selbst zum ersten Mal. Vier Tage beleidigtes Herumliegen hatten gereicht, seinen Oberkörper in eine schmerzhafte Landkarte zu verwandeln: Rosa Kontinente umgeben von einem bronzefarbenen Ozean. Matt und gleichzeitig aufgekratzt lag er in einem von Desmond geliehenen langärmligen Hemd aus Indien und einem von Delia gekauften Strohhut im Schatten und begriff erstmals die Bedeutung des Worts *Sombrero*.

Drei war keine gute Zahl. Er hätte sich von Delia bemuttern lassen können, wäre Desmond nicht gewesen. Er hätte sich von Desmond aufmuntern lassen können, wäre Delia nicht gewesen. Dass sie sich so gut verstanden, dass Desmond auf Sieger stand und Delia darauf, ständig und in jeder Disziplin zu siegen, hätte er wissen können. Die anderen gehen weiter, hatte Desmond gesagt. Mick wusste nun, dass Desmond sich auf jeden Fall zu den anderen zählte.

ALS DAS KOLUMBIANISCHE Festland unter ihnen auftauchte, fühlte er sich befreit. Der Flug im Helikopter neben einem namenlosen Piloten hatte kurzfristig etwas von einem unbeschwerten Jetset-Ausflug. Wieso hatte er noch nie davon gehört, wie wunderschön Kolumbien aussah? Jemand hatte es erwähnt, Desmond oder Delia? Leider spielte die Landschaft in ihrem Plan keine Rolle, seine Stimmung sank.

Der Mann, der sie zum Helikopter gebracht hatte, nannte sich Juan. Er sah aus wie ein Familienvater. Es gab Tausende von Möglichkeiten, seine Familie zu ernähren. Der Wagen, mit dem er sie zum Zielort fuhr, hatte beidseitig verspiegelte Scheiben. Besser als ein Sack über dem Kopf, dachte Mick, dessen Jetset-Gefühl endgültig verflog. Der Ausflug war zur Operation geworden, selbst Desmond hielt den Mund. Tiefgarage, Fahrstuhl, hasta luego, Juan. Eine Frau namens Pilar nahm sie in Empfang. Sie war um die vierzig, trug Jeans, die aussahen wie maßgeschneidert, und eine Pistole am Gürtel. Sie kannte Desmond, behandelte aber alle mit der gleichen Einsilbigkeit. Sie führte sie in einen Raum, der aussah wie eine Arztpraxis, und stellte ihnen *el médico* vor, einen weichgesichtigen, sehr jungen Mann, der vielleicht Medizin studierte, vielleicht auch ein Autodidakt mit dem Spitznamen Médico war. Er würde ihnen Kapseln verabreichen und Spritzen setzen, die ihnen das Schlucken erleichtern und ihre Verdauungsapparate lahmlegen sollten. Mick war ein Fin-de-Siècle-Junkie, der sich Exzesse leistete, um sich anschließend ausgiebig zu pflegen. Einer, der alles nahm, wenn es der Spaß gebot, und zum Ausgleich dazu Medikamente fürchtete wie andere Leute illegale Drogen. Wenn seine Seele sich nach Zerstörung sehnte, sagte sein Sportlerkörper ihm, wann der Spaß vorbei zu sein hatte. Was hier stattfand, war nie als Spaß angekündigt worden.

Während der Junge ihn spritzte und dabei beruhigend vor sich hin murmelte, starrte Mick auf Pilar, eine Frau, die nichts Einladendes ausstrahlte, die jedoch neben Delia, die er nicht anschauen wollte, die einzige Frau im Raum war, und das Starren auf Frauen war die beste Ablenkungstechnik, die er kannte. Wie einer lautlosen Anweisung gehorchend drehte ihm Pilar erst ihr Profil und dann ihre Rückansicht zu. Von hinten wirkte sie noch gitarrenförmiger, sie hatte den größten Taille-Hüft-Quotienten, den Mick jemals gesehen hatte, eine Comicheldin, dachte er, um sich nicht die Frage stellen zu müssen, was er gerade mit sich veranstalten ließ. Der Médico strich ihm zum Abschluss sanft über die Innenseite seines Unterarms, seine Hände waren weich und warm, und als Mick den Kopf hob, sah er ihm direkt in die Augen. Der Junge nickte ihm zu. Ich tue ihm leid, dachte Mick, warum? Weil ich eine arme Sau bin. Beziehungsweise ein Muli, ein armes Lasttier. Und obendrein noch Mulatte, eine vom Muli abgeleitete Bezeichnung für Leute wie ihn. War die Welt ein dunkles, bösartiges Dreckloch? In diesem Moment ja.

Alles okay?, fragte Desmond, und Mick schaute auf Delia. Das kleinste Anzeichen von Bedenken ihrerseits und er wäre hier draußen. Er könnte der Ritter sein, der das Däumelinchen aus seiner misslichen Lage befreite. Er hätte es sogar auf sich genommen, Desmond alle Unkosten zu erstatten. Wieso sagte man eigentlich Unkosten, wenn es um Kosten ging?

Doch nein: Delia schien den Spaß an der Sache nicht verloren zu haben und schluckte als Erste diese kleinen weißen Bömbchen, die aussahen wie Tampons, wie sie kichernd bemerkte. Ihr Würgereflex wäre kein Reflex mehr, behauptete sie, sondern eine Körperfunktion, die sie unter Kontrolle hätte, während bei Mick allein das Wort *Würgereflex* den Würgereflex auslöste.

Brava, sagte Desmond, und Pilar sah ihr mit einem Steingesicht zu.

Delias Professionalität wirkte wieder wie Vordrängelei. Er hatte eine Idee gehabt, sie machte mit und machte alles besser. Über ihre zuvor verheimlichte Essstörung, die sie hier als Geheimwaffe zückte, wollte er gar nicht weiter nachdenken. Er würde sie auch in Berlin nie wieder erwähnen. Sollte er je wieder in Berlin ankommen.

WÄHREND DES RÜCKFLUGS zur Insel sagte sich Mick, der wieder neben dem Piloten saß, dass es nicht sein könne, dass er jetzt starb. Warum nicht? Weil er dann etwas spüren müsste, Entrückung, Wehmut, Ekstase, irgendeine Art der Ankündigung. Betäubt starrte er auf die Lichtpunkte unter sich und das Helikoptercockpit, das gar nicht so kompliziert aussah, im Notfall könnte er übernehmen.

Die Stunden danach mussten sie irgendwie damit verbracht haben zu packen, ihr Flug ging um vier Uhr morgens. Desmond und Delia blieben ungerührt bei ihrer Touristenparodie. Sie verabschiedeten sich von den Angestellten des Hotels, verteilten Trinkgelder, tauschten mit anderen Urlaubern Adressen und Telefonnummern aus. Wir sehen uns in Kiel. Auf jeden Fall. Ich habe eine Cousine in Berlin. Komm unbedingt vorbei, wenn du da bist.

Ehepaare aus der Nähe von Bonn würden demnächst bei Desmond klingeln, Welten würden kollidieren.

Das Reisebüro, über das Desmond alles buchte, hieß Titanic Reisen. Ein Namenswitz für Fatalisten. Den netten Profis dort hatten sie ihre guten Plätze zu verdanken, ihre Beinfreiheit und die perfekten Uhrzeiten. Es gab keinen anderen Flug, der eine kürzere Zeit zwischen Be- und Entladung ihrer Fracht zwischen Mittelamerika und Europa ermöglichte, als diesen, sagte Desmond. Und so hatten sie auch noch einen Zeitpuffer, den sie aber nicht brauchen würden. Die Maschine war nicht ausgebucht. Delia und Mick saßen zu zweit in einer Viererreihe, Desmond allein in einer Zweierreihe am Fenster. Er setzte sich noch vor dem Start eine Schlafmaske auf und war nicht mehr zu sprechen. Delia setzte sich ihre Kopfhörer auf und legte Mick ihr Buch in den Schoß.

Als sie Kolumbien verließen, las er Gabriel García Márquez, den Kolumbianer. Er hatte das Inhaltsverzeichnis aufgeschlagen und gelesen: *Nabo. Der Neger, der die Engel warten ließ.* Passt doch. Er las die Erzählung, die schrecklich und verstörend war und damit endete, dass besagter Neger, einst Saxofonist, fünfzehn Jahre seines Lebens vergessen von der Welt in einem Pferdestall zubringt, in dem er vertiert, wie García Márquez es nannte, obwohl man ihn im Chor erwartet, dem Chor der Engel, wie sich herausstellt. An die zehn Mal las Mick das Wort *vertiert*, bis er begriff, dass hier ein Mensch zum Tier wurde. Neger, Musik, Tier. Danke, Herr Nobelpreisträger.

Ich hätte nicht gedacht, dass García Márquez so düster ist, sagte er zu Delia, die jedoch eingeschlafen war und mit offenem Mund neben ihm hing. Armes, kleines Ding. Der Schlaf der beiden versöhnte ihn. Sie waren nicht seine Gegner, sie waren seine Freunde. Als er die Servierwagen klimpern hörte, wurde ihm klar, dass seine Freunde ihm sogar schlafend einen Profischachzug voraus waren: Sie umgingen die Essensfrage, die er mit *Nein, danke* beantworten musste. Die Stewardess antwortete mit einem ungläubigen Lächeln. Was könnte er gefahrlos zu sich nehmen? Er fragte nach Crackern und schwarzem Tee, der schmeckte, als wäre er nie mit Teeblättern in Berührung gekommen, der ihn jedoch trotzdem wachhielt. Er lehnte sich an Delia, atmete den Duft ihrer Haare ein und begann eine Verhandlung mit der höheren Macht. Wenn sie oder er ihn dies hier komplikationslos überstehen ließe, was würde er opfern? Ein Körperteil, welches? Eine Beziehung, zu wem? Jahre seines Lebens, wie alt würde er werden? Ermüdet von diesen Selbsterpressungsgedanken schlief er schließlich doch ein.

Das Ende einer Durchsage weckte ihn. Er schreckte hoch, und als er sah, dass das Flugzeug stand, schreckte er nochmals hoch. Waren sie angekommen? Niemand rührte sich, alle schliefen. Desmond hing wie ein Z in seinem Sitz. Der Sichtschutz seines Fensters war nicht heruntergezogen. Mick sah eine Nacht irgendwo, wo es Winter war. Schneeflocken wirbelten in gelbem Lampennebel herum. Die Durchsage war verstummt, bevor er sie hatte verstehen können. Er dachte an den Mann in García Márquez' Geschichte, der dachte, es wäre nur ein Augenblick vergangen, seitdem er von einem Pferdehuf am Kopf getroffen wurde, ein Jahre währender Augenblick. Er wusste nicht, wie lange er geschlafen hatte, er trug keine Uhr. Er nahm Delias Arm, die im Schlaf zurückzuckte und dann seufzend ihre Stellung änderte. Es war zu früh, sie waren nicht am Ziel. Sie waren irgendwo.

Angst breitete sich in seinem Körper aus, sie floss in seine Hände und Füße und ließ sie eiskalt werden, sie kroch sein Rückgrat hinauf und umschlang seinen Kopf, ließ seine Kehle pulsieren und erhöhte seinen Augendruck, richtete seine Haare auf. Dann spürte er, wo sie ihr Zentrum gebildet hatte, einen gärenden, blubbernden Tümpel, in dem alles zusammenfloss. Sein Körper befahl ihm, sich zu strecken und tief einzuatmen, seinen Gurt zu lösen und aufzustehen, schnell. Delia wachte auf, schaute ihn erschrocken an und dann aus dem Fenster auf den verschneiten Geisterflughafen. Ich geh mal aufs Klo, sagte er, ein Satz, der in einem geschlossenen Raum wie einer Flugzeugkabine noch überflüssiger ist als sonst. Delia schreckte hoch und fragte: Pinkeln? Eine Zusatzinformation, um die eine Frau wie Delia nie bitten würde, die aber Micks Geist aus dem Schlaf riss wie eine Sirene und seine Angst auf eine bewusste Ebene hob. Er starrte Delia an, die in diesem Moment auch begriff, dass er das, was er dringend musste, unter keinen Umständen durfte. In der Nachbarreihe seufzte Desmond im Schlaf.

DESMOND ERWACHTE IM Nirgendwo über dem Atlantik und bat um einen schwarzen Tee. Er schaute auf seine Uhr, die er noch nicht umgestellt hatte, und überschlug die Zeit. Der technische Zwischenstopp, den die Maschine auf einem Provinzflughafen an der US-Ostküste einlegte, müsste schon hinter ihnen liegen. Ein Zwischenstopp, der nicht auf dem Ticket stand, weil er keinen Aufenthalt im Land bedeutete, weil man sitzen blieb, während aufgetankt wurde oder der nächste Pilot frisch wie ein Apfel seinen Dienst antrat.

Während er sich streckte und ausgiebig gähnte, nahm er den Geruch von Scheiße wahr und schloss genervt den Mund. Es war ein Begleitumstand seines guten Sitzplatzes ganz vorn, direkt an den Toiletten. Schämt euch, dachte Desmond und nippte an seinem außerordentlich schlechten Tee. Mick und Delia schliefen. Ihre Köpfe lagen aneinander, sie hatte ihren rechten Arm um seinen linken geschlungen. Er hatte den beiden ein paar unnötige Details erspart. Wäre ihr planmäßiger Flug nicht ausgebucht gewesen, sie wären von der Karibik direkt nach Berlin geflogen. Dieser hier ging über London, was hieß, dass sie nicht mehr ganz so wasserdicht nach Pauschaltouristen aussahen wie geplant. London ist besser als Madrid, hatte er gesagt. Inwiefern, hätten sie ihn fragen können, doch selbst Delia hatte nur genickt.

Ein nächster Hauch von Scheiße wehte in seine Richtung. Eine tief gebräunte Blondine ging an ihm vorbei und schaute ihm direkt in die Augen. Ja, man sah Desmond gern an, auch nachdem er sich mehr als zehn Stunden in einen Flugzeugsitz der Economy hatte knüllen müssen. Aber: Beginnt man einen Flirt, während einen das unverkennbare Odeur der eigenen Fäkalien noch umweht? Er strafte die Blonde mit einem vernichtenden Blick und schaute gähnend aus dem Fenster.

Mick sah schlafend noch jünger aus als wach. Er sah aus wie der kleine Junge, der er noch vor kurzem gewesen sein musste, verletzlich und lieb und allein. Delia hingegen zeigte im Schlaf, wenn sie sich nicht kontrollierte, die Person, die Desmond während der letzten zehn Tage kennengelernt hatte: ein durchtriebenes altes Weib. Sie hat Furchen auf der Stirn, sie hat Nasolabialfalten, tief wie Canyons, sie ist unter dreißig, what the fuck, dachte Desmond, in dessen Bauch ein knappes Kilo Kokain lag. Diese Gedanken eines normalen Passagiers verhalfen ihm zur Ausstrahlung eines normalen Passagiers, leicht gereizt von den Strapazen eines Langstreckenflugs.

Seine Angst war kleiner geworden, normal, wenn einem etwas mehrmals nacheinander unfallfrei gelingt. Wäre dies hier nicht seine letzte Reise dieser Art, er könnte fast von Routine sprechen, doch er würde sein Glück nicht herausfordern und unvorsichtig werden, denn eins war er auf keinen Fall, ein Idiot. Jeder, der einen Plan verfolgte, musste mit Unwägbarkeiten rechnen und im Zweifel improvisieren können. Beim letzten Mal war eine Person ausgefallen und unverrichteter Dinge zurückgeflogen. Dieser Bekannte, der in Berlin den Eindruck gemacht hatte, als würde er jede Gelegenheit nutzen, gegen das Gesetz zu verstoßen, als wäre er noch nicht mal in der Lage, eine Packung Aspirin zu kaufen, ohne den Apotheker zu bedrohen, hatte die Nerven verloren. Vielleicht hatte es an Pilar gelegen, an deren einschüchternde Ausstrahlung sich Desmond mittlerweile gewöhnt hatte wie an eine etwas spröde Barfrau. Möglicherweise, und diese Fehleinschätzung ging auf Desmonds Konto, lag es aber eher an der Art der kriminellen Handlung, die kein Draufgängertum verlangte, sondern Selbstbeherrschung. Wie er also darauf kam, einem cholerischen Kampfhund diese mentale Leistung abzuverlangen, war später nicht mehr nachzuvollziehen.

Mick war anders. Ein planloser Desperado, der scheinbar nichts zu verlieren hatte, gleichzeitig aber der enthusiastischste Liebhaber des Lebens, den Desmond kannte. Eine ungewöhnliche Kombination, reizvoll und brauchbar. Aber wozu? Wieder sah Desmond in Micks schlafendes Gesicht. Wenn er etwas lustig fand, warf er sich auf den Rücken und ließ sich von seinem eigenen Lachen durchschütteln. Und er war, davon konnte man mit großer Sicherheit ausgehen, ein Tier im Bett. Desmond hatte bei ihrem, nun ja, Intermezzo, nur einen Bruchteil davon zu sehen bekommen und konnte anschließend endlich eine klare Linie in diese Freundschaft bringen: Ja, Mick war hetero, Punkt. Desmond, der sich über einen Mangel an Spielgefährten nicht beklagen konnte, legte keinen Wert darauf, dass Leute mit ihm ins Bett gingen, die auch nur den Hauch eines Zweifels daran zeigten, dass dies das Nonplusultra war. Die währenddessen womöglich an Frauen dachten. Heteros bekehren, es mochte Schwule geben, die darin eine aufregende Herausforderung sahen. Desmond gehörte definitiv nicht dazu.

Mick war ein guter Begleiter. Nicht zuverlässig im landläufigen Sinn, am allerwenigsten konnte er sich auf sich selbst verlassen. Aber mit der gleichen Selbstverständlichkeit, mit der er zu spät kam, war er auch da, wenn er da war. Er machte alles mit. Sundance Kid. Mit der Geisteshaltung eines Samariters. Desmond hatte ihn in jedem Zustand Auto fahren sehen, er war dabei gewesen, als er einen Obdachlosen, der im Schnee eingeschlafen war, bis zur Notaufnahme trug und sich den gesamten Weg über von ihm beschimpfen ließ. Was Desmond unerhört fand, Mick hingegen zwar nicht direkt hilfreich, in Anbetracht der Gesamtsituation des Penners aber verständlich: Tut mir echt leid, Alter, aber wir müssen jetzt ins Krankenhaus, geht nicht anders, okay? Dabei hatte er so nachsichtig gelacht, als hinge auf seinem Rücken ein frisch gebadeter kleiner Junge, nicht ein verwahrloster alter Mann. Mick, der nie Geld hatte, gab große Trinkgelder, er hatte nachts ein Herz für die Durchgedrehten, Dehydrierten, Verpeilten und am Tag für die Alten, Langsamen, Eingeschränkten, für alle, die aus welchem Grund auch immer nicht fit genug waren für den *survival of the fittest* und die sich in der Regel damit abgefunden hatten, dass sich keine Sau für sie interessierte. Außer eben Mick. Geben Sie her, ich trag das, setzen Sie sich doch, geht's wieder, klar kaufe ich dir eine Rose ab, hier, Desmond, für dich. Hätte er ein Helfersyndrom, er wäre auf Dankbarkeit angewiesen. War er nicht. Er kam, sah und half. Anschließend zog er weiter, sofort wieder absorbiert von seiner eigenen Welt. Er war ein sonniger kleiner Junge in einem Männerkörper. Mit Männerkörpern hatte Desmond kein Problem, mit kleinen Jungs schon eher. Wie hatte er es gehasst, auf seinen Bruder aufzupassen, während der ihn vergötterte, was ihn noch mehr nervte, weil er ihm so nicht nur die Rolle des großen, sondern auch noch des bösen Bruders aufzwang.

Wieder sah er hinüber zu Mick und Delia, die schlafend eine unauflösbare Einheit zu bilden schienen, ganz anders als im Wachzustand. Wäre es nicht seine letzte Reise, müsste er jetzt umdisponieren, denn auch diese Gruppe hatte sich nicht als perfekt erwiesen. Saschas Rückzieher im letzten Moment hatte aus einem stabilen Viereck ein wackeliges Dreieck gemacht, an dessen Spitze er als Boss stand. Oder als Kindergärtner. Desmond hatte seine eigene Abgebrühtheit überschätzt. Sie funktionierte nicht bei Mick. Auf der Insel war ihm klargeworden, dass er sich für ihn verantwortlich fühlte, ein ungewohntes und störendes Gefühl, das sich zudem schlecht abstellen ließ. Desmond konnte sich hervorragend um sich selbst kümmern. Aus einer Notwendigkeit als einer von zwei Söhnen einer völlig überarbeiteten Singlemutter war eine Lebenseinstellung geworden, die andere zu akzeptieren hatten. Wenn du es mit Desmond zu tun haben willst, sorg für dich selbst. Wenn du darin nicht besonders gut bist, dann belästige Desmond nicht damit. Im besten Fall bist du jemand, der Desmonds Leben verschönert. Wenn du das begriffen hast, und wenn du außerdem entweder unabhängig, reich, einflussreich, sexuell attraktiv, extrem unterhaltsam oder alles zusammen bist, wirst du eine fantastische Zeit mit Desmond haben.

Und was hatte ihm Mick zu bieten? Er gehörte nicht zu Desmonds VIP-Kreis, der sich aus Kunst- und Modeweltfiguren zusammensetzte und an deren Lebensstil sich Desmond orientierte, bis er feststellte, dass er auf legalem Wege nicht finanzierbar war. Mick gehörte auch nicht zu den Leuten, die zwar weniger wohlhabend, dafür aber welterfahren und kreativ waren. Aber er war so durch und durch liebenswert und auf seine fohlenhafte Art unterhaltsam, dass Desmond entgegen seinem Prinzip viel Zeit mit einer Person verbrachte, von der er keinen benennbaren Nutzen zu erwarten hatte. Mick erinnerte ihn an ihn selbst, auch wenn ihn das nicht nachsichtiger oder großzügiger machte. Er verabscheute Naivität. Ein Luxus, den sich Frauen leisten konnten. Einige. Wenige. Wenn Mick sich so weinerlich und naiv zeigte wie auf dieser Reise und ihm damit das Gefühl gab, er, Desmond, müsse ihn beschützen, war das schlimmer als das geschäftsschädigende Verhalten der kleinkriminellen Wildsau, die er beim letzten Mal versehentlich mitgenommen hatte. Und es ließ ihm keine andere Möglichkeit, als sich von ihm abzuschotten und sich stattdessen Delia zuzuwenden, die ihm nicht naheging und mit ihrer Furchtlosigkeit positiv überrascht hatte. Sie schien unter einem permanenten Beweisdruck zu stehen, aber egal. Sollte sie doch die Banditin geben, sollte sie doch versuchen, ihn unter den Tisch zu saufen, war ja ganz amüsant, diese breitbeinige Show.

Der unbekannte Großabnehmer würde nicht beliefert werden, Desmond würde den Vertrieb selbst übernehmen, um damit seinen Profit zu steigern, mit dem er dann zwar noch weit entfernt wäre von dem Geldbetrag, der ihm vorschwebte, der ihm aber endlich die Anzahlung eines Hauses in Ostberlin ermöglichen würde. Es wunderte ihn, dass man sich noch nicht um diese vor sich hin rottenden Gründerzeitkästen riss, ihr Wert würde astronomisch steigen, und zwar in absehbarer Zeit. Ihm kam es vor, als hätte man den Deutschen jede Risikobereitschaft ausgetrieben, denen im Osten durch die Diktatur, denen im Westen durch eine narkotisierende Kombination aus Spießerwohlstand und Sicherheitsbedürfnis. Bevor sie aus diesem Dämmerzustand erwachten, hätte Desmond sich ein Mietshaus in ihrer Hauptstadt finanziert, das ihn fortan absichern würde. Und dabei war der Kauf einer Immobilie in Bestlage ja noch nicht einmal ein Risiko. Im Gegensatz zu dieser Aktion hier.

Ja, er fand sie unsäglich, aber er fand auch, dass der Zweck die Mittel heiligte, denn noch viel unsäglicher fand Desmond Armut. Das Gefühl, zu Unrecht arm zu sein, hatte ihn begleitet, seit er denken konnte. Er fand es deprimierend, Leuten zuzusehen, die sich ihre Ziele zu klein setzten. Bescheidene Ziele waren kein Hinweis auf einen guten Charakter, sondern auf einen Mangel an Fantasie und Selbstachtung, denn wer sich selbst wertschätzte, gab sich nicht mit Mittelmäßigkeit zufrieden, oder? Desmond wünschte sich stets das Beste. Weil er es sah und erkannte. Und dann musste er erkennen, dass das Beste nicht für ihn bestimmt war. Erst sah er Spielsachen und Kleidung, später Kunst, Möbel, Häuser und Orte, die zu einer Parallelwelt gehörten, für die sich alle um ihn herum nicht zu interessieren schienen. Seine Mutter war erstaunt über seinen erlesenen Geschmack, lachend ließ sie sich von ihm beraten, wenn sie sich schön machte, doch sein immanenter Wunsch nach Qualität erschien ihr wie ein lustiger

Spleen. Desmond will zurück zu seinen richtigen Eltern an die Upper East Side, sagte sie lachend, wenn er ihr seine Vorschläge für Neuanschaffungen unterbreitete. Desmonds ursprünglicher Berufswunsch *Millionär* war ein Running Gag unter den Erwachsenen. Keiner stellte sich die Frage, ob es nicht einen Weg zu diesem Ziel gäbe. Als wäre ein Berufswunsch wie Investmentbanker abwegiger als Astronaut.

Er besuchte schließlich ein Art-College, Dashiell, sein Steine sammelnder Nerd-Bruder, blieb sich treu und studierte Geologie. Auf Dashiells Doktorfeier wirkte ihre Mutter, eine Krankenschwester, als hätte sie ihr Lebensziel erreicht. Nach Desmonds Kindheitstraum fragte niemand mehr. Warum nicht? Weil man Reichtum nicht so unverhohlen einzufordern hatte, wie Desmond es als Kind getan hatte. Weil es als unanständig galt, wenn arme Leute Reichtum als Ziel angaben, während es bei Reichen der natürliche Lauf der Dinge war. Viel Geld galt es zu erhalten, zu vermehren und mit viel Trara zu spenden. Während es zwar viele Leute schafften, innerhalb einer Generation *eine* Stufe der sozialen Leiter nach oben zu klettern, aber kaum jemand mehrere auf einmal. Wenn er sich also abstrampelte wie seine Mutter, könnten seine Kinder dann ein weiteres Schrittchen nach oben machen, ein Gedanke, der ihn deprimierte, obwohl Kinder in seinen Plänen nicht vorkamen. Seine momentane Unternehmung zur Geldbeschaffung, nach ermüdenden Jahren als Fotograf, in denen er sich immerhin mit Leuten umgeben konnte, die seinen ästhetischen Anforderungen entsprachen, lag so weit unterhalb aller Ansprüche, dass sie, so hatte Desmond es sich zurechtgelegt, eigentlich unklassifizierbar war. Er entzog sich den Regeln, die ihn zwingen sollten, sich demütig hochzuarbeiten. Ein illegaler, aber notwendiger Schritt.

Sein jahrelang gelebter Vorgeschmack auf das Reichsein hatte ihm schöne Momente, aber auch einen gewaltigen Schuldenberg eingebracht. Seinen Lebensstandard konnte er nicht weiter nach unten korrigieren, weil man verzweifelte Menschen mied, was sich negativ auswirken würde auf seine Auftragslage und seine Reputation als Künstler. Hinzu kam, dass seine Mutter ihn brauchte, auch wenn sie es vehement bestritt, und komischerweise nervte ihn diese Verantwortung nicht, sondern trieb ihn an. Nicht einmal sein schläfriger Bruder nervte ihn im Moment, sollte er doch an seinem Institut herumdümpeln, immerhin lebte er in ihrer Nähe. Dafür würde Desmond, der Sohn in der Ferne, der Sohn ohne Doktortitel und Frau, die Wohnung seiner Mutter allein abbezahlen.

Desmond legte sein Buch beiseite, *American Psycho*, ein Blutbad von einem Buch, das als Satire gefeiert wurde, weil der Blutbadveranstalter kein Asozialer war, sondern ein gelangweilter Wallstreet-Yuppie. Vielleicht hatte der ihn ja wieder auf seine verpasste Karriere in der Finanzwelt gebracht. Er stand auf und streckte sich, entknitterte die Kniekehlenpartie seiner Hose, zog sich das Sakko über sein Armor-Lux-Shirt – Gaultier und Picasso hatten kein Sakko über diesem Shirt getragen, aber Desmond fand, so machte es sich sehr gut. Nicht gespielt seriös, nicht gewollt locker, keine vorschnelle Einordnung ins Kastensystem ermöglichend und somit perfekt für diese Reise. Als er seine Zahnbürste aus dem Koffer holte, leuchteten die Anschnallzeichen auf. Gut, das Zähneputzen im Gestank blieb ihm erspart.

Der Captain begann mit einer polyglotten Durchsage. Und Desmond hoffte kurz, dass er sich bei der Uhrzeit verhört hatte.

DELIA INTEGRIERTE DIE Geräusche der Kabine so lange wie möglich in ihren Halbschlaf, dann gab sie auf und schaute direkt in Desmonds Augen. Vorbei an Micks Brust und Armbeuge fing sie seinen besorgten Blick auf und fragte sich, ob Desmond sie seit Stunden so anstarrte. Sie lächelte ihn an, sein Grinsen war nicht deutbar, beruhigend war es jedenfalls nicht. Es konnte nicht sein, dass sie die Einzige war, die sich hier im Griff hatte. Und es war fast unheimlich, wie normal sie sich körperlich fühlte. Sie schaute auf die Uhr, nestelte ihr Ticket hervor, schaute darauf und verstand die Zeiten nicht. Es war egal, wie spät es hier in der Luft war, die Frage war, wie spät es in London war. Wenn sie richtig rechnete, fertigte man den Flug nach Berlin gerade ab. Desmond hing mit angelehntem Hinterkopf in seinem Sitz und schien nachzudenken.

Desmond?

Unwillig schaute er sie an.

Schaffen wir den Anschluss?

Er zuckte die Achseln, als könne ihm das egal sein.

Wenn wir den nicht schaffen, nehmen wir den nächsten. Kein Problem.

Doch ein Problem, dachte Delia, und ihr körperliches Normalgefühl verwandelte sich in maximale Übelkeit. Sie sah sich durch Heathrow laufen, sie sah sich stundenlang auf Flughafenstühlen sitzen, sie sah sich zusammenbrechen und unter Schmerzen sterben. Scheißescheißescheiße, dachte sie, wühlte in ihrer Handtasche nach Valium, fand keins und war froh, denn wer weiß, wozu das führen würde. Stattdessen schob sie sich ihren Deodorantstick unter die Bluse, dessen vertrauter Geruch sie etwas beruhigte. Wenn sie in London den Flughafen verließen, würden sie noch einmal eine Grenze passieren müssen, und zwar mit illegalem Gepäck statt mit Körperfracht. Dann hätten sie auch gleich mit einem Koffer Koks reisen können. Scheiß drauf, dachte Delia, und scheiß auf Desmonds Meinung, sie musste nach der Landung sofort raus. Und dann? Der Eurotunnel war noch nicht in Betrieb, blieb die Fähre. Man musste sich nicht rechtfertigen, wenn man einen Flug verfallen ließ. Sie würden in London den Flughafen verlassen und in einem guten Hotel tun, was sie tun mussten. Es gibt nur zwei Möglichkeiten, dachte sie, und sofort ging es ihr besser: Wir kriegen den planmäßigen Flug oder ich bin draußen. Beides ist okay.

Sie beugte sich nach vorn und warf wieder einen Blick auf Desmond. Der schaute so interessiert aus dem Fenster wie ein kleiner Junge. Für den Flug hatte er seine Proletenurlaubsverkleidung glücklicherweise gegen einen hellen Leinenanzug getauscht, der ihm ausgezeichnet stand. Aber bitte keinen Hut dazu aufsetzen, Desmond, schön dezent bleiben. Mick saß in Jeans und Polohemd neben ihr, in Ordnung. Er könnte als netter junger Typ durchgehen, ein Profisportler, vielleicht ein Tänzer, ein Lehramtsstudent in den Semesterferien, im besten Fall letzteres. Sie selbst hielt sich öfter an die Ratschläge ihres Vaters, als sie zugab. Sie erwähnte ihn nicht einmal mehr, seit sie festgestellt hatte, dass ein anwesender Vater, ein Vorbild, Förderer und Finanzier, in ihrem neuen Freundeskreis ein so rarer Glückstreffer war, dass sie das Gefühl hatte, sich dafür rechtfertigen zu müssen. Desmonds Vater soll ein charmanter Bigamist gewesen sein, was man ungesehen glaubte, wenn man Desmond sah, der diesen Vater allerdings seit seinem vierten Lebensjahr nicht mehr gesehen hatte. Micks Vater war schon verschwunden, bevor seine Erinnerung einsetzte, und wurde von seiner Mutter durch eine Reihe von Nachfolgern ersetzt, über die Mick sich weder abfällig noch besonders warmherzig äußerte, sie waren die Begleiter seiner Kindheit, die er ebenfalls nicht bewertete. Es war, wie es war, er schien kein Defizit in seiner Vaterlosigkeit zu sehen, vermutlich sah sie es deshalb umso klarer. Armer Mick. Andere Freunde Delias schlugen sich ebenfalls mit Vaterproblematiken herum, deren Quintessenz lautete: Ich will auf keinen Fall enden wie dieser Mann.

Delia hingegen liebte Bernhard, ihren Vater, ohne Wenn und Aber. Bernhard begleitete das Leben seiner Tochter, sicherheitshalber auch in Form einer Kreditkarte für Notfälle, wobei sie den Begriff *Notfall* selbst definieren durfte. Bernhard hatte ihr beigebracht, wie man Ruhe bewahrte, weil Hysterie zu nichts führte, nie, im Gegenteil. Bernhard hatte ihr beigebracht, wie man seine Gefühle unter Kontrolle brachte, indem man tief durchatmete und einen anderen Blickwinkel einnahm. Bernhard hatte sie mit ins Büro genommen, wo sie sah, wie man Autorität ausstrahlte *und* nett war. Wenn du in eine neue Gruppe kommst, hatte Bernhard ihr beigebracht, erkenne sofort den Besten und werde besser als er. Bernhard hatte sie mit auf die Jagd genommen, und als ihre Mutter intervenierte, konnte sie bereits mit einer Schrotflinte umgehen und hatte eine Wildgans vom Himmel geholt. Zu den weniger kriegerischen Lektionen Bernhards gehörte der Ratschlag, sich immer korrekt zu kleiden. Man konnte Leute später dazu bringen, ihren ersten Eindruck zu überdenken, besser jedoch war es, wenn man ihren ersten Eindruck zu seinen Gunsten steuerte. Delia trug deshalb einen leichten, taubenblauen Armani-Anzug, unter den sie sich auf der Toilette des Grauens eine weiße Bluse gezogen hatte.

In drei Sprachen hörte sie nun, dass sie von einer dreistündigen Verspätung nur eine Dreiviertelstunde gutgemacht hatten, was hieß, dass sie ihren Anschlussflug nach Berlin nicht erreichen würden. Endstation, dachte sie, als das Flugzeug endlich zur Landung ansetzte. Neben ihr knirschte Mick mit den Zähnen. Sie lehnte sich über ihn und zischte Desmond zu: Lass uns in London aussteigen, ich zahle uns ein Hotel, und wir entspannen uns. Er musterte sie stumm, schien keine Lust auf die Vorschläge anderer zu haben. Ab London geht fast jede Stunde ein Flug nach Berlin, sagte er schließlich.

Als könne man in jeden dieser Flüge einfach so einsteigen. Sollte sie mit ihm diskutieren? Nein, entschied Delia. Desmond lehnte sich wieder in seinem Sitz zurück. Er hatte sichtbar Federn gelassen auf diesem Flug, er sah käsig aus, soweit das bei ihm möglich war, oh ja, es war möglich. Mick schien noch einen bösen Traum überstehen zu müssen, er krallte sich schnaufend an ihrem Unterarm fest. Als das Flugzeug aufsetzte und im hinteren Teil der Kabine Applaus ausbrach, öffnete er die Augen.

Warten, bis das Flugzeug seine endgültige Landeposition erreicht hatte, warten, bis die Anschnallzeichen erloschen waren, warten, bis man an einen Finger angeschlossen oder eine Gangway herangekarrt worden war, warten, bis zuerst die Passagiere mit Handicaps und die aus der Business Class versorgt waren. Sie waren Passagiere mit Handicaps, Handicaps, die niemanden etwas angingen. Allerdings hätten sie Business fliegen sollen. Desmond war strikt dagegen gewesen. Wir müssen durchschnittliche Pauschaltouristen sein, hatte er mit seinem Amiakzent gesagt, den Delia so liebte, dass er ihre Stimmung hob, wenn sie ihn imitierte. Oh my god, das toot soooo goood, wenn du mir die Rucken einschmierst, Deli! Delia stand langsam auf. Genug mentale und körperliche Stärke demonstriert, sie konnte nicht mehr. Wackersteine hatte der Jäger dem Wolf in den Bauch genäht, da wo vorher die Geißlein saßen, die er merkwürdigerweise unzerkaut verschlungen hatte. Wie auch das Rotkäppchen nebst Großmutter. Delia, die Tierfreundin, hatte immer Mitleid mit dem Wolf gehabt, von dem sie annahm, es wäre in beiden Märchen derselbe, nicht *ein* Wolf, *der* Wolf. Und jetzt war sie der Wolf mit der unverdaulich tödlichen Ladung im Bauch. Nicht in Nachthemd und Haube der Großmutter, sondern im Geschäftsfrauenanzug von Giorgio, aber mit Großmutters Perlenkette um den Hals, die eine ähnliche Wirkung hatte wie Papas Amex, eine ungemein tröstende.

Sie sprachen wenig miteinander. Unser Anschlussflug ist weg, sagte Delia, Mick nickte. Wir nehmen den nächsten, sagte Desmond. Oder wir steigen aus, wir werden sehen, sagte Delia, und wieder nickte Mick nur matt. Seine Gefühlsregungen waren schon seit Tagen nicht lesbar. Delia suchte seinen Blick, aber er setzte seinen Rucksack auf und stellte sich in den Gang, wo er auf den Fußboden starrte.

Beim Aussteigen machte Desmond den Anfang, gefolgt von Mick, und Delia ließ andere Passagiere zwischen sich und die beiden. Auf der Gangway blies ihr der englische Winter ins Gesicht. Sie stieg in den Bus und sah über müde Köpfe hinweg Desmonds Hände voller Silberringe in einer Festhalteschlaufe. Was sagte ihr Körper? Hatte den Kontakt abgebrochen. Sie nestelte ein Hustenbonbon aus ihrer Handtasche und kaute darauf herum, für den Fall, dass sie nicht gut roch. Eine kleine Angst weniger, wenn auch eine vergleichsweise kleine. Der Busfahrer schien seinen eintönigen Job aufzupeppen, indem er Walzerschlaufen fuhr, weitere und engere, vielleicht war er ein ehemaliger Meister im Riesenslalom. Die Kurverei nahm kein Ende, Heathrow war gigantisch, es fühlte sich an, als umrundeten sie auf einer Serpentinenstraße ganz Korsika. Delia hätte gern geschrien. Einfach den Mund aufgerissen und geschrien. Ihr Zeitgefühl war gestört, ihre Zähigkeit aufgebraucht. Sie starrte auf die stehenden Flugzeuge, auf die Anhänger voller Gepäckstücke, Tanklaster, Männer in Neonwesten bei der Arbeit, waren sie zufrieden mit ihren Jobs, die mit Kerosin und Koffern zu tun hatten? Sie verlangsamte ihren Atem, vertiefte ihn, es half. Der letzte Schwenker von Mister Slalom warf die Leute im Bus, die nach vierzehn Stunden Sitzen ohnehin erst wieder stehen lernen mussten, einmal nach vorn und wieder zurück, dann hielt der Bus vor der Glastür zum Terminal.

Sie stieg aus und folgte der Herde, Desmonds Hinterkopf im Blick. Er ging per se schnell, er war ein Vornewegläufer, und nun stellte sich die Frage, was strategisch günstiger wäre: Teil einer Gruppe zu sein, Teil eines Paares oder allein? Im Moment bildete Desmond noch ein Paar mit Mick, das auch ein Freundes- oder Bruderpaar hätte sein können. Desmond stoppte seinen Lauf abrupt vor den Anzeigetafeln. Auch sie blieb stehen, obwohl ihr Entschluss feststand. Mit pulsierenden Schläfen las Delia sich durch die Städte dieser Welt, bis sie Berlin fand. In knapp drei Stunden. Mick starrte paralysiert auf die Tafel, Desmond zeigte ihr ein sparsames Nicken, drehte sich um und rannte Richtung Ausgang. Mick schloss zu ihm auf, Delia bereute es, dass sie nicht ihre Chucks angelassen hatte, sondern zum Anzug Pumps trug, nur mittelhohe, aber Pumps. Tippeltippel, klack klack. An der Schlange zur Passkontrolle atmete sie wieder und visualisierte ihr Gesicht, das Gesicht, das der Mann dort vorne gleich durch die Glasscheibe sehen würde. Miss Hoyer, Cordelia Bernadette, geboren am zwanzigsten März 1966 in Hannover, wohnhaft in Berlin, einhundertvierundsechzig Zentimeter groß, Augen: graugrün. Hätte sie gewusst, dass ihre Behauptung ungefragt übernommen würde und sich seitdem in jedem ihrer Pässe wiederholte, hätte sie auch grün sagen können. Grün wie die Hoffnung, wie Jade, wie der Stille Ozean. Ihre Augen waren grau.

Sie trat vor den Grenzbeamten und lächelte ihn an. Ein Blick. Ein nichtlächelnder Südasiate mit Elvisfrisur. Gründlich las er ihren Pass und verlangte ihr Ticket. Warum fliegen Sie nicht nach

Berlin, Miss, ehm, Hoyer? Weil ich die Gelegenheit nutzen möchte, meine Cousine zu besuchen. Ein Blick. Sie studiert in Oxford. Ein Blick. Geschichte. Ein Nicken, der zugeklappte Pass mit dem Ticket darin. Kein weiterer Blick. Einen Flug zu schwänzen war nicht illegal. Es plausibel erklären zu können, konnte nicht schaden. Zwei Schalter weiter war Mick an der Reihe, der hoffentlich schnell genug schaltete. Sie war sich nicht sicher, ob er überhaupt schon richtig wach war. Um Desmonds Fähigkeit, sich zu erklären, musste man sich keine Sorgen machen, wie man sich um Desmond generell keine Sorgen machen musste. Dann hatten sie es geschafft, Mick holte sie ein, legte ihr den Arm um die Schulter und sagte: Lass uns im Hotel reden. Sie nickte. Worüber reden?

Die anderen Reisenden gingen in Richtung Kofferbänder, sie gingen in Richtung Ausgang. Was kam noch? Die Frage, ob es etwas zu verzollen gäbe. Haha. Guter Witz. Desmond, der schon wieder vorneweg rannte, trug einen kleinen Rimowa, Mick einen Rucksack, Delia ihren Kosmetikkoffer, damals ein beliebtes Handgepäckstück für Frauen, voller Tuben, Tiegel und Fläschchen, dazu eine Handtasche. Nach zollpflichtiger Ware sahen sie nicht aus. Die älteren Herrschaften, die sie überholten, schon eher. Die Frau in den Sandalen und den unübersichtlich vielen Stoffschichten trug ihr hüftlanges weißes Haar offen, der Mann, großkarierter Wollanzug über leuchtend gelbem Pullunder, hatte ein lustiges Pepitahütchen auf dem Kopf. Ihr Gepäck sah eher nach Übersiedlung aus als nach Reise, wobei sie mehr vor sich herschob als er, der zum Ausgleich mehr Zähne hatte als sie. Ein jüngerer Mann mit Zopf und Ziegenbart, größer als die beiden Alten und mit einer verwegen-nackten Brust voller Ketten unter einem Samtsakko, schien zu ihnen zu gehören. Delia zog an ihm vorbei, seine Blicke und ein süffisantes Zungenschnalzen im Nacken.

Dann kam der Moment, an den Delia sich später nur in Zeitlupe erinnern würde. Uniformierte standen da. Flughafenpolizisten mit gepolsterten Westen und kurzen Maschinengewehren. Und andere Beamte in regulären Polizeiuniformen. Zwei Frauen unter ihnen. Zwei unterhielten sich. Einer sprach in ein Funkgerät. Sie standen dort, weil sie dort zu stehen hatten, keine alarmierende Situation, Dienst nach Vorschrift, oder? Wenn ihr eure Anwesenheit rechtfertigen müsst, überprüft doch die Gipsy Kings, die wollen ihr gesamtes Dorf in vier Koffern einführen. Delia sah, wie ein Beamter in den Gang trat, durch den Desmond mit großen Schritten auf ihn zukam. Er sagte etwas, neben ihm stand ein geschätzt Vierzehnjähriger mit einem Maschinengewehr, Desmond hob die Hand wie ein Geschäftsmann, der auf seinem Arbeitsweg einen Bettler abwimmelt, keine Zeit, sorry. Der Polizist behielt sein freundliches Gesicht und zeigte auf Desmonds Alukoffer. Hinter Desmond verlangsamte Mick seinen Schritt, den er beibehalten müsste, so war es verabredet. Sahen sie aus wie Leute, die sich kannten, oder war Desmond zu weit vor Mick gegangen? Dann rief eine Frau mit einem leuchtend roten Pferdeschwanz unter ihrem britischen Polizistinnenhut etwas, Mick stoppte. Eine große, breite Frau, erinnerte sich Delia später, die sich auf der anderen Seite des Gangs mit einem Kollegen unterhalten hatte. Excuse me? Sir?, rief sie und winkte Mick zu sich, mit einer, so kam es Delia in dieser Traumsequenz vor, endlos langsamen Handbewegung und einem offiziellen Lächeln.

Delias Umkehrreflex war so stark, dass sie sich bereits zurückrennen sah. Zurück wohin? Durch das wasserfalllaute Rauschen ihres eigenen Bluts hörte sie eine höfliche britische Beamtenstimme, die, wie sie später rekonstruierte, das Mütterlein mit der weißen Mähne gemeint haben musste und nicht sie: Gehen Sie bitte weiter, Ma'am! Und Delia ging.

Sie klackte geschäftig auf den Ausgang zu, hinter dem man bereits die Wartenden sah. Im Seitenblick sah sie Desmond, flankiert von Uniformen, und hörte ihn sagen: Ich bin amerikanischer Staatsbürger. Sein Mantra, von dem er sich weltweite Immunität versprach. Mick war bereits hinter der Rothaarigen und einem jungen Schwarzen verschwunden. Die Wartenden vor ihr schauten in den Ankunftsbereich und hofften, ihre Lieben zu sehen. Delia ging schneller, sie wurde erwartet, sie hob den Arm und winkte dem fremden Gewimmel dort draußen zu: Huhu! Hier bin ich! Sie fing den Blick eines jungen Uniformierten auf, der sie einen Sekundenbruchteil musterte, fand er sie scharf, fand er sie verdächtig, sie strahlte weiter nach draußen, noch vier bis fünf große Desmondschritte. Eins, einatmen und noch einmal winken. Zwei, weiter einatmen und zwinkern. Drei, ausatmen, durch die Haare streichen. Vier. Falls der Polizist ihr hinterhersah, wem hatte sie gewinkt? Eher nicht der Großfamilie mit den Kleinkindern, die Papierfähnchen eines karibischen Inselstaats schwenkten, der Delia gerade nicht einfiel; auch nicht dem pummeligen Paar in den identischen Anoraks, nicht der Gruppe Ordensschwestern, die ein Schild hochhielten, auf dem nichts Nonnenpassendes stand wie *Father John* oder *Monsignore Domenico*, sondern einfach nur *Barry*.

Sie drückte sich in die Menschenmenge wie in einen Teig, hoffte, in ihr unterzugehen. Noch könnte man sie zurückholen, die Frau, die nach Berlin-Tegel wollte und jetzt stattdessen Richtung Piccadilly Line rannte. Delia musste an die RAF-Fahndungsplakate ihrer Kindheit denken, schwarzweiße Gewalttätervisagen, vor denen sie sich als Kind gegruselt hatte, eine Gruppe Bösewichte mit einem ungewöhnlich hohen Frauenanteil. Sie fühlte sich, als hinge ein blinkender Neonpfeil über ihr. Sie zwang sich, sich nicht umzuschauen, zwang sich, ihre Schultern fallen zu lassen, zwang sich zu atmen. Dann fiel ihr etwas ein, und sie kehrte um und ging gegen den Strom zu einem Wechselschalter, wo sie hundert D-Mark umtauschte, für die sie dreißig lächerliche Pfund bekam, die sich noch auf dem Weg in die Stadt in ein Nichts auflösen würden, denn das hier war London. Sie tauschte weitere hundertfünfzig D-Mark und rannte wieder in Richtung U-Bahn. Sie würde am Piccadilly Circus aussteigen oder am Leicester Square, in eines der Hotels dort hineinlaufen und diese Operation allein zu Ende bringen, was vielleicht sogar besser war als in Begleitung. Ticket kaufen, einsteigen, hinsetzen, ein Fahrgast unter Hunderten sein, mit einem verwechselbaren Fahrgastgesicht. Sie erwachte am Russell Square. Auch da würden Hotels stehen. Sie fuhr trotzdem zurück zum Piccadilly Circus. Sie hatte ihren Discman auf und hörte Massive Attack, und viel später sollte sie das Gefühl haben, sie habe die gesamten Neunziger durchgehend Massive Attack gehört.

Das Hotel hieß Every Hotel, was ihr passte, und niemand schien sich sonderlich für sie zu interessieren, was ihr noch besser passte. Vorerst ein Doppelzimmer für drei Tage. Für Sie allein? Ja bitte. Haben Sie Gepäck? Noch nicht. Die Fluggesellschaft wird es liefern lassen, hoffe ich. Oh? Gut. Viel Glück und einen angenehmen Aufenthalt.

Sie fuhr hinauf in ihr Zimmer, nahm endlich das Abführmittel, das ihnen Desmond schon vorab in Berlin besorgt hatte, legte sich nackt aufs Bett und wartete.

NACHDEM MAN IHN in einem provisorischen Arztzimmer untersucht und geröntgt hatte, ließ man ihn eine Zeitlang, die ihm wie mehrere Stunden vorkam, allein in einem weißen Raum mit grauem Teppichboden an einem Tisch sitzen. Dort saß er mit geschlossenen Augen, weil es nichts gab, worauf er seinen Blick hätte richten können, was vermutlich zur Zermürbungstaktik gehörte, und dachte sich Geschichten zu seiner Unschuld aus, eine unstimmiger als die andere.

Ich habe nicht gewusst, was ich da schlucke, es war eine Mutprobe, ich habe eine Wette verloren, wir waren betrunken. Die Menge würde das Strafmaß bestimmen, und es konnte nicht mehr viel in ihm drin gewesen sein. Unfreiwillig dachte er an die Flugzeugtoilette, wo er eines von mehreren Worst-Case-Szenarien erlebt hatte, einen Albtraum, eklig, aber menschlich, während Delias Reaktion übermenschlich gewesen war. Sie hatte den Scheiß abgespült und wieder geschluckt, während Mick, der Verursacher der Scheiße, schlotternd vor Elend auf dem Viertelquadratmeter unter ihr gehockt hatte. Er fragte sich, ob er dasselbe für sie getan hätte, ob Desmond es für ihn tun würde oder er für ihn, und die Antwort war immer Nein. Delia in ihrem Heldinnenmodus hatte sogar noch durch die geschlossene Tür in einer völlig normalen Passagierinnenstimme mit der Stewardess gesprochen, woraufhin die Stewardess verschwunden war, um irgendetwas Hilfreiches zu besorgen. Und dann, nach wie vor versteinert und handlungsunfähig, hatte er sich gezwungen, Delia anzusehen und gedacht, dass er diese Frau nie wieder würde küssen können.

Die Stewardess hatte ihnen eine Auswahl an harmlosen Notfallmedikamenten für den Magendarmtrakt bereitgelegt, dazu Bananen und Mundhygienesets, von denen sich Delia eins griff und wieder verschwand, während Mick unter der Oberfläche des Horrors genoss, dass seine Krämpfe abebbten. Er schloss die Augen, um bitte keine besorgte Frage der Stewardess beantworten zu müssen, und als Delia zurückkam, war er bereits in eine Erschöpfungsohnmacht gefallen. Als er wieder aufwachte, landeten sie gerade. Er wusste nicht, worüber die beiden anderen geredet hatten. Es könnte also sein, dass Desmond Bescheid wusste, weil Delia ihn aufgeklärt hatte. Hatte sie?

Es war gut möglich, dass er mit dem reflexartigen *Ich? Wieso ich?* aus seiner Kindheit reagiert hatte, als sie ihn beim Zoll rauszogen. Der Anschlussreflex war ein Ruf, der ihm glücklicherweise im Hals steckenblieb: Delia! Routiniert wie eine Vielfliegerin war sie an ihm vorbeigestöckelt, hatte nicht den Hauch einer Sekunde gezögert, sondern sich auf die andere Seite gerettet: wohlhabend, sorglos, legal. Bravo. Er wusste nicht, ob er diese professionelle Kaltschnäuzigkeit aufgebracht hätte. Aber er wusste, dass sie draußen war.

Er wippte mit den Beinen, lockerte seine Oberschenkel, betrachtete seine Fingernägel. Bekam man nicht sofort einen Anwalt? Es musste ein begründeter Verdacht bestehen, man durchleuchtete Passagiere nicht aus Routinegründen. Mick begann sich ein Leben im Gefängnis auszumalen. In Knastfragen eindeutig Hollywoodgeprägt, sah er sich in einem orangefarbenen Overall hinter einer Scheibe sitzen. Vor der Scheibe seine Mutter mit einem Telefonhörer in der Hand. Was machst du denn für Sachen, würde sie sagen, wie immer, wenn er etwas angestellt hatte. Meist hatte er ihr sogar die Wahrheit gesagt, denn Monikas Bestrafung bestand in der Investigation selbst. Sie ließ nicht locker, bis sie alles wusste, dann ließ sie ihn in Ruhe. Er hatte viele dumme Sachen gemacht.

Nachdem man ihm erst einen Pappbecher mit lauwarmem Wasser und dann einen Teller mit trockenen Keksen gebracht hatte, die er nicht anrührte, ließ man ihn eine weitere schlecht einschätzbare Zeitspanne allein. Er vermutete, dass man ihn beobachtete, obwohl es in dem Raum weder eine Scheibe noch eine Kamera gab, falls das Ding an der Decke ein Rauchmelder war. Ein Beamter kam, steckte den Kopf durch die Tür, entschuldigte sich in einem fröhlichen Bürotonfall und ging wieder. Eine Frau kam, sagte ihm, dass bald jemand kommen würde, und ging wieder. Er hörte Stimmen auf dem Gang. Die Frau steckte nochmals ihren Kopf herein und fragte ihn, ob er Englisch spräche. Er überlegte, ob er einen Dolmetscher verlangen sollte, um einen Menschen an seiner Seite zu haben. Wieso sollte ein Dolmetscher auf seiner Seite sein? Die Frau fragte nochmals und er sagte, yes, I do speak English. Wofür war das sein einziges ausgezeichnetes Schulfach gewesen, wenn nicht für ein Verhör durch Scotland Yard. War es Scotland Yard? Es tat nichts zur Sache. Er fühlte sich minderjährig. Er war unter schlechten Einfluss geraten. Wo saß dieser schlechte Einfluss jetzt, und was sagte er?

Als die Frau ein drittes Mal kam, diesmal in Begleitung eines Mannes mit einem verschmitzten Schweinsgesicht, hatte Mick seine Ausreden vergessen. Sie fragten ihn, ob und woher er Desmond kannte, und er hielt sich relativ nah an die Wahrheit, weil er nicht einschätzen konnte, was man über sie wusste und was nicht. Wie eng waren die Computer der Reisebüros, Fluggesellschaften, Banken und Einreisebehörden vernetzt? Hatten sie eine Stichprobe gemacht oder Desmond im Visier gehabt? Es war auf jeden Fall besser, ihn zu kennen. Wie gut kannte er ihn? Nicht gut. Über einen Job, er hatte ihm assistiert. Wer hatte die Idee, auf diese Insel zu fliegen? Desmond. Wieso hatten sie ihren Anschlussflug nicht genommen? Weil sie ein paar Tage in London verbringen wollten.

Der Mann wirkte, als würde er nichts von dem glauben, was er da zu hören bekam. Er nickte und blickte auf einen Stapel Papiere vor ihm. Mick widerstand dem Verlangen zu kippeln, das die staatseigenen Stühle mit den Stahlrohrbeinen bei ihm auslösten. Mick als Delinquent, das war nicht neu. Müsste er, als Unschuldiger, nicht fragen, was das alles sollte? Doch das Englisch-Department seines Sprachzentrums schien bis auf die Worte *yes*, *no* und *what* gelöscht worden zu sein.

Der Mann hüstelte. Die Frau saß lächelnd neben ihm wie eine Sozialarbeiterin und unterbrach die Stille, indem sie Mick fragte, ob es ihm körperlich gutginge. Er bejahte und schaute die Frau direkt an, die glücklicherweise weder Autorität noch sexuelle Anziehungskraft ausstrahlte. Der Mann faltete seine Hände und sah ihm direkt in die Augen, als folge er einer Verhörchoreografie, vermutlich gab es so etwas.

Ob er wisse, räusper, dass Desmond ein Drogenkurier sei?

Nein.

Einfach nur nein. Ein entsetztes Nein würde ihm auch nicht weiterhelfen. Benommen registrierte er ein Vorgefühl ungläubiger Erleichterung. Man hielt ihn für Desmonds Komplizen. Und konnte ihm offenbar nichts nachweisen. Weil man nichts gefunden hatte. Man hatte seine Innereien durchleuchtet und nichts gesehen außer, so musste es sein, einen völlig entleerten Darmtrakt.

Er rechnete mit einer Frage nach Delia. Wie sollte er erklären, dass die eine Hälfte eines harmlosen Urlauberpärchens einfach so verschwand, nachdem man die andere Hälfte einkassiert hatte? Eine unschuldige Frau hätte aufgebracht draußen gestanden und gewartet, bis man ihren irrtümlich verhafteten Freund wieder freigibt. Oder bei der deutschen Botschaft angerufen. Oder sich um einen Anwalt gekümmert. Auf jeden Fall wäre sie noch da. Wir haben uns gestritten, hätte er gesagt. Doch sie fragten ihn nicht nach ihr.

Der schweinsgesichtige Mann sah seine Kollegin an und klappte den Ordner zu. Die Kollegin schob ihren Stuhl zurück und bat Mick nochmals zu warten. Mick nickte. Und wartete.

Nach einer weiteren Ewigkeit betrat ein älterer Beamter den Raum, gab ihm seinen Pass und seinen Rucksack zurück und bat ihn, ihm zu folgen. Sie gingen durch einen neonbeleuchteten Gang, den er vorher nicht wahrgenommen hatte, eine Treppe hinauf, durch einen weiteren Gang und standen schließlich vor einer Tür. Der Beamte schloss auf und nickte ihn mit einer der Situation irgendwie unangemessenen Hausmeisterfreundlichkeit hinaus in die Freiheit.

UND MICK SCHLICH sich. Er torkelte davon. Er fühlte sich, als hätte man ihn aus einem fahrenden Auto auf die Straße geworfen. Als könnten sie es sich anders überlegen und ihn jederzeit zurückholen. Draußen steckte er sich eine Lucky an, die ihn beruhigen sollte, was sie glatt verfehlte, sie fühlte sich an wie die erste Zigarette seines Lebens. Er trat sie aus und stand eine Weile einfach nur so herum. Ein vorfahrender Polizeiwagen trieb ihn zurück in die Halle, die er auf zittrigen Beinen durchwandelte. Künstliches Licht und milchiges Licht von draußen, Gongs und Durchsagen, Leute, die sich in alle Richtungen bewegten, alle zielbewusst, außer ihm. So könnte es sein, wenn man gestorben ist und orientierungslos am neuen Ort ankommt. Dieser Ort, Heathrow, wäre eine relativ komfortable Hölle oder ein Himmel, der alle Erwartungen untertrifft. Anhand der Kleidung der Leute konnte man nicht auf das Wetter schließen, das war ihm schon früher in London aufgefallen. Sandalen, Wollmützen, Hawaiihemden, Dufflecoats und Shorts existierten parallel. Was ja auch post mortem so wäre, wenn man davon ausging, dass man so in der Hölle oder im Himmel ankam, wie man gestorben war.

Es zog ihn wieder hinaus in den Sprühregen. Die Idee, den Bus in die Stadt zu nehmen, erschien ihm weniger klaustrophobisch als eine endlose U-Bahn-Fahrt. Dann ging er noch einmal hinein, wo er für sein letztes Bargeld, kolumbianische Pesos und D-Mark, siebzig Pfund bekam. Ihm fiel ein, dass er sich nach dem nächsten Flug nach Berlin erkundigen könnte, doch der Schock der Festnahme steckte ihm zu sehr in den Knochen. Wüsste man in Berlin

Bescheid und würde ihn noch mal befragen? Sein Verdauungstrakt nahm ihm die Tortur offenbar so übel, dass Funkstille herrschte, er verweigerte ihm jeden Hinweis auf Durst oder Hunger. Er kaufte sich eine Flasche Flughafenwasser zum Flughafenpreis und trank sie vorsorglich aus. Er folgte der Ausschilderung zur U-Bahn und stieg Covent Garden aus. Dort lief er durch ein paar Geschäfte, die Desmond in seiner unermüdlichen Suche nach schönen Dingen gefallen hätten. Delia hatte von einem Hotel geredet, hatte sie den Namen genannt? Er fand ein Telefon, rief seine Berliner Festnetznummer an, gab den Code für den Anrufbeantworter ein und hörte sich zwölf unwichtige Nachrichten an. Er würde es wieder probieren, bis Delia sich meldete, denn es musste ihr einfallen, dass dies die einzige Möglichkeit war, ihn zu erreichen. Er lief durch den Hyde Park, dann zum Regent's Park, wo er gern in den Zoo gegangen wäre, was er aus Geldgründen sein ließ. Wo würde er schlafen, wo war Delia, was würde mit Desmond passieren? Seine Ängste reihten sich aneinander, änderten die Reihenfolge, wurden leiser und wieder lauter und begannen ihr Tänzchen von vorn. Hätte man ihn an ein Angstmessgerät angeschlossen, es hätte bei der Sorge um sich selbst den größten Alarm geschlagen. Das war nicht besonders heroisch, aber nicht zu ändern. Jeder für sich allein. So hatte es geheißen, und jetzt war es eingetreten. Und war es, objektiv betrachtet, nicht gerechter, dass Desmond als Mastermind dieser Aktion die Konsequenzen zu tragen hatte, nicht sie, seine Mitläufer?

In diese Abwägungen schoss ein neuer, verstörender Gedanke: Wie würde Desmond reagieren, wenn er von seiner Freilassung erfuhr? Es musste sich für ihn wie eine Verschwörung anfühlen, er saß fest, seinen Komplizen ließ man gehen. Vorausgesetzt, dass Desmond tatsächlich nicht wusste, dass er, Mick, unbeabsichtigt zum Unschuldigen geworden war. Er stellte sich Desmond vor, verstört, verzweifelt und allein.

Es dämmerte, er fror. Er trug nur einen Hoodie, der von Berlin-Tegel Ankunft bis Berlin-Tegel Taxi reichen sollte, und rannte damit seit vier Stunden durch das februarfeuchte London. Es war nicht besonders einleuchtend, dass die Angst, auf einer Parkbank zu schlafen, größer sein sollte als die Erleichterung über seine Rettung, aber so war es. Er müsste vor Freude tanzen, sich an einen Tresen hocken und seine ungefähr fünfzig Pfund mit Fremden vertrinken. Auf die Freiheit, cheers mates. Doch so verhielten sich Überlebende nicht. Es sei denn, sie liefen wie Mick im richtigen Moment an einem Pub vorbei, das so einladend und unprätentiös aussah, dass er gar nicht anders konnte, als hineinzugehen.

Die Augen des Wirts, wasserblau, weiß bewimpert über schweren Tränensäcken, hatten jede Art von Gestalt schon gesehen. Er sah nicht direkt gütig aus, eher so, als würde er über den Dingen stehen, und was der lange Spaziergang nicht bewirkt hatte, setzte beim Anblick dieses kontemplativen Schränkchens im Karohemd ein: Mick beruhigte sich. Er würde bis zur Sperrstunde vor diesem Zen-Meister hinter seinem Zapfhahn sitzen bleiben. Ein Ale bitte. Ein Nicken und ein Ale, an dem er sich eine Stunde lang festhielt, während der Laden sich füllte. Mit Leuten, die aussahen, als kämen sie von ihren bestens bezahlten Jobs, mit anderen Leuten, die aussahen, als wäre das Herumstehen im Pub ihr Job, mit jungen Leuten, die Mick später nach einem Club fragen würde. Denn die traurige Idee von der Parkbank war abgelöst worden durch eine viel passendere Lösung, die ein Zeichen dafür war, dass er sich langsam von seinem Schock erholte: Er würde in einen Club gehen und tanzend Stunden schinden. Irgendwann würde er von Delia hören, und bis dahin nicht mehr leiden.

Neben ihm standen zwei Männer in Mänteln, die ihre Mobiltelefone vor sich auf den Tresen gelegt hatten. Mick beneidete sie um ihr erfolgreiches Leben, in dem sie beim Saufen ein kleines

Gerät für tausend Pfund neben ihr Glas legen konnten. Ein gelungenes Männerleben. Es war an der Zeit, sich mit einem ernsthaften Weg zum Geld auseinanderzusetzen, dachte Mick, an der Neige seines Ales herumnippend, während Mister Nokia und Mister Motorola innerhalb von zwanzig Minuten jeweils drei Gin & Tonic kippten. Die Typen waren ungefähr in Desmonds Alter. Es hätte ihm auffallen müssen, dass Desmond, der fast zehn Jahre älter war als er, diesen Weg nicht gefunden hatte. Desmond. Von der anderen Seite des Tresens rief ein alter Mann einen Toast auf Tottenham Hotspur aus, offenbar ein Insiderwitz in diesem Pub, zitternd saß Mick im Gelächter und versuchte sich einzureden, dass er sich um Desmond kümmern würde, sobald es möglich war. Zwei Frauen stießen mit freudigem Hallo zu den Männern, Mister Nokia bestellte, und Mick wünschte sich, ein Bekannter dieser sorglosen Unbekannten zu sein. Er käme von seinem guten Job, würde Runden ausgeben, auf seine Patek Philippe schauen und angenehm angeheitert zum Abendessen fahren.

Er legte drei Pfundmünzen neben sein leeres Glas und ging hinaus. Auf der anderen Straßenseite stand eine Telefonzelle. Ein Hupen riss ihn zurück in den gehetzten Tierzustand von vorhin. Scheißtouristen, wird sich der Fahrer gedacht haben, der gar nicht mehr aufhören konnte zu hupen. Scheiß Linksverkehr, dachte Mick. Die ikonografische rote Telefonzelle änderte nichts daran, dass die Sprechmuschel stank. Wie konnte schlechter Atem eine so hohe Moleküldichte haben, dass er sich in Plastik einfraß? Keine Nachricht von Delia. Flach atmend stand Mick in dem einzigartigen Dunst aus feuchtem Telefonbuch und kaltem Rauch und versuchte sich zu konzentrieren. Er ging die Leute durch, die ihm von Berlin aus Geld anweisen könnten, es würde Tage dauern und Erklärungen erfordern. Er hämmerte ein paar Mal mit dem Hörer gegen den Apparat und hängte ein. Es ging nicht.

ER TRAF DIE Frau in einem Club, den er niemals wiederfinden würde, in dem er aber sofort zu Hause war. Der Geruch nach Eisnebel und das rote Licht wirkten auf ihn wie das Rauschen des Meeres oder der Anblick einer Gebirgskette auf Menschen, die Heimweh nach ihrer Landschaft gehabt hatten. Kein Geld an der Bar verplempern, direkt auf die Tanzfläche, in die Mitte, Drum 'n' Bass, eine gewünschte Herzrhythmusstörung, sie tat gut. Er ließ sich hineinreißen. Jeder um ihn herum schien sich auf einer anderen Ebene der vielschichtigen Komposition zu bewegen. Lage um Lage wurde betanzt, alle hatten ihre Daseinsberechtigung: Diejenigen, die sich zu jeder Musik anmutig bewegten, wurden umzuckt von denen, die tanzten, als hätten sie Schmerzen, die Marschierer stampften neben den Hüftschwingern und den Stehern und denen, die zu einem viel langsameren Stück zu tanzen schienen, während andere einem noch schnelleren Stück hinterherhoppelten, was kaum möglich war. In London kam noch erleichternd hinzu, dass man schon am Abend tanzte und nicht erst in den frühen Morgenstunden wie in Berlin. Mick schloss sich der Gruppe der Hüpfenden an. Drum 'n' Bass konnte eine herrliche Sportlichkeit freisetzen, wenn man es richtig anstellte. Jeder Ton ein Sprung oder Kick, und nach einer Weile setzte der Effekt ein, für den Tänze dieser Art kreiert wurden, ein Zustand absoluter Vollständigkeit. Der Körper fühlte sich wohl, die Seele ließ los, der Geist segnete die Persönlichkeit ab: Du bist okay! Jahre später würde Mick die These verfechten, dass zu keiner Zeit eine solche Tanzegalität herrschte wie in den Neunzigern und dass diese Egalität sich befreiend auf die gesamte Gesellschaft ausgewirkt hätte. Binnen eines Stückes löste sich Micks Isolation auf, und er hüpfte sich zum gleichwertigen Mitglied dieses friedlichen Stammes.

Das Schlafzimmer, in dem er am nächsten Morgen erwachte, sah aus, als gehörte es einer Frau, die vierzig Jahre älter war als Lynn, die Frau, die neben ihm lag. Hoffentlich wohnt sie möbliert, dachte Mick. Oder es ist das Haus ihrer Oma. Er lag unter einer mohnblumengemusterten Steppdecke, neben ihm stand eine maiglöckchenförmige Nachttischlampe. Auf seiner Brust saß eine dicke Maine-Coon-Katze und schaute ihn an. Hallo, sagte Mick.

Lynn war niedlich, blond und unkompliziert. Es wäre kein Kompliment, über das sie sich freuen würde, so viel wusste Mick bereits über Frauen, aber es war die Wahrheit. Sie hatte Gras dabeigehabt und Wodka Shots ausgegeben. Nichts an ihr war einschüchternd. Alles an ihr war rund und lieb. Ihre blauen Augen, ihre nackten Schultern, ihr Jeanshintern, ihre Finger, mit denen sie spacige Elemente in die Luft malte, während sie zu den Bässen auf und ab sprang. Alles an dieser Frau schien *herzlich willkommen* zu sagen. Im Gegensatz zu ihrer Freundin. Ui, dachte Mick, der sich selbst als groß und schwarz empfand, beim Anblick dieser Frau aber deutlich sah, dass alles relativ war. Wie gemeißelt und poliert lehnte sie an der Bar und unterhielt sich mit zwei Typen, die neben ihr aussahen wie Gepäckstücke respektive Hampelmänner, und lachte majestätisch auf sie hinunter. Sie hieß Nona. Und auch wenn Nona ein paar Stunden später bewies, dass auch sie nur ein menschliches Wesen war, indem sie in Lynns Wagen kotzte, so wäre es Mick nicht möglich gewesen, mit ihr zu schlafen. Das hätte sich irgendwie nicht gehört, dachte er, die Maine Coon kraulend. Er, der sich mit platten Vergleichen gut auskannte, verbot sich den reflexartigen Gedanken an Grace Jones, den Nona sicher öfter hörte, womöglich sogar gern, was wusste er schon, entschied aber dennoch: Gefahr, nein danke. Und hielt sich an lovely Lynn. (Hatte er überhaupt eine Wahl gehabt? Mick entschied: ja.) Auch aus Respekt vor Delia. Denn das hier, er schaute auf Lynns weichen, weißen Kinderrücken, war kein Betrug. Die Katze schaute ihm in die Augen und gähnte ausgiebig. Eine Raubkatze. Das hier war das Übernachten bei einem Kumpel.

Der Gedanke an Delia riss ihn hoch, die Katze machte einen erschrockenen Satz und verzog sich ans Fußende des Betts. Mick stieg in seine Jeans und schlich nach unten. In der Nacht hatte er das Telefon in der Zwischenetage gesehen. Es stand auf einem Tisch neben einem Stapel Musikmagazine und einem Strohgesteck, in dem sich künstliche Vögel und Schmetterlinge tummelten.

Delia war auf seinem Anrufbeantworter. Zweimal.

Hi Mick, hier ist Deli. Ich hoffe, du hast unsere Einladung zur Hochzeit bekommen. Wir haben Zimmer reserviert, die ihr bestätigen müsstet. Im Claridge's oder im Every Hotel. Ich melde mich noch mal. Ciao ciao.

Mick starrte auf das Musikmagazin, das oben auf dem Stapel lag und mit Delias Ansage gemeinsam hatte, dass er zu wenig verstand. Typo und Grafikdesign waren so experimentell, dass er nicht las, sondern dechiffrierte. Der Piep zwischen den Nachrichten tat weh. Eine Einladung zu einer Party, zwei Fragen nach einer Gästeliste und die Frage nach der Telefonnummer eines DJs, die wohl ebenfalls auf eine Gästeliste hinauslief. Samstagabendnachrichten. Dann seine Vermieterin, eine uralte Frau, die herausgefunden hatte, dass er ein Klavier hatte. Ein Klavier, sagte sie, hochverärgert darüber, auf den Anrufbeantworter sprechen zu müssen, wäre verboten, nicht nur aufgrund des Lärms, sondern vor allem aufgrund des Fußbodenzustands in seiner Wohnung. Hieß das, dass sich nicht mehr als vier Leute in seinem Wohnzimmer aufhalten durften? Er grinste, zum ersten Mal seit Tagen, er sehnte sich nach diesem baufälligen Haus, nach seinen harmlosen Berlinproblemen. Dann wieder Delia: *Guten Tag. Hier ist Titanic Reisen, wir bestätigen Ihnen Ihre Buchung im Every am Piccadilly Circus. Bitte melden Sie sich bei Sonderwünschen direkt im Hotel. Danke und schönen Tag.*

Lynns Tagesperson war genauso nett wie das lachende Mädchen in der Nacht. Unter der zu schwachen Dusche hörte er sie mit Geschirr klappern und freundlich fluchen. Als er in die Küche kam, schob sie Spiegeleier aus einer Gusseisenpfanne auf einen Teller und fragte ihn, ob er lieber Kaffee oder Tee wolle. Eine Frage, die Micks Fluchtinstinkt für weitere vierundzwanzig Stunden lahmlegte.

Für Lynn mag es so ausgesehen haben, als sei es ihm schwergefallen, sie zu verlassen. Ihre Wärme, ihren Körper, ihren Witz. Abgesehen davon, dass Lynn der unschönere Teil der Wahrheit nichts anging, existierte auch gar keine direkte Wahrheit, sondern eher ein unerklärliches Geflecht. Niemand wusste, wo er war. Er wusste, wo Delia war und dass sie lebte. Er verfiel in seine alte Gewohnheit, ließ sie warten. Es war, als hätte er seinen Job erledigt. Es war, als wäre er in Sicherheit. Und so kroch er immer wieder in Lynns Bett zurück. Irgendwann, der nächste Tag begann, und sie erklärte ihm gerade, was ihr an schwarzen Männern gefiel, schaffte er es, in seine Klamotten zu steigen, was sich anfühlte wie eine Kapitulation.

Versteh mich nicht falsch, du bist ja nicht schwarz-schwarz, sagte Lynn und drehte sich lachend auf den Bauch. Das Komfortable an eurer Situation als *bi-racial people* ist, dass ihr euch aussuchen könnt, welche Klischees ihr annehmt und welche nicht. Verstehst du?

Mick verstand, aber er stand nicht auf Kiffermonologe. Liebevoll betupfte sie die Spitze ihres Joints mit Spucke.

Willst du auch?

Nein, danke.

Im Grunde geht es um meinen Arsch. Schwarze Männer haben kein Problem mit großen Ärschen. Du?

Mit einem Kopfschütteln, das alles bedeuten könnte, schaute er in ihren alten, geschliffenen Spiegel, der mit einer Sammlung von Ketten und Rosenkränzen behangen war, sah seinen Bartschatten, seine Augenringe und im Hintergrund Lynn, die seinen Blick im Spiegel auffing und sich dann lachend zurück in die Kissen fallen ließ. Lynn war okay. Was erzählte man nicht für Schwachsinn, während der Körper mit Giftabbau beschäftigt war, während der Geist, der eigentlich schlafen sollte, herumgeisterte. Ja, vielleicht war diese gesamte After-Hour-Kultur nur aus dem Grund entstanden, Partybekanntschaften als Psychotherapeuten zu missbrauchen. Sich kurz zu zeigen, zu öffnen, zu entladen, um dann wieder in sein Leben zu verschwinden bis zum nächsten Mal. Lynn war aufgestanden und hatte sich wieder in ihr Handtuch gewickelt. Er starrte weiter in den Spiegel. Er war vor kurzem aus der Karibik gekommen, und er sah karibisch aus. Hatte seine Hautfarbe bei seiner Festnahme eine Rolle gespielt? Hatte sein deutscher Pass Einfluss auf seine Freilassung gehabt? Möglich, beides.

Also, sagte Lynn fast förmlich und lehnte ihre Stirn an seine Brust, es war mir ein Vergnügen, deutscher Mann.

Ganz meinerseits, sagte er und meinte es.

Die Katze rieb sich ausgiebig an seinen Hosenbeinen. Lynn legte ihre Arme um ihn.

Wo sind wir hier?

Golders Green. Du gehst die Straße runter und dann rechts und da ist die Station. Soll ich dich bringen?

Nein, danke.

Wir bleiben in Kontakt, okay?

Es war so schwer, einen Satz dieser Art nicht zu sagen. Auch wenn er gelogen war, auch wenn er so selten zutraf – wenn keiner ihn sagte, blieb ein kaltes Loch, in dem es nur die Kaltblütigsten aushielten. Er war froh, dass sie ihn gesagt hatte.

Ja, sagte er und fragte sich: Wie denn? Willst du mir Postkarten schreiben? Willst du mich in Berlin anrufen? Und dann?

Er nahm einen Stift von ihrer mit Schminkutensilien übersäten Kommode und schrieb seine Telefonnummer auf einen neonbunten Partyflyer. Seinen Trick, die letzte Eins durch eine Sieben zu ersetzen, brachte er nicht übers Herz. Es war ein Trick für Frauen, die er sich vom Leib halten musste, aus Gründen, die, trotz dieser merkwürdigen letzten halben Stunde, nicht auf Lynn zutrafen. Er gab sich einen falschen Nachnamen. Er nannte sich Michael Buttmann. Hinternmann, tadelloser deutscher Nachname und kleiner Scherz zum Abschied. Lynn wühlte in einem Haufen neben der Heizung und reichte ihm eine Plastiktüte mit Zeitschriften.

Hier. Das mache ich tagsüber. Musik interessiert dich doch, oder?

Sie drückte ihn an sich.

Es ist eigenartig, wie schnell man sich an andere Menschen gewöhnen kann, sagte sie. Wenn du weg bist, wird es sich anfühlen, als wärst du jahrelang hier gewesen.

Mick kannte dieses Gefühl. Es trieb einen zu einem Anruf am nächsten Abend.

Ich gehe dann mal.

Er nahm ihre Handgelenke von seinem Nacken und führte ihre Arme behutsam wieder nach unten. Wie eine Python, dachte er.

Sie ging vor ihm her, er starrte auf ihren Hintern. Eine, in Proportion zu ihrem zarten Oberkörper, tatsächlich große Fläche, auf die sie ihn erst aufmerksam gemacht hatte. Warum sind Frauen eigentlich so dumm?

Glotz mir nicht auf den Arsch, sagte sie nach vorn, die enge Treppe hinunter. Er lachte. Sie drehte sich nach ihm um und lachte mit ihm. Laut und schön. Aus dem Erdgeschoss dröhnten Nachrichten.

Mein Onkel, sagte Lynn.

Lynnie?, rief es von drinnen. Mick wusste nicht, wie die letzten anderthalb Tage verlaufen wären, hätte er gewusst, dass sich direkt unter ihnen ein der Stimme nach steinalter Mann herumtrieb. Er küsste Lynn, höflich und trocken.

Pass auf dich auf, sagte sie.

Du auch, sagte Mick, den es jetzt aus diesem Haus zog. Er rannte durch den Vorgarten. Golders Green, rief Lynn ihm nach, und er nickte, ohne sich noch einmal nach ihr umzuschauen. Er wurde erst langsamer, als er außer Sichtweite war.

In der Northern Line wurde die verschwindende Lynn sofort durch eine auftauchende Delia ersetzt. Das heißt, dass Mick keine Station Ruhe hatte und dass er weniger U-Bahn fuhr als auf einer Welle des schlechten Gewissens ritt, die von Station zu Station anschwoll, bis sie schließlich brach und sich in Wut verwandelte. Warum, fragte er sich selbstmitleidig, als er am Leicester Square ausstieg und erst in die falsche Richtung ging, warum muss mich immer jemand drangsalieren? Warum wartet immer jemand auf mein Auftauchen? Als ihm auffiel, dass er nicht Richtung Cockfosters musste, lustiger Name, empfand er kurz tiefes Verständnis für Ausgestoßene, die sich sabbelnd und fluchend durch die Massen schoben, weil sie diesen ganzen Terror nicht mehr aushielten und ihnen nicht einmal die Selbstbeherrschung blieb, ihre Verzweiflung nicht ungefiltert aus sich herausfließen zu lassen. So mussten sie sich fühlen, dachte Mick, stieg endlich in den richtigen Zug, starrte auf einen Rücken in einem Burberry Trenchcoat und dachte darüber nach, was er Delia sagen würde. Wenn sie noch da war. Wenn sie allein zurück nach Deutschland gereist sein sollte, was gut möglich war, wäre sein Problem noch größer, dann stünde er mit knapp zehn Pfund auf einer teuren Insel, deren wichtigsten Flughafen er nie wieder betreten würde. Wäre sie noch da, dann war zu hoffen, dass sie das alles weiterhin unter Ausnahmezustand verbuchte und es folglich egal war, ob er einen Tag eher oder später in ihrem Hotel auftauchte beziehungsweise wo und mit wem er die fehlende Zeit verbracht hatte. Es konnte auch sein, dass sie ihn achtundvierzig Stunden festgehalten hatten, möglich war alles. Die Sache mit Lynn war etwas, wofür er in Berlin ein schlechtes Gewissen haben würde, hier jedoch hatte er sich nichts vorzuwerfen. Und sie ihm auch nicht. Er inhalierte die dicke Berufsverkehrsluft und konstatierte: Delia hatte ihm nichts vorgeworfen! Sie hatte das Ding durchgezogen und ihm, schlau wie sie war, mitgeteilt, wo er sie finden könne. Taffe Braut. Gleich würde er sie wiedersehen. Sein bockiger Verteidigungsgroll wich einer Freude auf Delia, so groß, dass er Gänsehaut bekam. Sie lebte und sie wartete auf ihn. Und auch er lebte. Er riss seinen Blick von dem Burberryrücken und lächelte in den Waggon voller Ahnungsloser. Als er an der nächsten Station aus der U-Bahn stieg, war aus der armseligen Gestalt, die Selbstgespräche führte, ein geschäftiger Auskenner geworden. Und als er hinauf in die Stadt trat, war er zum ersten Mal, seit er Berlin verlassen hatte, nahezu angstfrei. Sein Körper gab Entwarnung, er war nüchtern, er fror nicht, er war intakt und sein ausgeglichener Hormonhaushalt beruhigte seinen Geist, danke Lynn. Mick schaute auf den Kreisverkehr, die Leuchtreklamen vor dem indigoblauen Abendhimmel über dem Piccadilly Circus. War das nicht herrlicher Kitsch, sich nach diesem Trip hier an diesem Schulbuchort wieder zu treffen?

Hello, my name is Mick.

Are you a teacher?

No, I am not a teacher, I am a hero.

DELIAS VERWANDLUNG VON einer Gangsterbraut in eine eigenständige Gangsterin ging komplikationsloser vonstatten als alle anderen Metamorphosen, die sie bisher durchlaufen hatte.

Die Erkenntnis, allein zu sein, war nicht neu für sie, das half. Sie wusste, dass Selbstmitleid kontraproduktiv war, was ebenfalls half.

Das Loswerden ihrer Körperfracht war beängstigend gewesen, das schon, aber viel beängstigender wäre es gewesen, sie nicht loszuwerden. Delia verbrachte einen Tag zwischen Bad und Bett. Sie stellte sich vor, eine Frau zu sein, die unter widrigsten Umständen in einem Versteck ausharren muss. Sie stellte sich vor, eine Frau zu sein, die allein ein Kind zur Welt bringen musste. Sie stellte sich vor, eine Weltumseglerin zu sein, allein auf dem Meer und die Ruhr an Bord. Ich krieg das hin, dachte sie kalt schwitzend, wer denn sonst? Immerhin war ich allein, wie hätte das in der Gruppe gehen sollen, ich hätte anschließend vor Scham den Planeten verlassen müssen, dachte sie, als sie endlich in der Wanne lag, um sich wieder in eine duftende Frau zu verwandeln. Anschließend ließ sie sich Tee, Toast und alle Zeitungen bringen und legte sich vor den Fernseher. Die Festnahme am Flughafen schien nicht bedeutsam genug gewesen zu sein, als dass man sie erwähnte. Und wenn man sie, Delia, suchen sollte, dann wusste die Presse davon jedenfalls nichts. Sie zog ihren mittlerweile gereinigten Anzug wieder an und ließ sich bei Toni & Guy die Haare färben und schneiden. Der Friseur, ein beneidenswert schlankes Bürschchen mit einem gefährlich aussehenden Piercing, einem

Bolzen durch die Nasenwurzel, betrachtete sich während des gesamten Schnitts selbst im Spiegel, war weniger geschwätzig als die Friseure in Berlin und schaffte es, scheinbar ohne auf ihren Kopf zu schauen, Delia den scharfkantigsten Bob ihres Lebens zu schneiden. Danach ging sie einkaufen. Sie arbeitete sich von oben nach unten, was ein Fehler war, aber ein verzeihlicher. Sie fing bei Selfridges an und endete bei Tesco und fühlte sich von Tüte zu Tüte besser. Bulimikerin kauft Fraß für Kotzorgie, dachte sie sarkastisch, als sie ihre letzte Ladung aufs Kassenband legte. Mit niemandem reden zu können war schwieriger als der Rest. Das Lügenkonstrukt, das sie ihren Eltern auftischen müsste, war zu wacklig, um es zu riskieren. Stattdessen würde sie einfach sagen, sie hätten sich das Datum ihrer Rückkehr falsch notiert. Sie würde erst wieder telefonieren, wenn sie zurück in Berlin war.

Die Hotelangestellten schienen Analphabeten zu sein. Es war nicht möglich, sie sich mit dem *Do not disturb*-Schild vom Hals zu halten, mindestens einmal pro Stunde klopfte jemand an ihre Tür. Schlechte Hotelwahl, hatte man so nicht absehen können. Delia versteckte ihre Fracht im Safe und ließ nach knapp zwei Tagen Abwehr endlich ihr Zimmer reinigen. Sie hatte sich entschieden, am nächsten Tag den Zug nach Dover und anschließend die Fähre nach Calais zu nehmen. Kein Heathrow mehr. Und so wie es bisher aussah, auch kein Mick mehr.

Sie belohnte sich mit einer schwarzen Lacklederhose und einem fließenden Top mit freiem Rücken, beides so perfekt in Schnitt und Verarbeitung, dass sie sich kurz schlank genug finden konnte. Vielleicht lag es auch am extremen Flüssigkeitsverlust. Oder halt, nein. Es lag an der transformativen Kraft, die lebensgefährliche Situationen mit sich brachten. Es lag auch am Kontrast, den die klobigen Plateauboots zu ihren Beinen bildeten. Ihre Haare hatten nicht mehr die Farbe von nassem Sand, sondern von dunkler Schokolade, ihr neuer Haarschnitt, kinnlang, verlängerte ihren Hals, Länge war immer gut. Außer bei Nasen. Nein, auch da. Sie hatte es satt, an sich herumzunörgeln. Sie wühlte in ihren Tüten und knöpfte sich ein schwarzes Lederband um den Hals. Sie zog das Seidentop aus und schnürte sich in eine Korsage. Sie sah nicht aus wie eine Domina, sie sah aus wie eine Frau, die Lust hatte, mit Designerzitaten aus der Dominawelt zu spielen.

Sie drehte sich vor dem Spiegel und dachte an all die Phrasen, die sie im Zusammenhang mit ihrem gestörten Körperbewusstsein gehört und selbst gesagt hatte. Keine hatte funktioniert. Sie glaubte auch jetzt nicht daran, jemals wieder so sorglos essen zu können wie vor ihrer Pubertät, hatte aber das Gefühl, sich an der Schwelle zu etwas Neuem zu befinden. Zumindest mochte sie sich gerne, vor diesem Hotelzimmerspiegel, und nahm sich vor, diese wohltuende Komplizenschaft mit sich selbst wenn schon nicht durchgängig beizubehalten, so doch wenigstens regelmäßig zu zelebrieren.

Sie hockte sich auf den Fußboden und baute ihre Lebensmitteleinkäufe vor sich auf. Chutneys, Pickles, Saucen, Marmeladen, Gelees, Senf, Brotaufstriche, Öle, Würzpasten, Currys, Pestos, Babynahrung, Diätgerichte. Von Delias furioser Hassliebe zur Nahrung blieb nur noch die Liebe. Fünf Kontinente in Büchsen und Gläsern, koscher, halal und egal, wabbelig, stichfest, cremig, leuchtend bunt, vegetarisch, verlockend, abstoßend, naturbelassen, glutamathaltig, schwermetallbelastet und alles in allem vielfältiger als in Deutschland. Sie würde sich ein herrliches Lebensmittelpaket schicken. Sie würde ihm unbeschwert und unschuldig hinterherreisen und vor ihm zu Hause ankommen. Vielleicht würde sie sich irgendwann in Ruhe damit beschäftigen, warum ihr Hunger nach Liebe und Bestätigung so groß war, dass sie sich auf diesen großen Leichtsinn eingelassen hatte. Doch nicht jetzt.

Delia holte die Plastiktüte aus dem Tresor, schraubte ein Glas mit eingelegtem Ingwer auf, roch daran und versenkte die erste

Portion Kokain darin, als wieder jemand vom Zimmerservice klopfte. Und dann, eine Unart, die sie schon an ihrer Mutter gehasst hatte, die ihre Mutter an ihre Schwester weitergegeben hatte und die mindestens so hart geächtet werden sollte wie das Ohrfeigen fremder Kinder: das zeitgleiche Eintreten mit dem Anklopfen. Es machte sie wahnsinnig. Und in diesem Fall löste es den Nervenzusammenbruch aus, den sie seit der Zwischenlandung auf dem namenlosen verschneiten Flughafen irgendwo in Nordamerika unterdrückt hatte. Delia sprang auf, trampelte mehrere geöffnete Gläser nieder, riss der Person die Tür aus der Hand und schubste sie kreischend zurück auf den Flur. Sie hatte vier Stunden im Regen verbracht, damit sie endlich dieses Scheißzimmer saubermachen konnten, sie zahlte hundertdreißig Pfund pro Nacht, um ihre Ruhe zu haben, es konnte nicht sein, dass hier ständig jemand seinen verdammten Kopf durch die Tür steckte und *Excuse me* sagte. Nein! Genug *excused*! Und jetzt raus hier!

Da ist ein Mann an der Rezeption, der Sie sprechen möchte.

1996–2000

MICK KLAPPTE DIE Sonnenblende runter und verpasste absichtlich die Ausfahrt. Er würde eine weitere Runde drehen, zu Ehren des Tages, zu Ehren der Musik, die ihren Zauber nirgendwo besser als beim Fahren entfaltete, manche Stücke sogar nur auf der Stadtautobahn. Manchmal fragte er sich, ob andere Leute Musik auch so hörten wie er, ob sie sie auch in ihrer Gesamtheit erfassten, bis sie zur einzigen Mitteilung wurde, die alle verstehen konnten, wenn sie nur richtig hinhörten. Ja sicher, alles eine Frage der Zeit, dachte er, denn er verbrachte sehr viel Zeit mit seiner Musik. Wenn er hart bremsen musste, hörte es sich an, als würde er eine Stadt aus Plastikspielzeug eintreten, so voll war der Wagen mit Kassetten und Kassettenhüllen. Er schob sie nur beiseite, wenn er andere mitnahm, was er nach Möglichkeit vermied, nicht weil er ein Problem damit hatte, andere Leute zu fahren, sondern weil er diesen Raum für sich brauchte. Er sang, er rauchte, er telefonierte. Er fuhr barfuß, er hängte seinen Ellenbogen aus dem Fenster, und wenn er sich im Rückspiegel sah, war er meist zufrieden. Seine Gedanken zogen an ihm vorbei wie die Straßen. Seit wann ist hier gesperrt, wo ist der Schawarma-Imbiss, warum gehe ich so selten in die Philharmonie, äthiopisches Restaurant, was kochen die, seit wann stehen hier Nutten, grün, du Schnarchnase, wow, geile Beine, Drecksgegend, immer gewesen, schöner alter Peugeot, fahr doch auf dem Radweg, Idiot, Shit – rot. An roten Ampeln suchte er die Blicke von Frauen, was fast immer funktionierte, auch bei Frauen mit Männern, mit Kindern, mit Kopftüchern. Andere Rotphasen nutzte er, um sich mit sich selbst zu beschäftigen, er bohrte in der Nase, den Ohren, zwischen den Zähnen, strich sich über den Kopf, knackte mit den Nackenwirbeln, intime Sekunden, sichtbar für alle. Manchmal hielten Typen neben ihm, die an Wettrennen interessiert waren, auf die er einstieg, wenn er in Stimmung war. Er hätte einen Berlinreiseführer schreiben können, er hätte die Taxiprüfung sofort bestanden, aber wozu? Er fuhr selten in die Waschanlage, obwohl er den Wagen liebte, der wie das meiste in seinem Leben ohne sein Zutun zu ihm gekommen war. Adel, ein Bekannter aus der Nacht, hatte ihm Geld geschuldet. Mick Geld zu schulden war leicht, das war bekannt, denn Mick hatte immer Verständnis für Leute, die vorübergehend auf dem Schlauch standen. Die Vorstellung, ein paar tausend Mark über die Stadt verteilt zu besitzen, gefiel ihm sogar besser als die Vorstellung des Geldes auf seinem Konto, dessen Auszüge er ungeöffnet in einen Schuhkarton warf. Es würde zu ihm zurückkommen, denn Geld folgte seinen eigenen Gesetzmäßigkeiten, zu denen gehörte, dass es in Bewegung bleiben musste. In Adels Leben war diese Bewegung ins Stocken geraten, aber er mochte Mick lieber als seine anderen Gläubiger, also bot er ihm seinen schwarzen 3er BMW an, bevor er die Stadt verließ. 1995 war das. Im Rückblick erschien diese Zeit als ein einziger Strom aus Dingen, die in seine Richtung flossen, manchmal hängenblieben, manchmal weitertrieben. Der BMW kostete zu viel Sprit, aber er war schön. Und Mick war ein guter Autofahrer. Er durchkreuzte seine Stadt. Nachts fuhr er in den Club, zu dessen Mitinhaber er ebenfalls durch eine Aneinanderreihung von Umständen und Begegnungen geworden war, tagsüber kaufte er Platten, was sich genauso hobbymäßig und passend anfühlte.

Die Klagen über die Seelenlosigkeit des Formats CD hielt viele Leute nicht davon ab, ihre jahrzehntelang zusammengetragenen Vinylplattensammlungen abzustoßen, die Mick aufkaufte und über zwei Typen wieder verkaufte, nach Südosteuropa, wobei die genauen Länder Mick egal waren, fast so egal wie die Hauptberufe der beiden Typen, Darko und Axel, die er in seinem Männersportstudio kennengelernt hatte, das ebenfalls Axel hieß. Alles an diesem Business war wunderbar beiläufig, der Bargeldfluss, den er als sein Taschengeld bezeichnete, genauso wie seine Fahrten und die Begegnungen. Die Verkäufer, meist mittelalte Männer, inserierten ihre Sammlungen per Kleinanzeigen und wohnten in Gegenden, in die es Mick sonst nie verschlug. Anfangs standen sie gemeinsam vor den fremden Haustüren, drei Männer, von denen nur Mick sich fragte, was für einen Eindruck sie auf die Vorstadtfamilienväter machten, und zu dem Schluss kam: einen zwielichtigen. Darko wirkte wie auf einem Trip hängengeblieben, Axels rätselhaftes Grinsen stammte vermutlich aus seinem hinter ihm liegenden Lebensabschnitt als Heroinkonsument. Ungeachtet der Patina des Nachtlebens, die ihn trotz pedantischer Körperpflege und teurer Klamotten überzog, hatte Mick in Gesellschaft der beiden das seltene Gefühl, der Seriöseste zu sein. So standen sie in Wohnzimmern und Hobbykellern, zwischen Skiausrüstungen, Autoteilen und Werkzeugkollektionen, vor Schrankwänden und Sofalandschaften, begegneten Ehefrauen und Kindern in jeder Entwicklungsphase, wurden von Hunden angesprungen und von Sittichen umschwirrt und begutachteten die Schallplatten der Hausherren. Vielleicht lag es am Thema, der Musik ihrer Vergangenheit, vielleicht war es auch Zufall, dass diese Männer ausnahmslos entspannt waren. Einmal, Darko steuerte in einem wildfremden Wohnzimmer direkt auf das Fensterbrett zu, hockte sich dort hin und verharrte, in den Himmel starrend, bis es an der Zeit war zu gehen, sagte der Hausherr: »Wie Birdy, erinnern Sie sich? Peter Gabriel, hier isser«, und zog den Soundtrack des Films aus seiner alphabetisch geordneten Sammlung. Axel hatte sich wie fast immer ins Badezimmer der Leute zurückgezogen, und als sie sich bei dem Birdy-

Mann verabschiedeten, entschied Mick, künftig allein auf Tour zu gehen. Er mochte seine Partner, besonders Darko mit seinem dunklen Namen und seiner konsequenten Nichtanwesenheit in dieser Realität. Weniger Arbeit für euch bei gleicher Kohle, schlug er den beiden vor. Wieso, fragten sie erwartungsgemäß. Besser so, sagte Mick, und die beiden akzeptierten es mit der friedfertigen Gleichgültigkeit, die sich durch ihre gesamte Beziehung zog.

Allein, diese Erfahrung war Mick nicht neu, konnte er der sein, den die Situation erforderte. Er sprach Hochdeutsch, er berlinerte, er war redselig, er war einsilbig, er lobte, was zu loben war, übersah, was zu übersehen war, und ging dann zum Geschäft über. Er verhielt sich nicht merkwürdig, zeigte keine Verachtung und keine Gier, nein, er war ein Mann, der die Musik liebte und der überrascht feststellte, dass er gern mit den Leuten sprach, die sich von den Schätzen ihrer Jugend, ja womöglich von ihrem früheren, wilderen Selbst verabschiedeten. Er feilschte nicht. Er war pietätvoll wie ein Bestatter. Er sprach mit ihren Nochbesitzern über die Entstehung der Alben, die Schicksale der Bandmitglieder, und schließlich hörte er sich die Storys dieser Männer an, die diese Platten einst gekauft hatten. Von ihrem Taschengeld, von ihrem Lehrlingsgeld, von ihrem Bafög, weil sie verliebt waren, weil sie elektrisiert waren, weil sie jung waren und diese Scheibe ihr Ziel. Manchmal hörte er sich auch die Platten an und dann hing er übernächtigt auf einem Sofa neben Männern in Hausschuhen, in Dead-Kennedys-T-Shirts, in Pythonlederstiefeln, in Cord- oder Trainingshosen, Männern mit Goldrandbrillen, Schnauzbärten und grauen Pferdeschwänzen, und er fühlte sich ihnen so nah wie den unzähligen Leuten, mit denen er After Hours verbracht hatte und die er auch nicht besser kannte als diese Vinylsammler. Ja, ihre Platten würden bei diesem jungen Typen, der Ahnung hatte und ein Herz, in guten Händen sein.

Das war den meisten Leuten, wie Mick feststellte, wichtiger als die Summe, die er ihnen schließlich zahlen würde.

Und das war schön. Auch das Über-den-Daumen-Peilen des Gesamtpreises verfeinerte er mit jedem Besuch. Er sah die Diamanten zwischen den Erdklumpen funkeln, Raritäten, die zuweilen mehr wert waren als der gesamte Rest. Sie sollten an Sammler verkauft werden, während der Rest an Darkos Südosteuropa-Connection ging. Doch immer öfter blieben die guten Platten bei Mick, der sich sagte, dass dies seine Geldanlage sei, Diamanten eben. Sein Geschäftsethos gebot es ihm, keinen Vorbesitzer auf einem verschmähten Plattenstapel sitzenzulassen, er kaufte fast alles, inklusive Schrott, zu einem Preis, mit dem beide Seiten zufrieden sein konnten.

Gut gemacht, dachte er deshalb auch, als er sich bei Frank verabschiedete. Frank, der ihm sofort ein Bier und das Du angeboten hatte, war von Micks Ankaufspreis genauso positiv überrascht wie Mick von der Qualität der Sammlung. Frank löste die Wohnung seines Vaters auf, dessen letzte Jahre er offenbar verpasst hatte. Während Mick vor den Platten kniete, stand er in der Mitte des Wohnzimmers und trank kopfschüttelnd sein Bier. Ich hatte ja keinen Schimmer, sagte er immer wieder. Wie findest du das, fragte er Mick und zeigte um sich. Mick sah von dem Plattenstapel auf und zuckte die Achseln. Ich finde es … na ja … kreativ? Der alte Mann hatte sich Puppen gekauft. Trolle, Barbies, Kens, Big Jim und seinen schwarzen Bruder Big Jack, und ihnen Kostüme genäht, sein eigenes *Who is Who* gebastelt. Mick erkannte Kiss und Queen, einen wirklich gelungenen Jimi Hendrix oder war es doch Lenny Kravitz, Mafiosi, Diktatoren, Astronauten, Tennisspieler. Auf Augenhöhe hatte er ein Sims gebaut, das sich durch die ganze Wohnung zog, voll mit seinen Puppen. Sie standen auch in Regalen, auf den Küchenschränken, hingen in Mobiles von der Decke, bevölkerten die Fensterbretter und das Sofa.

Hatte er Freunde, fragte Mick, oder hat er das für sich allein gemacht?

Wenn ich das wüsste, Frank nahm einen Schluck, ich wusste ja nicht mal, dass er nähen kann.

Und plötzlich hatte Mick einen weinenden Fremden im Arm und tröstete ihn. Natürlich sah die Wohnung aus wie das Kabinett eines Wahnsinnigen, andererseits, sagte Mick zu Frank, war sie picobello aufgeräumt und geputzt, und irgendwie wies diese manische Kostümnäherei ja auch auf einen Menschen hin, der Leidenschaft und Spaß an seiner Sache hatte, der sein Ding gemacht hat, oder? Frank fand seine Fassung wieder und Mick bezahlte ihm mehr als geplant, denn die Plattensammlung, ein weiterer Hinweis darauf, dass Franks Vater vielleicht verkauzt, aber nicht verblödet gewesen war, war exzellent. Er hatte in den Sechzigern angefangen zu kaufen und nie aufgehört. Es gibt trostlosere Arten, sein Rentnerdasein zu verbringen, als gute Musik zu hören und dabei zu nähen, sagte Mick, als er Frank zum Abschied auf die Schulter klopfte und ihn mit den Fragen an seinen Vater in Friedenau zurückließ. Er drehte das Tape laut, das er frisch aufgenommen hatte, fuhr direkt auf die Stadtautobahn, entschied sich für eine spätere Ausfahrt und die Ehrenrunde.

Delia wartete auf ihn.

NACH KOLUMBIEN HATTE Mick damit gerechnet, dass Delia und er sich fortan aus dem Weg gehen würden. Nach allem, was passiert war, wäre das die logische Konsequenz gewesen. Auch hatte er damit gerechnet, sich ein Gelddepot anzulegen, das ihn nicht direkt reich machen, aber für eine Weile beruhigen würde. Nichts davon trat ein. Sie kamen nach Berlin zurück, sie waren Teil einer Geschichte, die niemanden etwas anging, sie blieben zusammen. Für ihn hieß das, dass er weiterhin regelmäßig mit ihr schlief. Sie rief ihn an, sie kochte, sie plante Unternehmungen, und wenn sie etwas sah, das ihm gefallen könnte, kaufte sie es ihm und freute sich tagelang auf seine Freude. Man kann doch nach so einer Aktion nicht einfach zur Tagesordnung übergehen, dachte er. Der Gedanke entwickelte sich zu einem Mantra, das immer in seinem Kopf ertönte, wenn er sie sah, und er sah sie öfter als je zuvor. Eines Abends, sie kamen aus dem Kino und er hatte es die gesamte Filmlänge über fast ununterbrochen gedacht, zündete er sich eine Zigarette an und sprach es aus. Delia wirkte, als würde der Film in ihr weiterlaufen. Eine Kokainromanze, das Paar mit dem Zufallskokskoffer kommt davon und spielt am Ende mit seinem Sohn vor einem kalifornischen Sonnenuntergang. *True Romance*. Ganz nach Delias Geschmack. Hingerissen hatte sie ihr schönes Profil Richtung Leinwand gereckt, während der Film Mick völlig unerwartet in einen Schwitzkasten genommen hatte, aus dem er sich anderthalb Stunden lang nicht befreien konnte. Die Beklemmungen waren schlimmer als die gelegentlichen Fragen nach Desmond, die er stets mit einem Schulterzucken beantwortete. Als Dennis Hopper von Christopher Walkens Begleitern erschossen wurde, strich ihm Delia tröstend über die Wange, und er verfluchte sie dafür, dass ihr nichts entging.

Wie bitte?

Ich habe gesagt, wir können doch nach dieser Geschichte nicht einfach zur Tagesordnung übergehen.

Welche Tagesordnung? Sie fragte es erstaunt, ohne jede Ironie. Stumm standen sie sich gegenüber, neben ihnen rauschten Autos über die nasse Kantstraße. Sie schaute ihm in die Augen, er schaute ihr in die Augen und rauchte weiter. Ein Mexican Standoff, den nur einer gewinnen konnte.

Und was sollen wir deiner Meinung nach tun?, fragte sie schließlich und entschied damit die Szene für sich. Er wusste es nicht. Hätte er es gewusst, er hätte es getan.

Delia hatte das Lebensmittelpaket aus London an Desmond adressiert. Es war wie erhofft bei Desmonds Nachbarin abgegeben worden, einer etwas verhuschten Physiotherapeutin, der Mick irgendwann ein IKEA-Regal aufgebaut hatte. Sie freute sich, ihn zu sehen, sie fragte nicht nach dem Abholschein, sie schien sich auch nicht sonderlich dafür zu interessieren, wo Desmond abgeblieben war. In den USA, für länger, sagte Mick vorsichtshalber.

Delia nahm ihm das Paket ab und stellte es ungeöffnet in ihren Kleiderschrank. Es gehört ihr, dachte Mick, der sich trotzdem den Gewinn bei Einzelverkauf errechnet hatte. Ich mach das, sagte sie, murmelte etwas von einer Hannover-Connection und verhielt sich ab da diskret wie ein Geheimdienst. Mick dachte sich seinen Teil: Es war nicht Delia, die ein Bauunternehmen hatte, es war nicht Delia, die im Vorstand jedes Vereins oder Ausschusses des Landes Niedersachsen saß, und es war demzufolge auch nicht Delia, der irgendwer in Hannover einen Gefallen schuldete. Aber Delia war es, die von sich behauptete, ihrem Vater alles, wirklich alles erzählen zu können. Je länger er darüber nachdachte, umso sicherer war er sich, dass Bernhard im Bilde war. Er kannte ihren Vater, denn Delia hatte ihn so früh mit nach Hannover genommen, dass er gar nicht darauf kam, dass es sich hierbei um eine Aussage handeln könnte. Die Aussage: Jetzt wird's ernst, ich stelle dich meinen Eltern vor. Kaffee trinken und plaudern, warum nicht. Abends ging er mit Delia und ihrer Schwester Cosima auf eine Party, auch das konnte er gut. Seit diesem Wochenende hatte Bernhard nicht nur seine Tochter, sondern auch ihn in sein Lieblingsrestaurant eingeladen, wann immer er geschäftlich in Berlin war. Zu Weihnachten bekam er einen Kaschmirpullover, den sicher nicht Bernhard, sondern Ingrid, Delias Mutter, ausgesucht hatte, aber er verstand, welchen Status er in den Augen ihrer Familie wohl jetzt innehatte. Und er verstand auch, wer in dieser Familie ein unzertrennliches Team bildete. Jedenfalls konnte sich Mick das Vater-Tochter-Gespräch so gut vorstellen, als wäre er dabei gewesen.

Man möchte doch wohl meinen, dass ich meine Töchter so erzogen habe, dass sie den Unterschied zwischen Schabernack und Schwerstkriminalität kennen, wird Bernhard gepoltert haben. Und gesetzt den Fall, dass hier ein Versäumnis meinerseits vorgelegen haben sollte, dann hättest du dieses Wissen auch im Rahmen deines Jurastudiums erlangen können, Cordelia. Lang genug war es ja.

Delia wird ihm eine nebulöse Geschichte aufgetischt haben, deren Wahrheitsgehalt egal war, das Entscheidende war, dass sie am Ende dieser Räuberpistole mit dem Paket dastand. Wichtig war auch, wer sonst noch davon wusste.

Und so stellte sich Mick während seines imaginären Delia-Bernhard-Dialogs erstmals die Frage, wie Bernhard eigentlich zu ihm stand.

Ich habe dir immer gesagt, lass die Finger von dem Schwarzen! Nein. Das passte nicht zu Bernhards weltmännischem Selbstbild. Er hätte sich zwar nicht direkt einen schwarzen Schwiegersohn erträumt, war aber fest davon überzeugt, ein Freund der Schwarzen zu sein. Eine Überzeugung, die auf seiner innigen Liebe zum Jazz basierte und die man in Anbetracht seiner Herkunft und seines Jahrgangs auch einfach mal so stehenlassen konnte. Dachte ich mir, wird er gegrummelt haben, und schon musste Delia nur noch möglichst zerknirscht abwarten, bis er von Standpauke auf lösungsorientiert umschaltete.

Ja, in Anbetracht der Umstände bleibt mir ja kaum etwas anderes übrig. Hier ist eine schnelle Lösung gefragt, da beißt die Maus keinen Faden ab. (Ja, so sprach Bernhard.)

Anschließend wird er darüber nachgedacht haben, mit wessen hundertprozentiger Diskretion er rechnen könnte. Vor den bodentiefen Fenstern seines präsidialen Arbeitszimmers stehend, die Hände in die Hüften gestemmt, Daumen nach vorn, Finger auf den Nieren, draußen vor dem Fenster ein beschauliches Wäldchen, wird er die Hautevolee Hannovers durch seinen Quadratschädel rattern lassen haben. Er wird einen Mann angerufen und damit eine Kette von Anrufen ausgelöst haben – von blütenweiß über leicht windig zu halbseiden und nicht ganz koscher bis hinunter zu eindeutig zwielichtig und schließlich dorthin, wo der Spaß aufhörte oder auch begann, je nach Perspektive. Bernhard als Ursprung der stillen Post wäre nicht mehr zurückzuverfolgen, so viel war sicher.

Irgendwann, wie vom Geisterboten gebracht, war das Geld dann da. Delia, die nie wieder erwähnte, dass sie den Transport allein übernommen hatte, überreichte ihm kommentarlos einen Briefumschlag mit ein paar Tausendern und vielen Hundertern. Es war das dickste Bargeldbündel, das er je in der Hand gehabt hatte, doch auch ohne es zu zählen, wusste er, dass es ihn nicht zu einem wohlhabenden Mann machen würde. Hinzu kam, dass dieses Geld stank. Also raus damit! Er kaufte ein Soundsystem für den Club, das seine offizielle Einlage zum inoffiziellen Gastronomiebetrieb darstellte. Den Rest ließ er in Drinks, Taxifahrten, Platten und Klamotten fließen und verhielt sich somit unauffällig, weil nicht anders als zuvor, nur großzügiger. Niemand fragte nach, denn so kannte man Mick: Lass mal stecken, geht auf mich, komm, lass uns doch lieber gleich eine Flasche nehmen, lass uns doch lieber eine *gute* Flasche nehmen, das Leben ist zu kurz für schlechtes Essen, für Dinge, die wir auch in besser haben könnten. Große Rechnungen machten sich außerdem besser, wenn man mit einem Tausender bezahlen wollte. Die braunen Scheine mit den Brüdern Grimm, er teilte sie brüderlich mit seinen Freunden.

Hätte das Geld eine andere Herkunft gehabt, er hätte sich mit großer Wahrscheinlichkeit auch das ein oder andere Gramm Koks davon gekauft. Doch *dieses* Geld für zerstampfte Kopfschmerztabletten, Milchzucker und Putz von der Wand auszugeben, nein, das war unmöglich. Und so hatte es, trotz seines Kurzauftritts in seinem Leben, zumindest die Langzeitnebenwirkung, dass er fortan einen Bogen um Kokain machte.

Der Gedanke an Desmond trug ebenfalls dazu bei. Es war Delia, die sich ein paar Wochen nach ihrer Rückkehr bei seiner Mutter gemeldet hatte. Mick wusste nicht genau, wie das Gespräch verlaufen war und was Delia Desmonds Mutter erzählt hatte, aber es erbrachte die Info, dass es Desmond den Umständen entsprechend gutging. So gut, wie es einem gehen konnte, wenn man in einer Strafanstalt namens Wormwood Scrubs einsaß. Seine Mutter und sein Bruder würden nach London fliegen und anschließend nach Berlin, um sich um seine Wohnung zu kümmern. Mrs. Mills, Desmonds Mutter, wirkte gerührt über die Frage nach ihrer Kontonummer, lehnte jedoch ab, erzählte Delia Mick, ebenfalls gerührt. Sie fand die Nummer von Desmonds Bruder Dashiell heraus, der es auf eine höfliche Art absolut selbstverständlich zu finden schien, dass man ihn und seine Familie in der Causa

Desmond unterstützte. Er diktierte ihr die nötigen Nummern, als würde er das mehrmals täglich tun. Nach der Überweisung schleppte Delia Mick ins Abricot, Desmonds ehemaliges Lieblingsrestaurant, was sich anfühlte wie die Gedenkfeier für einen Toten. Doch Delias Erleichterung war so ansteckend, dass auch er sich sagte, diese Geschichte sei hiermit abgeschlossen.

Ein knappes Jahr brauchte er, um das Geld in Bars und Boutiquen zu verschleudern. Als er es fast geschafft hatte, verkündete Delia, dass sie sich ein Haus kaufen würde. Es fühlte sich an, als hätte sie währenddessen gespart, es fühlte sich an wie ein Cocktail aus Vorwurf und Verrat. Doch Delia brauchte kein Bargeldbündel ominöser Herkunft, sie hatte ihren Vater und die Deutsche Bank für Wiederaufbau, die den Immobilienkauf im Osten förderte. Eine Chance, die man sich nicht entgehen lassen durfte. So dachten Leute, die investierten, in sich und in ihre Zukunft, Leute wie Delia und Bernhard, während Leute wie Mick im besten Fall das kommende Wochenende planten und selbst dabei einkalkulierten, ihre Pläne wieder über den Haufen zu werfen.

Ich ziehe nicht in eine Ostbonzengegend, sagte Mick, als der Hauskauf von der Such- in die Findungsphase überging. Pankow hatte ihn nie interessiert. Durch die Stadt, die einst so spektakulär in Ost und West aufgeteilt war, verlief in seiner Wahrnehmung auch ein Äquator, der Mick zu einem Bewohner der südlichen Hemisphäre machte, wobei er sich am liebsten in der Mitte aufhielt, in den Tropen, während er im Norden, besonders im Nordosten, das Gefühl hatte, die Welt sei eine Scheibe und hier zu Ende. Kein wirklich stichhaltiges Argument gegen Delias Lieblingsobjekt. 1996 zog er mit ihr nach Pankow.

Konsequent nannte Delia das Haus *unser Haus*. Es war nicht sein Haus und das wussten beide, und er ließ sie es sagen, weil auch er dort wohnte. Das Haus, die ehemalige Botschaft eines Zwergstaates, war eine Spezialedition der DDR-Platte: ein zweistöckiger Betonquader mit Panoramafenstern und Garten, der tatsächlich einen gewissen Chic versprühte, was Mick vor Delia nie zugegeben hätte. Die Eroberung des Ostens als Spielplatz durch sogenannte Kreative aus dem Westen ging ihm auf die Nerven. Nicht, weil die Kreativität in erster Linie aus Geld bestand, ohne das es bekanntlich auf keinem Immobilienmarkt etwas zu erobern gab, sondern weil er das dazugehörige Geschwafel nicht ertragen konnte. Wir wohnen jetzt in einer Platte, witzig, ne? Nein. Platten waren nie witzig. Im Osten nicht und auch im Westen nicht. Man musste das Wohnen darin weder schlimm noch avantgardistisch finden. Man konnte es sogar egal finden, wie die vielen Leute, die durch Wohnen keine Aussage trafen. Delia fand es fabelhaft. Denn sie hatte nicht nur einen Plattenbau, sondern auch eine Ex-Botschaft und damit ein elitäres DDR-Relikt mit internationaler Geschichte, noch dazu im Grünen. Klare Linien, rief sie in das leere Haus hinein wie ein Bauhausprofessor, ich brauche keinen Stuck. Als würde er Stuck brauchen, als würde irgendjemand Stuck *brauchen*. Als würde er hier nach seiner Meinung gefragt.

Die Alternativen dieses Zusammenzugs wurden ebenfalls nicht erwähnt. Da Delia definitiv in dieses Haus verliebt war, stand keine andere gemeinsame Wohnung zur Debatte. Da Delia nach wie vor in Mick verliebt war, war das gemeinsame Wohnen nur der nächste Schritt.

Und so wurden sie wie ihre Diplomatenvormieter zu einem Paar auf fremdem Terrain. Ein paar lachhafte U-Bahn-Stationen von seinen vertrauten Revieren entfernt fühlte er sich wie ein Auswanderer auf Heimatbesuch. Er war innerhalb einer Stadt ausgewandert, und das Land, das er verlassen hatte, existierte nicht mehr, doch in Pankow erschien es ihm so lebendig, dass er jeden grantigen Rentner für einen verbitterten Parteikader hielt, während er Delia derartige Verdächtigungen untersagte. Er warf ihr vor, in diesem ehemaligen Land herumzustöckeln wie eine Entwicklungshelferin, blind für die tatsächlichen Zustände, weil zu begeistert von sich selbst. Sie diagnostizierte ihm Paranoia, ja sogar eine posttraumatische Belastungsstörung, eine Re-Traumatisierung, was er von sich wies. Der Osten nervte in jeder Hinsicht, so war das schon immer, aber er war weder so gruselig noch so skurril, wie Leute wie Delia ihn sich vorstellten. Nein, das Hauptproblem der DDR hatte in ihrer faden Mittelmäßigkeit bestanden.

Es hat sich nichts geändert, ich ersticke hier, sagte er.

Delia blieb gelassen. Sie hatte, was sie wollte. Ihr Haus und ihn. Pfeifend Orangen auspressend tat sie jeden Morgen so, als würde sie es nicht stören, eine knappe Stunde früher aufstehen zu müssen, um nach Charlottenburg zu kommen, wo sie jetzt in einer Kanzlei arbeitete. Ihre Nachbarn zwei Häuser weiter, ein schwules Paar mit Topjobs, sollten als Beweis herhalten, dass sie in einer kommenden Hip-Gegend wohnten. Mick winkte ab. Man brauchte keine kommenden Hip-Gegenden, man wohnte in den vorhandenen, weil man es sich leisten konnte.

In einer großen Stadt nicht fahren zu wollen ist provinziell, sagte Delia irgendwann, und ausnahmsweise widersprach er ihr nicht. Provinziell? Touché. Nein, das war er nicht. Also fuhr er mehr. Er fuhr nach Mitte in seinen Club, er fuhr nach Schöneberg in sein Sportstudio, er fuhr nach Kreuzberg, um seine alten Freunde zu sehen, er fuhr in die Randbezirke zu den alten Männern mit den Plattensammlungen. Er fuhr in jedem Zustand Auto, er fuhr Rennrad, er fuhr so selten wie möglich Bahn, und er stellte fest, dass diese Bewegung gut für ihn war. Denn Mick brauchte Parallelexistenzen. Er musste Dinge tun können, die andere nichts angingen. Er musste Beziehungen pflegen, die nur ihm gehörten und die sich nicht überkreuzten. Die weiten Wege begannen ihm zu gefallen. Wieder war er an einem Ort gelandet, den er sich nicht ausgesucht hatte. Muss ja nicht für immer sein, dachte er. Was ist schon für immer?

SILVIO KURZ KONNTE nicht sagen, ob die vergangene Woche erfolgreich oder erfolglos für ihn verlaufen war, denn Erfolg war keine Kategorie in seinem Leben. Fest stand, dass seine Krankschreibung verlängert worden war, und das war so weit nicht schlecht. Sehr schlecht hingegen war der Stress, der damit verbunden war, denn das Attest seiner Hausärztin, einer alten Sumpfkuh, die ihn jedes Mal so schnell wie möglich loswerden wollte, reichte der Scheißschnepfe vom Arbeitsamt nicht mehr aus. Nein, er sollte nun zu einem externen Gutachter. Das ist alles sachbearbeiterabhängig, hatte Schmitti großmäulig gesagt, der seine Sachbearbeiterin wohl fickte, anders konnte Silvio es sich nicht erklären, dass Schmitti so gut wie nie dort antanzen musste und seine Kohle seit Jahren ohne großes Tamtam überwiesen bekam. Da stimmte doch was nicht. Die dachten doch wohl nicht ernsthaft, dass er nicht mitkriegte, wie sie ihn verschaukelten. Ein Job in einer Gärtnerei. Ein Job in einer Großküche. Ein Job beim Trockenbau. Eine Umschulung hier, eine Wiedereingliederungsmaßnahme da. Und niemand fragte ihn nach seinem Rücken und seinen Schwindelanfällen. Dafür fragten ihn alle, wie viel er trank. Als würde irgendjemand seine Biere zählen, was war das denn für ein Blödsinn? Die Einzigen, die Biere zu zählen hatten, waren die Typen, die sie ausschenkten, das Gleiche galt für Schnäpse. Er also tanzte zu diesem Termin an, sieben Uhr morgens, weil sie hofften, dass er ihn vergeigen würde, könnte ihnen so passen, und kiek an, der Gutachter war eine Frau, eine Nebelkrähe, Fotze hatte er sich abgewöhnen müssen, war zu teuer. Hatte ihn seinen Führerschein und tausendzweihundert D-Mark wegen Beamtenschweinebeleidigung gekostet, weil die dumme Sau und ihr Scheißkollege sogar mitgezählt hatten, acht Mal hatte er es angeblich gerufen, und dummerweise waren sie zu zweit und er allein unterwegs. Also: Führerschein futsch, Idiotentest kam für ihn nicht infrage, und der einzige geile Job seines Lebens, Autos mit roten Nummernschildern in die Ukraine und nach Russland zu fahren, demzufolge ebenfalls futsch. Nicht dass er ein großer Russenfan war, aber der Autojob war gut. Schwarz bezahlt plus Spesen. Und dann stellte sich raus, dass seine paar Brocken Russisch dort keine Sau interessierten, weil die Russen lieber Englisch sprachen. Auch hier wieder: Jahrelange Verarsche mit dem lebenswichtigen Schulfach Russisch, herzlichen Dank dafür und einen Molotowcocktail in die Ärsche der Genossen der Volksbildung der DDR. Ansonsten war es ganz spaßig, in den Ostgebieten rumzutuckern. Mal was anderes, die Welt sehen und so. Aber wie gesagt: Futsch. Sabrina, auch so eine Kandidatin, hatte ihm gesagt, er soll doch wenigstens mal zeitweise aufhören zu saufen und sich den Lappen zurückholen. Ja und dann? Friede Freude Eierkuchen und alles wieder gut, oder was? Nö. Sabrina hatte sich verliebt. In einen Mann aus dem Westen. Na, da musste man doch gleich rüberziehen und Kinder machen. Tschuldigung, aber seit wann sind denn Jugos aus dem Westen? Jugos sind so was von aus dem Osten, dass es kracht. Wenn er was auf dem Schirm hatte, dann war das die Weltkarte. Der Atlas war früher sein Lieblingsbuch, seine Mutter war Geografielehrerin gewesen. Auf jeder langen Autofahrt hatten sie Hauptstädte geraten, bis er sie irgendwann alle wusste. Nenne einen fliegenschisskleinen Inselstaat und Silvio kennt die Hauptstadt. Tja. Mutti und er im Dacia, ewig her. Dass sie ihm so fehlte, war ein wichtiger Punkt für die Krankschreibung durch die Sumpfkuh, das ging ihr ans Herz und es war sogar die Wahrheit, hätte er ihr aber trotzdem nicht gesagt, wenn sie ihm nicht so auf den Zeiger gegangen wäre. Wie kam es eigentlich, dass er praktisch umzingelt war von Schreckschrauben, eine grottiger als die andere, aber keine Freundin hatte? Richtig. Der Jugo.

Er also Punkt sieben im Wartezimmer der Nebelkrähe, die einen Doppelnamen hatte, und als würde das allein nicht schon scheiße genug aussehen, hatte die sich an ihren deutschen Nachnamen auch noch einen Kanakennamen drangehängt, geht's eigentlich noch? Er tanzt da also quasi mitten in der Nacht an, damit die keinen Grund haben, ihm sein Geld zu kürzen, zitternd wie Espenlaub, weil es ihm wirklich beschissen geht, was ja vielleicht gar nicht so verkehrt ist, wenn man weiter krankgeschrieben werden will, und dann lässt Frau Lehmann-Mubarak ihn erst mal eine geschlagene halbe Stunde draußen sitzen. Geht mit seiner Zeit um, als wär's ihre! Er so zu ihr: Ich wär dann so weit. Und dachte sich so: Ich hau hier gleich alles kurz und klein. Sie so: Wenn Sie sich bitte noch zehn Minuten gedulden würden, ja? Danke. Und schließen Sie bitte die Tür, ich rufe Sie dann gleich rein. Er so: Alles klärchen.

Ruft ihn dann so rein, als er gerade raus zum Rauchen wollte, weil er echt die Schnauze gestrichen voll hatte. Blättert in einem fetten Aktenordner rum, in dem wahrscheinlich so stasimäßig seine ganze verkackte Amtsstory drinsteht, und fragt ihn, was er denn gerne arbeiten würde. Alter Falter, das war ihm ganz neu, dass er hier bei *Wünsch dir was* gelandet war. Hm, also gut, blätter, blätter. Sie haben bisher jedem Ihrer Vorgesetzten Schläge angedroht oder Schläge verabreicht? Verabreicht war so gut, dass er fast lachen musste, das musste er sich merken, das war wirklich der Brüller. Ja, hatte er. Warum? Na, ganz sicher nicht, weil es das reinste Vergnügen war, sich von den Wichsern behandeln zu lassen wie Karl Arsch. Er hielt sich lieber zurück, denn Frau Puppendoktor Pille saß hier sozusagen am längeren

Hebel. Na gut, mal überlegen: Weil er nicht anders konnte? Weil er so überfordert war? Überfordert könnte ein Treffer gewesen sein. Aha. Sie so am Aufschreiben und Weiterblättern und Fragenstellen. Schule, Ausbildung, Elternhaus. Und dann sagte er, dass er mit seinem Vater kaum noch Kontakt hatte und dass er sich mit seiner Mutter gut verstanden hatte, und es war noch nicht mal acht und er konnte es echt selbst nicht glauben, dass er aus heiterem Himmel anfing zu flennen, nicht aus Show oder so, sondern weil er plötzlich wirklich das Gefühl hatte, dass die ganze verfickte Scheiße damit zu tun haben könnte, dass seine Mutter gestorben war. Die Nebelkrähe reichte ihm ein Taschentuch und schrieb weiter. Und er flennte weiter. Ein Flennanfall erster Güte, keine Ahnung, wann er das letzte Mal geheult hatte, musste noch vor der Wende gewesen sein, nicht zu fassen, was für Rotzmassen da aus ihm herausliefen. Sie schien das kein bisschen zu wundern, wer weiß, was für Vollkatastrophen die sonst so sah. Und dann schlug sie ihm vor, zur Kur zu fahren, was er total scheiße fand, aber besser nicht sagte, und anschließend eine Therapie zu machen, quasi zum Klapsdoktor zu gehen, was er noch schlimmer fand, aber er hielt weiter die Schnauze, weil er erstens noch flennte und zweitens mitspielen musste, kooperieren nannten die das, um weiter seine Kohle zu kriegen. Seine Akte kriegte er natürlich nicht zu sehen, die wurde direkt an die Kollegen geschickt, als ginge ihn sein eigenes Leben einen feuchten Kehricht an, und jetzt musste er abwarten, was die fanden, wie es mit ihm weitergehen sollte. Die Nebelkrähe sah jedenfalls in seinen Wutanfällen keine Straftaten, sondern eine Art Krankheit und damit Arbeitsunfähigkeit. Wie gut oder schlecht das war, würde er sehen. Draußen im Wartezimmer sah es aus wie auf einer anatolischen Hochzeit. Wenn die Alte nur die Hälfte von denen arbeitsunfähig schrieb, hatten die anderen gleich mit ausgesorgt und konnten den ganzen Tag weiter im Benz rumfahren. Armes Deutschland. Gott, war er müde von dem ganzen Scheißdreck.

Das war am Freitag gewesen. Am Samstag war er angeln, um sich ein bisschen einzukriegen und mal Freizeit zu haben, und am Sonntag ist er dann hoch nach Niederschönhausen, weil Schmitti da abhing und der vielleicht wusste, was das jetzt zu bedeuten hatte mit seinem Termin bei der Alten und seiner Kohle. Therapie. Wenigstens keine Scheißumschulung. Schmitt, der Sack, war jedenfalls nicht da, dafür Lutz, Olaf, Reimar, noch zwei andere Typen und eine Trulla, die aber leider so was von nicht seine Kragenweite war, dass er sich neben Olaf setzte, erst mal drei Sternburg zischte und sich fragte, seit wann man hier in Preußen eigentlich Sachsenbier trinken musste. Und für so ungefähr ein Stündchen war es dann ganz lustig bei Norbert im Lottoshop. Bis plötzlich der Neger zur Tür reinkam und einen auf Weltmeister machte. Hatte sich 'n kompletten Nike-Laden angezogen und kommt da so reingedribbelt, sagt nicht Tach, holt sich die blaue Pissplörre aus dem Kühlschrank und joggt praktisch in Norberts Bude weiter. Was denken die sich eigentlich alle? Olaf hat was gerufen und der Arsch reagierte natürlich nicht. Blieb unter seiner Kapuze. Norbert hat kassiert, und der schaute ihn nicht mal an. Danke sagen? Fehlanzeige. Kennt man nicht bei denen, Manieren zu Hause in Afrika vergessen. Dem zieh ich gleich eine, dachte Silvio, und dann drehte der Typ sich um, und Silvio sah kurz seine Visage, bevor er zur Tür raus war, und sagte zu Olaf: Wenn das der ist, wer ich denke, wer er ist, hat der mich gefälligst zu grüßen, und wenn er einfach nur ein fremder Neger ist, zieh ich ihm erst recht eine. Und rannte los. Und stand gleich wieder vorm nächsten Problem, nämlich dem, dass Neger zwar sonst nichts gebacken kriegen, aber Meister sind im Rennen.

DAS STÄRKSTE ARGUMENT gegen den Oststadtrand erhielt Mick, als er sich gerade mit seiner neuen Wohngegend abgefunden hatte: an dem Tag, an dem er auf dem Brustkorb von Silvio Kurz kniete. Er war nach dem Joggen in einen Lottoladen gegangen, wo er sich eine Flasche Gatorade kaufte. Der Laden wurde von ein paar Typen als Trinkhalle genutzt, die tagsüber dort in ihrem eigenen Qualm saßen und die Mick ignorierte, was mit Kapuze und Kopfhörern kein Problem war. Federnd holte er sich das Getränk aus dem Kühlschrank und bezahlte beim Besitzer, einem miesepetrigen Fleischberg, den er kaum wahrnahm. Er war der Fremde, der einen Saloon betrat, in dem ihm kollektiver Hass entgegenschlug, den er an sich abprallen ließ, weil er nur auf der Durchreise war. Ein Presseshop ohne Presse, niemand hier las, der Zeitungsständer wirkte wie zufälliges Gerümpel. Man rief ihm etwas zu, das er ebenfalls ignorierte, denn er hatte die Musik noch auf Lauflautstärke, also voll aufgedreht. Wieso sollte er mittags auf besoffenes Gegröle reagieren? Vielleicht sollte er Delia hier mal vorbeischicken, zu einem kleinen Realitycheck: Das, Baby, ist deine Nachbarschaft. Wie findest du dieses Festival der Ästhetik und Kultur?

Draußen begann er zu traben. Dann verschob er die Cooldown-Phase und legte an Tempo zu. Ein paar Schritte weiter flog er wieder über den Asphalt und steuerte auf den Park zu. Es war der zweite Tag nach zwei durchfeierten Nächten, und er gratulierte sich zu seinem unverwüstlichen Körper. Ohne seinen Discman hätte er das Keuchen und Fluchen hinter sich gehört, so aber bekam er aus dem Nichts einen Stoß in den Rücken. Ein Stoß, der sich als Tritt herausstellte. Ein Tritt mit Anlauf, der etwas von asiatischem Kampfkunstkino hätte haben können, wenn Micks Angreifer körperlich nicht in so schlechter Verfassung gewesen wäre. Trotzdem tat es weh, ein dumpfer Schmerz, überlagert vom Schrecken. Er drehte sich um und sah einen kleinen dünnen Mann auf dem Bürgersteig liegen, niedergestreckt durch die eigene Attacke. Weiter hinten standen die Typen aus dem Kiosk rauchend auf der Straße. Einer hob die rechte Hand. Ein Hitlergruß? Was war hier eigentlich los? Mick riss sich die Kopfhörer vom Kopf und beugte sich über das Männchen. Sieg heil, Nigger, rief es, und Mick ließ sich wie in Trance auf seinem Brustkorb nieder und presste ihm seine Knie in die Rippen. Das Rumpelstilzchen hielt sich schützend die Hände vors Gesicht und krähte weiter. Es hörte sich an, als würde es lachen. Mick schaute die Straße hinunter auf seine Kumpels. Ausländer raus, schrie es unter ihm. Die Typen vor dem Kiosk standen einfach nur da. Mick riss dem Männchen die Hände vom Gesicht und haute ihm mit halber Kraft eine rein. Es fühlte sich an, als müsse er eine lästige Pflicht hinter sich bringen. Seine Fingerknöchel taten ihm weh, die Nase des anderen blutete sofort, die ganze Aktion widerte ihn an. Was machte er hier?

Michi, schrie das Männchen plötzlich, antworte mir gefälligst, wenn ich dich grüße, oder denkst du, du bist was Besseres, du Kanakenarsch?

Mick erhob sich in Zeitlupe und zog den Typen mit nach oben, den er nun auch erkannte. Silvio Kurz. Pyromane, Klassenkasper, Sitzenbleiber, große Klappe, hart im Nehmen. Er hätte auch einen echten Schlag weggesteckt. Und weiter gepöbelt, denn das war seine Kernkompetenz gewesen, nicht aufgeben, keine Angst zeigen, der Zwerg ohne Furcht sein. Kurz war immer ein Spinner gewesen, aber irgendwie auch okay, wenn er sich richtig erinnerte.

Damals, vor tausend Jahren in Treptow, als sie eine Horde kleiner Jungs waren, von denen man annahm, sie würden in Kürze eine Ausbildung machen, ihre Armeezeit ableisten, eine Familie gründen. Nicht identische, sich aber in ihrer Vorhersehbarkeit ähnelnde DDR-Leben führen. Daraus wurde nichts. Mick verließ das Land, bei allen anderen kam kurz darauf die Weltpolitik dazwischen. Und auf die würde Silvio Kurz es wohl schieben, dass er sein Leben in einem Tabakladen verbrachte und sich ein misslungenes Nashorn auf die Gurgel hatte tätowieren lassen, das sich bei genauerem Hinsehen als Karte des Deutschen Reichs herausstellte. Abgesehen von dieser Selbstsabotage sah Kurz fast aus wie früher. Wie ein Mädchen, weshalb sie ihn Silvia genannt hatten, wahlweise auch Furz oder Kurzer, nicht besonders originell, aber naheliegend, denn Kurz war klein. Und hatte immer mitgelacht, weil er nun mal gern lachte, auch über sich. Ein ganz Süßer, hatte Micks Mutter über ihn gesagt, und Mick sah jetzt, dass dieses Süße noch existierte, in Silvios fein geschnittenem Gesicht. Besonders im oberen Bereich, denn er hatte große braune Augen mit langen geschwungenen Wimpern, während er sich den unteren Teil durch einen fusseligen Schnäuzer und ein beträchtliches Zahnproblem mutwillig versaut hatte. Er zog ein kariertes Stofftaschentuch hervor, drückte es sich an die Nase und musterte Mick ebenfalls. Die anderen Typen hatten sich in den Laden zurückgezogen. Was, wenn sie bewaffnet wieder herauskamen?

Sag mal, geht's noch?, fragte Mick, ratlos und rhetorisch, und war plötzlich wieder in den Achtzigern, der Größere, der den Kleineren herumschubste. Schubsen war gut, Erniedrigung, keine Körperverletzung. Kurz grinste, wie er damals schon gegrinst hatte, wenn er der Punchingball war für andere. Er war irgendwie lustig gewesen und hatte schräge Ideen gehabt, heute würde er als kreatives Kind gelten, damals galt er nur als undiszipliniert und zappelig und damit Erwachsenensargnagel. Mittelschicht im vorgeblich schichtlosen Land: Mutter Lehrerin, Vater ein hohes Tier bei der Armee, ein Arschloch, wenn Mick sich richtig erinnerte. Ein Indiz dafür war das Westfernsehverbot im Hause Kurz, weswegen Silvio seine Nachmittage öfter bei Michi verbrachte, bei dem alles erlaubt war. Und dann lagen sie rum und schauten sich an, was das damals so begrenzte und daher ungeheuer spannende Medium Fernsehen ihnen zu bieten hatte: *Colt Seavers*, *Hart aber herzlich* oder das *A-Team*, spielten Stuntmen, bauten sich Zündblättchen- und Erbsenpistolen und bewarfen Passanten mit wassergefüllten Luftballons. Auch Kurz schien sich daran zu erinnern, denn er kicherte kopfschüttelnd in sich hinein, was die Sache, nämlich dass er seinem alten Kumpel Michi gerade mit Anlauf in den Rücken getreten hatte, auch nicht einfacher machte.

Ich hab dich was gefragt, sagte Mick, hast du sie nicht mehr alle?

Sie schauten sich in die Augen, beide unsicher, wie groß hier der Spaß- und der Ernstanteil waren. Kurz zog sich eine filterlose Zigarette aus einem zerknitterten Päckchen, zündete sie an und inhalierte tief.

Hast *du* sie nicht mehr alle, erkennst mich nicht mal, du Affenarsch, für wen haltet ihr euch eigentlich alle? Wenn du das nächste Mal hier einen auf Dickenpisser machst, mach ich dich platt, Alter!

Genervt stieß er den Rauch durch die Nasenlöcher. Mick verschränkte die Arme und wippte: Fußballen, Fersen, Fußballen. Dann lachte er. Kurz lachte mit.

Was machst 'n so?, fragte er Mick, jetzt im Plauderton.

Mick brauchte eine Antwort, mit der Kurz auf keinen Fall etwas anfangen konnte, diese alte Beziehung würde er unter keinen Umständen aufleben lassen.

Ich nehm euch eure Frauen weg, was denkst du denn?

Klar, sagte Kurz trocken und rotzte auf den freien Platz zwischen ihren Füßen, zwischen Micks neue Nikes und seine ausgelatschten Mokassins. Dass er in diesen Kunstlederdingern Lust auf einen Sprint verspürt hatte, zeigte den Kampfgeist, den Mick früher bewundert hatte, in harmloseren Zusammenhängen. Er entschied, dass dies hier nichts war als das zufällige Wiedersehen mit einem Bekannten aus Kindertagen. Und somit kein Naziüberfall. Und somit etwas, das er so schnell wie möglich beenden und vergessen würde.

Wohnst du hier oder was, du bist doch damals in den Westen gegangen, schnatterte Kurz, jetzt aufgelockert, fast heiter.

Die Mauer ist weg, Kurzer, geh mal nachschauen.

Wieder lachten beide. Michi Engelmann hätte Silvio Kurz jetzt fragen können, an welchem Punkt seiner Biografie es ihn in diesen Lottoladen verschlagen hatte, aber Mick war weder nostalgisch, noch hatte er sozialarbeiterische Ambitionen. Nein, er musste schnellstens weg hier.

Ich muss weiter. Ciao, mach's gut.

Er setzte sich die Kopfhörer auf und rannte rückwärts davon. Winkte diesem kleinen Typen, den er als Kind gekannt hatte. Kurz blinzelte gegen die Sonne, winkte zurück und sah für einen Moment aus wie damals, so dass Mick an ihre Kindernachmittage zurückdenken musste und ihm sogar der Name seines Meerschweinchens wieder einfiel, Mucki, doch dann löste sich der Zauber auf und Kurz straffte seinen Körper, streckte den Arm und brüllte ihm etwas hinterher, das nicht zwingend der Gruß aus dem Reich des Bösen sein musste, vielleicht war es auch der Pioniergruß, *Immer bereit!*, oder ein strammes *Sport frei!*, irgendeine Kindheitserinnerung zum Abschied, die er nun nicht mehr hörte. Meine Güte, dachte Mick, arme Silvia, drehte sich wieder in Laufrichtung und joggte davon.

Und jetzt? Sollte er sich in seiner Stadt nicht mehr sicher fühlen, sollte er sich fragen, ob auch andere Schulfreunde von früher heute seine Feinde wären? Ganz sicher nicht. Er erzählte Delia nichts von dem Zwischenfall. Er hätte ihn auch verschwiegen, wenn zufällig die Polizei vorbeigekommen wäre und gefragt hätte, warum er, der große Mann »südländischer Herkunft«, auf einem kleinen Mann mit verfassungsfeindlicher Tätowierung kniete, der aus der Nase blutete. Opfer, Täter, Ausländer, Rechtsradikaler, rassistisch motivierter Überfall – Mick wollte nichts mit diesen Kategorien zu tun haben. Er würde in seiner Blase bleiben, in der es ihm gefiel und die von der Blase, in der sich Leute wie Kurz aufhielten, weiter entfernt war als der Mond. So dachte er, bis er ein paar Wochen nach dieser Begegnung ausnahmsweise in der Straßenbahn am Rathaus Pankow vorbeifuhr, vor dem eine Demonstration klar erkennbarer Nazis stattfand.

Reflexartig schob Mick seine Sonnenbrille von der Stirn auf die Nase und schaute kurz auf die Ansammlung schwarzer Bomberjacken, aus denen weiße Glatzen in jeder denkbaren Form ragten. Mick schaute zurück in seinen Sportteil und hatte das unangenehme Gefühl, mit Blicken perforiert zu werden, aufzufallen als derjenige, um den es da draußen ging und von dem man folglich eine Reaktion erwartete. Wut, Entsetzen oder Angst. Als sollte er sich entscheiden, wer er in diesem Fall sein wollte: Kämpfer oder Opfer. Die Wahrheit war, dass er von einer Party kam, nach der er auch roch und auf der er dummerweise in einen Tiefschlaf gefallen war, der bis elf Uhr morgens andauerte, und dass die Fahrt in dieser menschendunstigen Straßenbahn ihm als Unannehmlichkeit völlig ausreichte. Die Wahrheit war, dass er das Gefühl hatte, dieser Blödsinn ginge ihn nichts an. Er fand, die Nazis sollten sich einfach verpissen, während die Nazis fanden, er solle sich einfach verpissen. Was er tatsächlich gern getan hätte, an einen der vielen Orte, wo diese Leute und ihr Weltbild keinerlei Rolle spielten,

Orte, die nicht perfekt waren, diesem hier aber etwas Entscheidendes voraushatten: die Selbstverständlichkeit eines urbanen Miteinanders, das Gegenteil dieser hinterwäldlerischen Rückständigkeit. Ja, von ihm aus konnten sie sehr gerne unter sich bleiben. Wenn sie sich hier breitmachten, gehörte er nicht mehr hierher. Er wohnte nur dummerweise hier. Die Trambahn stand. Polizeieinsatz, Demonstranten auf den Schienen, warum auch immer. Mick schaute hinaus auf die eindeutigen Symbole.

Kurz bevor sie damals nach West-Berlin zogen, hatte er ein paar Skinheads kennengelernt, ältere Jungs, die schon zur Berufsschule gingen und ihn nach Hause zu Mami geschickt hätten, wäre er nicht das perfekte Maskottchen gewesen. Erstens zog er sich übelst geil an, wie sie ihm bescheinigten, er hatte Hosenträger, Arbeitsstiefel, Button-down- und Polohemden plus Bomberjacke, teils aus der Hinterlassenschaft seines Opas, teils vom Westfreund seiner Mutter. Zweitens sorgte seine Hautfarbe für eine willkommene Brise East London in Ostberlin, stellte sofort und unmissverständlich klar, wer die Jungs sein wollten, nämlich traditionelle und damit definitiv antirassistische Skins. Und so durfte Mick mit auf ihre Rocksteady-Partys und unterzog sich seinem nächsten pubertären Stilwandel, dem einzigen, der seine Mutter ernsthaft schockierte.

Sag mal: Bei dir piept's wohl?

Oi Mama, ich bin Red Skin, kein Nazi, das geht bei mir doch gar nicht!

Eben, sagte Monika und schien gar nicht richtig zuzuhören, als er ihr die proletarisch-jamaikanischen Wurzeln der Skinheadbewegung erklärte, von denen er annahm, sie würden sie interessieren, schließlich war sie es doch, die sich immer als Proletarierkind bezeichnete und die sich einen schwarzen Mann ausgesucht hatte, oder? Und nun, als er auf diese, wie er fand, perfekte Kombination gestoßen war, mit der er sich nicht nur herkunftsmäßig, sondern auch musikalisch identifizieren konnte, schüttelte seine Mutter nur den Kopf und unterbrach ihn.

Du siehst aus, als hättest du eine Chemotherapie hinter dir.

Dabei sah sie ihn so entsetzt an, als wäre er wirklich krank, was ihm die Freude an seiner Glatze derart vermieste, dass er sich die Haare wieder wachsen ließ, denn Skins in ihrer Urform trugen den Kopf eh nicht spiegelglatt, sondern ließen sich einen kurzen Samtteppich stehen, was auch den Mädchen besser gefiel. Es war eine kurze Phase, er war ein Kind. Wie konnte man sich als Erwachsener immer noch in der Uniform einer Jugendkultur, welcher Gesinnung auch immer, durchs Leben bewegen? Allerdings war das da draußen keine Jugendkultur, sondern altersunabhängiger Hass.

Als er ein paar Stationen weiter ausstieg, zurück in seiner beschaulichen Wohngegend, ging er in eine Bäckerei, die es fertigbrachte, ihr gesamtes Sortiment nach nichts schmecken zu lassen, und kaufte je ein Exemplar von jedem Brötchen und Teilchen, ein Ritual, mit dem er und Delia sich an vielen Sonntagen der Illusion hingaben, Mick wäre nicht nächtelang unterwegs, sondern nur kurz beim Bäcker gewesen. Er war schon fast beim Haus, als er sie sah, die Leute, die auf Delias Pro-Pankow-Liste ganz oben gestanden hatten: Afrikaner, immer bestens gekleidet und mit mehreren Kindern unterwegs. Sie gehörten zu einer der hier verbliebenen Botschaften, aus welchem Land sie kamen, hatte Delia nicht ermittelt, doch sie hatten buchstäblich im Vorbeigehen ihr Herz erobert. Positiver Rassismus? Generelle Menschenliebe? In Delias Fall war es eine Mischung, verbunden mit dem Wunsch, Pankow möge bitte die vielfältigste Bevölkerung Berlins haben. Von mir aus, dachte Mick.

Sie liefen auf der anderen Straßenseite in die Richtung, aus der Mick kam – gingen sie ihn etwas an oder nicht? Dieser Heimweg war zu einem Parcours der moralischen Fragen geworden. Er blieb stehen, lief hinüber und holte sie ein. Er rief: *Excuse me?*, und als sie sich umdrehten, blieb er in einem Sicherheitsabstand stehen, denn sie wirkten so frisch, dass er sich noch schmuddeliger fühlte. Vielleicht waren sie auf dem Weg zu einem Gottesdienst oder zu einem Diplomatenkindergeburtstag. Die Frau, zu jung, um Diplomatin oder Diplomatengattin zu sein, vermutlich die Nanny, trug ein aufgeregt gemustertes enges Kleid unter einer Kostümjacke und hohe Pumps. Der Mann trug einen dunkelblauen Anzug, eine zartgelbe Krawatte und ein weißes Hemd, dessen Leuchtkraft Mick ohne Sonnenbrille nicht ertragen hätte. Auf Englisch sagte er ihnen, dass er sie keinesfalls stören, sondern ihnen nur mitteilen wolle, dass es dort vorn einen Nazi-Auflauf gäbe, nur dass sie Bescheid wüssten. Das kleinste Kind versuchte aus seinem Buggy auszusteigen und greinte ein bisschen, die beiden anderen musterten ihn mit großen Augen, Delia würde sie lieben. Die Erwachsenen schauten sich an und dann wieder ihn. Dann nickte der Mann, kam auf ihn zu und schüttelte ihm die Hand, als hätten sie ein erfolgreiches Meeting beendet, während die Frau ein feuchtes Tuch zückte, um dem Kleinkind das Gesicht abzuwischen. Das alles war nicht unfreundlich, doch es schien, als würden weder er noch das, was er ihnen mitgeteilt hatte, sie groß tangieren. In ihrer Korona aus diplomatischer Immunität schwebten sie davon.

In der Woche darauf spendete er zweihundertfünfzig Mark an eine Stiftung für die Opfer rechter Gewalt. Zwei Wochen darauf noch einmal. Und einen Monat darauf den Umsatz eines außerordentlich gästestarken Wochenendes im Club. Gute Idee, sagte Delia, als sie die Zuwendungsbestätigung aus dem Briefkasten zog, und richtete einen Dauerauftrag ein.

JOB, HAUS, MANN. Delia hatte ihren ersten guten Job in einer großen Kanzlei und wohnte mit Mick zusammen, der aufgehört hatte, sich darüber zu beklagen. Kurz bevor auch das Haus endlich aussah, wie sie es sich vorgestellt hatte, wurde ihr konsequentes Voranschreiten jäh unterbrochen. Rätselhafte Hautausschläge und Schwellungen, die weder Ärzte noch Scharlatane konkret benennen und behandeln konnten, hatten sie aus dem Nichts überfallen. Setzen Sie die Pille ab, sagte der eine Arzt. Ich verschreibe Ihnen eine andere Pille, die Ihren aus dem Ruder gelaufenen Hormonspiegel regulieren wird, sagte der nächste. Stellen Sie Ihre Ernährung um, unterlassen Sie dies, nehmen Sie das. Ein Pilz aus Japan, ein Baumrindensaft aus dem Amazonas, Granderwasser, Eigenblut, Tabletten, Salben, Spritzen. Sie gehorchte allen gleichzeitig, mit Sicherheit war auch das ein Fehler. Nichts half. Weshalb es irgendwann auf die harte Tour hinauslief, die Delia vorübergehend ein aufgedunsenes Cortisongesicht bescherte, es war wirklich schlimm. Bitte beruhige dich doch, was habe ich denn falsch gemacht, flehte sie ihre Haut jeden Morgen an. Es war wie eine feindliche Übernahme von innen. Zu ihrer Überraschung litt Mick nicht nur mit ihr, er fand sie auch weiterhin schön. Das geht doch wieder weg, sagte er und küsste vorsichtig ihre zugeschwollenen Lider, deswegen bist du doch nicht hässlich, das ist doch Quatsch. Er meinte es so, wie er es sagte. Danke, dachte sie und schämte sich trotzdem. Die Kehrseite seiner Gabe, überall Schönheit zu erkennen, lag auf der Hand. Es gab einfach zu viele Menschen, die Hälfte davon Frauen.

Dann musste er weg. So formulierte er es. Und eigentlich fand sie diese Dringlichkeit immer lustig: Er war der, der nicht auf Partys ging, sondern auf Partys musste, der sofort diesen einen Song hören musste, dringend etwas Bestimmtes essen musste, für das er wiederum quer durch die Stadt fahren musste. Und nun musste er dringend nach Goa. Er musste in die Sonne, musste seinen Freund Chris bei der Verarbeitung einer Trennung unterstützen, und war es nicht so, dass sie demnächst ohne ihn in die USA gehen würde? Eben. Er hätte die Liste seiner Begründungen endlos ausweiten können, doch wozu, sein Plan stand und sie spielte keine Rolle darin. Ihre Haut beruhigte sich etwas, um kurz darauf förmlich zu explodieren. Das eine hatte nichts mit dem anderen zu tun, zu diesem Zeitpunkt hatte er sein Ticket schon. Trotzdem war es schwer, diese Ereignisse getrennt voneinander zu betrachten. Es war praktisch unmöglich, in den Spiegel zu schauen, ein Monster zu sehen und sich einzureden, dass es nur der Winter war, vor dem Mick flüchtete.

Warum Mick? Ihre Mutter stellte ihr diese Frage hin und wieder, immer durch die Blume, und nur, wenn sie sie allein erwischte. So auch, als Delia zu Weihnachten scharlachrot und allein bei ihren Eltern auftauchte. Sie bereute es, dass sie Micks Reise überhaupt erwähnt hatte. Noch mehr bereute sie, dass sie nicht mit ihrem Vater zum Wildmetzger gefahren war.

Er ist ja wirklich entzückend, versteh mich nicht falsch, floskelte Ingrid, und Delia schüttelte stumm den Kopf. Nein, nein. Sie verstand sie ganz und gar nicht falsch. Hier lag kein Rassismus vor, hier ging es um erhebliche Mängel am Gesamtkonstrukt: Kein Jurist, kein Arzt und auch sonst kein Beruf, mit dem ihre zeitlebens berufslose Mutter etwas anfangen konnte. Und obendrein war er jünger als sie. Die vier Jahre Altersunterschied, die bei umgekehrtem Geschlechterverhältnis als optimal gelten würden, genügten, um von Ingrids in Beton gegossenen Standards abzuweichen und aus Delia eine Mrs. Robinson zu machen.

Sie hätte ihrer Mutter ein Plädoyer halten können. So flammend, dass sie damit Weihnachten in Schutt und Asche gelegt hätte. Sie schluckte es hinunter.

Ich bin mit dem Mann zusammen, der mir gefällt, sagte sie, Punkt.

Wenn dir das reicht, sagte Ingrid. Es reichte, fand Delia und verschwand hinter der Sonntagszeitung.

Doch so gänzlich das Gegenteil ihrer Mutter, wie sie es gern darstellte, war sie nicht. Den Mann galt es zu halten, um jeden Preis. Dieses Schema hatte sie eindeutig von ihr übernommen, ein Paradebeispiel für das Lernen am Modell. Allerdings bedeutete es im Fall ihrer Mutter den Erhalt von Status und Lebensstandard, während Delia sich für Mick freiwillig mit Unfug und Chaos aller Art umgab. Es zwingt dich schließlich keiner, mit mir zusammen zu sein, hatte Mick ihr irgendwann im Streit gesagt. Sorry, aber ist doch wahr. Und sie dachte: Dummerweise hat er recht. Dummerweise war sie mit ihrem Glauben an diese Verbindung allein.

Alles tat weh. Wir müssen dahinterkommen, warum Ihre Haut, Ihre Schutzschicht nach außen sich plötzlich selbst zerstören will, sagte eine Heilpraktikerin, die ihr auch nicht helfen konnte, die aber mit diesem horrorfilmreifen Satz endlich ein Weinen auslöste, das sich anfühlte wie seit Monaten überfällig. Das Heer der Ärzte war sich weiterhin nur in einem Punkt einig: dass sie sich auf ein Leben als chronisch Hautkranke einzustellen hätte – wie Millionen von Leidensgenossen übrigens auch. Als wäre das ein Trost. Sie wäre gern in einem Ganzkörperverband zur Arbeit gegangen, um ihre entzündeten Stellen zu überdecken und sich selbst am Kratzen zu hindern. Stattdessen trug sie lange Baumwollunterwäsche unter ihrer Bürokleidung, überdeckte ihr

Gesicht mit antiseptischem Make-up und fürchtete sich zum ersten Mal vor dem Frühling. Über die Rezeptionistin der Kanzlei fand sie eine chinesische Ärztin, die in ihrem Wohnzimmer praktizierte, in dem manchmal auch ihr Mann saß und telefonierte oder fernsah. Die Ärztin sprach kaum Deutsch, aber nahm ihre außer Rand und Band geratene Haut so ernst, dass Delia wieder ein schwaches Licht sah. Es war nicht eindeutig zu sagen, ob es die streng riechenden Salben und Tees von Frau Lu waren, aber nach über einem Jahr, in dem Delia sich täglich wünschte, es möge aufhören, hörte es schließlich auf.

Als Mick aus Indien zurückkam, war ihre Haut fast vollständig verheilt und sie war einunddreißig geworden, allein in der Badewanne mit einer Flasche Champagner und der Aussicht auf bessere Zeiten. Ihren Dreißigsten, der in die Cortisonphase gefallen war, hatte sie mit Mick in einem Off-Kino verbracht, drei Nouvelle-Vague-Filme am Stück, es war seine Idee gewesen, weil sie niemanden sehen wollte. Die Krankheit hatte ihr gezeigt, dass die Angst vor der dreißig die überflüssigste ihrer Jungfrauenängste gewesen war. Jetzt, ein Jahr später, sah sie fast aus wie vorher, fühlte sich aber besser.

Warum Mick, fragte sie sich selbst, nachdem sie wieder gesund war, nachdem sie das Wort psychosomatisch öfter gehört hatte als ihren eigenen Namen und nachdem sie sich entschieden hatte, Mick nicht mehr ändern zu wollen. Ein ehrlicher Wunsch, der sich in der Theorie anhörte wie die Lösung ihrer Probleme, sich in der Umsetzung jedoch als schwieriger erwies als jedes Staatsexamen. Weil ich ihn liebe, antwortete sie sich selbst. Ich kann es nicht ändern. Im Moment jedenfalls nicht.

Wir werden sehen, dachte sie deshalb, als sie im darauffolgenden Sommer für ein halbes Jahr nach Stanford ging. Diesen Berliner Winter würde sie sich sparen dürfen, zumindest teilweise, außerdem flog sie nicht zum Vergnügen dorthin wie Mick nach

Goa, sondern hatte ein Fellowship. Ein halbes Jahr lang würden sie sich nicht sehen, die längste Zeit, seit sie sich kannten. Delia sah einen Test darin, Mick war nicht scharf auf Tests. Seine Geldknappheit und seine Umtriebigkeit in Berlin verboten es ihm, sie zu besuchen, was Delia half, eine unbeschwerte Zeit in den USA zu verbringen. Andere Menschen, anderes Klima, andere Sprache, andere Delia. Als sie zurück nach Deutschland flog, fühlte es sich an wie eine Reise ins Ungewisse. Würde ihr das, was sie zu Hause vorfand, nicht passen, stünde es ihr offen, sofort umzukehren. Noch während des Landeanflugs kam ihr diese Option absolut realistisch vor. Und dann stand er da und empfing sie im puppenstubenhaft klein wirkenden Berliner Flughafen. Sie hatte ihm ihre Ankunftszeit gesagt, morgens, nicht seine Zeit, und nicht damit gerechnet, dass er sie abholen würde. Genauso wenig, wie sie mit seiner Freude gerechnet hatte. Warum nicht, fragte sie sich, als er sie hochhob und zu ihr nach oben lachte. Weil ich lieben kann, aber ein Problem habe, mich lieben zu lassen, mein Problem, nicht seins. Drüben war sie regelmäßig die sechzig Kilometer nach San Francisco zum Therapeuten ihrer Mitbewohnerin gefahren, was sich jedes Mal angefühlt hatte wie ein Date. Ein Date mit einem fünfundzwanzig Jahre älteren Beau, dem sie für hundertfünfzig Dollar eine Stunde lang erzählen konnte, wer sie war: Eine Frau, die auf einer unausgewogenen Beziehung bestand, in der ihr Partner ihre Liebe aufsog wie ein Schwamm und nichts zurückgab. Ziemlich erbärmlich, dachte sie, während sie sich selbst zuhörte und auf die nackten Fußknöchel des Therapeuten schaute, die das gleiche Cognacbraun hatten wie seine Wildlederloafers.

In Micks Umarmung wirkte alles, was sie dem attraktiven Shrink erzählt hatte, so unwirklich wie eine Sauftour mit anschließendem Blackout. Seine Wiedersehensfreude war so überwältigend, dass Delia keine adäquate Reaktion darauf einfiel. Verlegen ließ sie sich küssen. Ich hatte echt Schiss, dass du dort bleiben willst, sagte Mick und warf sich ihre schweren Reisetaschen über die Schultern, als wären sie Turnbeutel. Während sie neben ihm herging, erkannte sie ihn wieder. Seinen Gang, dem sie kaum folgen konnte, auch wenn er für sie langsam ging, seinen Geruch, den sie ganz leicht unter dem Geruch von Nässe und Schnee wahrnahm. Man musste sich in seinem Magnetfeld bewegen, um von ihm angezogen zu werden, das Telefon hatte sie beide gelangweilt. Ich habe übrigens noch jemanden mitgebracht, sagte er und blieb stehen, damit sie ihn einholen konnte. Okay, dachte sie, schlagartig zurück in Berlin, schneidender Wind, Raucher unter Regenschirmen, keine Palme und kein sonniger Gesichtsausdruck weit und breit. Sie rechnete mit einem seiner Freunde, den er mitgenommen hatte, weil er es lustiger fand, als allein zu fahren, weil er sich vielleicht nicht einmal vorstellen konnte, dass sie sich nicht genauso über die Gesellschaft von Chris oder Darko freute wie er. Er schloss das Auto auf: Willst du ihm Hallo sagen? Er saß auf dem Beifahrersitz, hob die Ohren und schaute sie mit seinen Knopfaugen an. Er hatte ihn George genannt. Sie liebte Hunde, besonders Airedale Terrier, sie liebte George Michael, immer schon, er überhaupt nicht. Aber wie es aussah, liebte er sie.

Grinsend fädelte er sich in den Verkehr ein, während sie den Welpen kraulte. Er drehte das Radio lauter und sang mit, dann erzählte er ihr, wie er mit Chris zum Hundezüchter gefahren war, und sie lachten beide. Er über seine irre Geschichte, sie über sein Lachen. An jeder roten Ampel küsste er sie. Polarfrische über einer leichten, nicht abstoßenden Fahne vom Vorabend. Alles war auf eine so beglückende Art wie vorher, dass ihr auffiel, wie durch und durch bedeutungslos die Frage war, was er in ihrer Abwesenheit gemacht hatte. Die Weiterführung dieses Gedankens lautete, dass sie sich künftig auch in Berlin nicht mehr fragen müsste, was er trieb, wenn sie ihn nicht sah.

Nach drei Tagen ging er aus, ohne sie und tagelang. Im Flur hing ein fremder Parka, für den es eine Begründung geben würde, unter dem Sofa fand sie einen Lippenstift, nun ja. Die abgezogene Bettwäsche im Wäschekorb roch so durchdringend nach L'Eau d'Issey, dass ihr schlecht wurde. Auch das war er. Sie hockte sich vor die Waschmaschine und verbot es sich zu heulen. Ihre Schwester war verreist, sich bei Freundinnen zu beklagen kam nicht infrage, er wäre der Arsch, sie das Opfer, auf diese simple Einschätzung verzichtete sie gern. Du bist jederzeit willkommen hier, du passt hierher, hatten ihr ihre neuen Freunde gesagt, bei denen es jetzt sechs Uhr morgens war. Die Warteschleifenmusik der Lufthansa ertrug sie nur fünf Minuten. Sie nahm die kontaminierte Wäsche aus der Maschine und ging mit dem Hündchen zum Altkleidercontainer.

Als sie aufwachte, lag er neben ihr und sah sie an. Hier bin ich, flüsterte er. Gesicht an Gesicht lagen sie da. Sie ließ sich kitzeln, streicheln, lieben und wunderte sich, wie schnell sie sich aus dem Würgegriff ihrer Wut befreit hatte. Etwas ist anders, dachte sie, als er eingeschlafen war und in ihren Nacken atmete. Ihr neues Gefühl hielt sich. Seine Freude, sie wiederzusehen, und die frisch importierte kalifornische Leichtigkeit, die sie sich so lange wie möglich bewahren wollte, erweiterten ihren Blick auf die Liebe. Ob Mick sich ändern würde, wäre künftig nicht mehr die Frage. Sie würde sich ändern und damit ihre Beziehung. Die, das stand nach dieser Unterbrechung mit anschließender Bestandsaufnahme fest, fortgeführt werden würde.

Liebe verlangt Freiheit – tausendmal gehört, tausendmal nicht kapiert und nun doch. Treue war eine Frage der Definition. Er ist treu, nur nicht im landläufigen Sinn, sagte sie sich und ließ ihn in die Nächte hinaus wie einen Kater. Er kam zurück. Das wusste sie seit Jahren, jetzt verstand sie es auch. Es waren nicht die Micks dieser Welt, die einen verließen, so bestärkte sie die neuerdings abgeklärte Stimme in ihrem Kopf – es waren die sogenannten treuen Männer. Um dann der nächsten Frau treu zu sein.

Dann doch lieber Mick. Die anderen würden nach ein paar Tagen einsehen müssen, dass er sich nicht wieder melden würde, dass er sie nach vollzogenem Akt ad acta gelegt hatte. Denn Bruder Leichtfuß war vergeben. An sie, Delia.

Irgendwann verbot sie sich auch die Gedanken an die anderen, an fremde, gesichtslose Frauen, und ging dazu über, ihre Beziehung so zu führen, als wäre sie beidseitig monogam. Ein wohltuender Entschluss. Delia eroberte sich ihre Würde zurück und Mick konnte aufhören sich zu verhalten wie ein Minderjähriger, der seiner schnüffelnden Mutter aus dem Weg geht.

Vermutlich hätte es der Beau mit der Therapeutenzulassung nicht für möglich gehalten, aber Delias Paradigmenwechsel hatte aus einem kindischen Gerangel eine glückliche Beziehung gemacht. Fast eine Familie, dachte sie, wenn sie zu dritt auf dem Sofa lagen, ein zufriedenes Knäuel aus zwei Menschen und einem Hund.

Maximal noch ein Jahr in der Kanzlei, dann ein Kind, danach will ich Partnerin werden oder bewerbe mich woanders. So sah Delias mittelfristiger Zukunftsplan aus, den nur ihre Schwester kannte.

Und Mick? Was will der eigentlich?, fragte Cosima.

Mick würde wissen, was er wollte, wenn es so weit war. Ich habe die Pille endgültig abgesetzt, hatte sie ihm gesagt. Es war kein Gespräch, es war eine Bemerkung, die sie im Bad fallenließ, mit der Zahnbürste im Mund. Du machst das schon, sagte er, warf sich einen anerkennenden Blick im Spiegel zu und ging hinaus. Hatte er ihr zugehört, hatte er an irgendeine Pille, nicht *die* Pille gedacht, oder meinte er, was er sagte? Sie fragte nicht nach, nahm sein Gemurmel als Einverständnis, dass sie es schon machen würde.

Mick ist auf meiner Seite, sagte Delia.

Du machst das schon, sagte eigenartigerweise auch Cosima und lächelte sie nachdenklich an.

Doch, doch: Alles passte besser, als man auf den ersten Blick vermuten würde. Mick wäre der perfekte Vater, nicht nur erbmassemäßig. Mit einem Mann aus ihrer Berufswelt wäre nach ein paar halbherzigen Modernitätsversuchen klar, dass es Delias Karriere sein würde, die man nach der Ankunft von Kindern in die Vollnarkose versetzen würde. Mit Mick wäre das anders. Nicht, dass sie ihn zum Hausmann und Cheferzieher machen wollte, er ließ sich zu nichts machen. Er müsste einfach so bleiben, wie er war. Wenn sie sah, wie lässig und entspannt er mit Kindern umging, machte sie das mehr an als jeder fancy Hokuspokus, den er sich im Bett einfallen ließ. Und es war kein Geheimnis, warum die Kids ihn so liebten: Weil er einer von ihnen war.

ALS MICK MITTE der Neunziger mit zwei Freunden einen kleinen Club eröffnet hatte, mit dem er Ende der Neunziger bereits in die vierte Location gezogen war, was immer wieder Anlässe für legendäre Schließungs- und Eröffnungspartys lieferte, war er der Meinung gewesen, dass keine Branche seiner Persönlichkeit so gut entsprach wie die Gastronomie. Du denkst dir etwas aus, sagte er unzählige Male, betrunken wie nüchtern, und die Leute geben dir noch am selben Abend Feedback, ob dein Konzept ankommt oder nicht. Eins zu eins.

Welches Konzept, fragte ihn einmal Eddie, eine ramponierte Gestalt, die seit den Siebzigern durch die Nächte zog. Du kaufst tagsüber Bier und verkaufst es mir nachts. Das ist ein Konzept, ja. Aber ist es speziell deins?

Eddie lachte, Mick winkte beleidigt ab und blieb dabei. Nirgendwo arbeitete man so eins zu eins wie in der Gastronomie. Und wer bitte war Eddie? Eddie hatte sich seinen Status als Institution schlicht und einfach ersessen. Die Jahrzehnte und ihre Szenen zogen durch die Stadt, Eddie saß auf wechselnden Barhockern und soff. Ein Lebenskonzept, das Mick so oft gesehen hatte, dass er im Stillen an einem Plan arbeitete, dessen Zwischenschritte noch fehlten, dessen Ziel jedoch feststand: Exit aus dem Nachtleben. Aber wie?

Spaß haben lässt sich schwerer vortäuschen als ein Orgasmus, sagte Delia irgendwann auf dem Heimweg zu ihm. Draußen steuerte der Berufsverkehr seinem Höhepunkt entgegen, drinnen, im Taxi, roch es nach einem besonders penetranten Duftbäumchen.

Er nahm ihre kalte Hand in seine warme und legte seinen Kopf an ihre Schulter. Diese Welt war nie ihre gewesen, und jetzt hatte sie genug. Warum sollte eine Frau, die am Tag in einer schwergewichtigen Kanzlei arbeitete, nachts so tun, als gäbe es kein Morgen? Warten, bis Mick genug hatte, wäre zwecklos gewesen, denn Mick hatte nie genug. Der immergleiche Film, er spulte ihn wöchentlich ab, als wäre all das brandneu. Gewummer, Gestampfe, Getränke, Gelaber, Gefühle. Ja, die Jahre flossen ineinander. Doch das hieß nicht, dass dieses Fließen nicht auch seine Schönheit hatte. Eine irrlichternde, nichtkonservierbare Schönheit der Kategorie: Muss man dabei gewesen sein.

Wenn die Endzeitstimmung einsetzte, diese unerklärliche, fast greifbare Angst vor dem Tageslicht, wo wäre er hingegangen ohne Delia? Er wäre mit Unbekannten weitergezogen bis zur Ohnmacht. Er wäre neben Unbekannten aufgewacht. Okay, er wachte auch so neben Unbekannten auf. Aber er wusste, wohin er anschließend gehörte. Das Wochenende begann am Donnerstag, der Nacht für Kenner, die den Freitag und den Samstag den Amateuren überließen, es endete am Montag, irgendwann gegen später. Am Dienstag widmete er sich seiner Nebenbeschäftigung, Plattenkritiken zu schreiben, der Mittwoch war sein freier Tag. An diesen Tagen hieß es: große Sorgfalt beim Ernährungskonzept, Sport, Wald, See, Hund, Frau. Dann ging es von vorn los mit den Großereignissen, die sich unvergesslich anfühlten, aber so austauschbar waren, dass er sich viele von ihnen hätte sparen können, wäre ihm das damals schon aufgefallen.

Die Wahrheit war: Nachts zu arbeiten lag ihm. Und die Nacht an Orten zu verbringen, an denen er sich sowieso herumtreiben würde, mit dem Vorteil, dabei auch noch Geld zu verdienen, lag ihm sehr. Sein Laden, genauer gesagt, sein Drittel des Ladens, machte guten Umsatz. Was ihm damals genügte, denn lange interessierten sie sich kaum für den Unterschied zwischen Umsatz und Gewinn. Es hieß: Mega-Umsatz, fette Nacht gestern, Kassen voll, Bargeld lacht. Es hieß: Kann ich mir diesen Monat mehr auszahlen – zahl ich zurück, logisch. Es hieß: Ich finde, wir sollten mehr Geld für *geile* Flyer ausgeben, ich finde DJ Dings auch nicht besser als DJ Bums, aber was soll's, fliegt er eben Business. Es hieß: Wir sollten bessere Visuals haben, ich kenne da einen Typen, der hat schon die Visuals zu alten Technozeiten gemacht. Denn tatsächlich hegte man Ende der Neunziger bereits nostalgische Gefühle für die frühen Neunziger, was man mit dem beliebten Begriff Old School ausdrückte.

Ihr seht aus wie ein Benetton-Plakat, hatte eine der Barfrauen irgendwann gesagt, als sie zu dritt hinter der Bar standen. Fabian, der Vietnamese mit deutschen Adoptiveltern, in der Mitte Mick und neben ihm Chris, rothaarig und mit so vielen Sommersprossen, dass er fast braun war. Mick fand, dass seine Herkunft niemals egaler war als zu dieser Zeit. Er fand auch, dass sie drei ein gutes, wenn nicht perfektes Team waren, und er mochte beide, wobei es bei Fabian eher eine rationale Entscheidung für dessen ebenso rationale Person war, während ihn etwas mit Chris verband, was von einer so innigen Qualität war, dass er sich manchmal fragte, wie er dieses Gefühl nennen sollte. Ich bin ein Brudertyp, dachte Mick, wenn er sich tagelang nicht bei Delia meldete und nicht bei einer anderen Frau war, sondern bei Chris. Manchmal ließ er seine besten Erinnerungen an Desmond zu, die er bei der Frage unterbrach, wie es ihm wohl jetzt ging.

Mit Chris war nichts sinnlos oder stumpf, alles glänzte: Die Musik, die Gespräche, die Einordnung ihrer Kultur ins große Ganze, denn Chris war ein Geschmackspapst und Philosoph. Außerdem ein Mäzen, auch das gefiel Mick. Aus Prinzip bezahlte er die DJs und das Barpersonal über, was Fabian durchgehen ließ, auch weil beide Gruppen häufig mit einer Phalanx attraktiver Frauen erschienen. Chris bezahlte aber auch die Putzfrauen und

Spüler über, die Fabian weniger interessierten, und stellte irgendwann Leute aus rein sozialen Gründen ein, die eigentlich nichts taten und trotzdem in den Genuss des berlinuntypisch hohen Stundenlohns von fünfundzwanzig Mark kamen.

In den ersten Jahren war es nur um schwarz bezahlte Gagen, erträgliche Mieten und Fragen des Geschmacks gegangen. Eine Zeit, in der sie sich benehmen konnten wie freundliche Tiere ohne Fressfeinde. Irgendwann saßen sie dann vor einer Sachbearbeiterin beim Gewerbeaufsichtsamt, die sie fassungslos fragte, wie sie auf die Idee gekommen waren, jahrelang ein Gewerbe zu betreiben und es nicht anzumelden. Also meldeten sie einen Kunstverein an. Der Kunstverein hängte tatsächlich Kunst befreundeter Künstler in den Club, eine sehr gute Idee. Sie wuchsen weiter. Ja, sie wucherten regelrecht. Einer der Fehler, den sie damals so nicht absehen konnten, bestand in der PR, organisiert durch die Agentur einer Freundin des Hauses, einer Frau, die im Rückblick auf die Neunziger behaupten sollte, zwei Jahre lang Micks feste Freundin gewesen zu sein. Im Grunde brauchte ein Club in dieser Stadt damals keine PR. Artikel in Stadt- und Musikmagazinen machten sich aber gut, ein landesweiter Ruf ebenfalls, Erwähnungen in internationalen Magazinen sowieso.

Ein Vierteljahr vor der letzten großen Party des Jahrhunderts meldete sich das Finanzamt bei ihrer Firmenadresse, die in Ermangelung eines offiziellen Büros Fabians Privatadresse war. Dem Finanzamt, so hätte man wissen können, erfasste es aber erst zum Zeitpunkt der Brieföffnung, war es egal, ob man sich mit seinem Geschäft in einer dem Finanzamt unbekannten Subkultur bewegte. Und ob die nicht deklarierten und nun nachträglich zu versteuernden Einnahmen vollständig in den eigenen Lebensunterhalt geflossen waren. Sie wurden rückwirkend geschätzt, zugunsten des Finanzamts, versteht sich. Was bei einer Bar, die fast fünf Jahre lang vier Tage pro Woche geöffnet hatte, wie man anhand der Flyer und der Ankündigungen in der Presse nachvollziehen konnte, eine Steuernachzahlungssumme ergab, die aufgrund nicht existierender Buchhaltung schwer anzufechten war.

Das Überweisungsformular kam direkt mit dem Bescheid. Die Summe, die darauf stand, war so groß, dass Mick mehrmals hinschauen und schließlich die Nullen mithilfe des Daumennagels zählen musste. Es waren fünf Nullen, erst hatte er sechs gezählt, erleichtert war er trotzdem nicht. Bei der Ziffer vor den Nullen handelte es sich ebenfalls um eine Fünf. Eine halbe Million. D-Mark, das war die Währung. Er hätte sie auch in Pesetas nicht gehabt, nicht in Schilling und nicht in Lire.

Es wäre dumm, den Laden jetzt zuzumachen, sagte Fabian.

Es wäre sehr dumm, das ungefragt zu bezahlen, sagte Chris.

Wieso ungefragt, sagte Mick, hier wird doch ziemlich konkret gefragt.

Es wäre cool, das bezahlen zu können, bevor es ungemütlich wird, sagte Fabian, der gerade eine Partyreihe mit Retroschlagerfuzzis gestartet hatte, die erstaunlich umsatzstark war und die, noch erstaunlicher, nicht an ihrer Glaubwürdigkeit als cooler Laden kratzte. Das Ausgehen wird eklektizistischer, die Szenengrenzen sind durchlässiger geworden, sagte Fabian, der das Ausgehen gern soziologisierte.

Nein, Dicker, das liegt daran, dass man jeden Müll, der schon zu seiner Zeit Müll war, jetzt also Retro verkaufen kann, und das liegt daran, dass alle, die das nicht abfeiern, sich anhören müssen, dass sie die Ironie nicht verstehen, weil ja jetzt jeder Scheißdreck ironisch ist oder, Achtung, Scheißwort: Kult, sagte Chris darauf. Seine These zum Thema Steuerschulden war kürzer, er sagte:

Stephanie hat mich angezeigt.

Was?

Über neunzig Prozent aller Anzeigen beim Finanzamt stammen von angepissten Partnerinnen beziehungsweise Ex-Frauen, eh klar.

Chris zeigte Mick seinen Nokia Communicator, aus dessen Telefonbuch er den Eintrag STEPH löschte. Mick zeigte Chris den Daumen. Obwohl er sich fragte, wie sinnvoll dieser Löschvorgang war, denn Chris hatte eine dreijährige Tochter mit Stephanie. Fabian hatte seine Flipcharts herangezogen, die er neuerdings für Meetings verwendete. Chris fand das überflüssig, Micks Einstellung dazu war eher ambivalent. Flipcharts hatten diese Ausstrahlung von heißer Luft, andererseits schien heiße Luft im Moment einen beträchtlichen Marktwert zu haben.

Mit einem Edding schmierte Fabian die sechs Ziffern auf das Blatt und umkringelte sie schwungvoll. Dahinter setzte er ein Fragezeichen.

Wir haben zwei Möglichkeiten, sagte Fabian und schmierte eine römische I auf das Blatt. Wir schnüren ein Markenpaket und verkaufen die Marke an Leute, die damit ihr Image verbessern wollen oder müssen. An große Marken, die befürchten, den Anschluss an unsere Peergroup zu verpassen zum Beispiel. Auf jeden Fall an Leute, die Geld haben und die sich davon zwar einen Club kaufen könnten, aber keine Street Credibility, keinen direkten Access auf die Zielgruppe und keinen Drive.

Chris legte so viel Verachtung wie möglich in seinen Gesichtsausdruck, während Mick sich fühlte wie eine Jungfer zwischen zwei Gentlemen, die sich zwischen Verstand und Gefühl entscheiden soll. Das Chaos, von dem er geglaubt hatte, es würde sich, auf welchem Weg auch immer, in eine finanziell solide Zukunft verwandeln, war auf hundertdreiundsechzigtausend Mark Schulden angewachsen, verbunden mit der Frage, was nun.

Ich fliege nach Thailand, sagte Chris.

Thailand, dachte Mick, dessen Fluchtinstinkt sich schon geregt hatte, als Fabian den Brief geöffnet hatte, super Idee.

Oder – Fabian umkringelte römisch II, die schlechte Nachricht schien ihn aufzuputschen – wir bauen unsere Marke selbst aus. Thailand interessierte ihn nicht im Geringsten. Auch Vietnam nicht, wo er ja herkam. Fabian ist der Deutscheste von uns dreien, dachte Mick und wünschte sich, er hätte mehr von Fabians natürlicher Betriebsamkeit. Doch was war daran deutsch? Oder vietnamesisch? Oder anerzogen oder angeboren? Die instinktive Vorwärtsbewegung eines Gewinners, Fabian hatte sie jedenfalls. Und er? Neigte zur Vogel-Strauß-Methode. Kopf irgendwo rein, Hauptsache weg. Woher er diesen Drang hatte, war im Grunde egal.

Wir gründen eine Internet-Community. Und dort, im Web, haben wir Zugriff auf unendlich viele Leute. Ein virtueller Club im Internet und parallel dazu der analoge Club als Homebase. So haben wir endlich eine Einnahmequelle, die sich unbegrenzt vergrößern lässt. Da werden keine Bierkästen mehr gezählt, sondern User. Wie findet ihr das?

Ich use mal ein Bier. Du auch?

Es war nicht das erste Mal, dass Mick und Chris an dieser Stelle ausstiegen. Chris entschlossen, Mick zögerlich. Das Gerede vom Netz, in das sich künftig alles verlagern würde, es erforderte zu viel Abstraktionsvermögen, es erforderte den Glauben daran, dass es bald genügend Leute geben würde, die bereit wären, für die Anwesenheit an einem derzeit noch fiktionalen Ort zu bezahlen. Mick hatte diesen Glauben nicht, doch er beneidete Fabian um die Fähigkeit, im aktuellen Desaster nur eine winzige Startschwierigkeit zu sehen. Die Zukunft schien für ihn so hell zu strahlen, dass es ihm egal war, was seine Partner dachten, und das hätte Mick überzeugen sollen, der Fabian als Trenddetektor für außerordentlich kompetent hielt.

Überlegt's euch, sagte Fabian, und Mick überlegte tatsächlich kurz, nur um wieder einmal festzustellen, dass seine Vorstellungskraft beim Thema Internet erschreckend wenig hergab, um nicht zu sagen versagte. Ein Anruf unterbrach seine Überlegung, ob er wirklich so viel blöder sein konnte als Fabian, erleichtert sprang er vom Tresen. Der Kontaktmann für das beste Soundsystem, das man derzeit auftreiben konnte, hatte sich gemeldet. Endlich. Abholung sofort? Gerne. Zusammen mit Chris rannte er hinaus in den ungefilterten Lärm Berlins. Vier Uhr nachmittags, eingepackte Menschen, sichtbarer Atem, Rushhour. Sie stiegen in Chris' Volvo Kombi, dessen Inneres nach Hund roch und dessen Scheiben enteist werden mussten, auf dem Beifahrersitz eine Palette Red Bull und ein Lederrock. Wie ist die Frau ohne ihren Rock nach Hause gekommen?, fragte Mick, und Chris ließ lachend den Motor aufheulen. Die Altlasten und Zukunftsvisionen waren vergessen, denn die Gegenwart rief: hyperklar, ultrapräzise und megalaut. Das Ende des Jahrtausends würde einen bombastischen Klang haben.

MICK HETZTE DURCH den Herbst 1999 mit dem Gefühl, alles, was er bisher versäumt hatte, erledigen zu müssen, bevor aus der Eins eine Zwei wurde. Der Countdown führte ihm vor Augen, dass das gesamte Leben ein Countdown war, ein Gedanke, der ihm in schwachen Momenten Todesahnungen bescherte, die er mit ausgedehnten Ablenkungsmanövern bekämpfte, die meist nicht funktionierten. So kann das nicht weitergehen, dachte er, während er Dinge versäumte, verdrängte, ignorierte – und immer öfter auch, während er es sich gutgehen ließ. Wenn er sich dann fragte, *was* so nicht weitergehen konnte, öffnete sich in seinem Kopf ein Labyrinth, in das er sich lieber nicht hineinwagte.

Alle schienen einem furiosen Finale entgegenzuhecheln, von dem niemand so genau wusste, wie es aussehen würde. Tatsächlich konnte keiner glaubwürdig einen Millennium Bug ausschließen. Sollten am 01.01.2000, 00:00 Uhr, tatsächlich alle auf das alte Jahrtausend geeichten Systeme zusammenbrechen, hätte das immerhin den Vorteil, dass damit auch Micks Schuldenberg gelöscht würde. So gesehen, wäre es dumm, vor diesem Datum irgendetwas zu überweisen. Y2K hätte zudem den Vorteil, dass die Menschheit innerhalb einer Sekunde zurück auf Start geschaltet würde.

Die Letzten werden die Ersten sein? Eher nicht. Während Mick darauf spekulierte, dass Millionen andere eventuell recht hatten, glaubte er selbst überhaupt nicht daran.

Denn die Welt, wie sie war, sie wirkte stabil. Allem Anschein nach war sie keine Matrix. Nichts sah nach Philip K. Dick oder

William F. Gibson aus, da konnte man mit dem Begriff Cyber um sich werfen, soviel man wollte. Man ging ins Internet, unterdessen war das Festnetztelefon besetzt. Man schrieb sich die besten Webadressen aus Zeitschriften ab und gab sie dann in seinen Browser ein. Man fragte sich, ob mithilfe neuer Software jeder Depp in der Lage sein würde, Musik zu komponieren, und die Antwort lautete Jein. Man sagte dauernd Prada. Man sagte *galore* und *-o-rama*. Wenn man einen Trend zu spät entdeckte, konnte man behaupten, man hätte ihn bereits wiederentdeckt. Vor lauter Ironie wusste man gar nicht mehr, was überhaupt noch ernst zu nehmen war. Man veröffentlichte Listen mit den ultimativen Büchern und Platten des zu Ende gehenden Jahrhunderts, die noch elaborierter waren als die Bücher- und Plattenregale der Angeber, die sie schrieben. Das Gleiche galt für die Listen der wichtigsten Persönlichkeiten, Filme, Ereignisse und auch Websites des vergangenen Jahrhunderts, wenn nicht Jahrtausends. Man fragte sich, ob nun der Zeitpunkt gekommen war, an dem alles schon einmal dagewesen war, und entschied: wahrscheinlich ja. Ab demnächst würde man im Remix-Reload-Zeitalter leben. Sequel, Prequel, jetzt erst recht. Trotzdem befand man sich an der Schwelle zum Brandneuen. Wie in den Jahrzehnten und Jahrhunderten zuvor hatte man auch jetzt das Gefühl, in einer ganz besonders bedeutsamen Zeit zu leben. Man hörte wieder *1999* von Prince. Man hörte *Millennium* von Robbie Williams. Man hörte nicht auf, Buena Vista Social Club zu hören. Man unterteilte die elektronische Musik in so viele Untersparten, dass man den Überblick verlor. Man stellte fest, dass der derzeit beste Rapper weiß und der derzeit beste Golfer schwarz war, und meinte damit Eminem und Tiger Woods. Man hielt diese Feststellung für bemerkenswert. Man rechnete damit, dass nach der Concorde etwas noch Schnelleres über den Atlantik fliegen würde, denn Beschleunigung war die logische Konsequenz von fast allem. Große, altehrwürdige Firmen sponserten jeden Irrsinn, aus Panik, den Anschluss an die Zukunft zu verlieren. Man prophezeite, Access würde das neue Eigentum. Man fragte sich, was man auf den Portalen sollte, die im Internet wucherten, und saß trotzdem in den Startlöchern, obwohl die meisten Leute nach wie vor nicht verstanden, womit genau andere Leute bereits unermesslich reich geworden waren. Leute in Micks Alter. Es kam ihm vor, als hätten sie den Eingang zur Schatzkammer gefunden, während er im Vorraum herumtänzelte und nur ab und zu einen Blick hineinwerfen durfte, bevor der Sesam sich wieder schloss. Das Gefühl, etwas zu verpassen, dabei aber, im Gegensatz zu früher, nur knapp danebenzuliegen, löste etwas in ihm aus, das Delia »hyperaktives Phlegma« nannte. Es äußerte sich in wenig Schlaf, einem großen Aktionsradius und einem fast manischen Kommunikationsbedarf, bei gleichzeitig stark beeinträchtigter Konzentration und daher eher unbefriedigenden Resultaten. Der Begriff Burn-out war noch nicht zum Alltagswort geworden, aber er beschrieb den Zustand, auf den Mick sich in jenem Herbst vor seinem dreißigsten Geburtstag zubewegte.

Im Sommer hatte er viel Zeit mit Delia verbracht, nachdem er sie im Frühjahr so selten gesehen hatte, dass man von einer Fernbeziehung sprechen konnte. Ihr Termindruck beim Sex war ihm lange nicht aufgefallen, denn Sex war nie verkehrt, zu keinem Zeitpunkt. Als er das eindeutige Schema erkannte, wusste er, dass sie jetzt beide ein Problem hatten. Es war das erste Problem seines Lebens, das mächtiger war als seine Libido. So mächtig, dass er befürchtete, impotent zu werden. Nicht generell, speziell bei ihr. Es war die Hölle, sie zurückzuweisen. Die Notwendigkeit eines Gesprächs schwebte durch das Haus wie Rauchschwaden. Doch dieses Gespräch wollte er noch weniger als Sex nach Kalender. Sein Kommen und Gehen folgte nun nicht mehr seinem Spaßtrieb, sondern ebenfalls einem festen

Muster. Er kam nach Möglichkeit erst nach Hause, wenn sie schlief oder arbeitete.

Wir sehen uns kaum noch, ich vermisse dich, sagte sie nach ein paar Monaten in diesem Rhythmus, keinen Vorwurf im Tonfall, was vielleicht Taktik war, und selbst wenn, es wirkte. Er war nach Hause gekommen, als sie sich mit George auf den Weg in den Park machte. *You say goodbye, and I say hello.* Seltsamerweise war es der Hund, der einen beleidigten Eindruck machte, nicht Delia. In ihrer Korbtasche sah er ein paar Akten und Zeitschriften. Sie würde diesen brütenden Junisonntag allein auf einer Wiese verbringen, während er allein im abgedunkelten Schlafzimmer herumlag. Er war der Mond, sie die Sonne. Er sah ihre sommersprossigen Schultern, ihre kleinen Füße in Flipflops, roch ihre Sonnencreme und wollte hinüber auf die andere Seite. Zu ihr. Im Kühlschrank sind Erdbeeren, sagte sie, und er starrte ihr hinterher, bis sie auf ihr Fahrrad stieg und davonfuhr. Es hatte nicht nur wehgetan, sie zu vermeiden, es war auch anstrengend gewesen, es so aussehen zu lassen, als würde er es nicht tun. Ihre Versöhnung ohne vorherigen Streit fühlte sich so gut an, dass er ihr fast die Wahrheit gesagt hätte. Fast. Den Sommer über lieferte er eine schauspielerische Leistung ab, mit der er zeitweise sogar sich selbst davon überzeugte, alles wäre wie vorher. Zusammen fuhren sie an die Seen und nach Italien. Gerettet. Schließlich existierten sie nicht nur als Körper mit xx- und xy-Chromosomen, sondern auch als zwei Menschen, die sich was zu sagen hatten. Und dass sie ihn verführte, weil es der Zeitpunkt verlangte, hieß ja nicht, dass sie ihn nicht auch so wollte, oder? Irgendwann reden wir mal, aber nicht jetzt, dachte Mick.

Als dieser Summer of Love langsam verglühte, zog es ihn wieder hinaus. Wie an eine Front. Ich muss arbeiten, Baby. Aber nicht drei Nächte am Stück. Ich muss los, wir sehen uns. Silvester nahte und damit der Druck, eine dem Datum angemessene Party zu feiern. Kein Sieg ohne Training. Wenn er in den Morgenstunden nach Hause kam, wenn der Rest der Welt noch oder schon schlief, schrieb er rauchend To-do-Listen auf Post-its, die er in der Wohnung verteilte und meist nicht mehr entziffern konnte, wenn sein Tag dann endgültig begann. Ich brauche Ruhe, dachte er im Wechsel mit: Ich brauche Geld, mucho, und zwar pronto. Delia spiegelte ihm sein Problem. Sie hatte Drive. Er auch. Nur dass sie ihren für ihr Vorankommen nutzte, während er im Kreis fuhr. Sobald er eine Idee hatte, sobald er sich tagsüber einer Sache widmete, kam ihm die nächste Nacht dazwischen und pulverisierte nicht nur seine Zukunftsängste, sondern auch seine Zukunftspläne. Dein Horoskop für die kommende Woche: Leere. Schmerz. Hoffnungslosigkeit, hatte Delia ihm irgendwann getextet, als sie das Warten satthatte. Leider trat es immer öfter ein. Dass es anderen genauso ging, hatte ihn jahrelang beruhigt. Das ist der Preis, den wir zahlen müssen, dachte er, bis er sich fragte: Wofür eigentlich? Er hätte es machen können wie Fabian, der mehr und mehr zu einem Profigastronomen wurde: kommen, kontrollieren, gehen. Er hätte es machen können wie Chris: kommen, kurzes großes Hallo, gehen. Denn Chris hatte sich zwei große Hunde zugelegt und damit zusammen mit seiner kleinen Tochter Fee immerhin drei Wesen, um die er sich tagsüber zu kümmern hatte. Die Party-is-over-Stimmung, die die anderen verbreiteten, ließ sich nicht mehr ignorieren. Es schien, als wäre es der ultimative Trend, zu sagen, man wäre draußen, zu sagen, man hätte echt viel zu tun, um nicht zu sagen, Besseres, man müsse auf seine Gesundheit achten, zu sagen, man wäre jetzt auch echt mal zu alt. Die gigantische Zahlungsaufforderung fühlte sich an wie der endgültige Rauswurf. Sie war überhaupt nur zu ertragen, weil es die beiden anderen gab. Die Jahresendzeit begann wie jedes Jahr zu rasen, wie Micks Herz, wenn er an seine beiden bedrohlichsten To-do's dachte. Erstens: mit dem Finanzamt reden. Das würde

Fabian übernehmen. Zweitens: mit Delia reden. Damit war er allein. Er war froh, dass sie so beschäftigt war, und wenn er sie sah, war er so anhänglich, dass sie ungläubig kicherte, wenn er sie umschlang und nicht mehr losließ. Es war Winter, und er wollte neben ihr liegen, bis alles sich von selbst geklärt hatte. Ihren Kopf auf seiner Brust, fragte sie ihn ab und zu, ob alles okay sei, und immer antwortete er: alles super. Als er Anfang Dezember durch die Stadt fuhr, um sie von der Arbeit abzuholen, und wieder einmal das Hintergrundrauschen des Ungeklärten jeden halbwegs positiven Gedankengang störte, unterbrach er sich. Erst mal dieses Jahrtausend zu Ende bringen, dann weitersehen, sagte er laut und deutlich zu sich selbst, und die Größe der Zeiteinheit ließ seine Sorgen sofort kleiner werden. Scheibenwischer an, Musik lauter, Spur wechseln und die Stimmung gleich mit. Es wird sich auch bei mir etwas ändern, dachte Mick in seinem alten Optimistentonfall. Im ersten Monat des neuen Jahrtausends dreißig zu werden und genau dann ein paar Änderungen einzuführen, was bitte ist das für ein perfektes Timing? Es fühlte sich fast an, als wäre er auserwählt. Unklar von wem und wofür, doch er blieb dabei: Es war symbolträchtig.

ES ÄNDERTE SICH dann nicht nur etwas, es änderte sich alles. Die Jahrtausendwende verbrachte er in der Charité. Er verschlief die Party, das Feuerwerk, den geschichtsträchtigen Jahreswechsel. Wenn er aufwachte, sah er Delia an seinem Bett sitzen, die ihm sagte, wer ihn sonst noch besucht hatte. Chris und Fabian, Darko, Axel und Leute, die sie nicht kannte und deren Namen sie vorgab vergessen zu haben. Das Zimmer stand voller Blumen, als wäre er gestorben, als läge er nicht in einem Bett, sondern in einem offenen Sarg. Nach vier Tagen entließ man ihn und hielt sich mit einer genauen Diagnose zurück. Niemand konnte ihm sagen, ob er wieder vollständig hören würde. Sein Gleichgewichtssinn war so gestört, dass er beim Gehen eine Wand zum Abstützen brauchte. Delia führte ihn ins Parkhaus und setzte ihn behutsam ins Auto.

Du bist immer da, sagte er und hörte sich selbst, als spräche er unter Wasser. Delia grinste ihn matt an und schaute ausparkend wieder in den Rückspiegel. Es war eigenartig, dass ihm bei diesem Grinsen zum ersten Mal der Gedanke kam, dass er sie verlieren könnte. Und das, obwohl er dieses Mal nichts getan hatte, was sie ihm verzeihen musste. Der Gedanke musste ein Teil der überwältigend großen Angst sein, die ihn seit seinem Erwachen terrorisierte und die er mithilfe von Schmerz- und Schlafmitteln abdämmte. Den Ärzten gegenüber hatte er die Angst als unerträgliche Schmerzen ausgegeben, woraufhin man seine Dosis erhöht und ihm eine Zweiwochenration an Pillen mit nach Hause gegeben hatte, was ihm sehr recht war.

Er dämmerte auf dem Beifahrersitz vor sich hin, starrte verliebt auf Delias schlanke Hände am Steuer und nahm zum ersten Mal bewusst ihren souveränen Fahrstil wahr. Sind es nicht die unbewussten Gesten, in die man sich verliebt? Ist nicht alles, was wir bewusst tun, um dem anderen zu gefallen, ein völlig sinnentleertes Theater, das wir dennoch aufführen müssen, weil wir ja nicht wissen können, womit wir den anderen tatsächlich berühren? So hatte er noch nie gedacht, zumindest nicht in Delias Gegenwart, deren Anwesenheit in seinem Leben so selbstverständlich gewesen war und die sich jetzt, so plötzlich, dass er panisch das Fenster herunterfahren musste, nicht mehr selbstverständlich anfühlte. Er hing im Beifahrersitz und fühlte sich so schutzlos, als hätte man ihn gehäutet. Er starrte weiter auf Delia, die nun, das Parkticket zwischen den Lippen, an die Schranke fuhr und das Ticket in den Schlitz steckte, und hatte das Gefühl, als hätte er sie noch nie so sehr geliebt wie in dem Moment, in dem die Schranke sich öffnete und sie Gas gab. Spontan griff er ihr ins Haar und versuchte sie zu küssen.

Lass mich mal los, bitte, sagte sie, und er hätte fast geweint, so zurückgestoßen fühlte er sich. Sie schaute ihn prüfend an und konzentrierte sich wieder aufs Fahren.

Wir fahren jetzt nach Hause und dann legst du dich erst mal hin.

Er nickte. Sie strich ihm kurz übers Knie und schaute dabei in den Rückspiegel, dann sah sie ihn an: Wir kriegen dich wieder hin, okay?

Ihr Haar hatte einen fast heiligenscheinartigen Glanz, obwohl nur fahles Winterlicht ins Auto fiel, ihre Haut schimmerte, ihre schneeweißen Zähne steckten in altrosa Zahnfleisch, das so sauber und appetitlich aussah, dass er es berühren wollte, egal mit welchem Körperteil, Finger, Zunge, Schwanz.

Okay?, fragte sie noch einmal, und er nickte und schaute aus dem Fenster. Nichts wies auf ein neues Jahrtausend hin. Alles sah aus wie gehabt: Berlin war auch in diesem Januar an Tristesse schwer zu überbieten.

Es waren nur vier Tage vergangen, die Straßen lagen voller Silvestermüll, aber er fühlte sich, als wäre er lange weg gewesen. Im Krieg, im Gefängnis, im Koma.

Mick, sagte Delia. Kannst du mich eigentlich hören?

Und als sie ihm ein Taschentuch reichte, fragte er sich, wann er das letzte Mal Rotz und Wasser geheult hatte.

Und dann schlief er. Er verschlief den Besuch seiner Mutter. Er verschlief die Chance auf die Gespräche, die er in den letzten Monaten so geschickt umdribbelt hatte. Und so wurden diese Gespräche ohne ihn geführt, entzogen sich seiner Kontrolle und führten in Richtungen, die er nicht mehr ändern konnte. So dachte er zumindest später.

SEIN CHRISTBAUM STAND noch da. Er hatte ihn mit CDs behängt, weil er vergessen hatte, Schmuck zu kaufen. Sie hatten Freunde eingeladen, die ebenfalls in der Stadt geblieben waren und am Heiligabend nichts anderes vorhatten. Delias Enten waren nicht à point, aber alle Gäste waren so glücklich, dass sie sich vornahm, von jetzt an jedes Weihnachten so zu verbringen. Gegen drei kam die Polizei. Ein voller Erfolg.

Jetzt, anderthalb Wochen später, war alles anders. Delia wartete allein auf Micks Mutter. Sie hatte das Haus durchgelüftet, aus ihrer alten Angst heraus, Gäste in einer wonach auch immer müffelnden Wohnung zu empfangen. Sie hatte die Fenster aufgerissen, Räucherstäbchen angezündet, winzige Spritzer ihres besten Parfums versprüht und eine Schale Mandarinen auf den Wohnzimmertisch gestellt. Als Monikas Taxi vorfuhr, öffnete sie die Haustür und stand klappernd vor Kälte so lange im Türrahmen, bis Monika ihr Gespräch mit dem Taxifahrer beendet und bezahlt hatte. Der Mann trug ihr ihren Koffer durch den Vorgarten die fünf Stufen hoch zu Delia, nicht selbstverständlich für einen Berliner Taxler, aber selbstverständlich, wenn man Monika fuhr. Monika, die daraufhin ihr Trinkgeld als zu klein empfand, öffnete ihren Koffer und holte ein Lederläppchen in Kamelform hervor, ein Lesezeichen für seine Tochter vielleicht, wie sie sagte. Monika, die vor zwei Jahren in die Nähe von Frankfurt am Main gezogen war, hatte Silvester in Marrakesch verbracht, irgendwann Delias Nachricht abgehört und sich ins nächste Flugzeug gesetzt. Der Taxifahrer zierte sich, Monika insistierte,

Delia stand in ihrer Seidenbluse auf der Türschwelle und fror weiter.

Das war Monika, die sie bei sich seit einigen Jahren als ihre Schwiegermutter bezeichnete. Eine Frau, die sie immer wieder aufs Neue kennenlernen musste und doch nie kannte, weil sie sich durch keinen gängigen Code entschlüsseln ließ. Wahrscheinlich hatte sie auch dem Taxifahrer in den zwanzig Minuten von Tegel nach Pankow ein Repertoire an Persönlichkeiten aufgetischt. Dame, Rüpel, Kumpel, Snob und nun, als Zugabe, Muttchen. Kein Wunder, dass Mick mit jedem so gut kann, hatte Delia gedacht, als er ihr endlich seine Mutter vorstellte, kein Wunder, dass er alle mag, sich aber auf niemanden wirklich einlässt. Monika hatte einen Schmetterling großgezogen – einen Schmetterling, der nun flugunfähig war, deshalb war sie hier. Nachdem der Taxifahrer sich endlich das Kamel hatte aufdrängen lassen und davonfuhr, nahm Monika Delia in den Arm. Sie drückte sie an ihren afghanischen Hirtenmantel, den sie als zeitloses Stück bezeichnete und der nach über zwanzig Jahren immer noch leicht nach Ziege roch.

In der Küche lehnte sie sich gegen die Spüle und durchwühlte ihre Handtasche nach Zigaretten. Das einzig Zuverlässige an Micks Mutter war ihr an die Siebziger angelehnter Stil. Konsequent trug sie ihren Edelhippielook, gern Wildleder, gern Muster, gern Ethnoschmuck, die blonden Haare immer lang mit einem mädchenhaften Pony. Und sie verschwendete keinen Gedanken daran, sich das Rauchen abzugewöhnen, obwohl sie sich seit einigen Jahren auf Akupunktur spezialisiert hatte und ein Großteil ihrer Klientel aus aufhörwilligen Rauchern bestand. Die Frage, wie ihr Flug war, wischte sie mit der Gegenfrage fort, was die Ärzte sagten, und Delia erinnerte sich: Smalltalk war nicht ihr Ding. Über den Sound der Espressomaschine hinweg rief sie: Er wird wieder hören können, das ist die gute Nachricht. Das eine Ohr ist so weit in Ordnung, beim anderen wird man sehen.

Rauchend starrte Monika auf ihre bestrumpften Füße. Sie hatte darauf bestanden, ihre Stiefel auszuziehen:

Ach Mensch, Michi, sagte sie zu sich und zu Delia: Meinst du, ich kann ihn sehen?

Er schläft, aber später natürlich, deshalb bist du doch hier, er wird sich freuen.

Dass die ansonsten so raumgreifende Monika aus Marokko einflog, um sie dann zu fragen, ob sie Mick sehen *könne*, war der Teil ihres Mysteriums, den Delia am wenigsten verstand. War es Respekt ihr gegenüber? War es ein Zeichen für die Distanz zwischen Mutter und Sohn? Oder war es eine rhetorische Frage, weil Monika gleich ihre Zigarette ausdrücken und an sein Bett stürmen würde? Sie setzten sich ins Wohnzimmer, wo Delia eine Flasche Weißwein öffnete, was sich in Monikas Gegenwart nicht anfühlte wie Tagsübersauferei, sondern wie *savoir vivre*, so traurig der Grund ihres Besuchs auch war.

Kurz erklärt war es wohl so, begann Delia, dass die Jungs sich ein spezielles Soundsystem gemietet haben, von Leuten, die nichts anderes machen, als immer noch mehr Watt oder Dezibel oder Klangabstufungen da reinzubasteln, ich kenne mich da nicht so aus, aber es hört sich so an, als wären Mick und Chris einer Fetischgemeinde für Stereoanlagen beigetreten. Die haben Unsummen bezahlt für Unterschiede, die die meisten Leute gar nicht hören.

Das hört sich hundert Prozent nach meinem Sohn an, sagte Monika und entließ den Rauch durch die Nasenlöcher.

Beim Soundcheck stand Mick jedenfalls direkt vor der Box, die ungefähr dreimal so groß war wie er selbst, Chris hat die Lautsprecher mit dem Verstärker verbunden und offenbar übersehen, dass volles Volumen eingestellt war, und dann kam ein Ton aus den Boxen, eine Welle, die so stark war, dass Mick in einen Stapel Stühle ein paar Meter weiter krachte und zwei Tage lang nicht mehr aufwachte.

Monika massierte sich die Nasenwurzel.

Jahrelang hatte ich Angst, dass ihm Silvester was passiert. Und jetzt wird er dreißig und ist fast taub.

Nein, Monika, ein Ohr ist völlig gesund, er hört, sagte Delia. Bitte heul jetzt nicht, dachte sie.

Als er ein Baby war, dachte meine Mutter, er könnte taub sein, weil er so still war, sagte Monika nachdenklich. Wieder wühlte sie in ihrer Tasche: Apropos Baby, ich habe dir die Fotos mitgebracht.

Sie war die Einzige, von der Delia ab und zu Informationen bekam, die das Puzzle Mick vervollständigten, niemals ganz, aber immerhin. Monika holte einen Stapel Fotos aus einem Umschlag, auf dem *Michi* stand. 1970, 1971, 1972, süß, herzig, großäugig, ein Schätzchen, ein Engelchen, in dessen unschuldigem Gesicht Delia den Mann suchte, mit dem sie zusammenlebte. Sie sah ihn als Kleinkind auf dem Schoß einer runden Bilderbuchoma, die nicht seine Großmutter war, sondern seine Großtante, sie sah ihn etwa fünfjährig vor einem Lama-Gehege an der Hand eines grimmig dreinschauenden älteren Mannes, dem Monika liebevoll über sein Fotogesicht strich.

Mein Vati war Zimmermann, sagte sie, ich fand es wirklich schade, dass Mick damals die Ausbildung nicht zu Ende gemacht hat, aber was will man machen, er hört ja nicht.

Kurz schauten sie sich an, Monika erschrocken über ihre Mutterfloskel, die jetzt zumindest teilweise zur klinischen Wahrheit geworden war, und Delia, die nicht wusste, wie sie mit den Neuigkeiten aus Micks Vergangenheit umgehen sollte, die für sie nach all den Jahren keine Neuigkeiten sein dürften. Sollte sie vor Monika staunen? Sollte sie zugeben, dass sie sich an ihrem Sohn die Zähne ausbiss?

Wer war noch mal Zimmermann?, fragte sie, weil ihr nichts anderes einfiel, Bob Dylan?

Bob Dylan *heißt* Zimmerman. Harrison Ford war Zimmermann, *den* fand ich ja immer schick.

Und Jesus, sagte Delia.

Wie gesagt: toller Beruf, sagte Monika und reichte ihr ein grünstichiges Farbfoto.

Hier kommt er zur Schule. Ost-Farbfilm.

Hast du ihn nach dem Nina-Hagen-Song genannt?

Nein, nein, lachte Monika, schenkte sich großzügig nach und sagte noch einmal Nein.

Monika war unbestritten eine Granate in ihrem kurzen Kleid und den hohen Stiefeln, Mick stand mit seiner Schultüte neben ihr und schaute skeptisch nach oben zu seiner strahlenden Mutter. Und da war noch was. Delia hielt sich das Foto vors Gesicht. Ihr war nie aufgefallen, wie ähnlich sich die beiden sahen. Eine Blindheit, die damit zu tun haben musste, dass sie wie selbstverständlich davon ausgegangen war, dass er aussah wie sein Vater.

Er sieht aus wie du, sagte sie zu Monika, die auch jetzt noch so aussah wie er beziehungsweise er wie sie.

Ja klar, er ist ja auch mein Kind.

Ja klar, dachte Delia und gestand sich ein, dass sie an dieser Stelle nicht farbenblind gewesen war, sondern farbfehlgeleitet.

Genauer gesagt sieht er aus wie mein Vater, von dem haben wir unseren Zinken.

Monika drehte ihr das Profil zu. Bei ihr würde man die Nase als römisch bezeichnen, bei Mick als arabisch, obwohl beide aus dem Genpool des griesgrämigen alten Zimmermanns stammten.

Delia ging nach oben, wo Mick lag und mit den Zähnen knirschte. Als sie mit der zweiten Flasche Wein ins Wohnzimmer kam, stand Monika an der offenen Verandatür und rauchte. Die Fotos lagen ausgebreitet auf dem Tisch. Auch spätere Aufnahmen, die Mick selbst wohl niemandem gezeigt hätte. Ein wiederkehrender Albtraum fiel ihr ein. Sie sitzt in einem Konferenzraum, in dem ihre Mutter von Traum zu Traum wechselnden Anwesenden Dias zeigt, auf denen sie, Delia, nackt ist.

Hinterging sie Mick, wenn sie sich weiter seine Vergangenheit zeigen ließ? Ist doch nichts dabei, würde Monika sagen. Mit dem Gefühl, ihn zu beschützen, schob Delia die Fotos zusammen wie Spielkarten, ohne sie nochmals anzusehen.

Ich muss mit dem Hund raus, sagte sie.

Pass auf, sagte Monika und schloss das Fenster, ich mach mich mal auf die Socken und komme morgen wieder, dann ist er ja vielleicht in besserer Verfassung, was meinst du?

Hast du dir ein Hotel gebucht?

Nein, um Gottes willen, ich schlafe draußen bei Martha.

Micks Großtante Martha war 1986 gestorben und lebte weiter, indem sie Mick und Monika einen Bungalow hinterlassen hatte, eine bessere Gartenlaube, die sie nicht Datsche nannten, sondern *bei Martha*.

Das kommt überhaupt nicht infrage, dort erfrierst du doch, und es gibt Wildschweine, das geht gar nicht, du bleibst natürlich bei uns.

Ich komme mit der S-Bahn direkt dorthin, ich bin doch hier zu Hause, Mädchen.

Monikas Balanceakt zwischen Luxus und Anspruchslosigkeit – sie hatte nach einer Woche in einem Highend-Riad in Marrakesch den teuersten Lufthansa-Flug genommen und wollte jetzt in einer nach alter Luftmatratze riechenden Gartenhütte übernachten – erinnerte Delia an Mick. Es war dieser permanente Clash der Welten innerhalb einer Person, der sie so oft irritierte und dann wieder rührte.

Moni, das ist doch Schwachsinn, sagte sie und hörte sich selbst ein bisschen lallen, du schläfst hier.

Dann muss ich aber in die Badewanne.

Leicht schwankend stand Delia auf, fragte sich, ob sie das Bad aufräumen sollte, und entschied sich dagegen. Sei nicht so zwanghaft, alles okay, dachte sie und rief nach George.

Fühl dich wie zu Hause, sagte sie zu Monika und ging hinaus in die Kälte.

IRGENDWANN STAND GEORGE im Dämmerlicht vor seinem Bett und schaute ihn an. George, was geht ab, Alter, musste er hörbar gesagt haben, denn George stellte seine Ohren zu perfekten Dreiecken auf und wartete auf mehr. Action, Liebe, oder wenigstens Beachtung, aber Mick war zu schwach. Als er das nächste Mal erwachte, war es stockdunkel und er fragte sich, wie lange man liegen konnte, ohne auszutrocknen, wann man von den Bakterienstämmen, die sich in der Mundhöhle vermehrten, von innen zersetzt würde. In der Heizungsluft schienen kleine eiskalte Wölkchen zu schweben. Er war heiß, sein Gesicht war kalt. Und er hörte nichts außer Rohrgeräuschen, die auch aus seinem Kopf kommen konnten. Trotzdem wusste er, dass jemand da war, dass jemand unten bei Delia war.

Er starrte so lange an die Decke, bis das Schwarz zu einem grafitgrauen Nebel wurde, durch den er das Pendel sehen konnte. Es war ein Spiel, das er sich als Kind beigebracht hatte, inspiriert von Edgar Allan Poes Erzählung »Die Grube und das Pendel«. Der Trick bestand darin, die Angst nicht zu verdrängen, sondern das Licht auszulassen und so ausgiebig im selbsterschaffenen Horror zu baden, bis er als völlig erschöpfter Überlebender einschlafen konnte. Poes gefesselter Gefangener erkennt, dass es sich bei dem Pendel, das sich von der Decke auf ihn herabbewegt, um eine Sichel handelt, die ihn früher oder später durchtrennen wird. Das Pendel kommt ihm so nah, dass er das Metall riechen kann, was Mick als Kind so fasziniert hatte, dass auch er das Metall roch. Jetzt roch es merkwürdigerweise und indirekt nach Delia. Sein

Herz begann zu rasen. Hatte sein Geruchssinn bereits Aufgaben seines Gehörs übernommen? Oder war sie im Zimmer gewesen? Sie hätte ihm Wasser ans Bett stellen können. Er griff neben sich und warf eine Flasche um. Hatte sie.

Er trank, schlief und schnellte wieder nach oben. Der Refrain eines DDR-Kinderlieds war in ihm aufgepoppt: *Eins-zwei-drei-vier-fünf-sechs-sieben, alles dreht sich, nichts bleibt stehn, lasst uns fahren, lasst uns fliegen, Mond und Sterne zu besehn.* Streberhafte Kinderchorstimmen schmetterten es mehrmals nacheinander in seinem Kopf. Der Rest des Liedes war von seiner Festplatte gelöscht worden, wie bis zu diesem Moment eigentlich auch dieser Refrain, eigenartig.

Vermutlich hatte er geträumt. Delias Besuch machte ihn zu einem Gefangenen. Unten war jemand, und er konnte nicht dorthin, wo es Nahrung gab, Licht, Fernsehen und Delia, die er seit seinem Unfall so sehr vermisste, als wäre sie verschwunden.

MAN WEISS ZU jedem Zeitpunkt alles, dachte Delia später. Der Wein hatte sie nicht benebelt, er hatte sie in eine seismografische Stimmung versetzt, die ihr ankündigte, dass etwas Ungutes im Anzug war. Wie paralysiert folgte sie George durch die Straße, starrte auf sein Hinterteil, als wäre das schwarze Loch unter seinem aufgestellten Schwanz ein Hypnosepunkt. George blieb stehen, legte den Kopf schräg. Alles okay?, schien er zu fragen. Nein, irgendwie ist gar nichts okay, dachte Delia, hob einen nassen Stock auf und warf ihn. Was wissen wir denn schon? Dass die Computer weiterliefen, hieß nicht, dass sich nichts ändern würde. Im Gegenteil. Es zeigte nur, dass an *dieser* Stelle falscher Alarm geherrscht hatte. Sie hatte schweißkalte Hände und einen Aufruhr in ihren Verdauungsorganen, der sich anfühlte wie vor ihren schlimmsten Prüfungen. Sie stand im Blinklicht eines Hauses, dessen Bewohner die Weihnachtssaison mit einer Las-Vegas-Beleuchtung feierten. Wie halten die das dort drinnen aus?, fragte sie sich. Sie pfiff nach George, ging mit dem enttäuschten Tier zurück nach Hause und holte sich selbst eine Enttäuschung ab, an der sie jahrelang zu kauen hatte.

Direktheit war Monikas Stärke.

Du, sag mal, rief es sofort aus dem Bad, als Delia ins Haus kam und George abtrocknete.

Hat Mick seine Vasektomie rückgängig machen lassen?

Delia ließ Georges Vorderpfote los, richtete sich auf und sah sich selbst in ihrem Garderobenspiegel: eine Person in einer

Überraschungsshow, deren Gesichtszüge gefrieren, während ihr Hirn die soeben erhaltene Information partout nicht verarbeiten will.

Monika erschien in Micks Bademantel im Türrahmen, öffnete ihren Handtuchturban. In Zeitlupe zog Delia sich die Mütze vom Kopf, ihre Haare knisterten. Sie lächelten sich an.

Na ja, hörte Delia sich sagen.

Monika ging zurück ins Bad, bürstete sich hörbar das Haar und redete weiter.

Entschuldige bitte, aber euer Kinderwunsch springt einen im Bad förmlich an. Finde ich ja gut. Ich fand das ja sowieso völlig überstürzt. Was weißt du denn, in deinem Alter, habe ich zu ihm gesagt. Es kann doch nicht so schwer sein zu verhüten, zumindest ist es einfacher, als sich erst sterilisieren zu lassen und es dann wieder rückgängig machen zu lassen, wenn man doch ein Kind will. Aber wenn's geklappt hat: umso besser.

Monika erschien wieder in der Tür.

Jaja, der Mick, sagte Delia und brauchte ihre gesamte Kraft, um ihren Blick von Georges Rücken zu lösen.

Ich bin fertig, musst du hier rein? Dann schau ich jetzt mal nach ihm.

Oh? Ja. Klar. Danke.

So leise wie möglich drehte sie den Schlüssel, als wäre das Abschließen eine Unhöflichkeit Monika gegenüber. Mit dem Mantelärmel wischte sie den letzten Dunst vom Spiegel und hatte einen dieser Momente, in denen man sich selbst nicht nur betrachten, sondern sehen kann. Ich bin dreiunddreißig, noch, und mir geht es heute nicht so gut, aber bald wird es mir fantastisch gehen, dachte sie, als sie sich direkt in die Augen schaute. Sie wünschte sich, sie könnte das Weinen so einfach hervorrufen wie früher das Kotzen. Einfach so, raus damit. Der Körperfunktion einen Befehl geben und sich damit Erleichterung verschaffen.

Stattdessen fühlte ihr Kiefer sich an, als stecke er in einer Stahlklammer, und sie konnte nichts tun, außer ein paar Mal hart zu schlucken und sich zu fragen, wie sie aussah, obwohl das im Moment irrelevant war. Sie zwang sich, sich wieder in die Augen zu schauen. Es ist besser, ich erfahre es jetzt als später, sagte sie sich. Ich schaffe das. Ich habe ein paar Jahre verloren, aber ich habe noch sechs Jahre, bis ich vierzig werde. Gute sechs Jahre. Und die beginnen heute.

ALSO, SAGTE MICK, nachdem sie Monika zum Bahnhof gebracht hatten und nach einer schweigenden Fahrt zu Hause ankamen, wo Delia sich sofort ins Wohnzimmer setzte und ihn nicht aus den Augen ließ, was bedeutete, dass sie ihm keinen Aufschub gewährte. Dass jetzt geredet wurde.

Ich wollte nie Kinder, sagte er und hörte sich selbst in Mono wie früher nach dem Schwimmen, nur schlimmer, weil es sich so endgültig anfühlte.

Sie saß auf dem Sofa, er in vorsichtigem Abstand in einem Sessel, in dem er sonst nie saß. Sie schaute auf den Teppich, als würde sie ihn lesen, dann wieder direkt in sein Gesicht.

Tut mir leid, ist so, sagte er. Reichte das?

Es reichte nicht, sonst würde sie wenigstens nicken.

Vielleicht liegt es ja daran, dass ich selbst ein Unfall war.

Siehst du das so?

Es war so. Das würde Monika so jetzt nicht sagen, aber: Studentin wird mit zweiundzwanzig schwanger und ist allein. Das hört sich nicht wirklich nach einem Masterplan an, oder?

Sie zuckte die Schultern: Sie hat sich für dich entschieden, und so wie es aussieht, hat sie das nie bereut.

Sie musterte ihn prüfend, und er hatte dieses Tribunalgehabe plötzlich satt.

Meinst du, sie fand es toll, alles allein zu machen? Meinst du, es ist nicht einsam, wenn dein einziger Ansprechpartner ein Dreijähriger ist?

Das Alleinsein seiner Mutter, über das er nie zuvor nachgedacht hatte, von dem er nicht einmal wusste, ob Monika es so erlebt hatte, machte ihn plötzlich kreuzunglücklich.

Kinder sind Spießer, weißt du. Kinder brauchen Ordnung und keine Ausnahmezustände, Kinder wollen sein wie der Durchschnitt, weil es nämlich anstrengend ist, der Freak vom Dienst zu sein.

Ja, ich habe es kapiert. Du bist der einzige Mensch auf der Welt, der nicht in der Rama-Familie aufgewachsen ist. Heul doch!

Er wollte heulen und er wollte ins Bett. Mit einer Pizza und einem Film.

Würdest du anders denken, wenn dein Vater da gewesen wäre?

Weiß ich nicht. Kann sein.

Ich wusste nicht, dass du deine Kindheit so negativ siehst. Außerdem: Jeder Idiot setzt Kinder in die Welt, jeder Asi, jeder Trinker, jeder Schläger.

Was gehen die uns an? Ich kann das nicht. Oder ich will das nicht, was aufs Gleiche hinausläuft.

Und es war nicht so, dass du einfach nur unbeschwert in der Gegend herumvögeln wolltest?

Er verschränkte die Arme. Scheißfrage, Gegenfrage: Was willst du eigentlich mit einem Kind?

Sie schaute ihn böse an.

Was ist das für eine Frage?

Siehst du, du weißt es nicht.

So, ihre Stimme wurde schrill, diesen Teil der Diskussion sparen wir uns. Du wirst mir jetzt nicht vorwerfen, dass ich eine Egoistin bin, weil ich ein Kind will, während du die Welt vor Überbevölkerung rettest. Vergiss es.

Gut, sagte er, es geht nicht um die Welt, es geht um mich. Ich bin froh, wenn ich mein Leben halbwegs selbst auf die Reihe kriege. Reicht das?

Okay, sagte sie heiser, wann?

Was?

Wann hast du das gemacht?

Als du in den Staaten warst.

Sie nickte und hatte endlich etwas gefunden auf dem Teppich. Eine Fluse, die sie ärgerlich aufhob, dann sah sie ihm wieder ins Gesicht.

Du gehst nie zum Arzt, man muss dich praktisch zum Zahnarzt tragen, und dann lässt du dir freiwillig die Samenleiter durchtrennen?

Es hörte sich so ungeheuerlich an, dass er sich die Hand in den Schritt legte, was ihn umgehend so sehr beruhigte, dass er sich die Hand am liebsten in die Hose gesteckt hätte. Was wäre, fragte er sich, wenn wir jetzt einfach vögeln würden? Der beste Exit aus diesem Verhör wäre das. Delias Gesicht glühte wie eine Infrarotlampe. Gedämpft und in Mono hörte er sie schreien, und seine Geilheit klang ab.

Und du lässt dich nicht nur unfruchtbar machen, was ich übrigens nicht fassen kann bei jemandem, der praktisch ein sprechender Schwanz ist, sondern du schaust mir auch noch jahrelang dabei zu, wie ich mich mit Hormonen vollstopfe, diesen ganzen Plunder anschaffe, quasi mein ganzes Leben meinem Scheißzyklus unterordne und von Arzt zu Arzt renne, weil ich mal wieder davon ausgehe, dass es an mir liegt. Die Ex-Essgestörte hat ihren Körper so lange malträtiert, dass sie nun unfruchtbar ist. Weißt du, wie schrecklich das für mich war?

Nein, wusste er nicht. Sprechender Schwanz? So also sah sie ihn?

Nein, denn davon hast du mir nichts gesagt. Jetzt bleib mal auf dem Teppich, Baby, und hör auf mit diesem Märtyrerquatsch!

Er hatte es gewusst, obwohl er es lieber nicht gewusst hätte. Dennoch: Das Wort *Kind* war konkret nie gefallen.

Hättest du mir eher gesagt, dass du so dringend ein Kind willst, dann hätten wir darüber geredet. Aber so …

Die Mick-Methode der Schuldabwälzung war unerträglich für andere, das wusste er und konnte es nicht lassen. Sie würde ihn jetzt hassen.

Stattdessen versuchst du still und heimlich schwanger zu werden und flippst dann komplett aus, wenn du feststellst, dass du hier ausnahmsweise mal nicht bekommst, was du willst? Es geht hier nicht um Gefühle, es geht um Kontrolle.

Hatte er recht? Hatte er. Weiter.

Du planst ohne mich eine Familie, in der ich dann der Papi sein soll, Delia? Wer bin ich denn? Dein Zuchthengst?

Du bist ekelhaft.

Ja, sie musste ihn hassen, aber er konnte nicht aufhören.

Der große schwarze Zuchthengst, genau. Du bist das Brain, ich habe den Körper, so ist es doch. Das ist rassistisch und mies. Und deshalb hast du es auch verdient, dass der sprechende Schwanz nicht nach deiner Pfeife tanzt. Pech gehabt.

Er rechnete mit einem Schlag ins Gesicht, aber sie stand auf und ging mit wackligen Schritten zum Sideboard. So wacklig, dass er gern aufgestanden wäre und sie in den Arm genommen hätte.

Sie zog eine Flasche Cognac aus einem der Weihnachtspräsentkörbe der Kanzlei und hielt sie ihm hin, fragte ihn mit den Augenbrauen, ob er dabei wäre, und er nickte. Bitte lass uns besaufen und beruhigen, dachte er.

Sie reichte ihm einen großzügig eingeschenkten Cognacschwenker.

Schöne Gläser, von wem sind die?

Lenk nicht ab. Sie legte den Kopf in den Nacken und kippte den Cognac.

Babys hin oder her – du hättest es mir nie gesagt, oder?

Ich hätte es dir schon irgendwann gesagt, aber ich fand es nicht so wichtig. Frauen verhüten schließlich auch und entscheiden das allein. Ich fand, dass wir so eine Sorge weniger hatten.

Sorge weniger, echote sie. Sie schauten sich an. Egal, was los gewesen war, und es war einiges los gewesen, sein Lächeln hatte sie immer erwidert. Jetzt nicht mehr.

Ist dir nicht aufgefallen, dass ich eine Wampe bekommen habe?, fragte sie. Wie kam sie jetzt darauf? Sie zog ihren Pulli hoch.

Hormonnebenwirkung. Es war dir egal, oder?

Er nahm ihre Hand, zog sie zu sich heran und streichelte ihren Bauch. Ja, er war rund, und ja, es war ihm egal. Er liebte sie, wie sie war, was sich jetzt nach einer Plattitüde anhören würde. Stattdessen legte er sein Ohr an ihren Bauchnabel, es sollte eine liebevolle Geste sein, doch leider war es der Trigger, der sie ausrasten ließ. Sie stieß ihn nach hinten, kniete sich auf ihn, überzog ihn mit flatternden Ohrfeigen, so wie sie ihn früher mit Küssen überhäuft hatte. Hey, rief er, denn sie auf ihm, das bedeutete Spiel oder Sex, doch jetzt schien ein Dämon in sie gefahren zu sein, der eine Tirade auf Mick herabprasseln ließ, so grotesk, dass er sich selbst ungläubig lachen hörte.

Denn Delia, verbal immer vornehm, bezeichnete andere Frauen nicht als Drecksfotzen. Sie sagte nicht ficken, jedenfalls nicht in dieser Frequenz. Sie bezeichnete sich selbst nicht als die mit Abstand dämlichste Alte des Planeten, die so strunzdumm gewesen war, dass sie allein zu Hause auf ihren verkackten Eisprung wartete, und sie würde *ihn* niemals ein verlogenes Stück Scheiße nennen, das sich, auch das konnte nicht Delia sein, gefälligst verpissen sollte, sofort!

Er griff ihre Handgelenke. Delia? Ich bin's doch, rief er, als wäre er ein Exorzist, der die liebe Seele im tobenden Dämon versucht zu erreichen. Sie schaute ihn nicht an, drehte ihr rotes Gesicht zur Seite. Leise plapperte er auf sie ein:

Delia, wir kriegen das hin. Ich entschuldige mich, dass ich nichts gesagt habe, und ich erkundige mich, was ich jetzt machen kann. Man kann das rückgängig machen. Okay?

Ich war so blöd, sagte sie ungläubig und stieg von ihm ab wie nach einem verlorenen Pferderennen. Mit zusammengekniffenen Lippen und aufgerissenen Augen ging sie wieder zum Sideboard und fummelte mit zitternden Händen an den Weihnachtsgeschenken herum. Sie verkniff sich das Weinen, warum?

Ich liebe dich, sagte er in ihren Rücken. Der Satz hing im Raum, zwischen den anderen, die nicht hätten fallen dürfen, und erreichte sie nicht. Er war zu schwach, zu neu. In seiner Reinform hatte er ihn nie vorher ausgesprochen.

ES KLANG SO blöd, wie es auch war: Er verliebte sich in sie, weil sie nicht mehr wollte. Es ist zu spät, sagte Delia immer wieder, in allen möglichen Tonfällen. Es hätte eine Juristenmasche sein können: Sie drohte den schlimmsten Fall an, um ihre Verhandlungsposition zu stärken. Doch Delia wollte nicht mehr verhandeln. So überzeugt, wie sie jahrelang von ihm gewesen war, so überzeugt war sie jetzt von ihrem *zu spät*.

Er war pleite. Er war krank. Nichts, was er derzeit tat, wies auf eine strahlende Zukunft hin. All das war egal gewesen, solange ihn Delia auf ihre unerschütterliche, bedingungslose Art geliebt hatte. Bedingungslos, was für ein großes Wort. Ein Wort für Götter, nicht für Menschen. Er war zeugungsunfähig, und so wie es aussah, war das ihre einzige Bedingung gewesen. Vermutlich hätte er mit allem anderen so weitermachen können wie bisher, solange er sie nicht verriet. Und jetzt brauchte sie etwas, was er nicht zu bieten hatte. Zum ersten Mal in seinem Leben tauchte die Frage auf, was er denn zu bieten hatte.

War dieser Zustand irgendwie reparabel? Er wusste es nicht. In seiner Verzweiflung erledigte er all die Dinge, die sie sich seit Monaten, vielleicht Jahren wünschte, er reparierte und besorgte irgendwelchen Kram, der das Haus verschönerte, und sah sich selbst dabei zu, wie er zu einem drögen Handlanger mutierte.

Delia arbeitete noch mehr als sonst und ging ihm aus dem Weg. Dass sie ihn nicht rausschmiss, hatte er vermutlich ihrem hohen Anspruch an sich selbst zu verdanken. Fairness und Anstand verboten es, ihren langjährigen Gefährten auf die Straße zu setzen.

Er befürchtete, dass ihr eine Freundschaft vorschwebte. Die er zu einem anderen Zeitpunkt gern akzeptiert hätte, die ihm jedoch jetzt vorkam wie eine geringfügige Abmilderung der Höchststrafe.

Die Situation erinnerte ihn an seine Jugend. Keine Sperenzchen mehr, hieß es. Noch ein Ding und du fliegst, hieß es. Es kann doch nicht so schwer sein, mal ein paar Wochen nicht negativ aufzufallen. Doch, war es. Delia sagte nichts dergleichen. Seine neue Treue und Häuslichkeit würde sie ihm trotzdem nicht hoch anrechnen, von einem praktisch bewegungsunfähigen Mann erwartete man nichts anderes. Die unausgesprochene Vereinbarung schien zu sein, dass sie sich in Ruhe ließen, bis es ihm besserging. Ein Stillstand, den der Rest der Welt jedoch nicht interessierte.

Jahrelang war er diskret gewesen. Jahrelang war Delia über alles hinweggegangen. Und ausgerechnet jetzt tauchte diese Frau bei ihm auf, die der Meinung war, Mick und sie wären ein Paar. Delia öffnete ihr die Tür und ließ sie herein, Mick tat ahnungslos, was keine der beiden so hinnehmen konnte. Die hartnäckige Liebhaberin, deren Name ihm nicht einfiel, forderte eine Erklärung, und Delia, die eine Erklärung fordern könnte, ging mit dem Hund an ihnen vorbei nach draußen.

Die Frau war auf eine undezente Art wirklich hübsch. Alles an ihr war groß. Große Augen, fast obszön großer, hochglanzlackierter Mund. Mit ihrem Glitzertop unter einem weißen Ledermantel und ihrer hellblonden Kurzhaarfrisur, die um ihr gebräuntes Gesicht herumstand, sah sie aus, als käme sie direkt aus einer sogenannten Edeldisco. Großzügig hatte sie sich mit einem Sommerduft eingesprüht. Eine Sonnenblume im Januar. Wo warst du, fragte sie ihn mehrmals hintereinander und so ernsthaft aufgebracht, dass er sich hinsetzen musste. Wo sollte er gewesen sein? Er war hier gewesen, wo er unübersehbar mit seiner Partnerin zusammenlebte. Und diese Frau stand auf Delias Teppich und machte ihm eine

Szene. Mit gespreizten Fingern fuhr sie sich immer wieder durch die Haare, die irgendwie keinesfalls am Kopf anliegen durften, und er erinnerte sich an diese Geste. Ihr Name blieb verschollen, aber das Wochenende mit ihr tauchte wieder auf. Ein schönes Wochenende, das in einer Donnerstagnacht begonnen und an einem Sonntagmittag am See geendet hatte. Die Bootsverleihsaison war schon vorüber, die Boote lagen noch da. Mick hatte eine Vergangenheit als Ruderer. Die Sonne spiegelte sich in ihren Sonnenbrillen. Dieses Nachglühen, das der Oktober manchmal noch spendierte, unverhofft und mit dieser anbetungswürdig tiefstehenden Sonne, es war ein Geschenk, das man unter keinen Umständen ablehnen durfte, bevor man in Dunkelheit und Kälte versank. Und diese Frau hier, die ihn missverstanden haben musste, war dabei gewesen. Heiter war alles gewesen und psychedelisch, wenn er sich richtig erinnerte, und flüchtig, aber in diesem Punkt hatte er sich wohl getäuscht.

Bevor ich nach Gran Canaria geflogen bin, hast du gesagt, dass wir danach telefonieren.

Bevor und danach bildeten Zeiteinheiten in Micks Kopf, die ihn fast wieder in einen psychedelischen Zustand versetzten: Wann? An ein Gespräch mit dem Thema Gran Canaria erinnerte er sich nicht.

Und dann hast du gesagt, dass du mich zurückrufst, wenn der Stress vorbei ist. Das ist jetzt fast fünf Wochen her.

Welcher Stress?, fragte Mick unbeabsichtigt.

Das weiß ich doch nicht. Ich dachte mir so, ich lass dich mal, wir sind ja erwachsen, du meldest dich dann schon.

Sorry.

Diese Frau musste weg, bevor Delia mit George zurückkam. Sie blinzelte ihm aufmunternd zu, als würde sich gleich alles aufklären, jetzt wo sie ihn endlich gefunden hatte.

Was, ähm, wollten wir denn machen?

Das fragst du mich jetzt nicht ernsthaft? Also unter anderem wollten wir Silvester zusammen feiern.

Ich hatte einen Unfall.

Ja, das hat mir dann zum Glück Fabian erzählt. Deshalb war ich auch nicht mehr sauer. Geht's dir besser?

Hör mal, sagte er, du hast da was falsch verstanden, wir sind kein Paar oder so was.

Das hättest du mir auch am Telefon sagen können.

Stimmt, dachte er, wenn ich gewusst hätte, dass irgendwo eine Frau sitzt, die wochenlang auf ihr Telefon starrt, hätte ich eine SMS geschrieben. Eventuell.

Sorry, wiederholte er.

Er hatte ihr nicht nur Dinge versprochen, er hatte offenbar auch ihr Ladegerät, das er in seinem Schreibtisch suchte, bis er ihr schließlich seines mitgab. Und er schuldete ihr Geld, so fünfzig oder hundert Mark, aber das könnten sie jetzt auch einfach vergessen, sagte sie. Er ging in die Küche, wo der Briefumschlag mit seinem Anteil am Umsatz der Bar lag, den ihm Andi, Fabians neuer Adlatus, gestern vorbeigebracht hatte, und drückte ihr fünf Zwanziger in die Hand. Dann brachte er sie zur Tür, wo sie nochmals versuchte, diese Paaratmosphäre herzustellen, Paar mit Problemen zwar, aber Paar.

Also, du rufst mich dann an, wenn es dir wieder bessergeht, und dann schauen wir mal, okay?

Er antwortete nicht mehr, denn das würde eine neue Verbindlichkeit mit Wartezeit und Telefontermin aus ihm herauspressen.

Werd schnell gesund, ja? Was hast du eigentlich?

Das ist jetzt zu komplex.

Na ja, jedenfalls gute Besserung.

Ja. Danke. Tschüss.

Nicht nett, aber unzweideutig, hoffte er.

Sie war schon draußen, als sie in ihre Manteltasche griff und ihm ein kleines Päckchen reichte. Eindeutig ein Tape.

Hier, da haben wir drüber geredet. Falls du dich erinnerst.

Hör ich mir an, sagte er.

LoveMixxx stand auf dem Tape, das er sofort in den Müll warf. Die längst vergessene Sonnenblume hatte es doch noch geschafft, sich unvergesslich zu machen, mit dieser Abschiedsszene, die so bizarr war, dass er den Impuls verspürte, sie sofort weiterzuerzählen, doch sie war auch so traurig, dass er diese Frau nicht noch verhöhnen durfte. Sie hatte wirklich ein verdammt schlechtes Timing gehabt, genau wie er.

Als Delia zurückkam, hätte er sie am liebsten an den Oberarmen gepackt und ihr diesen unerträglich amüsierten Ausdruck aus dem Gesicht geschüttelt. Ja, er war schuld und sie war perfekt. Andererseits, und das konnte er in diesem Moment leider nicht als Argument geltend machen: War es nicht ein Wunder, dass in all diesen Jahren nur ein einziges Mal eine Frau bei ihm aufgetaucht war? Was bedeutete das? Dass er sich eindeutig als liierter Mann dargestellt hatte? Hatte er nicht. Dass er als Liebhaber die Qualität einer Eintagsfliege hatte? Auf keinen Fall.

Delia riss demonstrativ die Fenster auf und vertrieb die künstliche Sommerfrische. Er ging wortlos in den Keller und beizte weiter an einem alten Sekretär herum, der zu seinen Besänftigungsgeschenken für Delia gehören sollte. Er hörte sie ins Telefon lachen, schallend, unendlich vergnügt. Sie revitalisierte ihren alten Freundeskreis. Grübelnd stand Mick im Lösungsmitteldunst. Die Tatsache, dass all diese Frauen ihn nach spätestens zwei vergeblichen Textnachrichten in Ruhe gelassen hatten, bewies ihren guten Stil. Falls sie sich mehr erhofft haben sollten, dann hatten sie diese Niederlage mit Grandezza getragen. Das würdelose Verhalten von Madame LoveMixxx ließ ihre taktvollen Schwestern in einem neuen Licht erstrahlen. Danke, Ladys.

Er hatte Fabians Anrufe ignoriert, bis dieser unglückselige Three Night Stand bei ihm aufgetaucht war. Nun rief er ihn zurück und biss sich an seiner Indiskretion fest. Ihn anzuschreien war eine Wohltat.

Sag mal, bist du komplett irre, der Tusse meine Adresse zu geben?

Es hat sich dringend angehört, und du bist nicht ans Telefon gegangen.

Ich fasse es nicht! Hast du auch mal an Delia gedacht?

Klar habe ich das. Und du?

Arschloch.

Dito.

Alter, das geht gar nicht, sagte Mick, der sich nun endgültig im Recht fühlte. Fabian blieb unbeeindruckt.

Es hat sich noch jemand gemeldet. Aus London. Liz? Lynn?

Wer? London? Shit, das fehlte noch.

Fabian, wenn du nicht aufhörst mit dem Scheiß, bin ich draußen.

Fabian lachte sein despektierliches Tsssssss-Lachen und begann wieder mit dem leidigen Thema Steuerschulden, mit den Ratschlägen, die sein Steuerberater ihm gegeben hatte, mit der Frage, wie man nun am besten vorgehen sollte, mit der Frage, wann Mick sich wieder in der Lage sähe, im Laden aufzutauchen, mit der Frage, wie er sich eine Rückzahlung vorstelle und was er davon halte, wenn sie erst einmal alles in eine GmbH umwandelten, um dann endlich legale Umsätze machen zu können.

Mick war nicht verhandlungsfähig. Während Chris tatsächlich in Thailand war. Schlauer Chris. Mick vermisste ihn sehr.

Fabian, das geht alles gar nicht, sagte er vorwurfsvoll und wusste selbst nicht, was er damit meinte. Die Tussi? Die Schulden? Fabian? Alles eben.

Und er musste sich später eingestehen, dass er sich in diesem Moment wieder einmal für den Weg des geringsten Widerstands entschied, den Fabian ihm allerdings auch bereitwillig aufzeigte, denn Fabian war ein Geschäftsmann, und Geschäftsmänner interessieren sich für Leute, mit denen sich Geschäfte machen lassen.

Mick, dem das Wasser in jeder Hinsicht bis zum Hals stand, war es jedenfalls recht, dass der beherrschte Fabian irgendwann die Nerven verlor und schrie, dann sei er eben draußen.

Super, dann habe ich keine Schulden mehr.

Wenn du meinst.

Fabian, du kannst doch gar nicht mit Partnern arbeiten. Du brauchst Leute, die du rumkommandieren kannst. Und die musst du dann eben bezahlen.

Mache ich auch. Und das klappt besser als mit meinen sogenannten Partnern, von denen einer dringend schnorcheln muss und der andere nicht ans Telefon geht und dann plötzlich doch sprechen kann, obwohl er offiziell nichts mehr hört.

Aggressiv schwieg Mick ins Telefon. Der Club war seine Einnahmequelle. Als Teil einer GmbH wäre er zwar erstmals Teil der offiziellen Geschäftswelt, hätte aber auch offiziell Schulden. Ginge es nach ihm, würde der beflissene Andi ihm nach wie vor das Bargeld aus der Bar vorbeibringen, während sich um die Altlasten und den Amtskram ausschließlich Fabian kümmerte. Ein Geschäftsmodell, das er Fabian aufgrund seiner offensichtlichen Dreistigkeit schlecht unterbreiten konnte.

Mick? Bist du noch da?

Er schwieg weiter. Er war bereits, was er sein wollte: stiller Teilhaber.

Ich mache dir einen Vorschlag. Ich wupp den Laden hier alleine bis zum Frühjahr. Und dann sehen wir weiter. Okay?

Und mein Anteil?

Welcher Anteil? Der an den fünfhunderttausend Mark Schulden?

Es hatte keinen Sinn. Es war keine Entscheidung zwischen Pest oder Cholera, es war eine Entscheidung zwischen Pest *und* Cholera oder nichts. Er nahm nichts. Und legte auf.

AUS GRÜNDEN DER Buße, und weil er den Club mied, verkündete er den Verzicht auf seinen Geburtstag. Keine Party. Ein Opfer, das Delia ihm früher versucht hätte auszureden, doch nun zuckte sie nur mit den Schultern.

Sie buk einen Kuchen, den sie ihm morgens in die Küche stellte und der ihn so traurig machte, dass er eine Stunde mit dem Auto herumfuhr, um ein Café zu finden, das ihn nicht noch trauriger machte. Er frühstückte allein, blätterte in Magazinen und fühlte sich wie Léon, der Profi.

Für den Abend hatte Delia ein paar Freunde in ein Restaurant eingeladen, ein Gnadenakt. Wie eine Mutter, die ihrem unbeliebten Sohn Spielkameraden kauft, dachte er. Sie trank viel und unterhielt sich mit Fabian, was passte: Natürlich interessierten Fabian rechtliche Fragen. Natürlich interessierten Delia die Ansichten eines Entrepreneurs. Und so hatte Mick an seinem dreißigsten Geburtstag das frustrierende Gefühl, gemocht, aber nicht ernst genommen zu werden.

Seine anderen Gäste benahmen sich wie immer. Also stürzte er sich auf sie, zückte sein Telefon und bestellte mehr von ihnen. Dings und Soundso sollten schnellstens ins Taxi springen und hierherkommen. Die und die und der und die, die mit dem zusammen war, wo sind die? Unterwegs? Super! Dann konnten alle gemeinsam ihre Telefone zücken und ihre Dealer bestellen, der schnellste würde den Zuschlag erhalten. Hier ging es nicht um Kleinkram, sondern um eine sogenannte Sause, Mick wurde dreißig. Wie war er auf die Idee gekommen, das nicht feiern zu wollen? Die lähmende Frage nach seinen Kompetenzen verstummte. Er machte wieder, was er konnte, während Fabian und Delia tiefer in ihren Vernunftstalk versanken und weiter Wein bestellten. Sie wollte ihn nicht eifersüchtig machen, über dieses Stadium war sie seit Jahren hinaus, wie er bedauernd feststellte. So, wie sie sich hier gab, war sie. Sie orientierte sich neu und duldete ihn als Überbleibsel einer vergangenen Phase. Und hoffentlich fiel ihr jetzt nicht auch noch auf, wie gut Fabian aussah. Unter dieser Gedankenlast Kokain zu nehmen war keine gute Idee. Doch der Anlass, seine Gäste, die soeben eingetroffene Ware und die entspannte Großzügigkeit der italienischen Gastronomen, die so taten, als gehöre der Ansturm auf ihre Behindertentoilette zum normalen Restaurantbetrieb, verboten es ihm, Nein zu sagen. Also: *big time!*

Nach alter Koksermanier hatte er kurz das Gefühl, seine Beschwerden würden besser. Selbst seine Gleichgewichtsstörung schien verschwunden zu sein. Er stieg auf einen Stuhl und hielt eine Rede. Delia schaute lachend zu ihm hoch. So kannte sie ihn, und jahrelang wollte sie ihn auch so. Auch jetzt freute sie sich wirklich für ihn, das hatte sie immer gekonnt. Sie war das Beste, was ihm je passiert war.

Dann schenkte sie sich Wein nach und wendete sich wieder Fabian zu. So warmherzig und interessiert, dass Mick kurz glaubte, er müsse zerspringen. Ein gegröltes Ständchen rettete ihn, noch mehr Leute kamen herein, brachten Kälte von draußen und Krempelgeschenke von der Tankstelle mit und überschütteten ihn mit ihrer Zuneigung. Das Restaurant war irgendwann leer bis auf die beiden letzten Tische, seinen und den einer Gruppe entfernter Bekannter, die ruckzuck zu Freunden wurden. Früher wäre es einer dieser Abende gewesen, die in einem Restaurant beginnen und in einem Club enden, dieser Abend endete für Mick dort, wo er begonnen hatte. Immerhin drehten die Italiener den Sound auf und eröffneten ein *friendly fire* mit Grappa, ihrer gefährlichsten Waffe. Und dann übernahm Fabian die Rechnung. Der Club machte seinem Mitbegründer ein Abschiedsgeschenk. Mick war zu losgelöst, um über die Bedeutung dieser Geste nachzudenken. Mick war zu pleite, um diese Einladung auszuschlagen. Mick wollte glauben, es könnte doch so weitergehen wie bisher.

Draußen im Graupelschauer, um sie herum torkelte man davon, suchte nach Autoschlüsseln, krakeelte ein bisschen und küsste sich zum Abschied, gab Fabian ihm einen dicken Briefumschlag. Er steckte ihn in seine Jacke und umarmte Fabian. Er hatte ihn nie zuvor umarmt, was diese Geste mit so viel Bedeutung auflud, dass er fast weinen musste. Fabians kaltes Ohr an seinem, wusste er, dass es das gewesen war mit den drei Jungs vom Benetton-Plakat.

Halt die Ohren steif, Dicker, sagte Fabian, dann steckte er die Hände in die Taschen und ging eilig durch die kalte Nacht davon, ohne sich noch einmal umzuschauen.

Wieso hatte er mit einem gefütterten Umschlag voller Bargeld gerechnet? Weil er ein Optimist war. Auf dem Umschlag stand sein Vorname mit dem falschen Nachnamen Buttmann, die Adresse des Clubs, der Absender war Lynn. Lynn Bishop. London-Lynn. Er hatte sie nie wiedergesehen oder gesprochen, aber er war trotzdem mit ihr in Verbindung geblieben, auf seine Art. Auch Lynn gehörte zu den Beziehungen, die Mick nicht mit anderen teilte. Hier kannst du sehen, was ich tagsüber so mache, hatte die in seiner Erinnerung immer lachende Lynn ihm zum Abschied gesagt und ihm einen Stapel Musikmagazine mitgegeben. Und er hatte sich tatsächlich angeschaut, was sie so machte. Sie schrieb die besten Plattenkritiken, die er je gelesen hatte.

Mick konnte das beurteilen, nicht nur als Leser, auch als Schreiber. Sein anspruchsvollster und am schlechtesten bezahlter Nebenjob war es, Plattenkritiken für Musikmagazine zu schreiben.

Er war meinungsstark und eloquent, schriftlich aber langsam, was die mickrigen Honorare zwar nochmals dezimierte, ihm aber egal sein konnte, weil er vom Bargeldfluss der Bar lebte. Außerdem wollte er den schönen Nebeneffekt, mit Platten und CDs bemustert zu werden, nicht missen. Als er dann Lynns Texte las, übersetzte er sie und verwendete sie für andere, aktuellere Platten. Es war kein Vorsatz, es war eher Affekt. Dieser Stoff war zu gut, um nicht weiterverwertet zu werden. Fortan abonnierte er die englischen Magazine und modifizierte Lynns Kritiken für ähnlich klingende Neuerscheinungen, und es klang ziemlich viel ähnlich. Dann noch der Feinschliff, Namen, Daten, Vorgängerplatten anpassen, fertig, super geworden, ab damit. Die Redakteure fanden seinen neuen Stil großartig. Unfassbar witzige Überschriften, lustige Hymnen auf die guten Platten, noch lustigere Verrisse für die schlechten, schneidend wie Speedkristalle, einfach der Hammer. Ja, Lynns Plattenkritiken verschafften Mick einen Ruf als Musikjournalist.

Die Sorge, bei irgendwas erwischt zu werden, war so immanent in Micks Leben, dass es auf diese eine mehr nicht ankam. Plattenkritiken wurden sehr wichtig genommen, es schien jedoch, als würde niemand die Kritiken der verschiedenen Magazine miteinander vergleichen. Wobei einem auch erst einmal auffallen musste, dass man einen Text in einem deutschen Musikmagazin ein paar Monate zuvor schon mal auf Englisch in einem anderen Zusammenhang gelesen hatte. Briten lasen sowieso keine deutschen Magazine. Deutsche lasen britische Magazine, aber womöglich blätterten sie sie eher durch und legten sie sich dann aufs Klo, als Beleg für einen Trendsetterhaushalt. Es war das Internet, das ihm nicht geheuer war, irgendwann würde man alles auf Websites stellen. Hinzu kam, dass seine Aufmerksamkeitsspanne kurz war. Übersetzung hin oder her, seine Zeit und seine Geduld reichten nicht mehr für die Schreiberei, die sich zum Ende hin mehr und mehr nach einer Hausaufgabe anfühlte. Anfang des Jahres hatte er sein Gastspiel als Undergroundstarschreiber nach fast sechs Jahren beendet. Offenbar zu spät.

Denn: Was sonst sollte Lynn jetzt von ihm wollen? Plötzlich erschien es ihm völlig logisch, dass man ihn erwischt haben musste. Irgendein Superchecker las immer alles, vielleicht war es auch der Presseperson einer Plattenfirma aufgefallen, als sie die Reviews abheftete. Der Umschlag war gefüttert und dick. Lynn könnte ihm eine Plagiatsklage plus Beweismaterial geschickt haben. Geistiges Eigentum war Delias Spezialgebiet, doch selbst Mick war klar, dass er diesen Gedanken besser nicht weiterdachte. Eine Klage aus London passte so gut ins Gesamtbild, dass er den Umschlag stattdessen ungeöffnet in seinen Karton mit der Aufschrift *unerledigt* legte, wo er gemächlich zur Bedrohung heranwachsen konnte.

TRAUER ODER WUT? Die letzten Wochen im Haus verbrachte Mick im Wechsel zwischen diesen beiden Zuständen, andere standen ihm nicht mehr zur Verfügung. Trauer, weil er etwas verlor. Wut, weil er nichts dafür konnte. Wer verlangt denn von einem Mann in seinen Zwanzigern, dass er lebt wie ein Vorstadtpapa, und wirft ihn dann, wenn er sich endlich an diese Lebensweise herangetastet hat, auf die Straße?

Delia hatte eine Stelle bei einer Kanzlei in Hamburg angenommen. Noch bevor der erste Frühling des neuen Jahrtausends anbrach, würde sie weg sein. Sie brauchte Berlin nicht mehr, es gab nichts, was sie nicht genauso gut in Hamburg tun könnte, wenn nicht sogar besser, in ihrem Fall auch besser bezahlt. Das Haus würde sie an Freunde von Freunden vermieten, deren zweites Kind unterwegs war. Ein Lebensplanungstempo griff um sich, bei dem Mick nicht mithalten konnte, der sich noch nach einer Möglichkeit erkundigte, seine Sterilisierung rückgängig zu machen, was ihn mehrere tausend Mark kosten würde, bei ungewissen Aussichten. Möglich wäre es schon, sagte man ihm. Doch nun zu spät. Delia brauchte keinen Liebesbeweis mehr, Delia brauchte ihn nicht mehr. Und sie hatte es eilig.

Ich bin krank, Delia.

Ich weiß, und das tut mir auch leid, aber ich muss mein Leben trotzdem weiterleben.

Und wenn wir es noch mal versuchen?

Was denn versuchen? Wir haben doch alles versucht.

Ich komme mit nach Hamburg.

Was willst du denn da?

Jahrelang war das Unkonkrete in seinem Leben durchgewinkt worden: Das ist Mick, der macht so dies und das, cooler Typ. Ah! Cool.

Nun war er der Mann mit den Makeln. Der Mann ohne Beruf. Der Mann ohne brauchbare Spermien. Der Mann ohne Zukunft.

Der Mann auf der Flucht hatte sich eine Kugel aus dem Fleisch zu schneiden. Ohne Narkose, nur mit ein bisschen Alkohol und allein. Mick schnitt also an sich herum, indem er Delia versuchte zu meiden, aus einem System zu verbannen. Tief in sich suchte er nach dem alten Gefühlszustand, in dem er sie nur mochte, während sie für ihn brannte, rief die Zeiten wieder ab, in denen er sie okay fand, sie aber warten ließ, wann immer es ihm passte. Es funktionierte nicht, es tat nur noch mehr weh, weil er sah, was er weggeworfen hatte. Vielleicht hätte es ihm geholfen, wenn sie ihn genervt hätte, doch dafür hätte er ihr nahekommen müssen. Aus der neuen Distanz heraus erlangte Delia Vollkommenheit. Leuchtend, kalt und unerreichbar wie ein Stern lebte sie neben ihm her. Vibrierend wie ein Verliebter nahm er ihre Gerüche, ihre Stimme, alle Spuren ihrer Anwesenheit auf. Er benutzte ihre Zahnbürste, legte sich tagsüber in ihr Bett, las ihre Mails. Der direkte Weg in den Wahnsinn.

Delias professionelle Fairness wurde zur Zusatzfolter. Sie kaufte nach wie vor für zwei ein, hielt ihm ab und zu teure Küchenutensilien unter die Nase, die er ja vielleicht haben wollte, und erlaubte ihm ausdrücklich, mit Bernhard, Ingrid und Cosima in Kontakt zu bleiben. Man kenne sich ja so lange, und ihre Familie mochte ihn und das dürfe auch so bleiben. Man trenne sich schließlich im Guten. Ach ja? Ja, sicher.

Außerdem könne man ja sehen, wie sich alles so entwickle.

Was soll sich denn entwickeln, Delia?

Das weiß ich jetzt auch noch nicht, deshalb ist es ja eine Entwicklung.

Hm. Da weiß ich ja, worauf ich mich freuen kann.

Was willst du denn von mir hören?

Ja, was? Dass alles so wurde wie früher. Ein Scheidungskinderwunsch, den er nie aussprach. Sie war so rücksichtsvoll, keine Vorfreude auf Hamburg zu zeigen. Der Hund, wollte er ihn haben? Nein, George gehörte zu ihr.

Willst du ihn besuchen?

Ich werde nicht der Wochenendvater für einen Hund.

Mit letzter Kraft rang er seine Trauer nieder und überließ der Wut das Feld. Es war kein Orkan, eher eine trotzige Energie, unter deren Einfluss er sich endlich dazu aufraffte, seine Sachen zu packen. Er würde vorerst in Chris' alte Wohnung ziehen, Delia registrierte diesen Entschluss mit einem freundlichen Nicken. Es gab nichts, um das sie sich streiten würden, auch das fand er schrecklich. Er würde spurlos aus ihrem Leben verschwinden. Als er über seinen Turnschuhkartons voller Fotos hing, dachte er daran, sie an die Kolumbiengeschichte zu erinnern. Sie beide, jung und in Lebensgefahr, sie schluckte seinen Scheiß, buchstäblich, in dieser Flugzeugtoilette, diese Geschichte war haarsträubend ekelhaft, nicht weitererzählbar kriminell und vielleicht deswegen so romantisch, dass sie förmlich danach schrie, dass man zusammenblieb, oder? Sie hatte seinen Scheiß auch metaphorisch geschluckt, das musste man ihr lassen, jahrelang – seine Fehlschläge, seinen Unsinn, seine Frauengeschichten, alles. Er ging die Fotos durch. Er sah das schöne Paar, das sie in ihnen gesehen haben musste, auf Geburtstagen, auf Kamelen, auf Strandliegen, auf Ecstasy, vor der Sagrada Familia, vor dem Louvre, vor Sonnenuntergängen, vor DJ-Pulten. Vor langer Zeit.

Seine Habseligkeiten passten in einen kleinen Transporter. Nachdem er sie verstaut hatte, sah das Haus aus wie vorher, komplett eingerichtet, komplett ausgestattet. Die materielle Lücke, die er hinterließ, war so lachhaft klein, als wäre er nur zu Besuch gewesen. Die Frage, ob er überhaupt eine Lücke hinterlassen würde, deprimierte ihn noch mehr als die Frage, warum er in all den Jahren sein Leben mit nichts angefüllt hatte als mit Platten, Turnschuhen und ein bisschen Sperrmüll.

CHRISTIAN CORDES, FÜNFUNDDREISSIG, lag auf dem Bauch und gab sich hin. Der Mann über ihm, muskulös, schätzungsweise Mitte fünfzig, wusste, was er tat. Seit er ihn getroffen hatte, wollte er keinen anderen mehr. Seine Hände verstanden Chris' Körper besser als er selbst. Seine Füße und Ellenbogen ebenfalls. Es war der Tanz zweier Körper, wobei Chris den passiven Part geben und mit der Tatami verschmelzen durfte. Männerfüße waren Körperteile, denen er in Europa gern Vermummungspflicht erteilen würde, so schlimm fand er ihren Anblick in vielen Fällen. Hier genoss er es, wenn sie ihn intensiv berührten, wie jetzt, wo sie einen angenehmen Druck auf seine eigenen Fußsohlen ausübten. Als Nächstes würden seine Füße mit den Händen bearbeitet werden. Die Schmerzpunkte waren schon weniger geworden. Der Masseur sprach kaum Englisch, aber auf den anatomischen Karten in seiner Praxis hatte Chris gesehen, dass jedem inneren Organ ein Reflexpunkt am Fuß zugeordnet war. Er nahm an, dass es die Leber war, deren Punkt in den ersten Tagen so wehgetan hatte, dass er jaulte wie ein getretener Hund. Jetzt, nach mehr als zwei Wochen Kokosnusswasser, hatte der Schmerz nachgelassen. Auch in seinem Kopf.

Sein E-Mail-Verkehr mit Fabian direkt nach der Ankunft hier war so unerquicklich gewesen wie der mit seiner Ex. Früher wäre er einfach weg gewesen. Bin auf Reisen, tschöh. Jetzt belästigte man ihn weiterhin mit Mails. Was kam da bitte auf uns zu, die Dauererreichbarkeit für jeden? Laut Fabian würde das World Wide Web sie auf eine im Moment noch schwer erklärbare Art und Weise zu Millionären machen. Oha. Aktuell spielte sich ihr Geschäftsleben aber im Minusbereich ab, und Fabian war nur der Überbringer der schlechten Nachrichten, die mittlerweile zur ernsthaften Bedrohung geworden waren. Die Vorstellung, bei seiner Rückkehr am Flughafen wegen ein paar lächerlicher Kröten als Steuerhinterzieher festgenommen zu werden, verhagelte Chris seine ersten Tage, besonders nachdem er Gras geraucht hatte. Also löschte er den Brand von Bangkok aus, indem er sich einen Erbvorschuss von seinen Eltern überweisen ließ, was erstaunlich komplikationslos verlief. Wir sparen massiv Erbschaftssteuer, und ich kann meine aktuellen Steuerschulden ohne Verzugszinsen zahlen, die Einzelheiten später, das ist ein Ferngespräch, rief er in den Hörer, und seine Mutter begriff den Ernst der Lage schneller als jemals zuvor. Als das Geld endlich da war, überwies er es fast vollständig an Fabian und ärgerte sich anschließend vor allem über die Auslandsüberweisungsgebühren. Hier, dachte er, erstickt dran. Die fette Summe, die er da ungesehen weiterfließen lassen musste, warf die Frage auf, warum er Peanutsbeträge sparte, um in einer Backpackerabsteige zu wohnen. Er stieg auf ein Motorradtaxi und ließ sich für seine letzte Nacht in Bangkok ins Mandarin Oriental fahren. Die coole Socke von Fahrer schlängelte sich in einem Affenzahn durch den Verkehr, Chris inhalierte den Smog, als wäre er Gebirgsluft, und dachte befreit: Scheiß drauf, war doch nur Geld. Das Finanzamt gab Ruhe, vorerst, und er war Teil einer GmbH, der Vertrag lag zur Unterzeichnung bereit, und Fabian würde, sollte er demnächst auf die angekündigte Goldader stoßen, mit ihm teilen müssen. Vor dem Gold würden sie weiter das Silber aus dem althergebrachten Barbetrieb einnehmen. Dem Vernehmen nach war Mick draußen. Tja. Das musste jeder selbst wissen. Lag wohl in erster Linie an seinem Liquiditätsproblem. Armer Mick. Der sollte sich auch mal ordentlich in die Sonne legen und jeden Tag massieren lassen, dachte Chris, als die Rückseiten seiner Schenkel behandelt wurden. Die kräftigen Daumen, die sich auf seinen Energielinien nach oben arbeiteten, waren das Gegenteil einer Streicheleinheit, aber dieser Mann war auch kein Wellnessfuzzi, sondern Mediziner.

Regungslos trieb Chris seinem körperlichen Optimalzustand entgegen. Mick würde es lieben, dachte er, erfüllt von Zuneigung für seinen Freund. Kein Problem, ich habe doch Zeit, hatte Mick gesagt, als Chris sich bei ihm bedankte, weil er ihm in seiner alten Wohnung die Böden abgeschliffen und die Wände verputzt hatte. Als wäre diese Heidenarbeit nur eine Frage der Zeit. Als gäbe es einen triftigen Grund für Mick, den Handwerker für ihn zu spielen und seine alte Wohnung so aufzuwerten, dass er, Chris, sie künftig untervermieten konnte. Vorher musste natürlich noch seine Ex ausziehen, aber das war eine andere Geschichte. Von Stephanie wusste er, dass Mick mit einem Helfer aufgetaucht war, den sie als lustigen Psycho bezeichnete, woraus Chris schloss, dass es sich um Darko handelte. Als sie ihm erzählte, dass Mick sich angeseilt hatte wie ein Bergsteiger, um die Decken und Wände zu spachteln, brauchte Chris ein paar Minuten, um zu verstehen, was sie gemeint hatte. Stephanie war schon beim nächsten Thema, beim Geld, als Chris begriff, dass Mick nach wie vor Probleme mit seinem Gleichgewichtssinn hatte und sich deshalb wohl irgendwie gesichert haben musste, um nicht von der Leiter zu fallen. Der Typ ist echt der Hammer, dachte Chris. Der Masseur presste einen Punkt auf seiner rechten Gesäßhälfte, der ihm jedes Mal die Tränen in die Augen trieb. Alter! Er würde sich nachher auf der Karte anschauen, was die Punkte in der Arschgegend zu bedeuten hatten. Warum macht er das?, fragte Chris sich beim wohligen Abklingen des Schmerzes. Ist doch kein Ding, würde Mick antworten.

Chris fühlte sich nicht direkt schuldig an seinem Unfall, auch wenn er es war, der die Anlage aufgedreht hatte, aber er dachte öfter daran, als ihm lieb war. Sie hatten Witze gemacht und gelacht, und ein paar Sekunden später lag Mick auf dem Betonboden und sah aus wie tot. Das ist jetzt nicht wahr, dachte er, während Fabian Micks Puls suchte, und er, Chris, sich fast in die Hose schiss. Und jetzt, da Mick aus seiner Komfortzone bei Delia geflogen war, die ihren Entschluss mit Micks freiwilliger Zeugungsunfähigkeit begründete, musste er zum ersten Mal seit fast drei Jahren wieder daran denken, dass er es damals war, der Mick zu diesem Cut geraten hatte. Was genau genommen Quatsch war, dachte Chris. Die Handballen des Masseurs auf den Schulterblättern, atmete er aus, bis seine Lungen sich vollständig entleert anfühlten. Sehr gut tat das. Er, Chris, wollte keine Kinder, bekam dann Fee, liebte Fee und entschied dann, dass sie sein einziges Kind bleiben sollte. 96, 97 war das gewesen, eine ätzende Zeit voller Stunk und Durststrecken, in der ihm auch noch sein Führerschein weggenommen wurde. Mick, der einzigartige Mister *Kein Ding*, der ihn daraufhin durch die Gegend fuhr, musste seine Tiraden so oft gehört haben wie seine Lieblingssongs. Und als es dann so weit war, kam er mit. Nicht als Freund, sondern ebenfalls als Patient. Das hatte Chris kurz irritiert und anschließend überhaupt nicht mehr. Denn Mick wusste vielleicht nicht, was er wollte, war jedoch sehr straight, wenn er etwas nicht wollte. Konnte ja keiner ahnen, dass sie Jahre später komplett durchdrehen und ihn vor die Tür setzen würde. Delia, hallo? War das nicht die, die jahrelang einen polanskifilmreifen Affentanz um Mick veranstaltet hatte? Oh doch. Und dann, zack, aus die Maus. Armer Mick. So ein krasses Launenspektakel hatte sich nicht einmal Stephanie geleistet, und das wollte was heißen. Seine Arme wurden über den Ellenbogen gepackt, und Chris, mittlerweile Massage-Pro, wusste, dass er jetzt die Unterarme des Masseurs umgreifen sollte. Ich habe die Wirbelsäule eines Yogis, dachte er begeistert, als sein Oberkörper nach oben gezogen wurde und er in der Luft stand wie eine Kobra. Hätte er Mick abraten sollen, fragte er sich, als er sanft wieder abgelegt wurde. Chris war der Ältere und in einer anderen Situation, ja. Dennoch war Mick ja wohl alt genug gewesen, einen Schritt wie diesen allein abzuwägen.

Friedvolle Wärme durchströmte Chris' Körper, begleitet von Dankbarkeit. Für den begnadeten Profi, der seine göttliche Massage auf der Krone seines Kopfes abschloss, und für Mick, den besten Freund, den er sich vorstellen konnte.

STELL DIR VOR, du musst zurück auf null. Stell dir vor, dass alles, was dein Leben ausgemacht hat, nicht mehr existiert. Stell dir vor, du wirst gleichzeitig obdachlos, erwerbslos und partnerlos. Stell dir vor, du bist erst dreißig und hast die beste Zeit deines Lebens bereits hinter dir, was dir erst jetzt bewusst wird. Stell dir vor, niemanden interessiert das. Was würdest du tun?

Mick flog zu Chris ins Paradies.

Auf dem Weg dorthin verbrachte er zwei Tage allein in einem Hotelzimmer in Bangkok, wo er sich einredete, er hätte einen Jetlag, doch es war Angst. Sie kroch aus der Air Condition und leckte ihn mit ihrer großen kalten Zunge ab. Angst vorm Alleinsein, Angst vor später, Angst vor allem. Der Hunger trieb ihn schließlich hinaus in die große Stadt, die ihn freundlich anstrahlte. Er fuhr den Fluss entlang, kaufte sich Klimper, aß Streetfood und ging durch den körperwarmen Wind, bis er sich auf eine angenehme Weise fühlte wie ein Niemand. Dann ging sein Flug nach Surat Thani, dann nahm er ein Boot, das den Eindruck machte, als wäre dies seine letzte Fahrt, und auf diesem Schrotthaufen ging es ihm schlagartig besser. Alles war so schön, so einfach, so bezahlbar und so warm. Er stand hinten auf dem Deck, schaute auf die Gischt und seine Problemstimmen wurden leiser, wie eine wütende Person, die er keifend am Ufer zurückließ.

Chris hatte die Insel seiner Träume gefunden. Er war in eine Thai Reggae Band eingetreten, in der er den Bass spielte. Er war der DJ einer Bar, die eine Bambushütte war, er ließ sich zweimal am Tag massieren, er sah aus wie Robinson Crusoe an einem guten Tag. Mick brauchte ein paar Tage, um auf die Betriebstemperatur seines Freundes zu kommen. Er dämmerte am Strand vor sich hin, schaute auf Felsformationen und Bikinikörper. Die Insel lieferte wenig Grund, sich mit Kehrseiten wie Armut, Bausünden oder Prostitution auseinanderzusetzen, man konnte sich der Hippie-Idee hingeben, alle wären ausschließlich hier, um Spaß zu haben. Der halbblinde Rasierspiegel in der dunkelsten Ecke seines Bungalows sagte ihm, dass er sich innerhalb weniger Tage in eine Form gebracht hatte, für die er in Berlin wochenlang hätte fasten und trainieren müssen. Alles war so makellos, dass er mit einer Tropenkrankheit rechnete, die sich jedoch nicht einstellte.

Es waren seine Ohren, die ihn ab und zu terrorisierten. Man konnte den Leuten hier ihre Geräuschunempfindlichkeit nicht vorwerfen. Und auch ihren Spaß an der Musik nicht, die sie voll aufdrehten, um sich dann in ihr zu bewegen, als wäre sie nicht da. Eurotrash, die Scorpions, Reggae, Thai Pop, Hauptsache laut. Mick, der früher so stolz auf sein gutes Gehör gewesen war, konnte nicht mehr einschätzen, wie laut, leise, gut oder schlecht ausgesteuert der Sound war, den er nur noch als Lärmwelle wahrnahm. Ab und zu litt er unter Doppelhörigkeit, ein beängstigendes Phänomen, das an eine verstörende Drogenerfahrung erinnerte. Stell dir vor, du hörst alles mit einem Echo, sagte er zu Chris, der ihn tröstete, das würde vorbeigehen, es wäre ein Stresssymptom. Chris schaukelte in einer Hängematte und mischte Thaigras und Tabak in seinem Bauchnabel. Er kenne das. Der Dauerterror mit Stephanie hätte bei ihm einen Tinnitus ausgelöst.

Chris' Ex war zwei Monate lang Micks Mitbewohnerin gewesen. Nach seinem Auszug bei Delia war er bei ihr und der Kleinen untergekommen, auf Vermittlung von Chris, der immer noch Hauptmieter dort war. Stephanie schien kein Problem mit Micks Anwesenheit zu haben, überließ ihm das größte Zimmer und nutzte ihn als Babysitter für Fee, die nicht nur aussah wie eine winzige Version von Chris, sondern für eine Vierjährige auch einen erstaunlich guten Humor hatte. Mick machte alles mit, es war ja nur vorübergehend. Die Wohnung war schmutzig, es gingen permanent Dinge verloren und kaputt, die Telefone wurden abgestellt, der Strom kurzfristig auch, und Stephanie wirkte zwar nicht, als würde sie das freuen, aber als wäre es Teil eines Drehbuchs, durch das sie sich auffällig gestylt auf einen Showdown zubewegen musste. Es gibt Schlimmeres, dachte Mick, gut, dass ich hier sein darf. Als Stephanie ankündigte, für zwei Wochen mit Fee zu verreisen, beschloss er, sich zu revanchieren, und brachte die arg heruntergewohnte Bude auf Vordermann. Eine gute Aktion für alle, auch für ihn, der sich damit kurzfristig aus seinem Gedankenloop befreien konnte. Nach Stephanies Rückkehr dauerte es nur Tage, bis sie die jungfräulich weiße Wohnung und auch Mick wieder in ihren Vortex der Unordnung hineingezogen hatte. Er fühlte sich wie ein Mittelklassekind, das sich einer Horde Punks angeschlossen hatte. Und seine neue Lebenssituation sprach sich im Dreieinhalbmillionendorf schneller herum als erwartet.

Bevor Delia die Stadt verließ, hatten sie noch einen letzten Anlauf für einen Abend zu zweit unternommen. Mick hatte auf ein Ultimatum gehofft, auch wenn es ihm unheimlich war, denn egal, was sie verlangt hätte, er hätte sich auf alles eingelassen. Doch dann misslang dieser Anlauf schon am Telefon.

Plötzlich Papa? Gratuliere, Mick!

Hallo? Fee ist die Tochter von Chris. Ich wohne bei Chris, falls dir das entfallen ist.

Fee ist die Tochter von Dings, Steffi?

Stephanie.

Richtig, Stephanie. Gratuliere, dass du so schnell ein neues Wirtstier gefunden hast.

Das war's, Delia.

Ja, finde ich auch. Tschüss.

Konnte es sein, dass nichts blieb? *Dust in the wind?* Es war ein Wunder, ein trauriges.

Delia hielt ihn für einen Parasiten. Und Stephanie war kein Wirtstier, sondern hätte selbst eins gebrauchen können. Als Fabian ihm eine Idee unterbreitete, die er als großzügig verkaufte, merkte Mick, dass er sich über dessen wahre Intention keine Gedanken machen wollte. Weil er es sich nicht leisten konnte. Fabian hielt ihm einen Vertrag unter die Nase, mit dessen Unterschrift er seine Teilhabe an der Marke des Clubs an die neue GmbH abtrat. Mick überflog die Paragrafen, für die er Delia gebraucht hätte, und wollte gar nicht daran denken, dass sie diesen Vertrag vielleicht sogar aufgesetzt hatte. Mit seiner Unterschrift übertrug er Fabian auch die Rechte am Namen der legendären Partyreihe *I Sing the Body Electric*, der nicht von ihm war, sondern ein Buchtitel von Ray Bradbury, aber nimm nur, Fabian, nimm alles. Es war ihm zudem untersagt, den Namen des Clubs zu seinem Vorteil zu verwenden, in der Presse beispielsweise, auf Buchtiteln, als verkaufsförderndes Argument, auf Veröffentlichungen jedweder Art. Er hatte nicht vor, etwas zu veröffentlichen. Es handelte sich um etwas, das man Buy-out nannte. Mick wusste, dass Fabian ihm nie etwas abkaufen würde, das nichts wert war. Er dachte an die Grafikerin, die das Nike-Logo entworfen und dafür zweihundert Dollar bekommen hatte. Er dachte an das Geld, das ihm fehlte. Daran, dass er Geld dafür bekommen würde, dass er etwas *nicht* tat.

Mick unterschrieb und buchte das Ticket nach Bangkok.

Hast du Fabians Buy-out-Vertrag eigentlich unterschrieben?, fragte er Chris, der sich aus der Hängematte fallen ließ, aufstand und sich streckte.

Aber selbstverständlich nicht. Du?

Wortlos stand Mick auf und trat den Weg über einen großen Felsbrocken an, um dort ungesehen zu pinkeln. Er konzentrierte sich auf das warme Gestein, seine Aushöhlungen und Vorsprünge. Keine weiteren Fragen, keine daran gekoppelten Gedanken an Delia mehr. In ein paar Tagen würde sie vierunddreißig werden. Gut, dass er hier war. Er war nicht um die halbe Erde geflogen, um sich zu fühlen wie in Berlin.

Nach einer Woche, in der sich die Zeit so angenehm dehnte, dass sie sich anfühlte wie ein Monat, fuhr Chris zu einer Party auf eine andere Insel. Die Idee eines Raves, der Gedanke an wummernde Boxen, die Aussicht, in einem Meer aus feuchten Körpern den Mond anzuheulen – früher hätte er vor Vorfreude gebebt, jetzt kam sie ihm vor wie eine Pflichtveranstaltung, eine Beerdigung vielleicht, vor der er sich auf jeden Fall drücken musste. Mit dem Motorroller fuhr er Chris zum Bootssteg, den man generös mit MARINA ausgeschildert hatte. Sie saßen noch kurz im Schatten, und Mick fragte sich, was aus ihm werden würde, wenn Chris nicht zurückkäme. Als er zurück auf den Roller stieg, fühlte er sich, als könnten ihn die nächsten Tage zu einem anderen Menschen machen.

Er umrundete die Insel. Wieder und wieder, denn sie war nicht groß. In den ersten Tagen hatte er alle zwanghaft überholt, bis ihm auffiel, wie überflüssig seine Raserei war. Denn: Wo wollte er eigentlich hin? Als er sich der Fahrkultur der Insel angepasst hatte, sah er sie auch besser. Kautschukpalmenwälder, Mangroven, Vögel, die er nicht kannte, das Meer zu seiner linken, das Meer zu seiner rechten, Felsen, in die man Bilder und Gesichter hineinlesen konnte wie in Wolken. Einmal stand ein Wasserbüffel mitten auf der Straße. Er war so kolossal schön, dass Mick schlagartig den menschlichen Wunsch verstand, Rinder zu malen. Er hielt an, ließ den Motor laufen und wusste nicht, ob er schleunigst umkehren oder an ihm vorbeifahren sollte. Der Büffel, der den Weg fast vollständig versperrte, drehte den Kopf und schien seine eigene Flanke zu betrachten. Mick fragte sich, was er gern mit ihm tun würde, hätte er die Wahl. Ihn umarmen? Ihn reiten? Ihn erlegen? Ihn auf jeden Fall nicht provozieren. Er blieb stehen, bis Mister Sunny, eine Thaiversion von Harvey Keitel und der Vermieter seines Bungalows, ihm winkend auf seinem Motorrad entgegenkam und an dem Büffel vorbeifuhr, als wäre der ein Laster oder ein Baum oder einfach nicht vorhanden. Mick passierte den Büffel nun auch, der sich nach ihm umdrehte, eine majestätische Bewegung, die alles Mögliche bedeuten konnte, zum Beispiel, dass er ihn gleich schnaubend verfolgen würde, ein Moment, in dem Mick sich so lebendig fühlte, dass er laut in den Fahrtwind schrie.

Eines Morgens stand ein Bandkollege von Chris vor seinem Bungalow. Wie Mister Sunny hatte auch dieser Mister seinen vermutlich langen Thai-Namen abgekürzt. Sein internationaler *nome de guerre* lautete Tom. Mick erklärte ihm umständlich sein Ohrenproblem, und Tom nickte, als hätte er ihm zugesagt. Catch the Snake hieß die Band, die momentan keinen Bassisten hatte. Ohne Chris und mit Mick bestand sie nun aus vier braunen Männern gleichen Hauttons. You look like Bob, sagten die drei anderen lachend zu ihm und zeigten auf Toms T-Shirt, Mister Marley, obwohl sie es waren, die Dreadlocks trugen und Mick seine Millimeterfrisur. Thanks a lot, sagte er höflich. Auszusehen wie Bob, auch wenn es nicht stimmte, war ein nettes Kompliment von einer Reggae-Band, wenn nicht eine Krönung. Er passte mal wieder ins Bild, wie damals, bei seinen Ska-Skins, die ihn auch auf die Idee gebracht hatten, Bass statt Gitarre zu lernen. Er hatte lange keinen Bass in der Hand gehabt, doch es ging noch. Und trotz seines kaputten Ohrs war er weiterhin in der Lage, nach Gehör zu spielen. Ab und zu fragte er sich, wer in dieser Band der Tonangebende, der Wahnsinnige, der Mädchenliebling und der Vernünftige sein sollte. Seine Rolle war die des Gastes, und er fühlte sich wohl darin. Good, good, sagten die anderen, als er sich traute zu singen. Als ihm Tom sagte, man würde demnächst auf einem

Festival spielen, vielleicht auch in Bangkok, fragte er sich, ob er nun in seine nächste Daseinsform glitt, vom bankrotten Berliner Nightlife-Zampano zum King of Thai-Reggae, einfach so, weil er zu diesem Zeitpunkt an diesem Ort war.

Smoke? Yes, thank you. Good? Very good! Haha. Good for you, my friend. Sie benutzten nicht viele Worte, und auf wundersame Weise war das hier kein Mangel, sondern eine Reduktion aufs Wesentliche. Menschliche Kommunikation in Reinform, die so gut funktionierte, weil sie auf einem Fundament aus Wohlwollen und Respekt stand. Es kam vor, dass Mick im Kreis dieser fremden Männer saß und Gänsehaut bekam von der Idee einer Welt, in der alle Menschen so miteinander umgingen wie sie. Wie kam man überhaupt auf die Idee, sich zu bekriegen? Nun, es gab Themen. Glaube, Geld, Gebiet. Aber hey: Wozu? Mick, in Friedensverkünderstimmung, beschloss, zwei Songs zu schreiben. Einen für seine neuen Brüder, einen für eine Welt ohne Neid, Gier und Rivalität. Zugegeben nicht die neuesten Songtextideen, aber darum ging es nicht. Der Song für seine liebenswerten Bandkollegen sollte auch als Liebeslied an eine Frau funktionieren. Welche Frau? Gab es auch schon, diese Sache mit den mehrdeutigen Adressaten, trotzdem eine sehr schöne Idee. Leider hörte sich in Kombination mit dem Wort *love* alles an wie schon mal gehört. *One, my, your, greatest, true, the power of, the look of, addicted to, is the message, the drug, in the air, the answer.* Okay, dachte er. Kommt Zeit, kommt Rat. Und Zeit war reichlich vorhanden. So musste es sich anhören, dachte Mick, wenn er seinen Bass hörte und hinter sich die Drums, wenn man in seiner Fruchtblase herumschwimmt. Die Band, egal ob sie spielte oder sprach, tat seinen Ohren gut. Besonders jetzt, wo er sein gesundes Ohr, das ihm vorkam, als würde er zu viel damit hören, mit einem Schaumstoffohrstöpsel aus dem Flugzeug verstopft hatte, um ganz und gar in dieser embryonalen Klangwelt zu leben.

CHRIS KEHRTE OHNE Frau von seinem Partyausflug zurück, was Mick erleichterte. Denn wer war schuld an der Vertreibung aus dem Paradies? Eben. Nicht, dass er es seinem Freund nicht gegönnt hätte, das Wollen und Gewolltwerden unter diesen nahezu perfekten Bedingungen. Doch da er es selbst nicht wollte, fand er es besser so. Sie verbrachten ihre Abende zwischen sonnengeküssten Frauen aus ganz Europa und Australien, tranken Singha-Bier und legten sich dann allein in ihre Hütten, wo sie unter den Rufen der Geckos einschliefen. So lässt es sich leben, dachte Mick, Dramapause.

Auf der anderen Seite der Insel hatte das Sanctuary eröffnet, ein Luxusresort mit Hubschrauberlandeplatz. Dort könnte man per Kreditkarte Bargeld abheben und mal seine E-Mails checken, schlug Chris vor. Die Massagen konnten auch dort nicht besser sein, die Cocktails und das Essen ebenfalls nicht, und Strand war Strand. Wieso sollte man dafür mehrere hundert Mark pro Nacht ausgeben? Um mit dem Hubschrauber zu landen, sagte Chris.

Sie fuhren los. Easy Rider auf billigen Motorrollern. Morgen würden sie einen zweiten Bass besorgen, schrie Chris in den Fahrtwind. Oder Mick übernahm die Gitarre, denn Tom musste aufs Festland, Familienangelegenheiten. Bei Dunkelheit an den Kautschukwäldern vorbeizufahren gehörte zu Micks Special Effects der Insel. Die Temperatur sank plötzlich, die Luft wurde feucht und modrig und umhüllte einen mit diesem eigentümlichen Kautschukgeruch, der den Puls ansteigen ließ, als wäre man in Gefahr. Hatte man dann die Waldabschnitte passiert und fuhr zurück in die Wärme, konnte man sich an dem Gefühl berauschen, das riesige, streng riechende Monster nicht geweckt zu haben, noch mal davongekommen zu sein. Er sah auf Chris' Rücken vor sich und hatte das seltene Gefühl bewussten Glücks. Mann, bin ich glücklich, dachte er.

Im Resort wurden sie von zwei jungen Frauen mit Orchideen im Haar begrüßt. Hinter ihnen lächelte der König auf sie herunter. Ein Mann in einer sandgelben Diktatorenuniform fuhr sie in einem Golfcaddy durch das Resort, das mit seinen weitläufig auf Hügeln und zwischen gestutzten Dschungelresten verteilten Chalets aussah wie ein Märchendorf. Willkommen in Schlumpfhausen, sagte Chris. Sie fuhren zum Haupthaus, wo das Internet war. Und wo es Heineken gab, das so viel kostete wie eine Übernachtung auf der anderen Inselseite. Chris stürzte sich auf seine Mails wie ein Verdurstender, Mick loggte sich ein wie einer, der etwas tut, was er tun muss. Was sollte man ihm mitteilen wollen? Der Umstand, dass ihn niemand vermisste, war nur angenehm, solange er ihn nicht hinterfragte. Werbung, Newsletter, nichts, nichts, nichts. Nichts von Delia. Er könnte ihr schreiben. Doch der Gedanke an eine E-Mail an sie fühlte sich an wie eine einmalige Chance, was wiederum einen Druck aufbaute, dem er sich zu diesem Zeitpunkt nicht aussetzen konnte.

Er sah rüber zu Chris, der während seiner Partywoche Zeit für einen Friseurbesuch gefunden hatte. Sein Bart war weg, seine nun freiliegende, eckige Kieferpartie und sein ebenfalls eckiger Haarschnitt, oben länger, unten ausrasiert, ließen ihn weniger verwildert aussehen, was ihm stand, obwohl nicht ganz klar war, was er ausgerechnet hier und jetzt mit diesem dynamischen Look bezweckte. Chris wippte mit den Oberschenkeln, strich sich durchs Haar, rollte auf seinem Stuhl vor und zurück und räusperte sich in so regelmäßigen Abständen, dass es sich anhörte wie ein Tick. Seine Unbekümmertheit hatte sich seit seiner Rückkehr in Angespanntheit verwandelt, das war nicht zu übersehen, und Mick würde sich später fragen, warum er es doch übersehen hatte.

Lad doch endlich, du Scheißding, sagte Chris durch die Zähne und klickte wie ein Wahnsinniger auf der Maus herum, und auch dabei dachte Mick sich nichts. Er loggte sich aus, fünf Dollar für die Information, dass kein Hahn nach ihm krähte, lehnte sich zurück und nuckelte an seinem Bier. Draußen fegte ein schlaksiger Junge mit einem Hexenbesen die Veranda. Ein altes weißes Paar lief Arm in Arm an ihm vorbei. Die Frau stützte den Mann, der in winzigen Schritten ging, und dann lachten beide kurz auf. Würde man sich irgendwann so um ihn kümmern, fragte sich Mick, drehte sich in seinem Sessel und schaute direkt in Chris' wütende Augen.

Dann stellte Chris sein Heineken zur Seite, erhob sich und schlug Mick mit der Faust aufs Auge.

Ein Angestellter, der mit einem Teakholztablett voller schneeweißer Handtuchrollen durch den Raum ging, blieb erschrocken stehen, der Junge auf der Veranda drehte sich um, was wohl hieß, dass Mick einen Laut von sich gegeben hatte. Chris hob beide Hände und lächelte den Jungen mit den Handtüchern an. Chris konnte lächeln wie die Sonne.

Only fun, sagte er und lächelte noch mehr. A joke between me and my friend, you know?

Der Junge nickte, nicht wirklich überzeugt. How is my friend?, fragte er.

Berechtigte Frage. Hinter Micks zusammengekniffenen Augen fand ein Feuerwerk aus weißen Sternchen statt, in seinem Kopf die ungute Vorstellung von herbeigerufenen Männern in Fantasieuniformen, die ihrerseits Männer in echten Uniformen rufen würden. Erregung öffentlichen Ärgers im Paradies. Mick fühlte Übelkeit in sich aufsteigen, begleitet von einem hysterischen Lachen, er unterdrückte beides, setzte sich ruckartig auf und sagte:

I'm okay. I'm fine. It was fun. Haha.

Zögerlich fand der Junge das Lächeln wieder, für das die ganze Welt dieses Land so liebte, obwohl niemand wusste, was es wirklich bedeutete, und ging hinaus zu seinem Kollegen.

Lies das hier, my friend. Chris zog Mick auf seinem Stuhl vor den Hotelcomputer mit seinen offenen Mails, nahm seine Bierflasche und ging mit einem seltsam durchgedrückten Rücken hinaus.

Mick konnte die Hand nicht vom linken Auge nehmen, mit rechts scrollte er eine E-Mail-Korrespondenz hinunter, die den Betreff HALLIHALLO! trug und von der er immer noch hoffte, ja fest annahm, dass sie nichts mit ihm zu tun hatte. Von der Seite wurde ein Tablett mit gerollten Handtüchern in sein eingeschränktes Blickfeld gehalten. Er sah in das babyhaft glatte Gesicht des Jungen, ein Meisterwerk der Neutralität. Er nahm sich eine der Rollen, unsicher, was der Junge meinte, wofür er sie benutzen sollte.

Thank you.

Er drückte sich das feuchte, duftende Tuch aufs Auge, dann las er.

Er konnte nicht sagen, ob die Pling-Plong-Musik schon lief, als sie in das Hotel gekommen waren. Er wusste nur, dass sie sich in den Vordergrund drängte und zur Klangfolter wurde, als wären seine Nerven die Saiten, auf denen man so gewollt meditativ herumzupfte. Zuerst wollte er mitten im Satz aufhören zu lesen, nach draußen gehen und Chris sagen, er solle das Ganze sofort vergessen. Stephanie war betrunken, beleidigt und alleine, und daher war sie offenbar gegen ein Uhr dreißig Ortszeit ausgetickt. Das war supermies, aber wenn Mick das richtig verstand, hatte Chris sie vorher angerufen und runtergemacht, und Stephanie hatte getan, was auch ein verzweifeltes Kleinkind tun würde, nämlich um sich schlagen und schreien. Er fragte sich, ob er eine an ihn gerichtete Beschimpfung dieser Art jemandem zeigen würde, und die Antwort lautete: nein.

Dann las er weiter, wie Stephanie den Vater ihres Kindes als Versager und unfähige Null im Bett beschimpfte, bevor sie einen Absatz unter ihre vernichtende Beurteilung haute und zu Punkt zwei kam, den sie in Großbuchstaben einleitete: SIZE CARES!!!

Mick, der an dieser Stelle ein kurzes Verständnisproblem hatte, scrollte weiter, einäugig und genervt von der penetranten Wellness-Beschallung, und las eine Suada an Beleidigungen, die sich auf Chris' Penis konzentrierten. Genauer gesagt war es eine Aufzählung gehässigster Verniedlichungen. Wenn überhaupt, dann *size matters*, Stephanie, du dumme Nuss, dachte Mick. Er fragte sich, wie Chris diesen Blödsinn auch nur eine Sekunde lang ernst nehmen konnte, und erfuhr es in den Zeilen darunter, in denen Stephanie ausführte, wer ihr Chris' unterirdische Performance- und Penisqualitäten so deutlich vor Augen geführt hatte: Mick.

Nie in seinem Leben hatte er ein Lob so wenig gewollt wie dieses. Seine Ohren glühten. Scham war so unangenehm, weil sie so schwer zu verdrängen war, weil man sie im Gegensatz zu Schuld nicht aus einem anderen Blickwinkel betrachten und relativieren konnte. Scham überfiel einen einfach, und wenn sie endlich nachließ, dann nur, um zusammen mit Erinnerungen abgespeichert zu werden, die vermutlich auch fortgeschrittene Demenz nicht auslöschen würde.

Er nahm das feuchte Tuch von seinem aufkommenden Veilchen. Und jetzt? Er schloss Chris' E-Mails und taumelte nach draußen.

Der Hotelstrand war in der Pflicht, mehr zu bieten als ein Allerweltsstrand, und tat dies trotz Monsun- und Nachsaison mit baldachinbehangenen Loungebetten und Fackeln. Chris saß trotzdem im Sand. Die Brandung beruhigte Micks Ohren, und vielleicht hatte sich auch Chris beruhigt, der dort saß und mit Sand warf wie ein Kind. Auch, dass er sich ein rotes Kapuzensweatshirt übergezogen hatte, erinnerte Mick an ein Kind, das schaurigste Kind der

Filmgeschichte. Dieses Ding im roten Mäntelchen, das Donald Sutherland durch Venedig verfolgt. Und Mick, immer bereit, sich ablenken zu lassen, gab sich nun der Vorstellung hin, dieses Wesen unter der roten Kapuze könnte sich gleich umdrehen und anstelle eines netten Chrisgesichts das Gesicht einer mörderischen Horrorhexe haben. Er ging auf das Wesen zu und blieb hinter ihm stehen.

Chris? Du nimmst das doch nicht etwa ernst, oder? Bitte nicht.

Chris – es war Chris – schaute zu ihm hoch, als wäre er ein lästiger Schmuckverkäufer, dann zurück auf die dunklen Wellen.

Du, hör mal, ich habe dir das mit Stephanie nicht erzählt, weil ich es nicht ernst genommen habe. Und es war ja auch nicht ernst ... es war Quatsch.

M-hm.

Und was sie da schreibt, ist natürlich erst recht Quatsch.

Mick, halt dich da raus. Das wirklich Allerletzte, was ich jetzt brauche, ist eine Was-Stephanie-meint-Analyse.

Okay.

Es ist wirklich nicht zu fassen, mit was für Idioten ich mich umgebe. Diese durchgeknallte Alte und dann auch noch du.

Lass es uns vergessen, okay?

Hör auf, okay zu sagen, hier ist nichts okay.

Okay.

Ich hau dir gleich eine rein.

Hast du doch schon. Mick lachte. Unbeabsichtigt.

Mick, tu mir einen Gefallen und verpiss dich einfach.

Chris ...

Nein, hör auf, und denk das nächste Mal nicht darüber nach, *ob* du fickst, denn das tust du ja eh nicht, sondern *wen*.

Hör mal, ihr seid doch seit Jahren nicht mehr zusammen.

Hör mal, es gibt genug Frauen auf der Welt, um die paar wenigen, die zur Familie oder zum engeren Freundeskreis gehören, einfach mal auszulassen.

Mick ließ sich in den Sand fallen, kapitulierend.

Jetzt tu mal nicht so, als wäre das nur ich, als wären *die* völlig willenlos.

Shit, Fehler, dachte Mick, als Chris plötzlich aufsprang, und hielt sich die Unterarme über den Kopf wie ein elender Wicht.

Ja, genau, ätzte Chris auf ihn hinunter. Alle wollen dich. Es muss wirklich unerträglich hart sein, wenn man so permanent und von allen gewollt wird!

Mick starrte auf den Strand im Fackelschein. Ihm fiel nichts mehr ein.

Weißt du, ich hätte nie gedacht, dass ich so was mal sage: Aber du bist so schwanzgesteuert wie ein Typ, den sich eine verbitterte Frau ausgedacht hat.

Okay, okay. Ich habe nicht nachgedacht. Ich dachte, dass Stephanie dir egal ist. Zumindest als Frau, also …

Egal. Das hatten wir schon. Ich werde mich hier nicht wegen oder um Stephanie streiten. Ich kümmere mich um Fee und das war's. Und ihr beide könnt machen, was ihr wollt.

»Uns beide« gibt's gar nicht.

Mir egal.

Chris klopfte sich den Sand aus den Klamotten, stellte sich ans Wasser und sah hinaus aufs Meer. Es war eigenartig, wie eindeutig beleidigt eine Person aussehen konnte, die man nur von hinten sah.

Dieser Schwanzvergleich, ungewollt und von außen war eine vorübergehende Störung, kein Ende, oder? Mick kämmte mit den Fingern durch den feuchten Sand und überlegte, was er Chris gerne sagen würde. Ihm fielen nur Dinge ein, die es noch schlimmer machen würden. Er hielt den Mund.

Lass uns abhauen, sagte Chris, und Mick erhob sich und wollte ihm den Arm um die Schulter legen, doch Chris bückte sich nach seinen Flipflops und rannte in großen Schritten voraus.

DIE ÄHNLICHKEIT DER Situationen war verblüffend. Nur Ort und Ankläger hatten sich geändert. Mick beschloss, dass er es nicht aushalten würde, ein weiteres Mal unter missbilligender Beobachtung zu stehen – ob es sich bei der Moralinstanz nun um Delia oder Chris handelte. Und wenn man schon ständig über Schuld diskutieren musste: War es nicht Chris gewesen, der schuld war an seinen Gehörbeschwerden? Nein, das war ein Unfall gewesen. Konnte man den Stephanie-Ausrutscher bitte auch in die Kategorie Unfälle einordnen?

Chris wollte nichts mehr einordnen und ausdiskutieren. Betont allein gestaltete er seine Tage und war nicht unfreundlich zu Mick, er behandelte ihn einfach wie einen beliebigen anderen Touristen. Die Band probte ohne ihn, Chris musste ihn nicht einmal rauswerfen, sondern nur keinen zweiten Bass besorgen. Es war schwer zu glauben, dass ihre gemeinsame Zeit in Thailand hiermit beendet sein sollte, ganz zu schweigen von ihrer Freundschaft. Mick stellte sich vor, wie sie bekifft einen Grund zum Lachen finden würden, nur einer dieser ausgedehnten Lachanfälle, und der Ärger wäre verraucht. Doch Chris sagte nichts mehr zu ihm, außer: Schönes Wetter heute. Danke, Superinfo.

Nüchtern und allein. Micks Leben auf der Insel war zum exakten Gegenentwurf der vergangenen Jahre geworden. Es war, als bekäme er jeden Morgen eine riesige Lieferung an Zeit. Hier, Ihre Zeit, bitte nutzen. Wenn er vorher mit Chris und der Band zusammen war, saß er nun für sich am Strand oder lag in der Hängematte vor seiner Hütte, wo er sich mit Mister Sunnys Urlauberbibliothek beschäftigte, ein großer Korb voller Bücher in allen europäischen Sprachen. *Krieg und Frieden*, *Rot und Schwarz*, *Ulysses* und *Der Mann ohne Eigenschaften* waren um die Welt geschleppt und hier zurückgelassen worden. Er blätterte ein bisschen in den Klassikern herum und las dann *The Beach*. Zur Enthaltsamkeit kam Schweigsamkeit. An manchen Tagen nickte er nur ein paar Leuten zu. Ab und zu wechselte er ein paar Worte mit seiner Bungalownachbarin, aber nicht mehr. Denn Agata, eine große sportliche Frau aus dem Riesengebirge, die man schon von weitem mit ihren Kletterhaken klimpern hörte, ging jeden Morgen mit Chris klettern, was sie zu einer verbotenen Zone für Mick machte. Die Ernsthaftigkeit, mit der sie diese Kletterei betrieben, verstärkte Micks Gefühl der Nutzlosigkeit. Phlegma. Stillstand. Agonie. Die Ziellosigkeit seiner Tage begann ihn zu beklemmen. Diese Pause, sie drängte ihm die Frage auf, wovon er eigentlich pausierte. Das Herumhängen, das eigentlich zu seinen Meisterdisziplinen gehörte: Er schien es verlernt zu haben.

Mister Sunny, der immer etwas in der Hand hatte, das seine Männlichkeit unterstrich, einen Außenbordmotor beispielsweise, eine Harpune oder eine Machete, und über den es hieß, er wäre früher der Thailandmeister im Thaiboxen gewesen, frühstückte jeden Morgen eine Hühnersuppe mit Reis, las dazu die *Bangkok Post* vom Vortag und ging dann grüßend an Micks Hängematte vorbei in seinen Tag hinein.

Er war es, der indirekt dafür sorgte, dass Micks Vergangenheit und Zukunft aufeinandertrafen.

Ob er ihm helfen könne, fragte Mick ihn, als er wieder einen Tag sonniger Leere vor sich hatte. No problem, sagte Mister Sunny und überließ es Mick, das zu deuten: Kein Problem, ich brauche keine Hilfe, kein Problem, weil ich generell kein Problem habe, oder kein Problem, du darfst mir helfen. Sein Pick-up war mit langen Holzlatten beladen, und schon das Einsteigen und Davonfahren verschafften Mick das angenehme Gefühl einer Aufgabe. Die Baustelle lag hinter einem Palmenhain auf einem Plateau mit Postkartenblick aufs Meer. Zwei andere Männer waren schon da und bedienten eine Kreissäge.

Sägen, hämmern, schleifen. Bei vierunddreißig Grad und einem plärrenden Radio. Zwischendurch lachen, Wasser trinken, nonverbal freundlich zueinander sein. Als in der Mittagssonne zwei Frauen auf Motorrollern vorfuhren und Essen vorbeibrachten, fühlte er sich wieder so gut aufgehoben wie in der Reggae-Band. Das Ding, das entstand, sah aus wie eine überdachte Bühne. Shala nannte Mister Sunny es, der einen Bleistiftplan davon dabeihatte. Ein Freilufttempel vielleicht, dachte Mick. Als die Männer sahen, dass er nicht nur ein gelangweilter Touri war, sondern wusste, wie man mit Holz baut, machte die Arbeit noch mehr Spaß. Zu Ende gelernt oder nicht, dachte er, ich bin Zimmermann. Abends kroch er in seinen Bungalow und schlief zwar nicht durch, aber besser als seit Monaten.

Die Welt drehte sich nicht um ihn. Es war mehr ein erleichterndes Gefühl als eine Erkenntnis, es setzte nach einigen Tagen Arbeit ein und ließ erst wieder nach, als Chris mit seinem Rucksack vor seinem Bungalow stand. Er hatte ihn hierhergebracht und ließ ihn jetzt zurück. Vielleicht wäre er auch so ohne mich weitergezogen, dachte Mick, als sie sich zaghaft umarmten, denn Chris fuhr mit Agata auf eine andere Insel, um dort auf andere Limestones zu klettern.

Wir sehen uns in Berlin, sagte er zum Abschied, und als Chris ihm nicht antwortete, dachte er: Werden wir sehen.

Sunrise, hatte Mister Sunny gesagt und auf den Horizont gezeigt, als sie fertig waren. Er würde den Pavillon einweihen, dachte Mick, denn irgendwie gehörte er auch ihm. Seine nun wieder freien Tage fühlten sich besser an als die freien Tage vor dem Job.

Er ging an den Strand und fuhr nach dem Abendessen nicht zu seinem Bungalow, sondern den Hang hinauf, wo er sich in den Tempel legte, wie er ihn bei sich nannte. Dort lag er dann in einer Symphonie aus Dschungelgeräuschen und Meeresrauschen und schlief angstfrei bis zum Sonnenaufgang. Am nächsten Abend fuhr er wieder den Hang hinauf, und dann wieder. Jeden Tag rechnete er damit, dass man ihn vertrieb, um den Bau zu nutzen, doch es kam niemand. Die Zeit auf der Insel unterlag einer anderen Raffung und Dehnung als die Zeit zu Hause, so dass er später nicht mehr sagen konnte, ob es ein paar Tage waren oder doch zwei Wochen.

Als er eines Morgens aufwachte und ein Mann neben ihm saß, staunte Mick dennoch, wie wenig es ihn erstaunte.

Hi, ich bin Jay, sagte der Mann, als wären sie hier verabredet. Ein Weißer, aber dunkler als Mick, der zugleich alt und jung aussah, mit seinem interessanten Faltenwurf und dem Körper eines Tänzers. Ohne die Hände zu benutzen, erhob er sich aus dem Schneidersitz und durchschritt den Raum, streifte mit den Füßen über die Holzplanken, legte den Kopf in den Nacken und nickte. Er war angezogen wie Mick, nackter Oberkörper zu weiter Thai-Fischerhose. Schön geworden, sagte er irgendwann, und Mick nickte. Dann hockte er sich wieder neben ihn und für eine Weile saßen sie einfach nur da und sagten nichts.

Jay sagte nicht: Lass uns die Sonne mit Surya Namaskar begrüßen, er sagte: Was jetzt noch fehlt, sind Moskitonetze.

Es war kein magischer Moment des Erkennens, es war Freundlichkeit zwischen friedlichen Fremden.

Es war kein Beschreiten eines neuen Pfads, es war ein Ausprobieren einer neuen Sache, denn Mick hatte nichts, aber auch wirklich gar nichts anderes vor.

Auch der Sonnenaufgang war nicht so spektakulär wie an den Tagen zuvor, denn es war diesig.

Doch als Mick diesen Morgen später zum Anfangspunkt seines neuen Lebenslaufs bestimmte, wählte er die bedeutsamere Variante. Warum auch nicht. Schließlich wurde wirklich alles anders. Die nächste Welle war da, und er machte, was er immer gemacht hatte: Er ließ sich mitnehmen. Es war Mai 2000, und er war dreißig Jahre alt.

INTERMEZZO

IDRIS

SO, DACHTE IDRIS, als er in Stuttgart in den Zug nach Paris stieg, das war also mal wieder Deutschland. Die vergangene Nacht saß ihm in den Knochen, er fühlte sich alt, insofern passte es, dass ein junger Mann ihm mit seinem Koffer helfen wollte. Sehr aufmerksam, aber der Eindruck täuscht, ich bin fünfundfünfzig und in Bestform, dachte er und lehnte freundlich ab. Draußen auf dem Bahnsteig stand Oumar, seine Frau im Arm, seinen Mercedesschlüssel in der Hand.

Früher hatte man die Zugfenster nach unten gezogen, den Kopf hinausgesteckt, geredet und sich an den Händen gefasst, bis der Zug losfuhr. Heute grinste man sich an und machte Handzeichen. Wir telefonieren. Ja, wir telefonieren. Idris setzte sich ans Fenster und lachte nach draußen. So langsam könnte es losgehen, genug gewinkt, dachte er.

Als der Zug endlich anfuhr, rannte Oumar erstaunlich schnell ein Stück den Bahnsteig entlang. Christine blieb stehen, die Hände in den Manteltaschen, und zwinkerte Idris zu, als wäre sie der einzige Mensch auf der Welt, der ihn durchschaut hat. *Ich muss mich nicht vor dir rechtfertigen, Christine.*

Grüße an Amadou, rief Oumar, die Hände an den Mund gelegt, dann ließ er sich zurückfallen. Sie kannten sich seit der Schule, Oumar, Amadou und er, so lange, dass es sich anfühlte wie Blutsverwandtschaft. Als Oumar und Christine nicht mehr zu sehen waren, lehnte er sich erleichtert in seinem Sitz zurück. Er hatte unterschätzt, wie ermüdend Erinnerungen sein konnten. Zu viel Vergangenheit macht alt, beschloss Idris und schloss die Augen.

Es hatte ewig angestanden, dass er mal wieder nach Deutschland kam, doch drei Tage waren zu kurz für drei Städte gewesen. Oumar war auf einem Kongress in Berlin, also traf er ihn dort. Was für ein Glück für die Deutschen, dass sie sich wieder zusammenschließen durften, dachte Idris, wie lange war das jetzt her, zehn Jahre ungefähr. War es nicht das, was sie immer gewollt hatten, außer einige wenige? So war es ihnen zumindest damals vorgekommen. Wenn sie rüberfuhren und ihren Mädchen Platten und Klamotten mitbrachten.

Der Osten war kaum wiederzuerkennen. Was nicht nur am Umbruch lag, auch an der Zeit, er war seit den Achtzigern nicht mehr hier gewesen, jetzt war es 2000. Sie schauten sich Berlin an, besuchten einen alten Bekannten und übernachteten in ihrer damaligen Lieblingsgegend im Westteil, in Schöneberg. Am nächsten Tag fuhren sie weiter nach Leipzig, aßen zu Mittag in der Innenstadt, verglichen wieder damals mit heute, und er fragte sich, ob er sich in der Stadt noch zurechtfinden würde.

Mein Leipzig lob ich mir, es ist ein klein Paris und bildet seine Leute, ein Zitat aus Goethes *Faust*, das die Leipziger sich als Leuchtreklame in der Nähe ihres riesigen Bahnhofs auf ein Haus montiert hatten, um sich daran zu erinnern, wie sehr ihr Dichterkönig sie geliebt hatte. Das Haus stand noch, der Spruch war noch da. Er hatte die Stadt immer gemocht, auch wenn er damals nicht damit gerechnet hätte, hierher zu kommen. Er hatte auf Frankreich spekuliert, auf das echte Paris, und von Amerika geträumt. Doch wen interessierten die Träume eines afrikanischen Schuljungen? Der für seine Eltern kostenfreie Studienplatz plus Stipendium in der DDR war traumhaft genug. Er hatte damals keine besonders lebhafte Vorstellung von Deutschland gehabt. Und dann gab es auch noch zwei davon und sie waren im ärmeren gelandet. Dennoch waren wir Glückspilze, Auserwählte, dachte Idris.

Weißt du noch, wie wir hier ankamen?, hatte ihn Oumar gefragt, als sie vor ihrem alten Studentenwohnheim standen, das man zu einem Altenheim umgebaut hatte. Ja, er erinnerte sich. Er saß damals zum ersten Mal in seinem Leben in einem Flugzeug, er war kein Minister- oder Diplomatensohn, sein Vater hatte zwei Lebensmittelläden, und sein Glück war es, dass er der einzige Sohn war, den man unter allen Umständen ans Lycée Française und danach ins Ausland schicken wollte. Wenn er an diesen Flug dachte, sah er kleine Jungs vor sich, die ihre Aufregung einfach weglachten.

Sie waren in Berlin-Schönefeld gelandet, in Busse verfrachtet und direkt weiter nach Leipzig gefahren worden. Sie kamen aus unterschiedlichen Ländern, unterschiedlichen Völkern gehörten sie sowieso an, aber das war in Europa nicht relevant, war es nie, würde es nie sein. Viele von ihnen hatten Staatsstipendien, andere hatten sich privat um einen Studienplatz beworben, für die Deutschen waren sie einfach ein Haufen Schwarzer, für die Offiziellen: afrikanische Studenten aus jungen Nationalstaaten. Keine Kolonie mehr, also junger Nationalstaat. Militärdiktatur, auch egal, Hauptsache, nicht mehr unter britischer, portugiesischer, belgischer oder französischer Fuchtel und damit ein Anwärter dafür, sich auf die sozialistische Seite zu schlagen. In Leipzig fuhr man sie direkt zur Uni, die Karl-Marx-Universität, kurz KMU. Sie hieß erst seit den Fünfzigern so, als Universität existierte sie seit 1409, Idris hatte sich die Zahl gemerkt, weil sie ihn beeindruckte. Sie wurden durch die Fakultät geführt, sahen ihre künftigen Hörsäle, die Mensa, die Sportstätten, schüttelten vielen älteren Herrschaften die Hand und wurden von so vielen Eindrücken auf einmal geflutet, dass er sich im Nachhinein wunderte, dass keiner von ihnen in Ohnmacht fiel. Hinzu kam, dass ihre künftigen Profs, Ansprechpartner und Betreuer natürlich ausnahmslos Deutsche waren. Also Weiße. Jeder von ihnen kannte Weiße, aber hier sahen alle so aus. Er erinnerte sich an blasse Gesichter im kühlen Neonlicht. Auch uns werden sie anfangs nicht auseinandergehalten haben, dachte Idris, noch dazu hatten sie den Nachteil, dass wir größtenteils männlich und ungefähr im gleichen Alter waren, dünne schwarze Bürschchen um die zwanzig.

Wie sie jetzt hörten, ruhte auf ihren Schultern nicht nur die Hoffnung der DDR, die ihnen in ihrer unendlichen Großzügigkeit und Solidarität diese Studienplätze anbot, auf ihren Schultern ruhte auch die Hoffnung ihrer Heimatländer, ausgebeutet durch Kolonialismus, Imperialismus und so weiter. Doch das würde sich nun ändern. Unter anderem durch sie. Denn sie würden zurückgehen, direkt nach Abschluss ihres Studiums. Ach so? Sie werden genickt haben. Keinem von ihnen war bewusst gewesen, dass man in ihnen die Erbauer des neuen, postkolonialen Afrikas sah. Der Idealismus dieser DDR-Verantwortlichen hatte ihn beeindruckt, auch wenn er etwas uncharismatisch vorgetragen wurde – man las konsequent alles ab. Sie kannten Afrika nicht, aber diese Zukunftseuphorie hatte etwas Ansteckendes, fand Idris, anfangs jedenfalls.

Ihre Gastgeber hatten nicht nur keine Ahnung von Afrika, sie konnten auch nicht wissen, was sich ihre afrikanischen Gäste dachten. Sie nämlich, die Hoffnungsträger des zukünftigen panafrikanischen Sozialismus, dachten weniger langfristig und kompliziert. Sondern einfach: Hauptsache, Europa. Ihre Eltern hatten sie nicht zum Spaß auf die besten Schulen geschickt. Hinzu kam ein weiteres Missverständnis: Während die Funktionäre von ihnen, den Delegierten aus den armen Ländern, wohl eine gewisse Demut erwarteten, betrachteten viele von ihnen sich aufgrund ihrer Herkunft und Bildung eher als Crème de la Crème. Und trotzdem: Die Idee, dass sie als gut ausgebildete Männer für den Fortschritt ihrer Länder verantwortlich waren, war vielleicht nicht ihre, aber bei genauerer Betrachtung war sie wirklich gut.

Sein Mobiltelefon klingelte, hastig holte er es aus der Innentasche seines Sakkos und drückte den Ton aus. Er fand es nach wie vor unmöglich, wenn Leute ihre Mitmenschen mit ihrer Wichtigkeit belästigten. Es war die Klinik, obwohl er seinen Leuten eingeschärft hatte, ihn nur im äußersten Notfall anzurufen. Er würde zurückrufen, wenn er ankam. Er freute sich auf Paris und auf Amadou.

Als es sie nach dem Studium auseinanderriss wie bei einer Kernreaktion, hatte er zu denen gehört, die zurückgingen. Damit erfüllte er den offiziellen Plan, aber nicht seinen persönlichen. Das dachte er jedes Mal, wenn er seine alten Freunde sah. Amadou, während des Studiums ein Faulpelz, hatte mit seiner orthopädischen Klinik die Lizenz zum Gelddrucken. Rücken, Knie und die Spezialität des Hauses: neue Hüftgelenke. Eine florierende Oma-Reparaturwerkstatt in Paris, besser konnte man es kaum treffen. Oumar war Internist und arbeitete in einem großen Klinikum in Stuttgart. Ausgerechnet er, der Einzige, der vor Heimweh weinte und fast sein Studium geschmissen hätte, war hiergeblieben, war Deutscher geworden, mit Pass, Vorstadthaus, deutscher Frau und zwei Kindern. Bestens, hatte er auf seine Frage nach dem Befinden geantwortet: Christine ist verbeamtet worden. Na dann, dachte Idris. Er hörte das gedämpfte deutsche Gemurmel im Zugabteil und grinste in sich hinein. Das Einzige, was an Oumar nicht deutsch war, war sein Aussehen. Und er, Idris, der Heimweh nicht kannte, der sich selbst immer in Europa gesehen hatte, war zurück nach Afrika gegangen. Das Leben ist eine Komödie.

Er steckte das Telefon ein, lehnte sich zurück und schaute auf das vorbeiziehende Deutschland. Aufgeräumt, friedlich, grün. Er war lange nicht Bahn gefahren, hatte ganz vergessen, wie entspannt das sein konnte. Wann hatte er schon mal Zeit, an früher zu denken?

1967 kam er hierher. Ende 1970 ging er von Leipzig nach West-Berlin. Seine Noten waren erst befriedigend bis gut, später, als er verstanden hatte, dass es um alles oder nichts ging, ausgezeichnet. Nach der Allgemeinmedizin kamen das zahnärztliche Staatsexamen, dann der Facharzt und die Promotion. Herzchirurgie war sein Traum gewesen, Mund-Kiefer- und Gesichtschirurgie ging in Erfüllung. Er hatte es nie bereut. Und auch seine Heimkehr hatte viel Gutes, das stand außer Frage. Er war nicht der ewige Fremde. Musste seine kostbare Energie nicht in eine ermüdende Beweisführung stecken: Schaut her, ich bin ein zivilisiertes Wesen mit einem Doktortitel, ein Schwarzer der akzeptablen Sorte. Diesen Kraftaufwand lebenslänglich betreiben zu müssen, sollte man nicht unterschätzen, dachte Idris, zumal man am Ende trotzdem der Fremde blieb, der wohlgelittene, wenn es gut lief, auch der gern gesehene, letztendlich aber doch der Fremde. Außerdem war er mit seiner Klinik nicht einer von vielen hier, sondern der beste in Dakar geworden. Alle kamen zu Dr. Cissé. Die Reichen und die Diplomaten sowieso. Er konnte sich mit Fug und Recht als Künstler bezeichnen, doch das musste er nicht, das übernahmen seine Patienten. Den armen Leuten verschaffte er kein Hollywoodgebiss, aber er bot in seiner kleineren Praxis die Basisbehandlung für kleines, zur Not auch für gar kein Geld an. Nein, Idris hatte sich nichts vorzuwerfen. Ihm ging es gut und er teilte. Anders zwar, als es sich seine sozialistischen Gastgeber damals vorstellten, aber die gab es ja nun nicht mehr. Trotzdem: Er war als guter Arzt dorthin zurückgegangen, wo man gute Ärzte brauchte.

Seine Europawehmut klang etwas ab. Alles war gut. Oder? Er schlug seine Zeitung auf, um sie sofort wieder zusammenzufalten. Zu müde zum Lesen. Er hatte sich Oumars Programm unterordnen müssen, der ihn erst durch Berlin, dann durch Leipzig und am letzten Tag durch Stuttgart gezerrt hatte. Meine nächste Reise sollte ich allein planen, und ich sollte länger bleiben, dachte er. Vielleicht quer mit der Bahn durch Deutschland fahren, war ja alles bequem möglich hier.

Schneeregen peitschte ans Zugfenster. Er dachte an seinen ersten deutschen Winter. Einmal fiel die Heizung aus, der einzige Luxus, auf den nicht einmal er verzichten konnte. Er hatte es gemocht, sich Winterkleidung zu kaufen, trug gerne Rollkragenpullover und Mützen, lernte die Vorzüge langer Unterhosen schätzen. Eines Abends, er lernte gerade fürs Physikum, schaute er von seinem Buch auf und sah das Wunder. Weiß rieselte es vom Himmel. Gefrorener Regen, Leichtigkeit, Stille. Er weckte Amadou, mit dem er ein Zimmer teilte, doch der blieb unbeeindruckt, sah kurz hinaus und drehte sich gähnend zur Wand. Er war schon öfter in Europa gewesen, die Berufsbezeichnung seines Vaters lautete Außenhandelsattaché. Idris rannte hinaus auf den Gang, in die anderen Zimmer und rief Alphonse, Mohamed, Seydou, Ousmane, Jean und wie sie alle hießen, und auch sie kicherten ungläubig, als wären sie einer Fee begegnet. Den Plan der Uni zur kulturell sinnvollen Freizeitgestaltung hatten sie bereits vergessen, während sie ihn anhören mussten. Sie machten, was sie wollten. Gingen in Tanzlokale und Kneipen, spielten Fußball, pflegten Umgang mit Deutschen, ideologiefrei und lustig, feierten in ihren zellengroßen Zimmern. An diesem Abend rannten sie die Gänge entlang wie Kinder und lachten sich tot. Zehn kleine Negerlein und ihr erster Schnee.

Alles war neu. Das Aussehen und die Sprache der Leute, das Essen, die Fahrten in der Straßenbahn. Nach ihrer Ankunft lag Bettzeug auf den Stockbetten: Kissen, Wolldecken und deutsche Bettbezüge mit Knöpfen. Einer aus ihrer Truppe stieg in den Bezug wie in einen Schlafsack und knöpfte sich darin ein, nur sein Kopf schaute heraus – Oumar, so hatte Idris es in Erinnerung. Doch als er ihn jetzt lachend daran erinnerte, reagierte er pampig.

Ich bin doch kein Kretin, der nicht weiß, wozu ein Bettbezug da ist.

Idris winkte ab, vielleicht war es auch ein anderer Oumar gewesen.

Wir hatten überhaupt keine Ahnung, von nichts, sagte er neutral, denn das stimmte ja wohl.

Die Deutschen hatten auch keine Ahnung, sagte Oumar, keiner hatte eine Ahnung, wir haben in der präglobalisierten Welt studiert, noch dazu im Ostblock, wo die Leute festsaßen. Sie haben große sozialistische Bruderreden geschwungen und uns dann gefragt, ob es bei uns zu Hause Menschenfresser gibt.

Daran konnte sich Idris nicht erinnern. Ehrlich gesagt fand er die Leute gar nicht so ahnungslos. Er hatte fabelhafte deutsche Bekannte gehabt. Künstler, Kommilitonen, Kollegen, sogar die alten Leute waren teilweise schwer in Ordnung gewesen.

Wenn man bedenkt, dass sie Deutsche waren, hatten sie doch einen enormen Schritt gemacht, wenn sie uns Afrikaner so behandelten, als hätten sie schon immer an die Gleichheit der Menschen geglaubt, sagte er zu Oumar, dem seine frühere Leichtigkeit abhandengekommen war, nicht nur körperlich.

Ich jedenfalls hatte in der DDR meine schönsten Zeiten. Es gefiel mir fast besser dort als in West-Berlin. Es war irgendwie warmherziger. Es war menschlich.

Im Vergleich mit West-Berlin war es auf jeden Fall rassistischer, sagte Oumar.

Womöglich ist Rassismus ja menschlich, sagte Idris. Oumar blieb stehen und sah ihn an, als müsse er sich erst wieder daran erinnern, wen er vor sich hatte. Idris, den Provokateur. Idris grinste, Oumar nicht. Als junge Männer hatten sie sich oft angebrüllt, immer im sicheren Bewusstsein, dass sie sich anschließend wieder vertragen würden. Sollten sie sich mal geprügelt haben, was gut möglich war, wenn man sich seit seinem zehnten Lebensjahr kannte, dann hatten sie das erfolgreich verdrängt. Oumar klopfte ihm kopfschüttelnd auf die Schulter, und sie gingen weiter. Später, auf dem Weg aus der Stadt auf die Autobahn, war Idris dann eine Geschichte wieder eingefallen, an die er ewig nicht gedacht hatte.

Es war bei einem seiner ersten Hausbesuche in einem der Außenbezirke gewesen, die schon aussahen wie Dörfer. Die Leute dort hielten sich teilweise noch Vieh, was ihm gut gefiel, weil es ihn an zu Hause erinnerte. Die Menschen sind überall gleich, dachte er, sie haben ihre Tiere zu versorgen und irgendwann essen sie sie. Zuerst war er in Begleitung eines älteren deutschen Arztes da. Ein altes Mütterchen hatte einen Unfall gehabt und sich großflächig verbrüht, sie musste furchtbare Schmerzen gehabt haben. Es war offensichtlich, dass er der erste schwarze Mensch war, den sie zu Gesicht bekam. Mit aufgerissenen Augen lag sie in ihrem großen Ehebett. Er machte dies, er machte das, Wunde säubern, Verband wechseln und so weiter. Der deutsche Arzt führte die Konversation mit der alten Frau, die ihn die ganze Untersuchung weiter bestaunte wie das achte Weltwunder. In der darauffolgenden Woche musste er wieder zu ihr. Dieses Mal war er allein, sie aber nicht. Sie hatte ihren Freundinnen Bescheid gesagt. Idris war nun die Attraktion für ein ganzes Omakränzchen. Diese alten Damen waren noch im neunzehnten Jahrhundert geboren, kannten nicht einmal ihre Nachbarländer. Für sie war er ein Mann aus einer fremden Welt, mehr nicht. Sie hatten Kuchen dabei, sie drängelten ihm Kaffee auf, sie fragten ihn, ob sie seine Haare anfassen dürften, wie es so wäre in Afrika, die Löwen, die Hitze, der Hunger, das ganze Programm. Alles überaus freundlich, fast scheu und irgendwie niedlich. Die Omas tuschelten, er wechselte ihrer Freundin, seiner Patientin, den Verband und lachte in sich hinein.

Du willst nicht wissen, was sie anschließend geredet haben, sagte Oumar.

Das will ich nie wissen, was würde mir das bringen?

Idris sah Oumar alle ein oder zwei Jahre, wenn der seine Mutter und seine Geschwister besuchte. Christine hatte er seit Ende der Achtziger nicht mehr gesehen, eine halbe Ewigkeit. Beide Kinder waren zum Essen gekommen. Erwachsene Menschen, die er auf der Straße nicht erkannt hätte. Valerie war schon zweiunddreißig, Cédric etwas jünger, sah aus wie Oumar in hell. Ein positiver junger Mann, sportlich, herzlich, bodenständig. Als Idris wieder einfiel, dass er sein Patensohn war, befürchtete er kurz, er könne ein Geschenk erwarten. Was hätte ich ihm mitbringen sollen, er ist erwachsen, es geht ihm bestens, er arbeitet bei Porsche, dachte er dann. Christine hatte sich den damals noch klapperdürren Oumar geschnappt und nie wieder losgelassen. Die Behauptung lautete eher umgekehrt, das wussten sie alle: Die schwarzen Typen, die sich die deutschen Mädchen schnappen. Ha, dachte Idris, die deutschen Mädchen wussten besser als wir, was sie wollten, so viel war mal klar. Außer seinem Abschluss und einer möglichst guten Zeit hatte er damals eigentlich gar nichts gewollt. Beides hatte er bekommen.

Christines Erinnerungen an ihn waren äußerst lebendig, das ließ sie ihn gleich wissen, nachdem sie sich umarmt hatten. Idris war immer ein Schlitzohr, sagte sie und lachte. Ein Macho natürlich auch. Und ein Chaot, der die anderen vor dem Kino warten ließ und der sich Sachen lieh und sie nie zurückgab. So ging das den ganzen Abend, und er lachte mit, schließlich verstand er Spaß.

Beim Essen fragte sie ihn, bei wem von damals er sich regelmäßig melde. Bei wem soll ich mich melden, dachte er, ich bin ein beschäftigter Mann, ich bin seit über zwanzig Jahren weg aus Europa, ich habe eine Praxis und eine Klinik zu leiten und zig Leute zu versorgen, was denkst du denn, liebe Christine, was ich den lieben langen Tag mache, Postkarten an alte Bekannte schreiben?

Ich besuche meine alten Freunde lieber, sagte er stattdessen und hob sein Glas. Auf die Köchin, so hübsch und charmant wie eh und je!

Später saßen sie beim Wein am Kamin und sahen sich alte Fotos an, amüsierten sich über sich selbst in ihrem Siebzigerjahre-Chic. Oumar lachte endlich wieder sein wieherndes Lachen, Christine dröhnte wie eine Donnergöttin, ein schönes Paar und eigentlich ein schöner Abend.

Es war auch Christine, die wusste, was aus den jungen Gesichtern auf den Bildern geworden war. Die meisten Geschichten hörten sich erfolgreich an, und auch wenn er die Leute aus den Augen verloren hatte, freute ihn das. Er war kein Mensch, der Sehnsucht nach früher hatte, aber als er sie so sah, Oumar, der so schüchtern war, sich aber anzog wie ein Papagei, gelbe Schlaghosen, psychedelisch gemusterte Hemden, Amadou in seinem braunen Cordanzug, in dem er praktisch einfarbig war, und sich selbst mit Schnurrbart, Koteletten und Jeansgröße 28 – in diesem Moment vermisste er diese Kinder auf den Fotos. Ihre Unschuld, das Gefühl, alles noch vor sich zu haben.

Christine, davon musst du mir einen Abzug machen, ich muss meinen Töchtern zeigen, dass ich auch mal cool war.

Gerne, mein Lieber. Wenn du dafür ein Beweisfoto brauchst ...

Sie hatte ihm die Fotos mitgegeben. Einen ganzen Packen. Christine hatte damals künstlerische Ambitionen, wie ihm wieder einfiel, hatte sich im Keller ihrer Eltern eine Dunkelkammer eingerichtet. Er stand auf, holte die Fotos aus seinem Koffer und legte sie vor sich auf den Ausklapptisch. Ein Kind kam den Gang entlang, Rotz an der Nase und einen Keks in der Hand, es blieb vor ihm stehen. Buh, dachte Idris, ich fürchte, hier gibt's nichts zu sehen, Kleiner. Dann fiel er in einen kurzen, erschöpften Schlaf voller Gesichter, Stimmen, Fragen. Als er kurz hinter Strasbourg wieder aufwachte, hatte sich seine Nostalgie in Ärger verwandelt.

Benommen durchwühlte er seine Manteltaschen nach Aspirin und spülte sie mit einer halben Flasche Wasser hinunter. Die Schlaftabletten der vergangenen Nacht wirkten nach. Er trank noch mehr Wasser und starrte aus dem Fenster, ohne die Landschaft wahrzunehmen. Es dauerte eine Weile, bis ihm einfiel, über wen er sich ärgerte. Weniger über Christine, die sich wohl als sein Gewissen betrachtete, viel mehr über sich selbst.

Christine musste gar nichts tun, sie musste nur so sein, wie sie war, und unweigerlich hatte er an Monika denken müssen. Es war diese Ähnlichkeit zwischen diesen Frauen, die ihm wahrscheinlich vorgegaukelt hatte, die beiden hätten sich gekannt.

Monika war es in der DDR zu eng gewesen. Nachvollziehbar. Überschätz mal den Westen nicht, hätte er ihr sagen können, aber das wäre anmaßend gewesen. Jeder hatte das Recht, sein Glück anderswo zu vermuten. Davon konnte er als Afrikaner ein Lied singen.

Stattdessen riet er ihr, auf jeden Fall ihr Studium zu beenden. Was hatte sie studiert? Philosophie? Oder nannte man es direkt Marxismus-Leninismus? Die anderen Philosophen wurden durchgenommen, um widerlegt zu werden – der Marxismus-Leninismus hatte als der Weisheit letzter Schluss dazustehen. Monika, ein Arbeiterkind, war an diesen Studienplatz geraten wie die Jungfrau zum Kinde, wie sie behauptete. Sie beschäftigte sich mit Kant, Hegel, Schopenhauer, Nietzsche, Kierkegaard, trank Rotwein und rauchte so elegant, dass man sofort selbst damit anfangen wollte. Ein Scheiß ist das alles. Ein Philosoph, der nicht denken darf, was er will, sag mal, haben die sie eigentlich nicht mehr alle? Und was mache ich später damit? Unterrichten? Agitieren?

Mach es fertig, sagte er, dass du nicht weißt, was du anschließend damit anfangen sollst, beweist doch, dass es ein Luxusstudium ist. Was ich mache, ist im Grunde eine Ausbildung. Philosophie dagegen ist eine Erweiterung des Horizonts. Das können sich in anderen Ländern nur Leute erlauben, die nicht arbeiten müssen.

Ich kann sowieso nicht abhauen, jedenfalls nicht, solange mein Vati noch lebt, sagte Monika, das würde ihn umbringen.

Er erinnerte sich so gut daran, weil sie ansonsten auf die Welt zu pfeifen schien und dann wieder so loyal war. Und weil er immer davon ausgegangen war, dass auf den Leuten in Europa – egal ob im Osten oder im Westen – weniger Druck von den Alten lastete. Doch das war ein Irrtum. Monis Vater war ein linientreuer Kommunist, der sich in seinem Weltbild durch die Existenz der DDR bestätigt fühlte, viel mehr aber noch durch das Hochschulstudium seiner einzigen Tochter. Was sie ihm über ihren Vater erzählte, gefiel Idris, weil es sich anhörte wie eine Heldengeschichte, gleichzeitig ängstigte es ihn. Überzeugte Deutsche sind beängstigend, egal wovon sie überzeugt sind.

Über eine gemeinsame Zukunft hatten sie nie gesprochen. Moni wollte ihn nicht heiraten, nein, Moni wollte niemanden heiraten, zumindest nicht zu dieser Zeit, das gehörte zu ihrem Selbstverständnis als moderne Frau. Bei seinen letzten Besuchen wohnte er schon in West-Berlin und blieb nicht mehr über Nacht. Sie wohnte in einer alten Hinterhofwohnung, im Sommer, wenn ihre Eltern auf dem Land waren, zog sie in deren Wohnung in Treptow, von der S-Bahn aus sah man die Hochhäuser der Gropiusstadt, als gäbe es die Mauer nicht. Michael hatte sie ihn genannt, er nannte ihn Michel, ein rundes, selbstgenügsames Baby, das in seinem Bettchen lag, seine Händchen betrachtete und keinen Mucks von sich gab, während Monika Hausarbeiten in ihre Schreibmaschine hineinhämmerte.

Als er ihn das letzte Mal sah, lief er schon, sprach aber noch nicht. Er hatte dieses Kind lachen, aber nie weinen sehen, konnte das sein? Monika hatte ihm jahrelang Bilder von ihm geschickt.

Idris fragte sich zum ersten Mal, ob er sie noch hatte. Die Frage, was wohl aus ihm geworden war, dachte er nicht zu Ende.

Monika und er ließen sich über gemeinsame Bekannte grüßen, waren sich immer wohlgesonnen, so war es doch gewesen, oder? Geschrieben hatte er ihr aus West-Berlin nicht mehr. Sie hatte Probleme. Mit der Uni? Mit der Stasi? Er wollte sie auf keinen Fall in Schwierigkeiten bringen. Abgesehen davon machte Moni immer den Eindruck, als käme sie bestens ohne ihn klar. Eine Frau wie sie blieb nicht lange allein. Einen seiner Nachfolger als leiblichen Vater des Kindes zu präsentieren, dürfte schwierig gewesen sein, es sei denn, der Mann wäre schwarz gewesen. Idris fragte sich, warum er darüber nie nachgedacht hatte. Sie wird schon gewusst haben, was richtig war, für sie und den Kleinen, dachte er. Irgendwann hatte er über Bekannte erfahren, dass sie geheiratet hatte und in den Westen gegangen war. Monika bekam, was sie wollte. Immer.

Bevor der Abend in die falsche Richtung lief, hatten sie lange am Kamin gesessen, Oumar, Christine und er. Er war dann nach oben gegangen, sofort eingeschlafen und hatte von einer großen alten Wohnung geträumt. Er ging einen langen, dunklen Flur entlang, folgte Stimmen, und im Salon saß Monika, das Baby auf dem Arm, Idris sah sein Gesicht nicht, hörte es nur lachen. Es lachte wie ein Erwachsener. Warum hat es blonde Löckchen, Moni? Es ist nicht deins, mach dir keine Sorgen, sagte sie.

Er wachte auf, begriff, dass er in Oumars Gästezimmer lag, und ging nach unten, um sich ein Glas Wasser zu holen. Christine war noch wach. In einem weißen Bademantel kniete sie vor der großen Kiste mit Fotos und ordnete sie in Stapel auf dem Teppich. Der Fernseher lief. Auf dem Sofa schlief eine Perserkatze, die er vorher nicht gesehen hatte.

Idris. Setz dich doch zu mir, magst du einen Tee? Schöner Pyjama.

Danke.

Wieder setzte er sich an den Kamin. Christine hielt ihm ein Foto unter die Nase und lächelte ihn an. Ein Familienbild. Oumar trägt Valerie auf den Schultern, daneben steht Christine mit einem langen, geflochtenen Zopf und Cédric in einem Tuch vor der Brust.

Das war damals neu. Es ist die älteste Art, ein Kind zu tragen, aber das Tragetuch kam erst wieder auf, erinnerst du dich?

Um ehrlich zu sein, ist mir das herzlich egal, dachte er, Kinderwagen oder Tragetuch, das entscheidet doch die Mutter, oder?

Cédric war ein außergewöhnlich schönes Kind, sagte er.

Ich wurde auf der Straße angefeindet für mein Mischlingsbaby.

Wer könnte dieses Kind nicht lieben, sagte Idris, der den deutschen Begriff *Mischling* nie gemocht hatte. Er klang abwertend. Außerdem hörte er sich an wie *Frischling*, ein kleines Wildschwein.

Also uns hat man jedenfalls nicht immer geliebt, im Gegenteil, und das weißt du auch. Diese Leute haben ihre Nachbarn umgebracht und die waren weiß, meinst du etwa, das alles war plötzlich verschwunden, nur weil sie im Osten so getan haben, als säßen alle Bösen drüben?

Christine wollte unbedingt Kinder mit Oumar, und jetzt, dreißig Jahre später, wies sie ihn in diesem Polittonfall darauf hin, dass diese Verbindung eventuell von irgendwelchen Altnazis nicht begrüßt worden war. Wieso ihn? Er trank seinen Tee. Danach würde er schlafen können.

Du warst schon immer ein talentierter Verdränger, Idris, hörte er sie sagen. So war das den ganzen Abend gegangen. Idris: Aus den Augen, aus dem Sinn. Idris, der sich die Welt zurechtbiegt, bis sie ihm passt. Jaja, der Idris. Jetzt saß er nur noch da und schaute teetrinkend ins Feuer.

Wo habe ich das Bild nur, fragte Christine sich selbst und legte Patiencen mit ihren Fotos.

Hör mal, Christine, sagte er nach einer Weile, ich habe mich selbstverständlich bei den Leuten gemeldet. Nur musste ich dann ja weg, das war kein Spaß, du weißt doch, wie kompliziert das alles war.

Christine schaute ihn über ihre Lesebrille hinweg an und nickte.

Monika zum Beispiel, die meinst du doch sicher. Sie ist schon in den Achtzigern in den Westen gegangen und verheiratet, glücklich, soweit ich weiß, sagte er.

Welche Monika?, fragte Christine und nahm ihre Brille aus dem Gesicht.

Welche Monika? Gab es so viele Monikas? Ja, so hießen die Frauen dort zu dieser Zeit. Doch Christine wusste wirklich nicht, von wem die Rede war, er sah es in ihrem Gesicht. Das Kaminfeuer hatte ihr die Farbe von Himbeerjoghurt verliehen. Schöne hellrosa Frau. Er musste sie angeschaut haben wie ein Schwachkopf.

Ich weiß nicht, wie du auf diese Frau kommst, oder sagen wir so: Du wirst schon deine Gründe haben, dich für sie zu freuen.

Sie musterte ihn mit ihrem Lehrerinnenlächeln.

Nicht Monika, natürlich nicht. Gabriele. Sein Gedächtnis hatte Memory gespielt und ihn reingelegt. Es hatte Monika und Christine auf einen Haufen geworfen, zwei große, hellhaarige, resolute Frauen. Doch Monika kam aus Berlin und Christine aus Leipzig. Die große Christine war eine Freundin der kleinen Gabriele gewesen. Gabriele, die nicht Gabi genannt werden wollte. Es gefiel ihr, wenn er ihren Namen französisch aussprach: Gabrielle, Gabriellchen, das passte zu ihr. Sie hatte Bauzeichnerin gelernt. Damit kann ich später vielleicht doch noch Architektur studieren, hatte sie gesagt. Sie durfte nicht im ersten Anlauf studieren, haderte damit aber weniger als Monika mit ihrer Philosophie. Sie liebte das Leben, das hörte sich so platt an, aber bei ihr war es so. Sie fuhr mit dem Lada-Kombi ihres Vaters durch die Gegend, musste den Fahrersitz ganz nach vorn ziehen und klemmte dann fröhlich hinter dem Lenkrad. Wenn jemand den Luxus eines Autos brauchte, war sie da. Sie selbst hatte ein Moped, auf dem sie ihn hinten mitnahm. Er sah ihr niedliches Profil, eingerahmt von einem Helm, unter dem ihr dunkler Pony hervorschaute, den sie sich aus dem Gesicht blies. Halt dich an mir fest, Idris.

Er konnte nicht aufhören ins Feuer zu starren, Christine kniete weiter auf dem Teppich und schaute ihn an.

Ich meinte Gabriele, sagte er nach einer gefühlten Ewigkeit. Wie geht es ihr?

Das fragst du mich? Wir sind 1976 weg. Du willst mir doch nicht erzählen, dass du seitdem nie wieder von ihr gehört hast?

Idris erinnerte sich nicht daran, wann er zum letzten Mal von Gabriele gehört hatte, aber er erinnerte sich daran, dass Christines Stimme ihm immer zu laut gewesen war.

Danach haben wir uns noch zwei, drei Mal geschrieben und das war's dann. Ich denke öfter mal an sie, ich habe nie wieder von ihr gehört. Als ich das letzte Mal in Leipzig war, war im ehemaligen Geschäft ihres Vaters ein Sushi-Restaurant.

Leipzig. Sushi-Restaurant. Idris verstand nur noch einzelne Worte, als hätte er sein Deutsch vergessen. Sie sahen sich an.

Es ist doch alles so lange her, sagte er.

Stimmt, Idris, das Kind müsste jetzt ungefähr dreißig sein. Lange her, lange her, damit kann man doch nicht alles erklären! Andere Leute haben es auch geschafft, in Kontakt zu bleiben.

Ich muss mich vor dir nicht rechtfertigen, Christine, sagte er und klang kälter als beabsichtigt.

Nein, musst du nicht. Vor mir nicht.

Und plötzlich hatte Idris das Gefühl eines Traums in einem Traum. Er war Monika begegnet, aufgestanden, in dem fremden großen Haus die Treppen hinuntergegangen, in dem Glauben, er wäre wach. Aber er war nicht wach, er träumte weiter. In diesem Traum im Traum kam Christine auf ihn zu, legte ihm ein Foto in den Schoß und sagte: Hier, das habe ich gesucht. Ich schenke es dir, wenn du es willst.

Er nahm das Foto und stand auf, wie man im Traum aufsteht.

Es fiel mir wieder ein, als wir über schöne Babys geredet haben, sagte Christine.

Er ging nach oben.

Das habe ich nicht zynisch gemeint, Idris, ich fände es wirklich schön, wenn du es hast, sagte Christine in seinen Rücken.

Darauf hatte er keine Antwort, er musste allein sein.

Er musste sich nicht vor Christine verteidigen. Oumar und sie hatten es so gemacht. Er und Gabriele hatten es anders gemacht.

Ich muss weg, Gabriellchen, hatte er ihr gesagt, kurz bevor er endgültig ging.

Ich kann nicht weg, sagte sie, meine Schwester Brigitte ist abgehauen. In einem Kofferraum. Und weg war sie, die Gitti.

Sie hatte lachend den Kopf geschüttelt, gleichzeitig belustigt über den Coup im Kofferraum und traurig über den Verlust ihrer Schwester.

Vielleicht, dachte er später, hatte er die Leute dort so gerne gemocht, weil sie ihm in ihrer Schicksalsergebenheit näher waren als die Leute im Westen?

Gitti hatte die große Freiheit gesucht und gefunden, das bedeutete, dass Gabriele bleiben musste. Im Land und bei den Eltern. Womöglich – ja, als er darüber nachdachte, war er sich sicher – war die Flucht ihrer Schwester auch der Grund dafür, dass sie nicht studieren durfte. Sie hatte ihm von der Schwangerschaft erzählt, und er wusste weder, ob sie geweint oder sich gefreut hatte, noch konnte er sich an seine Reaktion erinnern. Einen Freudentanz wird er nicht aufgeführt haben, so viel stand fest. Er war gerade erst ungeplant Vater geworden.

Niemals hätte er damit gerechnet, dass das Wiedersehen mit Oumars Frau ihm den Schlaf rauben würde. Erst hatte er versucht, seine Frau zu erreichen, um sich zu vergewissern, dass sein Leben lief wie immer. Doch Odette ging nicht ans Telefon. Dann saß er auf der Bettkante und ließ die Verwechslung, die Frauen, die Orte, die Jahre so lange Schleifen in seinem Kopf ziehen, bis er sie mit zwei Schlaftabletten ausbremste.

Seufzend streckte Idris die Beine aus. Hätte er sich Christine erklären sollen? Er hätte es nicht gemusst, aber letzte Nacht hätte er es auch nicht gekonnt. Die Wahrheit war: Es hatte Gründe dafür gegeben, dass er und Gabriele sich aus den Augen verloren hatten, gute Gründe. Und jetzt, da er ungestört darüber nachdenken konnte, fielen sie ihm auch wieder ein.

Er wusste nicht, warum man ihn vorgeladen hatte. Er wusste nicht, was in ihren Augen sein Vergehen gewesen sein könnte. Deutsche Kommilitonen hatten Ärger wegen Nichtigkeiten. Westfernsehen, falsche Poster in ihren Zimmern, falsche Klamotten, falsche Freunde. Die Ausländer wurden größtenteils in Ruhe gelassen. Er, geboren 1945 in einer französischen Kolonie, hatte einen französischen Pass. Was wollt ihr, Freunde, dachte er, und fühlte sich im deutschen Ost-West-Hickhack angenehm außen vor.

Er hatte sich mit einem Künstlerpaar aus Leipzig angefreundet, Gisela und Klaus, zehn, fünfzehn Jahre älter als er, sie Bildhauerin, er Maler. Anfangs hatte er ihre Post mit nach West-Berlin genommen, später die Bilder von Klaus, die er dort einem Galeristen übergab. Oder war es ein Sammler? Er erinnerte sich nicht an die Einzelheiten, aber dieser gutgekleidete Gentleman übergab ihm auch das Geld für die Bilder. Bei einer dieser Fahrten wurde er am Übergang Friedrichstraße mit mehreren tausend D-Mark rausgewinkt und machte, was er auch noch schlotternd vor Angst gut konnte: Er quasselte die Genossen Grenzer in Grund und Boden. Er wiederholte diesen ganzen Völkerfreundschaftssermon, mit dem sie ihnen regelmäßig auf den Wecker gingen, sagte ihnen, wie dankbar er für seine erstklassige Ausbildung in ihrem fabelhaften Land war. Aha? Und was treibt Sie dann regelmäßig nach Berlin-West? Die Liebe, der Konsum, das Nachtleben, alles legal, trotzdem keinesfalls das, was sie hören wollten. Fieberhafte Überlegungen, die ihn schließlich auf die beste Anlaufstelle für jede Art von Fieber gebracht haben mussten. Das Tropeninstitut der Freien Universität Berlin. Eine Einrichtung, die es tatsächlich nur im Westteil gab. Und an der er, als künftiger Mediziner in tropischen Gefilden, die dementsprechende Tropenausbildung zu absolvieren hatte. So war es tatsächlich. Nur eben nicht zu diesem Zeitpunkt. Sie nickten und schrieben mit. Sollten sie doch dort anrufen und sich nach ihm erkundigen, ob sie sich damit vor den Leuten im Westen eine Blöße gegeben hätten, konnte er nicht beurteilen. Er war erleichtert, noch bevor es einen Grund zur Erleichterung gab. Er saß in diesem Kabuff, in dem es nach altem Kaffee, Menschen und Zigaretten roch, und hatte die Taschen voller Westgeld, von dem er nun behauptete, er hätte es sich bei der Bank auszahlen lassen. Unterstützung von seinem Staat, Stipendium in harter Währung. Für ihn und ein paar Kollegen, deshalb die relativ große Summe. Vielleicht hatten sie keine Lust auf Ärger auf diplomatischer Ebene, jedenfalls musste die Sache irgendwie glimpflich verlaufen sein, denn hätte er Klaus anschließend erklären müssen, dass mehrere tausend D-Mark einfach weg waren, er würde sich an dieses Gespräch erinnern, mindestens jedoch an das Gesicht von Klaus, oder? Eigentlich eine gute Geschichte. Sollte ich bei Gelegenheit unbedingt meinen Töchtern erzählen, dachte Idris.

Und bei der Schlägerei, an die ihn erst Oumar wieder erinnert hatte, ging es nicht um Mädchen oder weiße gegen schwarze

Typen, sie waren einfach nur betrunkene Typen. Idris, der eine betrunkene Typ, hatte einem anderen betrunkenen Typen das Nasenbein gebrochen. So fühlte es sich an und so sah es auch aus. Sie standen unter dem gelben Licht einer Straßenlaterne in der Leipziger Innenstadt und wussten nicht, wie es weitergehen sollte. Neben ihnen lagen Tannenbäume auf dem Bürgersteig, es muss wohl Januar gewesen sein. Er war allein und hatte gerade anschaulich dargestellt, dass mit ihm nicht zu spaßen war. Der Typ mit der Nase hatte seinen Freund dabei, der so blau war, dass er sich auf seinem verletzten Kumpel abstützen musste, während er Idris beschimpfte. Guck dir das an, du Arsch, brüllte er immer wieder und zeigte auf den anderen, der sich vor Schmerzen bog. Idris stand da wie eine Salzsäule und hörte sich seine Drohungen an. Er drohte ihm, ihn zu finden, kündigte ihm ein Rückspiel an, im Zuge dessen er ihn zu Klump hauen würde, als gerechten Ausgleich für das da – er zeigte auf die Nase. Natürlich hatten sie Neger und dergleichen gerufen. Wäre er nicht schwarz gewesen, sie hätten einen anderen Grund gefunden, Ärger mit ihm anzufangen. Sie wollten sein Geld, möglicherweise hatte er in der Kneipe den Weltmann raushängen lassen und ein paar Runden ausgegeben, und sie wollten seinen Ledermantel. Der Gestapo-Mantel ist konfisziert, krächzte der eine immer wieder wie ein durchgedrehter Hahn. Der Bitte-was-Mantel? Idris, der immer ein passabler Läufer gewesen war, rannte nicht. Irgendetwas lähmte ihn. War es Angst? Vermutlich war es Stolz. Als sie ihn irgendwann einholten und er eine Hand auf der Schulter spürte, drehte er sich um und schlug direkt zu. Rechter Haken, Volltreffer, knack. Ich Idiot, dachte er in den darauffolgenden Wochen. Denn sah man davon ab, wie schwanzfixiert er in dieser Zeit war, waren die Hände seine wichtigsten Körperteile. Er wollte Herzchirurg werden, das kam vor allem anderen. Idris sah sich nicht als Ehemann, schon gar nicht als Vater, er sah sich auch nur schemenhaft als wohlhabenden Mann, das alles würden die natürlichen Nebeneffekte seiner glänzenden Laufbahn als Chirurg sein. Er sah sich im OP, und er war besessen von der Unversehrtheit seiner Hände. Und hätte sich eins dieser anatomischen Meisterwerke im Affekt fast eigenhändig zerstört.

Sie hatten weiter unter der Laterne gestanden, Idris zitternd und stumm, pöbelnd und winselnd die beiden anderen, bis über ihnen ein Fenster aufging und eine brüchige Männerstimme keifte: Ruhe da unten, ihr Rabauken, oder ich hole die Polizei. Ach Schnauze, Opa, rief sein neuer Feind. Beim Wort Polizei begriff er endlich, was er zu tun hatte. In die falsche Richtung rannte er durch die Nacht, bis er ein Taxi fand, am Steuer ein Griesgram, der ihn so lange misstrauisch musterte, bis er ihn mit zehn Westmark bestach, ließ sich von ihm ins Wohnheim fahren und lag zwei Tage mit Eisbeuteln auf seiner unersetzbaren Hand im Bett. Ob der Typ ihn angezeigt hatte, wusste er nicht, rechnete aber täglich damit, ihm wieder zu begegnen. Die Leichtigkeit, mit der er sich in den Jahren zuvor durch die Stadt bewegt hatte, war zerstört.

Hatte er seine Zeit in der DDR verklärt? Er blieb dabei, dass es eine gute Zeit war, trotzdem war ihm lange nicht so klar gewesen, wie dringend er dort hatte verschwinden müssen.

Es war paradox, aber auch die Mädchen waren ein Grund für seine Flucht gewesen. Oder vielmehr ihre Väter. Monika mit ihrem Kommunistenvati, von dem er nicht wusste, ob er nicht ein hohes Tier war, ob er die Macht hatte, ihn fertigzumachen. Und Gabrieles Papa, der irgendwie Privatunternehmer war und jeden in Leipzig kannte, alte Seilschaften, alte Schule. Sie sprach nur in den allerliebsten Worten von ihm. Mein Papa sagt immer, das hat mir mein Paps gekauft. Sie konnte Dinge bauen und reparieren wie ein Junge. Natürlich hatte ihr auch das der Papa beigebracht. Dieser Mann würde sich nicht seine Tochter wegnehmen lassen, nachdem die andere abgehauen war. Schon gar nicht von einem Neger.

Gabriele wohnte noch bei ihren Eltern. Sie hatten ein Telefon, aber er rief sie so gut wie nie an, weil sie immer wussten, wann sie sich wieder sehen würden. Als er beschlossen hatte zu verschwinden und versuchte sie zu erreichen, ging der sagenumwobene Papa ans Telefon. Er meldete sich mit einem schneidigen *Loth!*, hörte seinen Akzent, ließ sich zweimal seinen Namen nennen und schwieg dann ausführlich.

Hallo, sagte er, sind Sie noch da? Ist Gabriele da? Kann ich sie sprechen, bitte?

Ich untersage Ihnen hiermit jedweden Kontakt zu meiner Tochter Gabriele, sagte er schließlich. Er sagte es nicht böse, er sagte es förmlich, was seinen Befehl noch unmissverständlicher machte. Jetzt schwieg Idris.

Haben Sie mich verstanden?

Er wusste nicht mehr, ob er Ja gesagt hatte. Er legte auf. Was hätte ich denn tun sollen?, fragte er sich damals schon. Er hatte keine andere Chance, sie zu erreichen. Hatte sie versucht ihn zu erreichen? Ja, nahm er an, aber kurze Zeit nach diesem Telefonat gab es ihn nicht mehr. Er war weg.

Vorladung, Vorfall an der Grenze, eine deutsche Nase ramponiert und zwei Frauen. Eine mit einem Baby, eine mit der Behauptung einer Schwangerschaft. Hätten sie ihn exmatrikuliert und zurückgeschickt, womöglich noch auf Kosten seines Vaters, es wäre der Super-GAU gewesen. Dann hätte er gleich zu Hause bleiben und Bauer werden können. Also Koffer gepackt und ab nach Frankreich, wo man den netten jungen Mann aus der ehemaligen Kolonie doch gleich fragte, ob er seinen Militärdienst schon abgeleistet hätte. Auch so eine Sache, die er unterschätzt hatte: Als Franzose hatte er nicht nur Rechte, sondern auch Pflichten. Also zurück nach West-Berlin, wo sich Ausländer, die im Osten studiert hatten, relativ problemlos einschreiben und weiter studieren konnten. Als er erfuhr, dass Gabriele sich für das Kind entschieden hatte, studierte er schon an der FU und schob gut bezahlte Nachtdienste im Krankenhaus.

Er hatte ihr Päckchen geschickt, immer wieder, bis er Deutschland verließ. Zwischen den Geschenken versteckte er Geld. Es sollte ihr gutgehen, auch wenn sie immer so gewirkt hatte, als brauche sie nichts. Sie hatte eine Tante in den USA und Verwandte in Westdeutschland. Seine Pakete kamen zurück. Ob ihr Vater sie ihm zurückgeschickt hatte oder sie selbst, er würde es nie erfahren.

Ich würde nur gerne wirklich reisen, hat sie immer gesagt. Die Welt sehen, sehen, wo du herkommst, Idris. Oder wenigstens wissen, dass ich es *könnte*.

Gabriele war nie wütend, sie war erstaunt. Erstaunt darüber, dass die Welt offenbar so anders war als sie selbst. Das – und er wusste nicht, ob ihm das damals schon bewusst war – hatte ihm Angst gemacht. Mit Monikas Wut konnte er besser umgehen. Bei Gabriele konnte er nicht einmal behaupten, er wäre vor einer Verantwortung davongelaufen, für die er zu jung war und die ihn erdrückte, weil sie ihm dafür eine Verantwortung hätte übertragen müssen. Doch sie verlangte gar nichts von ihm, außer dass sie sich gut verstanden, zumindest erinnerte er sich an nichts anderes. Was Gabriele da lebte, hätte Idris der selbstgerechten Christine sagen sollen, war eine Geisteshaltung, die ihr selbsternannten Hippies gerne in Pillen gepresst und auf euren Feten verteilt hättet. Sie hat sich das nicht ausgedacht, um ein neues Zeitalter auszurufen oder ihre Eltern zu ärgern, sie war so.

Er schnäuzte sich. Aufgebracht und allein, so hatte er sich lange nicht erlebt. Er legte das Foto vor sich auf den Klapptisch. Es war wirklich schön. In seiner Vorstellung hatten deutsche Frauen immer so ausgesehen wie Christine oder Monika. Gabriele aber hatte dunkles Haar, so glatt, wie er es noch nie zuvor berührt hatte. Mit ihrem kerzengeraden Pony, der kleinen Nase und den hohen Wangenknochen sah sie fast aus wie ein asiatisches Mädchen, hatte aber helle Augen, die mal blau, dann wieder fast grün waren, faszinierend, auch das hatte er vorher noch nicht gesehen. Jetzt war sie frei. Konnte reisen, war vielleicht doch noch Architektin geworden, er wünschte es ihr.

Auf dem Foto hat sie das Baby auf dem Arm. Schwarzes glattes Haar wie sie, weiße Haut wie sie. Er lacht zu ihr hinauf, sie zu ihm hinunter. Seine kleine Faust umklammert ihre Kette. Sie trug immer ein kleines goldenes Kreuz.

Idris Ernst Gabriel, geboren am 8. November 1970, stand hinten auf dem Foto. Sie hatte ihn nach ihm genannt, nach ihrem Vater und nach sich selbst. Es war diese kleine Bleistiftzeile in ihrer akkuraten Handschrift, die ihn nicht schlafen ließ. Jetzt, ohne Christines fragende Anwesenheit, verstörte ihn die Erinnerung an sie nicht mehr, er lehnte sich zurück und genoss sie. Das war Gabriellchen, dachte er, so kannte ich sie. Alles, was sie machte, machte sie mit Sorgfalt und Liebe. Der Zug raste auf Paris zu, und er dachte an sie beide vor langer Zeit. Junge Leute, die nicht wissen konnten, was auf sie zukommt, die glücklich waren, sich begegnet zu sein. Er war froh, dass er allein saß. Er war froh, dass er gleich seinen ältesten Freund Amadou in die Arme schließen würde. Kurz fühlte er sich wie damals, als jede Reise noch ein Abenteuer war. Er schaute sich das Foto noch einmal an, bevor er es zurück in den Umschlag schob, und war sich plötzlich sicher, dass er so geworden war wie sie. Kein Idris, kein Ernst, ein Gabriel. Ein schöner Mensch, wie seine Mutter.

TEIL 2

DER FREMDE

Er war allein auf der Welt, aber nicht entwurzelt. Ein nicht unerheblicher Teil seiner Energie floss in die Überzeugung, sein Leben wäre perfekt.

GABRIEL

Und plötzlich war ich weiß. Ich. Es war nicht die einzige Verdrehung von Tatsachen an diesem Tag, aber die absurdeste. Nicht, dass die Tabloids mich explizit als weiß bezeichnet hätten. Das war nicht nötig. Ich wurde weiß, indem sie darauf verzichteten zu schreiben, dass ich es nicht war.

Man kannte meinen Namen. In anderen Zusammenhängen war mir das recht. Zwanzig Jahre lang hatte ich alles dafür getan, um an diesen Punkt zu gelangen. Architekten sind keine sogenannten Gesichtspromis, aber um mich besser zu beschreiben, musste man dem durchschnittlichen Zeitungsleser nur ein paar Fotos unserer wichtigsten Gebäude präsentieren und mich Stararchitekt nennen, und es war klar, wer ich war: einer von denen, die sich einbildeten, die Welt gehörte ihnen, und sie könnten sich alles erlauben. So hatte ich nie gedacht. Mein Büro hatte so viel gebaut, auch Bungalows für Slumbewohner. Doch in diesem Kontext machte sich ein Wolkenkratzer, ergo ein Phallus, natürlich besser.

Man stellte es dar, als hätte sich mein gesamter Lebensweg auf diesen Vorfall zubewegt, eine Kausalkette, so unausweichlich, dass der schlichteste Leser denken musste: typisch. Hatte ich Pech gehabt? War ich zur falschen Zeit am falschen Ort gewesen? Lief das nicht aufs Gleiche hinaus? Genauso könnte man sagen, dass meine Sterne schlecht standen oder mein Energiefeld schwach war. Nach dem Vorfall drehte ich mich im Kreis, schaute mich suchend um nach einer Ursache-Wirkung-Formel, die mir erklären konnte, was ich hätte anders machen sollen. Dabei entstanden Gedanken, die sich anhörten, als kämen sie aus dem Kopf meiner

Frau. Habe ich meine innere Stimme überhört, die all das bereits wusste? Habe ich das Glück herausgefordert, indem ich auf alles noch einen draufsetzen wollte? Nein, hatte ich nicht. Ich glaube nicht an das Schicksal, deshalb konnte ich es auch nicht herausfordern. Oder mit Demut auf meine Seite ziehen. Ich glaube an meine Arbeit und deren verdiente Resultate. Ich hatte keinerlei Zweifel an meiner Berufung an die Uni gehabt. Es war der perfekte Zeitpunkt. In meiner Biografie als Mann und als Architekt. Ich hatte etwas zu sagen. Ich hatte Erfahrung und Ideen. Als Student wäre ich in meine Seminare gegangen. Als Dekan hätte ich mich auch berufen. Meine Frau hatte mir geraten, stattdessen ein Buch zu schreiben. Mit der Begründung, ein Buch fordere meine Kompetenz, nicht aber meine soziale Kompetenz. Hätte ich auf sie hören sollen? Ihre Meinung interessiert mich immer, was nicht zwangsläufig heißt, dass ich sie teile. Ich liebe Fleur, aber ich bin nicht Fleur. Ich bin Gabriel.

Die Reaktion meiner Studentin übertraf meine Vorurteile und meine schlimmsten Befürchtungen. Wie angenommen war sie süchtig nach Aufmerksamkeit und daher auf der Suche nach einer wie auch immer gearteten Arena. Die hatte sie nun gefunden, indem sie sich in der Presse als Opfer inszenierte. Dass sie sich damit auch selbst in den Dreck zog, schien ihr egal zu sein. Ruhm hin oder her – will man das? Sie mag gedacht haben, dass es sich irgendwann versendet, woher man sie kennt – Hauptsache, man kennt sie erst einmal. Ich weiß es nicht. Fest steht, dass sie in dieser Geschichte ihre große Chance sah. Und dass dieser Vorfall so gut in jede Art von Debatte passte, hat dieses Mädchen womöglich selbst überrascht. Vielleicht hat sie aber auch mit dem Facettenreichtum ihrer Opferrolle gerechnet. Gender, Bildungssystem, Klasse, Hautfarbe, alles kam aufs Tapet, jeder durfte sich einmal äußern. Mir wurden mehr Macht, mehr Geld und mehr Einfluss unterstellt, als ich je erreichen werde. Einige Kommentare lasen sich, als wäre ich Dominique Strauss-Kahn. Wer erinnert sich noch an diesen Herrn? Seine Geschichte wurde kurz darauf von Hollywood überstrahlt, in Gestalt von Harvey Weinstein. Da war meine Reputation längst befleckt.

Mein Wutanfall hatte nichts Sexuelles, was ich nicht beweisen konnte. Mein Einwand, dass ich das Mädchen kurz für einen Transvestiten gehalten habe, hätte nur eine weitere Gruppe gegen mich aufgebracht, also unterließ ich ihn. Ich hatte keine Chance. Was immer ich auch gesagt hätte, es hätte alles verschlimmert, ich hätte die sprichwörtliche Scheiße in den Ventilator geworfen – eine ekelhafte Metapher, die niemals in meinem Leben so zutreffend war. Ich war das Feindbild der Presse und jeder Art von Antidiskriminierungsgruppierung.

Die Uni gab sich offiziös-zerknirscht, was mich nicht wunderte. Umso pressetextartiger sie ihre Statements formulierten, umso weniger trafen sie mich persönlich, was nicht hieß, dass sie mir nicht massiv schadeten. Wir legen allergrößten Wert auf einen respektvollen Umgang zwischen Studierenden und Lehrkörper, jaja. Ich war ein Externer und rechnete nicht mit dem Beistand von Kollegen. Schließlich kannte man mich so gut wie nicht. Ich rechnete deshalb noch weniger mit dem Gegenteil: mit Kollegen, die es offenbar nötig hatten, sich als Trittbrettfahrer zu betätigen. Ich hatte keinerlei Interesse an Veranstaltungen außerhalb meiner Vorlesungen, weshalb ich mich auch explizit aus allen E-Mail-Verteilern austragen ließ, die mein Postfach vermüllten. Für meine Projekte hatte ich projektbezogene E-Mail-Adressen und Telefonnummern eingerichtet, ansonsten erreichte man mich über das Festnetz in meinem Büro, soziale Netzwerke meide ich per se. Ich sah nicht ein, wieso ich an diesem ganzen Campuszirkus teilnehmen sollte, den ich schon nicht gemocht hatte, als ich selbst noch studierte. Die Beschränkung auf meine Seminare bestätigte den allgemeinen Verdacht, dass es sich bei mir um einen soziopathischen Kauz handelte. Der einzige geselllige Abend in einer Bar, zu dem ich mich irgendwann überreden ließ, wurde mir prompt zum Verhängnis, weil ich dort den Fehler begangen hatte, mit einer Kollegin über unsere Studenten zu reden. Ich sagte, dass ich mich teilweise eher wie an einer Schule fühlte als an einer Uni, und meinte damit das erschreckende Desinteresse einiger Studenten. Ja, sie machten den Eindruck auf mich, als hätten sie sich ihr Studienfach nicht selbst ausgesucht, als müssten sie sich durch ein Fach quälen, für das sie keinerlei Talent hatten, das aber unglücklicherweise auf ihrem Stundenplan stand. Ich meinte nicht irgendwelche Studenten, sondern eine Gruppe junger Frauen, zu denen auch mein sogenanntes Opfer gehörte. Ich fragte mich ganz ehrlich, was sie dazu bewogen hatte, Architektur zu studieren. Ich hatte ein paar haltlose Thesen, die ich jedoch alle wieder verwarf. Vielleicht ging es darum, Männer kennenzulernen, vielleicht sollten Elternträume verwirklicht werden, vielleicht hatten sie ihr Studium mit einer falschen Vorstellung begonnen, was nicht selten vorkommt und zu ändern gewesen wäre. Diese Mädchen wirkten auf mich nicht nur deplatziert, sondern auch überfordert. Ihr zur Schau gestelltes Absitzen der Zeit ging mir auf den Geist, allerdings fiel es auch nicht in meinen Aufgabenbereich, ihnen einen Wechsel vorzuschlagen. Und wenn ich ganz ehrlich war, und ich war ganz ehrlich, ich war von Bier zu Whisky übergegangen und eine weitere Kollegin hatte sich zu uns gesetzt, störte mich der Gesamtauftritt dieser Mädchen. Angefangen bei ihrem Aussehen, das eher in eine TV-Talentshow gehörte oder in ein Nagelstudio oder was weiß ich wohin. Kombiniert mit Höchstleistungen wäre diese Aufmachung ein Statement gewesen. So aber fühlte ich mich wie ein Sozialarbeiter in einem hoffnungslosen Vorort. Meine Kolleginnen gaben mir recht. Dann machte ich den Fehler, eins der Mädchen zu imitieren, genauer gesagt ihren dummen Gesichtsausdruck, der in seiner Dummheit jedoch so außergewöhnlich war, dass man sich fast fragen konnte, ob das Mädchen ihn sich als Markenzeichen zugelegt hatte, ob sie sich mit ihrem Selfie-Gesicht in mein Seminar setzte. Der Wiedererkennungswert dieses Gesichts war so hoch, dass meine Kolleginnen sofort im Bilde waren, ohne dass ich einen Namen nennen musste. Ich fand meine Persiflage nicht besonders nett, ich fand auch nie, dass ich ein besonders begabter Comedian bin, deshalb wunderte es mich, dass sich die Frauen vor Lachen bogen und diese Grimasse immer wieder von mir verlangten, bis es mir unangenehm wurde und ich das Thema wechselte. Die Stimmung blieb auf genau die aufgedrehte Art lustig, der ich normalerweise aus dem Weg ging. Im Nachhinein nehme ich an, dass ich noch Glück hatte, weil Fleur mich abholte, die mit Freunden in einem Restaurant in der Nähe war. Eine Taxifahrt mit überdreht-angetrunkenen Kolleginnen hätte mir mit Sicherheit weitere öffentliche Anklagepunkte eingebracht, ungeachtet dessen, wie sie verlaufen wäre. Zu interessiert oder zu desinteressiert, Sie haben die Wahl. Nein, danke. Und wie sich herausstellte, hatten die zwei Stunden an der Bar ja ausgereicht, sich ein Bild von mir zu machen. Welche der beiden Frauen diesen Abend als weiteren Hinweis auf meinen miesen Charakter verkaufte, weiß ich nicht, die Zeitungen jedenfalls zitierten mich später mit: keine Bildung, kein Interesse, kein Talent.

Kurz darauf tauchten auch noch Teile eines Interviews auf, das ich vor über zehn Jahren der BBC gegeben hatte und in dem ich mich anhörte, als würde ich armen Leuten zwar nicht das Recht auf menschenwürdiges Wohnen, aber die Fähigkeit dazu absprechen. Mühelos schaffte man es, mich als den Feind derjenigen darzustellen, für die ich mich jahrelang eingesetzt hatte. Dafür brauchte man meine Aussagen nur an den richtigen Stellen aus dem Zusammenhang zu reißen. Mein Büro konterte mit dem Interview in voller Länge. Kontext ist alles. Aber Kontext erfordert auch Mühe, und wer macht sich freiwillig Mühe. Es blieb dabei. Zusammen mit all den anderen Enthüllungen über mich hatte man nun das überaus stimmige Gesamtbild eines Arschlochs.

Ich konnte nichts dagegen tun, dass ich ein Mann war, dass ich ihr Dozent war, dass es mir finanziell besser ging als ihr. Aber es war ihnen auch egal, dass ich selbst nicht weiß war. Ich hatte eine schwarze Zwanzigjährige angegriffen, die sich in einem Abhängigkeitsverhältnis zu mir befand. Was auch nicht ganz korrekt war, denn die Teilnahme an meinem Kurs war fakultativ (und führt somit zurück zur Frage, was sie überhaupt dort zu suchen hatte). Fakt war, dass sie zwanzig war und schwarz, und dass sie ihren Vater an die Öffentlichkeit zerrte, einen Minicab-Fahrer, dem man rührende Bildunterschriften schrieb: Mister Soundso fährt seit zwanzig Jahren Doppelschichten, um seinen Kindern eine gute Ausbildung zu finanzieren. *Ich wollte immer studieren, aber es war nicht drin, jetzt machen das meine Mädchen für mich* und so weiter. Darunter Kinderfotos meiner Studentin und ihrer beiden Schwestern, Drei- bis Sechsjährige in Kleidchen und mit Zöpfchen. Die Chance, dass so ein Foto nicht süß aussieht, tendiert gen null. Eine Mutter fehlte, vielleicht aus taktischen Gründen, vielleicht gab es sie wirklich nicht mehr. Von mir wurde ein Passfoto benutzt, das auch ein Fahndungsfoto hätte sein können: Ein mittelalter Mann schaut möglichst ausdruckslos und nach Vorschriften für biometrische Dokumentfotos in die Kamera. Runder Kopf, sehr kurzes Haar, Geheimratsecken, Strichmund, breit wirkender Hals über weißem Kragen und Krawattenknoten. Ein überbelichteter Jedermann. Kein Platz für Sympathie. Der Vater des Mädchens, dieser freundliche ältere Mann mit dem grauen Backenbart, der vielleicht gar nicht so viel älter war als ich, aber nun als rechtschaffenes Väterchen und Einwandererlichtgestalt herhalten musste, hatte nun den perfekten Antagonisten: den bösen Deutschen. Und das Schöne daran ist, dass man das auch sagen darf. Deutsche sind keine schützenswerte Minderheit. Sie sind viele, sie haben nachweislich Dreck am Stecken, es geht ihnen bestens.

Der britische Deutschensteckbrief ist nicht besonders lang und nicht besonders aktuell, was niemanden daran hindert, ihn zu benutzen: Der angebliche Kampf um die Handtücher am Pool, Fußball und immer wieder Hitler, das alles schießt reflexartig aus ihnen heraus und wird als Witz deklariert. Wer nicht darüber lacht, hat keinen Humor und kommt somit vermutlich aus Deutschland. Anfangs war ich amüsiert. Die alberne Geschichte mit den Handtüchern kannte ich nicht, weil ich nicht pauschal nach Torremolinos fliege, traute sie deutschen Touristen aber zu. Fußball ist Fußball. Und gegen die ständige Nennung des schlimmsten Deutschen konterte ich mit Monty Python: *Don't mention the war* – das fand man lustig, ja man fand mich tatsächlich lustig, weil ich einen Satz aus einer uralten TV-Serie aufsagte.

Doch in der Regel war ich auch nicht der Deutsche. So, wie man mich nach dem Mauerfall nicht für den Ostdeutschen hielt, hielt man mich jetzt nicht für den Deutschen. Die Leute sahen mich an, rechneten nicht mit einem deutschen Akzent und hörten demzufolge auch keinen. Das fand ich faszinierend. Obwohl ich definitiv einen deutschen Akzent habe, was denn sonst.

Jetzt aber war ich nicht nur wieder der Deutsche, denn wer eignet sich besser als Übeltäter einer süffigen Story als der Deutsche – ich war auch noch der Rassist. Hätte man mir das vorausgesagt, ich hätte gelacht.

Ich kam an dem Morgen sehr früh aus Griechenland zurück. Wir waren segeln gewesen in der Ägäis. Einer unserer Bauherren hatte so viel Zeit mit uns verbracht, dass er uns als seine Freunde bezeichnete und diesen Törn vorschlug. Er war, wenn überhaupt, eher Marks Freund, aber ich mochte ihn genug, um mit ihm Freizeit zu verbringen. Als ich Architektur studierte, hatte ich immer nur Häuser vor mir gesehen, nie Menschen. Irgendwann war mein Leben dann voll mit Menschen. Mit Stadtplanern, Bürgermeistern, Schirmherren, Gründern, Firmeninhabern und jeder Art von Reichen. Der Unterschied zwischen dem engsten und dem erweiterten Kreis in meinem Leben wuchs enorm an. Den engsten Kreis hielt ich absichtlich so eng, dass im Grunde nur Fleur, Mark, mein Schwager und höchstens eine Handvoll weiterer Freunde dazugehörten, während ich einen runden Geburtstag problemlos mit einer Gästeliste hätte feiern können, die jeden Paparazzo durchdrehen ließe. Das ist keine Angeberei, das ist eine Nebenwirkung, die bekanntlich mit nachlassendem Erfolg sofort verschwindet. Einige der Leute verschwanden tatsächlich wieder, sobald ihr Haus stand, andere hatten das Gefühl, wir hätten sie beim wichtigsten Schritt ihres Lebens begleitet. So auch Todd, ein bildender Künstler, mit dem wir eine Installation zur Biennale in Venedig gebaut hatten und der uns anschließend mit seinem Privathaus beauftragte, einem *convertible house*. Unsere Frage an ihn war nicht, warum er ein Haus wollte, dessen Dach sich komplett öffnen ließ, unsere Frage war, was er mit dieser Cabrio-Idee in London wollte. Unser Vorschlag, dieses Projekt zu realisieren, aber an einem trockneren, wärmeren Ort, und ihm in London ein Haus mit einem herkömmlichen Dach zu bauen, löste in Todd eine Bewunderung für unsere Weitsicht aus, aus der schließlich Freundschaft wurde.

Mark fand ihn lustig, ich verstand ihn nicht: Materialien und Witterung waren Dinge, mit denen er sich auch für seine Arbeiten beschäftigen musste. Oder machten das seine Assistenten?

Er denkt nur über die Dinge nach, die mit seiner Kunst zu tun haben, das ist eigenartig, aber auch effektiv, findest du nicht?, sagte Mark. Todd also sprach seit drei Jahren von diesem Trip mit uns, für den wir erst in diesem Sommer einen gemeinsamen Termin fanden. Zum ersten Mal seit langem hatte ich keine Pläne mit meiner Familie. Alberts Pubertätsgeschichten hatten einen neuen Höhepunkt erreicht, während Fleur sauer auf mich war.

Todd hatte von dem Törn als Männerausflug gesprochen, brachte dann aber doch Linda mit, seine Noch-Ehefrau. Es war eine Unverschämtheit, die Mark Exzentrik nannte und die wir schließlich hinnahmen, als wäre sie verabredet gewesen. Mit an Bord war auch Elmo, Marks achtzehnjähriger Stiefsohn, den ich kenne, seit er acht ist. Mittlerweile war er so groß wie Mark und so hübsch wie seine Mutter. Er bemühte sich sichtlich um ein erwachsenes Kommunikationsverhalten, schien sich aber dennoch zu fragen, was er mit uns auf diesem Boot sollte. Wir langweilten ihn, obwohl Mark dafür gesorgt hatte, dass es an Bord Gras, Alkohol und aktuelle Playlists bis zum Abwinken gab. Elmo durchlitt also einen Internet-Cold Turkey erster Güte, dessen Symptome ich von Albert kannte, und war ansonsten kaum anwesend. Todd bemühte sich um Linda, die Mutter seiner Kinder, die aber lieber mit Mark und mir sprach. Dass sie Todd dabei so offensichtlich ignorierte, machte uns zu strategischen Figuren, was mir auf die Nerven ging. Ich fand es unpassend, mich mit einer Frau zu unterhalten, die ich kaum kannte und die nichts anhatte außer einer Bikinihose. Mein Problem mit Nackten ist ihre Forderung, sie so zu behandeln, als wären sie nicht nackt. Für mich jedenfalls macht es einen beträchtlichen Unterschied, ob ich eine Jeans oder ein T-Shirt im Blickfeld habe, während ich mich unterhalte, oder den Schwanz eines Fremden beziehungsweise die Brüste einer Bekannten. Ob sie mir gefallen, ist dabei völlig irrelevant. Missfallen, Gefallen, Entsetzen, Erregung – jede Option machte ein ungezwungenes Gespräch unmöglich. Noch dazu ein Elterngespräch, denn Linda redete ununterbrochen über ihre Söhne. Ich ging ihr aus dem Weg, so gut es auf einer Yacht möglich war, also nicht sehr. Nach ein paar Tagen hatten wir uns dann alle aneinander gewöhnt, und endlich trat die Stille ein, wegen der ich mitgefahren war. Ich las ein bisschen in der *Ilias*, schaute aufs Meer, das zu Homers Zeiten schon genauso ausgesehen hatte, was ich so beruhigend fand, dass auch ich mich beruhigte. Während Todd, Mark und Linda nach und nach den Wach-Schlaf-Rhythmus von Partygängern annahmen, bildete ich mit Elmo und Erik, dem Skipper, die schweigsame Tagesschicht. Der Skipper war Däne, ein fast aberwitzig schöner Mann, um dessen Aufmerksamkeit es bei Lindas Bekleidungskonzept wohl auch gegangen war.

Nachdem ich mich damit abgefunden hatte, einen weniger entspannten Urlaub zu verbringen als geplant, entspannte ich mich tatsächlich. Und als Linda schließlich eher abreiste als wir, war mir auch das schon egal. Zum ersten Mal seit langem kam ich in einen Zustand, den ich aus meiner Kindheit kannte, wenn ich mich nach den achtwöchigen Sommerferien freute, wieder etwas tun zu müssen. Obwohl wir nur zwei Wochen unterwegs gewesen waren, wollte ich dringend zurück in meinen Alltag.

Ich hatte es so eilig, dass ich den letzten Tag in Athen cancelte. Albert sperrte sich gegen jede Art von klassischer Bildung, vielleicht war Elmo ja aufgeschlossener, andererseits fiel der Junge nicht in mein Ressort. Ich ließ mich auf den ersten Flug nach London buchen. Akropolis adieu.

Gegen sechs kam ich in London an. Auf dem Weg in die Stadt hatte ich dieses triumphale Gefühl, sie gehöre mir. Es wurde langsam hell, und ich rauschte in den erwachenden Verkehr hinein, der mich nach unserer friedlichen Odyssee hätte stressen können, der mich aber weckte und euphorisierte. Meine Familie schlief noch, und ich wollte sie weder wecken noch wie ein Dieb durch das Haus schleichen. Ich holte mein Rad aus der Garage. Hampstead Heath oder Richmond Park? Ich entschied mich für die lange Strecke nach Richmond Park. Ich kam in noch bessere

Stimmung bei diesem Gedanken. Ich war wieder zu Hause, ich würde meine Lieblingsstrecke abfahren und mit etwas Glück Damwild in der Morgensonne sehen. Und ich hätte Zeit, mich gedanklich auf das Frühstück mit meiner Frau und meinem Sohn einzustellen. So froh ich war, zurück zu sein, so gern hätte ich die Begegnung mit den beiden verschoben. Bei jedem Telefonat hatten wir nicht viel mehr gesagt als: Das besprechen wir, wenn ich wieder da bin. Das bringt doch jetzt nichts am Telefon.

Aber was würde es überhaupt bringen? Albert war auf eine Art und Weise pubertär, die sich unserer Kontrolle komplett entzog, während Fleur und ich uns nicht einig waren, wie wir mit ihm umgehen sollten. Ich spielte mit dem Gedanken, von Richmond Park direkt ins Büro zu fahren. Dann überlegte ich mir, mit Fleur allein zu sprechen, und kurz überlegte ich mir, mit ihr zu schlafen. Ich ging zurück ins Haus, doch der Zeitpunkt war ungünstig. Fleur, die auch schlafen kann, während man um sie herum den Boden abschleift, hatte sich eine Schlafmaske aufgesetzt, die sie immer in Verbindung mit Ohrstöpseln trug. Das bedeutete, dass ich sie weder ansprechen noch anrühren durfte. Ein sanft schnaufendes Verbotsschild in einem ausgeleierten Herrenpyjama. Was mich wunderte, denn sie wusste meine ungefähre Ankunftszeit. Ich stellte ihr Tee ans Bett. Sie rührte sich nicht. Als ich mich umzog, spürte ich, dass der Urlaub sich gelohnt hatte: Ich war topfit und schmerzfrei. Ich stand vor dem Spiegel und erfreute mich an meiner körperlichen Unversehrtheit. Ich war übernächtigt und fühlte mich trotzdem so leicht, dass ich »Wir kriegen das hin« zu meinem Spiegelbild sagte. Damit meinte ich alles: unsere Aussprache, Alberts Zukunft, Fleurs Stimmungsschwankungen, meinen Nachholbedarf an Familienzeit.

Ich ging nach draußen. Es war kühl. Die Scheiße sah ich, als ich mich über mein Vorderrad beugte. Ich blickte auf und sah den Hund, der ein Stück weiter vorn am Zaun schnüffelte. Ein schönes Tier, groß, schwarz, kurzfellig, das mein Fahrrad als Baum missbraucht hatte, mein Reifen stand in seinem beachtlichen, ockerfarbenen Haufen. Ich hätte auch etwas gesagt, wenn es nur mein Zaun gewesen wäre. Oder der Bürgersteig. Die Frau war in Hörweite. Sie blieb stehen, als ich sie rief. Als sie sah, wieso ich sie rief, pfiff sie nach dem Hund und ging weiter.

Ich war nicht wütend auf den Hund. Diese enthusiastische Freude am Gehorsam, die nur Hunde haben, seine wehenden Ohren, als er auf sie zusprang, sie rührten mich kurz, trotz meiner Wut. Sie zog ihn am Halsband, beugte sich über ihn und versuchte ihn an die Leine zu legen. Der Hund blieb in Bewegung, die Frau fluchte und stellte ihre Bierdose auf dem Bürgersteig ab, um beide Hände frei zu haben. Ihre langen Haare, lackschwarz mit magentafarbenen Spitzen, fielen ihr ins Gesicht, und sie fluchte weiter. Die Bierdose war mir egal, ihr Aufzug war mir egal. Mir ging es um ihr Verhalten als Hundehalterin, nicht um ihre Person. Weder rechnete ich damit, sie zu kennen, noch erkannte ich sie. Ich habe sie mehrmals höflich aufgefordert, doch bitte aufzuheben, was ihr Hund da auf meinem Eigentum hinterlassen hatte. Dann habe ich gerufen, sie solle ihren Scheiß mitnehmen. Ich ging ihr hinterher und rief weiter. Sie sprach nach vorn, rief, ich solle die Klappe halten und mich selbst ficken, und hob die Hand, um mir ihren Mittelfinger zu zeigen. Sie beschleunigte ihren Schritt, was der Hund missverstand, der nun seinerseits im Tempo anzog und so stark an der Leine riss, dass sie ihm auf ihren hohen Absätzen nicht mehr folgen konnte. Ärgerlich zog sie ihn zu sich heran, um ihn wieder loszumachen, ich redete weiter auf sie ein, während sie mich jetzt ignorierte, als wäre sie eine normale Passantin, die von einem Irren belästigt wird. Und plötzlich reichte es mir. Mir reichte dieser Tonfall, mir reichte diese Verrohung, mir reichte das alles, ich rannte zurück und nahm die Scheiße in die Hand.

Mein konsequenter Griff mit beiden Händen in diesen noch körperwarmen, weichen, stinkenden Haufen ist für mich das eigentlich Schockierende. Denn der eigentliche Auslöser meiner Wut, abgesehen vom unverschämten Verhalten dieses Mädchens, war ja mein Ekel. Ich ekle mich vor vielem und dann auch heftig. Als Albert ein Säugling war, stellte ich erleichtert fest, dass ich mit Sabber und Kotze ganz gut klarkam. Das Windelwechseln war für mich eine Überwindung, die Fleur glücklicherweise selten einforderte. Meine Tierhaarallergie schützte mich vor der Diskussion um einen Hund. Wieso sollte man seinen Unterarm in den Schlund eines anderen Wesens stecken, fragte ich mich, wenn ich meine Frau mit Hunden rangeln sah. Sie ließ sich aus der Hand fressen und das Gesicht ablecken, als wäre es egal, womit die Hundeschnauze vorher in Kontakt gewesen war. Ich konnte kaum hinsehen.

Und dann griff ich in die Scheiße, als wäre sie etwas Neutrales, ein Baustoff etwa, und rannte damit dem Mädchen hinterher. Wie ein Polizist mit gezogener Waffe rief ich, sie solle stehenbleiben, ich warnte sie und sie lachte weiter nach vorn. Zu nackten Beinen trug sie einen dieser großkotzigen Parkas mit Echtpelzkapuze. Dieser überproportionierte Fellbalkon war das erste, was ich zu fassen bekam. Bis dahin war mir noch nicht klar, was ich mit der Scheiße vorhatte. Vermutlich wollte ich sie ihr nur unter die Nase halten. Als Beweis für ihr Fehlverhalten. Idiotisch, aber gut möglich. Erst als ich sie zu fassen bekam, wusste ich, wie es weitergehen würde. Schreiend verteilte ich die Hundescheiße auf dem Pelz des Parkas und schließlich auf ihrem Kopf. Ich, der es hasst, wenn man mir in die Haare greift. Der Kopf ist heilig, niemand sollte ihn ungefragt berühren dürfen, das sollte in jeder Kultur gelten, dachte ich – im Normalzustand. Und brach dieses Tabu dann derart brutal, dass ich es bis heute nicht nachvollziehen kann. Später fiel mir auf, dass ich mich aufgeführt hatte wie ein

Affe im Zoo. Als Kind war ich fast wöchentlich im Leipziger Zoo gewesen, dessen erste Attraktion nach dem Eingang die Gorillas waren, die sich mit ihrer eigenen Scheiße bewarfen, die sie im Gegensatz zu mir an diesem Morgen aber als Spielgerät benutzten und nicht als Waffe, und bei denen ich mich immer gefragt habe, ob es sich um ihr natürliches Verhalten handelt, um ein typisches Gorilla-Freizeitvergnügen, oder ob es ein Ausdruck ihrer Verzweiflung und Langeweile als lebenslängliche Gefangene war. Ich schaute mir diese Kreaturen an, fasziniert und angeekelt zugleich. Und weil sie so menschlich sind, schämte ich mich auch für sie und hatte die irrationale Hoffnung, dass die weiblichen Affen an dieser Sauerei nicht beteiligt waren.

Das Mädchen fing an zu kreischen wie eine Wahnsinnige und schlug um sich. Sie warf ihre Bierdose weg und versuchte mich abzuschütteln. Fuchtelte mit den Armen, trat nach hinten aus, doch zu spät. Mittlerweile hatte sich mein Wunsch, sie zu bestrafen, in etwas Spielerisches verwandelt, was es nicht besser machte für das Mädchen, denn aus meiner anfänglichen Idee, ihr den Haufen in die Kapuze zu stecken, war der Ehrgeiz geworden, sie zu besiegen, sie möglichst großflächig zu beschmieren. Einseifen hatten wir das genannt, wenn wir nach der Schule den Mädchen auflauerten, ich fand dieses Spiel nie besonders aufregend, aber es gehörte dazu, wenn Schnee lag. Und nun, vierzig Jahre später, brachte ich wieder ein Mädchen zum Kreischen.

Stellen Sie sich vor, sagte sie später der Presse, sie führen Ihren Hund Gassi und hören Musik und plötzlich wirft sich jemand von hinten auf Sie und beschmiert Sie mit Scheiße! Sie hatte keine Kopfhörer im Ohr. Sie hat auch nicht gesungen, wie sie später behauptete, um ihre Pöbelei mit Rap-Lyrics zu erklären. Weder sie noch ich hatten daran gedacht, dass es in London kaum noch einen Winkel gab, in dem man etwas tun konnte, ohne dabei gefilmt zu werden. Es war eindeutig, dass sie mich beschimpft hatte.

Doch für die Gesamtbetrachtung des Falls war das nicht mehr wichtig. Auch ob sie betrunken war oder unter Drogeneinfluss stand, tat nichts zur Sache, denn der Täter war ich.

Ich begriff es erst, als ihr Kreischen zu einem Wimmern wurde. Mein Anfall ebbte ab, ich kam wieder zu mir und sah, dass ich übertrieben hatte, dass ich ein paar Sekunden vorher noch im Recht gewesen war und nun nicht mehr.

Bewegungsunfähig blieb ich neben ihr stehen. Sie trug eine Perücke, die ich ihr fast heruntergerissen hätte. Glück im Unglück für sie, denn so hatte ich ihr wenigstens nicht die Kopfhaut beschmiert. Sie schob ihre Sonnenbrille zurecht und tastete auf ihrem künstlichen Haar herum, als würde es brennen. Fassungslos starrte sie erst ihre Finger an, dann mich. Angeekelt wich ich zurück, obwohl ich selbst genauso stank. *Sie*, keuchte sie immer wieder, so als fehle ihr das nächste Wort. Sie Schwein? Ja, ich. Ich hatte ihr das angetan und ich musste weg. Sie wird das überleben, dachte ich, es ist widerlich, aber niemand ist verletzt, ich renne jetzt ums Karree und von hinten zurück in mein Haus. Rückwärts ging ich davon, ließ das Mädchen im schönen Morgenlicht auf dem Bürgersteig stehen, zitternd, beschmiert und schockiert wie ich. Sie drehte sich einmal um die eigene Achse. Der Hund war nirgends mehr zu sehen. Als ich mich in Laufrichtung drehte, kreischte es *rapist* in meinem Rücken. Oder *racist*? Vergewaltiger oder Rassist, beides haarsträubende Anschuldigungen, ich rannte schneller, machte mich aus dem Staub wie ein kleiner Junge, der allen Ernstes glaubte, Rennen schütze vor Konsequenzen. Ich Idiot.

Mein Mehrere-tausend-Pfund-Rennrad ließ ich draußen stehen. Dummerweise stand es außerhalb des Kamerawinkels, logischerweise war es später weg.

Ich kam durch den Hintereingang ins Haus, zog meine Schuhe aus und rannte nach oben, wo sich meine Frau in unser Bad eingeschlossen hatte. Ich stürmte ins Bad meines Sohnes. Mit der Zahnbürste im Mund klebte er am Spiegel und inspizierte seine Gesichtshaut. Ein intimer Moment. Reflexartig wollte er mich rauswerfen. Von Wiedersehensfreude keine Spur, nur ein erschrockenes: Mann! Bevor er anfangen konnte zu maulen, unterbrach ich ihn mit einem Stakkato, das er sofort verstand: Raus hier, das ist ein Notfall, wir sprechen später. Albert, der König des verächtlichen Blicks, sah auf meine scheißeverschmierten Hände. Hätte er gelacht, ich hätte ihm eine gescheuert. Gut, dass er sich kommentarlos trollte. Gut für uns alle.

Während ich mir die Hände schrubbte, fiel mir ein, was ich auf dem Weg durch Alberts Zimmer gesehen hatte. Ich ging wieder hinaus. Albert war wohl ins Masterbadezimmer gegangen, um sich dort in trauter Zweisamkeit mit seiner Mutter die Zähne fertig zu putzen. In seinem Bett lag ein fremder Junge und schaute mich verschlafen an. Ich wusste nicht, wie die Absprache mit meiner Frau lautete, ob mein Sohn sie womöglich schon länger darüber aufgeklärt hatte, dass er Männer liebte, oder ob dieser Junge nur ein Games- oder Kiffkamerad war, der es nicht mehr nach Hause geschafft hatte. Immerhin kann er ihn nicht schwängern, dachte ich. Ich hatte genug von dieser Kumpel-WG, die sich meine Frau und mein Sohn da in meinem Haus eingerichtet hatten, ich hatte genug von Fremden in meinem Privatbereich, und ich hatte genug von jungen Menschen, die mich entsetzt anstarrten. Verlassen Sie bitte sofort mein Haus, sagte ich zu dem Jungen, der sich die Bettdecke ans Kinn gezogen hatte und sich nicht rührte. Auch egal, dachte ich und ging zurück ins Bad, wo ich mich entschied zu duschen.

Ich duschte endlos und heiß. Als ich aus dem Bad kam, war der Junge weg und ich legte mich auf Alberts Bett. Abgesehen von den vielen Chipskrümeln war es bequemer als unseres, verwundert darüber fiel ich in den besten Schlaf seit langem. Ich schlief, bis es an der Haustür Sturm klingelte, wankte in mein Ankleidezimmer, zog mir eine Jeans und ein Sweatshirt über und ging nach unten. Fleur lehnte mit verschränkten Armen am Küchentresen, Albert schien das Nutellaglas auf dem Tisch zu hypnotisieren, sein Schlafgast saß neben ihm, kaute am Daumennagel und musterte die beiden Polizisten, die mitten im Raum standen, ein sehr junger, weißer Mann und eine kleine, schwarze Frau, etwas älter als ihr Kollege und wohl die Wortführerin. Guten Morgen, Sir, sagte sie, als wären wir verabredet. Ich sah auf dieses Szenario und war mir sicher, dass es Albert war, der Polizeibesuch hatte. Oder beide Jungs. Auch der nächste Schluss, den ich zog, hatte nur indirekt mit mir zu tun: Der Junge neben Albert muss sein Freund aus Frankreich sein. Wieso weiß ich nichts von diesem Besuch?, fragte ich mich.

Was kann ich für Sie tun?, fragte ich die Polizisten. Betont förmlich trug die Frau mir nun eine Ungeheuerlichkeit vor. Mir wurde ein sexueller, rassistisch motivierter Übergriff auf eine meiner Studentinnen vorgeworfen. Hätte ich meine Situation bereits erfasst, ich hätte mir mein konsterniertes Lachen gespart. Ich lachte wie über einen Irrtum, der sich sofort aufklären würde. Ein Vorwurf dieser Art gegen mich war nicht möglich, ich war nie, zu keinem Zeitpunkt, allein mit Studenten.

Stoisch wiederholte die Polizistin die Anschuldigungen, diesmal ging sie ins Detail, wobei sie darauf achtete, das Wort *Scheiße* durch *Fäkalien* zu ersetzen. Und sie nannte Ort und Uhrzeit. Das Mädchen hatte mich erkannt. Ich sie nicht. Die Wahrheit durchströmte mich und ließ meine Knie weich werden. Es brauchte kein Universitätsgebäude, um eine Studentin anzugreifen, man konnte ihr auch zufällig morgens vor seinem eigenen Haus begegnen.

Beide Polizisten ließen sich mit keinem Wimpernschlag anmerken, was sie persönlich von der Geschichte hielten. Ob sie meine Studentin für ein Opfer hielten und mich für einen Psychopathen, oder mich für ein Verleumdungsopfer und sie für eine Hysterikerin.

Das ist ein Missverständnis, sagte ich in ihre neutralen Gesichter. Das mochte sein, umso wichtiger wäre es, diesen Sachverhalt auf dem Revier zu klären, sagte die Polizistin. Meine Frau und mein Sohn kommunizierten wie so oft stumm. *What the hell?*, fragte Alberts Blick. *Ruhe bitte*, befahlen Fleurs Augen. Sein Freund schüttete sich Cornflakes in eine Schüssel und goss vorsichtig Milch darüber.

Ich werde nirgendwohin mitkommen, sagte ich, unfähig, mein ungläubiges Lachen abzustellen. Barfuß stand ich da und verschränkte die Arme, niemand sagte etwas. Und jetzt?, fragte ich mich. Lasse ich meine Familie mit zwei Polizisten in der Küche stehen und warte oben, bis sie Verstärkung rufen und mich von Bewaffneten aus dem Haus zerren lassen?

Die Geschichte vom Stuhlbeinmann rauschte durch meinen Kopf. Eine Zeitlang hatte ich in der U-Bahn diese kostenlosen Blättchen gelesen, in denen es ausschließlich um Mord und Totschlag ging. Ich war beeindruckt von der Kriminalität in London, die ich atmosphärisch so gar nicht wahrnahm, bis ich verstand, dass die Vorfälle teilweise über zehn Jahre zurücklagen. Es ging nicht um Aktualität, sondern nur um Unterhaltung während der Fahrt. Der Mensch braucht keine Wahrheiten, er braucht Moritaten, also wurde alles immer wieder gedruckt, solange es sensationell und blutig genug war. In einer dieser Storys hatte sich ein Mann seiner Festnahme in einem Pub widersetzt. Warum, wusste ich nicht mehr. Er verschanzte sich hinter dem Tresen, während die Polizisten ihn immer wieder aufforderten, sich zu ergeben. Doch er ergab sich nicht, sondern eröffnete ein simuliertes Feuer, woraufhin ein Polizist die Nerven verlor und ihn erschoss. Es stellte sich heraus, dass der Mann kein Gewehr hatte, sondern nur ein Stuhlbein. Vielleicht war er betrunken. Vielleicht war er auch an dem Punkt angelangt, an dem er nicht mehr aufgeben konnte, selbst wenn er gewollt hätte. Ich erinnerte mich an diesen Punkt aus meiner Kindheit. Es fühlte sich so an, als hätte der Trotz sich völlig von meinem Willen abgekoppelt. Diesen Punkt durfte ich an diesem Morgen auf keinen Fall erreichen.

Die Polizistin erklärte mir noch einmal, dass es notwendig sei, dass ich jetzt mit aufs Revier käme. Sie brachte die Anrede »Sir« dreimal in einem Satz unter. Ich nahm an, dass es sich um eine Technik aus einem Deeskalationsseminar handelte. Ich war zum Deeskalationsgrund geworden. Ihr Kollege versuchte sich so langsam wie möglich zu bewegen, seine Regenjacke raschelte, als er vermutlich sein Walkie-Talkie hervorholen wollte. Wir kämen selbstverständlich mit, sagte Fleur plötzlich laut. Ein Machtwort von meiner Frau, nun warfen Albert und ich uns einen Blick zu. Sie holte unsere Mäntel und stellte mir ein geputztes Paar Schuhe vor die Füße. Während sie herumlief, sprach sie weiter in geschäftigem Ton mit den Polizisten und wies sie an, uns doch bitte am Hintereingang abzuholen. Egal wie diese Geschichte hier ausginge, für die Nachbarn böte sich andernfalls das Bild einer Doppelverhaftung, das in der kollektiven Erinnerung dieser Straße für immer weiterleben würde. Ob sie das verstünden? Die Polizisten sahen sich an und nickten. Der junge Mann ging nach draußen, um den Wagen hinter unser Haus zu fahren. Die beiden Jungs saßen schweigend am Küchentisch und verfolgten jede unserer Bewegungen stumm und wachsam wie Erdmännchen. Mein Mann ist kein Rassist, sagte Fleur, als wir hinausgingen, mein Mann hat einen Burn-out, er ist krank.

FLEUR

Es war nicht abzusehen, dass er einen so spektakulären Ausraster hinlegen würde, aber es war abzusehen, dass irgendwann etwas passieren würde. Ich neige zum Orakeln, besonders rückwirkend, was noch sinnloser ist, deshalb behalte ich meine Vorahnungen meistens für mich.

Am Abend vor seiner Rückkehr war ich mit Albert und seinem französischen Freund Julien im Auto unterwegs gewesen. Die Jungs saßen hinten, Albert erklärte Julien gerade, was ihm an meinem Fahrstil nicht passt, als ich eine schwarze Katze anfuhr.

Den Schrei der alten Frau, der die Katze gehörte, werde ich nie vergessen. Ihr Schmerz war so groß, dass ich dachte, sie würde auf dem Bürgersteig zusammenbrechen und sterben. Gleichzeitig konnte ich nicht aufhören zu denken: Gott sei Dank war es kein Kind, Gott sei Dank war es kein Kind, vielleicht sagte ich es auch. Die Jungs reagierten sofort. Julien sah nach der Katze, Albert googelte die nächste Tierklinik. Ich schleppte mich aus dem Wagen und fiel fast vor der alten Frau auf die Knie, so leid tat mir das alles. Mein Buster, mein Buster, mein Buster, wimmerte sie, während ich sorrysorrysorry sagte. Zwei gesprungene Platten, es war schrecklich. Die Katze lebte, ihre Besitzerin war gebrechlich und im Morgenmantel, und wir hatten keine Zeit zu verlieren, also versprachen wir ihr, uns so schnell wie möglich bei ihr zu melden, und fuhren los. Wenn es nicht illegal gewesen wäre, ich hätte meinen fünfzehnjährigen Sohn fahren lassen, denn nun fuhr ich tatsächlich wie eine Irre. Wie immer, wenn ich aufgeregt bin, wusste ich nicht mehr, wo rechts und links ist, schlotternd klebte ich am Lenkrad, während Albert mich navigierte und zwischendurch auf die Katze einredete: Du musst links, nicht rechts, hallo? Okay, dann nimm dort vorn die nächste links – Buster, wir haben es gleich geschafft, halte durch.

Sein T-Shirt und seine Hände waren voller Katzenblut, und ich war beeindruckt von meinem Sohn, der sonst schreiend davonrennt, wenn es um die Körperflüssigkeiten anderer geht. Während der OP warteten wir auf dem Gang.

Ich wollte immer eine schwarze Katze haben, aber mein Vater hat es nicht erlaubt, sagte Albert zu Julien.

Davon wusste ich nichts. Weder von Alberts Wunsch noch von Gabriels Verbot. Es gibt ein Kinderfoto von Gabriel mit einer großen schwarzen Katze mit weißen Pfötchen. Er ist so klein, dass die Katze neben ihm die Dimension eines Tigers hat.

Er hatte selbst eine, sagte ich, sie hieß Mohrle. Komisch, oder?

Albert schaute mich nur an und fragte mit seiner sparsamen Mimik: Echt?

Was heißt das?, fragte Julien, der Gabriel nicht kannte, der den gesamten Themenkomplex Gabriel und seine Herkunft nicht kannte, denn Albert bezeichnete sich selbst zwar als schwarz, sah aber nicht so aus.

Mohr ist ein altes Wort für einen Schwarzen, es kommt von den Mauren, weißt du, wie auch der Name Maurice, sagte ich auf Französisch zu Julien. Man sagt das heute nicht mehr, fügte ich hinzu.

Wieso nennt ausgerechnet *er* seine Katze so?, fragte Albert.

Ich nehme an, seine Großeltern haben sie so genannt. Es war einfach ein beliebter Name für schwarze Katzen, wie Blacky.

Okay, cool, dann nenne ich mich jetzt Mohr, sagte Albert. Ich darf nämlich das N-Wort nicht mehr benutzen, auch nicht für mich selbst, sagte er zu Julien, der ihn nachdenklich ansah. Es war der Moment, in dem ich etwas pädagogisch Wertvolles hätte sagen sollen, doch endlich kam die Assistentin des Tierarztes.

Die Katze hatte überlebt. Ich sah in ihr an diesem Abend kein schlechtes Vorzeichen, ich sehe in Katzen gar keine Zeichen. Ich machte mir eher Sorgen, dass ich von jetzt an noch unwilliger Auto fahren würde als ohnehin schon. Nach der Klinik fuhren wir zurück zu Busters Besitzerin, gaben Entwarnung, und anschließend durften die Jungs sich mit Burgern vollstopfen, während ich danebensaß und dachte, dass vielleicht alles gar nicht so schlimm war. Gabriel hatte seine Auszeit, Albert hatte aufgehört, mich zu behandeln, als wäre ich seine Feindin. Vielleicht lag es an der Anwesenheit des angenehm wohlerzogenen Julien, dass ich mir viel weniger Sorgen machte und mein Telefon entladen in der Handtasche ließ, so dass ich nicht mitbekam, dass Gabriel sich für einen früheren Flug entschieden hatte und es kaum erwarten konnte, mit uns zu frühstücken. Später fragte ich mich, ob alles anders gekommen wäre, hätte ich nicht geschlafen wie Mama Bär, sondern ihn empfangen wie eine Frau, die glücklich ist, ihn wiederzusehen.

GABRIEL

Als ich nach London kam, hatte ich das Gefühl, nur dann hier bleiben zu können, wenn ich die Voraussetzungen erfülle. In Berlin hatte ich dieses Gefühl überhaupt nicht, wie denn auch, bei dem Tempo und den Preisen. Meine letzten Monate dort hatten sich angefühlt wie in einem stickigen Wartezimmer. Ich war fertig an der TU, wohnte in einem stümperhaft ausgebauten, im Sommer unerträglich heißen Dachgeschoss in Tiergarten und hatte die Börse für mich entdeckt. Täglich lag ich in Unterhosen vor dem tonlosen Fernseher, sah zu, wie sich meine Aktien entwickelten, und hörte Bach, der gut zu meiner Stimmung passte. Ein Perfektionist, der mit seinem Gott gehadert haben musste, der ihm immer wieder seine Kinder wegnahm. Meine Probleme waren vergleichsweise klein. Ziemlich spät, erst mit fünfundzwanzig, verstand ich, worum alle Welt so ein Aufheben machte. Ich hatte zum ersten Mal Liebeskummer, wegen einer Frau, bei der ich selbst nie ganz verstand, was ich an ihr fand, was es nicht weniger schmerzhaft machte. Eiskalt kickte sie mich aus ihrem Leben, wofür ich ihr im Nachhinein dankbar sein musste, denn so fiel mir wieder ein, dass ich weg aus Deutschland wollte. Ich entschied mich, meinen Master of Architecture in London zu machen. Die beste Entscheidung meines Lebens.

Neu in London fühlte ich mich wie ein Bewerber. Ich wollte alles richtig machen. Ich entwickelte eine Anpassungsmanie. Wie eine Person, die eine neue Identität annehmen muss, beobachtete ich die Londoner und ihre Gepflogenheiten. Eile und Geduld folgten anderen Mustern als in deutschen Großstädten. Ich begab mich in den Schwarm der Leute und lernte mit ihnen zu schwimmen. Anfangs glotzte ich. So diskret wie möglich, aber ich glotzte. So weltgewandt und abgeklärt, wie ich mich gerne sah, war ich nicht. Ich bin in einem Land mit überwiegend homogener Bevölkerung aufgewachsen, mit anderen Worten: Alle waren vom selben Stamm. Bis auf Ausnahmen, wie mich zum Beispiel. In den Neunzigern in Berlin war das schon anders, aber kein Vergleich mit London, wo ich zum ersten Mal die Leute verstand, die mich als Kind mit ihrer Glotzerei in den Wahnsinn getrieben hatten. Ja, es zeugt nicht von Weltbürgertum, Leute anzustarren wie Aliens, andererseits, was ist faszinierender als andere Leute? Wenn ich U-Bahn fuhr, fragte ich mich, ob es irgendeinen Typ Mensch gab, der sich nicht hier herumtrieb. Nein, sollte einer fehlen, stieg er früher oder später zu, eine Reise um die Welt in der Central Line. Nach kurzer Zeit begriff ich auch, dass es zur sozialen Überlebensstrategie gehörte, sich aus dem Weg zu gehen und den anderen nach Möglichkeit nicht ins Gesicht zu sehen. Unser Hirn kann nur eine begrenzte Anzahl an Gesichtern aufnehmen. Was ich anfangs als Abgestumpftheit missdeutet hatte, war der intuitive Schutz vor dem Wahnsinnigwerden.

In den Jahren nach unserem Master und vor Gründung unseres ersten Büros arbeiteten wir fast rund um die Uhr für Higgs & Partners. Sir Alan Higgs hatte alles, was mir vorschwebte: die richtigen Aufträge weltweit, einen Pritzker Preis, einen Stirling Preis und den Titel Most Excellent Order of the British Empire, verdient durch seine teils innovativen, teils revolutionären und teils einfach nur großen Projekte, entstanden in seinen Büros in London, Boston und Hongkong, die vollgestopft waren mit den Umsetzern seiner Ideen: uns. Fleißigen Termiten in schwarzen Rollkragenpullovern, zu neunzig Prozent männlich, die ihre Manpower zu hundert Prozent in den Superorganismus steckten. Wären wir ein Staat gewesen, wir hätten den Vorzeigekommunismus erschaffen. Oder eine Autokratie der Ästhetik. Das Schöne an der wunderbaren Welt des Sir Alan war, dass ich sie ihm von Herzen gönnte, obwohl ich sie selbst begehrte. Er kam aus armen Verhältnissen in Nordengland, einer Umgebung, in der Anfang der Vierziger niemand die Muße hatte, sich um Schönheit und Licht zu kümmern, und thronte jetzt im obersten Stockwerk seines eigenen Wolkenkratzers in der City, Auge in Auge mit der Sonne. Ein Aufstieg, so metaphorisch und real zugleich, dass sein Geist noch Jahrzehnte später durch seine Büroräume wehte wie durch eine überwältigende Kathedrale. Ich arbeitete gern für Sir Alan und seine Visionen. In einem kleineren Büro wäre ich als Individuum sichtbarer gewesen, doch sein Name war wichtig für meinen CV, seine Person gut für den Glauben an meine Zukunft. Wenn ich an diese Zeit denke, sehe ich mich vor meinen Renderings sitzen, hinter den getönten Scheiben der Londoner Himmel voller Kräne, irgendwo in meiner Nähe immer Mark Barnett. Higgs war das zweite Büro, in dem ich mit Mark arbeitete, den ich während meines Masterstudiums kennengelernt hatte. Wir standen vor der Frage, ob wir Partner werden wollten, ranghöhere Termiten, oder ob wir es wagen sollten, nach unten zu steigen, um uns mit eigenem Namen wieder nach oben zu bauen. Zwischen neun Uhr abends und zwei Uhr morgens besoffen wir uns täglich. Anschließend schliefen wir, und der Zirkus ging von vorn los. Wir überlebten diese Säuferphase mit ausschließlich guten Resultaten. Man kann es nicht anders sagen. Erstens wurden wir von Studienkollegen zu Freunden. Zweitens versetzten uns unsere Kater in einen Zustand aus Frust und Größenwahn, aus dem heraus wir uns schließlich selbstständig machen mussten. Wir waren Ende zwanzig und hatten das Gefühl, die Zeit rase an uns vorbei. In Wahrheit waren wir es, die rasten.

Die Frage, woher ich komme, war so unwichtig geworden wie nie zuvor in meinem Leben, als mir das Formular gereicht wurde. Tagelang hatte ich nicht begriffen, dass ich mehr als landläufige

Halsschmerzen hatte, dass meine Mandeln vereitert waren. Ich erinnerte mich dunkel daran, dass man sie mir als Kind entfernen wollte und mein Großvater dagegen gewesen war. Der Junge bleibt vollständig, hatte er gesagt. Es tat so weh, dass ich während der Arbeit ständig unauffällig in den Papierkorb spucken musste, weil sich das Schlucken anfühlte, als würde ich Rasierklingen herunterwürgen. Bis Higgs persönlich mich schließlich zum Arzt schickte. Der Fahrservice der Firma fuhr mich in ein Walk-in-Center des National Health Service in Soho. Kostenlose Gesundheitsversorgung für alle, wie sozialistisch, dachte ich, hoffentlich bin ich bald privat versichert und kann zu einem Arzt in der Harley Street gehen.

Ich kam also in dieses Gesundheitszentrum, das genauso aussah, wie ich es mir vorgestellt hatte – staatlich, karg und überfüllt –, und ging an den Empfangstresen, hinter dem eine ältere schwarze Frau mit einer aufwendigen Flechtfrisur saß und mir einen Bogen reichte, den ich auszufüllen hatte. Es war das bemerkenswerteste behördliche Papier, das ich je gesehen hatte. Nicht, dass man hier, bei einem Arzt, auf die Idee kam, nach Vorerkrankungen, Allergien oder Süchten zu fragen. Nein, die Frage lautete, welcher Ethnie man angehörte.

Kategorie A lautete weiß. Weiße Menschen hatten anzukreuzen, ob sie Briten, Iren, Irish Travellers, also Nichtsesshafte, weiße EU-Mitglieder oder sonstige Weiße sind. Ein Extrakästchen für die EU-Weißen aus Irland. Ich fand das so absurd, dass ich dachte, die Schwester hätte mir versehentlich einen internen Fragebogen gegeben.

Kategorie B umfasste *mixed/multiple ethnic groups*, also mich. Hier wurde unterschieden zwischen weiß und schwarz aus der Karibik, weiß und schwarz aus Afrika, weiß und asiatisch und sonstigen Mixen, zu denen wohl auch die Kombination schwarz und asiatisch gehören musste, die hier nicht aufgeführt war.

Asiaten, hier die ethnische Gruppe C, wurden unterteilt in Leute aus Indien, Pakistan, Bangladesch, China und sonstige Asiaten.

Kategorie D unterteilte Schwarze in karibische, afrikanische und britische Schwarze. Plus: *any other blacks*.

E war die Gruppe der Sonstigen, eingeteilt in Araber und Sonstige.

Ich saß in diesem Neonlichtwartezimmer, das London ganz gut abbildete: Jede der aufgeführten Gruppen war hier vertreten. Mitglieder jeder Gruppe waren meine neuen Arbeitskollegen, liefen über die Oxford Street, aßen teuer oder billig, waren obdachlos, Milliardäre oder einfach nur ganz normale Leute im Stau. Deshalb war ich hier. Unter anderem. Ich hatte noch nie so viele verschiedene Menschen gesehen, die wirklich miteinander zu tun hatten, und auch nie zuvor so viele gemischte Paare. Im Gegensatz zum sogenannten Schmelztiegel New York, bei dem man eher von einer vielfältigen Anwesenheit sprechen sollte als von einer Verschmelzung. Die geradezu religiöse Verehrung dieser Stadt war mir immer suspekt gewesen. Meine deutschen Freunde gingen davon aus, dass ich mich in New York ganz besonders wohl fühlen müsste, taten fast so, als käme ich endlich an den Ort, an den ich gehöre. So toll bunt, wie es da zuging. Endlich war ich nicht mehr der Einzige. Richtig, ich gehörte nun einer Gruppe an. Meine Gruppenzugehörigkeit war in Zement gegossen. Bevor ich Architekt war, bevor ich Europäer war, bevor ich irgendetwas sein durfte, war ich dort schwarz. Zu hundert Prozent. Ich gehörte zu denen, für die die Taxifahrer nicht anhielten, zu denen, deren Hauskauf die Immobilienpreise in der Gegend versauten, zu denen, die, wenn es wirklich mies lief, Polizisten in *trigger-happy people* verwandelten. Wollte ich das? Ich war unter Weißen aufgewachsen, und es war klar, dass ich nicht weiß war. In den USA aber spielte es auch keine Rolle mehr, dass meine Mutter weiß war, siehe Barack Obama, dessen weiße Mutter so gut wie nie erwähnt wurde. Ethnisch fünfzig Prozent, erzieherisch hundert, doch es wurde einfach so getan, als existiere sie nicht, für Schwarze wie Weiße war dieser Mann schwarz. Was mich daran störte, war nicht, als schwarz zu gelten, es war die Farbbesessenheit in diesem Land und das Tropfen-in-der-Milch-Prinzip. Bei dem ich mich schon immer gefragt hatte, wieso Weiße davon ausgehen, dass ihr preisgekröntes Genmaterial nach einer Generation komplett verschwinden sollte. Obamas Erfolg lag wohl auch darin begründet, dass er von außen kam, dass sein Vater kein US-Amerikaner war. So war er nicht Teil des Fluchs, der auf dieser Geschichte lag. Als man mich um die Jahrtausendwende fragte, ob ich für Higgs & Partners nach Boston gehen würde, lehnte ich ab. Ich hatte keine Lust, ein *One of my best friends is black*-Vorzeigeschwarzer zu werden. Ich blieb lieber in London, wo man mich beim Arzt fragte, aus welcher Schwarzweiß-Kombination ich mich zusammensetzte.

Ich hatte damals nicht mit diesem Formular gerechnet. London war nicht das Paradies, aber so postrassistisch, dass man hätte meinen können, es gehe wirklich nur noch ums Geld. Das ist für den Zensus, sagte mir die Rezeptionsschwester, die ich fragte, was das alles sollte und was sie davon hielt. Sie schaute mich an, als hätte ich sie in einem Restaurant gefragt, warum sie mir eine Speisekarte reicht.

Die Angestellte des NHS, selbst Kategorie D, fand mich also fragwürdiger als diesen Bogen, obwohl große Arbeitgeber ihre Mitarbeiter ständig mit Seminaren, Workshops und Mitteilungen zu jeder Spielart von *political correctness* bombardierten. Seltsam.

Mein Statistikhirn ratterte los. Ich muss mehr als zwei Stunden in diesem Wartezimmer verbracht haben. Ich starrte auf den Bogen und auf meine Mitwartenden und dachte nach und dachte um. Das ganze Konzept der Ethnie funktionierte nicht, wenn man sich diese unbeholfenen Kategorien genauer ansah: Wenn man die Kontinente zugrunde legte, waren Araber Asiaten, so wie Inder, Pakistanis oder Chinesen. Ethnisch gesehen, also im Hinblick auf Hautfarbe, jedoch Weiße, so wie Iraner, Zentralasiaten, Türken. In Frankreich wären Araber die Leute aus dem Maghreb, kontinental also Afrikaner, aber keine Schwarzen, darauf legten sie Wert, wie auch viele Hispanics, die hier in England keine Rolle spielten, weil wir nicht in den USA waren, wo sich die nicht-englischsprachigen Amerikaner in die Kategorie der Hispanics pressen lassen mussten und somit ungeachtet ihrer Hautfarbe zu Nichtweißen wurden, was den Weißen unter ihnen vermutlich enorm gegen den Strich ging, während es den Schwarzen und Indigenen egal sein konnte.

Das Konzept der Ethnie funktionierte weiterhin nicht, wenn man die Weißen in EU-Weiße und andere Weiße einteilte, die EU-Weißen aus Irland in eine Unterkategorie steckte und hier noch die Untergruppe der Traveller einreihte, also eine Unterscheidung anhand des Lebensstils vornahm. Die Kategorie der Weißen beruhte am offensichtlichsten auf einer rassischen Unterscheidung, andererseits war es die Kategorie A, was aber wohl daran lag, dass sie den größten Prozentsatz bildete.

Das wiederum hätte bedeutet, dass die zweitgrößte Bevölkerungsgruppe in Großbritannien unter die Kategorie B fiele – *mixed*, wie ich. Ging es also doch nach Farben oder dem Weißanteil? Dieser Bogen war so fehlerhaft, dass ich meine Schmerzen vergaß, dafür aber fast manisch wurde. Ich fühlte mich wie auf einer Matheolympiade, wusste aber, dass die Aufgabe nicht lösbar war. Es gab keine klare Linie.

Als ich darüber nachdachte, wie ich diesen Bogen verbessern würde, denn das sollte immer die Frage sein, wenn man sich über etwas beschwert, fiel mir auf, wie stark ich schwitzte. Mein Boss hatte mir ein Schmerzmittel gegeben, das er mir so konspirativ zusteckte, als wäre es eine Partydroge, und vielleicht war es das ja auch, denn er sagte *bon voyage*. Ich saß in diesem grauenhaften Licht zwischen Kranken aus aller Welt, die hier in Soho einen Arzt sehen wollten, stattdessen aber eine Krankenschwester sehen würden, und versuchte die britische Einteilung der Ethnien zu reformieren.

Um mich herum wurde so viel gehustet und Schleim abgesondert, dass ich es ohne die Konzentration auf das Formular nicht ausgehalten hätte. Eines der Probleme war, dass sich sämtliche Kategorien vermischten. Eine Bevölkerung konnte aber multiethnisch sein und verschiedene Staatszugehörigkeiten umfassen. Und deshalb konnten die Schöpfer dieses Formulars auch nicht die einfache Frage stellen: Sind Sie britischer Staatsbürger (A) oder Ausländer (B), und wenn (B), geben Sie bitte Ihre Staatsangehörigkeit an. So aber waren die Möglichkeiten, den Leuten auf den Schlips zu treten, unendlich, sie taten sich auf in der Reihenfolge, der Benennung, der Nichtnennung, im Begriff *Sonstige*. Stringenz war nicht möglich.

Der Bogen war eine Offenbarung, weil ich mich nie zuvor so intensiv damit beschäftigt hatte, worüber sich Leute definieren. Land, Kontinent, Sprache, geteiltes Leid, Religion. Es scheint bei einigen klar, bei anderen unklar. Fühlt sich ein Usbeke als Asiate, als Weißer, als Moslem oder als Bewohner einer ehemaligen Republik der Sowjetunion, also Europäer? Was würde ein Israeli hier eintragen? Was dachten Iren und irische Traveller über ihre Sonderkästchen? Vielleicht machten sie Witze darüber, vielleicht fanden sie diese Frage ganz normal, vielleicht bestanden sie auf dieser Unterscheidung und hatten sie sogar eingeklagt. Ich war mir nicht sicher. Im Vorteil waren die, denen diese Fragen egal waren.

Mir waren sie nicht egal. Ich hatte aber nicht gedacht, dass sie sich mir noch mal stellen würden. Zumindest nicht hier. Ich saß in einem Raum, in dem gut ein Drittel der Anwesenden meine Hautfarbe hatte. Braun. Als Kind hatte man mir oft gesagt, ich hätte eine schöne Hautfarbe, und meinte damit, dass ich immerhin nicht ganz schwarz war. Teilweise sagte man mir das auch. Man sagte das in dem hundertprozentigen Bewusstsein, mir ein Kompliment zu machen. Und wäre schockiert gewesen, wenn ich dieses Kompliment hinterfragt oder sogar als rassistisch bezeichnet hätte. Was ich natürlich nicht tat. Ich war klein und fand die Welt, in der ich lebte, normal. Und ich war allein. Hätte ich schwarze Verwandte gehabt, wäre mir der Sinn dieser Aussage aufgefallen. Manchmal, wenn ich schwarze Menschen in der Stadt sah, zumeist Männer, die mir verschwörerisch zuzwinkerten oder mich grüßten, fragte ich mich, ob sie genauso dachten: Immerhin bist du nicht ganz weiß. Einer von uns hat dich hier zurückgelassen, Kleiner. Ich war wie Gulliver, entweder zu dies oder zu das. Das hört sich dramatischer an, als es ist, es war nicht so, dass ich mich ununterbrochen mit einer Identitätsfrage quälte. Und auch die Aussagen der Leute bewertete ich nicht über. Sie entstammten einem Bewertungssystem, das ihnen nicht einmal bewusst war. Einem Bewertungssystem, das letztlich darauf beruht, schon dem Clan aus dem Nachbardorf nicht über den Weg zu trauen. Trotzdem, auch wenn ich es damals nicht formulieren konnte, war mir das Lob meiner Hautfarbe immer unangenehm, denn die unterschwellige Botschaft verstand ich doch: *Könnte noch schlimmer sein.* Ich wünschte mir, das alles wäre gar kein Thema. Das war kein idealistischer Wunsch, es ging mir nur um mich. Ich dachte: Lasst mich doch einfach in Ruhe.

Von offizieller Seite stellte man in Deutschland niemals Fragen nach der Ethnie, vermutlich aus historischen Gründen. Weder im Osten noch im Westen, auch heute nicht. Als ich mit vierzehn meinen ersten Personalausweis bekam, rechnete ich trotzdem fest mit einem Hinweis auf meine Andersartigkeit. In der Zeile *Beson-*

dere Kennzeichen stand aber: keine. Ich fragte die Frau auf der Dienststelle, was man dort eintragen würde. Zum Beispiel eine Narbe oder ein Glasauge, sagte sie mir.

Nach Ewigkeiten kreuzte ich an, woraus meine Mischung bestand. Aus EU-weiß und *African black*. Später fragte ich mich, wo mein Sohn sich hätte eintragen sollen, ein Dreiviertelweißer mit einem schwarzen Großvater, den er nicht kannte. Ich war also B, obwohl ich mich immer als A-Typen betrachtet hatte. Keine weiteren Fragen. Es war ein Rassenformular und machte sich nicht die Mühe, das zu kaschieren. Beispielsweise mit Fragen zu Gesundheit, Bildung, Einkommen oder Wohnort. Ich hätte gern meine Postleitzahl eingetragen, W1, zu dieser Zeit ging fast mein gesamtes Einkommen für diesen Postcode drauf. Ich hatte das alles ohne meine Eltern erreicht, nach denen man mich hier fragte. Ich war fast dreißig Jahre alt, und es sah so aus, als würde ich die Frage, woher ich kam, niemals loswerden.

FLEUR

Die meisten Menschen muss man näher kennen, um festzustellen, dass sie Arschlöcher sind. Bei Gabriel ist es umgekehrt: Man muss ihn kennen, um zu wissen, dass er kein Arschloch ist.

Ihn nach der Attacke auf das Mädchen wie eines darzustellen, war kein Problem. Das Schicksal der Überperformer: Man traut ihnen nicht. Man fragt sich, wo sie sind, ihre Abgründe und Schwächen. Ihre elaborierte Art, das Leben zu meistern, ist für die anderen eine permanente Demütigung. Strebern traut man alles zu. Man rechnet mit den schlimmsten Abgründen. Vielleicht wünscht man sie ihnen sogar. Nicht unbedingt aus Schadenfreude, eher aus Gründen der Balance. Zu viel des Guten ist wie zu viel Yin. Oder Yang?

Gabriel hatte schon seit längerem seine Balance verloren, was er nicht hören wollte. So wenig wie die Wörter *überarbeitet*, *überlastet*, *überfordert*, die in ihrer Summe den Begriff *Burn-out* ergaben, den er ebenfalls nicht ausstehen konnte. Diabetes hätte er ernst genommen, Burn-out war für ihn nicht mehr als ein Lifestylewort. Gib doch mal Ruhe, sagte ich oft zu ihm. Ein ernst gemeinter, völlig nutzloser Ratschlag. Genauso gut könnte man einem Junkie raten, sein Junkieverhalten zu ändern. Wenn ich darüber nachdachte, wie Gabriel an diesen Punkt gekommen ist, fiel mir auf, dass er keine andere Wahl gehabt hatte. Wäre er nicht so gewesen, wie er war, er wäre auch nicht so erfolgreich gewesen.

Deshalb führten auch die Ruhephasen zu nichts. Ich erinnere mich an anstrengende Wochen an entlegenen Orten: Gabriel, auf und ab laufend, darauf lauernd, dass sich seine lang geplante Blitzentspannung einstellt. Gabriel, nicht mehr in sein Telefon sprechend, sondern bellend, denn mit wachsender Müdigkeit stieg auch seine Kontrollwut. Wenn er dann endlich auf einer Sonnenliege lag, sah es nicht aus, als würde er lesen, sondern als würde er denken: Ich lese ein Buch, ich lese ein Buch, ich lese ein Buch, ich habe frei und deshalb lese ich jetzt. Ein Buch.

Als ich Gabriel traf, war er der Mann, der vom Himmel fiel. Der so tat, als hätte es ihn nicht gegeben, bevor er Architekt wurde. Er hatte sich selbst erdacht und umgesetzt. Er hatte sich aus Eigenschaften zusammengesetzt, die ihm gefielen und die ihm nutzten, was ihn als Person weniger organisch machte als jemanden, der einen Stallgeruch mit sich herumträgt, aber das war es, was mir so an ihm gefiel. Er war allein auf der Welt, aber nicht entwurzelt, im Gegenteil. Er passte in die Welt. Er war zufrieden. Mit seinem Wohnort, seinem Beruf und mit uns, mit mir und Albert. Weil er es so wollte. Ein nicht unerheblicher Teil seiner Energie floss in die Überzeugung, sein Leben wäre perfekt.

Ich bin in London geboren, aber er war es, der sich hier zu Hause fühlte. Meine Eltern sind Augenärzte, meine Kindheit habe ich in Ostafrika verbracht. Ich dachte immer, ich würde dorthin zurückgehen. Nicht zwingend nach Kenia, wo wir die meiste Zeit über gewohnt haben, aber auf jeden Fall in ein Land, in dem man die Mittagshitze in einem gekühlten Raum zu überstehen hat. Das war meine einzige Zukunftsidee. Eine verschwommene Vorstellung von mir auf einem weißen Bett unter einem surrenden Ventilator. Wovon ich mich dort erholen wollte, ist mir nie ganz klargeworden.

Direkt nach dem Studium fing ich an zu übersetzen, weil es sich so ergeben hatte. Dank meines Nachnamens fing ich sofort mit Büchern an, die man beachtete. Dass ich mehrsprachig aufgewachsen bin und Literatur studiert habe, hätte mir das Gefühl, eine Hochstaplerin zu sein, nehmen müssen. Doch was sind

Fakten gegen Gefühle? Ich befasste mich also mit literarischen Shootingstars und Schwergewichten, die bei mir den Eindruck verstärkten, ich selbst wäre eine Null. Gleichzeitig liebte ich, was ich tat. Ich machte etwas, was ich konnte. Ich übertrug meine Muttersprache Französisch in meine Vatersprache Englisch und achtete darauf, unterwegs nichts zu verlieren. Keine Poesie, keinen Witz, keinen Zeitgeist, keinen Slang, keinen Klang. Eine unbedeutend kurze Zeit lang hatte ich für eine Zeitung geschrieben, erst in der Redaktion, dann von zu Hause aus und schließlich gar nicht mehr. Jeden Tag, wenn ich aufstand, wann ich wollte, anzog, was ich wollte, und mich hinhockte, wo ich wollte, verflüchtigte sich die Möglichkeit, dass ich jemals wieder in einem Büro oder Team arbeiten würde, bis sie schließlich ganz verschwand. Als ich Gabriel traf, verschwand auch die Möglichkeit, an einem anderen Ort als in London zu leben.

Ich komme aus Deutschland, sagte der Mann, der vom Himmel fiel. In Deutschland war die Frage, woher er kam, viel schmerzhafter und langwieriger zu beantworten gewesen. Ja, du sprichst Deutsch und scheinst hier geboren zu sein, aber woher kommst du *wirklich*? Er verabscheute das, wie auch die Fragen nach seinem Vater, die er verständlicherweise nicht mochte, weil er keine Antworten darauf hatte.

Ich bin aus Kenia, sagte ich, als ich mit vierzehn für die letzten Schuljahre zurück nach England kam. Ich sagte es nicht, um mich wichtigzumachen, es war ganz offensichtlich, dass ich woanders herkam. Vor allem in einem Alter, in dem alle sich über ihre Lieblingsbands und über Fernsehshows definierten, die ich nicht kannte. Ziemlich schnell hatte ich mich der Sprache und dem Aussehen der anderen angepasst, aber das Gefühl, gerade erst angekommen zu sein, ging nie ganz verloren, vielleicht auch, weil ich es so wollte. Gabriel lebte zwar hier, weil es sein Plan war, trotzdem blieben wir beide Einwanderer. Er derjenige, der mit einem Akzent sprach, ich diejenige, die nie aufhörte, sich zu verlaufen und zu verfahren, die ewige Besucherin.

Betrachtet man sie nach Hautfarben, sind unsere Grundschulfotos fast spiegelverkehrt. Meine Eltern bauten damals an ihrem Lebenswerk, einem ärztlichen Versorgungszentrum in einer kenianischen Provinzstadt ohne internationale Schule, so dass ich an der örtlichen Schule eingeschult wurde. Wir Kinder sehen aus, als hätte man uns eingeschärft, die Zeit des Fotografen nicht zu verplempern. Brav stehen wir da und schauen in die Kamera. Rechts außen, vor dem schwarzen Habit der Nonne, unserer ersten Lehrerin, das einzige weiße Gesicht. Wie ein schüchternes Gespenst schaue ich unter meinem Pony hervor. Gabriels Hautfarbenunterschied zu seinen Klassenkameraden ist weniger groß, trotzdem sticht er heraus. Das Bild sieht aus, als hätte man den Kindern zugerufen: Lachen bitte, während Gabriel als Einziger den Befehl *Stillgestanden!* erhalten hat. Kerzengerade steht er da und schaut direkt in die Kamera, wie er es heute noch tut. Sein Blick scheint zu sagen: Das seid ihr und das bin ich.

Der ist ja süß, sagte meine Freundin Bella, nachdem ich ihn ihr vorgestellt hatte. Damals trug er Schwarz, vorzugsweise Yamamoto, und eine Le-Corbusier-Brille, die seinem Gesicht jede Nahbarkeit nahm und die ich ihm verbot, als wir wirklich ein Paar wurden. Außerdem arbeitete er Vierzehnstundentage, und auch wenn er sich wirklich bemühte, sich für meine Freundin zu interessieren, so gähnte er doch einen Tick zu oft.

Süß trifft es nicht ganz, sagte ich zu Bella.

Ja, aber endlich hast du jemanden gefunden, mit dem du deine Afrikaleidenschaft teilen kannst, sagte sie.

Ich mochte ihn mittlerweile wirklich gern, aber auch dieser Eindruck täuschte.

GABRIEL

Als wir unser Büro gründeten, arbeitete und trank ich genauso viel wie Mark, hatte aber mehr Zeit. Denn Mark war ein Mann der Frauen, während ich ein Kommunikationsproblem hatte. Zurückrufen, nicht zurückrufen, wiedersehen, abwarten, diplomatisch und galant Schluss machen, um anschließend zu netten Bekannten zu werden, ich sah es ständig bei Mark, aber ich konnte es nicht. Er wollte Sex, ich wollte heiraten. Ich war auf der aussichtslosen Suche nach der perfekten Verbindung. Dream on, sagte ich mir selbst, war aber weiterhin nicht fähig, Abstriche zu machen. Die natürliche Gabe, ohne die wir längst ausgestorben wären, mich als Mann einer Frau zu präsentieren, frei von Überbau, Sachthemen und einer komplizierten Liste an Dingen, die zu passen hatten, fehlte mir völlig. Frauen, die das durchschauten und folglich die Initiative ergriffen, fand ich in der Theorie großartig, in der Realität wichen sie mit dieser dominanten Art zu sehr von meinen fest definierten Idealvorstellungen ab. Später dachte ich manchmal, wie dumm ich gewesen war, mir diese Wartezeit nicht einfach so abwechslungsreich wie möglich zu gestalten. Ich war jung, sah annehmbar aus, was ich leider erst rückblickend erkannte, verdiente relativ gut und lief mit Mark Barnett durch London, was sich anfühlte wie mit einer Torte durch ein Wespennest zu spazieren. Doch anstatt diese günstigen Voraussetzungen zu nutzen, dachte ich, ausnahmslos alle Frauen würden nur wegen Mark um uns herumschwirren. Ich hatte keinerlei Bezug zu meiner eigenen Person. Jedenfalls nicht als sexuelles Wesen. Die Zwangsenthaltsamkeit glich ich mit Arbeit aus. Ich wartete auf Fleur, die ich noch nicht kannte. Ich bin Romantiker, sagte ich. Du bist ein Freak, sagte Mark.

Dann wurde mir Sybil vorgestellt, und wir beide wussten sofort, warum. Einer meiner Kollegen heiratete und die gesamte Hochzeitsgesellschaft war sich einig, dass es sich bei meiner Tischdame und mir um ein *match made in heaven* handelte. Oh, die Tischordnung wurde nach Farben erstellt, verstehe, sagte Sybil, als sie sich neben mich setzte, und ich konnte nicht anders, als sie zu mögen. Durch Sybil, deren Mutter aus Ghana kommt, lernte ich das fantasievolle Farbspektrum kennen, das die Kosmetikindustrie sich für unseren Hautton ausgedacht hatte: Golden Almond, Honey, Chestnut. Butter Pecan. Caramel, Praline, Brulée, Toffee. Dark Ginger. Camel. Desert Beige. Beige Noisette oder Beige Châtaigne. Rattan. Ambre Dorée. Oder Pappkarton? Das war meine Gesichtsfarbe zu dieser Zeit, in der ich eher sorglos mit meiner Gesundheit umging. Ich nahm an, dass man die helleren Alabaster, Pearl oder Panna Cotta nannte, und die dunkleren Espresso, Dark Chocolate oder Lakritz. Diese Gedanken machte ich mir, wenn ich mir in Sybils Saustall von Bad eine Schneise durch Berge von Kosmetik schlagen musste, denn ihre Wohnung war so klein, dass ich mich dorthin verzog, wenn ich eine kurze Pause von ihr brauchte oder telefonieren musste. Ich hatte die unordentlichste Frau der Welt getroffen, einen großartigen Menschen, mit dem ich jede Stunde genoss, aber nur, weil ich wusste, dass unsere Zeit begrenzt war. Sybil, the Thrill, wie Mark sie nannte, ließ keine Gelegenheit aus, mir zu sagen, dass sie nicht an einer festen Beziehung mit einem Spießer wie mir interessiert sei. Super, dachte ich, denn so musste auch ich nicht dauernd darüber nachdenken, ob sie meine Ansprüche erfüllte oder nicht. Ich verbrachte meine Zeit mit einer schönen, klugen Frau und musste mir nicht im Stillen sagen, dass es nicht für immer sei, denn das übernahm sie.

Der Unterschied zu einer festen Beziehung bestand allerdings nur darin, dass wir behaupteten, es wäre keine. Dazu kamen einige *do's* und *don'ts*, die ausschließlich Sybil bestimmte. Kein Elternkontakt, was mir recht war, denn er wäre einseitig gewesen und hätte ihren Eltern, Alice und Norman, die in Kent lebten, womöglich etwas suggeriert, was wir nicht einhalten wollten. Zu unserer Nichtbeziehung gehörte außerdem, niemals in der Wir-Form von uns zu sprechen, wenn es um uns als Paar ging. Ansonsten benutzte Sybil die Wir-Form dauernd und meinte damit uns als Stamm. Ein Stamm, der sich je nach Belieben vergrößern, verkleinern und umbenennen durfte. Wir waren die Nichtweißen, die *halfcasts*, *biracial* oder *mixed race people*, *people of color*, die Braunen, die Gelben, einfach nur die Schwarzen und natürlich Brüder und Schwestern. Wir waren die Unterdrückten, die Unterrepräsentierten, die Diskriminierten, die Angehörigen einer Minderheit, die Entrechteten. Ihr obsessives Wir war eine völlig neue Erfahrung für mich, die ich anfangs interessant fand. So wäre es gewesen, wenn ich Geschwister gehabt hätte. So wäre es gewesen, wenn ich in einem anderen Land aufgewachsen wäre. Mein Status als Einziger wurde ausgehebelt durch die Aufnahme in Sybils Gruppe, was sich schnell anfühlte wie Sippenhaft, denn ich war daran gewöhnt, der Einzige zu sein, und hatte keine Lust, ein Black-Empowerment-Paar zu bilden.

Sybil, du bist nicht schwarz, dein Vater ist weiß.

Das interessiert aber niemanden.

Mich schon, deinen Vater im Zweifel auch.

Ach, halt doch die Klappe, Oreo.

Ich hatte zuerst Orpheo verstanden und gedacht, Sybil würde Orpheus und Othello verwechseln, bis ich verstand, dass sie mich als schwarzen Keks mit weißer Füllung beschimpfte. Ich, der Möchtegernweiße, kämpfte fast täglich gegen etwas, das sie als die Wahrheit betrachtete und ich als Paranoia.

Sybil, der Typ war kein Rassist, er war nur genervt, dass deine Kreditkarte nicht ging.

Sybil, wir haben keinen Tisch bekommen, weil das Restaurant voll ist. Und darf ich dich daran erinnern, dass du dort nicht per Bildtelefon angerufen hast?

Er hat es an meiner Stimme gehört, was denkst du denn?

Stimme, Haare, Haut, Seele. Unsere gemeinsame Hautfarbe legte sich über jedes Thema und verwandelte es in ein Streitthema.

Entschuldige, Sybil, ich laufe nicht den ganzen Tag herum und denke, ich bin schwarz, ich bin schwarz, oh Gott, ich bin schwarz! Ich denke auch nicht den ganzen Tag darüber nach, dass ich ein Mann bin, dass auf meinen Wimpern winzige Lebewesen sitzen, dass ich irgendwann durch einen Geburtskanal gepresst wurde. Das ist alles faszinierend, aber ich muss auch an andere Dinge denken als an gottgegebene Tatsachen, verstehst du das?

Es tat mir leid, wie Sybil ihr eigenes Dasein ständig deklassierte. Sie hörte sich an wie jemand, der einen Sklavenaufstand plant, war aber eine englische Mittelklassefrau, die in einer großen Modelagentur arbeitete und ausschließlich in Designerklamotten herumlief. Wenn ich sie daran erinnerte, hasste sie mich. Dabei mochte ich es eigentlich, wie sie mit ihren beiden Welten jonglierte. Modewelt und Diskriminierung wurden mit der gleichen Leidenschaft bedient.

Ich war nach London gekommen, um einer von vielen zu werden. Jetzt war ich einer von vielen, wobei die genaue Definition meiner Gruppe meine Freundin vornahm, die nicht meine Freundin sein wollte. Ich hatte vorgehabt, mich ausschließlich mit Dingen und Leuten zu befassen, die mich interessierten, und mich in der Stadt, die mich sein ließ, wie ich war, zu Hause zu fühlen. Jetzt war es so, als müsste ich die Sicht auf mein Leben umschreiben, zu meinen Ungunsten: Nein, du bist kein gutangezogener Typ, der sich in guten Restaurants verabredet, du bist ein Gebrandmarkter, und du bewegst dich auf feindlichem Terrain. Sybil stellte London dar, als wäre es Johannesburg vor 1994 oder ein Südstaatennest voller Ku-Klux-Klan-Anhänger.

Dann geriet ich mit Sybil in Hautfarbenstress aus der anderen Richtung, was nicht weniger deprimierend war. Wir fuhren in einem Mini-Cab, der Fahrer und Sybil hassten sich von Sekunde eins an, und ich dachte noch, das ist jetzt mal kein Brother-Sister-Ding, Menschen mögen sich oder eben nicht, basta. Der Fahrer war übellaunig, sein Wagen dreckig, sein Fahrstil unter aller Sau, seine Route eindeutig Beschiss, alles war so offensichtlich mies, dass ich mich fragte, ob Sybil ihn damit durchkommen lassen würde, weil er schwarz war. Nein. Er beging einen Kardinalfehler und spielte Musik, die Sybil zu blöd war und mir zu laut. Sein muffiger Honda wurde zum Raubtierkäfig. Sybil keifte mit ihrem heiseren Organ, das ich sonst so sexy fand. Der Fahrer übertönte sie mit einer Fistelstimme, die nicht zu seinem voluminösen Oberkörper passte. Er beschimpfte sie als *yellow bitch-cunt-slut*, er ließ keine Beleidigung aus, wichtiger schien jedoch die Tatsache, dass sie heller war als er. Er schrie weiter, dass sie aus der Karibik käme, was nicht stimmte, daher im Gegensatz zu ihm von Sklaven abstammte und folglich die Letzte sei, die ihm Befehle zu erteilen hätte. Sprachlos reichte ich ihm sein Geld nach vorn, drückte es ihm in die fuchtelnden Hände und zerrte Sybil aus dem Wagen. Im Davonfahren schüttelte er entrüstet den Kopf, verdrehte die Augen und zeigte auf Sybil, als wollte er mir sagen: Nichts für ungut, Mann, aber krieg mal deine Alte in den Griff! Sybil hatte ihr Telefon am Ohr und versuchte fluchend die Zentrale zu erreichen, um sich zu beschweren. Ich stand erschüttert neben ihr, an einer zugigen Straßenecke in einer Scheißgegend, und fragte mich, ob wir einfach ein paar Milliarden boshafter Kreaturen waren, deren Lebenszweck darin bestand, sich gegenseitig das Leben zur Hölle zu machen. Nein, entschied ich, als wir in das nächste Taxi stiegen, in dem ein normaler Mensch am Steuer saß, die

Quote echter Arschlöcher ist in jeder Population gleich hoch beziehungsweise niedrig. Das war es auch, was ich Sybil ständig versuchte zu sagen. Unsere permanenten Debatten hielten sie wach und machten mich müde. Und irgendwann wurde aus einem Standpunkt, den ich anfangs nur eingenommen hatte, um ihr etwas entgegenzusetzen, meine Überzeugung.

Farbe bekennen? Ohne mich. Und ich sage dir auch, warum: Weil Hautfarbe als Distinktionsmerkmal die Grundlage für jede Art von Rassismus ist. Die Einzigen, die sich daran orientieren dürften, sind bekennende Rassisten. Wenn diese Unterscheidung aber kompletter Unsinn ist, was sie nachgewiesenermaßen auch ist, wieso sollte ich mich nach ihr richten? Wieso sollte ich mich einer Gruppe zuordnen lassen, die gar nicht existiert?

Weil sie zwar wissenschaftlich nicht existiert, aber gesellschaftlich. Akzeptier es endlich: Wer Teil einer marginalisierten Gruppe ist, entkommt Identitätsfragen nicht, schrie Sybil, die sich je nach Bedarf anhören konnte wie eine Bibliothek oder eine Gefängniskantine. Habe ich sie geliebt? Meistens ja.

Noch mal: Ich lasse mich nicht eingruppieren. Weiße suchen sich aus, was sie etwas angeht und was nicht, und dieses Privileg beanspruche ich auch für mich.

Okay. Dein Vater war nicht da, du kennst deine Leute nicht, deshalb fühlst du dich emotional nicht verpflichtet. Vielleicht bist du aber auch wütend auf deinen Vater und lehnst deshalb deine schwarze Seite ab.

Mein fehlender Vater war ihr Totschlagargument. Als sie meinen vollen Namen auf meinem Führerschein sah, fing sie an, mich Idris zu nennen, was ich ihr untersagte. Ich bin nicht Idris, ich bin Gabriel. Immer öfter fragte ich mich, warum ich es mir antat, mir nach meinen langen Bürotagen bescheinigen zu lassen, ich sei ein Traumapatient mit Identitätsproblem, die personifizierte Abwehrhaltung oder ein Onkel Tom. Es kam mir vor, als würde jedes Gespräch am gleichen Punkt enden. Immer wieder sagte ich ihr in Variationen, dass man sich bestens über andere Eigenschaften als seine Hautfarbe definieren und zusammenschließen konnte. Als wir das letzte Mal nackt nebeneinanderlagen, sagte ich: Ein anderer Mensch ist aufgrund einer physischen Gemeinsamkeit, in diesem Fall seiner Pigmentierung, nicht mein Bruder. Oder aber: Alle Menschen sind meine Brüder.

A brotherhood of men, Sybil lachte.

Genau. Stell dir vor.

Die Wahrheit war, dass Sybil tatsächlich zu einer Schwester geworden war. Ich genoss ihre körperliche Nähe, wollte aber nicht mehr mit ihr schlafen und wollte auch nicht darüber nachdenken, woran es lag. Ich konnte sie hassen und kurz darauf wieder lieben, diesen fließenden Übergang hatte ich noch nie mit einem anderen Menschen erlebt. Als ich nach London kam, waren es Familien wie ihre, von denen ich kurz dachte, so hätte meine Kindheit im Bestfall aussehen können: ein gemischtes Paar, das zusammenblieb und seine Kinder aufzog. Normal. Vermutlich war es ein psychologisches Desaster, dass Sybil und ich uns in diesem permanenten Direktvergleich gegenüberstanden, aber so war es nun mal.

Ihre Eltern hatten ihr eine Wohnung in einem Council Estate in Lambeth gekauft, was mich mehr beschäftigte als die Frage, warum irgendwelche Dienstleister uns nicht nett genug angeschaut hatten. Ich, immer für einen freien Markt, war seltsam genervt von der Idee, in dieser teuren Stadt Sozialwohnungen in Eigentum zu verwandeln. Die Empathie für Leute, die einen im Grunde nichts angingen, sie war unser vorrangiges Streitthema gewesen, und wenn ich etwas über Sybil sagen kann, dann dass sie mir ständig Fragen stellte, über die ich sonst nie nachgedacht hätte. Ich habe bis heute Bücher von ihr: Frantz Fanon, Frederick Douglass, James Baldwin, Dany Laferrière, Toni Morrison, von denen ich nur Laferrière wirklich las: *Die Kunst, einen Schwarzen zu lieben, ohne zu ermüden.* Aber musste ich mich für schwarze Hollywoodstars und Topmodels interessieren? Nein. Ich interessierte mich auch nicht für ihre weißen Kollegen. Doch beim Gedanken an den Verkauf von Wohnungen, die eigentlich für Bedürftige bestimmt waren, war ich es, der emotional wurde. Es war, wie ich ihr immer versuchte klarzumachen: Jeder hat seine Themen, und die Koexistenz in Städten war meines. Hierbei ging es nicht um Hautfarben, sondern um Geld. Als sie mir die Wohnung zeigte, begegneten wir im Fahrstuhl einem alten Mann in seinem Sonntagsanzug, den er seit vielen Jahren zu pflegen schien, ein seidenes Einstecktuch in der Brusttasche und einen Müllsack in der Hand. Unten angekommen, nickte er uns zu und ging hinaus, Sybil fuhr sofort wieder nach oben, weil sie ihre Sonnenbrille in der leeren Wohnung liegenlassen hatte. Ich folgte dem alten Mann nach draußen und fragte mich, ob ich ihm seinen Müll abnehmen sollte. Nein, entschied ich, kein Mitleid. Ich ging zum Auto, er zu den Mülltonnen. Wir überholten ihn, als er Richtung Bahnhof ging, Sybil voller Pläne für ihre neue Wohnung und ich zum ersten Mal nicht nur in der Theorie mit dem Thema Gentrifizierung beschäftigt. Ich sah dem Alten hinterher und hatte das Gefühl, er würde mir noch einmal zunicken.

Er kann mal froh sein, dass keine Gangster in sein Haus ziehen, sondern Workaholics wie ich, sagte Sybil. Baut ihr nicht gerade an einem fetten Ding mit Helikopterlandeplatz auf dem Dach? Wer weiß, wie viele alte Leutchen dafür vertrieben wurden, seit wann bist du eigentlich so sentimental?

Ich wusste es auch nicht. Ich begegnete jeden Tag mindestens zwanzig Obdachlosen, aber dieser alte Mann, der sich an seinem Sonntagsstaat festhielt wie an der Zeit, in der er ihn angeschafft hatte, in der er noch nicht vergessen und überrollt worden war, wurde für mich plötzlich zu einer Symbolfigur. Wofür genau, wusste ich nicht. Vielleicht begriff ich in diesem Moment, dass ich selbst irgendwann ein alter Mann sein würde.

Was ist los, Oreo, denkst du an deinen Großvater?, fragte Sybil.

Kann sein, sagte ich.

Ich berief mich auf meinen Status als ihr Nichtfreund und erinnerte sie an ihren Status als eigenständige Frau. Ich half ihr weder beim Umzug noch beim Umbau ihrer Wohnung, der sich als aufwendiger erwies, als sie erwartet hatte. Sybil, die sich selbst je nach Laune als Aschanti-Kriegerin oder hilfloses Fräulein sah, tobte. Die Kriegerin drohte mir, Little Miss Helpless tat so, als könne sie ohne mich nicht einmal entscheiden, wohin sie ihren Esstisch stellen solle. Nachdem ich ihr klargemacht hatte, dass ich Architekt sei und kein Inneneinrichter, setzte eine Stille ein, die ich als angenehme Ruhepause empfand. Ich flog zum ersten Mal nach China. Sie flog nach Ghana. Schön, dachte ich, wir fliegen um die Welt und treffen uns in London wieder. Fast zehn Jahre nach dem Mauerfall war ich dankbar für meine Fähigkeit, weiterhin dankbar sein zu können. Dankbar für meine Bewegungsfreiheit, dankbar für meinen Job, dankbar für die Leute, die mir nur in diesem Leben begegnen konnten, zu denen Sybil gehörte.

Sie brach den Kontakt ab. Sie schrieb mir eine knappe E-Mail, deren letzter Satz lautete, dass ich es nicht wagen solle, sie jemals wieder anzurufen. Auf der Eröffnung eines Flagshipstores sah ich sie wieder. Sie stand zwischen ein paar anderen Leuten ihrer Körpergröße, Models aus ihrer Agentur, wie ich annahm. Wie Pappeln überragten sie die schwarz gekleidete Menge. Als sich unsere Blicke trafen, schüttelte sie langsam den Kopf und wendete sich wieder ihrem Gesprächspartner zu. Niemand sprach Sybil an, wenn sie es nicht wünschte, schon gar nicht coram publico. Ich weiß bis heute nicht, warum sie mich so radikal verstoßen hat.

FLEUR

Barnetts Freund anrufen, hatte ich in mein Filofax geschrieben, ich kannte Mark Barnett flüchtig, seinen Freund überhaupt nicht, aber er war so nett, mich in einem völlig desolaten Zustand nach Hause zu schleifen, also, brüllte Barnett mir auf einer Party ins Ohr, schulde ich ihm zumindest einen Drink, oder nicht? Oh doch, sicher, auf jeden Fall, sagte ich.

3pm, Gabriel (Freund von Barnett) schrieb ich in mein Filofax, bevor ich ihn schließlich traf. Er machte mir keine Komplimente, er taxierte mich. Als müsse er sich entscheiden, ob ich ihm gefalle oder nicht. Hätte ich mir von diesem Date etwas versprochen, hätte mich sein merkwürdiges Verhalten verunsichert, so aber amüsierte es mich. Er war es, der mich unbedingt treffen wollte, und er war eine Ablenkung von Sean, den ich zu diesem Zeitpunkt als den Mann meines Lebens betrachtete. Meldete Sean sich, war es ein guter Tag, meldete er sich nicht, ein schlechter. Gabriel hatte einen schlechten Tag erwischt, von dem ich hoffte, dass er wenigstens als neutraler Tag enden würde. Dass ich angetrunken und daher abgelenkt sein würde.

Ich hatte ihn in ein Pub in meiner Nähe bestellt und ließ ihm bereits durch meine Kleidung mitteilen, dass wir keinen erotischen Weg einschlagen würden. Ein Code, den die dümmsten Männer lesen können, Gabriel nicht. Er behandelte mich, als hätte ich ein Abendkleid an. Sein Gentleman-Gehabe war so formvollendet, als hätte er es sich hart erarbeitet. Nichts passte zusammen. Seine deutsche Verklemmtheit passte nicht zu seinem Aussehen, seine ritterlichen Manieren passten nicht zu seiner brutalen Ehrlichkeit. Seine Unverschämtheiten waren keine Flirttaktik, mein späterer Mann flirtete nicht. Seine Unverschämtheiten waren seine Gedanken. Und wenn selbst ihm ein Gedanke nicht aussprechbar erschien, verpackte er ihn in ein Beispiel aus einem französischen Film oder der griechischen Mythologie. Meine Versuche, unserem Gespräch eine flockige Ironie zu verleihen, prallten an ihm ab. Trotzdem gefiel er mir von Bier zu Bier besser. Je mehr ihm meine Aufmachung, meine Biertrinkerei und Qualmerei auf die Nerven gingen, umso wohler fühlte ich mich.

Im Nagoya machte er mir ein Kompliment. Unbewusst. Es war später Nachmittag, und das Restaurant war leer. Bis auf uns und Mick Jagger. Der saß dort mit ein paar praktisch unsichtbaren Begleitern, denn er war Mick Jagger. Ich unterbrach Gabriel, pssst, schau dich mal um. Gabriel schaute sich um, drehte sich wieder zu mir und wiederholte seine Frage an mich. Es war nicht so, dass er so tat, als würde ihn ein A-Celebrity nicht beeindrucken. Es war so, dass er wirklich auf meine Antwort wartete. Aus meinem Vorsatz, uns unverbindlich zu amüsieren, hatte er die Pflicht gemacht, dass wir uns wirklich kennenlernten. Dafür hatte er einen hermetischen Raum um uns geschaffen, in den nur die Kellner kurz eindringen durften. Es wirkte. Für mich war es die längste zusammenhängende Zeit seit Monaten, in der ich nicht an Sean dachte. Wenn er über Architektur sprach, strahlte er einen Zauber aus, wie es nur Leute können, die etwas tun, was sie wirklich lieben. In meinem Leben existierte dieses Etwas nicht, fasziniert schaute ich in seine leuchtenden Augen. Erst als er später und auf meine Nachfrage hin über seinen Vater sprach, zog er sich zurück und klang, als würde er mir einen kurzen Abriss über ein Thema liefern, das ihn nicht betraf. Leute wie sein Vater, die das Glück oder Pech hatten, im Osten Deutschlands zu studieren, hatten nach der Regelstudienzeit wieder zu verschwinden, was sie in der Regel auch taten. Eine fast vergessene Geschichte, Teil eines Plans des Ostblocks, die sogenannten jungen Nationalstaaten auf ihre Seite zu ziehen, jetzt wo sie keine Kolonien mehr waren. Warum nicht mal ein bisschen Sozialismus? Das Resultat dieses politischen Schachzugs waren ausnahmsweise keine Opfer, stattdessen ein paar tausend Akademiker, die mit ihren Abschlüssen wer weiß wohin gingen. Und ein paar tausend Frauen, die mit Kindern zurückblieben, wie immer, wenn Männer irgendwo auftauchen und wieder verschwinden.

Er schaute mich an, als wäre er nicht eins dieser Kinder. Mein Vater hat Medizin studiert, fügte er noch hinzu und schenkte uns nach.

Meiner auch. Warst du schon mal in Afrika? Ich sah, dass er die Frage kannte und hasste.

Ich habe kein spezielles Interesse an Afrika. Ich habe ein gerecht verteiltes Interesse an der gesamten Welt, sagte er. Ein toller Satz in seiner Hybris.

Ich schon, sagte ich, ich bin dort aufgewachsen.

Er nickte. Unser Essen kam. Wir redeten weiter. Er war ein guter Zuhörer, so gut, dass es mich fast verlegen machte, wenn ich in sein interessiertes Gesicht sah. Dann trat ich auf die nächste Mine. Ich redete über Musik und fragte ihn nach seinen Vorlieben. Sorgfältig badete er ein Stück Thunfisch in der Sojasoße. Als müsste er über diese Blabla-Frage länger nachdenken.

Ich höre ausschließlich Klassik, sagte er.

Aha, sagte ich.

Dass dich das erstaunt, erstaunt mich überhaupt nicht.

Sollte ich ihn erstaunt angeschaut haben, dann nicht, weil er Klassik hörte, sondern wegen seiner andächtigen Art, Sashimi zu essen. Ich fragte mich, ob er sich an die Diät-Vorschrift hielt, jeden Bissen zweiunddreißig Mal zu kauen. Manierierter Kauz, dachte ich und goss mir Sake nach.

Wieso sollte ich mich wundern, dass du nur Klassik hörst?

Weil Stereotype dafür da sind, erfüllt zu werden. Ich kenne

diese Musikfrage, sie gehört zum Feelgood-Rassismus. Wir sagen euch jetzt zur Abwechslung mal was Erfreuliches: Also musikmäßig habt ihr richtig was drauf. Bravo. Das beruhigt die Weißen und freut die Schwarzen, auch wenn sie gar nichts mit Musik zu tun haben.

So wie du, ich lachte etwas ratlos. Wie war der denn drauf?

Genau, sagte er, komplett ironiefrei.

Und jetzt?, fragte ich mich. Bin ich beleidigt, streite ich mich oder bestehe ich auf meiner guten Zeit mit einem fremden Mann? Behutsam legte er mir ein Stück Fisch auf den Teller und nickte mir zu.

Okay, nächstes Thema, sagte er.

Okay. Lass mich überlegen … Hast du den neuen Film mit Denzel Washington gesehen? Oder wie hieß der andere noch – Morgan Freeman?

Er starrte mich kurz an, dann lachte er. Unfreiwillig, fast verschämt, als würde ihn jemand kitzeln. Ich weiß nicht, was aus diesem Abend geworden wäre, hätte er nicht gelacht.

Wir unterhielten uns weiter über dies und das, und irgendwann habe ich ihn gefragt, ob er Deutschland manchmal vermisse.

Am Anfang ab und zu, aber dann immer weniger. Im Moment gar nicht. Im Moment gehöre ich genau hier hin.

Er sah mich so lange an, bis ich mich räuspern musste. Es war nicht mehr klar, ob er mit *genau hier* London meinte oder uns beide in diesem Restaurant oder beides, und ich fragte nicht nach. Ich kannte mich aus mit großen Worten, aber ich hielt es schwer aus, ihr Adressat zu sein. Und Gabriel traute ich zu, dass er zu mir sprach wie der Held aus einem Epos. Während sich zwischen uns etwas ausbreitete, das sich anfühlte wie die kaum wahrnehmbare Version eines Flirts, erhob sich hinter Gabriels ernstem Gesicht Mick Jagger und verabschiedete sich vom Restaurantbesitzer.

Dieser Mann trägt seit über vierzig Jahren dieselbe Jeansgröße, sagte ich. Jetzt erst schien Gabriel Mick Jaggers Mickjaggerhaftigkeit zu bemerken, beobachtete interessiert, wie er das Lokal verließ und in seine Limousine stieg.

Bemerkenswerter Mann! Auf den könnt ihr Weißen echt stolz sein.

Yo man, sind wir auch, sagte ich.

Wenn sich die Ernsthaftigkeit kurz verzog, blitzte ein Schalk in seinen Augen auf, der sich so plötzlich wieder verflüchtigte, wie er aufgetreten war. Die Wetterphänomene, die sein Gesicht überzogen, schienen ihm nicht bewusst zu sein, das gefiel mir. Wir grinsten uns an.

Das war super, sagte er und meinte das Essen, genau das habe ich jetzt gebraucht, danke für die gute Idee, Fleur.

Sah man davon ab, dass er hinter harmlosen Fragen Rassismus witterte, ging von ihm eine Zufriedenheit aus, die ich sexy fand. Er schien sich nicht einmal zu fragen, ob er mir gefiel. Draußen hatte es angefangen zu regnen.

Gabriel wollte uns Sake nachschenken, aber die Steingutflasche war fast leer, den letzten Tropfen bekam ich. Als er nach der Rechnung rief und dabei auf seine Uhr schaute, wurde mir klar, dass sich die Verhältnisse während der letzten dreieinhalb Stunden verschoben hatten: Er war es, der mich unbedingt treffen wollte, ich war es, die ihn nicht gehen lassen wollte.

Was machen wir jetzt?, fragte ich Gabriel, der die Rechnung las und nicht mitbekam, dass ich mich anhörte, als würde ich einen Notruf absetzen.

Was möchtest du denn machen? Schade, es regnet, sonst könnten wir ein bisschen durch den Park schlendern.

Wenn Schüchterne auf Höfliche treffen, wird es schwierig. Oder langwierig. Ich sagte mir, dass ich nichts zu verlieren hatte.

Wir fahren zu mir, sagte ich, weniger lässig als geplant.

Gabriel schaute mich an, ein kleines *Ähm?* rutschte aus ihm heraus, als die Kellnerin wieder an unseren Tisch trat. Noch eine ausgesprochen höfliche Person. Sie reichte Gabriel das Mäppchen mit seiner Kreditkarte mit beiden Händen und einer kleinen Verbeugung, Gabriel bedankte sich höflich und unterschrieb. Sie bedankte sich noch höflicher. Er bedankte sich nochmals. Sie verabschiedete sich von ihm. Er verabschiedete sich von ihr. Sie verabschiedete sich von mir, ich verabschiedete mich von ihr. Sie verabschiedete sich nochmals von Gabriel. Endless Sayonara. Aus lauter Höflichkeit schauten wir ihr schweigend hinterher, bis sie in der Küche verschwand. Dann schaute er mich wieder an.

Gerne, sagte er. Mehr nicht.

Er blieb genau einen Tag. In diesen vierundzwanzig Stunden machte er sich nicht direkt breit bei mir, verschaffte sich aber seinen Platz. Sorgfältig hängte er sein Hemd und seinen Anzug auf, während meine Klamotten im Schlafzimmer herumlagen, er polierte uns zwei Weingläser, und als ich aus dem Bad zurückkam, lag er auf der Seite meines Betts, die er für die richtige hielt. Die, auf der sonst ich schlief. Als er am nächsten Morgen mit Mark Barnett telefonierte, konnte er nichts richtig machen. Dachte ich, als er mir sagte, er müsse da jetzt rangehen. Ich wollte auf keinen Fall, dass er Barnett erzählte, neben wem er lag. Gleichzeitig wollte ich auf keinen Fall, dass er mich verleugnete. Er sprach also mit Mark, der damals den Ruf genoss, unwiderstehlich zu sein, während ich meine Atmung auf unhörbar geschaltet hatte und darüber nachdachte, ins Bad zu gehen. Gabriel nahm meine Hand und legte sie sich aufs Brustbein, streichelte sie, küsste meinen Handrücken, während er Mark zuhörte, legte meine Hand wieder ab und schlug zwei Termine vor. Dann schaute er mir direkt in die Augen, überlegte kurz und sagte zu Mark: Nein, vor morgen Nachmittag um drei auf keinen Fall, und küsste mich.

GABRIEL

Für mich sah Fleur aus, als hätte sie noch nie in ihrem Leben ein Bier angerührt, geschweige denn Sex gehabt. Die Wahrheit war, dass sie stockbesoffen und unter dem Einfluss mehrerer Pillen, unter anderem auch der Pille danach, auf dieser Party herumschwebte. Es war ein privates Fest bei Bekannten von Mark, bestens ausgestattet und exzessiv. Sie glitt durch die Menge, als würden die Körper ihr nicht im Weg stehen, jedenfalls kam es mir so vor, als würde ich ein Wesen aus einer anderen Dimension sehen. Ich hoffte, dass sie neben jemandem stehenbleiben würde, den ich kannte, dann verlor ich sie aus den Augen und sah sie erst wieder, als ich mich von ein paar Leuten auf der Terrasse verabschieden wollte. Sie hockte im Garten an einem kleinen Teich und schien sich darin zu betrachten. Ich ging zu ihr, fragte sie, ob alles in Ordnung sei, ihre Antwort habe ich nicht gehört, weil sie mich ansah, wie mich noch nie zuvor jemand angesehen hatte. Ein magischer Moment des Erkennens. Einseitig. Denn Fleur erkannte in dem Moment nur, dass ich nüchterner war als sie. So wurde ich zum Retter dieser enigmatischen Nymphe, die mir später erzählte, dass sie nicht versonnen ins Wasser gestarrt hatte, sondern sich vorsorglich vor den Tümpel hocken musste, weil sie es nicht mehr aushielt, sich mit ihrem an- und wieder abschwellenden Brechreiz durch eine Party mit dauerbesetzten Toiletten zu drängeln. Auch für ihre Verkleidung gab es eine einfache Erklärung. Meine spätere Frau, ansonsten teuer, aber niemals lieblich gekleidet, kam vom Geburtstag einer Schwedin, die den Dresscode Mittsommer ausgegeben hatte, und fuhr in dieser Aufmachung weiter. Ein langes, hauchdünnes Kleid, dazu ein Blumenkranz im

Haar, kombiniert mit ihrem losgelösten Blick, den ich missdeutete. Ich brauchte keine eigene Ecstasy-Erfahrung, was ich durch Fleurs Ausatmung und den Hautkontakt mit ihr abbekam, löste bei mir auch so aus, was man dieser Droge im Positiven nachsagt. Nur dass ich in diesem Moment keinerlei Rückschlüsse auf Drogen zog, sondern nur auf mich. Als ich mich über sie beugte, hatte sie ihren Brechreiz kurzfristig im Griff und war tatsächlich froh, mich zu sehen. Immerhin das bestätigte sie mir später. Vorher hatte sie eine unbestimmte Zeit lang darüber nachgedacht, wie es wäre, wenn sie aufstünde und tanzte. Gut wäre das, entschied sie in ihrer Zeitkapsel, denn tanzen oder zumindest stehen würde ihren Kreislauf wieder in Schwung bringen. Zieh mich hoch, sagte sie, und ich reichte ihr beide Hände. Ihre Freundinnen waren verschwunden, der Mann, um den es bei diesem Theater und wie ich annehme auch bei der Einnahme der Pille danach gegangen war, tauchte nie wieder auf. Nicht auf dieser Party und nicht später, zumindest erfuhr ich nie, wer er war. Ihre nasse Hand in meiner, ließ ich mich durch das Haus ziehen, wo sie ihre Tasche suchte, auch ich schien den festen Aggregatzustand verlassen zu haben. Ich floss hinter ihr her, stierte auf ihren nackten Rücken und ihr damals noch langes, dunkles Haar. Am Ausgang begegneten wir Mark, der Fleur anzüglich zuraunte, sie hätte es geschafft, den besten Typen der Stadt abzuschleppen. Ich wurde wach, die Außenwelt war wieder da, laut und betrunken. Doch Fleur schaute mich nur kurz an und sagte todernst: Ich weiß.

Beim Versuch, ins Taxi zu steigen, verlor sie das Gleichgewicht und fiel rückwärts wieder hinaus, traf dabei mit dem Hinterkopf auf eine Metallstange der Straßenabsperrung und schien keinen Schmerz zu spüren. Der Taxifahrer fand diesen Grad der Betrunkenheit untragbar für sein Taxi und verweigerte uns die Fahrt. Ich regte mich auf, Fleur lehnte sich an mich und lachte. Ich war verliebt. Ich sah hinunter auf den zerzausten Blumenkranz und küsste sie auf ihren Mittelscheitel. Lass uns hier verschwinden, lallte sie unbestimmt. Abwechselnd schleifte und trug ich sie erst durch ein dunkles Stück Park, anschließend durch Straßen, die ich nicht kannte. Sie war viel schwerer, als sie aussah. So ritterlich wie möglich trug ich sie auf angewinkelten Armen vor mir, sie umklammerte meinen Nacken, was es nicht leichter machte, aber ich konnte sie mir ja schlecht über die Schulter werfen. Jetzt sind wir gleich da, sagte sie ungefähr vier Kilometer weit, und immer, wenn ich sie kurz abstellen musste, lachten wir beide. Ich habe vergessen, warum wir durch den Park mussten, warum wir nicht ein anderes Taxi gerufen hatten, während Fleur komplett vergaß, wie sie nach Hause gekommen war. Lass das Licht aus, sagte sie, und ich hoffte, dass sie im Dunkeln mit mir schlafen wollte, doch sie selbst schlief schon, als ich ihr Bett fand und sie ablegte. Ich traute mich nicht, sie auszuziehen, ich traute mich nicht zu bleiben, also zog ich ihr nur die Schuhe aus, deckte sie zu und legte ihr einen Zettel mit meiner Nummer neben ihr Telefon, die sie nie anrief. Es war Mark, der sie ein paar Wochen später zufällig traf und sie fragte, ob sie sich nicht bei mir bedanken wolle, was sie dann auch tat. Es war auch Mark, der mir erklärte, wofür ihr Nachname stand, obwohl sich später herausstellen sollte, dass nicht ihr Vater der berühmte Exzentriker mit dem Verlag war, sondern ein entfernter Cousin. Es war das Jahr 2000, Google existierte, nutzte aber bei Privatrecherchen noch nicht viel, aber es wunderte mich nicht, dass dieses Wesen aus einer anderen Sphäre auch aus einer finanziell anderen Sphäre kam. Als sie mich nach mehr als zwei Monaten endlich doch anrief, war ich überrascht über den Zeitpunkt, aber nicht erstaunt über den Fakt. Fleur, sagte ich, endlich!

Ich erkannte sie kaum wieder. Sie trug einen Kurzhaarschnitt. Okay. Sie gehört zu den Frauen, die sich eine Herrenfrisur leisten können. Dazu trug sie eine Art Busfahrerhose, Brogues und einen Skipullover voller Elche und Schneesterne. Frauen, die sich anziehen wie norwegische Trolle, interessieren mich normalerweise überhaupt nicht, aber ich hatte fast ein Vierteljahr Zeit gehabt, mich in ihrer Abwesenheit in Fleur zu verlieben, und die hatte ich genutzt. Ich adaptierte ihr neues Aussehen innerhalb von Minuten. Auch als mir einfiel, an wen sie mich erinnerte, irritierte es mich nur kurz. Wir saßen in einer Bar in Primrose Hill, sie erzählte mir etwas über ihre Kindheit in Afrika, worauf ich mich nicht konzentrieren konnte, weil ich mein Hirn nach ihrem Lookalike durchpflügte wie eine Verbrecherkartei. Für mich war es kein Date, sondern eine lebensentscheidende Situation, Fleurs Gegenwart hätte mich nervös machen müssen. Ich war nervös, aber nicht wie ein Mann, der eine Frau erobern muss, sondern wie ein Detektiv, dem ein entscheidendes Puzzleteil fehlt. Als es mir einfiel, unterbrach ich ihren Afrikamonolog. Ich kannte Afrika nicht. Wenn sie auf der Suche nach Gemeinsamkeiten war, war das ein gutes Zeichen, aber der falsche Ansatz.

Ich hab's, sagte ich und schnippte mit den Fingern.

Was?, fragte Fleur.

Ich bestellte zwei neue Bier. Ich mag Bier nicht besonders, aber ich liebte diese Frau, der ich nicht sagen konnte, dass sie mich an einen Mann erinnerte. An einen sehr schönen Mann, an den jungen Alain Delon. Ich nahm an, dass sie es trotzdem nicht hören wollte. Stattdessen fragte ich sie, ob sie schon einmal etwas von Wabi-Sabi gehört hatte. Japan interessierte mich mehr als Afrika. Ich erklärte ihr das Konzept der gebrochenen Schönheit. Als sie mich fragte, was ich ihr damit sagen wollte, kam ich ins Faseln. Ich sagte ihr, dass ihr Aussehen erst perfekt ist durch den abgesplitterten Nagellack auf ihrem Zeigefinger, ihr Gesicht erst perfekt ist durch ihren leicht schief stehenden unteren Schneidezahn. Danke, sagte sie, das sind wirklich schöne Komplimente, du solltest ein Haiku daraus machen. Sie schien sich überlegen zu müssen, ob sie lachen sollte, und als sie lachte, achtete sie darauf, dass ich ihre Zähne nicht mehr sah. Dass ich einer Frau begegnet war, die ich für makellos hielt, hieß nicht, dass das auf Gegenseitigkeit beruhte. Die Möglichkeit, dass sie mich noch nicht einmal leiden konnte, stand nach wie vor im Raum. Ein weiterer Bruch ihrer Vollkommenheit war der enorme Zug, den sie beim Biertrinken an den Tag legte. Wenn wir jetzt nicht gehen, musst du mich wieder tragen, sagte sie und stieß leise auf. Jederzeit, sagte ich, es war mein voller Ernst. Sie musterte mich und nickte etwas geringschätzig. Ich hielt es aus. Hier war ich. Wabi-Sabi hatte sie auf die Idee gebracht, japanisch essen zu gehen. Wir fuhren nach Marylebone in ein Restaurant, in dem auch Mick Jagger saß, und unterhielten uns über uns. Wir waren uns in fast nichts einig, doch Fleur, die mich am frühen Nachmittag getroffen hatte, um mich schnell wieder loszuwerden, gab mir eine Verlängerung von siebzehn Jahren.

FLEUR

Gabriel meldete sich regelmäßig bei mir und hatte diese natürliche Autorität, der ich mich schlecht entziehen konnte. Sean konnte ich mich gar nicht entziehen, weil ich in ihn verliebt war.

Viele meiner Freunde waren bereits dazu übergegangen, sich beim Wein über ihre Jobs und Immobilien zu unterhalten, während ich erst mit Ende zwanzig festgestellt hatte, dass ich etwas ausleben musste. Für ein paar Jahre entwickelte ich ein Faible für Massenveranstaltungen und genoss es, allein im Gedränge zu tanzen. Auf dem Notting Hill Carnival traf ich zufällig einen Bekannten, der mit Sean unterwegs war. Fleur-Sean, Sean-Fleur, ein kurzes Handheben. Es war zu laut, gegen die wummernden Bässe anzuschreien, und wir wussten noch nicht, dass wir uns auch künftig wenig zu sagen haben würden. Cornrows waren keine gute Frisurenwahl, fand ich, sie ließen seinen Kopf zu klein wirken im Vergleich zu seinem Oberkörper, der beeindruckend war, mich aber nicht interessierte. Jeder zweite Mann lief topless herum, Haut an Haut verbrachten wir Stunden nebeneinander, bis es zu dunkel für seine hässliche Sonnenbrille wurde. Erschöpft standen wir in einer Getränkeschlange, und am liebsten hätte ich ihm verboten, jemals wieder zu reden, zu husten, zu kauen, zu lachen.

Immer, wenn ich Seans Gesicht im Ruhezustand sah, glaubte ich kurz an Gott, den allmächtigen Künstler. Er arbeitete an seiner Karriere als nächster Tricky. Oder Goldie? Ich habe seine Musik, die ich damals verehrt habe wie ein Groupie, komplett aus meiner Erinnerung gelöscht. Sein größter Erfolg hatte in einem Remix bestanden, dem Remix eines Remixes. Während er in seinen

Computer starrte, die Kopfhörer auf und einen Joint im Mundwinkel, lag ich herum und las. Ich bin die perfekte Frau für ihn, dachte ich dann, wer sonst würde ihm diese Freiheit geben? Ich bin hier und fordere nichts. Auf die Idee, dass ihm ein paar Forderungen hier und da ganz gutgetan, ja womöglich gefallen hätten, kam ich nicht. Trotzdem probierte ich alles, ohne Erfolg. Denn Sean, der Jamaikaner mit den jeansblauen Augen, war eine Festung, die sich selbst genügte, die nur bei unmittelbarem Schleimhautkontakt kurz einnehmbar wirkte. Deshalb schlief ich so oft wie möglich mit ihm. Den Gedanken, dass ich ihm egal war, ließ ich nicht allzu oft zu, aber ich wertete es als gutes Zeichen, dass auch meine Familie ihm egal war. Toller Typ, nicht käuflich. Auch die Tatsache, dass ich weiß war, schien ihn nicht zu tangieren. Dabei hätte ich für die Idee, ich könnte bei ihm mit meiner Hautfarbe punkten, seine Verachtung verdient gehabt. Die Ekelhaftigkeit dieser Überlegung relativierte sich natürlich, wenn man bedachte, wie sehr ich in ihn verliebt war. Trotzdem: Zu meinen, dass er sich über meine durchgedrehte Hingabe mehr zu freuen hatte als ein weißer Mann, oder dass sie ihm mehr wert sein müsste als der Liebeswahn einer schwarzen Frau, war so mies, dass ich mich schämte, dass dieser Gedanke offenbar irgendwo tief in mir existiert hatte. Wie die meisten meiner Freunde hielt ich mich für farbenblind, niemand scherte sich groß um Hautfarben. Dieses Sich-nicht-Scheren war eine Behauptung, mit der wir uns so wohl fühlten, dass wir ein paar kurze Jahre glaubten, die ganze Welt stünde kurz davor, so zu denken wie wir. Wie überschaubar diese Welt war, fiel uns erst viel später auf.

Gegen das Paar Fleur und Sean hätte auf den ersten Blick jedenfalls niemand etwas einzuwenden gehabt. Gegen Fleur und Gabriel ebenfalls nicht. Aber Fleur mit beiden? Abgesehen von der Frage, wie ich eigentlich drauf war, ob abgefuckt, nymphoman oder ausgesprochen cool: Offensichtlicher konnte ein Beuteschema kaum sein, oder? Dabei hatten die beiden nichts gemeinsam: Herkunft, Sprache, Charakter, Lebensphilosophie, Stimme, Körperbau, Geruch, Geschmack – sie hätten nicht unterschiedlicher sein können. Regelmäßig strich ich fasziniert über zwei völlig verschiedene Hauttexturen.

Ungeachtet aller Unterschiede wäre es von außen betrachtet doch wieder um die Farbe gegangen. Auch bei denen, die darüber angeblich längst hinweg waren, hätte es geheißen: Fleur trifft sich mit zwei Männern, beide schwarz. Ironischerweise gab es aber noch nicht einmal in puncto Hautfarbe eine Übereinstimmung. Gabriel, der sich fast rund um die Uhr in seinem Büro aufhielt, hatte einen aschigen Gelb-, Sean einen glänzenden Bronzeton. Das Einzige, was diese beiden Männer verband, war ich. Und ich hielt den Mund.

Vor ein paar Jahren habe ich Sean wiedergesehen. Ich saß mit Albert in der U-Bahn und fragte mich, wie ich das U-Bahn-Fahren früher ausgehalten hatte, als sich uns ein etwa Achtjähriger gegenübersetzte und mir direkt ins Gesicht sah. Wie Albert in dem Alter, dachte ich, und bevor meine Erinnerung ausspuckte, an wen mich der Junge tatsächlich erinnerte, sah ich seinen Vater, der sich durch die Leute schob, um sich neben ihn zu setzen. Sean, mindestens zwanzig Pfund schwerer und so ausgelaugt, wie man nur aussehen kann, wenn man täglich in der Rushhour öffentliche Verkehrsmittel benutzen muss und sich damit abgefunden hat, dass es nicht mehr besser wird. Wäre ich sitzen geblieben, vielleicht hätte ich wieder etwas von dem gesehen, was mich damals in einen irrenhausreifen Zustand versetzt hatte. Hinter dieser stumpfen Fassade schillerte vielleicht irgendwo noch der alte Sean, kurz vor seinem Durchbruch zum Star, wer weiß. Ich schaute ihn nicht lange genug an, um das herauszufinden, ich zerrte meinen Sohn von seinem Sitz und bugsierte uns in letzter

Sekunde aus der Bahn. Zitternd stand ich auf dem Bahnsteig, hörte Albert fragen, ob ich nicht mehr ganz dicht sei, und spürte Seans davonfahrende Blicke auf meinem Rücken. Ich war irgendeine Frau, die er irgendwann einmal gekannt hatte. Hi Claire, ähm sorry, Fleur, richtig, Fleur, wie geht's? – so etwas hätte er freundlich gesagt. Verstohlen schaute ich mich um und sah ihn eingequetscht zwischen anderen in den Tunnel rasen, ein müder, lieblos gekleideter, etwas verfetteter Mann, den ich vergöttert hatte wie niemanden davor oder danach. Mein Sohn zog mich am Ärmel. Wer war das?

Niemand, sagte ich.

GABRIEL

Fleur hat mich nicht angelogen, sie hat mir nichts vorgemacht, sie hat sich nicht einmal besonders bemüht, mir zu gefallen. Es ging alles von mir aus. Ich habe meine Vorstellungen und Wünsche auf diese Frau projiziert, und es hat funktioniert. Sie hatte tatsächlich viel von dem, was ich wollte. Ihre Mutter ist Belgierin, ihr Vater Brite. Ich wollte diese Selbstverständlichkeit, mit der sie sich in der Welt bewegte. Brüssel und London liegen nicht so weit auseinander, dass man den Globus drehen muss, aber ich spürte in Fleurs Leben eine Weite, die ich selbst immer vermisst hatte. Ein stabiles Elternhaus, das Aufwachsen auf einem anderen Kontinent, materielle Sicherheit. Dass sie sich benahm wie nicht von dieser Welt, passte für mich irgendwie ins Bild.

Meine Eltern sind nicht meine Eltern, sagte sie irgendwann, relativ früh zu mir. Sie war nicht die Tochter des Verlegers, genau genommen war sie auch nicht die Tochter seines Cousins. Dieser Cousin und seine Frau hatten ein Baby adoptiert und nach der Patentante ihrer neuen Mutter Fleur genannt. Tante Fleur war eine Malerin gewesen, die nie geheiratet hatte und im Irrenhaus starb, eine Geschichte, die Fleur zu denken gab und die sie gleichzeitig mochte. Kunst und Klapsmühle, dazu hatte Fleur eine Affinität, das hatte ich als Ingenieurstyp zu akzeptieren und das tat ich auch, es gefiel mir, wie alles an ihr.

Ihre Kindheit verlief so harmonisch, dass Richard und Danielle, meine späteren Schwiegereltern, sich nur aus einem ethischen Pflichtgefühl dafür entschieden, Fleur kurz vor ihrem achtzehnten Geburtstag davon in Kenntnis zu setzen, dass sie nicht ihre biologischen Eltern waren. Im Gegensatz zu anderen Adoptierten hatte Fleur ihre Kindheit komplett frei von Vorahnungen und Verdachtsmomenten verbracht. Die Ankündigung eines klärenden Gesprächs traf sie deshalb so unverhofft, dass sie sich auf alles Mögliche gefasst machte. Sie können nicht ernsthaft annehmen, ich bräuchte jetzt ein Gespräch über Sex, dachte sie. Sie rechnete mit der Eröffnung, die Familie sei pleite, sah sich statt nach Cambridge auf eine Staatsuni gehen und fand sich innerhalb von Sekunden damit ab. Auch eine Trennung wäre möglich, obwohl ihre Eltern nicht den Eindruck machten, aber wer steckte da schon drin? Wir werden es überleben, dachte Fleur.

Alles ist gut so, wie es ist, und so wird es auch bleiben, sagten ihre Eltern. Trotzdem veränderte sich alles. Fleurs Leben erhielt einen neuen Urknall, ihre Geschichte wurde zurückgespult und neu bewertet. Sie erinnerte sich an den Befehl ihrer Großmutter, mit ihrem kleinen Bruder zu spielen, dafür sei sie schließlich da. Klar, denn wer von einem Paar adoptiert wird, das anschließend ein leibliches Baby bekommt, der dürfe sich wohl glücklich schätzen, wenn er überhaupt bleiben darf, dachte Fleur, die ihre englische Oma nie so lieb hatte wie ihre belgische, aber erst jetzt begriff, wer sie in den Augen dieser versnobten Frau gewesen sein musste: das fremde Blag. Fleur sah sich nun selbst, immer zu ungehorsam, zu ungeschickt, zu undankbar, sie hörte die Mutter ihres Adoptivvaters sagen, dass sie dieses oder jenes wohl von ihrer Mutter hätte, und verstand rückwirkend, dass es sich dabei nicht um Spitzen gegen ihre Schwiegertochter gehandelt hatte, sondern um Annahmen über eine fremde Frau. Zu Danielles und Richards Erleichterung wollte Fleur ihre leibliche Mutter nicht kontaktieren. Sie hörte sich an, was ihre Eltern ihr über die Frau sagten, nämlich außer der Information, dass sie sehr jung gewesen war, so gut wie nichts, und erwähnte sie zwanzig Jahre lang nicht mehr. Was nicht hieß, dass sie nicht über sie nachdachte. Was für Frauen geben ihr Baby weg?, fragte sie sich immer wieder. Drogensüchtige, Inhaftierte, Minderjährige, psychisch Kranke, Obdachlose. Niemand sonst. Nicht hier. Eher entscheidet man sich vorher gegen das Kind.

Fleurs rätselhaft helle Augen zu fast schwarzen Haaren, ihr kantiges Gesicht, ihre Zartgliedrigkeit, ihr Sprachtalent, die Einzelteile, aus denen sich Fleur zusammensetzte, sie hatten über Nacht nichts mehr mit den beiden Familien zu tun, von denen sie angenommen hatte abzustammen. Ihr Bruder, das biologische Kind der Eltern, sah weder seinem Vater noch seiner Mutter ähnlich. Für Henry bestand kein Grund, unter der fehlenden Familienähnlichkeit zu leiden, wie Leiden generell keine große Rolle in Henrys seelischer Beschaffenheit spielte. Fleur dagegen, geprägt durch das Engagement ihrer Eltern in Afrika, hatte sich eine unzerstörbare Mischung aus Dankbarkeit und Schuldgefühlen gegenüber der eigenen, privilegierten Herkunft zugelegt, um dann zu erfahren, dass sie als Unterprivilegierte zur Welt gekommen war, ja womöglich das zentrale karitative Projekt dieser philanthropischen Familie darstellte.

Ich kannte alle ihre Fragen, sie trieben sie um wie Gespenster und verschwanden dann wieder. Dann wusste Fleur wieder, woher sie kam. Dann war sie die Tochter aus allerbestem Haus, die gern tiefstapelte, auch das gehörte dazu. Ich wünschte mir immer, dieser Zustand möge anhalten. Doch sie konnte sich nicht aussuchen, wann sie sich wieder fremd fühlte.

Es war kompliziert. Fleur fragte sich, woher sie kam, wer sie war, litt unter der Idee, ein frühkindliches Trauma mit sich herumzuschleppen, das sich nie aufklären würde. Sie hatte jedes Gefühl, das ihre Eltern ihr ersparen wollten. Denn gleichzeitig war alles ganz einfach: Sie hatte Eltern, und die liebten sie.

Das sagte ich ihr immer wieder. Und wünschte mir, meine Schwiegereltern hätten damals den Mund gehalten.

FLEUR

Immer, wenn ich ankam, war er schon da. Ich war immer zu spät. Ich kam angehetzt, er schaute erfreut von seiner Zeitung auf und erzählte mir, was er gerade gelesen hatte. Oder er stand auf dem Bahnsteig und empfing mich, als hätte er mich seit Jahren erwartet. Mich, die Frau, die ihn noch nicht einmal zurückrief, wenn es ihr nicht in den Kram passte. Regelmäßig ließ er sich von mir versetzen. Dann machte er etwas anderes. Während ich auf Rückrufe von Sean wartete, wartete er wohl auf meine. Vielleicht war er aber auch so klug, auf nichts zu warten. Vielleicht machte er genau das, was jede Zeitschriftenbriefkastentante in dieser Situation raten würde: Er lebte sein Leben.

Fast ein Jahr lang ging das so. Rückblickend konnte ich unsere Anfangszeit fast so schön finden wie Gabriel, wenn es mir gelang, meine Erinnerungen daran mit seinen zu synchronisieren. Dann setzten sie erst ein, wenn ich in Vauxhall aus der Bahn stieg. Denn meist kam ich direkt von Sean, der im Bett liegen blieb, während ich in meine Kleider der Nacht zuvor stieg, und der häufig mit Großbritanniens witzigster Person telefonierte, wieso sonst sollte er sich verschlucken vor Lachen, nachdem er in den vergangenen achtundvierzig Stunden kaum drei Sätze mit mir geredet hatte. Sean lachte, deutete mir mit seiner freien Hand an, ich solle seine ohnehin ramponierte Wohnungstür fest hinter mir zuziehen, und zwinkerte mir zu. *Walk of Shame* nannten meine Freundinnen und ich diesen Weg, den man in verschwitzten und verrauchten Klamotten aus der Wohnung eines Liebhabers antrat. Die Schande bestand nicht darin, dass man es mit über dreißig noch nicht geschafft hatte, sich zu binden. Die Schande bestand eher im Umstand, immer wieder aus der gleichen Wohnung zu kommen, einer Wohnung, zu der ich keinen Schlüssel hatte und in der es keine Spur von mir gab, nicht einmal in Form einer frischen Unterhose. Später hörte ich, dass die Frau, die Sean nach mir kennenlernte, nach ein paar Wochen mit ihrem Hausstand und ihrem dreijährigen Sohn bei ihm einzog. Ich war nicht in der Lage gewesen, eine Zahnbürste bei diesem Mann zu deponieren. Das sagte nichts über ihn aus, aber viel über mich. Sean sah weder Muster noch Mechanismen, er sah mich, wenn ihm danach war. Er hatte mein Herz zu Tartar verarbeitet, in dem er regelmäßig herumstocherte. Auf meinen ausdrücklichen Wunsch hin. Das gab mir zu denken, doch ich dachte nicht daran, etwas zu ändern. Stattdessen wühlte ich in mir selbst herum und stieß auf die deprimierende Erkenntnis, dass ich als ein Kind, das man zur Adoption freigegeben hatte, dazu verdammt war, Leuten hinterherzurennen, die mich nicht wollten.

Das ist interessant, dass Sie das so sehen, sagte meine Therapeutin. Es war ihre Standardantwort auf alle meine Thesen, denn sie selbst hatte keine. Ihr Aussehen passte besser zu meiner Gefühlslage als mein eigenes: ein zerzaust wirkender Vogel, ein staunender Emu, der sich mit erhobenem Kinn umschaute und sich zu fragen schien, wie es ihn in diese schöne Praxis verschlagen hatte. Sie war die einzige Person, der ich erzählte, wie es mir ging. Eine Frau, die hektische Flecken am Hals bekam, wenn die Sprache auf Sex kam, und die auch ansonsten so wirkte, als hätte sie die Lebenserfahrung einer Fünfjährigen. Ich mochte sie trotzdem. Es war mir sogar recht, keine brauchbaren Ratschläge zu bekommen, denn ich hätte sie sowieso nicht befolgt.

Ich kam aus Seans Wohnung, lief den Laubengang entlang zum eventuell funktionierenden, versifften Fahrstuhl, die Versuche der Leute, ihren Eingangsbereich zu verschönern, machten alles noch deprimierender, und dachte: Hier gehöre ich her. Nicht nur, weil ich verliebt war, sondern weil ich der festen Überzeugung war, aus einem Haus dieser Art zu stammen. Hier hatte mein Leben begonnen, hier war ich gezeugt worden. Unter beengten Umständen, umgeben von schäbigem Kram, vermutlich von Teenagern. Es war egal, wo dieses Haus stand, Armut ist austauschbar. Ich ging an ausgelatschten Schuhen, Kinderwagen und Dreirädern aus dritter Hand vorbei, während Sean drinnen lachte und meinen Weggang ignorierte. Auch wenn meine abrupten Aufbrüche ihn dazu gebracht hatten, mich öfter zu fragen, wann wir uns wiedersehen würden. Er witterte Gabriel, während Gabriel sich niemals zu fragen schien, warum ich so aussah, wie ich aussah, nämlich übernächtigt, und warum ich roch, wie ich roch, nämlich nach Sean, übertüncht von Seans Duschgel, meistens Axe.

Nach ein paar Malen war ich dazu übergegangen, mein Cello mitzunehmen, weil ich Gabriel erzählt hatte, ich gäbe sozial schwachen Kindern Unterricht. Er fand das großartig von mir, und natürlich trug er das Cello. Einmal geriet er fast in eine Schlägerei, weil ein Betrunkener in einem Pub es versehentlich umriss. Ich kann nicht mehr, dachte ich, obwohl er es war, der eine fremde Faust unter der Nase hatte. *La Fleur du mal.* Natürlich fühlte ich mich schlecht. Und machte weiter. Das Cello war eine meiner Pubertätsideen gewesen. Eine Streberversion von Ladendiebstahl oder Idiotentätowierung. Ich erwies mich als zu alt und übungsfaul. Mit einem anderen Instrument hätte ich eine Dilettantenband gründen können, so aber stand es im Haus meiner Eltern und erinnerte alle daran, dass ich ein kompliziertes Mädchen gewesen war, dessen musikalisches Talent man überschätzt hatte. Als ich es bei ihnen abholte, war ich dreißig und traf mich mit zwei Männern. Das Cello brauchte ich, um den Grenzübergang aus dem Sean-Land ins Gabriel-Land zu passieren, wenn ich aus der Bananenrepublik in die Schweiz reiste. Und da stand er dann, überarbeitet und so glücklich, dass ich mich schämte, und gab mir alles, was ich mir von einem anderen wünschte. Ich hatte noch nie jemanden gesehen, der auf eine so furchtlose Art zeigt, dass er verliebt ist, und sich dabei nicht eine Sekunde zum Trottel macht. Leider war das kein Kompliment, das ich ihm ins Gesicht sagen konnte. Wenn andere Frauen ihn ansahen oder wenn sie uns beide wissend musterten, wusste ich, dass ich ein Geschenk ablehnte. Nun, ich lehnte es ja nicht grundsätzlich ab. Ich konnte es nur nicht in seiner vollen Größe annehmen.

GABRIEL

Er würde nicht gebrechlich werden, dachte ich, als ich nach seinem Herzinfarkt zu ihm flog. Er würde sich erholen, oder er würde sterben. Dazwischen gab es nichts. Ich nahm an, dass auch er so dachte, zumindest benahm er sich so. Die Ärzte wollten ihn im Krankenhaus behalten, er ließ sich entlassen. Man riet ihm zu einem Pflegedienst, er lehnte ab. Mit der Idee, woanders als in seinem Haus zu leben, brauchte man ihm gar nicht erst zu kommen. Etwas anderes hatte ich nicht erwartet.

Als ich bei meinem Großvater ankam, lag er in seinem tannengrünen Bademantel vor dem Fernseher, bekam einmal am Tag Essen gebracht, in dem er verächtlich herumstocherte, schleppte sich jedoch selbst ins Bad. Ich weiß nicht, ob ich ihn hätte waschen können, ich denke schon, aber ich war erleichtert, dass es nicht dazu kam.

Körperlich kam ich ihm so nahe wie lange nicht, als ich ihn rasierte. Ich war am zweiten Morgen darauf gekommen, als ich sein Nassrasierzeug im Bad sah. Ich legte ihm heiße Handtücher aufs Gesicht, pinselte ihn ein, stellte mich mit dem Messer hinter ihn wie ein Barbier und nahm mir Zeit.

Meine Haare müssten auch geschnitten werden, sagte er, den Kopf im Nacken. Ich sah hinunter auf seinen Kopf. Er trug, seit ich denken konnte, den gleichen Schnitt. Ausrasierter Nacken, oben länger, zurückgekämmt. Weiß und glatt. Zum ersten Mal fiel mir auf, dass ich trotz unserer so verschiedenen Haarstruktur dieselben Geheimratsecken haben würde wie er.

Früher hatte er mich mit zu seinem Friseur genommen. Herr Stahl, ein alterslos ältlicher Mann in einem blaugrauen Kittel, bekam dann das Kommando: Einmal runter mit der Putzwolle. Und Herr Stahl, der vermutlich nie Ambitionen hatte, ein internationaler Coiffeur zu sein, wurde zum Experten für Kurzhaarschnitte mit afrikanischem Haar. Anfangs strich er so skeptisch auf meinem Kopf herum, als hätte ich eine seltene Missbildung, doch mit der Zeit schnitt er meine Haare für einen einstelligen Markbetrag so korrekt wie später mein Friseur in London. Seine Nachfolger hatten seinen Namen und seinen alten Leuchtschriftzug behalten und erweitert. Stahl & Klinge hieß der Salon jetzt, die jungen Friseure beschallten ihn wie einen Club.

Gehst du da noch hin?, fragte ich meinen Großvater.

Am Anfang ja, aber das hat mir überhaupt nicht mehr gefallen dort, sagte er, und als ich lachte, lachte auch er, ein kurzes, schnaubendes Abwinken.

Ich ging los und besorgte einen Haltegriff und eine Rutschmatte für die Badewanne, beides quittierte er ebenfalls mit einem Abwinken. Dann schnitt ich ihm die Haare, wobei ich mich geschickter anstellte als erwartet.

Danke, mein Junge, jetzt bin ich wieder vorzeigbar.

Ich hatte ihm einen ganzen Delikatessenladen aus London mitgebracht. Doch mein Großvater, früher ein Fleischliebhaber, hatte seine Ernährungsvorlieben geändert. Er aß nur noch Haferflocken mit Milch und Zucker und ungetoasteten Toast mit Pflaumenmus. Wir saßen vor dem Fernseher, er mit seiner süßen Schonkost, ich mit meiner überflüssigen Riesenauswahl der besten Käse und Patés.

Wenn er sich über das Fernsehprogramm echauffierte, wertete ich das als Zeichen seiner Gesundheit. Dann schalt doch um, sagte ich.

Ist doch alles derselbe Mist, sagte er.

Als er sich seine Buchhaltung ans Sofa bringen ließ, sah ich, dass er lachhaft geringe Mieten aufrief. Es sah so aus, als wäre ich nicht der Einzige, der sich wünschte, dass mein Großvater ewig lebte. Ich ging seine Kontoauszüge und sein von Hand geführtes Mietbuch durch, alles stimmte bis auf den letzten Pfennig. Er war ein Uhrwerk, ein Rechenschieber, eine Wasserwaage. Und so lange er das war, war alles beim Alten. Trotzdem würde ich den Mietern einen Besuch ankündigen, mir die Zustände der Wohnungen anschauen und über eine Neuberechnung der Mieten nachdenken. Er war dagegen.

Nein. Wir sind keine Halsabschneider.

Wir sind aber auch nicht die Heilsarmee. Und wenn du schon keinen Gewinn machst, muss das Haus sich wenigstens tragen.

Das wusste er auch ohne mich. Störrisch begründete er seine Wohltätigkeit damit, den Leuten nicht noch eine Umstellung zumuten zu wollen. Damit meinte er seine letzten alten Mieter, nur noch zwei Parteien, die seit mehr als einem halben Jahrhundert bei ihm wohnten. Er war immer ihr Vermieter gewesen, nicht ihr Bekannter, jetzt aber hatte die Länge der Zeit eine Verbundenheit geschaffen, von der auch die jüngeren Gutverdiener profitierten, weil er denen schließlich nicht für die gleiche Wohnung das Doppelte abknöpfen könne, oder? Doch, könnte er, dachte ich, diese Leute wussten genau, was sie für ein Glück hatten, in einem Jugendstilhaus im Waldstraßenviertel zu diesem Preis zu wohnen, und sie würden auch das Doppelte zahlen, sagte aber nichts. Grummelnd erlaubte er mir, mir wenigstens einen Überblick zu verschaffen.

Die müssen sich sowieso an dich gewöhnen, sagte er.

So hatte ich das nicht gemeint, so aber dachte er. Ich wehrte seine Nicht-mehr-lange-Hinweise nicht mehr ab. Er war fünfundachtzig Jahre alt. Es war nicht seine Aufgabe, mir das Gefühl zu geben, der Tod existiere nur als weit entfernte Möglichkeit.

Ich kannte ihn nur beschäftigt. Auch während er fernsah, reparierte er Dinge, befasste sich mit seinen Papieren oder löste Kreuzworträtsel. Seine Hand zitterte so sehr, dass er nicht mehr in die Kästchen schreiben konnte. So zog eine Stimmung zwischen uns auf, die uns beiden nicht passte. Es war, als hinge das Zimmer voller Fragen. Große und alltägliche. Die Ordnung in seinem Kleiderschrank zum Beispiel, seine gebügelten Hemden, seine geputzten Schuhe und auch die Sauberkeit der Böden. Es konnte nicht sein, dass ein Mann Mitte achtzig das allein machte, oder doch? Er war beliebt bei verwitweten Frauen, die er am Telefon nur als Frau Soundso erwähnte, nie nannte er einen Vornamen. Die Diskretion, die er aufbaute, war eine Spezialform der Intimität, so dass ich mir angewöhnt hatte, nie nachzuhaken. So ließ ich auch meine letzte Chance verstreichen, ihn zu fragen, wer für ihn da war, was ich später bereute. Hätte ich es gewusst, ich hätte dieser Frau etwas zukommen lassen, wenigstens ein Andenken an ihn.

Sein Hausarzt und alter Freund Gerhard hatte so lange praktiziert, bis ihm ein paar fatale Fehler unterlaufen waren und er seine Praxis an eine jüngere Frau übergeben musste. Es war wie mit seinem Friseur und seinem eigenen Laden, den wir, da war er schon Ende siebzig, zu einem adäquaten Preis an Vietnamesen vermieteten, die ein japanisches Restaurant darin eröffnet hatten: Seine Welt ging nicht unter, sie wurde überspielt wie ein Tape. Die Ärztin, die er die neue Ärztin nannte, obwohl er seit fast zehn Jahren bei ihr in Behandlung war, kam während meines Besuchs zweimal vorbei und war mit seinem Zustand zufrieden.

Du gefällst ihr, sagte er, als sie wieder weg war. Sie ist patent und attraktiv, was will man mehr?

Er hatte mir nie vorher zugewinkert. Die Ärztin, eine athletische blonde Frau um die vierzig, war professionell freundlich gewesen, mehr nicht, und hatte einen breiten goldenen Ehering getragen.

Ich habe dir doch gesagt, dass ich eine Freundin habe, die ich übrigens heiraten werde.

Fleur war das Gegenteil dessen, was er als patent bezeichnete, aber er würde sie mögen.

Wieso willst du es so machen wie wir damals? Du hast Zeit, genieß dein Leben.

Weil ich es so will. Ich will mein Leben genießen, und zwar mit ihr.

Du warst schon immer konsequent, das hast du von mir.

Er schaute mich nachdenklich an. Seine mittlerweile sehr dicken Brillengläser verliehen seinem Blick eine Arglosigkeit, die nicht zu seinem Charakter passte.

Ich bringe sie das nächste Mal mit, sagte ich.

Wusstest du, dass deine Großmutter sich in einen anderen Mann verliebt hat, als ich weg war?, fragte er so unvermittelt, dass ich dachte, ich hätte mich verhört.

Ich wusste es nicht. Meine Großeltern waren für mich eine feste Instanz gewesen, kein Paar, bei dem es um Fragen der Verliebtheit ging. Außerdem war er ein Geschichtenerzähler, der immer darauf geachtet hatte, dass seine Geschichten nicht von ihm selbst handelten. Wenn es um seine Kriegsgefangenschaft ging, hörte er sich an wie ein Historiker, nicht wie ein Überlebender. Oder er war, so wie jetzt, einfach »weg« gewesen. Ich sagte nichts. Schwer atmend faltete er seine Zeitung zusammen und steckte sie in den Zeitungsständer neben dem Sofa.

Das konnte man ihr doch nicht verübeln. Sie wusste ja nicht, ob ich überhaupt noch lebe. 1944 hatte sie zum letzten Mal von mir gehört, was hätte sie denn tun sollen, warten, bis sie schwarz wird?

Er schaute mich an, als erwarte er eine Antwort von mir. Im Fernsehen antwortete ein Politiker der Moderatorin.

Du Armleuchter, sagte mein Großvater und schaltete den Ton ab. Dann trat eine Stille ein, in der wir wohl beide an meine Großmutter dachten, die von einem schönen, Ingrid-Bergman-haften

Schwarzweißfoto auf uns herablächelte. Jetzt bitte keine Offenbarung, dachte ich, bitte sag mir jetzt nicht, dass ich der Enkel des unbekannten Soldaten bin. Ich unterbrach seine Pause.

Wann bist du eigentlich aus Russland zurückgekommen?

1948. Im Spätsommer.

Ich nickte. Meine Mutter kam 1950 zur Welt, was nichts heißen musste. Wieder dachte er so lange nach, dass ich meinte, er sei eingeschlafen, dann setzte er sich auf und sprach lauter als vorher.

Ach so! Nein, nein. Die Lene und ich, wir konnten uns aufeinander verlassen. Meine Kinder waren beide von mir.

Als ich am nächsten Morgen zum Flughafen musste, war er so fit, dass er mich mit einem steinhart gekochten Ei weckte. Einen Monat später bekam er eine Lungenentzündung. Er hätte im Regen Graffiti weggeschrubbt und die Hecken geschnitten, sagte mir eine Mieterin, zwei Tage lang.

FLEUR

Wie sehr ich mich an ihn gewöhnt hatte, fiel mir erst auf, als er plötzlich verschwand. Dahinter stand keine Taktik, er war nach Deutschland geflogen, weil sein Großvater im Krankenhaus lag, und hatte sein Ladegerät vergessen.

Natürlich hatte er mich gefragt, ob ich ihn begleiten wolle, und ich hatte nicht einmal gezögert, nein zu sagen. Er wollte mich seinem Großvater vorstellen, seinem einzigen nahen Verwandten, der ihm die Eltern ersetzt hatte. Ich konnte lügen, verschwinden, mit Sean schlafen, aber ich konnte mich unter keinen Umständen einem fremden alten Mann als künftige Braut präsentieren lassen. Es war das erste Mal, dass ich ihn ernsthaft zu verletzen schien. Also dachte ich mir eine Reise nach Haworth ins Pfarrhaus der Brontë-Geschwister aus. Die Geschichte fiel mir schwerer als meine imaginären Celloschüler aus schlechtem Hause. Auch weil Gabriel sich so freute, dass ich endlich wieder an meiner Dissertation saß. Trotzdem fragte er mich, ob es möglich wäre, dass ich nachkäme. Nein, war es nicht. Denn ich würde am Tag seiner Abreise mit Sean und ein paar anderen Leuten nach Ibiza fliegen. Der drastische Gegensatz dieser Partyreise zu einem Besuch bei einem alten Herrn in Ostdeutschland machte mich so fertig, dass ich mich die Tage vor seiner Abreise krank stellte, um ihm nicht mehr ins Gesicht lügen zu müssen. Als sein Flug ging, holte ich ihn unangekündigt morgens um fünf ab, um ihn zum Flughafen zu fahren. Es war das erste Mal, dass ich etwas für ihn tat. Du bist ein Engel, Fleur, sagte er, als er in mein Auto stieg, so müde und freudig überrascht, dass ich kurz davor war, ihm diesen Zahn zu ziehen. Nicht weil ich ihn weniger mochte, sondern weil ich es nicht mehr schaffte, mir einzureden, dass das, was ich hier tat, in Ordnung sei. Ich fuhr zurück zu mir, packte meine Sachen, fuhr wieder zum Flughafen, diesmal mit der Bahn, und flog nach Ibiza. Völlig fertig und wütend auf Gabriel, der nichts dafür konnte, dass ich nicht genug Energie hatte für mein Doppelspiel. Wie machten Bigamisten das, fragte ich mich.

Nach zwei Tagen schaltete ich mein Telefon wieder ein, und als er sich nicht gemeldet hatte, dachte ich, dass er endlich von seinem Recht Gebrauch machte, beleidigt zu sein. Wir ibizaten vor uns hin: Clubs, Pool, Strand, Restaurants, wieder Clubs. Für ein paar kurze Tage in der Sonne schien ich Sean zu genügen. Als Gabriel sich nach vier Tagen nicht gemeldet hatte, schrieb ich ihm eine SMS, nach anderthalb weiteren Tagen glotzte ich auf mein Telefon wie sonst, wenn es um Sean ging. Es konnte nicht sein, dass Gabriel die Telefonfolter nun bei mir anwendete. Meine Konstante war weggebrochen.

Nach fast sechs Tagen, der längsten Unterbrechung, seit wir uns sahen, bekam ich einen Anruf von Unbekannt. Ich kam zu spät aus dem Pool. Beim nächsten Anruf saß ich neben Sean im Auto. Der Anrufer hatte mir eine Nachricht hinterlassen, die ich nicht abhören konnte, weil man damals aus dem Ausland irgendeinen Code eingeben musste, um an seine Sprachnachrichten zu gelangen. Ich fühlte mich, als hätte man mich verflucht. Er musste mittlerweile am Freizeichen gehört haben, dass ich nicht in England war, aber das war jetzt zweitrangig. Als die unterdrückte Nummer mich wieder anrief, ging ich sofort ran, obwohl Sean neben mir lag. Ich wusste, dass er es war, bevor er etwas gesagt hatte. Warte, bleib bitte dran, flüsterte ich, während ich in einem Klamottenhaufen wühlte, um mir etwas überzuziehen. Als Sean einen raubtierhaften Schnarcher losließ, griff ich mir ein Handtuch und stürzte nackt aus dem Zimmer. Ich weiß nicht, ob ihm auffiel, wie aufgedreht ich war, es war zehn Uhr morgens und ich hatte noch nicht geschlafen. Ich weiß nicht, ob ihm auffiel, dass es mir nur um mich ging, um meine Erlösung: Ich bin so froh, dass du anrufst, ich habe dich nicht erreicht, ich habe mich gefragt, ob ich nicht doch hätte mitkommen sollen – ich-ich-ich. Wenn er mich jetzt fragt, wo ich bin, sage ich es ihm, dachte ich. Gabriel sagte nichts. Er hüstelte in den Hörer. Wie geht es dir?, fragte ich ihn endlich.

Nicht so gut, sagte er.

Wann sehen wir uns wieder?, fragte ich ihn.

Ich weiß nicht, wann ich zurückkomme, sagte er, und mir wurde schwindlig.

Wenn ich jetzt zurückfliege, werde ich das bereuen. Dann werde ich meinen Großvater nicht mehr sehen. Verstehst du?

Plattitüden rauschten durch meinen Kopf. Es tut mir leid, ich wünsche dir Kraft, er ist ein alter Mann, es ist so schön, dass du dich von ihm verabschieden kannst. Ich war kurz davor, ihn zu fragen, ob ich doch kommen solle, obwohl ich es nach wie vor nicht wollte, aber das wenige, was er sagte, hörte sich nicht so an, als würde ich noch eine Rolle spielen, er war ganz woanders. Er war bei dem Mann, der ihn aufgezogen hatte. Die Frau, auf die er sich nicht verlassen konnte, wie er jetzt vielleicht doch bemerkt hatte, musste ihm sehr weit weg vorkommen.

Hast du jemanden, der bei dir ist?, fragte ich ihn.

In diesem Moment kam Catherine, meine einzige Freundin aus Seans Clique, aus ihrem Zimmer. Mit einem Schweißfilm überzogen, in ihrem Kleid vom Vorabend, einen Trinkjoghurt in der einen, eine Kippe in der anderen Hand. Ich hielt mein Telefon zu und rannte auf die Terrasse. Als ich ihn wieder hören konnte und nichts hörte, wusste ich, dass er mir nicht geantwortet hatte, dass er stattdessen weinte.

Wieder fragte ich mich, ob ich zu ihm fliegen sollte. Auf der Suche nach einem Ort, an dem ich nicht auf eine Partyleiche treffen würde, irrte ich über das Anwesen, bis ich es schließlich verließ. In einem Zitronenhain setzte ich mich auf die Erde unter ein Bäumchen und schaute den Hang hinunter. Für ein paar Minuten herrschte Stille, aber ich wusste, dass er noch da war. Es ist seltsam, wie schwer manchen Menschen das Weinen fällt und wie leicht anderen, mir zum Beispiel. Gabriel schien nicht damit gerechnet zu haben, und es hörte sich an, als würde er den Hörer weghalten.

Gabriel?, fragte ich ihn und hörte nur ein verhaltenes Ausatmen. Wenn er jetzt auflegt, weil er sich schämt oder weil er begriffen hat, dass er mit mir genauso allein ist wie ohne mich, ist er weg, dachte ich.

Später habe ich mich oft gefragt, was den endgültigen Impuls gab, es ihm zu sagen. Fühlte ich mich plötzlich für ihn verantwortlich, war ich erleichtert, verzweifelt, fest entschlossen? Ich weiß es nicht mehr. Ich weiß nur noch, dass ich plötzlich wollte, dass er bleibt.

Gabriel, leg bitte nicht auf, ich muss dir etwas sagen, sagte ich.

Hm, sagte er. Er versuchte weiter, sich so anzuhören, als würde er nicht weinen. Ich hätte ihm gern gesagt, dass er einfach weinen soll. Stattdessen sagte ich: Richte deinem Großvater aus, dass er Urgroßvater wird, okay?

Als er nicht reagierte, dachte ich kurz, meine Entscheidung würde mir wieder abgenommen. Gabriel hatte mich nicht gehört oder verstanden, vielleicht war das ein Zeichen, also: Kommando zurück. Ich würde mich nicht wiederholen. Er schniefte. Und ich wiederholte mich doch, in anderen Worten.

Ich bin schwanger, sagte ich, vielleicht freut ihn das ja.

Ich wusste seit drei Tagen Bescheid. Die Hinweise hatten sich schon vor meinem Abflug verdichtet, ohne dass ich die richtigen Schlüsse gezogen hätte. Ich schlief und aß unregelmäßig, flunkerte mich durch mein Leben, hangelte mich durch meine Hangovers, deshalb wunderte es mich nicht, dass ich ab und an kotzen musste. Dann saß ich mit meinen sogenannten Freunden und Sean, meinem sogenannten Freund, in einer großzügigen Finca, wartete auf meine Regel und auf ein Zeichen von Gabriel. Und als ich mir Gewissheit verschaffte, sah ich mich bereits aus einer Abtreibungsklinik kommen und in Catherines Mini steigen. Ein Szenario, das ich mir nicht ausmalen musste, denn ich hatte es im Jahr zuvor erlebt.

Hier kann ich sowieso nichts tun, dachte ich, und auch nichts entscheiden. Und dann nahm mir Gabriels Trauer meine Entscheidung ab.

Später, wenn wir uns in den Haaren hatten, wenn ich nach einer Abrissbirne suchte, um seine stabile Betonwelt einzureißen, war ich öfter kurz davor, ihm meine Version unserer Anfangszeit zu erzählen. Hör zu, Gabriel, du wirst es nicht für möglich halten, aber dein stimmiges Gabriel-Leben, in dem du eine Familie gegründet hast, basiert auf den Launen einer Frau, die zu diesem Zeitpunkt nicht einmal wirklich deine Freundin war. Einer Frau, die völlig durch den Wind auf einen Teststreifen gepinkelt, sich anschließend auf die Fliesen gekniet und gebetet hat, der zweite Streifen im Kontrollfeld möge bitte, bitte nicht erscheinen. Und die, als der zweite Streifen doch auftauchte, alle verfügbaren Partydrogen mit Red Bull in sich hineingespült und zu Carl Cox getanzt hat, in der Hoffnung, das befruchtete Ei möge sich aufgrund der erkennbar schlechten Bedingungen doch noch anders entscheiden und aus diesem unwirtlichen Körper wieder verabschieden.

Diese Frau gibt es nicht mehr. Ihre Geschichte musste umgeschrieben werden. Nicht um Gabriels Zufriedenheit nicht zu stören, sondern weil sie der Beginn des Lebens meines Sohnes war. Er hat ein Recht darauf, ein Wunschkind zu sein, wir alle haben das. Und mit ein paar Monaten Verspätung wurde er es auch.

GABRIEL

Es fiel mir schwer, seine persönlichen Dinge wegzutun, aber ich wusste nicht, was ich sonst damit anfangen sollte. Ich hatte mir schon ein paar Kisten mit Büchern und Wertsachen gepackt, die ich mir nach London schicken ließ, um sie dort wieder nur einzulagern. Das Einzige, was ich als Andenken an ihn tragen würde, waren sein Siegelring und seine Manschettenknöpfe. Er hatte seine Sachen gepflegt, in Schuss gehalten, wie er es nannte, und jetzt verwandelten sie sich von Besitz in Plunder. Das tat mir weh. Ernst hätte nichts dagegen gehabt, wenn ich einfach einen Entrümpler gerufen hätte, damit mein Leben weiterging: Reiß dich zusammen und weg mit dem Kram, mein Junge, hätte er gesagt. Zumindest sagte ich mir, dass er es gesagt hätte. Ich dachte diesen Satz ständig in seiner Stimme, während ich auf dem Dachboden herumstieg und aussortierte. Ich musste die Sachen sehen, bevor ich Fremde daranließ, ich kam aus einer diskreten Familie. In einem Fotoalbum fand ich einen Stammbaum, erstellt Anfang der 1940er Jahre von ihm selbst, ich kannte seine Schrift, konnte sie exakt nachahmen, ich hatte mir lange genug selbst Entschuldigungen geschrieben. Es war ein sogenannter Ariernachweis. Ich las die Namen der Toten, die auch meine Vorfahren waren, ihre Tauf-, Hochzeits- und Sterbedaten und fragte mich, worin hier der Nachweis bestanden haben sollte. Ich kannte nur die vorletzte und letzte Generation. Meine Großeltern und ihr erstes Kind, Brigitte, die keine Kinder haben würde. Sie bildete das Ende dieser sogenannten arischen Familie. Fünf Jahre nach dem Krieg kam meine Mutter zur Welt und der Stammbaum wäre weitergegangen mit mir, dem Eindringling, dem ersten dunklen Fleck in dieser blütenweißen Reihe. Jetzt war ich der Letzte, der sie weiterführen würde. Es war mir nie eingefallen, meine Großeltern zu fragen, was sie davon gehalten hatten, dass ihre Tochter ein Kind bekam. Außerplanmäßig, unehelich und von einem schwarzen Mann. Was sie von mir hielten, bevor sie mich kannten. Die Frage lag so nahe und gleichzeitig überhaupt nicht, weil sich alles selbstverständlich anfühlte und richtig.

Wir waren so dumm damals, das könnt ihr euch heute gar nicht mehr vorstellen, sagte die Oma manchmal, doch die Einzelheiten musste man selbst einfügen – wann war *damals* und wer wart *ihr*, doch da war sie schon beim nächsten Thema. Die Klaräpfel sind in diesem Jahr ein Gedicht! Ernst war meinungsstärker, aber nicht wirklich persönlicher, er redete von *denen* und meinte je nach Zeitkontext die Braunen oder die Roten, die einen wie die anderen Idioten, zu denen er nie gehört hatte. Irgendwann bei einem ihrer seltenen Besuche, ich war schon fast erwachsen, hat mir meine Tante erzählt, es sei schwierig gewesen, um nicht zu sagen eine Tragödie. Sie hatten meine Mutter rausgeschmissen und später, als ich schon auf der Welt war, zurückgeholt. Ich wurde zu ihrem Sonnenschein. Dann verunglückte meine Mutter, die aussah wie eine Abiturientin, obwohl sie schon einen siebenjährigen Sohn hatte. Sie fuhr wie jeden Morgen mit ihrem Moped zur Arbeit, und später sagten alle, sie sei sofort tot gewesen. Nach dem Unfall wurde ich zu ihrem Ein und Alles. Es wurde nie wieder darüber nachgedacht, was man vorher gesagt oder getan hatte, was bezeichnend war für diese Generation. Wie hätten die sich denn sonst selbst aushalten sollen, sagte Gitti und winkte verächtlich ab. Ich hatte keinen Grund, darüber nachzudenken, was sie vor meiner Geburt gedacht und gesagt hatten. Ich hatte keinen Grund, daran zu zweifeln, dass sie mich liebten.

Sie logen nicht, sie sagten lieber nichts. Zu meinem Vater hatten sie nichts zu sagen, weil sie auch nicht viel mehr wussten als ich. Meine Mutter war die Einzige, die mir etwas über ihn hätte erzählen können, die wohl auch Bilder von ihm gehabt hatte. Auf dem Dachboden fand ich nur Fotos von ihr, jung und schön, anders gab es sie nicht. Mit ihrer Schwester, mit Freunden, mit mir. Kein Schwarzer weit und breit. Dein Papa konnte nicht bei uns bleiben, er musste weg, weit weg, nach Afrika, hatte sie mir gesagt, es war die kindgerechte Kurzfassung der Geschichte, ich nehme an, sie wollte mir irgendwann mehr erzählen. Sie schien nicht böse auf ihn gewesen zu sein, zumindest nicht zum Zeitpunkt meiner Geburt, andernfalls hätte sie mir nicht seinen Namen gegeben, zusammen mit ihrem und dem ihres Vaters: Idris Ernst Gabriel. Er hat sich aus dem Staub gemacht, sagte Ernst, im Nachhinein war uns das recht, denn wir wollten dich behalten, ohne Diskussion mit einem Fremden.

Bei seiner Beerdigung stand ich herum wie ein Fremder. Er war da gestorben, wo er immer gelebt hatte, es war voll mit Leuten, die ihm die letzte Ehre erweisen wollten. Es war eigenartig, wie sehr mich das befriedigte, ja fast freute, als wäre diese Menschenansammlung eine Bestätigung für sein Dasein. Doch den Mann, dessen Leben der Pastor um Psalmen herum nacherzählte, kannte ich nicht. Der, den ich kannte, war in der Kirche geblieben, weil er Traditionalist war und weil es ihm wichtig war, sich von denen zu distanzieren, die er als gottloses Gesindel verachtete. Fromm war er nie, spirituell vielleicht für sich ganz allein, aber nicht erklärtermaßen. Nun wurde er dargestellt wie ein Mann aus dem Alten Testament, der klaglos seine Verluste ertragen hatte, denn der Herr hat's gegeben und der Herr hat's genommen. Auf dem Grabstein standen die Namen seiner Frau und seiner Tochter. Ich starrte auf die Jahreszahlen – *1919–1985, 1950–1977* – und rechnete an ihnen herum, sah Quersummen, Differenzen, Faktoren, konnte meinen Blick kaum von ihnen lösen, als die Kondolierenden an mir vorüberzogen. Nach meinem Telefonat mit Fleur musste ich weinen, aber da hatte er noch gelebt.

Ich nahm den Stammbaum, alle Fotos und seine Feldpost an meine Oma und rief die Trödler an. Mein Großvater hatte sie gekannt und geschätzt, auch wenn er sie Geier nannte, weil sie von Nachlässen lebten und nicht von handverlesenen Ankäufen wie er, der Händler und Sammler. Ich stellte mich in die Mitte des großen Dachbodens, auf dem eine letzte alte Mieterin noch ihre Wäsche aufhängte. Ich würde ihn zu einem Yuppie-Dachgeschoss ausbauen lassen, die Baugenehmigung hatte ich seit Jahren. Das ist prima, mein Junge, das machen wir, wir gehen mit der Zeit, hörte ich ihn sagen.

FLEUR

Gabriel sagte mir, ich solle erst nach der Beerdigung kommen, ich solle mich schonen und mich nicht mit einer Trauer belasten, die nicht meine war. Anschließend fuhren wir für ein paar Wochen durch Deutschland, eine Reise, die ich wie einen Dokumentarfilm in gedeckten Farben in Erinnerung habe. Er scheuchte mich durch das Land wie eine japanische Reisegruppe und redete ununterbrochen über Geschichte und Architektur. Auch er selbst benahm sich wie ein besonders gebildeter Tourist, nicht wie jemand, der hier aufgewachsen war. Das Einzige, was er persönlich nahm, waren bauliche Scheußlichkeiten. Schlecht saniert, dumm geplant, einfallslos gebaut – es hörte sich an, als hätte man in seiner Abwesenheit ein einstmals schönes Land versaut. Ansonsten schien die Verbindung zu diesem Land mit seinem Großvater gestorben zu sein.

Wir sahen täglich eine neue Stadt, dieser Crashkurs und sein Tempo waren seine Art zu trauern. Nachdem ich ihm klargemacht hatte, dass er mich in der zwölften Woche nicht behandeln musste, als stünde ich kurz vor der Niederkunft, ließ er wirklich keinen Programmpunkt mehr aus und traute sich auch wieder, mich anzufassen. Während wir unterwegs waren, tasteten wir uns zueinander vor. Manchmal redeten wir aufeinander ein wie alte Freunde, dann wieder waren wir so verlegen, dass ich Angst bekam. Was machten wir hier? Mir fiel auf, dass seine Kieferpartie kantiger geworden war. Er würde Nikotinkaugummis kauen, sagte er, er habe angefangen zu rauchen, sich dann schnell auf eine Schachtel am Tag gesteigert, denn Rauchen und Arbeiten passten so gut zusammen, und nachdem er mich in Haworth (Ibiza) erreicht hatte, habe er sofort wieder damit aufgehört. Kannst du dir einen schöneren Grund vorstellen, mit dem Rauchen aufzuhören?, fragte er, und zum ersten Mal sah ich, dass er sich freute. Ich wusste, dass er es hasste, wenn man ihm in die Haare griff, aber jetzt langte ich zu ihm hinüber und kraulte seinen Hinterkopf, und er ließ es zu. Wie immer war er voll und ganz anwesend. Der Tod wurde verarbeitet, das neue Leben begrüßt. Während ich neben ihm saß und mir Frontalzusammenstöße mit geisterfahrenden Lkw vorstellte. Ich suchte mir das nicht aus. Wie die mehreren tausend Gedanken an Sex, die angeblich täglich das Hirn von Männern fluten, waren es bei mir, der frischgebackenen Lebensträgerin, unkontrollierbar aufblitzende Todesgedanken. An einer Raststätte vor einem dunklen Nadelwald rauchte ich heimlich eine Zigarette. Gabriel hatte sich bei mir abgemeldet, er müsse ein paar Telefonate führen, es könne länger dauern. Ich hatte morgens im Bad meine Voicemail abgehört. Nachdem Sean begriffen hatte, dass ich wohl weg war, hatte er sich zu einem treuen Anrufer entwickelt. Eine Entwicklung, über deren erbärmliche Vorhersehbarkeit ich fast lachen musste. Alles, was ich in den vergangenen Jahren hätte tun müssen, war, ihn nicht zurückzurufen. Nun schien es ihm ungeheuer wichtig, wie es mir ging. Hoffentlich sehr gut. Ab Nachricht Nummer vier wurde ich vermisst. Es gab so viele Dinge, die er gern mit mir machen würde. Aha. Nun ja. Nachricht Nummer fünf bestand aus einem traurigen Seufzen, die Nachrichten sechs bis zehn waren Bitten, ihm wenigstens zu sagen, was los war. Dieses beschissen getimte Interesse könnte zur Folge haben, dass er in London vor meiner Tür stand. Oder Catherine vorbeischickte, der ich es dieses Mal glücklicherweise erspart hatte, mit mir auf meinen Schwangerschaftstest zu starren. Niemand wusste, wo ich war, warum und mit wem. Ich stand auf einem halbrunden Parkplatz zwischen zwei Trucks, zündete mir eine Ultralight-Zigarette an und rief Sean zurück.

Wo bist du, in Belgien?, fragte er mich.

In Deutschland.

Oh. Okay. Alles klar, sagte er. Ich habe mir Sorgen gemacht, weißt du?

Musst du nicht. Mir geht's gut, aber wir werden uns nicht wiedersehen.

Vielleicht willst du mir das ja in Ruhe erklären, dann koche ich uns was, was hältst du davon?

Niemand lässt sich gern etwas wegnehmen. Jeder hat gern eine Auswahl an Möglichkeiten, offene Türen, Zugriff. Die Angst in seiner Stimme hatte nichts mit mir zu tun. Mein narzisstisches Wunschdenken (er liebt mich, hat aber Schwierigkeiten, es zu zeigen) war plötzlich weg.

Sean, das war von Anfang an alles Quatsch und ein Fehler.

Ich hörte ihn scharf durch die Nase einatmen. Nimm dies, dachte ich. Die Frau, die jede Sekunde mit dir gefeiert hat wie ein Dorfpriester eine Papstaudienz, erklärt jetzt alles für nichtig.

Wie kommst du darauf?, fragte er. Wenn du zurück bist, reden wir über alles, okay?

Wir hatten genug Gelegenheiten zu reden, Sean. Ich will nicht mehr reden.

Was willst du denn?

Ich will mit jemandem zusammen sein, der mich liebt.

Ein merkwürdiger Kitschsatz, eine Spontanwahrheit. Ich hüstelte.

Wer sagt, dass ich dich nicht liebe?

Er versuchte sich an einem Lachen. Ein schwacher Konter. Eine Zusammenfassung der Scheiße, die jetzt glücklicherweise vorbei war.

Ich wünsche dir alles Gute, sagte ich und schnippte meine Zigarette in eine Pfütze, die eine Benzinpfütze hätte sein können, aber keine war.

Jetzt bin ich ihm ausgeliefert, dachte ich auf dem Weg zurück zu Gabriels Mietwagen. Oder: Jetzt habe ich ihn am Hals. Unwiderruflich. Folgte man dem unguten, aber allgemeingültigen Schema, nach dem Verlangen durch Aussichtslosigkeit befeuert wird, müsste sein Interesse an mir genau jetzt erlöschen. Die Raststätte, ein beliebter Ort, um Haustiere auszusetzen oder Kinder zurückzulassen, machte es nicht besser. Das Auto stand nicht mehr da, ich wusste, dass das nicht möglich war, trotzdem hyperventilierte ich fast. Ich stand an diesem tristen Ort und ließ die Wahrheit auf mich einhämmern, die ich seit meiner Ankunft so geschickt mit deutscher Hochkultur überdeckt hatte: Ich kenne diesen Typen gar nicht. Ich bekomme ein Kind mit einem Fremden, und es gibt kein Zurück. Die Alternative wäre gewesen, das Kind mit einem Mann zu bekommen, in den ich so viele Gedanken und Gefühle investiert hatte, dass ich zeitweise in der Illusion gelebt hatte, ich würde ihn kennen, was auch nicht besser war. Weitere Alternativen wären gewesen, das Kind allein oder gar nicht zu bekommen.

Auf ferngesteuerten Beinen ging ich Richtung Tankstelle und sah den Wagen ein Stück weiter hinten als erwartet. Das Adrenalin, das durch meinen erschrockenen Körper rauschte, war mit Sicherheit schädlicher als die Zigarette. Zum ersten Mal fühlte ich mich untrennbar mit dem Kind verbunden. Ich atmete durch und streichelte meinen Bauch, der sich noch anfühlte wie immer.

Gabriel lehnte am Kofferraum, schaute auf seine Schuhe und telefonierte. Als ich mich neben ihn stellte, nahm er meine Hand, registrierte, dass sie eiskalt war, und schob sie sich unter den Pullover. Dabei schaute er mich für ein paar Sekunden an, dann wieder durch mich hindurch, und sprach weiter. Es hörte sich an, als wäre seine deutsche Persona weniger freundlich als seine englische, aber das konnte täuschen. Genau, sagte er ein paar Mal, *genau*, das sagten die Deutschen dauernd. Ich lehnte mich gegen ihn, genoss seine Körperwärme und das Abklingen meines

Schocks. Er war da. Ich musste mich daran gewöhnen, dass er da war.

Die Mietshäuser in Leipzig würde er behalten und seine Tante und seine Großtante auszahlen, erzählte er mir, als wir wieder fuhren. Ich hatte sie gesehen, ein imposantes Jugendstilhaus und ein kleineres, in dem sein Großvater seinen Antiquitätenladen geführt hatte, zwei Stadthäuser, die ihn anderswo zum Millionär gemacht hätten, in Leipzig bisher noch nicht, was aber nur eine Frage der Zeit wäre. Ich wusste nicht, dass man in Ostdeutschland als Privatperson Mietshäuser besitzen durfte, hatte aber auch nie darüber nachgedacht. Eines der Häuser hatten sie nach dem Mauerfall zurückgekriegt, das andere war durchgehend in ihrem Besitz geblieben. Für den Staat war es eine Win-win-Situation, erklärte mir Gabriel. Die Instandhaltung war so teuer wie überall, die Mieten waren mehr oder weniger symbolisch. Die Besitzer standen vor der Wahl, entweder Verluste zu machen oder das Handtuch zu werfen, Gewinn war nicht drin, kalte Enteignung nannte man das. Doch nun war es anders. Dank der Zähigkeit seines Großvaters. Dann kam der Zahlenteil seines Vortrags. Wertsteigerung, Mieteinnahmen, Hypotheken, Zinsen, Sanierungskosten, zuzüglich, abzüglich. Er hatte mir gesagt, dass er rechnete, um sich zu entspannen. Am liebsten löste er Gleichungen. Sie waren sein Antidot zur Unlogik des Lebens. Er rechnete, wenn er nicht einschlafen konnte, wenn er in der Badewanne lag, Rechnen war sein Tagträumen. Jetzt teilte er seine Tagträume mit mir. Es war unfassbar langweilig, aber liebenswert, weil er so zufrieden dabei aussah. Ich fragte mich, ob er meinte, sich mir als potenter Ernährer präsentieren zu müssen. Ich war mit noch keinem Mann in diese ernsthafte Sphäre vorgedrungen. Meine Familie war weniger wohlhabend, als unser Name vermuten ließ, das große Geld hing an einem anderen Ast, aber unser Zweig war deswegen nicht arm. Es hätte also eher das Problem geben können, dass ich auf Männer traf, die in mir die Versorgerin sahen. Gabriel schien nicht an fremdem Geld interessiert, an seinem eigenen hingegen schon. Er hatte angefangen, in der Wir-Form von uns zu sprechen, was mich manchmal innerlich wärmte, dann wieder fast strangulierte. Meine Stimmungen, von denen ich schon im Normalzustand hin und her geworfen wurde, hatten ihre Skala in beide Richtungen erweitert. Wir würden vorerst zu ihm ziehen. Gut, dass wir kreditwürdig waren. Gut, dass wir beide so gute Abschlüsse hatten. Gut, dass wir zu den Menschen gehörten, die wussten, was sie wollten. Für einen Moment wusste sogar ich, was ich wollte.

Können wir bitte aufhören, Wagner zu hören?

Er schaute mich irritiert an. Viel zu zickig und viel zu wehleidig sagte ich, dieses Pathos würde weder mir noch dem Kind bekommen. Er trug es mit Fassung, schaltete auf Radio um, und wir hielten den Mund. Immer wieder vergaß ich, dass er in Trauer war. In der Wagner-CD steckte eine handgeschriebene kleine Karte, ich konnte sie übersetzen, denn der Text war nicht schwer. *Lieber Opa, ich weiß, Du magst lieber Deine Platten, aber die hier kannst Du auch im Auto hören. Bis bald, Dein Gabriel*

Es war Oktober, und der Himmel hing über uns wie eine Elefantenherde. Die Ost-West-Unterschiede in Deutschland fielen mir nur auf, wenn Gabriel mich explizit darauf hinwies. Ich nahm an, dass es daran lag, dass die Mauer seit über zehn Jahren nicht mehr stand und dass die Unterschiede nur noch für Deutsche erkennbar waren. An manchen Orten sah es herausgeputzter aus, an anderen schäbiger. Mal war man betont freundlich zu uns, mal unsäglich unwirsch. Auch nicht anders als in Belgien, dachte ich, Belgien kann einen auch regelrecht mit Kultur bewerfen, um dann wieder so trostlos auszusehen, dass man in den Ortschaften das Tempolimit überschreiten muss, um nicht suizidal zu werden. Außerdem war auch Belgien auf seine Art ein geteiltes Land, wie so viele Länder. Offenbar lag es in der Natur des Menschen, seine unmittelbaren Nachbarn besonders scheiße finden zu müssen.

Als er mich in Berlin in den Hinterhof eines alten Hauses führte und wir hinauf in das dunkelblaue Quadrat des Abendhimmels starrten, war ich kurz zur richtigen Zeit am richtigen Ort. Wir hatten unsere Finger ineinander verschränkt, er hob unsere Hände an und küsste meinen Handrücken. Wenn es damals einen Moment gab, in dem ich mich zu Hause fühlte, dann war es dieser. Es waren nur zwei Sterne zu sehen. Das linke ist ein Satellit, sagte Gabriel. Dann drehte er uns im Kreis, sah an den vier hohen, dunklen Hauswänden nach oben und sagte, wir könnten hier was kaufen. Ich fand nicht, dass *wir* uns in einem verrotteten Haus in Ostberlin eine Wohnung kaufen sollten, aber ich fand ihn besser und besser. Er war ganz bei sich, hätte man in meinen Neurotikerkreisen gesagt, und jetzt war er auch bei mir. Die Toreinfahrt war wie ein Zeittunnel. Hinten roch es nach Kohlen und alten Kartoffeln, vorn nach vietnamesischem Essen und Mojitos. Ich schaute gern in die Bars, in denen ich jetzt nichts mehr verloren hatte, sah mir die Leute an, die sich aufgedreht in die Nacht hineintranken. Ich ignorierte die Läden für junge Eltern mit Geld und Geschmack, die Gabriel gar nicht bemerkte, weil er die Fassaden begutachtete und ab und zu meckerte, als hätte er die Häuser in Auftrag gegeben. Wir setzten uns in ein japanisches Restaurant, weil ich zu dem Zeitpunkt noch nicht wusste, dass man als Schwangere auf rohen Fisch verzichten sollte. Jeder Berliner, mit dem ich redete, riet mir, das nächste Mal im Mai oder Juni zu kommen. Die Stadt wäre so absurd viel schöner, dass man es selbst als Eingeborener jedes Jahr aufs Neue kaum fassen könne. Kurz dachte ich an ein Abschiedsgeschenk für Sean: Hier wäre er glücklich, dachte ich, ich sollte mich bei ihm melden und ihm sagen, wie einfach und günstig er hier ein ganzes Studio mieten könnte, wie lässig die Leute wirkten, die noch nicht einmal verlangten, dass man Deutsch mit ihnen sprach. Um es nicht so weit kommen zu lassen, löschte ich kurz vor Hamburg seine Nummer.

So fremd mir Gabriel oft war, es gab sie, unsere Gemeinsamkeit. Ob es ihm passte oder nicht, wir beide schleppten Phantomeltern mit uns herum. Wir beide liefen mit dem Stigma durchs Leben, unwillkommen gewesen zu sein. Nein, es passte ihm nicht. Nein, er sah das anders. Ich schätze, es wäre ihm angenehmer gewesen, ich hätte ihm meine Nagelfeile in den Oberschenkel gerammt, als das Wort Stigma zu benutzen. Er zog das Kinn ein wie ein Soldat in Achtungsstellung und fuhr ein paar Kilometer in dieser Pose. Er wäre es leid, sich seine Gefühle von anderen vorschreiben zu lassen. Jeder wäre der Meinung, genau zu wissen, wie es ihm ginge, wie er zu fühlen hätte. Anmaßend sei das. Ja, er hatte seine Kindheit damit verbracht, anderen Leuten lästige Fragen zu beantworten. Verantwortlich dafür war sein Vater, beziehungsweise dessen Aussehen und dessen Abwesenheit. Was nicht zwangsläufig bedeuten musste, dass er ihm als Person fehlte. Seine Mutter hatte ihm gefehlt, natürlich hatte sie das. Aber sein Vater, ein Unbekannter? Eher hätte er sich Geschwister gewünscht. Hätte, könnte, wäre, er winkte ab. Er hatte es überlebt, bestens sogar, denn er hatte Menschen um sich gehabt, die ihn mochten und förderten. Und dennoch fragte man ihn ständig, wie er es im Osten ausgehalten hatte, unter diesen Rassisten, während man ganz selbstverständlich davon ausging, dass sein Vater der wichtigere Teil seiner Herkunft war, ein sicherlich großartiger Mann, den er unbedingt kennenlernen musste.

Warum? Weil er so nett war, sich nie wieder zu melden? Weil er, Gabriel, dann endlich seine »Roots« finden würde? In diesem Fall wäre zu klären, wie man diese sogenannten Wurzeln überhaupt definiert. Er drehte sich zu mir und lächelte mich an, um mir klarzumachen, dass sein feindseliger Tonfall nicht mir galt. Er nahm sich einen Kaugummi und reichte mir einen.

Elternschaft ist eine Frage von Anwesenheit, sagte er, laut und abschließend wie ein Familienrichter. Wenn er das so sieht, dann soll es so sein, dachte ich und nickte nur. Die Trennwand, die er zwischen uns hochgezogen hatte, fiel ihm nicht auf.

Ich lernte auf dieser unendlichen Fahrt durch Deutschland, wie er morgens war. Er schlug die Augen auf und war sofort wach, er sah sogar aus wie immer. Ich lernte, wie unausstehlich er sein konnte, wenn er Hunger hatte, wie sehr ihn Leute nervten, die seiner Meinung nach ungeeignet für ihren Job waren. Wobei er niemanden herablassend behandelte, sondern sich ernsthaft fragte, wie es zu diesen Fehlbesetzungen kommen konnte. Ich rechnete nach, wie lange ich ihn kannte. Neun Monate, eine Schwangerschaft lang, wenn man so wollte. Ich hätte alle seine Glanzdisziplinen und Macken bereits kennen können, hätten sie mich vorher interessiert.

Was ist?, fragte er manchmal, wenn er mich dabei ertappte, dass ich ihn anstarrte wie ein Wunder. Er hasste es, angestarrt zu werden, man hätte es ein Kindheitstrauma nennen können, aber besser nicht in seiner Gegenwart. Sie schauen dich an, weil du etwas ganz Besonderes bist, hatten ihm seine Großeltern gesagt. Was für eine schöne Begründung, so liebevoll und klug, dachte ich. Und wie man an Gabriel sah, hatte sie auch gewirkt. Trotzdem hatte er eine Abneigung gegen die Provinz entwickelt, auch wenn er irgendwann begriffen hatte, dass die Glotzerei auf Dörfern jeden Eindringling betraf und nicht nur ihn. Nichts, alles okay, sagte ich. Er hatte gegähnt, getankt, eine Speisekarte gelesen, ausgeparkt und ich hatte ihm dabei zugeschaut, als wäre er ein Magier. Ich hätte sagen können: Ich habe mir gerade vorgestellt, ich wäre ein Kleinkind und du wärst mein Vater. Er hätte gelacht und mich gefragt: Und? Wie findest du mich? Stattdessen fragte ich ihn, ob er nicht auch Angst hatte vor dem, was auf uns zukam. Er schüttelte den Kopf, als hätte ich ihn gefragt, ob er nicht auch Angst vorm Weißen Hai hätte. Er zweifelte an nichts, während ich es immer noch unbegreiflich fand, dass es bald jemanden geben würde, für den wir beide die wichtigsten Menschen auf der Welt sein würden, diejenigen, die alles wussten, weil sie schon immer da waren und schon immer zusammen.

Ich war einunddreißig und fühlte mich wie eine Ausreißerin, die eine Teenagerschwangerschaft verheimlicht. Er war dreißig und fand den Zeitpunkt gut, wenn auch nicht perfekt, weil dann doch sehr plötzlich. Er hatte damit gerechnet, dass ich Familienplanung betrieb. Er sagte nicht verhüten, er sagte nicht »aufpassen«, er sagte Familienplanung, und mich überraschte kein bisschen, dass er fand, das wäre mein Job gewesen, nein, mich überraschte wieder einmal seine Wortwahl, die zuweilen so spießig war, dass ich anfangs dachte, es wäre seine Art von Ironie.

Dank seiner gnadenlosen Wahrheitsliebe erfuhr ich nun auch, dass er sich als besten Zeitpunkt für eine Vaterschaft eigentlich das Alter um die vierzig ausgerechnet hatte. Ich aß ein Eis während dieses Vortrags. Immer wenn ich an diese Reise denke, sehe ich Gabriel auf die Autobahn starren und reden und mich essen. Vierzig war ein großartiges Alter, unter anderem deshalb, weil er davon ausging, bis dahin finanziell an dem Punkt zu sein, der ihm vorschwebte. Ich hingegen hatte weder eine Vorstellung von mir als Vierzigjährige, noch wäre ich davon ausgegangen, die nächsten zehn Jahre mit Gabriel zu verbringen. Ich hatte, wie gesagt, gar keinen Plan, außer der Idee einer Dissertation über die Brontë-Geschwister, die eigentlich auch nur Ausdruck meiner generellen Planlosigkeit war. Ich nahm an, dass die Mutter seiner Kinder in Gabriels minutiös kalkulierter Zukunft demnach jünger zu sein hatte als ich. Ich warf die Frage in den überheizten Mietwagen. Er schaute mich an, dann wieder auf die Fahrbahn, und sagte: Du bist perfekt, Fleur.

GABRIEL

Kurz nach meinem Abitur fiel die Mauer. Ich war an einer Erweiterten Oberschule für Altsprachen. Der Thomaner-Chor wurde hier unterrichtet. Hätte ich singen können, ich wäre vermutlich in diesem Chor gewesen. Ich war aufgrund meiner guten Noten dort, obwohl gute Noten nichts bedeuten mussten, wenn es darum ging, zum Abitur zugelassen zu werden. Mein Großvater war ein selbstständiger Querulant, meine Tante war getürmt, meine Mutter tot, mein Vater kam aus dem nichtsozialistischen Ausland, was offiziell nirgendwo erwähnt wurde, inoffiziell aber nicht nur mit Sicherheit, sondern mit Staatssicherheit überall vermerkt war.

Trotz dieses Backgrounds bekam ich den Studienplatz, den ich wollte, an der Hochschule für Architektur und Bauwesen in Weimar, die man kurz darauf wieder in Bauhaus-Universität umbenannte. Vorher hatte ich mich drei Jahre zur Armee verpflichtet, was Usus war, mir aber während der letzten Schuljahre vorkam, als würde ich nach dem Abitur ins All fliegen. Was es wirklich bedeutet hätte, realisierte ich erst, als die Mauer fiel und diese Verpflichtung in anderthalb statt drei Jahre abgemildert wurde. Da erst wurde mir klar, dass ich überhaupt nicht dienen wollte, weder in der Nationalen Volksarmee noch in der Bundeswehr, ich wollte auch keinen Zivildienst machen, ich wollte gar keine Zeit mehr verschwenden. Was fällt euch ein, über meine Lebenszeit zu bestimmen, dachte ich und schrieb mich 1990 an der TU in West-Berlin ein.

Meinem Großvater wäre Weimar sympathischer gewesen. Die Entfernung zu ihm war fast dieselbe, aber es hätte ihm gefallen, wenn ich an der Bauhaus-Uni studierte, und er mochte Berlin nicht. Irgendwann, als ich ihn besuchte, hielt er mir eine Ansprache. Er war nicht groß, aber er hatte die Körpersprache eines Machtwortsprechers. Er baute sich vor mir auf und sagte mir mit erhobenem Zeigefinger, dass ich mich bei meinen Zukunftsplänen keine Sekunde nach ihm richten solle, dass ich niemals etwas nicht tun solle aus Rücksicht auf ihn. Hast du mich verstanden?, fragte er abschließend, als hätte er mir eine Standpauke gehalten. Ja, sagte ich, und wir wechselten das Thema. Er war Mitte siebzig, aber er wiederholte sich nicht, nie. Er hatte sich diese Mitteilung genau überlegt. Und ich, der Anfang der Neunziger das Gefühl hatte, ich könne jetzt jederzeit überall hingehen, verstand erst viel später, wie viel leichter er es mir mit seiner Ansage gemacht hatte.

Er hatte versucht, sein Leben an der DDR vorbei zu gestalten, was ihm erstaunlich gut gelungen war. Er verwaltete das Miethaus, das sein Vater 1900 hatte bauen lassen, das er behalten durfte, wie auch seine beiden Geschäfte. Er verkaufte seine Antiquitäten und blieb in der Partei der Selbstständigen und Mittelständler, der LDPD, die zeitweise von sich behauptete, die einzige Partei zu sein, die gegen die SED opponierte. Immer wenn eine Parteimitgliedschaft von Vorteil war, kreuzte Ernst mit dieser Mitgliedschaft auf und pochte auf sein Recht. Es war schwieriger, ihn abzuweisen als einen Parteilosen, was nicht hieß, dass man ihn nicht trotzdem gängelte. Er pochte auch auf das Briefgeheimnis, verbat sich das Öffnen seiner Briefe und Pakete aus dem Westen, das weiß ich aus einer Stasi-Akte. Die meiste Zeit über tat er so, als lebe er in einem Rechtsstaat. Das funktionierte nicht immer, aber häufiger, als man von außen annehmen würde. Seine Schwester hatte nach dem Krieg einen US-Offizier geheiratet, seine Tochter Brigitte war erst in den Westen und dann nach Spanien gegangen, die Geschwister meiner Großmutter lebten ebenfalls in Westdeutschland. Wenn wir alle abhauen, sind unsere Häuser futsch. Aber die kriegen sie nicht, nicht mit mir, Genossen, mit mir nicht, sagte er. Er lebte in dem festen Glauben, die DDR sei eine Interimslösung, die es auszusitzen galt. Womit er ja nicht unrecht hatte, nur dass sich diese Zwischenlösung über vierzig Jahre hinzog. All das hieß nicht, dass er grundsätzlich unzufrieden war. Mit seinen Antiquitäten zog er sich einfach aus der Zeit. Leute aus dem Westen, die fünfundzwanzig D-Mark pro Besuchstag in DDR-Mark zwangstauschen mussten, bestellten bei ihm Sammlerstücke, für die sie drüben viel mehr ausgeben mussten. Manchmal kamen auch Prominente, meist Schlagersänger aus dem Westen, denen man ihre Gagen in Ostmark ausbezahlte und die anschließend nicht wussten, wohin damit. Es gab ja nichts, wie man im Osten gern sagte. Bei Herrn Loth gab es immer etwas, denn Herr Loth wusste, wo man suchen musste, was im Wert steigen würde und was seine Kunden kurz vergessen ließ, dass sie sich auf Mangelwirtschaftsterrain bewegten: Wie wäre es mit einem Art-déco-Collier, Meißner Porzellan, einer Großwildjägertrophäe, heiße Ware, das bleibt unter uns, oder aber einem Buffet der Deutschen Werkstätten Hellerau, die wussten, was sie tun, schon vor dem Bauhaus, da werden Sie Ihre Freude dran haben.

Er war vierundsiebzig, als die Mauer fiel. Reisen durfte er schon, seit er fünfundsechzig war. Rechnete man nicht ab Staatsgründung 1949, sondern erst ab Mauerbau 1961, saß er insgesamt nur siebzehn Jahre fest, und so gesehen ging seine Taktik des Aussitzens auf. Sie ging sowieso auf, denn er war immer der Meinung, alles richtig gemacht zu haben. Er hat mir seine Häuser und seine Werte hinterlassen. Auf seine spezielle Art war er sogar lustig. Natürlich vermisste ich ihn.

Seine Schwester Margarete, die Gretel, lebte mittlerweile in einer Seniorensiedlung in Florida. Am Telefon hatte ich das Gefühl, sie wäre bereits an einem Ort ohne Schmerz und ohne Zeit. Mein Ernstl, hauchte sie nachdenklich, wann kommt er denn zurück? Bitte grüß ihn von mir und alles Gute, ja?

Brigitte, die Schwester meiner Mutter und damit meine nächste Verwandte, saß in Andalusien, stellte Keramikgeschirr her und behauptete, mit Deutschland abgeschlossen zu haben. Ihre Entscheidung, sich nicht einmal zur Beerdigung ihres Vaters in ein Flugzeug zu setzen, machte mir noch deutlicher, was ich schon vorher gewusst hatte. Ich war jetzt allein.

FLEUR

Zwei Jahre vor meiner eigenen Hochzeit war ich auf der Hochzeit von Bella, der Patentochter meines Vaters. Auf dem Junggesellinnenabschied tat ich so, als hätte ich es nie zuvor derart krachen lassen wie an diesem Abend. Den offiziellen Teil der Hochzeit verbrachte ich wie die drei anderen Brautjungfern in einem lindgrünen Satinkleid, und als der Brautstrauß geworfen wurde, war ich betrunkener als auf dem Junggesellinnenabschied. Ich hypnotisierte mein Nokia, weil ich auf eine SMS von Sean wartete, die erwartungsgemäß nicht kam. Die detailbesessen organisierte Hochzeit meiner ältesten Freundin fühlte sich für mich an wie ein im Hintergrund laufender Fernseher. Bellas Vater Nicholas, ein Schulfreund meines Vaters, war früher Hippie gewesen, zumindest behauptete er das, später Auslandskorrespondent. Seine denkwürdige Hochzeitsrede fiel mir wieder ein, als es an der Zeit war, Gabriel meinen Eltern vorzustellen. Eine affige Angelegenheit voller abgelesener Witze. Eine im Grunde typische Hochzeitsrede. Eine der witzigen Anekdoten aus Bellas Leben ging so: Nicholas, Brautvater, Weltmann und Starjournalist, hatte seinen Töchtern Isabella und Fiona immer beigebracht, dass alle Menschen gleich seien. Selbstverständlich hatte er das. Arm oder reich? Analphabet oder Professor? Schwarz oder weiß? Derlei Fragen würde man sich in einem Haus wie seinem niemals stellen! Selbstredend nicht! Doch dann, während dieser Zeit in Washington, D.C., stellte sich heraus, dass seine Mädchen, die sonst so selten wie möglich auf ihren alten Dad hörten, sich eine seiner Regeln ganz besonders zu Herzen genommen hatten. Bedeutungsvolle Pause. Dümmliches Kichern im Saal. Ich hoffte, Sean würde sich melden und zum Abendteil der Hochzeit von London nach Winchester fahren. Es sollte unser erster offizieller Auftritt werden. Ich würde ihn als meinen Freund vorstellen. Dann kam die grandiose Pointe von Onkel Nick, und ich war froh, dass er die Einladung ausgeschlagen, vielleicht auch verpennt hatte: Bella und Fiona hatten sich nämlich das Gebot ihres Vaters so zu Herzen genommen, dass das große, von der ehrwürdigen Zeitung bezahlte Haus in Washington innerhalb eines Schuljahrs nicht nur voll mit schwarzen Kids war, hahaha, nein: Es gab auch noch zwei Boyfriends, man stelle sich vor, schwarze Schwiegersöhne in spe! Ich schaute mich um. Gehorsam füllten die Gäste seine Lachpause mit ihrem Lachen. Auch die Gäste aus dem Nahen Osten, Asien und Südamerika. Sie waren nicht direkt Schwarze aus Washington, D.C., hätten sich aber wie alle Anwesenden fragen können, worin genau hier der Witz bestand. In der dunklen Vergangenheit der Braut. Aber, hahaha, Ende gut, alles gut und für niemanden zu übersehen, denn Bella saß nun neben einem tiefgebräunten Weißen, cheerio! Hätten schwarze Gäste bei einem billigen Bonmot über Asiaten geklatscht? Ja, nahm ich an, leider. Vermutlich war jeder froh, wenn er selbst nicht gemeint war.

Bella trank einen Schluck Champagner und zog die Augenbrauen hoch, Russell, ihr Bräutigam, versuchte sich an einem amüsierten Gesicht, Fiona hatte zu dem Zeitpunkt noch nicht bekanntgegeben, dass sie ihren Eltern anstelle eines schwarzen Schwiegersohns bald eine Schwiegertochter präsentieren würde.

Nick würde seine eigene Großmutter für einen Witz verkaufen, sagte mein Vater am nächsten Morgen, das weißt du doch.

Meine Mutter schüttelte nur den Kopf und ließ wie immer im Unklaren, worüber.

Anderthalb Jahre später standen wir vor der Schwiegersohnfrage, oder besser: Ich stand vor dieser Frage, denn Gabriel würde den Gedanken, dass seine Person irgendwelche Fragen aufwerfen könnte, einfach ausblenden. Ich fragte mich, wie es um den Onkel-Nick-Anteil in meinen Eltern bestellt war. Sie hatten fast ihr gesamtes Arbeitsleben in Afrika verbracht, fühlten sich dort heimischer als in Europa, sie hatten einen über die Welt verstreuten Freundeskreis, sie waren Nichtrassisten aus Prinzip und sie liebten die Menschen tatsächlich, womöglich war das ihre größte Gemeinsamkeit. Doch all das musste nicht bedeuten, dass sie sich über einen schwarzen Schwiegersohn freuten. Schließlich hatten sie auch mich, ein weißes Baby adoptiert, weil sie ein Kind wollten, das ihnen ähnelte. Ich rechnete mit allem. Rassismus kommt bei den besten Menschen vor, dachte ich.

Meine Eltern liebten Gabriel. Ich hatte sie unterschätzt. Ich hatte nicht bedacht, dass es ihnen weniger um ihn oder sich selbst ging, sondern um mich. Gabriels konsequente Art, mich zu lieben, hatte sie von Tag eins an überzeugt. Es half, dass er so höflich und erfolgreich war. Sie hätten es vehement abgestritten, doch es half auch, dass er sich nicht ins englische Klassensystem einordnen ließ. Kein Slang, ein deutscher Akzent. Ein Mann, der nicht arm war, sondern ihnen Geschenke mitbrachte, die keine Schleimereien waren, sondern sorgfältig ausgesuchte Aufmerksamkeiten: Erstausgaben, Schallplatten, Konzertkarten, Wein. Es half, dass er einen Beruf hatte, unter dem man sich etwas vorstellen konnte. Es half, dass er Gabriel war und nicht Sean.

Den fragwürdigen Umstand, dass ich nach meinem Ibizatrip nach Deutschland geflogen war, von wo ich schließlich schwanger und fast verheiratet zurückkam, fand man in meinem Umfeld romantisch. Beneidenswert und geradezu filmreif spontan. Man gratulierte uns zu unserer Entschlossenheit. Länger zu warten würde nichts besser machen. Im Gegenteil. Wie lange kennt ihr euch jetzt? Ein bisschen mehr als ein Jahr. Ach, doch schon so lange? Wieso lernen wir deinen reizenden Verlobten erst jetzt kennen?

Wir schafften es, zwei Monate vor Alberts Ankunft zu heiraten. Großer Bauch, kleine Feier. Gabriel suchte ein Sternerestaurant für uns, unsere Trauzeugen und meine Eltern aus, zog sich bilderbuchmäßig gut an und engagierte eine bekannte Cellistin. Sie fing an zu spielen, als mein Vater mich den Gang hinunterführte, und Gabriel drehte sich zu mir um, nickte fast unsichtbar in ihre Richtung und zwinkerte mir zu. Das Cello war eine Nachricht an mich. Erinnerst du dich? Ja, ich erinnerte mich. Ich stieg besudelt aus der Bahn und hatte als Alibi mein Cello dabei, das du, Gabriel, mir abgenommen und durch die Stadt geschleppt hast, weil du dachtest, dass es mir wichtig sei und zu mir gehöre. Von Hormonen geflutet und völlig aus dem Häuschen, total übermüdet und meiner Meinung nach so hässlich wie nie zuvor, denn die Schwangerschaft hatte mir einen Haarausfall beschert, der meinen Haaransatz fünf Zentimeter nach hinten verschob, ließ ich mich von meinem Vater an Gabriel übergeben und heulte Rotz und Wasser.

Jahrelang habe ich erfolglos versucht, unser Hochzeitsbild zu vernichten. Gabriel scheint das Negativ in einem Bankschließfach zu lagern, es taucht immer wieder auf. Es erinnerte mich an die Arnolfini-Hochzeit von Jan van Eyck. Ein Bild, das mich schon als Kind fasziniert hatte, weil die Braut schwanger war und ich wusste, dass man früher erst nach der Hochzeit Kinder bekommen durfte. Später habe ich gelesen, dass die Schwangerschaft keine realistische Abbildung, sondern eine Fruchtbarkeitsdarstellung sein soll. Mein Bauch ist jedenfalls so offensichtlich wie der von Arnolfinis Braut, und meine grässliche Stirnglatze und mein aufgedunsenes Gesicht machen meinen Renaissance-Look perfekt. Gabriel sieht nicht aus wie Arnolfini, der mich immer an eine Gestalt aus einem Horrorfilm erinnert hat, aber wie das Paar auf dem Bild schauen auch wir weder den Betrachter an noch einander. Zwei Leute, überrannt von den Umständen, die nicht wissen, worauf sie sich da einlassen. Nachdem ich es zum ersten Mal aus unserem Wohnzimmer entfernt habe, bin ich mit ihm in die National Gallery gefahren, um ihm das Gemälde zu zeigen. Daraufhin war er noch begeisterter von dem Bild, behauptete, es wäre eine Nachstellung des van Eyck, eine grandiose Idee der Fotografin, die er offenbar unterschätzt hatte. Wir blicken in unsere Zukunft, sagte Gabriel, der dieses Monsterfoto bis heute auf seinem Schreibtisch stehen hat. In gewisser Weise schon, dachte ich, wenn ich in mein verstörtes Gesicht sah, denn ich wurde an diesem Tag zu Loths Weib, der Frau, die unter keinen Umständen zurückschauen darf, nach Sodom und Gomorrha.

GABRIEL

Nach Alberts Geburt fiel mir auf, wie wenig ich über mich als Kleinkind wusste. Man hätte verhältnismäßig wenig Scherereien mit mir gehabt, so hatte mein Großvater diesen Lebensabschnitt zusammengefasst. Sollte ich niedlich gewesen sein, so fehlten dafür die Chronistinnen, meine Mutter und meine Großmutter. Natürlich hatte ich Kinderbilder von mir, doch ich wusste nicht, ob ich früh oder spät angefangen hatte zu laufen und zu sprechen, was ich gemocht, wovor ich mich gefürchtet hatte, und ich kannte so gut wie keine Kleinkindanekdoten über mich. Ich vermisste sie nicht, doch als wir uns alle auf Albert stürzten, fiel mir auf, dass es wohl die einzige Zeit im Leben ist, in der man eine so uneingeschränkte Begeisterung auslöst. Eine Zeit, die man nur aus Erzählungen kennen wird.

Albert wäre eindeutig eine Mischung aus uns beiden, sagte Danielle, Fleurs Mutter, die Fleurs Kindheit mit viel Sorgfalt dokumentiert hatte. Wenn man es wirklich wollte, erkannte man tatsächlich Hinweise auf uns beide, wobei ich fand, dass er von Anfang an ein eigenständiges Aussehen hatte, das sich faszinierenderweise von Woche zu Woche veränderte. Seine hellen Augen, von denen alle sagten, sie würden ihre Farbe noch ändern, wurden dunkler, aber nicht braun, sondern blaugrau. Damit schaute er herum, als wüsste er Bescheid. Als Fleurs Mutter dann sagte, er hätte auch eine gewisse Ähnlichkeit mit Henry, Fleurs Bruder, schauten wir uns an. Fleur verstört, ich amüsiert. Wir haben Danielle nie gefragt, ob ihr in diesem Moment tatsächlich entfallen war, dass Fleur und Henry keine leiblichen Geschwister sind. Er sähe aus wie ich, sagten mir auch die Leute, die mir auf unseren Spaziergängen begegneten. Wann immer es möglich war, ging ich nicht mehr zum Mittagessen, sondern fuhr nach Hause und holte Albert ab. Zu selten, wie ich später dachte, aber immerhin. Bei meinem einzigen Versuch, ihm ein Schlaflied vorzusingen, hatte er seinen ersten Lachanfall. Er krähte und strampelte, bis er rot anlief, so lustig fand er es. Ich rief nach Fleur, und wir lachten zu dritt. Mein Gesang hört sich an wie Zwölftonmusik, insofern war es ein Kompliment, dass er nicht heulte, beruhigen würde er sich so jedoch auch nicht. Er beruhigte sich, wenn ich sprach. Also telefonierte ich, während ich ihn schob oder ihn neben mich stellte, manchmal erklärte ich ihm auch meine Projekte. Niemand lief damals laut redend durch die Gegend, vielleicht sah ich aus wie ein heimatloser Irrer, der seinen Krempel in einem Kinderwagen transportiert, aber es war mir egal. Mir war nicht klar gewesen, wie häufig man angesprochen wird, wenn man ein Baby dabeihat. Man machte mir Platz, man ließ mich vor, man lachte mich an, man mochte mich für ihn. Vielleicht hatten Fremde mich in diesem Alter auch so gern gemocht, dachte ich. Bevor er seinen Namen sagen konnte, hatte Albert die Stadt einmal im Kinderwagen durchquert. Und ich wusste noch genauer, wo ich künftig hinziehen würde und wo auf keinen Fall. An einem verregneten Nachmittag rief Fleur mich an und bat mich, ein paar Dinge mitzubringen. Ich stellte Albert vor Waitrose ab, ging hinein, und als ich mit den Lebensmitteln wieder herauskam, war sein Kinderwagen umringt von einer Traube aufgebrachter Leute. Erst dachte ich, sie fänden ihn einfach nur niedlich, bis ich begriff, dass sie ihn behandelten wie ein Findelkind. Telefone wurden gezückt, eine Frau beugte sich tief in den Buggy hinein, im Begriff, ihre Keime auf meinen sauberen Sohn zu schleudern. Ich schob sie beiseite. Er war nicht Moses, der in einem Körbchen den Nil hinuntertrieb, er war ein Baby, das in seinem Hochpreiskinderwagen vor einem Supermarkt schlief, in dem eins seiner Elternteile etwas zu besorgen hatte. Der Buggy, voll mit nagelneuem Babykram, meine aktuelle Zeitung, der Supermarkt, die Gegend, sein friedlicher Schlaf – all das war so offensichtlich, dass ich nicht fassen konnte, dass sich in dieser kurzen Zeit ein Besorgnismob zusammengerottet hatte. Danke, sagte ich, alles in Ordnung, das hier ist mein Sohn, jetzt bin ich wieder da. Was haben Sie sich dabei gedacht, hörte ich. Wir haben uns solche Sorgen gemacht. Und als ich jemanden murmeln hörte, wie unverantwortlich ich sei und dass es ja wohl angebracht wäre, mich wenigstens zu bedanken, ging mir das zu weit. Ein paar Meter weiter hatten zwei Bettler ihren Stammplatz. Direkt unter einem Geldautomaten zwangen sie jeden, der Geld holen wollte, mitten in ihrem Bett zu stehen. Ich zeigte auf sie.

Warum fragen Sie nicht die beiden, ob bei ihnen alles Ordnung ist? Sind die Ihnen nicht knuddelig genug? Dann ging ich davon, den kollektiven Groll der überflüssigen Retter im Rücken. Okay, dachte ich, während Albert weiterschlief, ich habe mich in einer geschäftigen High Street in London benommen wie eine unbedarfte Mutter im relativ überschaubaren Leipzig der Siebziger. Stand damals vor den Geschäften nicht alles voller Kinderwagen? Daneben Hunde und größere Kinder, die ebenfalls draußen warteten? Waren an den Geschäften nicht sogar Schilder mit durchgestrichenen Hunden und Kinderwagen? Ich war mir nicht sicher, und es tat nichts zur Sache. Andere Zeit, anderer Ort. Kind wird künftig überall mit hineingenommen, notiert, dachte ich. Trotzdem war es viel Lärm um nichts, oder? Als ich Fleur davon erzählte, erzählte sie mir einen Fall aus den Neunzigern. Zwei Teenager hatten ein Kleinkind vor einem Geschäft entführt und umgebracht. Schon verknappt war es eine der grauenhaftesten Geschichten, die ich je gehört hatte, aber Fleur ersparte mir auch die Einzelheiten nicht, zum Beispiel die, dass sie den Kleinen nicht sofort umbrachten. Es war eine Mischung aus Morbidität und erzieherischer Maßnahme. Als am nächsten Tag ein junger Mitarbeiter sagte, er fühle sich so angreifbar wie noch nie, stimmte ich ihm sofort zu, obwohl ich Smalltalk auf dem Herrenklo für eine unerträgliche Unsitte halte. Es war im Herbst 2001, und erst später fiel mir auf, dass er über 9/11 geredet hatte. Trotzdem: Wenn ich mit Albert herumlief, schrie er nie, während sich mein Kopf entspannte und ich die besten Ideen hatte. Fleur gab ihm Tausende von Kosenamen, ich nannte ihn Partner. Schade, dass er sich daran nicht erinnern kann.

FLEUR

Wenn du Gott zum Lachen bringen willst, erzähl ihm deine Pläne. Auf Gabriel schien dieser Spruch nicht zuzutreffen, seine Pläne gingen auf. Gut, dass ich keine hatte, zumindest nicht zu diesem Zeitpunkt. Das ist kein Sarkasmus, das ist die Erklärung für die Harmonie, die jahrelang zwischen uns herrschte. Alberts Geburt klärte die ohnehin schon klaren Fronten nochmals: Ich hatte einen Beruf, den man von zu Hause aus ausüben konnte. Gabriel, angestachelt durch seine Versorgerrolle, arbeitete Achtzigstundenwochen. Gab es Rückschläge oder Probleme, schmiss er ein Notaggregat an, das ihn derart auf Hochtouren brachte, dass er gar keinen Schlaf mehr brauchte. Er arbeitete im Flugzeug, er arbeitete mit Jetlag, er arbeitete nachts und fing sofort nach dem Aufstehen wieder damit an, während er noch mit der Zubereitung des perfekten Omeletts beschäftigt war. Ich sah ihm dabei zu, das Baby auf der Hüfte und nicht in der Lage, gleichzeitig Mutter zu sein und eine Frisur zu haben. Sollten wir uns jemals die Frage gestellt haben (haben wir niemals ernsthaft), wer von uns für den Außendienst zuständig war und wer für das Fiebermessen bei Nacht, dann hatte sie sich in dieser Phase für immer erledigt.

Gabriel, ein erklärter Ablehner sozialistischer Ideen, der auf Abendessen gern den Neoliberalen gab, hatte als Architekt seine soziale Ader entdeckt. Er entwickelte ein superfunktionales Fertighaus, das man in jedem Elendsviertel aufbauen konnte, einen Bungalow aus Modulen, erweiterbar und kombinierbar wie eine IKEA-Küche, ein Vergleich, den er nicht mochte. Ästhetik und Materialien wurden der Umgebung und dem Klima angepasst, und die Häuser verströmten genau die Leichtigkeit, die der Alltag in einem Slum nicht hatte. Die ersten Prototypen in einer Favela, umringt von tropischen Pflanzen, sahen aus wie ein Ferienresort für Surfer. Während ich mit Holzklötzchen spielen musste, bastelte Gabriel, der schon als Kind besessen war vom Modellbau, an der Miniaturversion seines Designerslums. Wenn ich in dieser Zeit nicht vor Glück strahlte, dann deshalb, weil ich mich damit abgefunden hatte, dass strahlendes Glück einfach nicht in meiner Natur lag; und weil ich begriff, dass es etwas Erstrebenswerteres gab als Glück: warme, solide Zufriedenheit.

Gabriel stürzte sich also in die Idee des billigen, würdigen Wohnens. Er verabscheute Smalltalk und Gespräche, die, wie er es nannte, nicht zielführend waren. Einmal rief ich die Gastgeberin eines gesetzten Abendessens vorher an und bat sie, ihn bitte neben einer Person zu platzieren, die ihn thematisch interessieren könnte. Es war mir unangenehm, andererseits wusste ich, ich tat uns allen einen Gefallen. Die Wellen verächtlicher Langeweile, die er zuweilen ungefiltert ausstrahlte, reichten problemlos für einen Zehnertisch. Mit seinen Projekten war das anders. Er hätte die Kommunikation seinen Mitarbeitern überlassen können, aber die Hersteller und Lieferanten von Moskitofenstern, Solaranlagen und nicht splitterndem Plexiglas wurden zu seinen Lieblingsgesprächspartnern. Er war stolz auf die Umsetzung und die Auszeichnungen, die er für seine Ideen erhielt, aber er legte keinen Wert darauf, vor Ort zu arbeiten. Zweimal flog er nach Brasilien, er liebte dieses Land – auf seine Art: Es war das Land Oscar Niemeyers. Die beiden Projekte in Afrika ließ er aus, obwohl ich ihm vorgeschlagen hatte, ihn zu begleiten. Er hätte keine Zeit, sagte er, und es stimmte ja: Er hatte wirklich nie Zeit.

Als man ihn in einem BBC-Interview fragte, warum man nicht mehr dieser Wohnungslösungen für die Armen sähe, sagte er, es gebe im Gegenteil sehr viele intelligente Entwürfe für ein würdiges Wohnen der ganz Armen. Ein Hauptproblem läge oft bei den Bewohnern selbst, die diese Angebote vor dem Hintergrund ihrer prekären Lebenssituationen nicht wertschätzen konnten und sie innerhalb kürzester Zeit zweckentfremdeten. Er sagte, er gehe davon aus, dass die Bewohner seiner Häuser diese zeitnah zerlegen würden, dass sie die Einzelteile verkaufen oder verheizen, die Bäder zu Hühnerställen umfunktionieren und die Häuser aufgrund ihrer Lebensumstände überbelegen würden. Der Moderator schien sich zu fragen, ob er es mit einer Spezialform von Humor zu tun hatte, und fragte ihn, wie er darauf käme. Das höre sich, nun ja, kreativ an, aber sei es auch das, was er sich für seine Häuser vorgestellt habe?

Nein, sagte Gabriel, aber ich bin kein Träumer, ich bin Realist.

Daraufhin zählte er ein paar Beispiele aus dem zwanzigsten Jahrhundert auf, anhand derer er bewies, wie weit die sozialen Ideen der Architekten und die Lebenswirklichkeit der Armen auseinanderdrifteten, weshalb die meisten dieser Konzepte zum Scheitern verurteilt waren. Der Moderator hüstelte konsterniert und ging zur nächsten Frage über, sie betraf Gabriels jüngstes Projekt, ein Museum für die Kunstsammlung eines zentralasiatischen Milliardärs. Ich hörte Gabriels freundliche Stimme, sein Lächeln, während er sprach, das er unverändert beibehielt, weil er es liebte, über seine Arbeit zu sprechen. Dabei machte es keinen Unterschied, ob es um einen größenwahnsinnigen Kunsttempel in der Steppe ging oder um sein Herzensprojekt, das er gerade in professioneller Voraussicht in die Tonne getreten hatte. Ich kannte Gabriel, doch ihn aus dem Autoradio sprechen zu hören, befremdete mich noch mehr als den Moderator, der diesem Irrsinn zu einem geschmeidigen Abschluss verhalf: Ja, zwischen so konträren Welten bewegt man sich als Architekt. Mister Loth, wir danken Ihnen für dieses Gespräch.

Das muss 2003 oder 2004 gewesen sein. Glücklicherweise vor

der Zeit der garantierten Shitstorms, vor der Zeit, in der jeder jeden permanent zitierte und kommentierte, was nicht hieß, dass sich alles versendete. Gabriel hatte eines seiner gnadenlosen Urteile gefällt, Zielscheibe waren die Armen, die, so konnte man ihn verstehen, teilweise selbst schuld waren an ihrer Wohnmisere beziehungsweise nicht in der Lage, sich helfen zu lassen. Das Schlimme daran war nicht einmal sein vernichtender Wahrheitstrieb, das Schlimme war, dass man ihn als visionäre Lichtgestalt eingeladen hatte, als Hoffnungsträger.

Ich wartete mit Albert vor dem BBC-Gebäude auf ihn. Als er zu uns ins Auto stieg und mich fragte, wie er gewesen sei, riet ich ihm, Mark die Pressearbeit zu überlassen. Er stimmte mir sofort zu. Auch das war Gabriel: Er hatte mich nach meiner Meinung gefragt, nicht nach Lob, und meine Meinung, so stellte ich immer wieder erstaunt fest, war ihm tatsächlich wichtig.

Meinst du, die Leute stören sich an meinem Akzent?, fragte er mich. Er war selbstkritisch, ja so hart mit sich selbst wie mit den anderen, aber wenn es darum ging, einzuschätzen, wo aus der Sicht der anderen sein Fehler lag, war er so beschränkt, dass es fast an eine Behinderung grenzte.

Niemand stört sich an deinem Akzent, Gabriel. Außerdem, wenn ein deutscher Akzent passt, dann bei einem Architekten.

Und was war das Problem?, fragte er mich und drehte sich grinsend nach Albert um, der in seinem Kindersitz hing und wie gebannt auf die vorbeifahrenden Autos starrte.

Das Problem war, *was* du gesagt hast. Du hast gerade zwei Preise dafür bekommen, die Lebensumstände in Slums zu verbessern. Und dann sagst du in einem Interview, dass diese Leute gar nicht in der Lage sind, besser zu wohnen?

Hast du das Interview ganz gehört? Hast du meine Beispiele gehört? Das war nicht meine Meinung, Schatz, das war die Wahrheit.

Ich hätte mir gern die Hände vors Gesicht gelegt und hineingestöhnt, aber ich fuhr.

Und im weltweit verehrten Sender BBC sollte schon ein bisschen Platz für die Wahrheit sein, finde ich, und auch der erwachsene Wunsch, sie zu hören und zu ertragen, findest du nicht?

Ich finde, dass Mark bei euch der Mann für die Presse sein sollte.

Okay, sagte Gabriel, dachte kurz und ernsthaft darüber nach und sagte noch einmal: Okay.

GABRIEL

Wenn ich die Baustelle überblickte, fühlte ich mich wie ein Feldherr in einem Monumentalfilm. Es war meine erste Baustelle auf dem freien Feld. Wir bildeten die Vorhut, die Stadt würde unserem Bahnhof hinterherziehen. In Europa würde so etwas Jahrzehnte dauern, doch wir befanden uns in China. Hier wird umgesetzt, was ich mir überlegt habe, dachte ich, stolz, glücklich, fast megaloman. Dann versuchte ich mich am Anblick ohne Vorwissen. Was war das hier eigentlich? Grüne Hügel am Horizont, davor die Ausläufer einer Stadt, unter mir dreihundertsechzig Grad Schlamm und Gewimmel. Sehr viele Menschen in Aktion. Keine Legionäre, sondern Bauarbeiter, kein scharfes Geschütz, sondern Baugerät, keine Pferde, sondern chinesische Copycats europäischer und japanischer Autos, kein Feldlager, sondern ein Arbeiterslum, der wie ein Wurmfortsatz an der Baustelle hing.

Als wir die Ausschreibung gewannen, hätten wir auch ohne die Übersetzer verstanden, wie unser Deal aussah: Ihr, liebe Freunde aus dem Land der untergehenden Sonne, dürft hier die Puppen tanzen lassen. Ihr dürft euch in einer Stadt, die noch vor kurzem Bauernland war, ein Denkmal aus Beton und Glas setzen. In der Vergangenheit graste hier Vieh, die Gegenwart in Gestalt eines ausnehmend tristen Zweckbaus haben wir über Nacht wegplaniert, und nun ist Platz für die Zukunft, also den Anschluss an den neuen Hochgeschwindigkeitszug, der in euren Bahnhof rasen wird, der nun schnellstens Wirklichkeit werden sollte. Unnötig zu erwähnen, dass es euch nichts angeht, wie wir unsere Arbeiter bezahlen und behandeln – *no politics*, wie man bei euch so schön sagt. Wir sind die Macht und das Geld, ihr seid die Architekten, Ausführende unseres Willens. So in etwa lautete der faustische Pakt, mit etwas anderem hatten wir nicht gerechnet. Der schriftliche Teil unseres Vertrags bestand aus einem Zeitplan, den man in Europa für ein etwas größeres Bushäuschen kalkuliert hätte, und der Finanzierung, die auf den ersten Blick realistisch aussah. Uns ging es um den Bahnhof und das Prestige, weniger um das Geld. Ein Großprojekt, umgesetzt in einem Land mit niedrigem Lohn- und Preisgefüge, hatte ein viel geringeres Gesamtvolumen als bei uns und war somit weit weniger lukrativ, als man anhand der Größe des Bauvorhabens annehmen würde. Niedriges Lohngefüge bedeutete, dass die Leute zu wenig verdienten, um an einem anderen Ort als der Baustelle zu wohnen. Es bedeutete auch, dass sie nicht nach Hause in ihre Dörfer fahren konnten, wenn eine Baupause eingelegt wurde, weil der Boden gefror. Es bedeutete, dass sie unter Bedingungen arbeiteten, die wir übersehen mussten und trotzdem sahen. Wir waren nicht in Dänemark, das wussten wir vorher, und es ging auch nicht ausschließlich um Nächstenliebe. Ich fand aber, dass es bei den vielen Problemen, die wir ständig zu lösen hatten, auch möglich sein müsste, sauber zu bauen. Im Sinne von anständig. Und zwar unabhängig davon, ob man sich in einem EU-Land, einem Sultanat oder einer turbokapitalistischen KP-Diktatur befand. Unser Nichteinmischungspakt gebot mir, die Leute nicht persönlich zu befragen, wie es ihnen ging. Doch nach ein paar Besuchen auf der Baustelle, bei denen ich in der Ferne ihre Hütten gesehen hatte, ließ ich eine Ladung meiner Wurfzelte liefern.

Nach meinem Fertighaus, das auf einem Pick-up transportierbar sein musste, hatte ich ein Thermo-Wurfzelt entworfen. Würden alle Obdachlosen einer Großstadt es nachts aufschlagen, sie würden die Stadt in eine gigantische Iglu-Kolonie verwandeln. Ich hatte bei dem Zelt aber nicht an Wohnungslose gedacht, sondern an Bauarbeiter. An Leute wie die, die ich nun im Dreischichtsystem arbeiten sah. Ihr einziger Schutz bestand aus Helmen, deren unterschiedliche Farben zeigten, zu welchem Trupp sie gehörten. Ansonsten trugen sie alle möglichen Sachen, auch alte Sonntagsanzüge, auch Sandalen.

Die Aktion war logistisch aufwendig, gut gemeint und dumm. Niemand öffnete die Zelte, soweit ich sehen konnte. Dank einzufordern kam mir schäbig vor, also sagte ich nichts. Bei meinem nächsten Besuch waren sie verschwunden, und ich hoffte, dass die Leute sie in ihre Dörfer mitgenommen oder wenigstens zu einem guten Preis verkauft hatten. Das Thema kam nie wieder zur Sprache. Und ich werde nie herausfinden, ob ich durch diese Aktion einen in Asien so gefürchteten Gesichtsverlust erlitten hatte, ob man mich bei den nächsten Zusammenkünften mitleidig, geringschätzig oder einfach nur so anlächelte.

Mit Yu Yans Auftauchen konnte ich aufhören, mir Fragen dieser Art zu stellen. Mit ihr wurde alles anders. Yu Yan, die wir June nannten, war unsere Übersetzerin. Sie war ungefähr in unserem Alter, in England aufgewachsen, hatte ein Architekturstudium begonnen, dann aber zwei Kinder bekommen. Nach ihrer Scheidung hatte sie sich bei uns beworben, doch wir hatten keine Halbtagsstellen und sagten ihr ab. In China arbeiteten wir anfangs mit den Übersetzern, die unsere Auftraggeber eingestellt hatten und mit denen Mark überhaupt kein Problem hatte, ich hingegen schon. Ich fühlte mich *lost in translation*, ein Trottel, dem man nur weitergibt, was einem gerade in den Kram passt. Mark erinnerte sich an June, ich nehme an, weil er sie unter der Rubrik »hot« abgespeichert hatte, und alles wurde besser. Die Fachgespräche liefen wie am Schnürchen, weil sie nicht nur beide Sprachen sprach, sondern auch wusste, worum es ging. Auch andere Fragen lösten sich durch Junes Anwesenheit einfach in Luft auf. Die Codes und Hierarchien behielten ihre Undurchschaubarkeit, raubten mir aber keine Zeit und keinen Schlaf mehr. Ich hörte auch auf mit Leuten zu reden, die Englisch verstanden, ich bestand darauf, dass sie jeden lachhaften Servicewunsch an der Rezeption für mich übersetzte. Abends an der Bar ließ ich mir die Meetings von ihr nochmals erklären. Wann hieß ja nein, worüber wurde so betont schallend gelacht, wer war Regierungsmitglied, wer Neukapitalist, wer war wirklich wichtig, wer nur dabei? Ich gab jedes Bemühen um direkte Kommunikation, ob geschäftlich oder nur mich betreffend, komplett auf. Man kann sagen, ich benahm mich wie ein Schwachkopf.

Den Chinesen schien das egal zu sein. Mark machte Witze, June ihren Job. Ich stellte meine Fragen direkt in ihr perfekt symmetrisches Gesicht hinein, aus dem dann die Antworten kamen. Wir erhoben uns vom Essen, und ihr glänzender schwarzer Pferdeschwanz war mein Pfeil zum Ausgang. Wir gehen noch in eine Bar? Gut. Wir gehen direkt auf unsere Zimmer? Sehr gut. Wir fliegen mit einem Privatjet in eine andere Millionenstadt, von der wir noch nie gehört haben? Okay.

Erst nach einem halben Jahr diagnostizierte ich bei mir eine besonders fiebrige Form der Verliebtheit. Eine Inselverliebtheit, die einsetzte, sobald ich in China war, und sofort abklang, wenn ich wieder nach London kam. Dann verabschiedete ich mich von der Lotosblüte und fuhr nach Hause zu meiner englischen Rose. Schon diese Blumenvergleiche zeigten, dass ich neben mir stand. Ungefähr alle zwei Monate für jeweils ein paar Tage über einen Zeitraum von mehr als zwei Jahren ging das so. Mal trieb es mich an, dann wieder fand ich es unerträglich, die meiste Zeit versuchte ich es als Nebenwirkung des Projekts zu akzeptieren. Wenn ich June im Londoner Büro sah, nahm ich immer noch wahr, dass ihr Gesicht den Goldenen Schnitt hatte, aber es lenkte mich nicht ab und ich verspürte auch nicht mehr den Drang, sie zu verfolgen, wie in China. Mehr noch als dieser Wunsch stresste mich die

Frage, wie viel sie davon mitbekam, denn June übersetzte nicht nur Worte, sie fing auch jede Schwingung im Raum auf, was für uns geschäftlich unbezahlbar war, für mich persönlich jedoch bedeuten konnte, dass sie womöglich schon länger über meinen Zustand im Bilde war als ich selbst. Sie las alles und blieb unlesbar.

Du findest deine Dolmetscherin attraktiv, was sie ja auch ist, du flirtest noch nicht einmal mit ihr, du freust dich, wenn sie dir einen Tee bestellt wie eine Mami – gestatte dir doch an dieser Stelle mal ein bisschen Nachholbedarf und sieh's positiv. Betrachte es als Luxus und hör auf, ein Problem zu schaffen, wo keines existiert. Das sagte ich mir ständig, doch es half nichts. Mein unlockerer Umgang mit der Sache ging mir mehr auf die Nerven als die Sache selbst. June hatte die Herrschaft über meinen Geist übernommen, ich schlief schlecht, und sogar meine zerrissenen Träume sahen aus wie Wong-Kar-Wai-Filme. Das kann unmöglich so weitergehen, dachte ich, als ich auf einem Heimflug von meinem eigenen Schnarchen aus dem Schlaf gerissen wurde. Ich muss sie feuern. Doch als wir uns in Heathrow mit einer freundlichen Kollegenumarmung verabschiedeten, kühlte ich bereits wieder ab.

Hattest du die Windpocken?, fragte mich Fleur, als ich nach Hause kam.

Dieser abrupte Stimmungswechsel tat mir gut, auch wenn ich keine Ahnung hatte, wovon sie sprach. Ich erinnerte mich dunkel daran, eine Kinderkrankheit mit kleinen Punkten gehabt zu haben, Masern-Röteln-Windpocken, ich wusste es nicht mehr. Während ich mich im Flugzeug umsetzen ließ, sobald jemand in meiner Nähe auch nur hüstelte, war ich der Meinung, gegen jede Art von Virus immun zu sein, die von meinem Sohn kam. Albert, die taufrische Erweiterung meines eigenen Organismus, war mit Windpocken übersät, die Fleur mit einer weißen Salbe betupft hatte, und schien sich ansonsten ganz wohl zu fühlen. Nach zwei Tagen sah ich aus wie er, nur dass ich drei Wochen liegen musste, was ich gern als Familienzeit bezeichnet hätte, wenn es mir nicht so schlecht gegangen wäre. Kinderkrankheiten sind bei Erwachsenen viel gefährlicher, weshalb man sogar Windpocken- oder Rötelpartys veranstaltet, damit die Kinder es garantiert hinter sich haben, wusstest du das nicht? Nein, wusste ich nicht. Liegend und fiebrig ließ ich mich von Mark und June auf dem Laufenden halten. Wie immer nach unseren Reisen verwandelte sich June von einer Obsession zurück in eine Angestellte, die mich anrief, um die Telefonkonferenzen mit China zusammenzufassen. Windpocken, hahaha, sagte sie, herrliche Wochen meines Lebens durfte ich mit ihnen verbringen, gleich zweimal hintereinander. Du darfst nicht kratzen, sonst behältst du weiße Punkte, und das wäre doch schade um deinen schönen Teint.

Während ich im Bett lag, lauschte ich dem Alltag von Fleur und Albert. Ich erfuhr, dass es ein langwieriger Prozess war, bis er angezogen war. Er benahm sich wie ein Wolfskind, das man in Menschenkleidung zwang. Ich hörte, wie bereitwillig er sich von Bojana, unserer Putzfrau, durchkitzeln ließ, wie angeregt mit sich selbst sprach, wie beeindruckend laut für sein Körpergewicht er durchs Haus stampfte. Ich hörte brüllend laute indische und afrikanische Popmusik im Wechsel mit Motown, das war Fleurs Geschmack, und Shaggy und Shakira in schwer erträglichen Wiederholungen, die Albert verlangte. Wenn es still wurde, ohne dass ich vorher die Haustür oder das Auto gehört hatte, arbeitete Fleur und Albert saß mit Kopfhörern auf dem Fußboden und malte. Auch dieses Ritual kannte ich nicht.

Ihr eingespieltes Leben machte mich grantig und glücklich zugleich. Grantig, weil sie mich nicht zu vermissen schienen, glücklich, weil ich mich so zu Hause fühlte, während ich ihnen zuhörte, denn es war auch mein Leben, das sie da führten.

FLEUR

Emmanuèle, meine wichtigste Autorin aus Frankreich, war von einer Vielschreiberin zur Schreibmaschine geworden. Ich übersetzte nun jährlich ein Buch von ihr, aufgrund ihrer gigantischen Verkaufszahlen auch alte Texte, und war damit so erfolgreich, wie man als Übersetzerin eben sein konnte. Ab und zu wurde ich für meine »kongeniale Übertragung« auch in den Kritiken erwähnt, einmal bekam ich einen Preis. Emma berührte die Leute, indem sie ihnen die Beschissenheit ihres Daseins so kunstvoll vor Augen führte, dass sie nicht wussten, ob sie lachen oder heulen sollten. Es hielt sich die Waage. Obwohl alle Charaktere sich in der gleichen Gemütslage befanden. Für Emma bestand kein Grund, sich etwas anderes auszudenken als diese ausnahmslos depressiven Figuren, die Leser waren süchtig nach ihnen, ich fragte mich dennoch manchmal, ob sie es nicht anders wollte oder nicht anders konnte. Ich verbrachte also meine Vormittage und manchmal auch Nächte in den Köpfen sexuell frustrierter Akademiker mittleren Alters, die die Welt durch ein schmerzhaft zynisches Brennglas betrachteten, während sie sich zu Tode rauchten und soffen, und war den Rest der Zeit von zwei Menschen umgeben, die rundum zufrieden mit ihrem Leben waren. Der eine wurde zum Stararchitekten, der andere täglich niedlicher. Ich zappte zwischen diesen Mindsets hin und her und verstand sie beide. Ich sprach nicht darüber, aber ich hielt mich für die geeignetste Übersetzerin von Emmas Texten. Das könnte ich sein, dachte ich, wenn ich in ihre dunklen Seen aus Hoffnungslosigkeit eintauchte. In anderen Momenten dachte ich: Selbst schuld, ihr degenerierten Erste-Welt-Psychos, genug für heute, ich muss mich jetzt um mein Kind kümmern.

Gabriel war zu dem Vater geworden, den er sich wohl immer vorgestellt hatte. Wenn er da war. Er erklärte Albert die Welt, noch bevor er sich die Schnürsenkel binden konnte, war für ein paar Tage der liebevolle, aber strenge Prinzipienreiter, und verschwand dann wieder. Ich fand, dass der Ernst des Lebens früh genug kommen würde, las und sang mit Albert, begrenzte die Frühförderungskurse aber aufs Nötigste, auch weil ich so ungern Auto fuhr und weil mich die Auftritte in der Öffentlichkeit mit einem Kind, das zu unerwarteten Wutausbrüchen neigte, überforderten. Alberts engelhaftes Aussehen ließ uns die Herzen zufliegen. Wenn er dann losbrüllte, sah man ihm nicht mehr ins verzerrte Gesicht, sondern schaute mich an, oft mitleidig, meist fordernd: Tu was, du dumme Kuh, stell das ab! Das Zauberwort, mit dem man das tobende Rumpelstilzchen zurück in das süße Bübchen verwandelte, ich fand es nie. Konfrontationsscheu, wie ich bin, saß ich diese Phase zu Hause aus. Gabriel störte es nicht, dass er sich bei ihm öfter unbeliebt machte als ich. Wie in seiner Firma ging es ihm um das bestmögliche Resultat. Deshalb wollte er auch ein Au-pair, ich nicht. Warum will ein Mann, der nie zu Hause ist, ein Au-pair? Für ihn gehörte es zum guten Ton, zur Abrundung des Bildes, an dem er sich Tag und Nacht abarbeitete. Ich dagegen sah keinen Vorteil in der Anwesenheit einer Fremden in meinem Haus. Einer jungen Frau, die vermutlich vor allem nach einer Möglichkeit suchte, sich günstig in London aufzuhalten, und dafür so tun musste, als könne sie sich nichts Schöneres vorstellen, als ihre Tage mit einem fremden Kleinkind zu verbringen. Selbst wenn sie sich ernsthaft für Albert interessiert hätte, ich hätte gar nicht gewusst, welchen Teil meiner Aufgaben ich ihr übertragen sollte. Ich hätte meine Freiheit einem Zeitplan opfern müssen, um anschließend vor der Frage zu stehen, was ich mit meiner nun albertlosen Zeit anstelle. Wozu so viel zwischenmenschlicher Aufwand für eine Person, die keine andere Funktion hat als ein Dogwalker? Bis auf Bojana, meine Haushaltshilfe, und meine Mutter hatte ich nicht einmal feste Babysitter. Ich sah nicht ein, warum ich ausgehen sollte, um dann den gesamten Abend über den Babysitter zu reden: Wir müssen dann los, ja, wir müssen den Babysitter ablösen, danke, das ist lieb, aber für mich bitte nichts mehr, wirklich schade, aber es ist ja schon fast elf, ja genau: der Babysitter. Ich hasste diese Abende und blieb lieber zu Hause.

Meine Mutter bestärkte mich: Genieß jede Sekunde, sagte sie, so niedlich wird er nie wieder. Ich wusste, dass ich von Tag zu Tag schrulliger wurde, aber ich konnte nicht anders. Das bezaubernde kleine Männlein und ich verbrachten unsere Tage mit Spielen und Tanzen. Denn Tanzen war das Einzige, was ich aus der vorangegangenen Lebensphase vermisste, und er liebte es. Ich drehte die Anlage auf und setzte ihn mir erst auf die Hüfte, später stellte ich ihn auf den Fußboden und hüpfte mit ihm herum, bis wir beide vor Vergnügen kreischten. Er hasste seine Flöte, er malte ganz gern, er bastelte wie ich, schlampig, aber er war ein hinreißender Tänzer. Ich nahm mich zurück, wenn es darum ging, ihm alle möglichen Talente zu unterstellen, aber das Rhythmusgefühl meines Sohnes war offensichtlich. Er hat's im Blut, sagte Bojana, die ihn abgöttisch liebte, und ich war froh, dass Gabriel nicht dabei war. Den ganzen Tag tanzen, *es* im Blut haben, da fehlten nur noch die Trommeln. Und die Trommeln kamen. Albert sperrte sich gegen alle Instrumente außer Drums. Er war der Little Drummer Boy, ob es seinem afrophoben Vater passte oder nicht. Er hätte ihn lieber mit einer Geige gesehen, da erübrigte sich jede Nachfrage, doch wer wie Gabriel von sich behauptete, unmusikalisch zu sein, und darauf noch stolz war, hatte sein Mitspracherecht bei der Instrumentenauswahl des Kindes verspielt, fand ich. Abgesehen davon war er kaum zu Hause. Zusammen mit meinem Bruder kaufte ich Albert eine stattliche Kollektion an Schlaginstrumenten aus aller Welt im Kinderformat. *The tribal beast of rhythm* zog bei uns ein und blieb.

Gabriel würde es zur Sprache bringen, die Frage war nur wann. Als es dann passierte, wusste ich es, bevor er es wusste, und war schon genervt, bevor es losging.

Wir waren oben in seinem Zimmer, Albert und ich, als Gabriel nach Hause kam. Ich war fasziniert von der Konzentration, mit der er trommelte, mein Sohn, der sich sonst so schnell langweilte. Wo sind meine Süßen, rief mein Mann und kam herein. Ich war die Gutenachtliedsängerin, ich war diejenige, die die Tage mit ihm verbrachte, und mir war nicht bewusst gewesen, wie selten Gabriel in Alberts Zimmer war. Es fiel mir auf, als er in seinem Klischeearchitektenoutfit auf dem mit Spielzeug übersäten Teppich stand wie ein schwarzer Monolith. Er küsste uns beide, richtete sich wieder auf und schaute sich prüfend im Kinderzimmer um, als wäre es eine seiner Baustellen. Eine, auf der man herumgepfuscht hatte. Ich hatte es eingerichtet und streichen lassen. Ich wusste, es war ihm zu bunt und vor allem zu unaufgeräumt. Ich ließ die beiden allein und ging nach unten. Kurz danach kam auch Gabriel, während Albert wieder auf seinen Tablas herumschlug.

Kann er nicht ein schöneres Instrument lernen?

Ich hatte nicht nur die Frage erwartet, ich kannte sogar ihren Wortlaut schon.

Jedes Instrument ist schön, wenn man es kann. Und für sein Alter ist er wirklich gut.

Ich säbelte an einem Schinken herum und vermied die sperrige Schneidemaschine, die er gekauft hatte, eine typische Gabriel-Anschaffung, als wären wir ein italienischer Delikatessenladen. Er schenkte uns Wein ein. Lauernd umtänzelten wir einander.

Er hat Spaß und er hat Talent, sagte ich.

Griesgrämig kaute er auf einem Stück Schinken herum und

spülte es mit Rotwein hinunter. Er kann so missbilligend trinken. Ich trank betont zufrieden.

Wieso bringst du ihm nicht Cello bei?, fragte er mich.

Weil er es nicht will. (Und weil ich eigentlich gar nicht Cello spiele, Darling.)

Er ist fünf. Er will sich auch nicht die Zähne putzen.

Dann nenn mir einen Grund, warum er unbedingt ein Instrument lernen sollte, das er nicht mag, wenn er stattdessen eins lernen kann, das er liebt.

Er sagte nichts. Aggressiv mümmelten und nippten wir vor uns hin und schoben uns aneinander vorbei: Kann ich mal bitte, danke, Schublade, Kühlschrank, Wasserhahn, auf, zu. Seufzen. Ich goss uns Wein nach und trank in großen Schlucken. Ich versuchte, meine feindseligen Gedanken hinunterzuspülen, spülte sie aber stattdessen an die Oberfläche.

Gabriel richtete sein gesamtes Lebenskonzept darauf aus, keine Stereotypen zu erfüllen. Dafür fuhr er eine beeindruckende Ansammlung an Gegenklischees auf: angefangen bei seinem vermeintlichen Hochkulturmusikgeschmack über alle möglichen konservativen Statussymbole bis hin zu seiner betont unlockeren Körpersprache. Alles, was er darstellte, kaufte und behauptete zu mögen, war ein Statement. Die Vorurteile, die er damit widerlegen wollte, existieren in ihrer Eindimensionalität, wenn überhaupt, nur in den Köpfen von Leuten, die ihm egal sein konnten. Ich hatte diesem verkrampften Kampf seit Jahren zugesehen, manchmal amüsiert, manchmal tat es mir auch weh, aber ich hatte ihm nie gesagt, wie offensichtlich es war, was er da betrieb. Jetzt fasste ich es in einem galligen Satz zusammen.

Keine Trommeln zu mögen macht aus dir keinen Weißen, Gabriel.

Bitte? Wir waren schon oft Fremde gewesen, aber niemals Feinde.

Was ich sagen will, ist: Der Schwarze, der du partout nicht sein willst, ist eine grobschlächtige Karikatur. Solltest du wirklich glauben, dass man dich so sehen könnte, wäre das eine Beleidigung der Leute um dich herum, die so nämlich gar nicht denken. Wenn du diese Klischeegedanken ständig antizipierst, erhältst du sie doch erst recht am Leben!

Er schwieg mich an.

Verstehst du mich?

Ich war mir nicht sicher, wie klar ich mich ausgedrückt hatte, ich war aufgeregt, zugleich tat mir alles schon in diesem Moment furchtbar leid, aber seine Neurose betraf auch unser Leben, Alberts und meins. Gabriel ließ mich auflaufen. So kalt wie möglich sagte er: Nein.

Ich besann mich auf eine Regel, von der ich nicht wusste, wo ich sie gelesen hatte, und die mir leider kurz abhandengekommen war: Streite dich nur um das Thema, um das es geht. Es ging um Albert.

Ich habe eventuell einen Lehrer für ihn gefunden. Und wir können froh sein, wenn dieser Mann, Mister Singh, überhaupt mit so einem kleinen Kind arbeitet.

Gabriel hatte sich hingesetzt und starrte in seinen Schoß. Es war kurz still. Dann hörten wir Albert.

Was er da spielt, sind übrigens Tablas, sie kommen aus Indien, nicht aus Afrika, falls das dein Problem ist.

Ich habe kein Problem mit Afrika, ich habe ein Problem mit dem Lärm, sagte er. Er sprach mit mir, als müsse er mich beruhigen.

Wir hörten uns kauen und schlucken. Ich leide unter fast schon neurotischer Lärmempfindlichkeit, nur nicht bei meinem Sohn.

Anke hat sich vorhin bei mir beschwert.

Wir wohnten damals noch in dem schönen viktorianischen Townhouse, Wand an Wand mit Geoffrey und Anke, einer Deutschen, die Gabriel nicht ausstehen konnte. Die Deutschen, so hatte ich gelernt, fielen sich nicht in die Arme, wenn sie sich außerhalb Deutschlands begegneten. Das heißt, Anke hatte sich eigentlich gefreut, einem Landsmann zu begegnen, konnte jedoch nicht damit rechnen, wie sehr sich Gabriel in seiner Londoner Identität von ihr gestört fühlte. Nach dem ersten und einzigen Essen bei ihr hörte ich mir eine Stunde lang die Fehler an, die sie gemacht hatte. Mitten in Notting Hill hatte sich ein deutscher Ost-West-Graben aufgetan. Als Anke erfuhr, dass er in der DDR aufgewachsen war, stellte sie ihm ein paar Fragen, deren unbekümmerte Naivität selbst mich beeindruckte. Ich verstand an diesem Abend mehr über die deutsch-deutsche Problematik als in sechs Jahren mit einem deutschen Mann. Denn ich kannte diesen Tonfall. Man hörte ihn, wenn man Europäer in Afrika traf. Keine Leute mit Erfahrung, sondern Debütanten. Frisch eingetroffen und durchweg erstaunt. Einen ähnlich gönnerhaft-begeisterten Eindruck hatte Anke offenbar von einem Land, das jetzt auch ihres war.

Weimar nicht zu kennen, schnaubte Gabriel, und seine Verachtung für unsere Nachbarin quoll ihm aus jeder Pore. Goethe? Schiller? Bauhaus? Oder wie wäre es mit dem sehr plakativen Begriff Weimarer Republik. Schon mal gehört, Anke? Die Frau verdient siebenstellig, und sie schämt sich nicht einmal für unsägliche Blödheit.

Ein siebenstelliges Jahresgehalt ist keine Frage der Allgemeinbildung, sondern der Branche, sagte ich.

Danke, Schatz, wieso vergesse ich das immer wieder? Er umarmte mich kurz, dann schimpfte er weiter. Sein Talent, Leute, die ihm nicht passten, an sich abprallen zu lassen, schien bei diesem Thema außer Kraft gesetzt zu sein. Stocksauer durchschritt er unsere deutsche Wertarbeitsküche und arbeitete sich am Problem seines Geburtslands ab.

Ich war so froh, dass ich diesen Bullshit in den letzten Jahren nicht hören musste. Die einen führen sich auf wie Besatzer, die anderen fühlen sich nicht ernst genommen, teils zu Recht, sind aber andererseits auch nicht in der Lage, ihre Nörgelei über ihre schon verinnerlichte Zweitklassigkeit einzustellen und erfüllen damit bei jeder Gelegenheit das Klischee, über das sie sich so aufregen. Es ist eine unerträgliche Spirale aus Hochnäsigkeit und Larmoyanz, und das in einem Land, dem es so gut geht. Gut, dass ich dort weg bin, sehr gut sogar!

Am nächsten Tag stand ein Käsekuchen vor unserer Tür, den Anke eben nicht aus Frischkäse, sondern aus Quark gebacken hatte, was ihn zu einem deutschen Käsekuchen machte. Dazu hatte sie eine nette Karte geschrieben, die ich Gabriel vorlas, der den Kuchen mied wie einen Plutoniumpudding und der zu Anke nie wieder mehr sagte als ein Pflichthallo. Umso mehr ärgerte es mich, dass ausgerechnet ihre Befindlichkeiten ihm in diesem Moment wichtiger waren als Alberts Talent.

Sie würde sich auch beklagen, wenn er Geige oder Klavier üben würde. Sie würde sich immer beklagen, nicht weil es laut ist, sondern weil sie Anke ist, sagte ich.

Abwesend sah er durch mich hindurch. Ich sah auf seine schönen gepflegten Finger, die auf dem Esstisch herumtrommelten. Es war ihm nicht bewusst, dass er das ständig machte, so weit weg war er oft von sich selbst. Ich sagte nichts.

Wir sollten hier wegziehen, murmelte er.

Aber nicht wegen ihr. Seit wann interessiert es dich überhaupt, was sie sagt?

Es ist okay, sagte er, mach, was du willst. Du machst das schon ...

Er kapitulierte. Etwas widerborstig ließ er es zu, dass ich mich auf seinen Schoß setzte. Wir vertrugen uns wieder. Zu meiner Unterstellung, er wäre gern weiß, die so nicht stimmte, sagte er nie wieder etwas. Ein paar Wochen später kam er mit einer DVD nach Hause und zeigte mir, woran ihn Alberts Entwicklungsphase erinnerte. Wir schauten *Die Blechtrommel*, einen Film, den jeder Cineast kennt und jeder Deutsche sowieso. Die Geschichte eines Jungen mit weit auseinanderstehenden Augen, der nicht wächst, nicht spricht, nicht mit anderen Kindern spielt, der stattdessen trommelt und kreischt, bis Glas zerspringt. Dass er bei diesem fiktiven Sonderling überhaupt an Albert denken musste, beklemmte mich mehr als seine Trommelphobie. Meine Güte, dachte ich, ich werde jetzt auf keinen Fall eine Diskussion über die metaphorischen Aussagen von Günter Grass anfangen, zumal ich ihn nicht wirklich gelesen hatte. Ich nahm mir vor, es nachzuholen.

GABRIEL

Meine immer wieder durchkalkulierten und verworfenen Optionen, June betreffend, erübrigten sich im Frühjahr 2007. Ich musste sie nicht loswerden, ignorieren oder doch noch ins Bett kriegen, denn June heiratete Mark. Die vierzehnmonatige Anbahnung dieses Finales hatte ich verpasst, so sehr war ich mit mir beschäftigt. Auch weil June Mark zur absoluten Diskretion verdonnert hatte. Außerdem hatte sie ihm klargemacht, dass mit ihr keine Spielereien stattfinden würden. Okay, dachte sich Mark, dann nicht. Und dann nur noch: Okay. Er trennte sich von seiner langjährigen Freundin Karen. Zum ersten Mal hatte sich unser Frauengeschmack überschnitten, wovon außer mir niemand wusste, denn wir waren nicht Jules und Jim, und im Normalzustand fand ich schon das Wort Frauengeschmack geschmacklos. Ich freute mich für Mark und June und für mich und Fleur, die damit überhaupt nichts zu tun hatte, ich verfiel in einen regelrechten Freudentaumel, der ungewöhnlich war für mich, aber von Herzen kam.

Sie heirateten so klein wie wir, June hatte ihre pompöse Hochzeit in Weiß bereits hinter sich. Ich war Marks Trauzeuge, und als ich neben den beiden stand, kam nicht einmal Wehmut in mir auf. June war jetzt wie eine Schwägerin für mich und Mark sah glücklich aus. Fleur, die sich wie eine seltene Orchideenart nur zu ausgesuchten Anlässen in voller Pracht zeigt, stand in einem engplissierten, betongrauen Seidenkleid hinter uns, hielt Albert an der Hand und betupfte sich die Unterlider. Alles war in Ordnung.

In diesem Sommer fand ich mein Haus. Es sollte ein Ort sein, an dem ich mich erholen konnte, auch ästhetisch. Ich wollte die Zukunft bauen und in einem Haus aus dem ausgehenden neunzehnten Jahrhundert wohnen, immer schon, und ich wusste, dass ich es früher oder später finden würde. In meiner Aktienphase hatte ich an mir eine Eigenschaft entdeckt: Ich war nicht hysterisch. Ich saß in meinem für einen Architekten unspektakulären Haus und dachte gar nicht daran, mich von der aufgeheizten Stimmung am Immobilienmarkt anstecken zu lassen. Irgendwann kam ich dann zum Zug.

Der Preis war für die Größe und Lage des Hauses ein Witz. Wir hätten es uns nicht leisten können, wenn es nicht zur Zwangsversteigerung angeboten worden wäre. Unser Vorbesitzer, ein junger Typ, hatte es von einem alten Gentleman ohne Erben gekauft und nur zwei Jahre darin gewohnt, bevor man es ihm wegnahm, was Fleur für schlechtes Karma hielt, wie auch die Sache mit der Zwangsversteigerung an sich. Ich nicht. Es war schließlich keine Zwangsenteignung. Wir wussten nicht genau, was schiefgegangen war, wir wussten nur, dass der Mann sich auf dem Höhepunkt einer rasanten Erfolgsgeschichte eine Art Neverland-Ranch hatte einrichten lassen, und dass er anschließend in ein Areal abgestürzt war, dessen Beurteilung einem Psychiater oblag, nicht uns. Glücklicherweise hatte seine Zeit nicht ausgereicht, um das Haus vollständig zu verunstalten. Wir standen darin, Fleur entsetzt, ich begeistert. Ich wusste, wie es aussehen würde, nachdem ich es zurückgebaut hätte, Fleur sah nur, dass der Vorbesitzer sich schnellstmöglich mit Krempel umgeben hatte, von dem er vermutlich dachte, er gehöre zu seiner neuen Einkommensklasse. Die Eckdaten stammten aus Filmen, eine überdimensionierte Marmortreppe, die den Grundriss komplett verhunzte, ein Beichtstuhl, den er als Fahrstuhl benutzt hatte, Pool plus Dancefloor im Keller, solche Sachen, er hatte wirklich wenig ausgelassen. Auch gab es kaum eine Fläche, die man nicht elektrisch hoch- oder runterfahren konnte, eine Komfortidee für einen Bond-Bösewicht, für die er die Fernbedienungen verschlampt hatte. Natürlich hatte er Kunst gesammelt oder sich Kunst andrehen lassen, Arbeiten, die nur gemeinsam hatten, dass man ihnen ansah, dass ein leicht beeinflussbarer Mensch mit schweren Stimmungsschwankungen sie gekauft haben musste. Die paar Zufallstreffer, die er beim Schießen mit Schrot im dunklen Wald gelandet hatte, gehörten nun uns, denn wir hatten das Haus »wie gesehen« gekauft. Als sein Bruder bei uns auftauchte, um vorsichtig um die eventuelle Herausgabe einiger Dinge zu bitten, hatte er das Riesenglück, nicht mich, sondern Fleur anzutreffen. Sie beschloss, ihm alles zurückzugeben, und half sogar beim Verkauf. Ich hörte nach Möglichkeit weg, wenn sie die Summen nannte. Ihre Charity schmälerte unseren guten Deal, aber ich dachte: okay. Was sie Karma nannte, nannte ich Moral. Wir hatten die Immobilie, sollte er von mir aus mit seinen Mobilien ein bisschen Land zurückgewinnen. Er würde es uns nicht danken, aber Fleur brauchte dieses Gefühl, und ich liebte Fleur.

David, der Bruder, hatte keinen Platz für die Sachen, also bestellte er die potenziellen Käufer ins Haus und weitete Fleurs Engagement damit über Monate hinweg aus. Fleur musste ihm vorgekommen sein wie die gute Fee. Inmitten von Klagen und nichterfüllbaren Forderungen war da plötzlich eine Frau, die zu ihren eigenen Ungunsten half und dabei so liebenswürdig war, dass man sich fragen musste, ob sie überhaupt zurechnungsfähig war. Er erzählte ihr von seinem Bruder, der zu früh dran gewesen war mit einer Firma für Mobiltelefoncontent. Beeindruckend viele Investoren hatten zunächst an seine enthusiastischen Zukunftsvisionen geglaubt, ihn aber fallenlassen, kurz bevor sie sich als richtig herausstellen konnten. Dass sie sich nach der Einführung des ersten iPhones so selbstverständlich anhörten wie elektrische Fensterheber, machte seine Geschichte noch tragischer. Als man ihn fand, hatte er seit Monaten im kleinsten Raum des Hauses gehaust und sich von Dosen und Lieferpizza ernährt. Eine Taskforce aus Polizei, einem Psychiater und zwei Pflegern brach schließlich in das Haus ein und fand ihn nackt auf einer verdreckten Matratze vor, wo er völlig verwahrlost lag und Comics las.

Wenn ich nach Hause kam, sprang David auf, als hätte ich ihn ertappt, und verschwand kurz darauf, um am nächsten Tag wieder mit Fleur in der Küche zu sitzen. Wenn sogar ich mitbekam, dass er in sie verliebt war, musste Fleur das auch wissen, sie tat aber so, als hätte sie einen neuen Job plus Mitarbeiter. Ich sagte dazu nichts. Ich sah die sexy Samariterin durch seine fünfundzwanzigjährigen Augen und freute mich, dass sie meine Frau war.

Irgendwann war das Haus leer, und er verschwand und mit ihm die Geschichte seines Bruders, an die ich erst Jahre später wieder denken musste.

FLEUR

Als Albert mir irgendwann nur noch auf Englisch antwortete und unser Maman-Bébé-Französisch beiseitelegte wie ein Bilderbuch, aus dem er herausgewachsen war, ließ ich es einfach zu.

Ein Versäumnis der nachlässigen Hippiemutter. Ich hatte die feste Regel, ausschließlich Französisch mit ihm zu sprechen, nicht eingehalten, weil mir der Ernst dieser Regel gar nicht bewusst gewesen war. Ich fragte meine Mutter, die als Großmutter auch nur Englisch mit Albert sprach, wie sie es mit uns gehalten hatten. Wir haben immer geredet, wie es gerade am besten passte, und ihr Kinder habt spielerisch alles übernommen, sagte sie, die diese Zeit und auch uns glorifizierte. Versonnen lächelte sie mich an. Sie trug ihre Haare lang wie immer, sie waren mittlerweile schneeweiß, was sie komischerweise nicht älter machte. Danielle, ma belle, nannte mein Vater sie seit über vierzig Jahren. Ich würde mir nie abgewöhnen können, mein Aussehen mit ihrem zu vergleichen, zu denken, ich würde irgendwann aussehen wie sie. Glaubte man ihr, so nahmen Kinder die Sprachen um sich herum durch Osmose auf. Doch ganz so einfach war es leider nicht. Jedes Kind ist anders, rief mein Vater aus dem Hintergrund, ein Allgemeinplatz, der stimmte. Mein Bruder spricht weniger Französisch als ich und kaum Flämisch, genau genommen spricht er nur Englisch, während ich auch Swahili kann, wenn auch nicht mehr so gut wie damals. Die Sprachen waren kein Geschenk, sie waren ein Angebot gewesen, das ich angenommen hatte und mein Bruder nicht. Albert ist nicht sein leiblicher Neffe, aber er ähnelt Henry, fanden meine Eltern von Anfang an. In puncto Sprachen schien er es auf jeden Fall zu halten wie er.

Die Petite École Française, Alberts vermutlich letzte Chance auf ein selbstverständliches Französisch, fiel aus dem Rennen, weil ich mich bei der Auswahl der Vorschule an eine Bekannte mit einem gleichaltrigen Kind und einer guten Logistik hängte. Gabriel war überzeugt von meiner Auswahl, vielleicht noch überzeugter vom Preis dieser Einrichtung.

Albert war längst in der Schule, als Gabriel auffiel, dass er nicht zweisprachig war. Und erst da wurde mir wieder bewusst, dass überhaupt ein Versäumnis vorlag. Wir waren in Frankreich, und es war, als würde Gabriel einen Spion enttarnen. Er stellte ihm Fragen: Was heißt das oder das, wie sagt man das noch mal? Bei den Kilometerschildern fragte er ihn nach den Zahlen. Albert antwortete nicht. Nicht zu antworten gehörte zu Albert wie seine Löckchen, es musste nicht heißen, dass er es nicht wusste. Er bestellte sich sein Eis auf Englisch und reagierte auf niemanden, der ihn auf Französisch ansprach, nicht auf nette Erwachsene, schon gar nicht auf andere Kinder. Mehrere Tage lang schaute sich Gabriel das an und schien sich zu fragen, was daran Alberts Charakter und was einem anderen Problem zuzuschreiben war. An unserem letzten Abend in Biarritz hatten wir einen Babysitter und gingen allein raus, um uns ein Restaurant zu suchen. Auf dem Weg sagte ich es ihm.

Er hat sein Französisch irgendwie abgelegt, ich hätte es mir auch anders gewünscht, aber er kann es nicht mehr.

Gabriel war entsetzt. Am Tag zuvor hatte Albert am Strand einem anderen Kind mit seiner Sandschaufel eins übergezogen. Aus dem Nichts heraus, sagte die Mutter des anderen Kindes, der ich glaubte. Mein süß aussehender Sohn hat eine Tendenz zum Hooligan. Gabriel hatte halbherzig mit ihm geschimpft, doch der Vorfall störte ihn weniger als Alberts Einsprachigkeit.

Irgendwie abgelegt? Wie kann er seine Muttersprache ablegen, wenn du sie mit ihm sprichst? Wie konnte das passieren, ich verstehe das nicht.

Tja, wie konnte das passieren? Er redete über Jahre gemeinsamen Lebens, als hätte ich eine Lasagne anbrennen lassen.

Erstens ist Französisch meine Muttersprache, nicht seine. Zweitens ist nicht jeder sprachtalentiert, Gabriel.

Dafür hätte er kein Talent gebraucht, nur deine Ansprache.

Ich habe ihn angesprochen. Ich habe jahrelang mit ihm gesprochen, während wir dich kaum zu Gesicht bekommen haben.

Bleib mal fair, bitte.

Wütend kratzte er sich am Hinterkopf. Der Silberanteil in seinem Haar hatte sich verdoppelt, glitzerte in der Abendsonne. Es kam mir schon seit längerem so vor, als würde er von Tag zu Tag attraktiver. Ein Eindruck, den ich von mir leider nicht hatte.

Du hättest ihm ja auch Deutsch beibringen können, wenn dir seine Mehrsprachigkeit so am Herzen liegt.

Er winkte ab und blieb stehen, um die Speisekarte eines Strandrestaurants zu lesen. Er musste aufpassen, dass er kein Gin-&-Tonic-Gesicht bekam, im Profil sah man, dass seine Oberlider und Wangen weicher geworden waren. Abgesehen davon stand er in voller Blüte. Sahen andere Frauen das auch? Wir gingen weiter. Er legte den Arm um mich. Er konnte gleichzeitig körperlich liebevoll und verbal verärgert sein.

Deutsch interessiert niemanden. Andererseits, stimmt, warum nicht. So gesehen hätte er auch Flämisch lernen können. Er hatte die allerbesten Voraussetzungen. Scheiße.

Sprechen ist generell nicht sein Steckenpferd. Es tut mir leid. Aber so ist es nun mal.

Er blieb stehen, inspizierte das nächste Restaurant und nickte zufrieden. Das würde es sein. Er nahm mich beim Ellenbogen und dirigierte mich hinein.

So geht das nicht, Fleur. Es geht nicht, dass sein Kinderwillen und deine Nachgiebigkeit ihm die Zukunft verbauen. Wenn alle so denken würden, könnte keiner von uns mit Messer und Gabel essen, was soll denn das?

Seine Zukunft ist nicht verbaut, weil er mit sieben nicht mehrsprachig ist. Das ist typischer Overachiever-Quatsch, sagte ich, obwohl ich wusste, was er meinte.

Une table pour deux, s'il vous plaît, sagte er in seinem Schulbuchfranzösisch.

Der Kellner machte einen Witz, den nur ich verstand, und führte uns an unseren Tisch. Stumm lasen wir das Menü. Dann klappte Gabriel seine Speisekarte schwungvoll zu und sagte: Du hast es einfach verpennt, Fleur, gib's zu und lass uns überlegen, wie wir aus dem Schlamassel wieder rauskommen.

Er hatte sich darauf verlassen, dass in seiner Abwesenheit alles nach Plan lief. Eine Lösung musste her. Sein Ausweg aus dem sogenannten Schlamassel war ein Schweizer Internat. Das gehörte sowieso auf die Liste der Dinge, von denen er annahm, sie selbst gern gehabt zu haben. Bullshit, dachte ich.

Ich war schuld, zumindest fühlte es sich so an, aber auch ich hatte Argumente. Meine eigene Internatsvergangenheit zum Beispiel, eine relativ kurze Phase, die ich verdrängt hatte. Es gehört zum guten Ton, als Erwachsener von sich zu behaupten, man wäre das Kind gewesen, das in der Schule von allen geärgert wurde. Denn im Umkehrschluss hieß das ja auch, dass man sich schon immer aus der Masse hervorgehoben hat. Niemand will im Nachhinein zur gemeinen Meute gehört haben. Auch ich nicht, aber es war nicht mehr zu ändern. Meine Eltern blieben in Kenia, schickten meinen Bruder und mich aber für die letzten Schuljahre zurück nach England auf Internate. Ich war vierzehn, hatte die Ausstrahlung eines Besenstiels und keinen blassen Schimmer, wovon meine Mitschülerinnen sprachen, teilweise kannte ich nicht einmal die Begriffe, die sie benutzten. Meine Chancen, das uncoolste Mädchen der Schule zu werden, standen gut, hätte man sich nicht schon vor meinem Auftauchen auf ein anderes Opfer geeinigt. Ich konnte ihr nicht helfen, ich musste leider meinen eigenen mageren Arsch retten, indem ich möglichst schnell Teil des fiesen Mobs wurde. Kinder sind Monster. An dieser ekelhaften Gruppendynamik wird sich nichts geändert haben, für die Starken und Beliebten besteht überhaupt kein Grund, auf diesen Entertainmentfaktor zu verzichten. Bei der Vorstellung, dass mein Sohn auf der anderen Seite stehen könnte, dass er derjenige sein würde, der allein an seinem Tisch hockt und so tun muss, als würde er nicht bemerken, dass man ihn mit Essen bewarf, schnürte sich mein Hals zusammen. Und Albert, so wie er nun mal war, würde es uns noch nicht einmal sagen, dachte ich und heulte fast, während Gabriel sich die Fische in der Vitrine zeigen ließ.

Er ist zu klein, sagte ich, als er sich wieder zu mir setzte.

Finde ich überhaupt nicht, aber schlafen wir darüber.

Ein paar Tage später flog er nach Zentralasien, wo seine Sorgen um Albert für ein paar Wochen von einer Großbaustelle übertönt wurden. Als er zurückkam, hatte das neue Schuljahr schon begonnen.

GABRIEL

China fühlte sich jedes Mal an wie eine Rallye, die wir auf jeden Fall gewinnen würden. Die Post-Sowjetunion war eher wie ein schwaches, aber permanentes Erdbeben. Ständig hatte ich das Gefühl, etwas zu übersehen oder vergessen zu haben. Dabei war alles gut. Nachdem wir es hingekriegt hatten, ein kleines, aber spektakuläres Museum und ein großes Hotel ohne Probleme mit dem Zeit- und Finanzierungsplan zu bauen, prasselte ein warmer zentralasiatischer Auftragsregen auf uns herab. Eine Shoppingmall, die Sanierung eines Stadions, ein überdachter Basar, ein Forschungszentrum. Kein Flughafen. Ich träumte von einem Flughafen und einem Opernhaus. Die finanziellen, ästhetischen, formalen, rechtlichen und ethischen Seiten der Projekte blitzten abwechselnd in meinem Kopf auf, und obwohl wir ein großes Team hatten, fühlte ich mich wie Atlas, der nackt unter der gesamten Erdlast ächzt. Ich als Kontrollfreak (Fleur) und als schlechter Delegierer (Mark) fing in dieser Zeit an, schlecht zu schlafen.

Tagsüber lief ich mit der verzerrten Wahrnehmung herum, ich müsste mich hier auskennen. In meiner weit zurückliegenden und überholten DDR-Schulbildung musste ich die Sowjetunion praktisch auswendig lernen. Geografie, Kultur, heldenhafte Geschichte: Die Sowjetunion hatte die gesellschaftliche Entwicklungsstufe des Kapitalismus kurzerhand übersprungen und war vom feudalistischen Zarenreich direkt zum siegreichen Sozialismus übergegangen. Dreißig Jahre später ging es höchst feudal und superkapitalistisch zu. Nichts blieb, wie es war, wieso sollte es ausgerechnet hier anders sein? Ich fragte mich, warum mich diese

Erkenntnis so melancholisch stimmte. Ich hatte diese Länder nur aus Büchern gekannt, und sie gingen mich genauso viel oder wenig an wie Mark, der die meisten unserer Projekte in den ehemaligen Sowjetrepubliken übernahm. Er duftete nach altem, englischem Geld. Das neue Geld, das er damit anzog, war zukunftsorientiert und genau genommen nicht einmal neu. Aus Gas- und Ölquellen sprudelnd, war es sogar fossil. Geändert hatte sich seit meiner Schulzeit, dass es nicht mehr in zentrale Kassen floss, sondern in Privathände, die wir jetzt schütteln durften. Maniküre Hände, Durchschnittshände, Pranken, ausschließlich Männerhände. Wir würden die Welt nicht verändern, aber ihr Aussehen. Was wir dafür brauchten, waren Platz und Geld. War beides vorhanden, lachte das Architektenherz. Verschmitzt und höflich musste Mark sich nur räuspern und *well* sagen, und in jedem Konferenzraum breitete sich ein allgemeines, für unser Büro unschätzbar wertvolles Wohlgefühl aus. Marks Vater war Banker, einer der rechtschaffenen Art, wie er selbst gern betonte, und was immer er damit ausdrücken wollte, er hatte uns zur Firmengründung mit den besten Kreditkonditionen geholfen. Marks Mutter leitete eine Schule für gehörlose Kinder. Es ging ihnen gut, sie waren *upper middle class* ohne jede Spur der Oberhaus- und Fuchsjagdfolklore, die man Mark im Ausland so gern andichtete, was er nur grinsend zur Kenntnis nahm. Zu seinem lässigen Umgang mit jeder Art von Klischee kam seine Unbefangenheit. Es war ihm egal, wer was besaß, vorher besessen und in seiner Vergangenheit getan hatte. Gute Voraussetzungen für gute Deals, die ich nicht hatte, sosehr ich sie mir auch gewünscht hätte.

Ich hängte mich an Marks gute Laune und fühlte mich trotzdem, als könnte man mich jederzeit dabei erwischen, dass ich mich übernommen hatte. Ich, der sich immer alles zugetraut hatte. Ich, der einen großen Bogen um alles Paranormale machte und der jetzt dauernd ungute Bauchgefühle hatte, für die es keinerlei Begründung gab. Einmal erzählte uns einer unserer Bauherren eine Geschichte von Iwan dem Schrecklichen. Als die Basilius-Kathedrale in Moskau fertig wurde, galt sie als das schönste Bauwerk, das man je gesehen hatte. Iwan fragte den Baumeister, ob er in der Lage wäre, ein noch schöneres zu bauen. Ja, sagte der Baumeister, zu seinem großen Unglück, woraufhin Iwan seinem Beinamen gerecht wurde und dem Mann die Augen ausstechen ließ, um es nicht so weit kommen zu lassen. Er erzählte uns diese kurze, martialische Geschichte nicht abends beim Whisky, sondern morgens auf einem Baugerüst. Der Wind blies uns fast davon und in meinen Kopf poppte der kindische Satz *Ich will nach Hause* auf. Interessant, sagte Mark, die englischste aller englischen Antworten. Wir waren nicht im Mittelalter, wir waren auch nicht in Russland, aber ich nahm die Geschichte so persönlich, als wäre sie eine grob verschlüsselte Bedrohung gewesen. Dabei war der Bauherr kein Grobian, sondern ein leutseliger Bär, der einfach Lust hatte, ständig mit seiner Allgemeinbildung um sich zu werfen. Wollen wir das alles?, fragte ich Mark auf dem Weg zum Flughafen. Es schien, als befänden wir uns dauernd auf dem Weg vom und zum Flughafen. Ja, sagte Mark, und die Betonung liegt auf *alles*. Unser Job ist es zu bauen. Kindergarten, Gefängnis, Triumphbogen, wir machen das und es wird gut. Wenn hier irgendwas schiefgeht, werden wir zerstampft, sagte ich. Doch ich lag falsch. Es ging zu keinem Zeitpunkt um uns. Wir waren Auftragnehmer, Söldner, Vasallen, nicht mehr. Die problematischen Themen, die mich beschäftigten, existierten unabhängig von unserer Anwesenheit. Einer der Bauherren hatte einen Korruptionsprozess am Hals, was nicht zwangsläufig bedeuten musste, dass er auch korrupt war. Das Wissenschaftszentrum sollte auf einem Gebiet entstehen, um das es territorialen Ärger zwischen ansässigen Volksgruppen gab. Mein Lieblingsprojekt, das Stadion, wurde von Leuten bekämpft, die mir sympathischer waren als die Leute, die uns beauftragt hatten. Sie forderten, was Gegner von Geldverschwendung immer fordern: bessere Schulen und Krankenhäuser. Die Baustelle wurde sabotiert und fortan durch einen schwer bewaffneten Sicherheitsdienst bewacht. Ich konnte noch kyrillische Buchstaben lesen, was mir nichts nutzte, weil ich die Wörter, die an die Wände gesprüht waren, zwar aussprechen konnte, aber nicht verstand. Doch ich konnte mir denken, was da sinngemäß auf dem Beton zu lesen war: Verpisst euch. Dazu künstlerisch gelungene Darstellungen von Kalaschnikows.

Es gibt kein Bauprojekt ohne Unvorhersehbarkeiten, egal, in welchem Land. Ich musste froh sein über das Positive: den direkten Draht zum Geld, die fehlende Bürokratie, den unbedingten, fast manischen Willen zu bauen. Unser Basar wurde als glänzendes Beispiel für die gelungene Verbindung von Tradition und Moderne gefeiert. Auf dem Pressefoto, das daraufhin alle Medien verwendeten, das seitdem auch unlöschbar im Internet existiert, sahen Mark und ich aus wie Ernie und Bert. Mark, groß und schlank, war Bert, leider fehlte mir Ernies Lebensfreude. Ich sah aus wie ein apathischer Büroklops. Aus einer Serie von über zwanzig Fotos dieses auszuwählen, war eine Frechheit, ich fragte nicht nach, wer es gewesen war, aber dass ich es versäumt hatte, darauf zu achten, welche Fotos von mir verwendet wurden, zeigte, dass ich nicht in Form war.

Du führst dich auf wie ein alterndes Model, sagte Mark. Er hatte recht, ein unvorteilhaftes Bild war eine Bagatelle, verglichen mit allem, was gut lief, trotzdem nervte es mich. Und ich blieb müde. Morgens im Hotel beneidete ich die pensionierten europäischen Bildungsbürger, die auf ihre Studiosus-Reisebusse warteten. Ich will auch Nomaden besuchen, dachte ich. Fleur, die früher so gern unterwegs gewesen war, sagte jetzt immer öfter, ihr Bedarf an Fernreisen sei für mehrere Leben gedeckt. Sie fuhr mit Albert in die Provence und ich kam nach.

Damals, 2009, war ich noch weit davon entfernt, mich zu fragen, was ich gegen meine Erschöpfung tun könnte. Ich war der Überzeugung, ich würde mich nach einem kurzen Urlaub wie neu fühlen. Der Effekt trat nie ein, was mich nicht davon abhielt, zweimal jährlich fest mit ihm zu rechnen. Fleur hatte einen überdimensionierten Kasten mit verhältnismäßig kleinen, verhältnismäßig schäbigen Schlafzimmern gemietet. Fleurs Freunde Bella und Russell mit Tochter waren dabei, eigentlich kein Problem, nette Leute, Kind im gleichen Alter, obwohl Albert sich weigerte, mit Chloe zu spielen. Auch die Ranzigkeit des Hauses störte mich weniger als die Worte, mit der die anderen es sich schönredeten. Was bitte ist an einem jahrzehntealten, dunkelgelben Rand in der Badewanne authentisch? Um kein Laissez-faire aufkommen zu lassen, klebten überall Post-its der Vermieter: Keine Mücken an den Wänden erschlagen, keine weißen Handtücher mit an den Strand nehmen, niemals Gläser ohne Untersetzer abstellen. Lachhaft, aber was soll's, dachte ich. Ich legte mich in eine Hängematte und wartete darauf, dass sich Erholung einstellte, welcher Form auch immer. Schläfrigkeit, Leselust, Appetit, Sexhunger. Doch ich konnte nicht mit meiner Frau schlafen, wenn ich dabei zuhören musste, wie Bella auf derselben Etage ihre Tochter erzog. Ich konnte nicht mit meiner Frau schlafen, weil mich die Geräusche des Betts störten. Ich hob das Laken an und schaute auf eine dicke Plastikschicht.

Fleur, es kann nicht sein, dass wir für diese Klitsche mehr bezahlen als im Eden Roc und auf einer Inkontinenzmatratze schlafen!

Jetzt übertreib mal nicht.

Fleur schüttelte verächtlich den Kopf. Sie fuhr sich mit einem Epilationsgerät über die Unterschenkel und zupfte sich einzelne Haare mit der Pinzette aus. Warum erlaubte sie mir nicht die Illusion, sie hätte glatte Beine, und ließ das in einem Studio erledigen? Ich wusste, dass abgeschnittene Fußnägel, Ohrenstäbchen, benutzte Taschentücher, Hornhaut- und Zungenschaber existieren, aber ich wollte sie nicht sehen. Ich konnte nicht mit meiner Frau schlafen, weil sie ständig etwas tat, damit ich es nicht wollte. Ich schlief so viel wie möglich und hörte von Fleur, dass ich dabei sprach, trat und mit den Zähnen knirschte.

Außerdem erinnerte uns Frankreich wieder an unser erzieherisches Versagen. Mich viel mehr als Fleur. Albert war es völlig egal, dass die ein Jahr jüngere Chloe ein passables Kinderfranzösisch sprach, mit dem sie die härtesten Kellnerherzen zum Schmelzen brachte. Er sah ihr dabei zu, als würde sie ein Stöckchen apportieren – schön gemacht, aber was hatte das mit ihm zu tun? Als er noch kleiner war und sich herausgestellt hatte, dass er das absolute Gehör hat, während ihm bis auf die eigene, eng begrenzte Themenauswahl alles egal zu sein schien, hatte Fleur manchmal befürchtet, er sei ein Savant. Ein Verdacht, der sich nie bestätigte, der Fleur aber auch nie völlig losließ. Kein Arzt hat je das Wort Asperger ausgesprochen, eine Diagnose, die ich vorher nicht kannte und mit der ich hätte leben können, wobei ich ja eh keine Wahl gehabt hätte. Albert ist okay, sagte ich immer wieder, aus tiefster Überzeugung, er ist nur nicht übermäßig interessiert an seinen Mitmenschen. Dann schwiegen wir, und ich weiß, was Fleur dachte: wie du!

Jetzt, mit acht, war er zwar auch weit davon entfernt, ein besonders geselliges Kind zu sein, aber er wirkte eher fest entschlossen als in sich verschlossen. Zumindest war er fest entschlossen, sich aus seiner Sicht überflüssigen Schulstunden beharrlich zu verweigern, ein Thema, das Fleur in diesem Urlaub immer wieder mit Bella durchkaute. Typisch für Albert war es auch, dass wir ihn regelmäßig suchen mussten. Am Morgen nach meiner Ankunft war er mit mir zum Bäcker gefahren, hatte von irgendwoher ein Instrument gehört und sich nachmittags zu Fuß auf den Weg gemacht. Wir fanden ihn in der Nähe eines Campingplatzes, wo er sich von ein paar jungen Typen das Didgeridoospielen beibringen ließ. Chloe, die ihn ohnehin nicht interessierte, ignorierte er nun endgültig, was Fleur zusätzlich stresste. Wir waren beide nicht sonderlich entspannt in diesen Ferien, obwohl doch eigentlich alles gut war. Mich störte die Anwesenheit der anderen, während Fleur mir vorwarf, dass ich alle spüren ließ, wie sehr mich ihre Themen langweilten. Sobald jemand redete, stünde auf meiner Stirn geschrieben, dass ich mich lieber mit einem russischen Statiker unterhalten würde. Ich liebte Fleurs Beispiele. Irgendein Statiker wäre mir tatsächlich lieber gewesen, im Zweifel auch ein Warlord, Hauptsache, ein Gesprächspartner mit Sachthemen. Ich unterhalte mich ungern über mich.

Fleur war der erste Mensch, dem ich mich erklären wollte. Der erste und der einzige. In ihrem Freundeskreis dagegen herrschte ein großes Mitteilungsbedürfnis, die Psyche betreffend. Ich bin so, weil, vermutlich verletzt mich das so sehr, weil, ich brauche dieses und jenes von meinem Partner, weil ich dieses und jenes Defizit habe. Als Einzelkind, als Scheidungskind, als Ältester, als Mittlere, als Tochter einer Mutter, die dieses oder jenes getan oder versäumt hatte. Das alles hörte sich nicht besonders schmerzhaft an, eher so, als hätten sie die Erlösung schon hinter sich. Auf jeden Fall präsentierten sie ihre Einsichten nicht zum ersten Mal. Und in dem Haus in der Provence war es Bella, die jedes Tischgespräch in eine therapeutische Richtung lenkte.

Von meiner Seite gab es nichts dazu beizutragen. Nachdem alle Essenstraumata und Unverträglichkeiten geklärt waren, hatte ich mich zum abendlichen Koch erklärt. So hatte ich auch einen Tagesplan, nämlich Bauernhöfe und Lebensmittelhändler ausfindig zu machen. Manchmal nahm ich Albert mit, der glücklicherweise ein Allesesser war. Abends hielt ich größtenteils den Mund und versuchte weiter, mich zu entspannen. Fleurs schöne

Füße in meinem Schoß, die eine Bitte darstellten, bei ihr sitzen zu bleiben und nicht zu telefonieren, trank ich Wein und Armagnac und behandelte die Stimmen der anderen wie einen Klangteppich. Meist nur die Frauenstimmen, denn Russell beschäftigte sich mit seiner Tochter und, wenn der es zuließ, auch mit Albert, bis die beiden ins Bett mussten. In den Jahren zuvor waren wir mit meinen Schwiegereltern verreist, die die seltene Gabe haben, sich für andere Menschen zu interessieren und sie dabei komplett in Ruhe zu lassen. Ich hatte nie ein Problem mit Bella und Russell gehabt, wenn ich sie ab und zu in London sah. Fairerweise muss ich dazusagen, dass Russells Anwesenheit mich auch in der Provence nicht störte. Es war Bella, deren Stimmlage und Ernährungsterror meiner Entspannung massiv im Weg standen. Und es war auch Bella, die mich offiziell nicht nerven durfte, weil Fleur so an ihr hing. Warum fuhr man nach Frankreich und aß dann nichts? Warum zog man sein Kind in diese Angst hinein? Als ich den Gefängnisfraß sah, den sie Chloe und Albert zum Mittag hinstellte, sagte ich zu Fleur: Wieso sollten sich gesunde Kinder ernähren wie eine neurotische Mittvierzigerin? Doch Fleur zeigte mir nur ihr Halt-den-Mund-Gesicht und rief nach den Kindern.

An diesem Abend redete ich mehr als an den vorangegangenen Tagen. Ich nehme an, es musste raus. Es ging nicht um Fleurs und Bellas kindliche Prägungen, es ging um die aktuellen Kinder. Ein nachvollziehbares Thema, wenn man mit ihnen verreiste und sie im Bett waren. Ich hörte eine Weile zu. Ich wartete auf eine Auflockerung. Ich wartete auf Humor. Nach Pastis und Wein war ich wieder zu Armagnac übergegangen. Dann fragte ich Bella, ob sie ihr Kind nicht überförderte und damit auch überforderte, und Bella, sonst so diskussionsfreudig, tat so, als könne sie sich nicht einmal vorstellen, was ich meine.

Okay, Bella, sagte ich, lass uns nicht über Chloe im Speziellen reden, lass uns generell darüber nachdenken, ob nicht wir das Problem sind.

Fleur nahm ihre Beine von meinen Oberschenkeln und streckte sie knackend unter dem Tisch aus. Russell schenkte den Frauen nach und brachte die Reste meines Cassoulets in die Küche, das Bella gepriesen, aber nicht angerührt hatte.

Bei allem, was wir tun und anbieten, was wir sind oder meinen zu sein, ist da die Möglichkeit eines mittelmäßigen Kindes überhaupt noch vorhanden?, fragte ich.

Bella schaute mich an, als würde es ihr sehr zu denken geben, dass ein Mann, der derartige Dinge sagt, überhaupt mit ihr an einem Tisch sitzt. Dann fand sie ihre Contenance wieder, trank einen großen Schluck Rotwein und wandte sich direkt an Fleur, als wäre ich nicht da. Zurück zu Chloe: talentiert, schöpfte aber ihr Potenzial nicht aus, zu unkonzentriert, was ein Zeichen von Unterforderung sein könnte, begabt oder hochbegabt, das war hier die Frage, Mandarin lernen, wenn, dann jetzt. Trotzdem: Tageweise sei das Kind kaum auszuhalten, vielleicht half ja Meditation? Es war eine als Sorgenkatalog getarnte Selbstbeweihräucherung. Es war die gezielte Negierung meiner Frage, ob wir die Kinder nicht einfach Kinder sein lassen sollten. Eine meiner zielführenden Strategien in Verhandlungen ist die Wiederholung. Um Mark zu erfreuen, nenne ich es den Cato machen. Cato der Ältere hat jede seiner Reden mit demselben Satz beendet: Im Übrigen bin ich der Meinung, dass Karthago zerstört werden muss. Mit Erfolg. Also sagte auch ich noch einmal:

Wäre es nicht möglicherweise eine Übung in Liebe und Uneitelkeit, sich einzugestehen, dass man ein durchschnittliches Kind in die Welt gesetzt hat?

Ich spielte nicht *devils's advocat*, ich sah mich eher als Anwalt meines Sohnes. Am liebsten wäre ich in Alberts Zimmer gestürmt, hätte ihn in den Arm genommen und ihm gesagt, dass er nie wieder etwas tun müsse, was er nicht tun wolle. Ich spürte den Wein und den Armagnac und lenkte ein. Ich meinte uns, aber ich formulierte es neutral.

Ich denke, dass die meisten Eltern behaupten, ihr Kind könne alles erreichen, wenn es nur wolle. Mit Faulheit und Trotz lässt es sich leichter leben als mit dem Eingeständnis, dass das eigene Kind einfach nicht klug genug ist.

Ich erntete ein unbehagliches Schweigen. Natürlich war mir klar, dass es nicht das war, was sie hören wollten. Weil wir im Urlaub waren, weil der Mistral uns durchs Haar blies, weil wir beim Essen saßen, das sie für seine köstliche Einfachheit lobten, obwohl ich jeden Tag für mehrere hundert Euro einkaufte und anschließend stundenlang kochte, damit wir uns fühlen konnten wie Gott in Frankreich. Gott, der in Frankreich so tut, als wäre er ein Bauer. Ich gähnte.

Dann schick du doch dein Kind auf eine mittelmäßige Schule und lass es ein mittelmäßiges Leben führen, ich werde das ganz sicher nicht tun, sagte Bella und hielt ihr Glas zu, als ich ihr nachschenken wollte. Fleur legte ihre Hand auf meine, was bedeutete, lass gut sein. Es war meine Müdigkeit, die mich immer wieder aufdrehen ließ. Ich sprang auf und sprach einen Toast auf unsere Kinder aus. Ich rief, dass wir es eh nicht in der Hand hätten, was aus den Kindern werden würde, und dass wir uns alle auf Überraschungen gefasst machen sollten. So weit, so unbestreitbar. Träge hoben die anderen ihre Gläser. Dann fügte ich hinzu, dass es schließlich auch Verkäuferinnen geben müsse.

Daraufhin räumten wir nur noch den Tisch ab.

Dieser Schwachsinn mit der Verkäuferin sei der Höhepunkt meiner absolut unnötigen Entgleisung gewesen, sagte Fleur, als wir in unserem Zimmer waren. Mein Problem wäre, dass ich ein Problem mit Harmonie hätte. Ich lachte. Die Verkäuferin war mir eingefallen, weil ich am Nachmittag ein Chateaubriand bei einer Metzgerin gekauft hatte, die die bestgelaunte Person war, der ich seit meiner Ankunft begegnet war. Angezogen warf ich mich aufs Bett, froh darüber, mit Fleur allein zu sein.

Im Osten waren Verkäuferinnen mächtiger als viele Akademiker, sie saßen an der Warenverteilungsschnittstelle und konnten so miesgelaunt und unverschämt sein, wie es ihnen passte, rief ich gutgelaunt ins Bad. Ausnahmsweise war ich tatsächlich *angeheitert*.

Fleur schüttelte nur den Kopf und stocherte so hart mit der Zahnbürste in ihrem Mund herum, dass mir das Zuschauen wehtat. Nein? Nein was? Nein, dieser Beruf war nicht standesgemäß für Bellas Tochter.

Ich bleibe dabei, dass Chloe ein stinknormales Kind ist, das zum Genie hochstilisiert wird, aber sie wird keine Verkäuferin, warum diese Aufregung um eine Sache, die gar nicht zur Debatte steht? Sie wird gar nicht arbeiten, das wissen wir doch alle.

Es ging nicht um Chloe, schrie Fleur gedämpft, wegen der hellhörigen Wände. Ich stand auf und stellte mich in den Türrahmen.

Ach so? Dann habe ich etwas falsch verstanden. Um wen ging es denn?

Fleur spülte sich den Mund aus und hielt mir ihren Handteller entgegen, als würde sie einen Bann gegen mich aussprechen. Hinfort, Dämon!

Es ging um Albert. Bella hat es so dargestellt, als hätte sie mit Chloe genauso viele Probleme wie wir mit ihm.

Wieso sollte sie das tun?

Aus Höflichkeit. Aus Empathie. Aus Verbundenheit. Nenn es, wie du willst.

Ich ließ mich zurück aufs Bett fallen.

Ich nenne es: an Verlogenheit schwer zu überbieten, sagte ich. Dass sie dich so sehr für deinen Sohn bemitleidet, dass sie vorgeben muss, mit ihrer Tochter nicht klarzukommen, und dann auch noch davon ausgeht, dass sie dir damit einen Gefallen tut, finde ich einen Twist zu viel, tut mir leid. Kannst du das nachvollziehen?

Ja, Gabriel, kann ich. Aber weißt du, es hat nicht jeder ein so inniges Verhältnis zur Wahrheit wie du.

Ich habe kein grundsätzliches Problem mit Lügen. Bei dieser hier stellt sich mir allerdings die Frage: Wer fühlt sich wohler mit dieser Farce – sie oder du? Die Frage ist auch: Was genau ist daran empathisch?

Sagen wir so: Es ist einfach nicht deine Art der Kommunikation. Genieß deine Ferien und lass die anderen ihre Ferien genießen, okay?

Ich ging zum Fenster, öffnete es und schaute in die rauschende Dunkelheit. Dann nahm ich mir eine Zigarette aus Fleurs Schachtel und rauchte hinaus.

Lass uns nicht streiten, okay, sagte ich und drehte mich zu ihr um.

Fleur sprühte sich mit Moskitospray ein und nickte. Schätzungsweise vernichtete sie gerade Jahrzehnte ihrer bewussten Ernährung mit unbehandelten Lebensmitteln. Sie zog ihre Schlafmaske über die Augen und murmelte: Du bist einfach völlig überarbeitet. Gute Nacht.

Überarbeitung war das männliche Pendant zum weiblichen Zyklus, wie ich gelernt hatte. Es erklärte Fehlverhalten und war schwer zu widerlegen. Besonders dann, wenn man tatsächlich viel arbeitete. Ich sagte nichts. Denn es störte mich weniger als das verschwurbelt kommunizierte Grundthema dieser Ferien: Albert wurde zum Schicksalsschlag erklärt und Fleur ließ es zu. Ich schnippte meine Kippe hinaus ins Festival der Zikaden.

Russell und Bella empfingen uns am nächsten Morgen mit einem opulenten Frühstück, das den vorangegangenen Abend in die Vergessenheit schicken sollte. Sogar einen rostigen Champagnerkübel hatten sie in der Küche der überteuerten Villa Kunterbunt gefunden, bravo. Fleur befürchtete, dass sie unseren Streit gehört hatten, während der Abend für mich tatsächlich nur noch aus ein paar unerfreulichen Schlaglichtern bestand: Bellas pikiertes, Russells müdes, Fleurs vorwurfsvolles Gesicht. Ich war betrunken gewesen. Na und? Als ich nachts auf der Suche nach Wasser durchs Haus getaumelt war, hatte ich eine Idee gehabt, die mir auch nüchtern noch gefiel. Ich würde die zweite Woche meines Urlaubs mit Albert allein verbringen. Es würde die Stimmung im Haus entspannen, denn Fleurs schwieriger Mann und Fleurs eigenbrötlerischer Sohn wären auch dann nicht die perfekten Urlaubsbegleiter, wenn sie sich ab heute zusammenrissen.

Und das hat nichts mit gestern Abend zu tun?

Fleur saß auf der Kante unseres erektionsverhindernden Betts, die Knie am Kinn und entfernte den Nagellack von ihren Zehennägeln.

Nein. Und wenn, dann wäre es auch nicht schlimm. Ich fände es aber tatsächlich schön, mal wieder Zeit mit Albert allein zu verbringen.

Okay, sagte Fleur und strich sich die Haare aus der Stirn. Wir sahen uns an und gleichzeitig fiel uns auf, wie ungut alles war. Ich war viel weg gewesen und kam dann hierher, um nach ein paar Tagen mit dem Kind wieder zu verschwinden. Und sie sagte nur: okay. Nebenan murmelte Russell etwas und Bella kicherte.

Okay, begann Fleur noch einmal von vorn, dann habe ich ein bisschen Zeit für mich. Vielleicht fahre ich auf dem Heimweg zu Emma in die Dordogne.

Okay, sagte auch ich. Ihre schlecht kaschierte Erleichterung über unser Verschwinden fühlte sich nicht besonders gut an, aber schließlich war es ja mein Vorschlag gewesen. Auf die Idee, dass sie etwas vorhaben könnte, kam ich nicht. Wie auch? Ich setzte mich neben sie auf die Bettkante und atmete den Azetongeruch ihres Nagellackentferners ein. Wir sagten nichts mehr, bis Albert hereinkam.

Ich stellte ihn vor vollendete Tatsachen. Eine Methode, die im Moment aus der Mode war, die aber jahrtausendelang den Umgang mit Kindern enorm erleichtert hatte. Er verlangte einen letzten Vormittag mit seinen Didgeridoofreunden, fand aber Gefallen an der Idee, dass wir uns allein aus dem Staub machten. Er hörte mir zu, nickte und ließ sich von Fleur den Koffer packen. Fleur war gegen Disney, den Mann wie den Konzern, so dass wir diesen Ausflug ohnehin ohne sie hätten machen müssen.

Warum hast du Chloe gesagt, dass wir zu Nana und Grandpa fahren?, fragte ich Albert, als wir zu zweit auf dem Weg nach Paris waren.

Eine Fleur-Einflüsterung? Ich wusste es nicht. Er zuckte die Schultern und sah aus dem Fenster.

Wenn ich ihr gesagt hätte, dass wir nach Disneyland fahren, hätte sie vielleicht geheult, sagte er, nachdem er einen gesamten Song lang darüber nachgedacht hatte.

Guter Junge. Er konnte nicht viel mit Chloe anfangen, aber dass sie traurig war, wollte er auch nicht. Ich kannte das. Ich drehte die Musik lauter und fuhr so, wie wir es mochten, schneller als Fleur. Nachdem ich das Wort auf den Schildern gefühlt hundertmal gelesen hatte, fragte ich mich: Wieso eigentlich Paris?

Ich dachte eine Weile darüber nach, und von Kilometer zu Kilometer weitete sich meine Welt wieder.

Disneyland Paris oder Disneyland Florida?, fragte ich und beobachtete sein Gesicht, hinter dem die Rädchen ineinandergriffen. Er war nicht vorhersehbar, das mochte ich an ihm. Und nun würde sich zeigen, ob er sich für die schnellere oder die größere Option entschied. Ich schaute auf die Autobahn und war zum ersten Mal, seit ich in Frankreich gelandet war, glücklich. Glücklich, mit ihm zu verreisen, glücklich, ein Vater zu sein, der Wünsche wahr machen konnte.

Florida, sagte er nach einer relativ langen Abwägungsphase, und wir grinsten uns an. Er hatte nicht damit gerechnet, und ich glaube, er lauerte weiterhin auf ein Aber oder eine Bedingung. Ich stellte mein Telefon auf laut, rief in meinem Büro an und ließ mir direkt die Tickets buchen. Yippie, sagte Albert leise zu sich selbst und presste seine Nase gegen die Scheibe. Ich wollte Fleur von unserer Planänderung erzählen, aber es war besetzt, später war ihr Telefon ausgestellt.

FLEUR

Ich fahre zu meiner Mutter, sagte ich, als die beiden mich aus Orlando anriefen. Albert hörte sich aufgedreht an, er durfte aufbleiben und sich mit Fastfood vollstopfen, und Gabriel war glücklich, Albert so glücklich zu sehen. Grüße, rief Gabriel routiniert ins Telefon, der an Danielle dachte, meine Mutter, die er kannte.

Ich hatte nicht gelogen. Ich fuhr zu meiner Mutter. Sie wohnte in der Nähe von Brighton. Geschieden. Ein Sohn, Matt, mein Halbbruder, über den sie kaum etwas sagte und der nichts von meiner Existenz wusste. Sie hatte mir ein Café am Pier vorgeschlagen, vor dem sie auf mich wartete. Als ich auf sie zuging und begriff, dass sie es sein musste, stand sie da, die Hände in den Manteltaschen und den Wind im Rücken, der sie mir fast entgegenblies, so leicht wirkte sie.

Sie hatte mir etwas voraus. Sie glaubte von vornherein nicht an eine Verbindung zwischen uns. Förmlich reichte sie mir die Hand und musterte mich zurückhaltend. Dir geht es gut, sagte sie, das ist gut. Sie wisse nicht, was ich von ihr wolle, hatte sie mir am Telefon gesagt. Ich wollte sie sehen, und sei es nur, um das Kapitel Abstammung anschließend abschließen zu können. Dazu hatte ich Gabriel immer wieder geraten und dabei eigentlich mich gemeint. Ungewöhnlich hartnäckig für meine Verhältnisse bestand ich darauf, sie zu treffen, und sie, vielleicht weil sie so labil und wankelmütig war wie ich, willigte schließlich ein. Unsere Positionen waren also im Vorhinein geklärt: Ich wollte etwas von ihr, nicht sie von mir. Nun denn, sagte sie, als wir uns setzten. Sie hatte einen Tisch reserviert, das Café war voller Touristen, und ich sah, dass sie sich hier weder auskannte noch eine Frau war, die regelmäßig reservierte. Ich erzählte ihr, wie ich aufgewachsen bin, sie nickte hin und wieder und sagte: Du hast es gut getroffen. Ich konnte ihren Tonfall nicht einordnen, doch ich hörte weder Freude noch Erleichterung. Sie nahm es einfach zur Kenntnis. Gegen meine Verkrampfung bestellte ich einen Weißwein, Sauvignon Blanc, sie horchte kurz auf, als ich mit der Kellnerin die Weinauswahl durchging, und sagte dann: Deine Leute sind Franzosen, richtig? Meine Mutter ist Belgierin, sagte ich. Ich musste mich räuspern, nachdem ich *meine Mutter* gesagt hatte, aber sie nickte nur und schien zufrieden zu sein mit sich und ihrer Erinnerung. Meinen leiblichen Vater würde ich nicht kennenlernen, denn im Gegensatz zu ihr existierte er nicht einmal in den Adoptionsakten. Sie hatte ihn nie genannt und sie würde es auch jetzt nicht tun. Ein Schulfreund, ein verheirateter Mann, womöglich ein Verwandter, ich würde es nie erfahren. Das ist alles lange her, sagte sie, und wenn es einfach gewesen wäre, wäre es nicht so gelaufen, wie es gelaufen ist, oder?

Sie arbeitete halbtags in einer Buchhandlung. Oh, sagte ich, wie schön, ich übersetze Bücher. Sie rang sich ein Lächeln ab über meine verzweifelte Suche nach einer Gemeinsamkeit. Ich hätte meine kurze Zeit mit ihr gern besser genutzt. Mir erlaubt, sie näher zu betrachten, offener, vielleicht schamloser nach mir in ihr zu suchen, doch ich traute mich nicht. Ihre Zurückhaltung schüchterte mich so ein, dass ich immer weiter redete und mit schriller Stimme Dinge anpries, die uns beiden egal waren. Trotzdem werde ich sie nie vergessen, wie könnte ich das? Eine zierliche, blasse Frau, nur sechzehn Jahre älter als ich, die das Leben hatte versteinern lassen, die vielleicht auch schon immer so gewesen war, was wusste ich schon, und die mir nicht sagen würde, warum sie sich damals gegen mich entschieden hatte. Vielleicht, je länger ich an sie zurückdachte, umso mehr wünschte ich es ihr, vielleicht hatte sie jemanden gehabt, dem sie sich anvertraut und der ihr die Absolution erteilt hatte. Ich war die letzte Person, der sie sich öffnen würde. Als sie ihre Hände aus ihrem Schoß nahm und auf den Tisch legte, sah ich zum ersten und einzigen Mal, dass sie meine leibliche Mutter war. Unsere Hände lagen nur ein paar Zentimeter voneinander entfernt, zwischen ihnen nur der Plastikständer für die Servietten, und ich traute mich nicht einmal, die Frau, die mich ausgetragen, vielleicht gestillt hatte, zu berühren. Das Misstrauen, das sie ausstrahlte, verschwand auch nicht, als sie sich ebenfalls einen Wein bestellte. Ich kann das nicht so schön aussprechen wie du, sagte sie, und kurz lächelten wir uns an. Freundlich wie Reisende, die wissen, dass sie sich nicht wiedersehen werden. Auf der Fahrt hatte ich mir vorgestellt, dass wir einen Spaziergang machen, vielleicht untergehakt am Meer entlanggehen und reden würden. Doch ich hatte verstanden, dass auf diesen Cafébesuch nichts folgen würde, und rief nach der Rechnung. Sie schaute aus dem Fenster, während ich zahlte. Tu doch wenigstens kurz so, als würde ich dich interessieren, dachte ich. Als wir aufbrachen, verfiel ich in die Mamigeschwätzigkeit meiner Unterhaltungen mit den Müttern an Alberts Schule. Schau uns an, beide in beigen Trenchcoats, sagte ich. Sie zog die Augenbrauen hoch und nickte. Wie ein schüchternes Kind ließ sie sich auf dem Parkplatz von mir umarmen. Es freut mich, dass es dir so gut geht, Fleur, sagte sie noch einmal zum Abschied. Als ich davonfuhr, blieb sie stehen und winkte mir so pflichtschuldig hinterher, dass ich es schließlich war, die damit aufhörte und auf die Fahrbahn starrte. Ihr letzter Satz übertönte meine Gedanken. *Fleur*. Ich hatte immer wissen wollen, wie ich geheißen hätte. Ich nahm die nächste Ausfahrt und schrieb ihr eine SMS.

Wie hast du mich genannt?

Sie antwortete sofort: Sie haben mir abgeraten, dir einen Namen zu geben.

Kurz darauf schrieb sie: Fleur ist ein hübscher Name.

Ich saß an einer Tankstelle zwischen Brighton und London und weinte, bis ein Fremder an meine Scheibe klopfte.

Sie wird dir nie verzeihen, dass sie dich weggegeben hat, sagte Gabriel, zurück aus Florida, zufrieden mit seinem Vater-Sohn-Trip und schockiert über meinen Alleingang. Er fragte nicht: Warum hast du mir nichts davon gesagt? Er sagte: Ich hätte da sein müssen.

Ich hatte nur mit meinem Vater gesprochen. Er verstand, dass ich vor meinem vierzigsten diesen Schritt gehen musste, dass ich ihn gehen müsste, solange er und meine Mutter noch da waren. Er wusste auch, dass er es sein würde, an den ich mich wenden würde. Seit meinem achtzehnten Lebensjahr schleppte ich eine Phantommutter mit mir herum, er aber blieb mein einziger Vater. Ein Paar gibt kein Kind zur Adoption frei, es ist immer eine Frau, die allein ist, die ihr Baby weggibt oder es sich wegnehmen lässt. Ich kannte keine Statistik, aber das war es, was ich so oft dachte, bis ich davon überzeugt war. Nach Brighton rief ich meinen Vater an und sagte ihm, dass es nicht nötig sei, Danielle aufzuregen, meine biologische Mutter würde keine weitere Rolle in meinem Leben spielen, alles würde bleiben wie bisher. Auch wenn sie anders gewesen wäre, hätte sich zwischen uns nichts geändert, aber das musste ich ihm nicht sagen.

Geht es dir gut?, fragte mein Vater. Ich nickte ins Telefon wie eine Zweijährige.

Es ist gut, dass du sie getroffen hast, Liebes, sagte er, dann ließ er mich in Ruhe und sprach über Kenia, wo meine Eltern ihre alten Mitarbeiter und Freunde besuchten, und über den Gesundheitszustand meiner Mutter.

Wenn ich meinen Vater vor mir gehabt hätte, ich hätte mich an seiner knochigen Brust zusammengerollt, bis das Schlimme im

Guten aufgegangen wäre wie ein Klecks Crème fraîche in einer Suppe. Er war mein Ausheulmensch gewesen, seit ich denken konnte. Eine große Aufgabe bei einem Kind, das so viel weinte wie ich. Danielle hat mich effizient und undramatisch getröstet, war gut darin gewesen, mich möglichst schnell zum Lachen zu bringen, eine ungeduldige, lebensfrohe Frau. Jetzt fragte ich mich, ob eine traurige Frau überhaupt in der Lage gewesen wäre, eine so vorbehaltlose Adoptivmutter zu sein. Eine Frau wie ich.

Weißt du, sagte Gabriel und küsste mich auf den Scheitel, wir dürfen uns unsere Emotionen nicht vom Showbusiness vorschreiben lassen, das führt zwangsläufig zu Enttäuschungen.

Er formte tischtennisballkleine Fleischklöße, Albert hatte sich Königsberger Klopse gewünscht, manchmal gab es ein deutsches Gastspiel in unserer Küche. Ich lehnte neben ihm, trank Wein und war froh, dass er wieder da war. Er sah mich an und rieb sich mit dem Handgelenk über die Augenbraue. An seinen Fingern klebte Kalbshack.

Dass diese Frau dir nicht um den Hals gefallen ist, mag wehtun, aber hast du dir mal überlegt, was es bedeuten würde, wenn sie es getan hätte?

Es tröstete mich nicht, was er sagte, aber was hätte mich getröstet?

Immerhin war sie ehrlich, das muss man ihr zugutehalten. Immerhin scheint sie nicht blöd zu sein und zu denken, dass sich jedes noch so beschissene Schicksal auf ein TV-taugliches Happy End zubewegen muss, sagte er und schüttelte den Kopf. Nicht abfällig, aber wieder einmal ungläubig angesichts des eklatanten Mangels an gesundem Menschenverstand auf dieser Welt.

Sie konnte nicht anders, Fleur. Sie musste sich selbst ausreden, dass sie deine Mutter ist, und dann kommst du an und willst das ändern? Du bist ihre Leiche im Keller.

Nein, man konnte Gabriel wirklich nicht vorwerfen, dass er

sich irgendwas von Hollywood diktieren ließ. Ich fühlte mich, als würde ich kopfüber an einem Seil hängen und immer wieder gegen eine Felswand knallen. Diese Frau. Beschissenes Schicksal. Leiche im Keller. Dong. Dong. Dong.

Ich hüstelte mich frei. Ich kannte ihn ja. Seine Analysen waren ein Ausdruck von Sorge, er war auf meiner Seite. Manchmal schwer zu glauben, aber immer wahr.

Danke für dein großes Verständnis für *diese Frau*. Es geht mir schon viel besser.

Er nahm seinen Kopf aus dem Küchenschrank und presste mich an sich. Viel zu fest. Gabriel.

Es tut mir so leid, dass sie dir wehgetan hat, sagte er in mein Haar, ich hätte dir das gern erspart.

Deshalb habe ich dir nichts davon gesagt, dachte ich.

Auch das magst du nicht hören, aber du lebst in einer Klassengesellschaft, und du wurdest in eine andere Klasse hineingeboren als die, in der du aufgewachsen bist. Auch das wird sie dir nicht verzeihen. Nichts davon hat mit dir zu tun.

Mit wem sonst, fragte ich mich und heulte an seine hellrosa Hemdschulter. Er strich mir über den Rücken. Dann hob er den Arm und sagte: Gleich, ich hole dich gleich. Geh nach oben, ja?

Er hatte Albert verscheucht, der hinter uns aufgetaucht sein musste wie ein hungriges Hündchen. Ich konnte mich nicht nach meinem Sohn umdrehen.

Weißt du, sie wird immer davon ausgehen, dass deine Eltern absolut sorgenfreie Leute sind, die das Glück hatten, sich ein Baby zu wünschen, während sie dazu verdammt war, ungewollt eins zu kriegen. Jede Abweichung von diesem Gedanken, jede Reue würde sie kaputtmachen.

Ich hatte genug gehört. Ich nickte. Es war keine Debatte. Wir betrachteten meine Herkunft, jeder für sich. Anders ging es nicht.

Siehst du aus wie sie?

Er wusste, wie sehr mich diese Frage beschäftigt hatte.

Man sieht, dass sie meine Mutter ist. Ich habe ihre Hände. Ich bin so klein wie sie. Ich werde aller Voraussicht nach nicht dick werden, sondern eher noch dünner. Aber meine Augen habe ich nicht von ihr.

Ich war mir sicher gewesen, meine uneindeutige Augenfarbe von ihr zu haben.

Alles ist gut, sagte Gabriel. Du wirst geliebt. Sie spielt keine Rolle.

Ich nickte. Schön wär's. Schön wär's, wenn man die Wahrheiten anderer inhalieren und zu seinen eigenen machen könnte.

Als Gabriel und Mark ihr erstes Büro gründeten, nannten sie sich kurz Concrete Rock. Jung und disziplinübergreifend sollte das Büro sein, dazu ein Name, den man auf T-Shirts und Beanies drucken konnte. Dachte Mark Barnett. Zu verspielt, fand Gabriel und verlangte es klassisch: Loth & Barnett. Dabei war es Gabriel, der die Personifizierung des Concrete Rock war. Sein Innenleben war nicht aus Beton, seine Umhüllung sehr wohl.

Ich habe Jahre gebraucht, Fleur, Jahre, bis ich darauf kam, an wen er mich erinnert, sagte mir Mark an einem Abend, an dem wir beide unendlich viele Gin & Tonics tranken. Meine Mutter hat mich dann darauf gebracht. Er erinnert mich an meinen Vater.

Wir standen auf einer brülllauten Party zum Ausklang eines furios erfolgreichen Jahres für Loth & Barnett. Mark beugte sich zu mir herunter, legte seine Lippen an den Rand meines Ohrs und zählte mir die Gemeinsamkeiten von Gabriel und seinem Vater auf.

Eltern verloren, bevor er zehn wurde. Überlebensstrategien schon als Kind zugelegt, unfreiwillig, aber äußerst erfolgreich. Sich durchgesetzt. Kein Platz für Schwäche. Schon gar nicht für Zweifel, Spinnereien, Melancholie. In Drachenblut gebadet.

Gabriel, so viel war sicher, hätte es gehasst, hätte er uns hören können. Drachenblut also, sagte ich, und er lachte mich an. Rotzbesoffen, rotgesichtig und verlockend wie ein Himbeersorbet. Ich habe Barnett immer sehr gemocht. Wer nicht? Er prostete mir zu.

Auf unseren Siegfried! Sind die Nibelungen nicht seine Lieblingsgeschichte?

Ich nickte und stieß mein Glas gegen seins. Für ein paar Momente standen wir Oberschenkel an Oberschenkel in einer Fabriketage in Bermondsey und mussten uns mit der Wirklichkeit arrangieren, denn Barnett und mich verband in diesem Moment der fatale Wunsch, aus purer Partylaune miteinander zu knutschen. Es war seit Jahren fällig, aber nicht möglich. Der Preis war zu hoch. Uns beiden würde die lebenslange Verbannung drohen. Währenddessen stand Gabriel nichtsahnend hinter uns und sprach mit seinen jungen Fans über Zaha Hadid. Cheers, Baronesse, lallte Mark und drückte seine feuchte Schläfe gegen meine. Ich mochte es nicht, wenn er mich so nannte. Nein, sagte ich und verschaffte unseren Körpern endlich wieder den angemessenen Abstand, nicht auf mich und nicht auf dich, Barnett. Und noch einmal stießen wir auf den Mann an, den wir beide liebten.

GABRIEL

Ich habe nie verstanden, warum Albert so ungern zur Schule ging. Aber ich habe immer verstanden, dass er es uns nicht erzählte. Wir hätten es uns gewünscht. Er konnte uns alles sagen. Das wusste er, doch er machte davon keinen Gebrauch. Es tat mir weh und Fleur noch viel mehr. Aber ich verstand es, weil auch ich meine Kinderprobleme mit mir selbst ausgemacht hatte. Als meine Mutter verunglückte, war ich gerade ein Vierteljahr in der Schule. Meine Klassenlehrerin wandte sich an meine Großmutter, nicht meinen Großvater. Sie kam zu uns und schlug vor, mich aus gegebenem Anlass ein Jahr zurückzustellen. Ich könnte den Rest des Schuljahres zu Hause bleiben und mich ausruhen, sagte sie, vielleicht würde man mich in ein Kinderkurheim schicken. Statt Kinderkurheim verstand ich Kinderheim. Die ultimative Horrorvorstellung für jedes Kind. Ich muss irgendwie reagiert haben, denn beide Frauen sagten: Nein, nein, kein Heim, eine Kur. Das ist wie Ferien machen, hm?

Ferien interessierten mich nicht. Den Hauptteil der Nachricht hatte ich richtig verstanden: Ich sollte sitzenbleiben. Niemanden würde es interessieren warum, ich würde zu Kindern gesteckt werden, die für mich die Kleinen waren. Ich würde rausgeschmissen werden und von vorn anfangen müssen, wie beim Menschärgere-dich-nicht, ungerecht. Meine Großmutter hatte sich nie besonders um eine eigene Meinung bemüht, dafür hatte sie ihren Mann. Nach dem Unfall meiner Mutter hatte sie sich in ein nickendes Gespenst verwandelt. Wenn Sie meinen, sagte sie nur. Ich saß dabei, während man über mich sprach. Als ich anfing zu weinen, nahm meine Großmutter mich auf den Schoß, während sich meine mitfühlende Klassenlehrerin wohl dachte: Genau. Armes Bürschchen. Sag ich doch.

Meinem Großvater war ihre Meinung vermutlich nicht sonderlich wichtig, was ich damals nicht hätte formulieren können, aber ahnte. Eine Frau unter dreißig, die in engen Jeans mit Schlag herumlief, es war 1977, stellte für ihn keine Person dar, die er auch nur ansatzweise ernst nehmen konnte. Meine Großmutter hingegen sah ihre Position. Die junge Frau hatte studiert, war Lehrerin und würde wissen, was sie sagte. Die ältere Frau in Trauer, einem schwarzen Plisseerock zu einer schwarzen Bluse mit weißem Kragen, verabschiedete sich von der jungen Frau mit den taillenlangen Haaren, und ich, der Zwerg in der Latzhose, wusste, dass ich Pech gehabt hatte. Ich war klein, das stimmte. Und ich hatte geweint. Ein großer Fehler. Schlimmer als ein Tadel, schlimmer als eine Fünf.

Nicht ich fuhr dann zur Kur, sondern meine Großmutter. Wir besuchten sie an der Ostsee. Warum sollte man bei kaltem Wetter ans Meer fahren, fragte ich mich, wenn man doch gar nicht ins Wasser konnte. Ich hatte Angst davor, dass sie meinen Großvater daran erinnern würde, mich aus der Schule zu nehmen, ich ließ die beiden so wenig wie möglich allein. Zum Abschied malte ich ihr ein Bild, das sie sich tapfer in ihr Zimmer hängte, meine Oma – ein schwarzes Dreieck mit Kopf und Gliedmaßen, vor grauen Wellen und Möwen, die aussahen wie quergelegte Dreien.

Der Vorschlag der Lehrerin wurde nie wieder vor mir erwähnt. Meine Mutter hatte mir vor der Einschulung Schreiben und Rechnen beigebracht. Hoffentlich langweilst du dich nicht, wenn du dann in der Schule bist, sagte sie. Ich schüttelte den Kopf und verlangte nach mehr Buchstaben und Zahlen. Sie behielt recht, ich langweilte mich. Ich saß neben Pablo Alarcón aus Chile. Ob es Absicht war, uns Exoten nebeneinanderzusetzen, fragten wir uns nicht. Wir waren uns nicht ähnlich, doch schwarzhaarig und schwarzäugig saßen wir in der letzten Reihe und bildeten für die Lehrer eine Einheit. *Die kleinen Schwarzen sind schlimmer als ein Sack Flöhe.* Im Gegensatz zu meiner war Pablos Außenseitergeschichte ein Abenteuer, das jedem sofort einleuchtete: In Chile hatten die Bösen die Macht übernommen. Pablos Eltern gehörten zu den Guten, also mussten sie ihr Land verlassen, mitten in der Nacht und auf den letzten Drücker sind sie in ein Flugzeug gesprungen, von dem sie die ganze Zeit über nicht wussten, wohin es fliegt, wie Pablo uns prächtig ausgeschmückt immer wieder erzählte, wenn wir ihn fragten. Er hatte viel, was ich gerne gehabt hätte: glatte Haare, einen Hund, zwei große Brüder, mit denen er nach Bedarf angab oder drohte. Selbst den Umstand, dass seine Mutter kaum Deutsch sprach, fand ich vorteilhaft. Gab es etwas zu klären, kam sie mit seinem ältesten Bruder Ramón in die Schule, der schon sechzehn war und übersetzte. Ramón könnte den Lehrern und seiner Mutter erzählen, was er wollte, dachte ich und beneidete die Alarcóns um ihre unendlichen Möglichkeiten.

In Pablos Fahrwasser würde ich sitzenbleiben. Petzen war etwas für Feiglinge, hatte mir meine Mutter beigebracht, und ich hielt mich daran. Also behauptete ich, ich würde hinten nichts sehen, und ließ mich in die erste Bank neben ein transusiges Mädchen setzen. Wenn du die Tafel nicht lesen kannst, müssen wir mal überprüfen lassen, ob du vielleicht eine Brille brauchst, sagte die Lehrerin, und ich stand vor dem nächsten Problem. Mit einer Brille, im schlimmsten Fall mit einem zugeklebten Glas, würde ich aussehen, als könnte ich nicht bis drei zählen. Das Heft zur Kommunikation zwischen Lehrern und Eltern hieß Muttiheft. Die freundliche Aufforderung, einen Augenarzt aufzusuchen, musste verschwinden, also vergrub ich es im Vorgarten.

Ich verfolgte nun meine eigene Agenda. Auf der stand: Nicht mehr heulen. Auch wenn es dafür ständig Gründe gab: ekliges Essen, schlechte Noten, kratziger Pulli, von großen Schülern verfolgt werden, Sportzeug vergessen, Anpfiff kriegen, ausgelacht werden. Doch besser so als der Dummkopf sein, der nicht einmal die babyleichte erste Klasse schafft. Es half, dass das Wort *tapfer* so wichtig war im Wertesystem meines Großvaters. Ich glaube, dieser Stress, ein Wort, das man damals nicht im Zusammenhang mit Kindern verwendete, hat mich vergessen lassen, dass ich tatsächlich einen Grund zum Heulen gehabt hätte. Ich konnte nicht beurteilen, ob man sich weiter mit meinem Fall beschäftigte, und entschied, dass es dumm wäre, die Erwachsenen daran zu erinnern. Am Ende des Schuljahres verkündete unsere Lehrerin, sie würde ein Baby bekommen, und stellte uns ihre Nachfolgerin vor. Aus unserer Sicht steinalt und mit einem markanten Überbiss, war sie keine Person, die der langhaarigen Jeansfee das Wasser reichen konnte. Doch ich, der gefrorene Junge aus der ersten Reihe links am Fenster, dachte: Hauptsache, sie weiß nichts über mich. Ich zeigte meinem Großvater mein Zeugnis und fragte ihn, ob ich sitzenbleiben würde. Mit dem 1A-Zeugnis doch nicht, sagte er und schenkte mir zwanzig Mark.

Alberts Situation war nicht mit meiner vergleichbar. Was nicht hieß, dass er nicht trotzdem seine Probleme lieber mit sich selbst ausmachte. Dass er dir nicht alles sagt, was er denkt, muss nicht heißen, dass er unglücklich ist, sagte ich zu Fleur. Auch unsere unterschiedlichen Beziehungen zu ihm hielt ich für völlig normal. Wäre er im sprichwörtlichen Dorf, das es braucht, um ein Kind zu erziehen, groß geworden, er hätte sich noch mehr Rollen gesucht. Womöglich auch die Person, der er sein Herz ausschüttete, womöglich brauchte er diese Person aber auch nicht. Das war es, was er von mir zu haben schien, ein Wesenszug, mit dessen Vererbbarkeit ich nicht gerechnet hatte.

Albert sollte haben, was er wollte, fand ich. Zumindest, solange es möglich war. So lange, bis er von selbst lernte, dass man nicht alles, was man wollte, auch brauchte. Fleur war komplett anderer Meinung. Eine Zeitlang führte sie ein dogmatisches Antikonsumregiment, ja sie entwickelte einen regelrechten Verzichtsfimmel, den sie auch Albert überstülpte. Diametraler konnten sich die Erziehungsansätze kaum gegenüberstehen, was Albert begriff und sich in materiellen Fragen an mich wendete. Fleur blieb ungewöhnlich hart. Sie stellte sich auf ein Podest und predigte ihren Unsinn auf uns beide herunter. Unsinn, der beispielsweise lautete, dass wir uns Weihnachten ausschließlich Selbstgebasteltes schenken sollten. Warum, Fleur? Weil kaufen so vulgär ist oder weil du so gut bastelst, oder weil du ernsthaft annimmst, dass ich Lust habe, unserem Sohn einen Strohstern zu flechten, den ich ihm dann anstelle des Lego-Kampfsterns überreiche, den er sich gewünscht hat? Mich nervt diese Art von Wohlstandsnaivität fast so sehr wie das salonkommunistische Geschwafel bei teurem Wein, aber Fleur nervte mich nie. Unsere Diskussionen fühlten sich an wie Schachspiele, die wir im Wechsel gewannen und die ein Grund waren, anschließend Sex zu haben. Solange es das war, worüber wir stritten, war alles in Ordnung, fand ich. Es gefiel mir, Albert Spielzeug zu kaufen, noch lieber nahm ich ihn mit in Restaurants, wo ich fasziniert beobachtete, wie er seinen eigenen Geschmack entwickelte. Er wusste schon als Kind, wie man sich in jedem Restaurant dieser Welt weder unangebracht großkotzig noch unangebracht unterwürfig verhält. Das mag sich lapidar anhören, ist es aber nicht. Diese Verbindung änderte nichts daran, dass er ein Muttersöhnchen war und blieb.

Fleur war es, an die er sich klammerte wie ein kleines Äffchen, sie war es auch, die gern ein paar väterliche Parts übernahm. Sie liebte es, ihn auf den Schultern zu tragen, sie spielte stundenlang Fußball mit ihm, sie ließ sich auf seine Kämpfernatur ein und spielte mit Engelsgeduld seinen Gegner, wovon er sie erst befreite, als er mit Rugby anfing.

Ab dem dritten Schuljahr übernahm ich es, ihn zur Schule zu fahren, wann immer ich konnte. Ich hätte es von Anfang an gemacht, hätte Fleur eher etwas gesagt. Jeden Morgen irgendwie aussehen, damit eine Aussage treffen, die dann von Leuten bewertet wird, die mich nicht interessieren – ich hasse es, sagte sie und sah dabei so unglücklich aus, als müsste sie täglich gegen einen Clan Hyänen kämpfen. Wenn es sein muss, kann sie am Morgen funktionieren, wirklich am Leben teil nimmt sie jedoch erst ab dem späten Vormittag. Kein Problem, dachte ich, wozu war man schließlich ein Paar. Für die anderen war ich nun Alberts Vater, der im richtigen Auto und im richtigen Anzug vorfuhr, um Alberts Mutter, die mich entweder gut um Griff hatte, berufstätig war oder beides, diesen Programmpunkt abzunehmen. Sollte hier ein Sozialdarwinismus der allerübelsten Sorte herrschen, so wie Fleur ihn empfand, so galt er nicht für mich. Not my circus, not my monkeys, dachte ich.

Mein Großvater hatte mich jeden Tag in seinem dunkelgrünen Lada zur Schule gefahren. Er fuhr gern, er wusste, dass ich gern mitfuhr, und ich nehme an, er entschied, dass diese täglichen Fahrten für uns das sein sollten, was man heute Quality Time nennt. Auf dem kurzen Weg, der eigentlich nur aus einer Umrundung von Einbahnstraßen bestand und den ich zu Fuß schneller zurückgelegt hätte, fragte er mich, welche Fächer auf dem Stundenplan standen, ob ich meine Hausaufgaben gemacht hatte, und hörte sich meinen schätzungsweise langweiligen Kinderkäse an. Dann hielt er an und ließ mich hinaus in meinen Tag.

Albert fand es eine Zumutung, wenn ich vor der Schule über die Schule mit ihm reden wollte. Was macht ihr gerade in Mathe? Das fand ich immer interessant! Im Rückspiegel sah ich sein Gesicht. Er brauchte kaum Mimik, um seine Verachtung auszudrücken. Gut, dachte ich, das wird ihm später helfen, mit wem immer er sich zu messen hat. Dass er mich für einen Freak hielt, der sich auf Mathe gefreut hat, amüsierte mich. Während unserer morgendlichen Fahrten verstand ich, warum Fleur ihm, abgesehen von Fernsehen und Konsum, alles erlaubte. Ich hatte angenommen, sie mit ihrer Hippiegeisteshaltung und ihrem ewigen schlechten Gewissen sei einfach zu nachgiebig. Nicht, dass ich damit unrecht hatte, doch ich hatte ihn unterschätzt. Ich wusste nicht, wie wichtig mir sein Urteil war, seine Liebe, von der ich angenommen hatte, sie stünde mir von Natur aus zu. Nachdem er mich ein paar Wochen lang auflaufen ließ, fragte ich ihn, ob er sich lieber *nicht* mit mir unterhalten würde. Gnadenlos sagte er: Ja. Sonst nichts. Ich war sein selten anwesender Vater, der glaubte, dass es nicht auf die Zeit an sich ankäme, sondern darauf, wie man sie nutzte. Ein befreiender Gedanke, der nun jedoch vor eine Betonmauer fuhr, auf der seine einsilbigen Antworten standen. Mein Sohn zerbröselte meine Wahrheiten. Ein starker Junge. Ich war stolz auf ihn.

Immerhin war ich so vorausschauend, ihn nicht zu fragen, ob er seine Kopfhörer aufsetzen wolle. Ich bereute, dass ich mich nicht mehr mit Musiktheorie beschäftigt hatte, Musik und Mathematik passten so gut zueinander, doch Alberts Zugang zur Musik war emotional, also entschied ich, dass wir gemeinsam Musik hörten. Abwechselnd seine und meine. Er hörte freiwillig keine Klassik, aber er verstand sie sofort und wies mich auf Dinge hin, die ich vorher noch nie gehört hatte. Wenn sich ab und zu unser Geschmack traf, war ich so glücklich, als hätte ich eine Ausschreibung gewonnen. Dann entließ ich ihn in seine Welt, in die er uns nicht schauen ließ.

Auch ich hatte mir das Kinderrecht herausgenommen, mich nicht zu fragen, was Erwachsene sich wünschten. Mein Großvater hatte mich so davontrotten sehen wie ich meinen Sohn. Habe ich mich nach ihm umgedreht, hat er es erwartet? Ich weiß es nicht.

FLEUR

Irgendwann fragte meine Mutter mich, ob ich mir nicht etwas mehr Mühe geben wolle. Womit?, fragte ich, woraufhin sie mit einem langsamen Kopfnicken meine Gestalt abfuhr, vom Haaransatz bis zu den Schuhspitzen.

Du siehst aus, als würdest du gegen Gabriels Art sich anzuziehen rebellieren, sagte meine Mutter so vorsichtig, als müsste sie eine Trotzblockade bei mir lösen. Gabriels Art sich anzuziehen war die eines konservativen Global Players. Würde man ihn überfallen, man müsste ihn nur ausziehen, um einen fünfstelligen Betrag zu erbeuten, seine Uhr nicht eingerechnet. Ich mochte seine Eitelkeit, fand aber nicht, dass ich mich zu Hause kleiden sollte wie eine Notenbankchefin.

Du könntest auch ihn fragen, warum er sich nicht meinem Kleidungsstil anpasst.

Ganz ehrlich? Seiner gefällt mir besser. Als ihr am Wochenende bei uns aus dem Auto gestiegen seid, dachte ich tatsächlich für einen Moment, Gabriel hätte zwei Zwölfjährige dabei.

Offenbar hatte ich mich optisch dem Menschen angeglichen, mit dem ich die meiste Zeit verbrachte. Ich nahm es zur Kenntnis und wechselte das Thema. Ich wusste, was Danielle meinte, doch an dieser Stelle täuschte sie sich in Gabriel, der sonst allen mit seinen irrwitzigen ästhetischen Ansprüchen auf die Nerven ging. Ich blieb die Ausnahme, auch nach so langer Zeit. Solange ich ihn nicht in meinen Snowboardhosen und Hoodies auf Abendessen begleitete, schien er nichts an meinem Aussehen auszusetzen zu haben. Mit seinem sagenhaften Augenmaß kaufte er mir Kleider, die mir immer passten und standen und die ich meist einmal anzog, dann verkaufte, um das Geld zu spenden. Er wusste nicht, dass er mit seinem erlesenen Modegeschmack fremden Kindern zu einer Schulbildung verhalf, und er fragte nie nach. Wenn ich es mit meinem Homie-Style übertrieben hatte, ließ er es mich wissen, indem er mich kurz musterte und mir sagte, wie glücklich er sich schätzte, mich nackt kennen zu dürfen. Dann wusste ich, wie glücklich ich mich schätzen sollte, dass ich mit ihm zusammen war.

Ich spielte immer öfter mit dem Gedanken, aufs Land zu ziehen. Was willst du da?, fragte mich Gabriel. Zu Recht. Ich tat keinen Handschlag in unserem Garten, ging so gut wie nie ins Grüne, sehnte mich aber nach einem unbeobachteten Leben in Trainingshosen und Gummistiefeln. Damit war ich allein. Auch Albert wäre dagegen gewesen, hätte ich ihn gefragt. Er brauchte keine Wiesen und Wälder, um seinen Radius zu erweitern, er fing an, allein durch die Stadt zu ziehen. Okay, dachte ich, ich kannte in seinem Alter schon Nairobi und Mombasa, und nicht nur die sogenannten sicheren Gegenden, wieso sollte er nur Kensington und die Rücksitze der SUVs anderer Mütter sehen. Als er dreizehn wurde, sagte er mir, dass er wieder Stunden bei seinem alten Tablaslehrer Mister Singh nehmen wollte, der mittlerweile Mitte siebzig war und nicht mehr gern durch die Gegend fuhr. Also musste Albert zu ihm nach Southall. Ich rief Mister Singh nicht an, denn Albert und er hatten von Anfang an ihre eigene Beziehung gehabt. Eine Meister-Schüler-Beziehung, die der fünfjährige Albert, der Hierarchien sonst ignorierte, von Minute eins an akzeptierte. Und eine Beziehung unter Musikern. Wenn sie übten und ich kurz den Kopf hereinsteckte, schauten sie manchmal zu mir auf und lächelten, aber nie ließen sie sich in ihrem Spiel unterbrechen, der Kleine und der Alte. Wenn es um Musik ging, war Albert reif und hatte eine Arbeitsmoral, die mich an die von Gabriel erinnerte. Das ist eine sehr gute Idee, richte liebe Grüße aus, sagte ich und gab ihm das Geld. Er fuhr wohl tatsächlich zu Mister Singh, aber längst nicht so oft, wie er vorgab. Bevor er eine Oyster Card hatte, sah ich an den Fahrscheinen, dass er auch in anderen Gegenden unterwegs war. Ich rief weiterhin nicht bei Mister Singh an, der der einzige Erwachsene war, der sich nie über ihn beklagt hatte. Außerdem wollte ich Albert nicht verprellen, in dem ich den Kontrollfreak heraushängen ließ. Er war immer ein Geheimniskrämer gewesen, aber er kam zur richtigen Zeit nach Hause und war für mich erreichbar, also ließ ich ihn in Ruhe. Ich hörte ihn in seinem Gangsterslang telefonieren und grinste in mich hinein. Verschluckte Konsonanten, reduzierte Grammatik und hier und da ein *my nigger* – es war möglich, dass er mit den anderen verwöhnten Bürschchen aus seiner Schule so sprach, weil man im Moment Bock hatte, so zu sprechen, es war aber auch möglich, dass er härtere Jungs kennengelernt hatte. Ich erinnerte mich an mich selbst in diesem Alter und blieb dabei, dass man seinen Eltern eher vertraute, wenn sie einem nicht auf den Zeiger gingen. Einmal kam ich in seinen Keller, der mittlerweile aussah wie ein Profitonstudio, und da stand er, mit seinen knapp vierzehn Jahren schon größer als ich, drückte auf seiner 808-Drummaschine herum, einen Joint im Mundwinkel, und ich starrte ihn so lange an, bis er fragte: Was? Als er den vermeintlichen Joint aus dem Mund nahm, sah ich, dass es die Kappe eines Stifts war, denn er schrieb tatsächlich Songs. Ich nutzte die Gelegenheit und sagte ihm, dass er, sollte er Lust haben, Gras zu rauchen, damit bitte warten solle, bis er sechzehn, besser noch älter sei. Er schaute mich an, als wäre ich nicht ganz dicht. Ist das akzeptabel für dich?, fragte ich. Klar, sagte er, wie kommst du da jetzt drauf? Und wenn du es ganz sein lässt, verpasst du auch nichts, glaub mir, fügte ich hinzu und hoffte sofort, dass dieser Rat in seiner Spießigkeit nicht nach hinten losging. Er ließ sich von mir umarmen, dann spielte er mir ein Stück vor. Die Freunde, die er mit in seinen Keller nahm, waren immer Jungs, deren Eltern ich zumindest vom Sehen kannte. Von seinen neuen Freunden hörte ich nur ab und zu, doch ich wusste nicht, wo sie wohnten, wie alt sie waren, nicht einmal, woher er sie kannte. So Typen, die ich kenne, nannte er sie. Vielleicht hatte er sie online kennengelernt, vielleicht lernte er sie auf seinen Touren durch die Stadt kennen. Es hätte mich interessiert, warum er sie nie mitbrachte. Weil sie zu einer Sphäre gehörten, die uns nichts anging, die er für sich haben wollte. Oder weil sie nicht sehen sollten, dass er keiner von ihnen war. Ich wusste es nicht. Das Beruhigende im Beunruhigenden war, dass mein kleiner Einzelgänger sich zu einem sozialen Wesen entwickelt hatte. Und so, wie es aussah, war ihm der Kreis, in dem er sich bisher bewegt hatte, zu eng geworden. Als er auf ein Konzert nach Brixton wollte, schlug ich ihm vor mitzukommen, und er sagte sofort ja. Er schien absolut kein Problem damit zu haben, mit seiner Mutter in einem Club aufzutauchen. Die Jungs, die wir dort trafen, schienen es ebenfalls nicht uncool zu finden, dass er mich dabeihatte. Eine schräge Generation, dachte ich, als ich zwischen den Kids stand und mir die Band anhörte, deren Mitglieder nur ein paar Jahre älter waren als Albert und die klangen wie die Talking Heads. Wenn ich mal Konzerte gebe, kommt ihr beide, sagte er auf dem Heimweg.

Es waren diese sparsamen Sätze, die mir sagten, dass alles in Ordnung war, dass er sich nicht von uns entfernte, sondern einfach nur älter wurde. Gabriel bekam von dieser Entwicklung kaum etwas mit. Er sah ihn weiterhin morgens, wenn er abends nach Hause kam, war Albert meist von seinen Ausflügen zurück. Dass ich den Trick mit Mister Singh durchschaut hatte, sagte ich keinem der beiden. Vielleicht, weil er mich daran erinnerte, wie ich damals mit meinem Alibi-Cello loszog.

GABRIEL

Meine Zeit reichte nicht aus für das Leben, das ich mir ausgesucht hatte. Diese niederschmetternde Erkenntnis kam mir ausgerechnet, als ich Zeit hatte. Ich war morgens im Sonnenlicht durchs Haus gelaufen, Fleur war unterwegs, ich hatte frei und war allein. Ein Zustand, den es so lange nicht gegeben hatte, dass er sich unwirklich anfühlte. Wann und seit wann, diese Störfragen häuften sich, seit ich mehr Ärzte sah, von denen ich mir jedes Mal schnelle Lösungen erhoffte, die dann nicht kamen: Seit wann schlafen Sie so schlecht, seit wann haben Sie das Gefühl, innerlich zu vibrieren, seit wann fühlen Sie sich ständig so, als hätten Sie sich gerade zu Tode erschrocken. Ich wusste es nicht. Es muss ein schleichender Prozess gewesen sein, dessen Symptome sich jahrelang normal angefühlt haben. Vielleicht habe ich sie auch verdrängt, auch wenn ich es nicht mag, wenn Fleur behauptet, ich wäre ein guter Verdränger. An diesem Morgen jedenfalls gab es nichts zu beklagen. Ich könnte Schlaf nachholen, dachte ich. Jede Nacht wachte ich schlagartig zwischen drei und vier auf, als hätte mir jemand eine geknallt. Dann saß ich kerzengerade im Bett, nahm mein Telefon, sah die Uhrzeit und blieb wach. Mein Körper lebt in einer Zeitzone, in der es jetzt schon sieben oder acht Uhr ist, dachte ich anfangs und setzte mich in mein Arbeitszimmer. Ich hatte das Gefühl, ich bekäme Zeit geschenkt, Zeit, in der ich mich um die Dinge kümmern konnte, die mir offenbar den Schlaf raubten. Ich war nicht unglücklich.

Fleur sagte irgendwann, ich hätte mich verändert. Ich wäre nicht mehr in der Lage, die anderen an mir abprallen zu lassen, eine Gabe, um die sie mich früher beneidet hatte. Und ich wäre nicht mehr pünktlich, eine Eigenschaft, die sie so sehr an mir geliebt hatte. Ich entwickelte einen Hang zur Beschwerde. Wartezeiten waren mir immer egal gewesen, solange ich währenddessen telefonieren oder lesen konnte. Nun machten sie mich wütend. Ich bekam eine Allergie gegen Zeitverschwendung. Am schlimmsten jedoch fand ich alles, was mit Männerentertainment zu tun hatte. Bars, in denen man sich Whiskys und Zigarren vorführte, ganz zu schweigen von der deprimierenden Idee, sich gemeinsam mit fremden, schlecht bezahlten Frauen zu vergnügen. Dabei war es völlig egal, ob ich es mit mitteleuropäischen Baustadträten oder zentralasiatischen Gasfürsten zu tun hatte. Die weltweit gleichen Symbole für Geschmack und Erfolg strengten mich in ihrer Einfallslosigkeit mehr an als endlose Meetings. Also ließ ich es sein.

Mein Ruf, ungeduldig und unleidlich zu sein, verfestigte sich. Mark war von uns beiden schon immer der gute Cop gewesen, doch mit meiner Müdigkeit verschärfte sich dieser Kontrast noch. Diese Rollenverteilung brachte mir die Aufgabe ein, eine ganze Reihe von Mitarbeitern zu entlassen. Das war 2012 und 2013. Zwei große Projekte waren buchstäblich im Sand verlaufen, an einem anderen klebte ein Korruptionsskandal, der täglich mehr stank, so dass wir am Ende froh sein mussten, dass man uns den Auftrag entzog, bevor eine Untersuchungskommission eingeschaltet wurde. So ist das Baubusiness, dachte ich damals und hatte eine weitere Begründung für meine Schlaflosigkeit. Die Kündigungen kamen nicht vollkommen unerwartet, die Leute, jung und talentiert, würden weiterziehen, würden sich vielleicht selbstständig machen wie Mark und ich damals, trotzdem fühlte ich mich wie der Bote eines ungerechten Gottes. Es tut mir leid, aber ich muss dir mitteilen ... Es tat mir tatsächlich leid, und das dumpfe Gefühl, dass man mir nicht glaubte, machte es nicht besser.

Das verschlankte Büro bedeutete nicht mehr Zeit, zumal ich jetzt noch als Dozent arbeitete. Aber worauf hätte ich verzichten sollen? Ich hatte von einem Architekten gelesen, der in einem Zwei-Stunden-Schlaf-Wach-Rhythmus lebte wie ein Säugling. Zwei Stunden arbeiten, zwei Stunden schlafen und so weiter. Nach einem schrecklichen Monat wurde mir klar, dass mich diese Methode an den Rand des Wahnsinns bringen würde. Also lernte ich, mit wenig Nachtschlaf auszukommen und mir zwischendurch zwischen fünf und zwanzig Minuten Kurzschlaf zu gönnen. Es reichte nicht. Ich ging zur Akupunktur, ich legte mich in ein Schlaflabor, wo man mir ein Restless-Legs-Syndrom bescheinigte, was ich schon von Fleur wusste. Mein Hausarzt – Doktor Drexel, den Fleur Dr. Dre nannte – verschrieb mir ein Medikament mit dem Wirkstoff Modafinil, das mich noch müder machte. Er verschrieb mir Adderall, und ich bewegte mich für eine Weile wie ein Duracell-Hase, bis ich mich fragte, wie blöd man sein muss, als junger Mann einen Bogen um Drogen zu machen, um sich als mittelalter Mann Amphetamine einzuwerfen. Ebenfalls nach nur einem Monat setzte ich sie ab. Intramuskulär, das heißt mit einer dicken Kanüle in den Hintern, spritzte der Doktor mir B-Vitamine, die er »Grappa aufs Haus« nannte. Ich spürte keinen Unterschied. Drexels abschließender Rat lautete: Gegen Müdigkeit hilft Schlaf.

Ich lernte, im Taxi und im Flugzeug zu schlafen, beides konnte ich vorher nicht. Ich lernte, auf dem Badezimmerteppich meiner Schwiegereltern einen Powernap zu halten. Ich lernte, dass Kohlenhydrate mich müder machten als Eiweiße. Zum ersten Mal verstand ich alle, die koksten, sich mit Tabletten vollstopften, die versuchten, ihr Tempo aufrechtzuerhalten, wie auch immer. Hätte eine dieser Methoden bei mir funktioniert, ich hätte sie angewendet, egal ob legal oder gesund. Ich lernte autogenes Training und fragte mich, woher ich dafür die Zeit nehmen sollte.

Woher bekomme ich mehr Zeit? Das fragte ich mich auch an diesem Morgen. Ich lag allein auf dem Sofa, die Sonne im Gesicht, ich lag in der perfekten Lichtachse meines Wohnzimmers, ich hätte mich freuen können, aber ich fühlte mich, als hätte man mir gerade eine Hiobsbotschaft überbracht. Ich schaute auf mein Telefon. Anrufe in Abwesenheit, Textnachrichten, Fragen, die ich später beantworten würde. Als es an der Tür klingelte, rutschte ich vom Sofa und blieb auf dem Teppich knien. Ich war noch nie bei einem Kardiologen gewesen. Wann fing man damit an? Ich atmete langsamer – tat es weh, ging es überhaupt, ja –, als plötzlich Albert in meinem Seitenblick auftauchte und genauso erschrak wie ich.

Was machst du hier?, fragte er.

Ich habe frei, sagte ich, was machst du hier?

Ich habe frei, sagte er grinsend und ging zur Tür. Woher hat er dieses breite Kreuz, fragte ich mich, dabei hätte ich mich fragen sollen, woher mein Herzrasen kam. Ich setzte mich auf die Sofakante und schaute auf meine Füße. Ich wäre gern nach oben ins Bett gegangen, aber es ging nicht. Kurz darauf kam Albert mit einem anderen Jungen zurück, den er flüsternd vor sich herschob. Sie gingen hinunter in den Partykeller, das Relikt aus der Zeit unseres Vorbesitzers, das ich nie geschafft hatte zu beseitigen. Albert hatte ihn zu seinem Reich gemacht. Für den fremden Jungen muss ich ausgesehen haben wie ein versoffenes Wrack. Mittags, im Bademantel, schwer atmend auf dem Sofa. Bei Albert schien mein Anblick keine Fragen aufzuwerfen. Nach einer unbestimmten Zeit hörte ich ihn wieder, leise redend brachte er seinen Freund hinaus. Reaktionsunfähig blieb ich liegen. Er schwänzt Schule, dachte ich, wieso weiß ich davon nichts, ich kann mich darum nicht kümmern, wenn ich Pech habe, sterbe ich jetzt. Irgendwann setzte ich mich wieder auf. Ich starrte an die Wand, auf die Bilder, die dort hingen, von denen mich keins ansprach.

Wie nannte man diesen Zustand? Katatonisch. Er hielt an, bis Bojana hereinkam.

Was machen Sie hier?, fragte auch sie mich.

Wussten Sie, dass Albert die Schule schwänzt?

Bojana zog ihren Mantel aus, hängte ihn akkurat auf einen Kleiderbügel und öffnete alle Fenster.

Jaja, schwieriges Alter, sie stieß einen kleinen Lacher durch die Nase. Sie blieb vor mir stehen und blinzelte mich an: Aber wir waren auch nicht besser, oder?

Ich hatte mich nie näher mit Bojana beschäftigt, schon gar nicht mit Bojana als Schülerin. Plötzlich wurde mir klar, dass jede Person, die die Häuser anderer saubermacht, irgendwann einmal einen anderen Zukunftsplan gehabt haben musste. Ich sah ihr dabei zu, wie sie sich das Haar zu einem Dutt zwirbelte und feststeckte.

Sie haben frei, stellte sie betont gutgelaunt fest. Es war offensichtlich, dass ich ihr im Weg herumsaß, also raffte ich mich auf und ging nach oben ins Bad, wo ich nicht aufhören konnte zu duschen, während ich dachte: Ich schaffe das nicht. Vielleicht sagte ich es auch: Ich schaffe das nicht. Als ich mich beim Abtrocknen fragte, *was* ich nicht schaffe, fiel mir nur eine Antwort ein: alles.

Dann ging ich aus dem Haus. Ich ging einmal durch den Holland Park, dann nach Osten, grob in die Richtung, in der mein Arzt saß, bei dem ich keinen Termin hatte, und dann weiter. Zum letzten Mal war ich bewusst zu Fuß durch die Stadt gegangen, als Albert noch im Kinderwagen lag. Es war bewölkt. Ich hatte schneller genug vom Laufen als früher, aber in der U-Bahn würde ich zermalmt werden, in einem Taxi sofort ersticken. Ich ging weiter. In Soho ging ich so zielgerichtet in einen Store für Fahrradlifestyle, als wäre das seit Monaten mein Plan gewesen. Ich euphorisierte die Verkäufer mit meiner Kauflust. Anschließend ging es mir besser. Nach dieser Zubehörorgie würde ich mir ein Rennrad kaufen, eine Idee, um die ich seit Jahren herumschlich. Ich hatte immer für alles eine Lösung gefunden, war es nicht so? Auch wenn ich mich weiter wunderte über meine Krisenstimmung ohne Krise.

Ich kaufte Rotbarben und Gemüse, war in der Lage, mich durch andere Einkäufer zu schieben, also konnte ich heimwärts auch ein Taxi nehmen. Zu Hause sagte mir Fleur, ich sähe gut aus, ja richtiggehend erholt. Ich ließ das so stehen und fing an, den Fisch zu putzen. Wir nötigten Albert, aus seinem Keller zu uns aufzusteigen und mit uns zu essen.

Ich verschonte ihn mit der Frage, warum er den Vormittag zu Hause verbrachte, aber eine Sache interessierte mich schon, denn ich hatte ihn mit seinem Freund flüstern hören.

Sag mal, habe ich dich vorhin richtig verstanden?, fragte ich.

Was? Wann?

Fleur schaute zwischen uns beiden hin und her. Ich legte ihr filetierte Fischstücke auf den Teller.

Der Gärtner, sagte ich.

Albert hielt sich die Hand vor den Mund, um seinen Saft nicht über den Tisch zu verteilen, so lustig fand er es. Dann klärte er seine Mutter auf.

Ich so zu Ravi: Dem musst du nicht hallo sagen, das ist nur der Gärtner. Und Ravi so: Echt, Mann? Was macht der auf eurem Sofa? Ich so: Mein Vater lässt ihn hier chillen.

Fleur kicherte amüsiert, als wäre das eine super Geschichte. Albert schüttete sich aus vor Lachen.

Und das Geile war: Ravi hat's geglaubt.

FLEUR

Unsere Gründe zur Sorge waren so verschieden wie wir. Doch dieses Mal kamen wir zu demselben Schluss. Albert sollte auf ein Internat.

Er und ein paar andere Jungs hatten nachts in Knightsbridge Schaufenster und Plakate mit riesigen Dick Pics überklebt. Womit?, fragte Gabriel, und ich bekam unabsichtlich einen Lachanfall, der in ein überfordertes Heulen überging. Sie hatten sich diese teure Gegend ausgesucht, um wirkungsvolles Videomaterial von der Aktion ins Netz stellen zu können, die Albert als Guerillakunst und Konsumkritik bezeichnete. Sie waren zu viert, schnell und geschickt wie Profibankräuber, sie hatten sich vermummt. Albert, der aus Coolnessgründen nur noch *Paper* sagte, wenn er Geld meinte, hatte die Plakate online bestellt und mit Plastik bezahlt – Gabriels Kreditkarte. In der bestmöglichen Auflösung und Papierqualität, denn Albert, das wussten wir beide, war das Gegenteil eines Konsumverächters. Mit dem Sujet schien die Druckerei kein Problem gehabt zu haben, im Gegenteil, Gabriel war dort jetzt aufgrund des Auftragsvolumens Premiumkunde. Albert war der Einzige der Gang, dem man die Tat nachweisen konnte, aber er war sicher nicht der Mastermind. Dieser Streich war nicht seine Art zu denken, er machte Musik, er kommunizierte nicht über Bilder, schon gar nicht über Schwanzbilder. Ich war es, die einen verklemmten Bogen um seinen Laptop machte, die eine regelrechte Panik vor seinem Browserverlauf entwickelt hatte, während er alles herumliegen ließ. Es war absurd. Mama hatte Angst vor Pornos, während er nun die Stadt damit plakatierte. Zum Glück nicht mit Bildern von sich selbst, wie Gabriel und ich erleichtert feststellten. Gabriel gestand ihm auch zu, dass er die anderen nicht verpfiff, denn er hatte ihm immer gesagt, wie erbärmlich Petzen sei. Ich wollte schon wissen, wer dabei war – nicht, weil ich scharf darauf war, dass seine Freunde bestraft wurden, sondern weil ich mich nun ernsthaft fragte, wen er traf. Natürlich sagte er es auch mir nicht. Fast sehnte ich mich nach seiner kindlichen Eigenbrötlerei zurück. Als ich ihn dann zufällig nackt sah und große Blutergüsse entdeckte, die er mit *ein paar Typen und ich hatten Stress mit ein paar anderen Typen* begründete, bekam ich Angst.

Und so war ich es, die das Thema Boarding School wieder aufbrachte. Gabriel musste ich nicht überzeugen, am liebsten hätte er ihn sofort auf ein Jesuitenkolleg in Paris geschickt, Kaderschmiede künftiger Entscheider, doch dafür waren Alberts Leistungen nicht elitär genug. Trotzdem sollte es Frankreich sein. Schulnamen wie Sacré-Cœur und Notre-Dame de Soundso ließen in Gabriels Kopf eine Symphonie des Richtigen und Guten erklingen, die ich zwar lächerlich fand, die mir aber lieber war als Alberts unsichtbare Künstler- und Schlägerfreunde. Wir einigten uns auf ein zweisprachiges Internat in der Nähe von Rennes. So konnte ich mir einreden, Albert bliebe in meiner Nähe, ich müsste nicht fliegen, ich könnte jederzeit zu ihm in die Bretagne fahren. Die Schule hatte alles, was aus Gabriels Sicht dazugehörte. Katholischer Hintergrund, obwohl er nichtpraktizierender Protestant war und ich Agnostikerin, Pferde, alte Gemäuer, konservative Schuluniformen und eine Tagesordnung, die sich an der eines Klosters orientierte und maximal eine Stunde am Tag für die Nutzung von Mobiltelefonen und Internet vorsah. Besonders begeistert war Gabriel von dem Versprechen, man würde die Kinder auf die Aufnahme in Cambridge vorbereiten.

Albert war weniger schockiert, als ich es erwartet hatte. Während wir weniger wütend waren, als er es nach seiner Aktion erwartet hatte. Sieh es nicht als Strafe, sagte Gabriel ihm, sieh es als Option. Hier hast du Ärger plus schlechte Noten, deshalb tun wir jetzt was, so einfach ist das. Zum Einsatz seiner Kreditkarte verlor er maximal einen gemurmelten Halbsatz wie *künftig vorher Bescheid geben, ja?*

Nach diesem Gespräch ging er mit ihm in ein Nose-to-tail-Restaurant. Maske und Achillessehne vom Lamm waren Gerichte, die sich nach Mutprobe anhörten und damit nach Alberts Geschmack. Sie kamen spät und in guter Stimmung nach Hause.

Und? Gab's Beschwerden?, fragte ich.

Gabriel, früher tolerant, vielleicht auch desinteressiert an den Fehlern anderer, hatte sich zu einem so peniblen Restaurantbesucher entwickelt, als wäre er der Mann, der die Michelin-Sterne verteilt.

Nein, es war ganz ausgezeichnet, alles war durchweg zu unserer absoluten Zufriedenheit, sagte Albert in Gabriels Tonfall und mit einem deutschen Akzent. Gabriel winkte nur kopfschüttelnd ab, ich lachte. Wie ausnahmslos immer, wenn mein Sohn Akzente imitierte. Er hörte jede Feinheit. Sein Ukrainer hörte sich anders an als sein Russe, sein Österreicher anders als sein Deutscher. Ständig erfreute er mich mit Situationen wie: Italienische Touristin findet, dass der Wein korkt, somalischer Apotheker rückt verschreibungspflichtiges Medikament nicht raus oder Taxifahrer aus Martinique erzählt einen Witz und versaut die Pointe – mein persönliches Highlight, das ich mir immer wieder von ihm wünschte. Sein Meisterstück war natürlich: Deutscher möchte den Manager sprechen. Ich war mir sicher, dass er sich auch am Telefon regelmäßig als Gabriel ausgab. Gabriel lachte je nach Tagesform mit oder fand es eine Unverschämtheit, sich über Leute lustig zu machen, die im Gegensatz zu ihm, Albert, mehrere Sprachen beherrschten.

Im Grunde spricht er jede Sprache, sagte ich irgendwann, nur eben auf Englisch.

Ach, hör doch auf, blaffte Gabriel.

An diesem Abend jedoch schien alles in Ordnung zu sein. Albert hatte ein Glas Wein bekommen, Gabriel den Rest der Flasche getrunken, mein Sohn unterhielt mich weiter mit seinem eigentümlichen Sprachtalent, bis auch mein Mann mitlachte. Jetzt keine Wehmut aufkommen lassen, befahl ich mir.

Zwei Wochen später brachten wir ihn nach Frankreich, und ich war plötzlich allein. Ich hatte mich nie fragen lassen müssen, was ich den ganzen Tag über machte, jetzt fragte ich es mich selbst. Gabriel gab vor, glücklich über seinen Dozentenjob zu sein, er redete ständig davon, dass wir jetzt Zeit für uns beide haben würden, dabei hatte er nicht einmal Zeit für sich selbst. Während ich zu viel davon hatte, was mich zum ersten Mal in meinem Leben störte.

Kein Hahn krähte nach Übersetzern, in der Regel nicht einmal der Autor selbst. Die Verlage vergaben die Aufträge und die Sache lief. Und Emma war eine Gelddruckmaschine, die irgendjemand für den englischsprachigen Markt zu präparieren hatte – und die nun ausdrücklich um einen anderen Übersetzer gebeten hatte. Sie meldete sich nicht bei mir, ich fragte mich ab und zu, warum das Manuskript dieses Mal so spät kam, bis ich irgendwann erfuhr, dass der neue Übersetzer bereits seit Monaten daran saß. Nach neun Büchern tat das weh, vor allem, weil ich nicht verstand, was passiert war. Ich schrieb ihr eine lange E-Mail, die ich nächtelang immer wieder abänderte. Ich schrieb ihr, dass es überhaupt kein Problem für mich wäre, nicht mehr ihre Übersetzerin zu sein, dass diese Entscheidung nichts daran ändern müsste, dass wir uns kannten. Ich vermied das Wort Freundschaft, nichts ist erbärmlicher als eine einseitige Freundschaft. Ich bat sie um Erklärungen, und währenddessen konnte ich förmlich hören, wie sie Azzedine, ihrem Mann, meine Worte vorlas. Höhnisch, mitleidig, genervt, womöglich sogar erstaunt: Was will diese Frau von mir? Eine Möglichkeit schlimmer als die andere. Ich schickte nichts ab. Ich wartete auf eine Gelegenheit, Emmas Fünfzigsten, und gratulierte ihr. Ich bekam eine Antwort in Form einer Sammelmail.

Spammer, Freunde, Feinde und Kollegen! Ihr alle wisst, dass ich kein großer Fan meines Geburtstags bin, trotzdem habt ihr mich mit euren Glückwünschen belästigt, und wohlerzogen, wie ich bin, bedanke ich mich hiermit! Auf die Gesundheit, Emma.

Das war's, finde dich einfach damit ab, dachte ich und traf Morris, Emmas englischen Verleger, zum Lunch.

Wir saßen in einem Restaurant voller Frauen. Ich nahm an, dass es sich bei den winzigen Portionen um eine genderspezifische Anpassung an die Gäste handelte, die sich gleichzeitig auch noch positiv auf den Gewinn auswirkte. Dünne Gäste, glücklicher Wirt. Das Essen war ausgezeichnet.

Nimm es nicht persönlich, schau dir an, wie sie die Verlage gewechselt hat, wie ihre Unterhosen, sagte Morris, nachdem wir genug herumgeplänkelt hatten, und spießte seinen letzten Shiitakepilz auf.

Weißt du, Morris, sagte ich mit dem beschissenen Gefühl, zu Kreuze zu kriechen, eigentlich wollte ich dich nicht wegen Emma treffen, sondern um dich zu fragen, wie es bei dir mit Stellen für freie Mitarbeiter aussieht.

Oh? Morris pantomimte dem Kellner einen espressotrinkenden Mann und zeigte ihm zwei Finger und seine langen, schneeweißen Zähne.

Da müssen wir schauen. Was wir auf keinen Fall wollen, ist, dass du einen Job unter deinem Niveau machst, nur weil du kurzfristig das Gefühl hast, die Decke würde dir auf den Kopf fallen. Ein Job um des Jobs willen, wenn du weißt, was ich meine.

Ich nickte.

Ein weiteres, nicht unerhebliches Problem ist dein Nachname. Wieso solltest du als Verlegertochter in einem kleineren Verlag unter ferner liefen arbeiten, wie sieht denn das aus? Ich meine von außen, aber auch intern, also für alle Beteiligten.

Mein Vater ist kein Verleger, sagte ich, das ist entfernte Verwandtschaft. Was Morris mit einer Handbewegung wegwischte.

Ich will ganz ehrlich zu dir sein: Ich brauche junge Leute mit Hunger und Biss. Dreißigjährige, die schon zehn Jahre Erfahrung haben, wenn du weißt, was ich meine.

Ich nickte nur. Was sollte ich auch sagen? Ich hatte jahrelang ein Leben gelebt, in dem mir Wahrheiten dieser Art egal sein konnten.

Am Nachbartisch waren zwei Frauen aufgetaucht und begrüßten ihre Freundinnen mit lautem Trara. Morris drehte sich zu ihnen und musterte sie von oben bis unten, ließ die Designernamen durch sein Hirn rattern.

Weißt du, Fleur, Morris drehte sich wieder zu mir, das Tröstliche ist doch, dass du auch nicht arbeiten musst.

Was heißt *auch*?

Die Einzigen, die hier in diesem Raum arbeiten müssen, sind die Kellner und ich. Wenn mein Rat dich also interessiert: Nimm dir ein Beispiel an diesen Ladys, geh hauptberuflich zu Mittag essen und beklag dich beim Rosé über deinen Mann.

Vielleicht arbeiten sie ja.

Ja. Vielleicht. Vielleicht bin ich auch Miss Bahamas.

Es geht nicht nur ums Geld.

Es geht immer und ausschließlich ums Geld. Es tut mir leid, dass ich dir diese Neuigkeit überbringen muss, die dir nicht so neu wäre, wenn es dir nicht so gut ginge. Sei froh, dass du dein deutsches Soldatenmännlein hast. Er wird sich für dich den Arsch aufreißen, bis er umfällt.

Höchste Zeit, dass mich jemand daran erinnert. Danke, Morris.

Es war mir ein Vergnügen. Aber im Ernst, Fleur, Morris wühlte in seinen tausend Jackentaschen herum, lass die Jüngeren ran. Sie brauchen die Jobs, du nicht.

Lass mich das machen, bitte, sagte ich und winkte dem Kellner.

Danke und die allerwärmsten Grüße an den Kreditkarteninhaber. Wie geht's ihm eigentlich, alles gut?

Er arbeitet viel, wie immer.

Recht so, sagte Morris.

Draußen stellten wir uns unter die Markise und rauchten, Schulter an Schulter wie zwei Schüler. Nimm es nicht persönlich, sagte mir Morris noch einmal und meinte damit sowohl Emma, die er netterweise als froschfressende Frusthexe bezeichnete, wie auch die Tatsache, dass mein Marktwert gen null tendierte.

Am Abend erzählte ich Gabriel von meinem Vakuum, der sich bemühte, das Thema ernst zu nehmen, was ihm nicht ganz gelang. Das absurd große Geschenk, das er mir machte, seit wir uns kannten: dass er mich nie infrage stellte – es hinderte ihn auch an der Einsicht, dass ich selbst weniger zufrieden mit mir war als er. Shoppen, Gärtnern, Dekorieren waren nie mein Ding gewesen, auch das hatte er nie infrage gestellt. Jetzt hätten diese Ehefrauenbeschäftigungen mir wenigstens vorgaukeln können, mein Leben ergäbe einen Sinn. Ich muss was tun, sonst verschwinde ich, sagte ich. Und dachte, wenn er jetzt sagt: Du bist perfekt, Fleur, haue ich ihm eine rein. Und wenn du doch noch promovierst?, fragte er, während er auf seinem Telefon herumtippte. Und dann?, fragte ich.

Vermisst du ihn nicht?, fragte ich ihn am nächsten Morgen, als er sich auf den Weg ins Büro machte, ohne eine halbe Stunde nach Albert rufen zu müssen.

Doch, schon, aber irgendwann wird er ganz weg sein, sagte Gabriel.

Albert rief mich regelmäßig an, um mir zu sagen, dass er nach Hause wolle. Er wollte zurück in sein Leben, in dem er nicht nur durch London gezogen war, sondern auch Internetaktivitäten betrieben hatte wie einen Job. Als er sich auf das Internat einließ, hatte er geglaubt, mit seinen Followern und Gamefreunden in Kontakt bleiben zu können. Daran gewöhnt, Verbote einfach zu umgehen, hatte es ihn schockiert, dass man das Internetverbot nicht nur aussprach, sondern den Schülern ihre Geräte abnahm. Ich kann auf niemanden mehr reagieren, maulte er ins Telefon, ich habe keine Zeit, meine Sachen hochzuladen, das WiFi hier ist so lahm wie im Mittelalter, alles, was ich mir aufgebaut habe, ist für'n Arsch. Ich bin buchstäblich tot!

Sei ein Star, mach dich rar, schlug ich ihm vor.

Ein Star ist sichtbar, sagte mein Millenniumskind. Wir sind nicht in den Achtzigern.

Die Achtziger. Sie waren das Synonym für eine sehr, sehr lang zurückliegende Zeit. Alles, was davor lag, war so prähistorisch, dass er es nur über die Musik erfassen konnte. Ich wusste, dass ich sein Problem ernst nehmen musste, wenn ich weiterhin von ihm ernst genommen werden wollte. Das heißt nicht, dass mir eine Lösung einfiel, ich konnte ihm schlecht anbieten, mich um seine Accounts zu kümmern, bis er fertig war mit der Schule.

Mein Gott, er wird es überleben, sagte Gabriel.

Es hört sich banaler an, als es ist. Wenn ich das richtig verstanden habe, hat er sich eine Art Karriere im Netz aufgebaut, die ihm wichtig ist.

Karriere, sagte Gabriel. Du willst mir jetzt nicht ernsthaft vorschlagen, dass er für diese Karriere auf seinen Schulabschluss verzichten soll?

Ich hatte ihn noch nie Anführungszeichen in der Luft machen sehen. Eine Geste, die nicht zu ihm passte. Dann schaute er wieder in seinen Laptop – wie Albert, wenn er dürfte.

Nein, aber völlig ignorieren sollten wir sein Leben auch nicht. Stell dir vor, man hätte dir Bücher verboten oder deine Modellflugzeuge. So muss es sich für ihn anfühlen.

Man hat mir alles Mögliche verboten. Und man hätte mir einen Vogel gezeigt, wenn ich meine Kinderhobbys als Karriere bezeichnet hätte. Er soll aufhören, so zu tun, als wäre er in einem Gulag. Er kann dort tun, was er auch hier getan hat. Zum Beispiel Schlagzeug spielen. Das Einzige, worauf er verzichten muss, ist sein dubioses Publikum. Und dass ihm das so unglaublich schwerfällt, beweist nur, dass wir alles richtig gemacht haben. Betrachte ihn als temporär nicht zurechnungsfähig. Wenn wir jetzt einknicken, wirft er uns das später vor.

Und dann gab Albert plötzlich Ruhe. Ein dreiviertel Jahr lang hörte er sich fast glücklich an. Er hätte einen Freund, sagte er mir, Julien hier und Julien da. Interessanterweise gab es nichts, was wir ihm schicken sollten. Also überwies ich ihm ab und zu Geld, auch um die Frequenz seiner Anrufe stabil zu halten.

Na bitte, sagte Gabriel, als ich ihm eine zufriedene, wenn auch vor Rechtschreibfehlern strotzende E-Mail von Albert zeigte.

Drei Monate später leistete er sich sein nächstes Ding. Man zitierte uns nach Frankreich. Zu zweit ist nicht alles leichter, ein Gespräch mit einem verärgerten Schulleiter jedoch schon. Ich war ständig allein bei seinen Lehrern und Headmastern gewesen und hatte auch die Plakataktion allein geregelt, zumindest den unangenehmen Teil der Gespräche. Gabriels Abwesenheit war immer in Ordnung für mich gewesen, jetzt fand ich zum ersten Mal, dass er am Zug war. Außerdem hatte er sich freigenommen, weil er mit Barnett und ein paar Freunden nach Griechenland wollte.

Ist das okay für dich?, fragte ich ihn rein rhetorisch.

Er schaute mich stumm an, setzte seine Brille ab und rieb sich mit den Fäusten die Augen. Immer, wenn er das machte, konnte ich kurz sehen, wie er als Kind ausgesehen haben muss. Ich weiß nicht, ob ich ihm je gesagt habe, wie weich mich diese Geste klopfte, ich glaube nicht. Ich schaffte es, hart zu bleiben, indem ich mir zwei Schlaftabletten genehmigte und um neun zu Bett ging.

Ich schlief, als hätte man mir mit einem Vorschlaghammer auf den Kopf gehauen. Als ich aufwachte, war er schon weg. Als er am nächsten Vormittag zurückkam, schlief ich noch. Er brachte mir Tee ans Bett. Seine Segelfreunde warteten in Athen auf ihn, er hatte seine Pflicht getan und übergab jetzt wieder an mich. Nachdem er zehn Minuten im Ankleidezimmer herumrumort hatte, stellte er sich vor unser Bett. Schon im Flugzeug würde nicht zu übersehen sein, dass dieser Mann demnächst in See stechen würde. Ohne Kontaktlinsen schaute ich auf eine verschwommene Ralph-Lauren-Werbung. Er beugte sich zu mir hinunter, küsste mich, sagte mir, dass unser Delinquent unten saß und dass er mich liebte. Dann rief er sich ein Taxi.

Als ich nach unten kam, lag Albert auf dem Sofa. Zumindest hatte er seinen Körper dort abgelegt, während sein Geist durch die Weiten des Internets tingelte. Seine letzten Ferien hatte er nicht mit uns verbracht, sondern in einem Camp, in dem er Kitesurfen lernen sollte. So hatte ich seinen letzten Wachstumsschub verpasst. Eine Metamorphose hatte stattgefunden, mein Kind war verschwunden, stattdessen fläzte da ein breitschultriger Mann, der dringend seine Socken hätte wechseln müssen. Ich drückte ihn, er ließ es kurz über sich ergehen und wehrte mich dann ab.

Und, fragte ich, was gibt's Neues?

Der Grapefruitsaft schmeckt nach Räucherstäbchen, sagte er und nickte sparsam Richtung Couchtisch, wo sein Glas stand.

Er meinte das genau so. Ich hatte nach dem Neuesten gefragt, und das war seine Antwort. In der Regel eine Beschwerde, seinen Komfort betreffend. Nach einer Schulsuspendierung könnte es auch andere Themen geben, die man mit seiner Mutter bespricht. Man könnte sich verteidigen, man könnte versuchen, sich zu erklären, alles in allem könnte man ein bisschen kleinlaut sein, aber nicht Albert. Ohne Personal aufgewachsen, verhielt er sich konsequent so, als hätte er welches. Hatte er in gewisser Weise ja auch: mich.

Und sonst so?, fragte ich.

Ich hatte sein Schulterzucken seit Monaten nicht zu sehen bekommen, und es gefiel mir keinen Deut besser.

Albert, ich habe dich etwas gefragt. Das ist alles nicht so toll, und es wäre schön, wenn du wenigstens mit mir redest. Wir sind übrigens die, die auf deiner Seite sind.

Er kratzte sich und gähnte.

Was willst du denn wissen, du weißt doch schon alles.

Ach? Ist das so?

Ich hatte mir immer was darauf eingebildet, wie gut ich ihn verstand. Es ist gar nicht so schwer, dachte ich, schließlich war ich auch mal so alt wie er. Jetzt allerdings hatte ich starke Zweifel, dass ich mit fünfzehn auch so ein Arschloch war. Ich war zickig, ich war undankbar, aber ich war mir sicher, dass ich meine Mutter niemals angeschaut hatte wie eine lästige Schmeißfliege. Ich riss ihm das iPad aus der Hand und hob zu einem Vortrag an, der mir selbst auf die Nerven ging. Ich lief vor dem Sofa auf und ab, hielt ihm seine Fehltritte der letzten Jahre vor und enttäuschte mich selbst. Ich rechnete meinem eigenen Kind die Kosten für sein Dasein vor. Ich hörte mich an, wie ich mich nie anhören wollte: humorlos und weinerlich. Er unterbrach mich mit seiner neuen, seltsamen Männerstimme.

Kannst du mal bitte aufhören mit dem Scheiß, das weiß ich doch alles, was soll das?

Er schraubte sich aus den Polstern und stampfte an mir vorbei, sein schmutziges Geschirr auf dem Tisch klirrte. Ich hasse es, wenn Leute gehen wie Godzilla.

Hey! Ich bin noch nicht fertig.
Ich aber! Du nervst.
Du nervst natürlich kein bisschen.
Ich sprang auf und folgte ihm nach unten, weiterhin fassungslos über dieses unwürdige Mutter-Teenager-Dramolett, in das er uns hineinzwang.
Albert, tut mir leid, aber ich werde dich jetzt nicht in Ruhe lassen, wir werden jetzt reden.
Er riss die Schiebetür zum Poolbereich auf und drehte sich nach mir um.
Kannst du nicht einfach den Mund halten und mir eine scheuern?
Bitte?
Knall mir doch einfach eine und fertig.
Du willst, dass ich dich schlage?
Ja. Wie Gabriel.
Gabriel?
Ja, Gabriel. Das war mir ehrlich gesagt lieber als dein Gekeife.
Gabriel hat was?
Albert zuckte die Schultern und schob die Türen hinter sich zu.

GABRIEL

Du schlägst mein Kind?, kreischte sie, als ich sie aus Athen zurückrief.

Fleur, bitte beruhige dich, ich habe ihm eine Ohrfeige gegeben. Das ist zugegebenermaßen nicht die größte pädagogische Leistung meines Lebens, aber es ist auch keine Misshandlung.

Sie atmete dramatisch in den Hörer. Ich hatte sie ungern allein gelassen, aber dieser Törn war seit einem Jahr geplant, und ich sah nicht ein, dass wir unser gesamtes Leben Alberts Kapriolen unterordnen sollten.

Und vielleicht könntest du aus der unendlichen Quelle deines Mitgefühls ein Tröpfchen für mich abzweigen. Dann kämst du eventuell auf den Gedanken, dass auch ich mit meinem Latein am Ende bin, dass ich wirklich nicht mehr weiß, was ich ihm noch sagen soll. Man will ihn auch für viel Geld nicht weiter unterrichten, und alles, was ihm dazu einfällt, ist, mir ins Gesicht zu lachen, weil er jetzt endlich wieder unbegrenzt ins Internet kann. Was hätte ich denn deiner Meinung nach tun sollen?

Ich weiß es doch auch nicht! Sie hörte sich an wie eine Frau im Angesicht einer Katastrophe.

Soll ich zurückkommen? Oder wollt ihr nach Griechenland kommen?

Nein, lass mal. Ich will, dass Albert eine Weile hierbleibt und zur Ruhe kommt. Außerdem kommen meine Eltern morgen.

Sie verließ London nicht, weil er es nicht wollte. Weil der Prinz in seinem Zauberkeller herumhängen und seine Follower mit Nonsens versorgen wollte.

Du musst aufhören zu denken, dass wir uns seine Liebe kaufen müssen, das ist falsch. Kinder sind korrupt, aber es ist nicht so, dass sie ihre Eltern nur lieben, wenn alles nach ihrem Willen läuft. Hab von mir aus Verständnis für alles, aber mach dich nicht erpressbar, okay?

Du darfst ihn nie wieder schlagen, versprich mir das!

Noch mal: Eine kleben ist nicht schlagen.

Was ist es dann?

Es ist eine veraltete Erziehungsmethode, die man heutzutage nur noch im äußersten Notfall anwendet. Und dieser Notfall lag eindeutig vor.

Wir besprechen das, wenn du zurück bist.

Ich rief sie noch ein paar Mal an, aber sie war immer kurz angebunden. Ich sah nicht ein, dass wir eine Meinungsverschiedenheit haben sollten. Alberts letzte Aktion ließ keine Meinungsvielfalt zu. Er war zu weit gegangen, Punkt.

Im Internat hatte er sich mit einem Externen angefreundet, einem Jungen aus einer der umliegenden Kleinstädte. Er schien also zumindest keinen Dünkel zu haben, sagte Fleur. Was ich nicht ganz verstand. Er konnte gar keinen Dünkel haben, denn dafür hätte er sich erst mal für das soziale Gefüge interessieren müssen. Unser Sohn hatte sein eigenes Klassensystem. Ein duales, bestehend aus den Leuten, die ihn interessierten, und der Mehrheit, die er ignorierte. Eigentlich gefiel mir diese Radikalität. Wie auch seine Kreativität. Er war ein Nerd. Und zu seinem Glück wuchs er im Nerdzeitalter auf. Auch wenn ich es manchmal lieber gesehen hätte, wenn er ein Streber alter Schule gewesen wäre. Ich habe mit diesem Status absolut kein Problem gehabt und auch keinen sozialen Stress. Ich bin in der Schach-AG gewesen, ich habe Modellflugzeuge gebastelt und Cordhosen und Pullunder statt Jeans getragen, ich habe die anderen abschreiben lassen, man mochte mich oder auch nicht, und man ließ mich in Ruhe. Alberts Expertentum betraf nur Felder, die ihm in der Schule nichts nutzten. Leider.

Er hatte also diesen Freund, Julien, mit dem er angeblich Backgammon spielte und seine Nachmittage im Wald verbrachte. Was sie dort tatsächlich trieben, ist so bizarr, dass ich den Streich mit den sogenannten Dick Pics dagegen fast lustig fand. Sie hatten ein riesiges Grab ausgehoben. Mit zwei mickrigen Spaten buddelten sie tagelang im Waldboden herum, verbreiterten und vertieften das Loch. Ein paar Mal trafen sie sich auch nachts und gruben mit Taschenlampen. Es war ihr Fortsetzungsspiel, ihr Projekt. Ob sie sich dabei unterhielten, ob sie lachten, kifften oder sich Geschichten ausdachten, ob sie irgendetwas, das sie gesehen hatten, nachspielten, wir werden es nicht erfahren, weil sie sich darüber ausschwiegen. Natürlich sagten sie uns auch nicht, ob sie von Anfang an einen Plan hatten, oder ob sie erst die Grube aushoben und sich dann überlegten, was sie mit ihr anfangen sollten. Sie klauten den Wagen einer Lehrerin, fuhren damit durch die Gegend und schließlich in den Wald und in ihr Erdloch hinein. Die nächsten Tage, in denen man unter allen Schülern Nachforschungen anstellte, was mit dem Auto der Lehrerin passiert sein könnte, trafen sie sich nach dem Unterricht weiter ihm Wald, wo sie ihr Werk zu Ende brachten, indem sie das Loch zuschaufelten und abdeckten.

Sie waren zwei sonderbare Typen, deren Freizeitgestaltung dummerweise über die Kategorie *Sonderbar* hinausging. Hätte es sich um einen unbeliebten Lehrer gehandelt, sie wären immerhin als Helden von der Schule geflogen. Madame Giordano war Lateinlehrerin, Albert hatte noch nicht einmal Unterricht bei ihr. Als ich mich bei ihr entschuldigte, schien sie die ganze Geschichte eher rätselhaft als schockierend zu finden. Sie sagte, sie kenne Albert nur vom Sehen, ein netter Junge, wie sie bisher angenommen hatte, was war bloß in ihn gefahren? Ich wusste es auch nicht.

Madame Giordano war attraktiv und eher meine Altersklasse als seine, aber das musste gar nichts heißen. Es war möglich, dass es sich um eine Art von Anmache handelte, wenn auch eine komplett missglückte. Ich sagte ihr, dass ich mich um eine schnellstmögliche Schadensregulierung kümmern würde, und sie lächelte ein schmales Pflichtlächeln, das wohl bedeuten sollte, dass ich viel größere Probleme hatte als einen Anruf bei meiner Versicherung. Und damit lag sie völlig richtig. Ich hatte nicht nur keinen Anspruch auf einen Penny für den Vandalismus meines Sohnes, ich hatte auch keinerlei Mitspracherecht bei der Frage seines Verbleibs auf dieser Schule, die ohnehin entschieden war, wie mir der Rektor umständlich und höflich, aber unmissverständlich klarmachte. So leid es ihm auch täte. Ich fragte mich, wieso ich mir diesen Gang nach Canossa überhaupt angetan hatte. Ich hätte mich telefonisch entschuldigen können mit der Bitte, meinen Sohn in den nächsten Zug zu setzen, stattdessen saß ich im Büro des Rektors und schaute in ausnahmslos verkniffene Gesichter. Der Rektor, den ich nur in Umrissen sah, weil die Sonne ihn direkt von hinten beschien, bat durch eine uralte Gegensprechanlage um Kaffee für alle, was wohl beweisen sollte, wie überaus kultiviert man an dieser Einrichtung selbst mit den Eltern der schwärzesten Schafe umging. Oder bevorzugen Sie Tee? Nein danke, sagte ich. Neben mir saß die Mutter des anderen Jungen, die ich erst für eine Lehrerin gehalten hatte, weil sie sich nicht entschuldigte, sondern genauso viel Vorwurf ausstrahlte wie der Rektor. Gut, dass ich zu diesem Zeitpunkt noch nicht wusste, dass ihr Sohn auf der Schule bleiben durfte. Womöglich hätte ich etwas gesagt, was ich später bereut hätte. Der Junge war Stipendiat, seine Mutter allein mit zwei Söhnen, die Schule zeigte wohl soziales Gewissen.

Nach dem mit Abstand unangenehmsten Kaffeetrinken meines Lebens setzten wir uns in den Geländewagen des Hausmeisters und fuhren in den Wald. Der Rektor, Alberts Klassenlehrerin, Juliens Mutter und ich. Ich schaute aus dem Fenster und sparte mir die Zwangskonversation. Ich würde diese Leute nicht wiedersehen, und sie würden mir jetzt zeigen, weshalb. Wir liefen durch den nassen Wald zu der Stelle, wo man das Auto aus dem Loch gehoben hatte. Ein nagelneuer, himmelblauer Fiat Cinquecento, der zu der hübschen Lateinlehrerin passte. Ein Auto, das für Dolce Vita stehen sollte und das man nun exhumiert hatte wie einen verscharrten Leichnam.

Herausgekommen war dieser sogenannte Streich, weil Julien sich bei seinem Bruder verplaudert hatte, woraufhin ein paar ältere Jungs den Wagen ausgraben und verkaufen wollten. Dabei wurden sie von Forstangestellten erwischt, die sich schon seit Wochen gefragt hatten, wer einzelne Bäume abgesägt und liegengelassen hatte. Die Jungs hatten sich Platz verschafft, um mit dem Auto direkt an ihr Loch fahren zu können. Und Albert, das Genie, war so blöd gewesen, seinen Pullover in dem Wagen zu vergessen. Dass sein Freund sich verplappert hatte, war zwar fatal für die beiden, zeigte aber immerhin, dass sie Kinder waren und keine ausgewachsenen Psychopathen.

Es regnete. Die Hände in den Manteltaschen standen wir an diesem Loch wie Schauspieler in einem Thriller. Ich befahl mir, mich wie auf einer Baustelle zu fühlen, nicht wie an einem Grab. Arbeiter liefen in Gummistiefeln herum, beförderten den Fiat auf einen Abschleppwagen und verströmten eine Geschäftigkeit, die mir besser gefiel als die dramatischen Gesichter der anwesenden Lehrer. Vielleicht hatten die Jungs zu viele Serien geschaut. Vielleicht war das Auto die harmloseste ihrer Ideen gewesen, und ich musste froh sein, dass es nur ein Auto war. Ich hatte mich schon viel über meinen Sohn geärgert, ihn aber bis dahin nicht unheimlich gefunden.

Albert lag in seinem Zimmer und las. Seine Koffer standen gepackt neben ihm. Der Erzieher, der mich zu ihm gebracht hatte, ließ uns allein. Grußlos fragte er mich nach seiner Mutter. Ohne darauf einzugehen, fragte ich ihn nach seiner Frisur. Er trug Dreadlocks, die ihm überhaupt nicht standen. Mein krauses und Fleurs seidenglattes Haar hatten bei ihm große Locken ergeben, die man Engelslocken nannte, als er noch klein war und mehr Engelseigenschaften hatte. Sie waren zu fein, um zu richtigen Dreadlocks zu verfilzen, mickrig und in zu großen Abständen baumelten sie an seinem Kopf, den sie zu klein wirken ließen. Ich hatte gehofft, dass dieses ausgesucht konservative Internat seine Schüler durch Vorschriften vor der eigenen Verunstaltung schützt. Nö, klärte mich Albert auf, er habe seine Frisur sogar schriftlich beantragt. Mit Begründung des ethnischen oder religiösen Backgrounds durfte man alles tragen: Kippas, Kopftücher, Turbane, Dreadlocks. Er hatte geschrieben, er wünsche diese Frisur, um die Tradition seines Großvaters väterlicherseits, einem Rastafari, fortzuführen, und erhielt die Erlaubnis. Alles andere wäre Diskriminierung gewesen, das konnten sie sich nicht leisten, katholisch hin oder her, klar, oder? Eigentlich hätte er sich auch noch eine Sondergenehmigung für Marihuana erteilen lassen können, sagte er grinsend, das gehöre zur Rastafari-Religion und diene der besseren Kommunikation mit seinem Gott Jah. Ich nickte interessiert, als führten wir ein Gespräch unter Erwachsenen.

    M-hm, Jah also. Ich nehme an, Jah steht für Jahwe?

    Er sah mich nur genervt an.

    Seinem afrikanischen Großvater, meinem Vater, wurde in Abwesenheit die Ehre zuteil, ein cooler Hund zu sein. Er wusste nichts über ihn, es gab nichts, was ich ihm über diesen Mann hätte erzählen können, aber offenbar bot er eine bessere Projektionsfläche als wir anwesenden Erwachsenen. Vielleicht lag es an seiner Leidenschaft für Drums, vielleicht lag es auch einfach daran, dass er uns und insbesondere mich momentan zum Kotzen fand.

Es wäre schön gewesen, wenn du so viel Engagement an anderer Stelle gezeigt hättest, dann wäre ich jetzt nicht hier, sagte ich.

Es wäre schön gewesen, wenn du mich gefragt hättest, ob ich überhaupt hierher will.

Eine Antwort dieser Art hatte ich erwartet. Und natürlich spiegelte er mich, indem er meinen Akzent imitierte. Leider fehlte ihm dafür jetzt Fleur, sein Lachpublikum. Ich hatte mir vorgenommen, ihn so friedlich wie möglich nach Hause zu bringen. Diskutieren würden wir später. Wenn mein Ärger etwas verraucht war. Dafür brauchte ich Abstand und dafür brauchte ich Fleur. Es gab wenig, was ich mir nicht zutraute, doch ich fragte mich immer öfter, wie Menschen es schafften, ihre Kinder allein großzuziehen. Ich dachte an meinen Großvater, mit dem ich in Alberts Alter schon allein war, und es gab keinen Menschen, mit dem ich an diesem Tag lieber gesprochen hätte. Wobei ich ihm Situationen wie diese immer erspart hatte. Ob Albert mehr Rücksicht auf uns genommen hätte, wäre einer von uns allein mit ihm, ob er eventuell nachgedacht hätte, bevor er seinen Scheiß verzapfte – es war schwer zu sagen, aber traurigerweise tippte ich auf nein.

Bist du so weit, dann lass uns gehen, sagte ich. Er warf sein Buch aufs Bett und begann seine Poster von der Wand zu nehmen und zusammenzurollen.

Ich setzte mich auf sein Bett und nahm das Buch, das er gelesen hatte. *Die Gesänge des Maldoror*, las ich, der Ich-Erzähler, ein zerschmetterter Erzengel von unsagbarer Schönheit, ist die Inkarnation des Bösen schlechthin, kommt auf die Erde zur ihm verhassten Menschheit und stellt dort Dinge an, die den wahrhaftigen Satan als netten Typen dastehen lassen. Mein Sohn las nur zwangsweise, da machte ich mir nichts vor. Und nun musste es eine, wie ich annahm, Syphilisfantasie aus dem neunzehnten Jahrhundert sein, die aber vermutlich nur einen Nanoanteil des Bösen lieferte, das er sich sonst im Internet zusammensuchen konnte. Falls er es überhaupt darauf anlegte. Alles nur eine Phase, sagte ich mir, sollte er mich mit seiner Lektüreauswahl provozieren wollen, musste er schon härtere Geschütze auffahren. Ich legte mich auf sein Bett und richtete mich sofort wieder auf, so einladend fand ich es.

Es freut mich, dass du dich für französische Literatur interessierst, sagte ich. Er nickte. Dieses Nicken hat er von mir, hatte Fleur mal gesagt, er hebt und senkt den Kopf nur einmal und lässt ihn dann unten. Ich hätte ihn gern umarmt. Egal, was er getan hatte, es war eine Scheißsituation. Er hatte sich selbst hineinmanövriert, aber diese ständigen Abweisungen mussten ihn verletzen. Er nahm seinen Seesack und seinen Rollkoffer, ich trug eine offene Kiste mit seinen Habseligkeiten wie ein Security-Mann, der einen geschassten Manager nach draußen komplimentiert, und wir verließen sein Zimmer. Es war in der Tat spartanisch, und man konnte es als Bestrafung interpretieren, wenn man es mit dem Paradies der Möglichkeiten bei uns zu Hause verglich. Aber das war Fleurs Denkweise. Ich war der Meinung, dass ihm eine Konzentration aufs Wesentliche gutgetan hätte. Diese Schule war eine Chance gewesen, die er in den Sand gesetzt hatte. Wir liefen die Gänge entlang, und er nickte ein paar anderen Schülern zu, blieb jedoch bei keinem stehen. In seinem Umzugskarton lag ein gerahmtes Foto seiner Mutter. Fleur, vielleicht Mitte zwanzig, am Strand, auf die Unterarme gestützt wie eine Sphinx, lacht in die Kamera. Gelber Sand, goldene Fleur, weißer Bikini. Mein Sohn stellt sich seine Mutter als Bikinischönheit ins Zimmer. Es hätte mich nicht gewundert, wenn er den anderen Jungs erzählt hätte, sie sei seine Freundin. Wobei ich mich fragte, ob man von einem heutigen Mädchen überhaupt noch ein Papierfoto besitzen würde. Dann sah ich zwischen dem Krimskrams ein vertrautes Modell. Für eine unserer ersten Ausschreibungen in China hatten wir zwei Wolkenkratzer entworfen, die sich wie DNA-Ketten in den Himmel schraubten. Er hatte auch etwas von mir in seinem Zimmer gehabt.

Ich hatte ein Landhotel mit Sternerestaurant in der Nähe herausgesucht. Nicht, dass ich ihn für sein Benehmen belohnen wollte, ich wollte mich belohnen. Nach dieser Schmach brauchte ich etwas Gutes, an Raststättenessen wäre ich erstickt.

Wir gehen jetzt was Schönes essen, okay?, sagte ich, als wir seine Sachen in den Kofferraum stellten. Er zog verächtlich die Augenbrauen hoch. Ich nahm mir vor, weiter mit meinem Sohn zu sprechen und nicht mit diesem Scheißtypen.

Willst du dich noch von deinen Freunden verabschieden?

Er lachte, als hätte ich ihn gefragt, ob er noch mit Lego spielt.

Willst du oder willst du nicht?

Nein, Mann, lass uns hier verschwinden.

Würdest du mir bitte sagen, was es da zu lachen gibt?

Ich bin gut drauf, Mann. Soll ich jetzt so tun, als hätte ich es hier geil gefunden, nur weil du es bezahlt hast, oder was? Ich bin froh, dass ich hier wegkann.

Das hättest du auch anders haben können.

Ach echt? Wie denn? Mit einer höflichen Anfrage bei dir, oder was?

Okay, ich wollte eigentlich, dass wir darüber schlafen und alles gemeinsam mit deiner Mutter besprechen. Aber vielleicht fühlst du dich ja besser, wenn ich dir die Frage jetzt stelle: Was genau hast du dir dabei gedacht?

Er zuckte die Schultern. Damit trieb er Fleur in den Wahnsinn, mich nicht.

Wenn das wieder Kunst gewesen sein soll, dann erklär sie mir bitte.

Ich meinte das ernst. Sollte er uns mit diesem morbiden Quatsch etwas mitteilen wollen, ich würde es wirklich gern verstehen. Er lachte. Ein überhebliches kleines Lachen, das mir klarmachen sollte, dass ich gar nichts verstand.

Gut. Du kannst dir ja überlegen, warum du so dringend von jeder Schule fliegen musst und was du uns damit sagen willst. Von mir aus schreib es auf.

Ein Essay ist nicht so mein Style.

Dann rede mit mir!

Er verschränkte die Arme und fuhr mit den Schuhspitzen durch den Kies. Dann sah er mir wieder ins Gesicht.

You can take the nigger out of the ghetto, but you can't take the ghetto out of the nigger, man.

Und daraufhin landete meine Hand in seinem dreist lachenden Gesicht.

Wir standen uns auf dem Parkplatz gegenüber, er war seit kurzem größer als ich, ein paar Zentimeter nur, aber ich hätte ihn nicht mehr auf die Stirn küssen können, ohne dass er sich zu mir hinabbeugte. Ich verdrängte die Entschuldigungsfloskeln, die mir durch den Kopf rasten, denn sie waren nicht meine. Ich warf mir nur eines vor: dass ich mich von diesem lächerlichen Spruch hatte provozieren lassen. Die Ohrfeige an sich hielt ich für angebracht. Nichts ist abstoßender als Schläger, die behaupten, aus Liebe zu schlagen. Ich liebte ihn, aber in dem Moment konnte ich ihn nicht ausstehen. Wir schwiegen. Er machte nicht den Eindruck, als würde er sich ungerecht behandelt fühlen. Er hatte eine Grenze ausloten wollen, und voilà, hier war sie.

Steig ein, sagte ich. Und er stieg ein und schnallte sich an. Ich stellte mich auf eine schweigende Fahrt ein.

Wir würden sie überleben.

FLEUR

Die zwei Wochen seines Segeltörns fühlten sich anders an als die Reisen, die er sonst unternahm. Endgültiger. Gabriel flog um die Welt und baute sie voll, so kam es mir vor und ihm vielleicht auch. Er war glücklich und ich war nicht unglücklich – das war unser Glückszustand. Wenn wir uns sahen, freuten wir uns, und in der Zwischenzeit war ich allein mit Albert. Der Segeltörn war eigentlich nichts Besonderes, doch während er weg war, dachte ich an unsere gemeinsamen Jahre, wie man an einen Toten denkt, den man in liebevoller Erinnerung behalten hat.

Und dann dachte ich immer wieder an diesen einen Abend. Es war der letzte Abend mit Emma, die uns mit ihrem Mann in London besucht hatte. Natürlich fragte ich mich später, nachdem sie mir den Job und auch den Privatkontakt wortlos gekündigt hatte, ob ich an diesem Abend etwas übersehen hatte. Doch jetzt dachte ich daran zurück, weil es der letzte Abend war, an dem Gabriel und ich uns nicht verhielten wie eine Zweckgemeinschaft, die gemeinsam Dinge zu klären, anzuschaffen oder aus der Welt zu schaffen hat. Wir waren ein Paar. Verbündete, die sich Blicke zuwerfen, die sich an ihrem Anblick erfreuen, die sich darauf freuen, dass ihre Gäste gehen, um allein zu lachen oder sofort miteinander zu schlafen. Wenn sie dazu noch in der Lage sind. Wir waren es nicht. Wir waren zu betrunken. Was zählte, war, dass wir es beide wollten.

Emma hatte uns gebeten, zum Essen nicht auszugehen. London ist noch schlimmer als Paris, sagte sie, und ich musste nicht nachfragen, was sie damit meinte: die Leute, den Verkehr, das Wetter, die Restaurants, das Rauchverbot, ich kannte Emma, für sie war einfach alles eine Zumutung. Für Gabriel, der keins ihrer Bücher gelesen hatte, der sich weder mit zeitgenössischer Literatur noch mit menschlichen Abgründen befasste, war Emma kein Star, sondern einfach eine Bekannte aus Frankreich. Vermutlich bekam er nicht einmal mit, dass sie ihn sofort mochte. Er benahm sich wie immer. Höflich auf seine Art, aber nicht übermäßig charmant. Auch weil er nie Fragen stellte, deren Antwort ihn anschließend nicht interessierte. Die Kinder, Eltern, Ferien und Gebrechen der anderen sind Fässer ohne Boden, für die Gabriel keine Kapazitäten frei hat. Emma dagegen fragte ihn sofort und ohne Umschweife, woher er kam, wer seine Eltern waren, wie seine Kindheit war, ob er sich als schwarz oder weiß empfand, wie er es mit seinen Wurzeln hielt – sie stellte ihm alle Fragen, die ihn früher versteinern ließen. Als Emma ihn fragte, ob er seinen Vater vermisse, sagte er: Nur, wenn man mich nach ihm fragt, so wie jetzt. Dann hätte ich gern mehr Antworten.

Mach dir nichts draus, sagte Emma, die Welt ist voller Bastarde. Ich bin übrigens auch einer. Ich habe meinen leiblichen Vater einmal getroffen und hätte darauf gut verzichten können. Ein Vollversager, der sich erst meldet, nachdem er mich in einer Talkshow gesehen hat? Blut ist ganz sicher nicht dicker als Wasser. Apropos, gibt's noch Wein?

Niemals würde Gabriel sich selbst als Bastard bezeichnen. Doch Emmas Methode, immer das härteste Wort zu benutzen, gefiel ihm. Er ließ es sogar zu, dass sie ständig in seine körperliche Sphäre eindrang. Was ein Beweis ihrer Sympathie war und für ihn normalerweise der blanke Horror. Er präparierte seine Fische, sie stand fast auf seinen Füßen, er sagte etwas, sie unterbrach ihn und tippte mit dem Zeigefinger auf seiner Brust herum, er sagte etwas, das ihr gefiel, und sie warf sich gegen seinen Oberkörper, küsste ihn aufs Ohr oder haute ihm auf den Hintern, während sie mir zuzwinkerte. Azzedine, Emmas Mann, löste unterdessen Alberts pubertäre Einsilbigkeit auf, indem er ihm auf YouTube seine Lieblingsschlagzeuger vorspielte.

Als Emma und Azzedine sich in dieser Nacht von uns verabschiedeten, waren wir zu einem verschworenen Haufen geworden, wie ich ihn früher nur von Partys kannte, die ungeplant so ausuferten, dass man sich am Ende fühlte wie eine Gruppe von Geiseln. Nie hatten Gabriel und ich in diesem großen Haus Gäste gehabt, die wir schon vermissten, als sie ihre Mäntel anzogen. Immer war mindestens einer von uns erleichtert gewesen, oft war auch einer früher zu Bett gegangen. Azzedine verabredete sich mit Albert für den nächsten Tag in einem Plattenladen irgendwo in Camden. Emma verabschiedete sich von Gabriel mit einer Fummelei, die so intensiv geriet, dass ich froh war, dass ich die beiden nicht gebeten hatte, über Nacht zu bleiben. Da war eine Schwingung, die ich den ganzen Abend über gespürt hatte – als hinge eine Frage im Raum. Nachdem wir ihrem Taxi hinterhergewinkt hatten, umschlangen wir uns wortlos und taumelten wie ein achtgliedriges Ungeheuer in unser Schlafzimmer, dabei rissen wir eine Stehlampe um und ließen sie einfach liegen. Alles an diesem Abend war ungewöhnlich. Ich fragte ihn nach dieser Schwingung und rechnete mit einem knappen Kopfschütteln. Doch er zeigte mit seiner Zahnbürste auf mich und lachte.

Du hast das auch gemerkt? Okay. Das beruhigt mich sehr.

Was bemerkt? Emmas Hände auf deinem Hintern?

Eine Hand auf dem Hintern ist eine Hand auf dem Hintern. Die wirft weniger Fragen auf als der unausgesprochene Teil, findest du nicht?

Ich nickte. Ich hätte ihm nicht zugetraut, dass dieser Hauch von Uneindeutigkeit zu ihm vorgedrungen war. Was hieß das? Dass ich meinen Mann für einen stumpfen Klotz hielt? Er spülte seine Zahnbürste aus und anschließend das Waschbecken, so gründlich, wie es seine Art war. Immer wenn er etwas benutzte, putzte er es anschließend so, als müsse er seine DNA-Spuren beseitigen. Ich fand das je nach Stimmungslage amüsant oder nervtötend. An diesem Abend liebte ich es.

Ich habe überhaupt kein Interesse daran, nackt in einem ihrer Bücher vorzukommen.

Und andernfalls hättest du dich darauf eingelassen?

Traust du mir das zu?

Er machte die Tür zum Bad hinter sich zu und stand nackt im Raum. Ich hatte ihn ewig nicht so gesehen. Nach ein paar Sekunden zog er den Bauch ein.

Hättest du mitgemacht, wenn ich mitgemacht hätte?

Er schaute zur Seite und dachte nach. Er dachte ernsthaft nach. Ich auch: Es hatte sich nichts daran geändert, dass er mir jeden Wunsch erfüllen wollte, egal wie bescheuert er ihn fand. Er war mir treu. Geht man davon aus, dass der Mensch von Natur aus nicht monogam ist, dann war er mir aus Prinzipientreue treu. Zum ersten Mal fiel mir auf, dass Swinger die Treuefrage umgehen, indem sie ihren Partner einfach dabeihaben, wenn sie jemand anderen vögeln. Der Preis wäre der Kontakt mit einem anderen Mann gewesen. Gabriel war nicht homophob, aber wie viele Männer bezeichnete er sich selbst ungefragt als hundertprozentig heterosexuell. Was er von Emma als Sexpartnerin hielt, konnte ich absolut nicht beurteilen. Was er wirklich wollte, wusste niemand, möglicherweise nicht einmal er selbst. Meine Fangfrage hing im Raum. Ich hatte sie aus ernsthaftem Interesse gestellt, trotzdem fiel mir jetzt auf, wie link sie war: Findest du meine Freundin hübsch, würdest du mit meinen Freunden schlafen? Er entschied, sie nicht zu beantworten. Stattdessen knackte er zweimal mit seinen Nackenwirbeln, nahm Anlauf und warf sich auf mich. Ich quiekte. Er biss mir in den Hals, küsste mich und blieb dann still auf mir liegen. Hey, sagte ich, ächzend unter seinem Gewicht, du schuldest mir eine Antwort. Das kommt auf die Leute an, murmelte er in meinen Nacken. Welche Leute?, fragte ich ihn und musste lachen. Na, die

Leute eben, sagte er noch, dann fing er an zu schnarchen, und mir wurde klar, dass er im Schlaf gesprochen hatte.

Wir waren vielleicht kein ausnehmend glückliches Paar, aber wir hatten das Potenzial.

Wenn Gabriel sich aus Griechenland meldete und wir uns gegenseitig versicherten, wir würden reden, wenn er wieder da war, fragte ich mich: worüber? Über Alberts nächste Schule oder über uns? Ich sagte ihm nicht einmal, dass ich erlaubt hatte, dass Alberts Komplize Julien die Ferien bei uns verbringt, weil ich eine Pause brauchte von der Dauerdiskussion über den richtigen, sprich strengeren Umgang mit dem Kind. Albert wird das alles bestens überstehen, denn er weiß, was er werden will, seit er fünf ist. Wir sollten aufhören, ihn als Grund vorzuschieben, dass wir nur noch miteinander reden wie zwei Sozialpädagogen. Denn das, lieber Gabriel, auch wenn du es ungern hörst, könnten wir auch tun, wenn wir geschieden wären. Jeden Tag spielte ich unser Gespräch einmal durch, während Albert seinem Buddy London zeigte. Je länger ich darüber nachdachte, umso mehr hatte ich das Gefühl, dass sich bald etwas ändern würde. Dass ich dafür aber Zeit bräuchte. Emma, wäre sie noch in meinem Leben gewesen, hätte einfach gefragt: Bumst ihr nicht mehr, oder macht es nur seit Jahren weder Sinn noch Spaß? Dann hätte sie mir ebenso klare Ratschläge erteilt, die ich in abgemilderter Form vielleicht sogar befolgt hätte. Ich nahm mir vor, etwas von Emmas Direktheit in unser Gespräch zu bringen, wenn er wieder da war. Am liebsten hätte ich ihn gebeten, ein paar Wochen länger in Griechenland zu bleiben, um mich besser darauf vorbereiten zu können.

Als ich dann am Morgen seiner Rückkehr hörte, wie er mir Tee ans Bett brachte, dachte ich nur: Nicht jetzt, später. Geduldig, wie er war, ließ er mich schlafen, ging raus und warf alles von sich, was er sich jahrzehntelang aufgebaut und antrainiert hatte.

GABRIEL

Dieser Morgen im Sommer 2016 vaporisierte mein bisheriges Leben. Es war, als würde mir in jedem Bereich gekündigt. Der Brexit bildete die passende Hintergrundbeschallung. Alles würde anders werden. Mein Dozentenjob war weg. Zusammen mit Mark entschied ich, mich für eine Zeit aus dem Büro zurückzuziehen. Natürlich blieb es unser gemeinsames Büro, aber in dieser Situation wollten wir diplomatisch vorgehen. Als seine Tochter geboren wurde, hatte er sich ein halbes Jahr freigenommen, und er fand, auch wenn es ein Scheißanlass war, dass ich jetzt damit an der Reihe sein sollte. Nimm dir ein Jahr, dann ist die Sache definitiv ausgestanden. Kein Skandal hält sich länger als ein paar Wochen, du bist schließlich kein Royal, sagte er. Und niemand kann uns vorschreiben, wie wir unsere Firma zu führen haben.

Was meinst du damit?, fragte ich ihn.

Sie könnten uns vorwerfen, dass verschwindend wenige Frauen bei uns arbeiten, sagte er. Genauer gesagt, eine.

Wir sind nicht für die Genderstatistik verantwortlich, wir bauen Häuser.

Nimm dir eine Auszeit, Gabriel, sagte Mark.

Nach ein paar Wochen schockierter Ruhe, in denen wir versuchten, unser Leben weiterzuleben, kam Fleur zu dem Schluss, dass der Zwischenfall mit der Studentin nur einer von vielen und das Symptom einer agitierten Depression, einer sogenannten Männerdepression, gewesen sei. Eine Herleitung, die ich akzeptiert hätte, wenn sie mir vor Gericht geholfen hätte, privat fühlte ich mich so missverstanden, dass mir die Worte fehlten. Ja, ich hatte unter Schlafmangel gelitten, was wohl in den letzten Jahren für niemanden mehr zu übersehen war. Darüber hatte ich wohl meine alte, von Fleur gepriesene Langmut verloren. Es fiel mir immer schwerer, Dinge zu übersehen, die mir im Grunde schon immer auf die Nerven gegangen waren. Kurz gefasst war ich einfach nur müde. Trotzdem hörte ich mir Fleurs Diagnosen an, die mich zu einem Mann machten, der jegliche Kontrolle über sein Leben verloren hatte, und verfiel in einen Wenn-du-meinst-Zustand, der so wenig zu mir passte, dass die Depressionsbehauptung zur selbsterfüllenden Prophezeiung wurde. Als ich sie einmal fragte: Liebst du mich denn noch, antwortete sie: Darum geht's doch jetzt gar nicht. Es war die schlechtmöglichste Antwort und sie passte ins Gesamtbild.

Henrys Anwesenheit nahm unseren Diskussionen den Schmerz. Er benahm sich nicht wie Fleurs Bruder, sondern wie ein Mediator. Schlimm genug, dass er sich dazu veranlasst sah. Fleur schlug mir täglich vor, in eine Burn-out-Klinik zu gehen. Ich weigerte mich. Ich war nicht krank. Henry schlug daraufhin eine Anger-Management-Gruppe vor. Das ist weniger zeitaufwendig, anonym und macht sich gut, da wir uns bei der Verteidigung ja ohnehin auf deinen, nun ja, mentalen Zustand konzentrieren werden, sagte er. Ich war nicht begeistert. Abgesehen davon, dass ich Gruppen hasse, war Wutkontrolle nie mein Thema gewesen. Fleur zählte daraufhin Situationen auf, die ich vergessen hatte, über die sie jedoch Buch geführt zu haben schien. Erinnere dich bitte, hieß es plötzlich, die zu laute Gruppe im Restaurant? Oder der Typ im Flugzeug, oder die oder die oder der oder der, bei dem du dich beschwert hast, ziemlich laut und aggressiver als nötig, erinnerst du dich? Du warst in letzter Zeit wirklich ein Dampfkessel, ist dir das nicht aufgefallen? Ich war ein was bitte? Fleur hörte sich an wie eine Frau, die ihre Scheidung von einem Choleriker vorbereitet.

Würde es euch etwas ausmachen, eure Emotionen ein bisschen aus dieser Debatte zu nehmen, sagte Henry, das würde die Kommunikation ungemein vereinfachen. Zudem könnte es möglicherweise hilfreich sein, wenn ihr euch klarmacht, dass wir alle dasselbe wollen.

Danke für den Hinweis, Henry, sagte ich. Nickend putzte er seine Brille.

Okay, sagte Fleur und verschränkte seufzend die Arme. Ich blieb fassungslos. Bei meinen Beschwerden war es immer um uns gegangen, oft genug um Fleur – ich hatte Leute gefragt, ob es etwas leiser geht, weil sie lärmempfindlich ist und selbst so leise spricht, dass man sich an lauten Orten praktisch nicht mit ihr unterhalten kann. Ja, ich habe einen ungepflegten Typen im Flugzeug gezwungen, seine verdammten Schuhe wieder anzuziehen, was eigentlich die Aufgabe der Crew gewesen wäre, ich habe unsere Nachbarn gefragt, ob es ihnen etwas ausmachen würde, weit nach Mitternacht ihre Party nach drinnen zu verlegen. Es war immer um Dinge gegangen, die alle nervten und die keiner beanstandete. Fleur rümpfte die Nase, ich rief den Kellner. Und immer wieder habe ich unseren Sohn verteidigt, immer wieder war ich es, der erklären musste, wieso Albert Dinge zerstörte, Leuten die Brille aus dem Gesicht riss, spuckte, biss, sich auf den Boden warf und schließlich, als er alt genug war, allein unterwegs zu sein, zu einem notorischen Unruhestifter wurde. Albert scherte sich weder um Regeln noch um Konsequenzen, darin sah ich etwas Unverfälschtes, was ich anderen meist erfolglos versuchte begreiflich zu machen, nur um mir jetzt von Fleur anzuhören, dass ich dabei nicht sanft und höflich genug gewesen sei. Albert selbst verhielt sich, seit meine Probleme seine übertrafen, ungewöhnlich zurückhaltend, dabei wäre ich die perfekte Zielscheibe für seinen schrägen Humor gewesen. Ich hatte seit Jahren nicht ferngesehen, jetzt tat ich es manchmal und genoss es, wenn er sich stumm neben mich fläzte. Zu dritt hatten wir uns auf ein neues Internat geeinigt, anderthalb Stunden nordwestlich von London, ein Internat mit Internet und eines der wenigen, das bereit war, ihn mit seinen Noten und seiner Vorgeschichte aufzunehmen. Fleur brachte ihn hin, und als er zum Abschied zu mir sagte, lass dich nicht ärgern, wusste ich, er ist auf meiner Seite.

FLEUR

Hätte man mich gefragt, ob ich die Personen auf dem CCTV-Material erkenne, ich hätte verneint. Ich sah ein großes, kräftiges Mädchen und einen etwas kleineren Mann. Seine Profifahrradkluft und sein Vollbart gefielen mir nicht, aber ich kannte sie, es war seine Körpersprache, die mich befremdete. Abgesehen davon, dass er auf dem grobkörnigen Schwarzweißfilmmaterial schneeweiß aussah – ein Effekt, der noch dadurch verstärkt wurde, dass das Mädchen schwarz war –, war er auch dicker, als ich ihn kannte. Sein Eiskunstläuferhintern schien abgeflacht zu sein, dafür hatte er jetzt einen Bauch. Der Bauch des Architekten. Verständnislos starrte ich ihn an. Ich hätte mich fragen müssen, was in meinen disziplinierten Mann gefahren ist, stattdessen dachte ich darüber nach, wie mein stilsicherer Mann auf die Idee gekommen war, sich in ein derart würdeloses Lycra-Outfit zu pressen. Nichts stimmte an diesem Anblick, nichts stimmte an diesem Morgen. Ich hatte das Gefühl, schockierter sein zu müssen, als ich es war. Ein komisches Gefühl.

Dann ließ Henry sich das Video schicken, es war wenig darauf zu sehen, was Gabriel entlastet hätte, aber es war wichtig, dass wir immerhin zeigen konnten, dass das Mädchen eindeutig *Fuck you* und dergleichen gerufen hatte. Gabriel wollte es nie wieder sehen, verständlich, ich schaute es mir noch ein paar Mal an. Ich musste mich vergewissern, dass er es wirklich war. Immer wieder sah ich mir den Ausbruch dieses Wahnsinnigen an, ich sah, wie der Mann, mit dem ich fast sechzehn Jahre lang verheiratet war, sich von der personifizierten Selbstbeherrschung in einen Kampfhund verwandelte. Ich sah, wie der kleine Sportsmann sich auf die große Discokönigin stürzt und erst von ihr ablässt, als sie heulend in die Knie geht. Ich ging auf Slowmotion und sah das Entsetzen im Gesicht der jungen Frau und im Gesicht meines Mannes die feste Überzeugung, alles richtig zu machen. Er. Attackiert eine Fremde auf offener Straße. Mit Scheiße. Ich musste mich fragen, ob ich irgendetwas verpasst hatte, ob diese Verwandlung vor meinen Augen stattgefunden hatte und ich sie deshalb nicht bemerkt hatte. Ob er sich schrittweise verändert hatte, während Albert erwachsen wurde und ich scheinbar jahrelang vor mich hin gedämmert hatte. Das Ausfällige, Cholerische kannte ich von Gabriel in letzter Zeit – allerdings verbal, nicht körperlich. Ich entschied, dass das, was ich da sah, ein Nervenzusammenbruch war. Auch das Wort wollte Gabriel nicht hören. Unser Streit um die richtige Bezeichnung für einen Überfall mit einem Haufen Hundescheiße war so lächerlich, dass wir alle, Henry, Gabriel und ich, nur noch Zwischenfall sagten. Und schließlich fragte ich mich, was ich hätte anders machen können. Nicht erst an diesem Morgen.

GABRIEL

Ich nahm Henrys Vorschlag an. Ich hätte nicht damit gerechnet, mich jemals wieder unfreiwillig in eine Gruppe begeben zu müssen. Zwei der jüngeren Männer hatten Türsteherfiguren, eine Frau sah aus wie ein Lkw-Fahrer, eine andere unterdrückte ständig ein Kichern. Alle anderen gaben sich so unauffällig wie möglich. Je mehr die Leute sich nichts anmerken ließen, je demütiger sie auf ihren Stühlen hockten, umso mehr stand im Raum, was sie dachten. Zumindest kam mir das so vor. Jeder dachte von sich, er hätte hier eigentlich nichts zu suchen. Weil sie nicht aussahen wie Kneipenschläger, weil sie gebildet waren, weil sie wohlhabend waren, weil sie eigentlich kultivierte, umgängliche Leute waren, die ein Irrtum hierher verschlagen hatte. Je höher der Sozialstatus, umso weiter entfernt ist ein Fausthieb vom eigenen Selbstbild, umso zufälliger fühlt sich die eigene Aggression an. Auch ich dachte so.

Mir fiel auf, wie oft Leute sich selbst bescheinigten, friedlich zu sein. Immer im Zusammenhang mit Ärger: Ich bin ein friedlicher Mensch, aber so nicht, nicht mit mir, das geht zu weit. Ich habe nie darüber nachgedacht, ob ich ein friedlicher Mensch bin. Ich glaube eher an Regeln des Zusammenlebens. Ich glaube an Kultur und an Zivilisation. Damit ist Gewalt nicht eine Frage des Charakters, sondern die Folge einer Kapitulation. Wer gewalttätig wird, lässt seine Schichten an Erziehung und Zivilisation fallen und befreit sein Tier. Das Tier ist aber nur noch im Bett erwünscht. Und auch da bitte geduscht und gezähmt.

Wir hatten es nicht mit einem Angreifer von außen zu tun, wir hatten unseren inneren Aggressor niederzuringen. Frühzeitig zu erkennen und in Schach zu halten. Durch Atmen, durch Innehalten, durch Impulsunterdrückung. Durch das bewusste Erkennen der Auslöser. Eine Ermittlung in eigener Sache, sagte der Kursleiter, ein sehniger Grauzopf in meinem Alter, der ausstrahlte, dass keine noch so brutale Story ihn schockieren konnte. Wer Lust hatte, äußerte sich. Die Zusammenfassung dieser reumütigen Herumdruckserei könnte lauten, dass uns die Welt zu viel geworden war. Dass sie uns so sehr überforderte, dass wir die falsche Kommunikationsform gewählt hatten. Erst in der dritten Sitzung begriff ich, dass es nicht nur um körperliche Angriffe ging. Ein paar der Leute waren verbal ausfällig geworden, eine Lehrerin hatte ihren Job verloren, weil sie ihre Schüler mehrfach angebrüllt hatte. Ich dachte daran, wie oft unsere Lehrer gebrüllt hatten. Keiner von ihnen hätte sich derart im Unrecht gefühlt wie diese verhärmt aussehende Frau, die viel weinte und ihr Verhalten selbst als massiven Kindesmissbrauch bezeichnete. Hätte man die Lehrer damals darauf angesprochen, sie hätten einfach gesagt, sie müssten für Ruhe und Ordnung sorgen. Ihre Schreierei sahen sie als unangenehme Notwendigkeit, über die sie sich zuweilen sogar bei uns Kindern beklagten. Muss ich heute schon wieder so schreien, ich bin schon ganz heiser, es ist wirklich schlimm mit euch! Ich glaube, dass kein Kind sich damals zu Hause über derartige Vorfälle beschwert hat. Es kam mir vor, als wäre es nicht lange her, de facto aber bin ich in einem anderen Jahrhundert zur Schule gegangen. Hätte ein Fremder Albert zusammengebrüllt, ich hätte dafür gesorgt, dass er verklagt wird wie diese bemitleidenswerte Frau. Der Kursleiter riet ihr, wie uns allen, zu einer Kampfsportart. Kontrollierte, kanalisierte Aggression. Einer der Teilnehmer, ein junger Typ um die zwanzig, sagte, es gäbe keine speziellen Auslöser, ihn würde schlichtweg alles aggressiv machen. Keine therapeutische Nachfrage konnte ihn von seiner Generalaussage abbringen.

Er war mir sympathisch. Eine Art Themroc, der einfach alles nicht mehr aushielt. So wie ich.

FLEUR

Gabriel hockte zu Hause wie ein Besucher. Trotzig dachte ich: Es kann ihm doch egal sein, dass ich morgens eine Stunde in der Wanne liege und anschließend stundenlang im Internet herumhänge, im Gegensatz zu Albert nicht als Contributor, sondern nur als Voyeur. Es kann ihm auch egal sein, dass ich alles herumliegen lasse, bis Bojana kommt und es wegräumt. Gabriel sagte nie etwas dergleichen, trotzdem fühlte ich mich beobachtet. Wir könnten den ganzen Tag vögeln, nackt herumlaufen und uns Essen bestellen, dachte ich. Wir könnten uns Städte aussuchen, in denen wir beide noch nicht waren, und dorthin fliegen. Dort würden wir uns genauso ratlos anschauen. Gabriel könnte endlich aus Alberts Michael-Jackson-Keller ein stilvolles Untergeschoss machen. Albert würde uns dafür hassen, doch ich würde ihm die Notwendigkeit erklären und er würde sie verstehen: Gabriel ist anders als wir, mein Schatz, er kann nicht nichts tun.

Ich schlug es ihm vor. Pflichtschuldig ging er mit mir nach unten und schaute sich um, als stünde er in einem fremden Haus. Dann schüttelte er müde den Kopf. Albert mag es so, und ich weiß nicht, was wir hier unten sollten. Partys schmeißen? Sport treiben? Asylsuchende unterbringen? Ein ausbaufähiger Raum, noch dazu in seinem eigenen Haus, und ihm fällt nichts dazu ein als ein mattes Lächeln, bevor er sich wieder mit der Zeitung vor den Fernseher legt, um sich mit wirklich jeder erdenklichen Folge eines möglichen Brexits auseinanderzusetzen – das war ein wirklich schlechtes Zeichen. Es war, als wäre er ein Ballon, der irgendwann vor Wut geplatzt und luftleer zu Boden getrudelt war. Am liebsten hätte ich Barnett angerufen und ihn angefleht, Gabriel wieder ins Büro zu lassen.

Ich behauptete, Verabredungen zu haben. Bella wurde zu meinem Mister Singh. Leider musste ich mich dafür entsprechend anziehen. In meinen Lunch-Outfits ging ich ziellos durch die Stadt wie eine Angestellte, die nach der Mittagspause ihr Büro nicht mehr findet, und wartete auf eine Idee, irgendeine Idee. Als Morris mir gnädigerweise eine Übersetzung anbot, wurde mir vor Erleichterung schlecht. Es war ein prätentiöser Roman, dem ein paar hundert Seiten weniger gutgetan hätten. Ich genoss es zu arbeiten, während ich eine übertriebene und viel zu persönliche Abneigung gegen die junge Autorin entwickelte. Das wird meine letzte Übersetzung sein, dachte ich, eigentlich müsste ich dieser Nervensäge dafür danken. Gabriel kochte nun nicht mehr, um sich zu entspannen, er kochte, als wäre ich eine Topmanagerin und er mein treu ergebener Losermann. Wenn er den Tisch gedeckt hatte, klopfte er fast schüchtern an die Tür meines Arbeitszimmers. Dann saßen wir uns gegenüber, aßen seine aufwendigen Gerichte und unterhielten uns wie die alten Paare, die wir früher auf Reisen bemitleidet hatten. Alle paar Minuten sagte einer was, woraufhin der andere freundlich zustimmte. Sellerie passt gut dazu. M-hm. Es ist kälter geworden. Ja. Nächste Woche wird es noch kälter. Ich hörte auf damit, ihm ständig zu sagen, ich hätte es kommen sehen. Ich war ihm damit lange genug auf die Nerven gegangen.

Und überhaupt: Wem nutzt die Frage, wann etwas anfing, den Bach runterzugehen? Sie ist nicht mehr als ein gutes Folterwerkzeug für Grübler wie mich. Man kann Jahre damit verbringen, alte Entscheidungen zu Lebensfehlern umzudeuten, bis man sein Leben in einen Zeitstrahl eingeteilt hat, der sich von Misere zu Misere zum großen finalen Desaster aufbaut: Hätte ich darauf bestanden, dass wir London verlassen. Hätte ich Gabriel geraten, ein

Buch zu schreiben, statt mit Studenten zu arbeiten, ich wusste doch, wie es um seine soziale Kompetenz bestellt ist. Hätte ich mich mehr um meinen eigenen Kram gekümmert, ich hätte selbst ein Buch schreiben können. Wäre er nicht so überarbeitet gewesen, vielleicht wäre ihm meine Unzufriedenheit aufgefallen. Wäre er öfter zu Hause gewesen, vielleicht wäre er besser mit Albert klargekommen. Hätte ich mich deutlicher ausgedrückt, vielleicht hätte er mir eher zugehört. Frau Hätte und Herr Wäre, sie müssten sich nicht fragen, was anders hätte laufen können. Frau Hätte und Herr Wäre, sie könnten immer noch ein glückliches Paar sein.

GABRIEL

Und los geht's, sagte Richard, schnallst du dich bitte an, mein Sohn? Er sagte es, weil das nervtötende Warnsignal sonst nicht aufhören würde, und wie er Fleur *love* nannte, nannte er mich *son*, was ich immer gemocht habe, aber in diesem Moment fühlte ich mich durch seinen väterlichen Ton wirklich in Sicherheit. Mein Schwiegervater würde mich zum Flughafen fahren und dort in ein Flugzeug nach São Paulo setzen. Er würde warten, bis ich hinter der Security-Absperrung verschwunden war, dann würde er langsam zurück zu seinem Wagen schlendern und sich in der Halle umschauen wie ein Tourist in einer Kathedrale.

Mark hatte die Idee gehabt, dass ich zu Marcos fliege. Marcos hatte Anfang der Nullerjahre sein Geld mit Nahrungsergänzungsmitteln für die Fitten und Schönen verdient und sich im Bundesstaat Santa Catarina eine Ferienvilla von uns bauen lassen. Wir waren im gleichen Alter und verstanden uns gut, und als Marcos uns wie jedes Jahr Weihnachtsgrüße in Alkoholform schickte, rief Mark mich an und schlug vor, dass ich zu ihm fliege und mich erhole. Endlich wirklich erhole.

Warum nicht, dachte ich, so meinungslos wie nie zuvor. Ob ich hier herumliege oder dort, ist schließlich egal, oder?

Henry arbeitete daran, meinen Fall außergerichtlich zu klären, dem Mädchen einfach Geld zu überweisen und uns allen eine zähe Zeit zu ersparen, doch das Mädchen blieb hart. Trotzdem durfte ich, ein Familienvater und Inhaber einer Firma, die soundso viel wert war, das Vereinigte Königreich verlassen. Marcos, der größtenteils in São Paulo lebte, war sofort einverstanden. Mark kam vorbei, brachte mich auf den neuesten Stand, wobei er nur Dinge erwähnte, die reibungslos liefen, und verabschiedete sich von mir, als würde ich auswandern. Auch Fleur gefiel die Idee, dass ich allein verreisen würde, sie schien erleichtert. Es war, als hätte sich um mich herum ein Krisenstab gebildet und entschieden, mich außer Landes zu schaffen.

Geh rein, du erkältest dich, Liebes, rief Richard Fleur zu, die frierend in der Einfahrt stand. Sie schüttelte den Kopf, sprang von einem Bein aufs andere und machte mir Zeichen: Bye-bye, Küsse, Telefon. Nicht, dass ich ein großer Fan des Herz-Handzeichens war, aber eine Liebesbestätigung zum Abschied hätte mir gutgetan. Als wir losfuhren, rannte sie uns winkend ein Stück hinterher, hüpfend wie ein kleines Mädchen. Vor Kälte oder vor Freude, fragte ich mich und schnallte mich endlich an.

Ich hatte vergessen, wie schön Brasilien war. Um Marcos' Haus hatte sich damals Mark gekümmert, obwohl es mein Entwurf war, ich selbst war zuletzt hier gewesen, um eines meiner Konzepte für urbanes Wohnen auf dem Basislevel – gute Favelahäuser – vorzustellen. Ein Aufenthalt voller Handschütteleien und Termine, der auch in Angola oder Aserbaidschan hätte stattfinden können. Als Student war ich Mitte der Neunziger allein nach Rio de Janeiro geflogen, von dort nach Belo Horizonte und weiter nach Brasilia. Ich hatte mir Niemeyers in die Jahre gekommene Reißbrettstadt angeschaut und mich gefragt, wo sonst auf der Welt ein Präsident einem Architekten den Auftrag erteilen würde, eine brandneue Hauptstadt aus einem Guss in die Pampa zu bauen. Die paar Brocken Portugiesisch, die ich gelernt hatte, traute ich mich nicht anzuwenden. Dafür wurde ich dauernd angesprochen, weil man mich für einen Brasilianer hielt. Ich schaute in freundliche und dann fragende Gesichter, als ich zu erklären versuchte, dass ich aus Deutschland kam. Deutscher? Du? Aha. Wirklich? Leuten, die Englisch sprachen, kam ich mit Logik: Ich bin eine Mischung aus Europa und Westafrika. Insofern: Ja, ich könnte einer von euch sein. Dabei fühlte ich mich selbst so fremd wie nirgendwo zuvor. Ich war einsam, und ich hatte Heimweh. Dabei war ich kein Heimattyp, im Gegenteil: Es war die Zeit, in der ich mich entschloss, Deutschland zu verlassen.

Ich hatte immer gedacht, ich sei außergewöhnlich talentiert im Alleinsein. Nicht so auf meiner Brasilienreise. In einem weniger schönen Land hätte ich mich vielleicht eher mit meiner Einsamkeit abgefunden. In Brasilien jedoch vermisste ich jemanden, der das Land mit mir teilte, so sehr, dass es wehtat.

Fleur war überzeugt davon, dass eine Pause gut für uns wäre. Ich hatte versucht, das Wort zu überhören. Sie war unzufriedener mit mir, als ich mit ihr, das war eine Tatsache. Trotzdem könnte sie mich weiter lieben, dachte ich, doch der Gedanke war so wehleidig, dass ich ihn mir verbot. Als sie mich nach drei Wochen Funkstille – der längsten Zeit, seit wir zusammen waren – auf der Nummer anrief, die nur sie, Albert und Mark kannten, hörte sie sich anders an als bei unserer Verabschiedung. Sie erinnerte mich an die Frau, die sich nur Mark zuliebe mit mir getroffen hatte, die Monate brauchte, um mich überhaupt zu mögen, und die ich unbedingt heiraten wollte. Ich wusste nicht, worüber wir reden würden, ich war auf alles gefasst, aber wenn sie mir gesagt hätte, dass sie mich verlässt, hätte mich das umgebracht. Stattdessen erzählte sie mir, sie habe ein neues Thema gefunden. Die Fleur von früher, das flirrende Wesen mit dem Cello, auf dem ich sie nie hatte spielen hören, war die enthusiastischste Museumsbesucherin gewesen, die ich kannte. Dann hatte sie einen Mann geheiratet und einen Sohn bekommen, die beide alles ausblendeten, was nicht ihre Spezialthemen betraf. Mir wurde erst jetzt klar, wie allein man mit mir und Albert sein konnte. Ohne ihn, ohne mich, ohne ein neues Buch von Emma war sie in die National Portrait Gallery gefahren und hatte ein Bild entdeckt, das sie faszinierte. Ein junger Mann aus einer bedeutenden Familie im heutigen Senegal war mit seinem Begleiter unterwegs, um Papier und Sklaven zu kaufen oder zu verkaufen, wurde dabei auf dem Heimweg von Angehörigen eines anderen Stammes selbst gefangen genommen, geschoren, verkauft und nach Maryland verschifft. Seine Bildung half, er wurde freigekauft, kam auf seinem Rückweg nach London, wo ihn William Hoare 1733 porträtierte. Das Bild hängt erst seit 2010 dort, ich kannte es nicht, so lange war ich nicht mehr da, sagte Fleur nachdenklich. Jedenfalls habe ich angefangen zu recherchieren. Ich weiß noch nicht, was ich daraus machen will, aber es interessiert mich. Ich hörte, dass es ihr ernst war. Und die Geschichte klang tatsächlich interessant. Jahrelang hatte sich Fleur meine Projekte angehört. Und nie hatte ich das Gefühl gehabt, ihr würde etwas fehlen. Vielleicht war es ihr selbst nicht aufgefallen.

Schick mir doch, was du hast, dann können wir gemeinsam überlegen, schlug ich vor.

Ja, sagte sie, später vielleicht. Bleib noch eine Weile offline, okay?

Sie redete mit mir wie mit einem Junkie auf Entzug. Ich stand in Marcos' luftigem Haus, das ich ohne Innenwände entworfen hatte. Jetzt hätte ich gern eine Wand vor mir gehabt, um dagegenzutreten. Weniger liebevoll, als ich es vorgehabt hatte, verabschiedete ich mich und legte auf.

Marcos hatte sich sein Haus von uns auf einen Hügel setzen lassen – ein A-förmiges Chalet, wunderschöne Hölzer, viel Glas, umgeben von Regenwald. Ein Haus für einen Luxuseremiten, mittlerweile nicht mehr ganz so alleinstehend, in Sichtweite gab es zwei Nachbarn. Leute, die seinen Geschmack teilten und selbst kaum da waren. In einem der Nachbarhäuser wohnte Christoph, ein AirBnB-Gast aus der Schweiz, mit dem ich mich ein paar Mal unterhielt. Mein Aufenthalt war entspannter gewesen, bevor er mir von der giftigsten Schlange der Welt erzählte, die angeblich hier leben sollte. Klein, braun und unauffällig wie ein Stock, und so giftig, dass man innerhalb von fünf Minuten starb, weshalb man sie auch Fünfminutenschlange nannte.

Wie ein braves Kind hielt ich mich an mein Internetverbot und googelte die Schlange nicht. Zur Sicherheit hielt ich mich an Christophs Tipp, fest aufzutreten, um sie zu verscheuchen, bevor sie mich vor Schreck beißen konnte. Jeden Tag trampelte ich den Berg hinunter und wieder hinauf und sah dabei wohl aus wie ein Depp. Unten ging eine kleine Asphaltstraße in einen sandigen Weg über, der hinweislos in eine der schönsten Landschaften führte, die ich je gesehen hatte. Eine namenlose Marschlandschaft, still wie der Mond und voll knietiefer Wasserlöcher, jedes ein in sich abgeschlossenes Biotop von winzigen Fischen und Pflanzen. Ein paar Kilometer weiter stieß man auf feinen Sand und erreichte schließlich einen fast menschenleeren Prachtstrand. Ich zeigte ihn Christoph, fand es angenehm, mal wieder Deutsch zu sprechen, angenehm, mich überhaupt mal wieder länger zu unterhalten. Dabei musste ich sein Hauptthema umschiffen, seine, wie er sagte, saudreckige Scheidung, von der er sich hier in Brasilien eine Auszeit nahm. Dann nimm dir auch wirklich eine Auszeit, riet ich ihm und wir sprachen über andere Themen, Wirtschaft, Politik, unsere Arbeit. Nachdem er abgereist war, stellte ich fest, dass mir die Einsiedelei jetzt leichter fiel als unmittelbar nach meiner Ankunft. Ich joggte. Ich kochte. Ich verbrachte Tage damit, Fußböden und Veranda zu ölen. Ich zeichnete nächtelang, dachte mir Häuser aus, nach denen niemand gefragt hatte, fragte mich, warum ich das jahrelang nicht gemacht hatte, obwohl ich es so liebte. Um keine Tiere zu hören, hörte ich die CD-Sammlung des Hauses. Superstars und mir unbekannte brasilianische Musiker, die Fleur und Albert vermutlich kannten. Wenn ich Musik hörte, vermisste ich meine beiden mehr als in der Stille. Ich entdeckte eine Platte von Chico Buarque, *Construção*, die ich in einer Dauerschleife hörte, wie Albert, wenn er etwas mochte. Ich hörte sie so oft, bis ich mit meinem rudimentären Portugiesisch den Text verstand. Ein Mann macht Liebe, als wäre es zum letzten Mal, küsst seine Frau, als wäre sie seine letzte, klettert auf ein Baugerüst, wo er Ziegel für Ziegel zu einem magischen Muster anordnet, trinkt, tanzt und in den Himmel stolpert, wo er durch die Luft schwebt, bis er auf dem Bürgersteig landet und stirbt, als er verletzt in den Gegenverkehr läuft. Ich hatte nie vorher gedacht, *das bin ich*, nicht bei Büchern, nicht bei Filmen und schon gar nicht bei Musik. Bei diesem Lied dachte ich es.

Ich erschlug gigantische Schaben. Die größte Spinne, die ich jemals gesehen habe, war so groß, dass sie mir vorkam wie ein Spezialeffekt. Ihr Anblick lähmte mich, als stünde ich bereits unter Nervengift, doch nur einer von uns beiden konnte im Haus bleiben. Tiere bringt man nicht um, man bringt sie nach draußen. Ich dachte so viel an meine Mutter wie seit Jahren nicht. Die Spinne saß an der weißen Küchenschranktür wie eine Halloweendekoration. Ich betete, dass sie dort blieb, riss Marcos' Kleiderschrank auf, zog mir einen Regenmantel über, dazu Arbeitshandschuhe, und nahm sie in die Hand. Ein Akt, den wir beide grässlich fanden, die Spinne wand sich verzweifelt, mir rann der Stirnschweiß in die Augen. Ich hatte keine Ahnung, was ihre Waffe war, stechen, beißen oder Gift spritzen, mit ausgestrecktem Arm rannte ich den Hügel hinunter und ungefähr einen halben Kilometer weiter, bevor ich sie in ein Gebüsch schleuderte, überzeugt davon, dass sie sich sofort auf den Rückweg zum Haus machen würde. Ich rief Marcos an, der behauptete, niemals einer größeren Spinne in dieser Gegend begegnet zu sein. Wir verabredeten uns in São Paulo, aber erst für zwei Wochen später, weil er bis dahin seine Eltern zu Gast hatte. Allein schaute ich mir Florianópolis an, wo ich zum ersten Mal seit Wochen wieder Menschen sah, die es eilig hatten. Nach dem Abendessen fuhr ich zurück auf meinen Einsiedlerhügel, raste meiner Heimwehstimmung aus den Neunzigern davon. Ich plante einen Trip zu den Iguazú-Wasserfällen und verwarf den Plan wieder, weil es eine Reise war, die ich ohne Albert sinnlos fand. Albert meldete sich nicht, weil er Schule hatte und mich über Fleur grüßen lassen konnte. Kindersorglosigkeit, Kinderherzlosigkeit. Ich rief Fleur an und hörte mir an, ich würde mich gut anhören. Sie sprach mit mir, als wäre ich ein Reha-Patient. Ich könnte mich ins nächste Flugzeug setzen, morgen zu Hause und übermorgen im Büro sein, was wollt ihr eigentlich alle, dachte ich.

Während sie erzählte, dass es Albert auf der neuen Schule nicht direkt gefiel, es war nun mal eine Schule, dass er sich aber bisher ganz gut anzupassen schien und dass sie sich um eine Tagesstruktur bemühte, was ohne uns beide gar nicht so einfach war, bekam ich meinen Groll unter Kontrolle. Sie gefiel mir in ihrer Art von früher.

Ich hatte ihr nie gesagt, dass sie sich verändert hat, sie mir schon. Und nun fragte ich mich, wer ich früher gewesen war. Siegessicher hatte ich mich auf die Dinge konzentriert, die ich wollte, und den Rest ausgeblendet. Damit war ich weit gekommen. Wieso sollte jetzt alles falsch sein? Zum Abschied bat ich sie, mir ihr Exposé zu schicken, und sie versprach es.

Ich wartete bis zum nächsten Tag. WiFi existierte, es war einfach nur ausgeschaltet, wie mein Laptop. Als ich aufwachte, hing ein Schmetterling an der Fensterscheibe. Tintenschwarz, mit Flügeln, die mein Gesicht fast vollständig bedecken würden. In seiner Schönheit war er unheimlicher als die Spinne. Er blieb sitzen, als ich näher an ihn heranging. Als er mit seinen Flügeln fächerte und ich sah, dass sie nicht schwarz, sondern kobaltblau schimmerten, war ich so erleichtert, als wäre ich noch einmal davongekommen.

Es war ein Morgen, den ich in London als besonders strahlend empfunden hätte, hier einfach nur ein neuer Tag. Ich ging durch das gleißende Licht und erfreute mich wie jeden Tag an meinem Entwurf für Marcos. Ich war Anfang dreißig gewesen und hatte gewusst, was ich tat. Der Fußboden lag voll mit meinen Zeichnungen der letzten Nacht. Kaffeetrinkend hörte ich mir eine Portugiesisch-Lektion an. Laut wiederholte ich die Sätze in der Stille des Hauses. Albert hätte mich imitiert und sich totgelacht.

Ich war jetzt genug allein, dachte ich, als ich mich einloggte. Ich ging direkt auf Fleurs Mail, sah mir den verhalten lächelnden Afrikaner aus dem achtzehnten Jahrhundert an, las ihre Recherche, machte mir Notizen, schrieb ihr ein paar Fragen auf. *Er gehörte zu den Einheimischen, die selbst am Sklavenhandel beteiligt waren, richtig? Hat er nach seiner Rückkehr damit weitergemacht? Wer hat das Porträt in Auftrag gegeben, er selbst?* Dann checkte ich den Rest meiner Mails im Schnelldurchlauf. Der tägliche Strom war ausgedünnt, man war dazu übergegangen, mich nicht mehr bei jedem Thema in Kopie zu setzen. Die Anfragen für Keynotes oder Jurymitgliedschaften zeigten mir, dass der sogenannte Skandal außerhalb Englands niemanden zu interessieren schien, was mich freute. Ich las, antwortete, löschte. Als ich *Grüße aus Dakar* las, dachte ich erst an Spam, dann an Fleurs Recherche. Ich brauchte lange, bis ich begriff, dass er es war, der mir schrieb.

Er hätte sich schon vor Jahren bei mir melden wollen, ich wäre sicher überrascht, von ihm zu hören, schrieb er. Ich stand auf, ging an Marcos' Hausbar und schenkte mir einen Whisky ein. Dann las ich weiter.

Er war hocherfreut, dass ich ein so erfolgreicher Mann geworden sei. Er hatte sich vor kurzem erst mit dem Internet vertraut gemacht und war erstaunt gewesen, wie einfach es jetzt war, mich zu finden. Meine Mutter wäre sicher stolz auf mich, schließlich wollte sie auch Architektin werden. Eine wunderbare Frau. Er hoffte, dass es ihr gutging.

Ich nahm mein Whiskyglas und ging hinaus an den Pool. Ich war barfuß, dachte an die Fünfminutenschlange und stellte mir vor, ich würde ihr ausgerechnet jetzt begegnen. Dann hätte er mich in die Welt gesetzt und umgebracht. Mit dem geringstmöglichen Aufwand an Anwesenheit. Ich legte mich auf eine Liege und ließ mich vom Wasser blenden. Ich hatte irgendwann einmal gewusst, dass meine Mutter gern Architektin geworden wäre, aber ich hatte es vergessen. Sie wäre auch stolz auf mich, wenn ich gar nichts tun würde, dachte ich, das war das Einzige, was ich mit Sicherheit über sie sagen konnte. In diesem Jahr wäre sie siebenundsechzig geworden. Wie alt er war, wusste ich nicht, nahm aber an, dass er nicht jünger gewesen war als sie. Ich schuldete ihm nichts. Ich konnte diese E-Mail einfach lesen und dann mein Leben weiterleben. Ich musste noch nicht einmal Fleur davon erzählen. Ich ging wieder hinein. Der Laptop hatte sich auf Bildschirmschoner geschaltet, ich schenkte mir Whisky nach. Er wollte mir nichts erklären, zumindest nicht in dieser Mail, wofür ich ihm dankbar war. Offenbar brauchte er auch keine Organspende. Oder Geld. In der Signatur standen die Adressen einer Praxis und einer Dentalklinik auf seinen Namen. Es schien ihm gutzugehen. Ich konnte nicht sagen warum, aber es freute mich, dass es ihm gutging. Er sucht mich nicht, weil er etwas will, dachte ich, er sucht mich, weil er alt ist. So einfach ist das.

Es wäre ihm eine große Freude, mich zu sehen.

Einen Monat lang hatte ich mein System heruntergefahren. Meine Ausschüttung von Adrenalin und Cortisol schien sich reguliert zu haben. Jetzt fühlte ich mich wie vorher. Ich war kalt, nass, mein Körper summte wieder.

Ich bin jetzt hier, dachte ich. Ich werde nicht zurückgehen, schon gar nicht in eine Zeit, an die ich mich selbst kaum erinnere, um darüber nachzudenken, was gewesen wäre. Wenn er da gewesen wäre. Wenn er sich eher gemeldet hätte.

Ich legte mich auf den Fußboden und starrte in den Deckenventilator. Ich habe nicht in sein Leben gepasst, es war, wie es war. Und er passt jetzt nicht in meins, es ist, wie es ist. Ist es so?

Ich spürte das Holz unter meinem Hinterkopf und dachte daran, Fleur anzurufen. Oder Mark. Vielleicht auch meinen Schwiegervater, ein Naturtalent im Vatersein, ein Mann, der alles verstand. Nein, dachte ich, das versteht keiner. Ich wäre derjenige, der sich erklären müsste. Der erklären müsste, warum er diese wunderbare Fügung nach so vielen Jahren einfach ablehnte, als wäre sie Spam.

Ich muss gar nichts, dachte ich und schenkte mir noch einen Hauch Whisky nach. Dann las ich noch einmal, was Fleur über das Leben des adeligen Afrikaners auf dem Porträt von William Hoare zusammengetragen hatte. Wenn sie nach Afrika will, egal wohin und wie lange, fliege ich mit ihr, dachte ich, auch wenn sie sich von mir trennt, bleibt sie meine Familie.

Dann löschte ich seine E-Mail.

Am nächsten Morgen wusste ich sofort, dass ich nicht geträumt hatte. Mein Vater lebt, das ist gut so, geht mich aber nichts an. Ich kümmerte mich um meine Reise nach São Paulo, von wo aus ich zurück nach London fliegen würde. Ende der Pause, Ende der Geschichte. Zum letzten Mal watete ich durch die warmen Wasserlöcher zum Strand und wieder zurück. Ich war in Santa Catarina, einer überwiegend weißen Gegend, trotzdem kam es mir so vor, als bestünde die Mehrheit der Menschheit aus alten schwarzen Männern. Ich sah sie an Bushaltestellen, in Restaurants, an Obstständen, in Autos, allein, in Familie, in Gruppen. Ein Eindruck, der anhielt, als ich in São Paulo ankam.

Der größte Gefallen, den Marcos mir tun konnte, war die Frage, was ich von dem alten Lagerhaus hielt, das er sich gekauft hatte, um es zu seinem neuen Firmensitz zu machen. Diese Frage verschaffte mir sinnvoll genutzte Zeit in einer Riesenstadt voller beschäftigter Menschen, die nichts von mir wollten. Wir stiegen in dem alten Gebäude herum, ich strich über seine Backsteinwände und dachte an mein Endloslied: Ziegel für Ziegel, ein magisches Design. *Construção*. Ich konnte auf vieles verzichten, aber niemals auf das Bauen. Als ich mich in Marcos' Büro an den Entwurf für den Ausbau setzte, fiel ich sofort zurück in meinen alten Rhythmus. Seine Mitarbeiter gingen mich nichts an, trotzdem fand ich es auch hier am schönsten, wenn alle gegangen waren. Ich bestellte mir Sashimi und blieb. Ich versuchte Fleur über Skype und FaceTime zu erreichen, ich wollte sie endlich wiedersehen, aber sie ging nicht ran. Bitte lass mich dir einen Flug nach São Paulo buchen, schrieb ich ihr. Dann holte ich seine E-Mail aus dem Papierkorb. Ich las sie nicht noch einmal. Mein Vater, dein Großvater, schrieb ich in den Betreff und leitete sie an Albert weiter.

EPILOG

2017

MICK

Erinnerst du dich an mich? Wie ist es dir ergangen? Was hast du studiert? Hast du Frau und Kinder?

Ich telefoniere mit meinem Vater, dachte Mick, während er mit seinem Vater telefonierte. Ein Novum. Er war zwei, als Idris ging. Verschwand, könnte man sagen. Nun schien er keine Zeit verlieren zu wollen. Ruf mich doch an, hatte Mick ihm gemailt, ab neun Uhr abends passt es immer. Idris hatte ihn prompt angerufen und sich sofort auf Micks neuesten Stand in puncto Erfolg und Familie bringen lassen.

Er hatte Idris zugehört, ihm geantwortet, ohne ihm wirklich zu antworten, und erfreut registriert, dass er all die Jahre lang nicht nur gepredigt und praktiziert, sondern tatsächlich verinnerlicht hatte, was er den Leuten da erzählte: Der andere bist du. Mick verstand seinen Vater. Er verstand ihn so ganz und gar, dass diese innere Sensation ihm größer vorkam als der Umstand, dass dieser Mann sich nach fünfundvierzig Jahren bei ihm meldete. Er war nie ein Moralapostel gewesen, aber seit er sich selbst verstand, verstand er andere noch besser. Das half. Man mochte ihn. Man glaubte ihm, als Yogalehrer und als Life-Coach. Er hatte eine Vergangenheit, die er im Vagen ließ, die er selbstironisch und andeutungsweise als wirre, gehetzte und dabei völlig kopflose Irrfahrt beschrieb und die ihn zum Experten für jede Art von persönlicher Krise machte. Der geballte Irrsinn seiner jungen Jahre, der natürlich nie als Investition in die Zukunft gedacht war, erfüllte doch noch seinen Zweck.

Es gab unendlich viel zu lernen, wofür man weder Geld noch Applaus bekam. Das war ihm klargeworden, als er damals, nachdem er in Thailand buchstäblich gestrandet war, seinen neuen Pfad einschlug. Dank Jay, seinem ersten Lehrer. Er hatte diesen Pfad niemals wieder verlassen, auch wenn er dabei nicht immer großherzig, demütig schon gar nicht und erst recht nicht genügsam gewesen war. Nach ein paar Jahren, geprägt von Indien, wechselnden Lehrern und wenig Geld, kam er zurück nach Berlin, um seine Mitte zu finden. Nicht die überstrapazierte innere Mitte, von der alle redeten, sondern die Mitte zwischen dem früheren Hallodri und dem späteren Asketen. Dabei erinnerte er sich an die Zeit vor dem Hallodri, an das Kind, das er einmal gewesen war. Dieses Kind konnte sich tagelang mit einer Sache beschäftigen, wie alle Kinder konnte es ohne Stimulanz von außen glücklich sein, und was später völlig in Vergessenheit geriet: Es konnte allein sein. Die Erweckung seiner Kinderfähigkeiten brachte Mick weiter als die meisten Workshops und Retreats, an denen er teilnahm. Er hatte eine anstrengende Beziehung, anschließend eine Fernbeziehung, die sich aufgrund ihrer Unverbindlichkeit von selbst auflöste. Danach blieb er allein. Er hörte auf, sich ständig zu fragen, wie es ihm ging.

Ich bin, dachte er jetzt und setzte nach diesen beiden Worten einen Punkt.

Als Achtsamkeit und Gelassenheit zu den ultimativen nichtmateriellen Must-haves wurden, hatte er zum ersten Mal in seinem Leben ein gutes Timing. Achtsamkeit gehörte zu seinem neuen Skillset, Gelassenheit zu seinen Naturtalenten. Er hatte das Wort nie gebraucht, aber er war es gewesen – gelassen genug, jahrelang gar nichts zu tun, das musste man erst mal hinkriegen, dachte er und lachte in sich hinein. Die Verschwendung seiner Jugend sah er rückblickend ebenfalls gelassen, was blieb ihm auch anderes übrig. Er entwickelte einen Workshop, ein Seminar, ein Webinar, und als es so weit war, eine App. Körperarbeit lag ihm mehr, aber mit Achtsamkeit, Gelassenheit und Schlaf verdiente er mehr Geld. Er verdiente sein Geld mit Schlaf. Traumhaft. Der Weg dorthin war weit gewesen, die geführte Meditation über binaurale Beats, sein erfolgreichstes Produkt, hatte ihn weniger als eine Woche Arbeit gekostet, die Aufnahme nur einen Nachmittag. Sein warmer Bariton war zu seinem Kapital geworden, es hätte ihm Jahre früher auffallen können, aber so hatte er nie gedacht. Ein paar Mal reanimierte er den alten Mick und fuhr ins Berghain. Das Intro, die endlose Samstagnacht, skippte er und startete direkt in den Sonntagvormittag. Man winkte ihn an der Schlange vorbei, der Veteranenbonus schmeichelte seinem Ego, dann stand er stocknüchtern zwischen den Nichtnüchternen und wartete ab, was passierte. Nicht viel. Das Zeitmaschinengefühl langweilte ihn eher, als dass es ihn ab- oder gar anturnte. Schade, dachte er, andererseits: Was habe ich denn erwartet? Manchmal glaubte er, seine Neunziger mit einem Folgejahrzehnt des Hangovers bezahlen zu müssen. Ein Büßergedanke, der keinen Sinn ergab. Nein, er wurde nicht bestraft, er war einfach älter geworden und manches war vorbei, anderes ging weiter.

Delia war in sein Leben zurückgekommen. Du wirst immer einen Platz in meinem Herzen haben, hatte sie irgendwann gesagt, und Mick hatte damals geantwortet: Kitsch nicht rum, woraufhin sie gelacht hatte. Sie behielt recht. Fast drei Jahre Funkstille mussten sein, dann trafen sie sich auf einem groß aufgezogenen Vierzigsten auf Sardinien wieder. 2004 war er auf ihrer Hochzeit. Von da an war er wieder da. Anders. Besser, wie er fand. Er war da, als sie kurz nacheinander zwei Kinder verlor, er war da, als sie sich scheiden ließ und nach Berlin zurückkam, er fuhr regelmäßig mit ihr nach Hannover, als ihr Vater todkrank wurde. Wann heiratet ihr zwei Clowns eigentlich?, fragte Bernhard, der 2009 starb. Kurz darauf wurde Mick Vater. Aus dem Nichts. À la Mick.

Der neue Mick tat sich schwerer als sonst, dem alten Mick zu vergeben, der ein Meister der Vermeidung gewesen war. Ein

Großmeister: Er hatte es fertiggebracht, einen Briefumschlag zehn Jahre lang weder zu öffnen noch wegzuschmeißen. Als sein alter Freund Fabian ihm den Umschlag gegeben hatte, war er gerade dreißig geworden. Als er ihm wieder in die Hände fiel, war er fast vierzig. Er zog um, hatte endlich eine Remise gefunden, komplett runtergerockt und daher noch bezahlbar, gut gelegen, versteckt im zweiten Hinterhof. Oben würde er wohnen, unten würde er seine Yoga- und Coachingräume einrichten, die er in finanziell klammen Phasen, mit denen er weiterhin rechnete, auch vermieten konnte. Ein Grund zu feiern und ein Grund auszumisten. *Mick: Unerledigt* stand auf einigen Turnschuhkartons, die er auch nach zehn Jahren Yogapraxis und nach Ausbildungen zum Yogalehrer, zum Fassadenkletterer – mit der er seinen Gleichgewichtssinn heilte – und zum Coach immer noch ansammelte. Verjährt, dachte er, als er sie öffnete. Und dann las er, dass Lynn aus London, die süße Lynn aus dem Drum-'n'-Bass-Keller und dem Bett in Golders Green, in dem Mick sich nach der dümmsten Aktion seines Lebens eineinhalb Tage lang verkrochen hatte – dass sie ihn niemals verklagen wollte. Weswegen noch mal? Seine komplett indizienlosen Ängste hatten sich um übersetzte und als eigene ausgegebene Plattenkritiken gedreht. Nein, Lynn hatte eine Tochter. Von ihrem One-Night-Stand aus Deutschland, der ihr einen falschen Nachnamen hinterlassen hatte, den sie jedoch später als Clubbesitzer in einem englischen Musikmagazin wiedererkannte. Mick erinnerte sich an das Bild: drei glänzende Mondgesichter vor konturlos buntem Hintergrund. Chris, irgendein upcoming Star-DJ und ganz rechts er selbst. Mick E. stand in der Bildunterschrift, sein nicht wirklich origineller *nom de guerre*. Lynns Brief las sich wie der einer alten Bekanntschaft, frei von Verzweiflung, auch wenn das täuschen konnte, und frei von Forderungen. Sie schrieb, sie habe ihn gesucht und nicht gefunden, sei mittlerweile verheiratet und wolle es jetzt, es war das Jahr 2000, einfach noch einmal probieren, wer weiß, vielleicht wolle er ja seine Tochter Tara kennenlernen. Dazu hatte sie ein paar Fotos gelegt. Fünf war die Kleine damals und unübersehbar von ihm. Von ihm, der kurz darauf in einem seiner wenigen Anfälle von Radikalität dafür gesorgt hatte, dass er keine beziehungsweise keine weiteren Kinder in die Welt setzen konnte, was ihn seine Beziehung zu Delia gekostet hatte. Es war eine dieser Mick'schen Aneinanderreihungen von Tun und Lassen gewesen, deren Folgen ihn zeitweise mit der Überzeugung durch die Welt laufen ließen, er selbst sei sein ärgster Feind. Ein Stadium, über das er 2010 längst hinweg zu sein glaubte. Er las Lynns Brief und merkte, wie sämtliche Verdrängungs- und Fluchtreflexe gleichzeitig reaktiviert wurden, begleitet vom innigen Wunsch, sich möglichst ausgiebig die Kante zu geben.

Unsere Dramen und Traumata müssen nicht zwangsläufig unsere Schuld sein, aber wir haben die Verantwortung für sie zu übernehmen, sagte er am nächsten Morgen seinen Schülern, den harten Jungs, denen er Yogaunterricht im Knast erteilte, eins seiner Lieblingsprojekte. Am nächsten Tag, einem hellen Samstag, lieh er sich das Segelboot eines Freundes aus, verbrachte einen Nachmittag mit Delia auf dem Wannsee und lud sie anschließend zum Essen ein. Zügig trank er einen Aperitif und eine Dreiviertelflasche Weißwein und klärte sie auf. Die Zeugung des Kindes fiel in ihre Zeit als Paar, dafür musste weder besonders scharf nachgedacht noch gerechnet werden. Einige Jahre später war Delias Kinderwunsch, der sich nie erfüllen sollte, immer lauter geworden. Ihre Freundschaft gehörte zu den unbezahlbaren Dingen im Leben des aufgeräumten Mick, was nicht hieß, dass sie unantastbar war. Nachdenklich nahm Delia die merkwürdig zeitversetzte Neuigkeit auf. Trank. Blinzelte in die Sonne. Atmete. Nickte.

Es ist unser Ego, das uns so oft im Weg steht, sagte er seinen Schülern. Die Ego-Frage ist so unendlich groß wie die meisten Egos. Delia schien ihres unter Kontrolle zu haben.

Aha, sagte sie. Und dann: Hast du dich schon bei ihr gemeldet? Wie alt ist sie jetzt, vierzehn, fünfzehn? Sieht sie aus wie du? Du fliegst doch hin, oder?

Erleichtert saß Mick in ihrer Fragensalve, in der das Wort *ich* kein einziges Mal vorkam, und schüttelte den Kopf.

Nein. Ich wollte erst mit dir reden.

Zehn Jahre einen Brief nicht zu öffnen, das ist Mick, kompakt zusammengefasst. Delia presste einen trockenen Lacher durch die Nase.

Er rieb sich den Kopf. Ja, man konnte die Geschichte als Joke betrachten. Und ihn auch.

Ich habe dir damals gesagt, dass es Quatsch ist, mit mir ein Kind zu kriegen, erinnerst du dich? Jetzt siehst du, was ich damit gemeint habe.

Sie drehte ihren Stuhl in die Sonne und hielt ihr Gesicht hinein.

Mit der Story habe ich nicht mehr das Recht, irgendwem irgendeinen Rat zu geben, sagte er und dachte: Scheiße.

Ach, das würde ich nun nicht so streng sehen. Männer, die Kinder haben, um die sie sich nicht kümmern, haben keinerlei Glaubwürdigkeits- oder Reputationsprobleme. In keiner Kultur und in keiner Branche. Und in deiner, in der die Vita mit der ersten Yogastunde losgeht, schon mal gar nicht.

Es war ihm eher um seine persönliche Integrität gegangen als um seinen öffentlichen Lebenslauf, aber er sagte nichts. Er rückte seinen Stuhl neben ihren, streckte die Beine aus und legte den Kopf in den Nacken.

So, sagte Delia nach einer Weile, jetzt haben wir endlich beide das, was wir nie wollten. Super hingekriegt.

Seit er sie wirklich kannte, seit sie kein Paar mehr waren, seit es kein Kräftemessen mehr gab, wusste er, was er zu tun oder zu lassen hatte. In diesem Fall wollte sie weder Einspruch noch Bestätigung. Dann hatte sie einfach recht zu haben, fertig, aus. Er drehte sich zum Tisch und verteilte den Rest Wein.

Prost, sagte er, auf uns.

Sie blieben in der Septembersonne sitzen, bis sie unterging. Vier Wochen später flog er zum ersten Mal seit 1994 nach London. Delia flog mit ihm.

Sein Vater war es jetzt, der diese Aktion noch toppte. Sich nach über vierzig Jahren zu melden und dann direkt nach seinem beruflichen Werdegang zu erkundigen, das war schwer zu überbieten. Auch deshalb dachte Mick, als er Idris' E-Mail las: Das könnte ich sein.

Das könnte ich sein, dachte er auch regelmäßig, wenn er mit seinen Straftätern übte. Eine Yogaklasse, die es zusammen auf ein paar hundert Jahre ohne Bewährung brachte: Männer, deren Leben eine nicht enden wollende Serie von Fehlentscheidungen gewesen war, Männer, die es sich leicht machen wollten und es sich damit tausendmal schwerer gemacht hatten, Männer, die den Kontakt zu sich selbst völlig verloren hatten und am Rad drehten, bis man sie stoppte und einsperrte. Er mochte sie nicht alle. Dass er einer von ihnen sein könnte, hieß nicht, dass es unter ihnen nicht unverbesserliche Dreckschweine gab.

Doch keiner seiner Knackis hätte ihm auch nur ansatzweise so auf die Nerven gehen können wie die Leute, zwischen denen er saß, als er erfuhr, dass sein Vater lebte und ihn sehen wollte. Sein beschädigtes Ohr war nie wieder ganz in Ordnung gekommen. Mal hörte er zu wenig, dann wieder zu viel. Und auch sonst war er empfindlicher geworden. Tageweise so durchlässig, dass er sich fast seinen alten Filter aus Abgestumpftheit zurückwünschte. Er vergaß es immer wieder, aber eine Verabredung an einem Ort mit

Powerentsafter, Espressomaschine und Geschrei war schon aus Geräuschpegelgründen nicht mehr drin. Aufs Allerunerträglichste wurde um ihn herum gemeetet und gegreetet. Das Rührei wurde aus Rühreitrockenpulver zubereitet, der Kaffee schmeckte nicht, die Kellnerin war so geistesgegenwärtig wie eine Untote.

Du sollst nicht bewerten.

Weniger oder – wenn man in der Erleuchtetenliga spielte – gar nicht mehr zu bewerten vereinfachte alles. Es befreite den Geist, den Blick, die Seele. Nicht mehr zu bewerten konnte als Direktticket ins Nirvana verstanden werden, oder wenn man es einen Tick alltäglicher wollte: als Anleitung zu einem gleichmütigeren Umgang mit seinen Mitmenschen. Wenn es so einfach wäre, würde es jeder tun. Es war mehr als eine Übung, es war fast eine Neuprogrammierung.

Er fing damit an, Ninas Zuspätkommerei nicht zu bewerten. Sie hatte den Ort vorgeschlagen, sie hatte die Zeit vorgegeben, aber: okay. Mick plante, seine jahrelange Expertise mit Gruppen aller Art in einem Sachbuch zu veröffentlichen. *Smells like Teamspirit* sollte es heißen, und Nina würde den Job der Ghostwriterin übernehmen, denn Mick konnte besser referieren als schreiben. Das hier ist ein Businesstermin, sagte er sich, du wirst ja wohl in der Lage sein, dich ab und zu mal außerhalb deines Verstecks zu treffen. Er atmete tief ein. Nichts veränderte das Leben so fundamental wie bewusstes Atmen, das war kein Gewäsch, das war seine Erfahrung. Er schaute sich um. Änderte den Blickwinkel. Sah nicht die anderen als aufgeblasenes Hipsterpack, sah sich selbst von außen. Vollbärtig, in Daunenjacke und Sneakers saß er vor einem froschgrünen Getränk und schaute in sein iPhone. Nichts unterschied ihn von den anderen.

Er versuchte den Lärm auszublenden, scrollte sich gelangweilt durch seine E-Mails und las auch die, die er sonst sofort löschte. Grüße aus Dakar, *nice try*.

Genauso machen wir das, super. Ich finde, das ist unser USP. Ich nehme das Pulled Chicken, aber ohne Quinoa, geht das? Das hörte er.

Erinnerst du dich an mich, las er.

Er las es immer wieder. Weiterhin unterschied ihn nichts von den anderen. Außer seiner Pulsfrequenz und seiner Geschichte.

Er erinnerte sich tatsächlich an ihn. Hätte Idris, sein Vater, sich ein paar Jahre eher gemeldet, er hätte die Frage verneinen müssen. Es war ein Nebeneffekt, vielleicht auch ein zentraler Effekt seiner regelmäßigen Meditationspraxis, dass verschwundene Erinnerungen in ihm auftauchten. Er konnte sie nicht bewusst abrufen, aber er genoss die Bilder, wenn sie durch ihn hindurchrauschten. Wie jedes Wunder war auch dieses schwer in Worte zu fassen. Teilweise war es ein Wegschießen, fast wie früher, nur nüchtern und ohne Reue. Und dann waren da die Erinnerungen. Wie in Träumen sah er sich manchmal von außen. Ein paar Mal hatte er sich auf einer karierten Decke sitzen sehen. Klein, sehr klein. Der schnurrbärtige schwarze Mann am Schreibtisch musste demnach sein Vater sein. Idris tippte im Zweifingersystem auf einer Schreibmaschine herum, schaute zu ihm nach unten, zog eine lustige Grimasse und tippte weiter. Ende der Erinnerung.

Dann wieder blickte er von oben herab auf schwarzes krauses Haar und hielt sich fest. Woran? An Ohren. Er musste auf seinen Schultern gesessen haben.

Meine Fotos aus dieser Zeit, die muss ich damals im Osten zurückgelassen haben, sagte Monika, als er sie fragte. Bullshit, dachte Mick, es war ihre beste Zeit, aus keiner Ära gibt es so viele Fotos von ihr. Sie hat keine Fotos mehr von *ihm*. Verständlich, völlig okay, Monika. Er stellte ihr ein paar Fragen und fühlte sich wie ein Alzheimerpatient. Gab es einen Typen, der Amadou hieß? Waren wir auf dem Fernsehturm, waren wir im Tierpark, ich auf den Schultern meines Vaters? Trug er einen Ledermantel und Clogs?

Einen Ledermantel, ja, Clogs vielleicht auch, trug man ja damals, sagte Monika nachdenklich, wie kommst du jetzt darauf? Du warst zu klein, um dich daran zu erinnern.

Das hatte er auch gedacht. Doch nun nicht mehr. Es sah so aus, als könne er sich an seine eigene Vorzeit erinnern, an die Zeit vor der Sprache.

War nur eine Frage, ciao Mama, sagte er und legte auf, wie immer leicht ausgelaugt vom Gefühl komplizierter, aber nicht hinterfragbarer Liebe.

Am Tag von Idris' unerwarteter Rückkehr in sein Leben ertrug er die Neuigkeit kombiniert mit dem Krach noch einen Kaffee lang, dann rief er Nina an und verschob das Treffen. Zu Fuß machte er sich auf den Heimweg, durchströmt von nicht ausformulierten, ineinander verwobenen Fragen, seine Existenz und deren Sinn betreffend. Seine Antworten auf diese Fragen hatten sich je nach Lebensphase koksphilosophisch, abgeklärt oder spirituell angehört. Mitunter auch wie ein Yogiteebeutel, sagte Delia. Jetzt, wo er fast rannte, um zurück in die Ruhe und Wärme seiner Remise zu kommen, dachte er nur: Keine Ahnung, was das soll. Überbaufrei betrachtet war es so: Er, der abwesende Vater seiner Tochter, würde nun seinen eigenen abwesenden Vater treffen. Mit siebenundvierzig. Na gut, dachte er, als er seine Haustür aufschloss. Er zog sich um, machte sich Tee und setzte sich hin. Dasitzen hieß sonst meditieren oder bewusst dasitzen. Nicht jetzt. Er saß einfach nur da. Es stellten sich keine negativen Gefühle ein. Er war nie wütend auf seinen Vater gewesen, eher auf sich selbst oder das, was man »die Umstände« nannte, aber nie auf Idris. Er war es auch jetzt nicht. Genauso wenig kam es zu einer Hochstimmung. Er blieb sitzen. Als es dunkel wurde, hatte er sich daran gewöhnt, dass sein Vater zurück war. Er hatte nicht auf ihn gewartet, aber jetzt, im Dämmerlicht, war ihm, als hätte er immer mit ihm gerechnet.

Er las die E-Mail noch einmal. Idris schrieb ihm, dass er zwei Schwestern habe, eine in Kanada und eine in Frankreich, und einen Bruder, der Architekt war. Und dann fragte er ihn, ob er sich mit ihm treffen wolle, den Ort könne er, Michael, sich aussuchen,
Ich freue mich auf Dich, schrieb er seinem Vater, ich komme gern nach Dakar.
In dem Punkt waren sich sein altes und sein neues Ich einig: Die Welt wollte gesehen werden.

Niemand in der Ankunftshalle hätte vermutet, dass die beiden Männer, die sich erst zaghaft und dann fest in den Arm nahmen, sich über vierzig Jahre nicht gesehen hatten. Dass es sich um Vater und Sohn handelte, hätte man sich denken können. Das Alter passte, und es bestand eine unübersehbare Familienähnlichkeit. Doch um die beiden Männer herum stellte man keinerlei Vermutungen an. Man hatte genug mit sich selbst zu tun, man befand sich auf dem Pariser Flughafen Charles de Gaulle.
Mein Vater kümmert sich um mich, dachte Mick, als Idris ihm seinen Rucksack abnahm und vor ihm herging. Gehe ich wie er, eher nicht, noch nicht. Sehe ich aus wie er, teilweise. Er scheint fit zu sein, gut.
Idris steuerte direkt auf eine Flughafenbar zu, Mick ließ sich mitziehen, setzte sich zu ihm und hörte ihm zu. Etwas benommen und gleichzeitig hochinteressiert schaute er in das Gesicht, an dessen jüngere Version er sich seit ein paar Jahren erinnerte. Es sah anders aus als in seiner Erinnerung: runder, glattrasiert und mit einer Goldrandbrille. Kein schwarzer Afro mehr, kurzes graues Haar und eine hohe Stirn. Ein Schwätzer, mein Vater, wie

ich, dachte Mick und schaute sich grinsend um. Geschäftige Leute machten ihr Ding, und er saß hier mit diesem älteren Herrn, der ihm in eingerostetem Deutsch seine letzten viereinhalb Dekaden zusammenfasste.

Osten, Westen, Studium, Facharzt, Doktorarbeit, Paris, dann zurück nach Hause, gearbeitet wie ein Tier, nie zurückgeschaut, Monika war überzeugt davon, alles allein zu schaffen, war es nicht so, so war sie doch, seine Mutter?

Mick nickte. Sie bestellten Tee und Espresso. Idris redete weiter. Seine Klinik, aus der er sich nun langsam zurückzog, seine Frau, seine Töchter. Fatou und Bijou, Micks Halbschwestern. Keine von beiden hat auch nur ansatzweise gemacht, was ich mir vorgestellt hatte.

Er lachte, es sollte aussehen wie ein wohlwollender Vaterwitz, der aber nicht ganz so unbeschwert rüberkam wie geplant. Mick sah ihn an und kannte ihn. Irgendwie. Kurz fragte er sich, was sie in dieser Flughafenbar zu suchen hatten. Niemand, der nicht warten musste, traf sich hier. Wollte sein Vater ihn nur auf einen Kaffee treffen, auf den neuesten Stand bringen und wieder von dannen ziehen? Es wäre schräg, aber auch das würde Mick akzeptieren. Er war zufrieden, vollständig, niemand konnte ihm etwas anhaben. Ein guter Zustand. Idris schaute auf seine Uhr. Guter Uhrengeschmack. Teuer, nicht protzig. Mick, der nur noch eine Mala am Handgelenk trug, hatte seinen Kennerblick im Hochpreissegment behalten. Idris redete weiter. Nein, in der DDR konnte man nicht bleiben. Paris wäre schön gewesen. Apropos: Wir werden Amadou treffen. Meinen ältesten Freund, er kennt dich noch, war auch mit deiner Mutter befreundet. Ich habe euch in einem ganz wunderbaren Hotel in Amadous Nähe untergebracht. Sehr schön ist es da.

Es würde eine Zeit nach der Flughafenbar geben, und Micks Meditationserinnerungen an einen Mann namens Amadou wurden bestätigt. Darüber würde er referieren, vielleicht schreiben. Lassen. Augenblick: euch?

Dein Bruder kommt nicht, sagte Idris und rührte laut klirrend seinen Espresso um.

Warum nicht?

Nun, Idris nahm einen Schluck, er wollte mich nicht sehen. Ich finde es bedauerlich, aber es ist sein gutes Recht.

Sie schauten sich an. Mick schaute in die Augen hinter den Brillengläsern, die er von diesem Mann hatte, und begriff erst jetzt: Sein Bruder war nicht wie seine Schwestern mit diesem Mann hier aufgewachsen. Nein. Sein Bruder war wie er.

Umso glücklicher bin ich, dass du hier bist. Es ist mir eine Freude, meinen Erstgeborenen in die Arme schließen zu dürfen, wenn ich das so sagen darf.

Umständlich schraubte sich Idris von seinem Barhocker herunter, umarmte Mick und fragte den Barista nach den Herrentoiletten.

IDRIS

Er musste sich an ihre Namen gewöhnen. Bei sich nannte er sie Monikas Sohn und Gabrieles Sohn.

Michael war der, den er kannte, Gabriel der, von dem er nur ein altes Schwarzweißfoto hatte. Und der sich nicht auf seine E-Mail meldete. Er sagte ihm nicht ab, er schwieg. So lange, bis Idris kurz davor war, in seinem Büro anzurufen, was er dann aber sein ließ. Als sich sein Enkelsohn Albert bei ihm meldete, weinte er vor Glück. Trag nicht so dick auf, Idris, sagte Odette immer zu ihm, nichts ist schlimmer als pathetische alte Männer, womit sie nicht ganz unrecht hatte. Aber es war so: Er saß vor seinem Computer, las die E-Mail in einem gestochen eleganten Französisch und dachte, das ist das Happy End deines Lebens, Idris.

Er lud seinen Sohn aus Berlin und seinen Enkel aus London nach Paris ein. Paris liegt in der Mitte, hier kennt er sich aus, hier leben seine älteste Tochter und sein bester Freund. Dieses Wochenende wird mich so anstrengen, dass ich danach eine Woche Pflege brauche, sagte er zu Amadou.

Michael hat eine Tochter, Tara, die er erst kennengelernt hat, als sie schon fünfzehn war. Er sieht sie nicht oft, sie verstehen sich gut, aber ihr Papa ist für sie der Mann ihrer Mutter, daran gibt's nichts zu rütteln, und es ist okay.

Vielleicht war das ja ein Seitenhieb auf mich, dachte Idris, um sich sofort zu korrigieren: Nein, Monikas Sohn ist kein Mensch, der Seitenhiebe austeilt. Er war so liebenswürdig, wie er ihn in Erinnerung hatte. Er konnte es ihm nicht sagen, stattdessen redete er wie ein Wasserfall über andere Dinge, aber dieser Junge hatte sich kein bisschen verändert. Er saß neben ihm, aufrecht und durchtrainiert wie ein Profiathlet, lächelte ihn ab und zu an und sah so zufrieden aus wie damals in Monikas Ostberliner Hinterhofwohnung, in der es immer so scheußlich zog. Ein ansehnlicher Mann war er, sein Sohn. Die Frauen sahen das sofort, er fing ihre Blicke auf wie Sonnenstrahlen, schickte aber nichts zurück außer dem neutralen Lächeln, das er für die ganze Welt zu haben schien. In diesem Punkt kommt er wohl nicht nach mir, dachte Idris. Kurz fragte er sich, ob sein Sohn eventuell schwul sein könnte.

Und? Liebst du die Frauen?, fragte er ihn.

Ich liebe die Menschen. Nicht alle, aber ich arbeite daran.

Er strich sich über seine kurzen Haare und lachte ihn an.

Okay: Um deine Frage zu beantworten. Die wichtigste Frau in meinem Leben ist nicht meine Frau, sie ist meine beste Freundin.

Aha, dachte Idris. Nun. Er hat eine Tochter. Das heißt wohl, dass er weiß, wie man mit Frauen schläft. Und dann dachte er: Sei froh, dass er so ist, wie er ist. Und dass er dich so sein lässt, wie du bist. Kein Hauch von Vorwurf geht von diesem Mann aus. Er könnte mich fragen, wo ich all die Jahre war. Er könnte Geld von mir verlangen. Er könnte mir vorwerfen, dass ich seine Mutter alleingelassen habe. Doch nein. Er fragte ihn, ob es Erbkrankheiten in seiner Familie gäbe.

Nein, sagte Idris, warum? Willst du mehr Kinder?

Nein, das ist abgeschlossen, sagte er, aber ist es nicht das, was man gern wüsste, wenn man ein Elternteil nicht kennt?

Eine interessante Sichtweise, fand Idris. Das Gegenteil von Ahnenromantik. Und in Anbetracht seiner offensichtlich angeborenen Gabe, das Leben als eine wundervolle Reise voller freundlicher Mitreisender zu betrachten, erstaunlich sachlich. Fast so, als wäre er Naturwissenschaftler. Er hatte ihm schon am Telefon erzählt, dass er nicht studiert hatte. So ein kluger Junge, Mutter Philosophin, Vater Arzt, hatte nicht studiert und schien kein Problem damit zu haben. Die Deutschen, sie waren einfach satt in jeder Hinsicht. Hauptsache gesund, oder? Er hätte gern einen Pastis bestellt, aber es war zwölf Uhr mittags, und er musste seine neue Familie in Amadous überausgestattetem SUV von Roissy in die Innenstadt chauffieren. Er fragte nach entkoffeiniertem Espresso, dem sinnlosesten Getränk der Welt.

Wochenlang war er jeden Abend auf die Websites seiner Söhne gegangen, hatte sich ihre Fotos angeschaut und sich gefragt, was er diesen Männern schreiben sollte. Nachdem er seine E-Mails endlich abgeschickt hatte, war es an der Zeit für ein Gespräch mit seiner Frau gewesen. Für Odette bestand nicht der geringste Grund, sich über seine Jugendsünden aufzuregen. Es hatte lange vor ihrer Zeit zwei Frauen gegeben, was sollte sie dazu sagen. Tatsächlich sagte sie lange nichts, setzte stattdessen ihr Höhere-Tochter-Gesicht auf, mit dem sie ihn seit fünfunddreißig Jahren regelmäßig daran erinnerte, dass er nach oben geheiratet hatte und sie nach unten. Du bist immer ökonomisch mit der Wahrheit umgegangen, Idris, sagte sie. Als er ein paar Tage später nach Hause kam und sie am Telefon sagen hörte, ihr Mann würde ohne sie nach Paris fliegen, um seine Kinder aus früheren Beziehungen zu besuchen, wertete er das als Zeichen dafür, dass an dieser Front alles gut war. Fatou, seine Älteste, hatte sich die ganze Woche freigenommen, als er ihr sagte, er käme nach Paris, das war nicht selbstverständlich und es freute ihn. Dann stellte sich heraus, dass sie angenommen hatte, er sei todkrank. Was hätte ich sonst denken sollen, sagte sie, so verdruckst, wie du mir in jedem Telefonat gesagt hast, dass du mit mir reden musst. Kein absehbarer Tod ihres Vaters, dafür zwei deutsche Brüder. Idris war erleichtert, als seine Tochter sich bei ihm unterhakte. Hör mal, Fatou, hob er an, denn er hatte sich auf diese Gespräche vorbereitet, hatte auf alle potenziellen Fragen eine Antwort parat. Doch Fatou unterbrach ihn: Und? Ist damit die Enkelfrage geklärt? Ist einer Arzt oder

CEO? Der jüngere ist ein bekannter Architekt, sagte Idris. Sollte sie seinen Vaterstolz für unangebracht gehalten haben, so ließ sie es sich nicht anmerken. Wie fühlt es sich an, endlich Söhne zu haben?, fragte sie und schien sich ehrlich für ihn zu freuen, was hieß, dass sie es vorerst gut sein ließ, dass sie sich weitere Fragen für später aufsparte. Fatou hatte ihren Master in Soziologie, vaterloses Aufwachsen und seine Folgen waren ihr Thema, das Los Alleinerziehender in den Banlieues schien ihr mehr am Herzen zu liegen als die Gründung einer eigenen Familie. Er hatte nicht damit gerechnet, wie gut ihm die Stunden mit Fatou tun würden. Wie immer störte es ihn, dass sich seine Pariser Tochter jeder Eleganz verweigerte, wie immer fiel sie ihm ins Wort und nervte ihn mit ihrem naseweisen Sarkasmus. Aber dieses Mal umarmte sie ihn zum Abschied weniger distanziert als sonst und sagte ihm, sie wäre in den nächsten Tagen da, wann immer er sie dabeihaben wollte. Als sie durch den Nieselregen Richtung Métro davontippelte, um zurück in ihr mönchszellengroßes Apartment zu fahren, fiel Idris wieder ein, was er ihr jedes Mal sagen wollte, wenn er mit ihr allein war: Fatou, ich hoffe du weißt, dass ich dich genauso liebe wie deine Schwester.

War es überhaupt möglich, zwei Menschen auf die gleiche Weise zu lieben? Es war auf jeden Fall das, was man von Eltern erwartete. Eine andere Aussage über die Liebe lautete, dass Sorge und Leid sie wachsen ließen. Bijou hätte keine halbe Stunde überlebt, wäre ihre Mama nicht Ministertochter und hätte ihr Papa nicht jeden wichtigen Zahn in Dakar mindestens einmal plombiert. Blieb gesundheitlich immer sein Sorgenkind, war dafür aber blitzgescheit, sein Kaninchen. Ja, er war ihr ein anderer Vater gewesen als Fatou. Und ja, hätte man ihm die unfaire Frage nach seinem Lieblingsmenschen gestellt, es wäre Bijou. Die ihm weiterhin kein Leid ersparte. Während ihres Studiums in Kanada hatte sie ihren Mann kennengelernt, Lamine, den er so passend fand, als hätte er ihn selbst ausgesucht. Nur ein Jahr nach der Hochzeit – eine Hochzeit, die einen anderen Vater in den Ruin getrieben hätte, ein Jahr, in dem Idris sich schon regelmäßig als Großvater nach Montréal fliegen sah – folgte die Scheidung. Schuld war sie. Führte sich auf, als hätte sie eine Psychose. Ließ Lamine sitzen, zog zu einem dahergelaufenen Kerl, ob der schwarz, weiß, gelb oder verheiratet war, tat nichts zur Sache, weil er nach drei Monaten ebenfalls passé war. Er, ihr illoyaler Vater, würde sich mit ihrem Ex-Mann gegen sie verbünden, hieß es in den Telefonaten, die folgten. Und Schlimmeres. Idris dachte nicht gern daran. Weil es nichts brachte. Im Moment zog Bijou es jedenfalls vor, nur noch mit ihrer Mutter zu sprechen, die ihr auch mitteilen würde, dass sie zwei halbweiße Halbbrüder hatte.

Wie kommst du darauf, mich ausgerechnet jetzt zu suchen?, fragte ihn Monikas Sohn und streichelte einen wildfremden Hund. Eine ausnehmend hässliche französische Bulldogge, Idris konnte kaum hinsehen.

Auch mit dieser Frage hatte er gerechnet. Die kurze Zeit mit seinem Schwiegersohn hatte ihn daran erinnert, wie gern er, bei aller Liebe für seine Töchter, selbst einen Sohn gehabt hätte. Wenn man alt ist, kann man gar nicht genug Kinder haben, nehme ich an, hatte Fatou gesagt. So hätte er es nun nicht ausgedrückt, aber sein Leben zu ordnen war ein Wunsch, der ihn seit seinen späten Fünfzigern immer wieder erfasst hatte und schließlich umtrieb wie ein Geist. Was davon sollte er Michael sagen?

Es ist keine Woche vergangen, in der ich nicht an euch gedacht habe, sagte er.

Michael setzte sich wieder auf seinen Barhocker und nickte nachdenklich. Jetzt doch einen Pernod. Zur Beruhigung. Zur Feier des Tages, wenn nicht des Lebens. Was ist mit dir? Für mich nicht, danke, aber mach mal. Liebevoll klopfte Michael ihm auf die Schulter. Und beide lachten sie in sich hinein, wie sie es mit einer Frau niemals könnten. Ich bin spät dran, aber nicht zu spät, dachte Idris.

Als er ihm sagte, dass sein Bruder nicht kommen würde, dass er aber stattdessen gleich seinen Neffen kennenlernen würde, riss er Michael kurz aus seiner unerschütterlichen Ruhe. Sein sonst so weiter Blick stellte auf fokussiert, und Idris begriff, dass er sich nicht klar ausgedrückt hatte. Woher sollte er wissen, dass er einen deutschen Bruder hat?

Entschuldige mich bitte, ich bin gleich zurück. Idris legte die Hände auf seine harten Oberarme, drückte ihn kurz an sich und ließ ihn mit der nächsten Familienoffenbarung sitzen, es ging nicht anders. Ich glaube, er ist das stärkste meiner Kinder, dachte er auf dem Weg durch die Bar. Ach Idris, rede keinen Unsinn, sagte eine Stimme in seinem Kopf. Odette würde das sagen. Monika auch, und zwar laut. Gabriele niemals.

Als er zurückkam, hatte Michael die Neuigkeit bereits verdaut. Im Profil sah er aus wie eine dunkle, bärtige Version seiner Mutter. Wie geht's Monika?, fragte er ihn.

Die Maschine aus London hatte anderthalb Stunden Verspätung.

Die Zeit flog. Michael erzählte ihm von seiner Arbeit, ein bisschen undurchsichtig, sein Berufsleben, aber es schien ihn glücklich zu machen. Und irgendwann fragte ihn sein deutscher Sohn, der die halbe Welt bereist hatte, aber nie in Afrika war, welchem Volk er entstamme, wer seine Leute seien, wie er es ausdrückte. Niemand hatte ihn das je in Europa gefragt. Wir sind Fula, sagte Idris.

Ein nicht unerheblicher Grund, der für seinen Schwiegersohn gesprochen hatte, war der, dass Lamine auch ein Fula war. Alles hatte so gut gepasst. Obwohl Idris geglaubt hatte, er hätte diese Denkart hinter sich gelassen. Er hatte zwei Kinder mit Frauen in Deutschland gezeugt, wollte leben wie ein sorgloser weißer Hippie, hatte geglaubt, dass seine Generation die Welt verändern würde, dass sie kurz davor stünden, dass Herkunft keine Rolle mehr spielt, und dann, Jahrzehnte später, war er es gewesen, der eine Flasche Champagner aufmachte, weil der Junge, den seine Tochter aus Nordamerika mitbrachte, nicht nur Afrikaner, nicht nur Westafrikaner, sondern ein Fula war. Was hatte das zu bedeuten? Dass sich mit zunehmendem Alter der Gesichtskreis verengt? Dass wir am Ende des Lebens nach Hause wollen? Er ließ die Eiswürfel in seinem Glas klirren und sah in Michaels Gesicht. Vielleicht will ich im Kreis meiner Lieben sterben, dachte er und prostete ihm zu: Auf deine Zukunft, mein Sohn.

Als die Maschine aus London endlich landete, hatte Idris das Gefühl, mit seinem Sohn am Ausgang zu warten, einem Sohn, den er aufgezogen hatte. So vertraut war er ihm, als er ihm seinen Mantel reichte, seinen Rucksack nahm und sagte: Na dann wollen wir mal.

Zwischen den Wartenden fragte Michael ihn, ob er ihn fotografieren dürfe, natürlich, sagte Idris, und stellte sich in Pose. Ich bin der einzige Mensch, den ich in meinem Alter kenne, der sich gern fotografieren lässt, dachte er zufrieden. Für Delia, meine alte Freundin, sagte Michael. Wieso ist sie nicht seine Frau?, fragte Idris sich wieder und hielt den Mund. Die Leute, die in den Ankunftsbereich strömten, machten ihn nervös. Er hatte gewusst, dass er Monikas Sohn wiedererkennen würde. Unter Tausenden hätte er ihn erkannt, er war der, den er auf dem Arm gehabt hatte, der auf ihm herumklettern durfte, als es Idris noch leicht fiel, eine Vaterschaft einfach in den Wind zu schlagen. Auch seinen Zweitgeborenen, den Stararchitekten, der ihm offenbar nicht zugestehen wollte, stolz auf ihn zu sein, hätte er überall erkannt, denn er hatte exakt seine Augenpartie, die er wiederum von seiner Mutter hatte. Ein Wunder und gleichzeitig gar keines. Dazu hatte er Gabrieles hohe Wangenknochen, ein ernster Typ mit verschränkten Armen neben seinem Partner, einem grinsenden Engländer, vor einem ufo-artigen Museum in der Ex-Sowjetunion. Aber wie sah dessen Sohn aus? Jedes junge Bürschchen, das hier herauskam, hätte Albert sein können.

Eine Gruppe Irrer rannte sie fast um. Geistesgegenwärtig schaute Michael von seinem Telefon auf, nahm ihn am Ellenbogen und zog ihn ein Stück beiseite. Dann schaute er auf die Ankommenden. Da drüben, sagte er, ist er das?

Idris erkannte Albert nicht am Aussehen. Er erkannte ihn an der Frau, die ihn begleitete. Er starrte in den Menschenstrom, und da war sie. Sie strich ihr glattes dunkles Haar aus der Stirn, sah ihn und winkte ihm zu wie damals in Leipzig. Huhu, Idris, hier drüben bin ich. Sie konnte mit dem ganzen Körper winken. Gabriele war immer so froh gewesen, ihn zu sehen. So froh.

Hey, sein Sohn Michael legte ihm den Arm um die Schulter, alles okay?

ALBERT

Genau das wollte mein Dad vermeiden, dachte ich, als mein afrikanischer Großvater mit seinem gebügelten Herrentaschentuch herumwedelte und behauptete, er habe uns vermisst. Uns. Vermisst. Give me a break. Bis vor ein paar Wochen wusste er weder von mir noch von meiner Mutter, er wusste noch nicht einmal, dass Gabriels Mutter nicht mehr lebt. Gabriel hätte sich auf dem Absatz umgedreht und wäre davongestiefelt. Ein Melodram? Nope, Sir. Nicht mit meinem Vater.

Ich hatte mich auf ihn gefreut, aber ich wusste auch, sollte sich zeigen, dass er ein Arsch ist, hänge ich einfach so in Paris ab. Eigentlich wollte ich ihn allein treffen. Ich bin sechzehn, fast. Gabriel hat mir ausnahmsweise recht gegeben. Hockte in São Paulo, hatte es geschafft, dort ein Büro zu finden, das aussah wie seins in London, und schien sich wieder eingekriegt zu haben. Zumindest machte er einen relativ relaxten Eindruck, als wir skypten.

Lass ihn doch allein fliegen, Fleur, sagte er, das ist wichtig in seinem Alter. Wenn du es nicht aushältst, dann rufst du ihn halt zweimal am Tag an, ich sehe da überhaupt kein Problem. Sein ganzer Schreibtisch stand voller Getränkedosen und Essenspackungen. Er lehnte sich zurück und klopfte sich mit seinem Montblanc gegen die Lippen, sein Abwarte- und Nachdenktick.

Fleur?, sagte er und lehnte sich wieder nach vorn.

Nein, sagte meine Mutter, die irgendwie die Rollen mit ihm getauscht hatte, du willst deinen Vater nicht sehen, also fliegt Albert auch nicht allein zu ihm. Punkt.

Wir treffen uns in London, Berlin oder Paris, hatte Idris mir geschrieben, was würde dir gefallen? Berlin, ließ ich meine Mutter antworten. Ich kannte Leute dort, er offenbar auch, und wie sich später herausstellte, habe ich dort einen Onkel. Der alte Mann entschied sich für Paris. Exactamente mein Vater, der behauptet, nicht sein Sohn zu sein: Fragt einen erst, was man will, trifft dann alle Entscheidungen solo und tut am Ende so, als hätten sich alle in einer fairen Abstimmung geeinigt. Was ist das? Machiavelli? Oder ein Alleinherrschergen, das er ihm vererbt hat?

Ich mochte ihn. Fotografierte ihn sofort. Guter Style. Sieht jünger aus als Richard, mein englischer Opa, ist sicher auch jünger. Und ganz anders, als ich ihn mir vorgestellt hatte, aber woher hätte ich wissen sollen, wie er drauf ist? Innerhalb der ersten halben Stunde hat er geheult, gelacht und eine Atmo verbreitet, als würden wir uns schon ewig kennen, als wäre das hier das normale Treffen einer normalen Familie. Ah, rief er so, und morgen zum Mittagessen kommt auch noch Fatou! Cool. Wer? Ob er immer so ist oder ob es an uns lag, kann ich nicht sagen. Wie mein Dad hat er keine Ahnung von Musik. Tut aber so. Im Auto suchte er einen Sender, fragte mich, ob ich Maître Gims kenne, und trommelte völlig neben dem Takt auf dem Lenkrad herum. Immerhin ist er nicht langweilig. Ich entschied, meinem Vater einen kleinen Film über seinen Vater zu drehen. Wenn er wollte, konnte er ihn sich anschauen, wenn nicht, konnte er ihn löschen. Ich an seiner Stelle würde ihn mir anschauen, aber ich bin nicht er. Er hätte seine Gründe. Mein Vater tut nichts ohne Grund.

Als wir in Paris landeten, rannte meine Mutter auf ihn zu, und sofort fingen die beiden an, auf Französisch aufeinander einzureden. Als würden sie sich kennen. Er schaute sie an, umarmte sie, hielt sie von sich weg, schaute sie wieder an und schüttelte gerührt den Kopf. Als wäre *sie* sein Kind. Weird. Wir standen daneben und grinsten uns an, der große Mann, mit dem er da war, und ich. Hi Albert, ich bin Mick, der Bruder deines Vaters, schön, dich kennenzulernen, sagte er und gab mir die Hand. Hörte sich nicht ganz so stark nach *Kraftwerk* an wie mein Vater, aber eindeutig ein deutscher Akzent. Wait a minute. Gabriel hat einen Bruder, der auch aus Deutschland ist? Das war ja noch mal eine komplett andere Nummer als ein abgetauchter Vater, oder? Ja, wirklich schön, dich kennenzulernen, Mick. Dann kam mein Großvater auf mich zu und umarmte mich: *Mon cher Albert!* Über seine Schulter konnte ich sehen, wie Fleur meinen Onkel begrüßte und abcheckte. Ja, er sah aus wie Gabriel, nicht hundertpro, aber er war definitiv sein Bruder. Wir mussten alle in eine Bar, mein Großvater immer vorneweg, er hatte die Autoschlüssel dort liegenlassen. Drin mischte er das Personal einmal ordentlich auf, gab dem Barmann Trinkgeld, und wir rauschten wieder raus. Wir waren zu viert, aber es gab noch mehr Leute. In Dakar, in Montréal, hier in Paris, und ich habe eine Cousine, die in Shoreditch wohnt, wie mein Onkel mir erzählt hat, der mich durch die Flughafenpeople schob wie ein Guide und dabei Fleurs Mega-Koffer zog. Der Clan meines Vaters, der außer einer Tante keine Familie mehr hatte und der jetzt, wo all diese Leute auftauchten, einfach in Brasilien blieb, um dort mal wieder was zu bauen, what the fuck ist hier eigentlich los, dachte ich.

Wann ich nach Afrika komme, fragte mein Großvater mich, was die Schule mache und was ich studieren wolle. Ich würde auf jeden Fall nach Afrika kommen, ich war schon da, allerdings auf der anderen Seite und mit meinem anderen Opa. Die Schulfrage nervte, war aber Standard und wurde standardmäßig bedient. Ich antwortete ihm in seinem Akzent, was er nicht zu checken schien, und wenn er es checkte, schien es ihn nicht zu stören. Er nickte und parkte aus, was er offenbar in derselben Ausparkschule gelernt hatte wie Danielle, meine Oma. Meine Mutter warf mir im Rückspiegel einen Warnblick zu. Vielleicht werde ich Comedian, sagte ich, weiter in meinem senegalesischen Taxifahrerakzent.

Ah, sagte mein Großvater, als Hauptberuf?

Mein neuer Onkel saß hinten neben mir und lachte. Er gab keinen Ton von sich, aber sein ganzer Körper schüttelte sich, so sehr lachte er. Super Typ.

Wir haben so viel zu reden, sagte mein Großvater immer wieder. In der Tat. Fleur musste ihm sagen, dass Gabriels Mutter nicht mehr lebt, schon lange nicht mehr. Es würde ihn hart treffen, nahm ich an, er hatte in jeder Mail nach meiner deutschen Oma gefragt.

Ich verstehe ihn ja, sagte Mick und grinste traurig, aber so zu tun, als wäre er nur kurz weg gewesen, funktioniert dann eben doch nicht wirklich. Wir verbrachten den Nachmittag zu zweit, liefen durch die Gegend, unterhielten uns, als würden wir uns schon kennen. Er verstand nicht nur meinen Großvater, er verstand auch, dass ich Musik machen will und sonst nichts. Sei froh, dass du weißt, was du willst, sagte er.

Willst du meinem Dad was sagen?, fragte ich ihn, als wir abends zurück in unser Hotel gingen. Er nahm mein Phone, ging in seinem Basketballerschritt neben mir her und sprach eine endlose Message rein.

Was war das denn?, fragte ich ihn, als er fertig war.

Du verstehst gar kein Deutsch?

Mit Daumen und Zeigefinger zeigte ich ihm: kaum bis nada.

Mick blieb stehen und nickte ein langsames Aha, schien aber kein Problem mit meinem nicht vorhandenen Deutsch zu haben. Wir standen auf einem Platz in Paris, er steckte die Hände in die Taschen und schaute an den Häusern nach oben, als würde er sie lesen, wie mein Vater. Dann schaute er mich wieder an, auch wie mein Vater. Lächelte, fast unsichtbar, weil mit ernstem Mund.

Ich habe ihm gesagt, dass ich mich darauf freue, ihn zu treffen.

Mehr nicht?

Der Rest war ein Ding unter Brüdern.

Ich nickte. Klar.

NACHWORT

509 Seiten hat der Roman *Brüder* uns hervorragend unterhalten und zugleich zeigt er unsere jüngste Vergangenheit erhellend in einem kritischen Licht: Mit Mick haben wir in den 1990ern in Berlin gefeiert und fortwährend mehr oder weniger erfolgreiche Ideen ausgebrütet. Mit Gabriel haben wir erlebt, wie fordernd das Architektenleben in den 2000ern in London war. So fordernd, dass auch ein sehr kontrollierter Mensch einmal die Nerven verlieren kann. Die Leserinnen und Leser lernen Mick und Gabriel kennen, aber Mick und Gabriel kennen einander nicht. Die längste Zeit wissen sie nicht voneinander – obwohl sie denselben Vater haben, Idris, der in der DDR studierte, bevor er Anfang der 1970er Jahre zurück nach Senegal gezogen ist.

509 Seiten haben wir von zwei Halbbrüdern gelesen, deren Leben ein Spiegel ihrer Zeit ist. Den Hedonismus, den man im Berlin der 1990er Jahre besonders gut ausleben konnte, zeigt uns Mick. Die Zielstrebigkeit der Jahrtausendwende, der unbedingte Gestaltungswille prägt Gabriels Leben. Beide werden an die Grenzen ihrer Lebenskonzepte geführt. Höchst anschaulich schildert Autorin Jackie Thomae, wie das Leben in gut 40 Jahren seine Vorzeichen verändert für Mick und Gabriel und ein Dutzend weiterer sehr plastischer Figuren. Sehr überzeugend für eine Jury, die ihrerseits unterschiedlichen Jahrzehnten entstammt – aber in *Brüder* nicht nur lebensvolle Figuren und atmosphärisch dichte Zeitschilderungen gefunden hat, sondern auch einen überzeugenden Umgang mit wichtigen Diskursen unserer Zeit.

Nahezu beiläufig erzählt *Brüder* auch von Schwarzer Identität in Deutschland und von Herkunft. Rassismus, Klassismus und

Geschlechterrollen – in Ost und West, in den beiden Deutschlands der Vorwende- und in der Nachwendezeit. In *Brüder* werden derzeit viel diskutierte Themen unserer Gegenwart mit literarischem Leben gefüllt.

Mit der Aktion »Ein Buch für die Stadt« möchten Kölner Stadt-Anzeiger und Literaturhaus Köln seit dem Jahr 2003 Menschen fürs Lesen gewinnen und anhaltend begeistern. Jedes Buch für die Stadt eröffnet einen neuen Gesprächsraum, jedes Buch für die Stadt schafft eine eigene Welt: Manchmal meinen wir sie gut zu kennen, manches Mal begegnet uns ganz und gar Neues. Jedes dieser Bücher hat seine eigene gelungene Form des Erzählens gefunden – und zeigt uns, wie wichtig es ist, eine Sprache zu finden für fremdes und eigenes Leben.

Wir danken allen Autorinnen und Autoren, die uns in bald zwanzig Jahren immer wieder mit Begeisterung über ihre Bücher diskutieren lassen. Wir danken allen Leserinnen und Lesern, die die Welt der Literatur durch ihre Lektüre am Leben erhalten. Wir freuen uns über unsere bewährte Kooperation und danken unserem langjährigen Förderer JTI für anhaltende Lesefreude und Unterstützung. Wir danken den Verlagen, die die Kölner Leseaktion begleiten – in diesem Jahr sind es btb und Hanser Berlin. Eine Aktion wie »Ein Buch für die Stadt« ist ein Signal, dass Literatur in unser aller Leben etwas verändern kann. In Zeiten der Corona-Pandemie wurden viele Menschen sich der Krisentauglichkeit der Kunstform Buch wieder bewusst: Bücher helfen uns durch Alltag wie Krise, Bücher öffnen Türen zum besseren Verständnis der Welt. Und wenn es literarisch so überzeugend geschieht wie in Jackie Thomaes *Brüder*, ist das Leseglück sehr groß!

Anne Burgmer, Bettina Fischer, Hildegund Laaff, Martin Oehlen
Jury »Ein Buch für die Stadt«